d

Hans Werner Kettenbach

Die Konkurrentin

Roman

Diogenes

Umschlagillustration:
David Hockney,
›The Chair (Small Version)‹, 1985
Copyright © David Hockney
Foto:
Richard Schmidt

Alle Rechte vorbehalten
Copyright © 2002
Diogenes Verlag AG Zürich
www.diogenes.ch
60/02/8/1
ISBN 3 257 06301 6

I

Ich bin ziemlich sicher, daß irgendwer irgend etwas ausgraben wird, irgendeine kleine, ein wenig anrüchige, nicht völlig keimfreie Geschichte aus ihrem Leben, ihrem Hintergrund, vielleicht auch bloß ein abgestandenes, längst vergessenes Gerücht. Das wird passieren, sobald sie tatsächlich versuchen sollte, Oberbürgermeisterin zu werden. Und es spricht auch nicht dagegen, daß ihr Lebenslauf ja kein Geheimnis ist, natürlich ist er immer wieder beschrieben worden, immer dann, wenn sie in dieser pittoresken Karriere als Politikerin einen Schritt weitergekommen war, und natürlich ist sie in den vergangenen Jahren zudem über alles mögliche interviewt worden. Nur hat zum Beispiel nie jemand sie gefragt, was denn aus ihrer Schwester geworden sei, und sie hat, da niemand sich dafür zu interessieren schien, auch nie ein Wort darüber verloren. Aber es gibt ihre Schwester noch, o ja.

Und wenn es nicht die Geschichte von der Schwester ist, dann eben eine andere, ähnlich unerfreuliche, ja, und warum nicht gar eine über das kleine Mißgeschick, das sie noch immer zu ängstigen scheint, obwohl ich mir wirklich Mühe gegeben habe, sie davon zu überzeugen, daß man ihr deswegen allenfalls eine läßliche Sünde ankreiden könne. Mag sein, daß ich mit derlei Rabulistik ihr protestantisches

Gemüt schon überfordert habe. Daß sie sich so schwer damit getan hat und tut, dürfte freilich nicht zuletzt daran liegen, daß in dieser Sache ich als Entlastungszeuge soviel tauge wie der Bock zum Gärtner. Denn schuld daran war ich nicht weniger als sie.

Ich war es, der neben ihr saß, als sie nach diesem geselligen Abend ihrer Fraktion das Auto aus seinem Parkplatz hinausmanövrierte und ziemlich heftig den Kotflügel eines anderen Autos rammte. Und ich war es, der sie anzischte: »Fahr weiter, fahr weiter!«, was sie dann auch tat. Wir hatten beide zuviel getrunken, und selbstverständlich hatte sie Angst vor den Zeitungen, es hatten sich ein paar Journalisten, auch Fotografen, unter den Gästen herumgetrieben, und es wäre für die Meute ein gefundenes Fressen gewesen, wenn die Ratsfrau vor der dramatischen Kulisse eines Streifenwagens ins Röhrchen hätte pusten müssen. Ich weiß nicht mehr, ob auch ich vor irgend etwas Angst hatte, aber mit Sicherheit wollte ich mich nicht in eine peinliche Auseinandersetzung über den Fahrstil meiner Frau verwickeln lassen; ich wollte möglichst bald in mein Bett kommen.

Vielleicht tauchen, sobald die Zeitungen und die Lokalsender berichten, daß sie noch höher klettern möchte, die beiden Gestalten wieder auf, die ich schattenhaft zwischen den Autos sah, als wir ein wenig zu schnell durch die Ausfahrt des Parkplatzes davonfuhren. Es waren, nahm ich an, eine Frau und ein Mann, ein Paar, das wie wir dem allgemeinen Aufbruch hatte zuvorkommen wollen und durch das häßliche Geräusch der Karambolage auf uns aufmerksam geworden war. Ich glaubte erkannt zu haben, daß die beiden hinter uns her blickten. Und vielleicht hatten zuvor auch sie uns erkannt, als sie uns auf den Parkplatz folgten, mit Namen erkannt und gesehen, daß die Ratsfrau sich ans Steuer setzte. Vielleicht hatten sie überlegt, ob sie Anzeige erstatten sollten, aber am Ende hatten sie nicht in den Geruch von Denunzianten kommen wollen, es hätte ihrem eigenen Ansehen abträglich sein können. Oder es war ihnen bloß zu aufwendig, zu lästig gewesen.

Doch jetzt erinnern sie sich daran. Und vielleicht sieht die Sache jetzt anders aus. Sollte so jemand tatsächlich zum Stadtoberhaupt gewählt werden, zum Repräsentanten aller Bürger?

Neider. Konkurrenten. Und die, versteht sich, nicht nur bei den Roten, nein, nein, auch in ihrer eigenen Partei ist daran ja kein Mangel. Das hat sich noch halbwegs in Grenzen gehalten, als sie Bürgermeisterin wurde und damit immerhin zweite Stellvertreterin des Oberbürgermeisters. Zwar hätten einige ihrer politischen Freunde schon damals allzugern die Frage aufgeworfen, ob die Partei, die den größten aller Bundeskanzler hervorgebracht habe, sich unbedingt blamieren müsse und ob es mittlerweile etwa genüge, ein hübsches Gesicht, Holz vor der Hütte und einen strammen Hintern zu haben, um sich für ein belangvolles politisches Amt zu qualifizieren. Aber sie trauten sich nicht, sie fürchteten, als Chauvis und Hornochsen, beschränkte Reaktionäre abgestempelt zu werden; das Zeitalter der Emanzipation hatte nun mal den berüchtigten Wind der Veränderung losgelassen, selbst die Schwarzen hatten ihn wahrgenommen, wenn auch nur als Durchzug, und manch einer von ihnen litt bereits an einer chronischen Gänsehaut. Aus einigen Winkeln und Hinterzimmern der Partei war ein Grummeln zu vernehmen, aber mehr nicht.

Allerdings bezweifle ich, daß es auch diesmal dabei bleiben würde. Gewiß, es gibt hier und da schon eine Oberbürgermeisterin, und eine von den Roten hat ja schon vor vielen Jahren die Kerle, die ihr dieses Amt streitig machen wollten, gleich reihenweise aus dem Feld geschlagen, im Ruhrpott war das, ein handfestes Weib nach meiner Erinnerung. Aber die war als Kandidatin nun mal von den Roten aufgestellt worden, und die scheuten damals vor nichts zurück, womit sich demonstrieren ließ, daß sie den Fortschritt verkörperten und die Schwarzen den Mief und Müll von gestern. Desungeachtet ist die goldene Amtskette auch heute noch kein Schönheitspreis, und sie wird von allzu vielen Leuten innig begehrt, heute nicht weniger als damals. Von meiner Frau zum Beispiel, wenn ich sie richtig verstehe.

Es waren nur ein paar vage Sätze, in denen sie mir bislang von der Idee einiger Köpfe (Möchtegern-Drahtzieher wäre vermutlich auch nicht falsch) ihrer Partei berichtete, ob nicht sie und kein anderer bei der Wahl des Oberbürgermeisters gegen den Amtsinhaber der Roten antreten sollte. Auf meine Frage, ob sie denn wolle, erwiderte sie, diese Idee sei ja nur das Gedankenspiel von ein paar Leuten und die Entscheidung werde wahrscheinlich ohnehin zwischen den beiden Flügeln der Partei getroffen, von denen jeder selbstredend seinen eigenen Favoriten habe, Männer, na klar, und keineswegs gewillt, wegen einer Frau zurückzustecken. Und als ich sie fragte, ob denn unter diesen Umständen nicht gerade sie tatsächlich gute Chancen habe, und sei es nur, weil sie der Partei eine neue Runde dieser öden, nervtötenden Flügelkämpfe erspare, lautete die Antwort, so könne man das nicht sehen.

Es war unüberhörbar, daß sie die Kandidatur recht gern, allzu gern übernehmen möchte. Und ich mache mir Sorgen. Ich fürchte, es könnte böse für sie ausgehen, wenn sie sich so weit vorwagt und so viele andere Ehrgeizlinge herausfordert.

2

Um diesen Punkt abzuschließen, ein für allemal: Sicherlich würde sich heute nur noch ein Masochist, nein, nur ein Lebensmüder mit dem Argument hervorwagen oder auch bloß mit der Andeutung, eine Frau wie sie gehöre eher ins Bett als in die Politik. Aber nicht wenige ihrer Parteifreunde werden genau so denken, wenn nicht sogar genau so empfinden, sozusagen, nämlich in den verborgenen Tiefen ihres Genitalbereichs, und ausschlaggebend ist ja nicht das, was sie bei der Diskussion über die Kandidaten daherschwätzen, sondern wem sie am Ende ihre Stimme geben, hinter dem Paravent der geheimen Wahl, bei der niemand ihre Diskussionsbeiträge als zielbewußte Irreführung erkennen kann. Und daß auf der anderen Seite die Frauen unter den Delegierten dieser Wahlversammlung sich rückhaltlos mit ihrer Geschlechtsgenossin solidarisieren würden, kann ich mir schon gar nicht vorstellen. Ich habe oft genug die giftigen Blicke beobachtet, wenn wir bei einem Empfang oder irgendeinem anderen Auftrieb, an dem ich in ihrem Schlepptau teilnehmen durfte, erschienen und alsbald die Kerle sich an sie heranmachten.

Sie ist nicht ganz ohne Schuld daran. Sie ist… wie soll ich es nennen?

Paßt die ausgeleierte Metapher, daß sie gern mit dem Feuer spielt? Vielleicht läßt es sich so beschreiben, ja. Sie spielt gern mit dem Feuer, noch immer und trotz der vierundfünfzig Jahre, die ihr freilich niemand ansieht. Sie hat es schon mit neunzehn getan, als sie mit einem verstauchten Daumen, den sie sich bei einem Handballspiel eingehandelt hatte, zu mir in die Praxis kam. Ich überwies sie sicherheitshalber und nicht zuletzt, weil ich schon auf den ersten Blick fürchtete, daß ich an dieser Behandlung ein allzu großes Gefallen finden könnte, an den Orthopäden.

Wahrscheinlich hat sie mich durchschaut, schon auf den ersten Blick. Ich habe sie nie danach fragen wollen, und sie hat mir auch nie offenbart, daß es so war. Sie kam jedenfalls immer wieder zu mir zurück, mal zur Kontrolle des Daumens, in dem sie ein jähes, sehr schmerzhaftes Stechen verspürt habe, mal mit einem leichten Fieber, hin und wieder auch mit Symptomen, die ich kurzerhand simuliert genannt hätte, wenn sie, wenn Lene, wenn dieses wahr und wahrhaftig bildschöne Weib nicht bei der Befragung über derlei Molesten solch eine Augenweide gewesen wäre und bei jeder näheren Untersuchung solch ein Abenteuer für meine Fingerkuppen.

Sie kam so lange zurück, bis ich eines Tages sehr plötzlich Witwer mit zwei Kindern geworden war, und sobald sie das erfahren hatte, überzeugte sie mich im Handumdrehen nicht nur davon, daß die siebzehn Lebensjahre, die ich älter war als sie, einer Ehe und dem solcherart gefestigten gemeinsamen Glück nicht im Wege wären; sie trieb mir ebenso meine Zweifel daran aus, daß sie einem zehnjährigen Jungen und einem sechsjährigen Mädchen die Mutter ersetzen und beide großziehen könnte. Sie hat es tatsächlich gekonnt, und sie ist auch nach der Geburt unserer gemeinsamen Tochter, die sie mit einundzwanzig zur Welt brachte, dieser Aufgabe ohne Abstriche gerecht geworden. Es gab keinen Unterschied zwischen René und Clara auf der einen, Birgit auf der anderen Seite, alle drei waren gleichermaßen Lenes Kinder, und sie war allen dreien gleichermaßen die Mutter, eine perfekte Mutter, könnte man sagen, wenn das nicht so penetrant nach Frauen-Schrifttum klänge.

Allerdings hat sie sich nie von dieser Aufgabe absorbieren lassen, und auch von keiner anderen der vielen Aufgaben, die sie übernommen und zielstrebig gelöst hat. Was sie darüber hinaus noch wollte, all das, was ihr nicht minder wichtig war, das hat sie nie aus den Augen verloren. Zum Beispiel ihren Sport. Ihren Theaterabend. Und zum Beispiel, nun ja: das Spiel mit dem Feuer.

Hin und wieder hat sie in unserer Umgebung für Unruhe gesorgt. Hin und wieder gab es Ereignisse wie das unter Beteiligung des Steuerberaters, der mit seiner Frau und den vier Kindern im Haus gegenüber wohnte. An einem frühen Mittwochabend im Oktober, es war zu Beginn des Quartals, und ich war mit der Abrechnung früher fertig geworden, als ich erwartet hatte, ich kam gegen sechs nach Hause, die Blätter der Bäume waren schwer vom Regen, sie waren noch grün, und während ich aus dem Auto stieg und genießerisch die Luft einsog, sah ich im Garten gegenüber die Frau des Steuerberaters. Sie hatte mich anscheinend nicht bemerkt, sie verschwand ohne Gruß hinter der dichten Hecke, als ob sie dort etwas zu tun hätte, was mich wunderte, denn für die Gartenarbeit ließ der Steuerberater einen Gärtner kommen, ich hatte weder sie noch ihren Mann je im Garten arbeiten sehen.

Ich schloß meine Haustür auf und wollte eintreten, als mir aus dem Wohnzimmer der Steuerberater entgegenkam. Er begrüßte mich ein wenig überschwenglich, so kam es mir vor, erzählte mir ein wenig überhastet etwas schwer Verständliches von einem sehr günstigen Angebot zur Kapitalanlage, das er mir habe zeigen wollen, er habe den Prospekt zurückgelassen, und wenn ich interessiert sei, könne er mir in den nächsten Tagen noch ein paar Informationen dazu geben, jetzt sei es leider zu spät dafür geworden, seine Frau warte wahrscheinlich mit dem Essen, einen schönen Abend noch, und verschwunden war er.

Ich begrüßte Lene, die sich im Hintergrund gehalten hatte, sie stand in der Tür des Wohnzimmers, im verdämmernden Licht des Herbsttages, da die Lampen noch nicht brannten. Ich schaltete die Lampen ein und fragte, wo die Kinder seien. Sie sagte, die Kinder seien noch unterwegs, René habe mit einem Freund ins Kino gehen wollen, und Claras Flötenstunde sei auf fünf verlegt worden, sie müsse aber jeden Augenblick nach Hause kommen, und die Kleine sei müde gewesen, sie habe sie in ihren Korb gelegt, und dort schlummere sie jetzt friedlich. Ich war mir nicht sicher, aber mir schien, als sei sie ein wenig außer Atem.

Sicher war ich mir, daß auf ihrer Stirn ein feiner Schweiß-film haftete.

Erst ein paar Monate später kam ich darauf, daß die Frau des Steuerberaters seit diesem Abend nicht mehr in meiner Praxis erschienen war, auch keines seiner Kinder und er selbst auch nicht, obwohl er von einer chronischen Gastri-tis und sie von einem hartnäckigen endogenen Ekzem ge-plagt wurde, welche Übel ich zuvor regelmäßig und bei beiden mehrfach im Jahr behandelt hatte. Ich fragte Lene nicht, was sie davon halte. Vielleicht spielten ja die Kinder noch immer miteinander, vielleicht gab es noch immer so-gar die gelegentlichen Gespräche über den Gartenzaun. Ich weiß es nicht. Mir fiel allerdings auch auf, daß wir von diesen Nachbarn nicht mehr eingeladen wurden. Zwar hatte derlei Umgang ohnehin nicht allzu oft stattgefunden, ich mochte die Leute nicht besonders, die zu ihnen kamen, seine Klientel im wesentlichen, ein dümmliches, hochnäsi-ges Volk, und die mochten mich nicht, vermute ich. Aber der Schnitt war deshalb so auffällig, weil auch Lene die bei-den nicht mehr zu uns einlud. Ich fragte sie nicht nach dem Grund.

Ich habe sie nie gefragt bei solchen Gelegenheiten, Er-eignissen wie an diesem Oktoberabend. Es gab einige da-von, im Laufe unserer vierunddreißig Ehejahre. Ein vager Glanz in ihren Augen, eine ungewohnte, verhaltene Aura, die ich manchmal schier zu riechen glaubte. Allerdings nur selten dann, wenn *ich* nach Hause kam, wie an dem Abend, an dem der Steuerberater seine Empfehlung zur Kapital-anlage hinterlassen hatte. Ein wenig öfter schon, wenn *sie* nach Hause kam, gegen elf, auch schon mal gegen Mitternacht, von der Gymnastikgruppe oder hernach von einer Versammlung der Bürgerinitiative, dann der Partei. Ich sprach nie aus, was ich befürchtete. Ich fürchtete vielmehr, daß sie mir ungefragt offenbaren könnte, woher sie kam und was sie erlebt hatte.

Das war feige, natürlich. Aber ich weiß nicht, wie ich anders die Abende hätte überstehen sollen, an denen sie gegangen war, um an diesem Training, jener Versammlung, Diskussion, Vorstandssitzung teilzunehmen, oder zuletzt, um die Veranstaltungen zu garnieren, bei denen sie den Oberbürgermeister vertreten mußte, Repräsentationspflichten, die bekanntlich lange dauern konnten. Und es wird auch keiner mir zu sagen wissen, wie ich anders die Nächte hätte überstehen sollen, in denen sie zu Parteitagen, Kongressen, zu Informationsreisen des Ausschusses für dieses oder jenes unterwegs war.

Ich versuchte immer wieder mir klarzumachen, daß ich keinerlei triftigen Grund für meinen quälenden Verdacht hatte; den Verdacht, ja, sie sei mir untreu. Ich versuchte mir klarzumachen, daß ich an primitiver nackter Eifersucht litt, Eifersucht auf jeden, der bei ihr sein konnte, wenn es mir verwehrt war. Ja, ja, der kurze Atem, der dünne Schweiß auf ihrer Stirn; der Glanz in den Augen, die Empfindung, einen merkwürdigen Geruch wahrzunehmen, ohne ihn exakt definieren zu können. Aber das alles waren doch keine Beweise. War es nicht ebensogut möglich, daß all das, was mich quälte, nur in meinem Kopf existierte, Hirngespinste, erzeugt von meiner Eifersucht? Natürlich war das möglich. War es nicht sogar wahrscheinlich?

Um diesen Punkt nun wirklich ein für allemal abzuschließen: Einmal habe ich mich um ein Haar mit einem Kegelbruder geprügelt, der eine dumme, boshafte Anspielung hatte fallenlassen, eine grinsende Bemerkung über jüngere Ehefrauen, von denen manche schwerer zu hüten seien als ein Sack Flöhe. Die anderen Kegelbrüder trennten uns, und er entschuldigte sich sofort, er sagte, er habe nur so dahergeredet und es tue ihm leid. Ich war später ein paarmal in Versuchung, ihn unter vier Augen zu fragen, ob er tatsächlich nur dahergeredet habe. Ich ließ das. Aber wenn er mehr gewußt hat, als er auszusprechen den Mut hatte, dann könnte es auch einige andere geben, die mehr wissen.

Vielleicht solche, die beim Training dabei waren, wenn sie unentschuldigt fehlte. Oder solche, die miterlebt haben, daß sie sich von einer Preisverleihung, bei der sie anstelle des Oberbürgermeisters das Grußwort sprach, sehr früh zurückzog, früher jedenfalls, als der Oberbürgermeister es sich erlaubt hätte. Oder solche, die mit ihr in Tokio, in Moskau oder Brasilia, als der Umweltausschuß dort ein bahnbrechendes System der Müllverwertung studierte, oder auf einem Parteitag in Hamburg oder München in demselben Hotel gewohnt und mitbekommen hatten, wie während der Nacht oder im Morgengrauen irgendein hohlköpfiger, breitschultriger Parteifreund mit blauschwarzem Bartschatten auf den Wangen und an Kinn und Hals ein Zimmer verließ, in dem er nichts zu suchen hatte. Lenes Zimmer.

Schluß jetzt. Ich fürchte, daß ihr Traum von einem krönenden Abschluß ihrer Karriere mit einem widerlichen Knall zerplatzen könnte, wenn irgendeine Information dieser Art oder gar mehrere zugleich ans Tageslicht gerieten und dort breitgetreten würden. Ich fürchte, meine Frau könnte, wenn sie tatsächlich versuchen sollte, Oberbürgermeisterin zu werden, eine sehr bittere Enttäuschung erleben. Einen niederschmetternden Schlag, von dem sie sich nicht mehr erholen wird.

3

Es war mir gar nicht willkommen, aber es hat mir am Ende gutgetan, mich einmal wieder mit etwas anderem zu beschäftigen als mit Lenes Zukunftsplänen. Am Freitagmittag rief Clara an, sie saß noch in der Praxis, erwiderte auf meine Frage, ob sie mal wieder kein Ende finde, ich hätte gut reden, das Wartezimmer sei gerade mal halbleer und jetzt habe auch noch die Frau angerufen, die am nächsten Morgen zu ihr kommen und Max und Jule hüten sollte, und habe ihr abgesagt, weil sie auf der Treppe ausgerutscht sei und nicht mehr auftreten könne, der Fuß, also werde sie nach der Praxis auch noch einen Hausbesuch mehr machen, um nach dem Fuß zu sehen, und wenn kein Wunder passiere, dann müsse sie das Seminar absagen, an dem sie morgen habe teilnehmen wollen, aber Wunder passierten ja leider nie.

Was für ein Seminar?

Na ja, die Einladung eines Pharmaherstellers, ein Ausflug mit Luxusbussen zu einem Schloßhotel in der Umgebung, ein Vortrag, dann das Mittagessen im Fünf-Sterne-Restaurant des Hotels, noch ein Vortrag, dann der

Kaffeeklatsch mit Spezialitäten der hauseigenen Patisserie und am frühen Abend die Rückfahrt, nichts Weltbewegendes, aber sie habe sich halt darauf gefreut, einmal rauszukommen, wenn auch nur für die paar Stunden, und das könne sie sich jetzt natürlich abschminken.

Ich fragte, ob sie mit dem Wunder, das passieren müsse, etwa mich gemeint habe. Sie lachte, und dann sagte sie, nein, nein, aber es hätte ja sein können, daß ich nichts Besonderes zu tun gehabt und Lust bekommen hätte, mit den Kindern irgend etwas zu unternehmen, sie brauche mir doch nicht zu sagen, daß Jule und Max sofort dabei gewesen wären, die beiden ließen sich von mir natürlich zehnmal lieber hüten als von der Frau mit dem Fuß.

Ich schaute aus dem Fenster, der Himmel war blau, die Sonne schien, und ich erinnerte mich, daß es dem Wetterbericht nach auch am Wochenende so bleiben sollte. Ich fragte Clara, wann die Kinder das letztemal im Zoo gewesen seien. Sie sagte, ach, das sei doch auch schon wieder eine ganze Weile her, mit mir seien sie das letztemal im Zoo gewesen, natürlich, mit wem denn sonst, sonst schwinge sich doch keiner dazu auf, und sie komme ja leider nicht dazu.

Ich fragte, ob es ihr recht sei, wenn ich Birgit Bescheid sagte, denn wenn ich mit Jule und Max in den Zoo ginge, könnten wir doch auch Daniel wieder mitnehmen, vielleicht seien Birgit und Rudi ja auch ganz froh, wenn sie den mal einen Samstag lang los seien. Clara sagte, natürlich sei ihr das recht, das sei ja wunderbar, und Jule würde sich ganz besonders freuen, wenn Daniel mitkäme, denn Daniel sei viel folgsamer als Max, so nenne Jule das jedenfalls, seit Max sich von ihr nicht mehr so leicht herumkommandieren lasse.

Am Samstagmorgen um Viertel vor neun brach ich auf, Lene verabschiedete mich mit einem Kuß und dem Wunsch, daß der Tag für mich nicht zu strapaziös werde. Sie wartete auf den Fahrer, er sollte sie zu einer Reihe von Terminen bringen, die sie wahrscheinlich bis zum Nachmittag beanspruchen würden, ein Gespräch mit dem Fraktionsvorsitzenden der Partei und seinen Stellvertretern in der Bezirksvertretung, in deren Bereich wir wohnen und der auch Lene einmal angehört hat, danach das Jubiläum eines Kleingartenvereins mit der Prämierung irgendwelcher dickster oder längster Erzeugnisse, danach ein Mittagessen in dem Seniorenheim, dessen Kuratorium sie angehört, und schließlich ein Straßenfest in einem Vorort, den die Roten bei der letzten Kommunalwahl zum ersten Mal, wenn auch nur knapp, an Lenes Clique verloren haben.

Um neun traf ich vor dem Haus ein, in dem Birgit und Rudi die obere Etage bewohnen, Daniel stand bereits vor der Tür, an der Hand seiner Mutter und in einer neuen, kurzen Hose, die ihm bis über die Knie reichte. Er kletterte auf den Rücksitz, schlug mir von hinten auf die Schulter, »Hallo, Opa!«, und hatte keinen Blick mehr für Birgit übrig, die bei der Abfahrt hinter uns her winkte. Ebenso erging es Clara, sie tauchte halb angezogen am Fenster ihres Schlafzimmers auf und warf mir Kußhände zu, während Jule ihren Bruder auf den Rücksitz schob, hinterherstieg und die Tür mit Schwung zuknallte, auch die Geschwister fanden keine Zeit, ihrer Mutter zu winken, Max verlangte, daß der Vetter zur Seite rücke, und Daniel schickte sich schon an, dem Geheiß zu folgen, aber Jule stieß ihren Bruder über Daniel hinweg und sagte, Daniel sei der kleinste und müsse in der Mitte sitzen, und als Daniel zu greinen begann, weil Max ihm weh getan habe, und Max lautstark erklärte, der müsse überhaupt nicht in der Mitte sitzen, entschied ich mich, »Ruhe!« zu brüllen.

Sie waren plötzlich mucksmäuschenstill, und ich sagte, wenn es noch einmal Streit gebe, würde ich sie alle miteinander rausschmeißen, mitten auf der Straße, egal wo, und allein in den Zoo gehen. Ich hörte, daß Max unterdrückt zu kichern begann, aber nachdem Jule ein scharfes Zischen von sich gegeben hatte, hörte er auf damit. Es gelang mir auch, einige weitere Scharmützel, die sich unterwegs anbahnten, zu unterbinden, bevor es zu Handgreiflichkeiten kam, und als wir am Kassenhäuschen des Zoos anlangten, stieg meine Zuversicht, daß der Tag einen insgesamt zufriedenstellenden Verlauf nehmen werde. Auf dem Schild neben dem Schalter des Kassenhäuschens stand nämlich aufgeschrieben, was alles an besonderen Sehenswürdigkeiten die Besucher erwartete, und das war nicht wenig.

Jule, die sich sofort daran gemacht hatte, das Schild laut vorzulesen, stockte bei dem ersten Eintrag und sagte, ach, sie habe keine Lust, sich wegen Max und Daniel so viel Arbeit zu machen, das könne ich ja tun, also tat ich es. Der erste Eintrag betraf die Przewalski-Pferde (*Equus przewalskii*), ein Mitglied der Herde, die Stute Irina, hatte ein Fohlen bekommen, dessen Taufe noch bevorstand. Eine Geburt war auch aus dem Gehege der Bisons (*Bison bison*) zu vermelden, dort hatte Jackie ein Stierkälbchen mit

Namen Joe zur Welt gebracht, und schließlich waren bei den Erdmännchen (*Suricata suricatta*) mehrere Erdmännchenfrauen, die nicht namentlich benannt wurden, sogar mehrfach Mutter geworden.

Jule, die mit stumm sich bewegenden Lippen mitgelesen hatte, sagte, da ständen aber auch noch ein paar Wörter zwischen so Haken oder so, die hätte ich nicht vorgelesen. Ich antwortete, das seien die lateinischen Namen dieser Tiere. Oder auch andere Namen, die die Forscher sich ausgedacht hätten. Jule fragte zweifelnd: »*Bison bison*?« Ja, sagte ich, zum Beispiel *Bison bison*.

Max sagte, das glaube er nicht. Er wisse genau, daß diese Tiere Bison hießen, er kenne die, das seien die mit den Hörnern und den dicken Köpfen. Die hießen nicht *Bison bison*. Er lachte: »Daniel heißt ja auch nicht Daniel-Daniel.« Daniel sah Max betroffen an, und Jule sagte, Max habe keine Ahnung, nämlich auf dem Schild stehe *Bison bison*, und wenn er nicht zu dumm wäre, könnte er es lesen.

Ich sagte, merkwürdig sei der Name schon, und vielleicht sei er ja falsch geschrieben; mir falle gerade ein, daß das Rind auf lateinisch *bos* heiße, und vielleicht solle auf dem Schild *Bos bison* stehen, aber jemand habe sich vertan. Nein, sagte Max, das sei genauso falsch; die hießen bloß Bison. Daniel fragte, wann wir denn zu dem Stierkälbchen gingen oder besser erst mal zu dem kleinen Pferd.

Ich deckte mich mit Prospekten ein, und so konnte ich die Zeit, bis die Stute Irina mit ihrem Fohlen aus einer hinteren Ecke des Geheges angetrödelt kam, mit Informationen über den General Nikolai Michailowitsch Przewalski und seine Forschungsreisen durch Zentralasien überbrücken, wenn ich leider auch, da mein Faltblatt darüber keine Auskunft gab, nicht zu sagen wußte, ob der General das Urwildpferd mit einem Lasso eingefangen hatte oder vielleicht, indem er es mit Zuckerstücken und Äpfeln in einen Käfig lockte. Ich äußerte Zweifel daran, daß es zu dieser Zeit bereits Würfelzucker gegeben habe, aber daß ich mich nicht einmal dafür verbürgen konnte, brachte mir einige Minuspunkte ein, die ich allerdings am Bisongehege kompensierte. Dort stand tatsächlich *Bos bison* ange-schrieben, was Jule sofort vorlas und Max ein wenig un-mutig hinnahm, obwohl er ja mit seiner Behauptung, diese Tiere hießen gar nicht *Bison bison*, vielleicht recht gehabt hatte.

Nachdem wir auch die Erdmännchen mit ihren Erd-frauen und -kindern besucht und am Affenfelsen, versteht sich, eine ziemlich lange Zeit verbracht hatten, wollte Da-niel unbedingt noch ins Vogelhaus, und ich ahnte schon, daß mir eine abermalige Prüfung bevorstand. Er sah sich, während wir in der dumpfen, von pausenlosem Gekrächze und Geschrei erfüllten Luft an den Volieren vorbeigingen, nach allen Seiten um, spähte in die Höhe und suchte alle Winkel ab, die möglichen Verstecke im Laub unter dem Glasdach, lief zweimal sogar zurück, weil er offensichtlich fürchtete, nicht gründlich genug gesucht zu haben. Aber er sprach kein Wort, und er legte auch keinen Protest ein, als Jule sich die Nase zuhielt und mit erstickter Stimme sagte, so wie hier stinke es sonst nirgendwo und jetzt wolle sie aber raus hier.

Er äußerte sich erst im Restaurant, als sie ihre Tabletts mit Fischfilet und Knackwurst und Pommes frites und

Kartoffelsalat zum Tisch getragen und ich die Becher mit dem braunen Gesöff, ohne das sie in diesem Ambiente keinen Bissen geschluckt hätten, am Automaten der Theke abgefüllt und ihnen gebracht hatte. Er machte sich ebenso wie Jule und Max über die Köstlichkeiten her, aber unversehens ließ er die Gabel sinken, sah zum Fenster hinaus und sagte: »Einen Vogel Greif haben sie noch immer keinen.« Ebenso unversehens wandte er sich wieder seinem Teller zu. Jule und Max starrten ihn kauend an, dann wandten sie den Blick zu mir.

Ich sagte: »Ich hab dir doch gesagt, daß es den Vogel Greif nicht gibt. Nicht in Wirklichkeit. Den gibt es nur im Märchen, das ist ein Fabeltier. Einen Vogel Greif können die hier gar nicht haben.«

Daniel schwieg. Max zog die Nase hoch, trank glucksend einen langen Schluck, setzte den Becher ab, ächzte, pickte sich die Gabel voller Fritten und stopfte sie in den Mund. Dann sagte er kauend: »Ja, aber die Pferde waren auch nicht immer im Zoo. Die sind ja auch erst hierhingekommen, weil der General sie gefangen hat.«

Daniel sah mich gespannt an. Ich musterte Max mit einem Blick, der ihm die Lust an dieser Diskussion nehmen sollte, und fragte: »Und was soll das heißen?« Max gab keine Antwort. Jule sagte mit vollem Mund: »Der Opa hat dich was gefragt. Man gibt Antwort, wenn man gefragt wird.«

Daniel sagte: »So ein General… so einer könnte ja wieder in so ein Land reisen. Und dann könnte er ja auch den Vogel Greif finden. Genauso wie die Pferde.«

Ich sagte: »Nein, das könnte er eben nicht, Herrgott noch mal, jetzt hör doch mal, was ich dir sage!«

Die drei aßen eine Weile schweigend weiter. Dann sagte Daniel: »Du hast uns aber gesagt, daß der Herzog Ernst und der Graf Wetzel den Vogel Greif überlistet haben. Und der dumme Hans hat ihn auch überlistet. Das hast du uns gesagt.«

Max sagte: »Stimmt genau. Das hat er uns sogar vorgelesen. Und so ein General ist bestimmt schlauer als der dumme Hans.«

Ich sagte: »Ich will jetzt kein Wort mehr davon hören! Den Vogel Greif gibt es nur im Märchen, basta!« Nach einem Zögern setzte ich, um jeden neuen Angriffspunkt auszuschließen, hinzu: »In den Sagen auch noch, aber sonst nirgendwo!« Mir war eingefallen, daß ich ihnen gesagt hatte, die Geschichte vom Herzog Ernst sei kein Märchen, sondern eine Sage, und ich war sicher, daß sie das nicht vergessen hatten, sondern nach meinem Basta-Satz bereits darüber nachdachten.

Ich war sehr unzufrieden mit mir. Und nicht zuletzt fürchtete ich, daß ich wieder Ärger mit Birgit bekommen würde. Es war Daniel durchaus zuzutrauen, daß er zu Hause auf die Frage, wie es denn im Zoo gewesen sei, ganz beiläufig sagen würde: »Aber einen Vogel Greif haben sie noch immer keinen.«

4

Ich bin sogar ziemlich sicher, daß es Birgit wieder gelingt, sich aufzuregen. Dabei hat diese Geschichte ganz ohne mein Dazutun angefangen, schuld daran war eigentlich

Lene. In ihrem Arbeitszimmer, dem Zimmer, in dem einst René wohnte, bevor er zu seinem Freund zog, hat sie statt der Poster eine Holztafel mit dem Wappen von Pommern aufgehängt, ihrer Heimat, oder genaugenommen nicht ihrer Heimat, denn ihre Familie wurde ja von dort vertrieben, noch bevor Lene gezeugt war, ihre Mutter brachte sie auf einer Etappe des langen Trecks in den Westen zur Welt; allerdings war die Familie seit ewigen Zeiten in Kolberg ansässig gewesen.

Das Wappen zeigt den Vogel Greif, was ich nicht erkannte, bevor Lene es mir sagte. Er sieht in dieser heraldischen Version nicht gar so bedrohlich aus, wie ich ihn aus meiner Lektüre in Kindertagen in Erinnerung hatte, aber Daniel, der mich eines Tages fragte, was das für ein Tier sei, war tief beeindruckt, als ich ihm erklärte, das sei der Vogel Greif und eigentlich sei er ein Löwe, er habe, wie man sehe, auch Tatzen an den Hinterbeinen, aber den Kopf eines Adlers und wie ein Adler einen scharfen Schnabel und Flügel und an den Vorderbeinen Krallen.

Ich wußte nicht mehr genau, wann und auf welche Weise ich das erste Mal von diesem Tier erfahren hatte, aber ich vermutete, daß es durch ein Märchen geschehen war. Ein paar Tage später blätterte ich bei den Brüdern Grimm nach und fand tatsächlich das Märchen vom Vogel Greif und dem niederträchtigen König, der dem dummen Hans seine Tochter verspricht, wenn der ihm eine Feder aus dem Schwanz des Vogels Greif bringe, woraufhin der Hans sich auf den Weg macht, die Frau des Greifen findet und sie für sich einnimmt, so daß sie ihn unter dem Bett ihres Mannes lagern läßt und der Hans während der Nacht, als der Greif zu schnarchen begonnen hat, ihm eine Feder aus dem Schwanz reißen kann. Die Sache spitzt sich dann freilich lebensgefährlich zu, weil der Greif aufwacht und seine Frau weckt und sagt: »Frau, es riecht nach Mensch, und es ist mir, als hätte mich jemand am Schwanz gezerrt«, aber die Frau sagt: »Du hast gewiß geträumt«, und damit gibt er sich zum Glück zufrieden, und so kann der Hans am nächsten Morgen, als der Greif davongeflogen ist, unter dem Bett hervorkriechen und mit seiner Feder zum König und der schönen Königstochter gehen.

Die Geschichte weckte so viele fast handgreifliche, anregende, quasi würzige Erinnerungen in mir, das dicke, ein wenig stockig riechende Buch, die fein gestrichelten Holzschnitte, auf denen der Hans mit seinem Wanderstecken im Wald zu sehen war, die Frakturschrift, die heute keiner mehr lesen lernt, das Buch vor meiner Nase, am Winterabend unter der Lampe, am Sommertag im Schatten der Hofmauer, ich fand mich, als ich mich daran erinnerte, so animiert, daß ich mich ein wenig gründlicher nach dem Vogel Greif umsah. Auf verschlungenen Wegen, über das Lexikon und die mesopotamische Kunst und den *Physiologus*, gelangte ich schließlich zum Herzog Ernst, dessen Name in meinen Ohren ein fernes Glöckchen läuten ließ, und ich erlebte die zweite Offenbarung, als ich mich an das Buch erinnerte und es in einem Winkel meiner Regale wiederfand.

Es ist eine schwergewichtige Ausgabe der Deutschen Volksbücher, aus den zwanziger oder dreißiger Jahren, und der Herzog Ernst steht darin zwischen dem hörnern Siegfried und der schönen Melusine. Vielleicht habe ich, als der Knabe, der ich war, die schöne Melusine zuerst gelesen, weil ich mir von ihr etwas Unkeusches oder zumindest eine Anregung dieser Art versprach, aber den tieferen Eindruck hat zweifellos der Herzog Ernst hinterlassen, nämlich die schaurige Vorstellung, wie er mit seinem Schiff und seinen Gefährten in den Sog des Magnetberges gerät, an dessen Fuß sie unwiderstehlich scheitern, gleich tausenden Seefahrern zuvor, so daß nur ihrer sieben überleben. Hier nun treten die Greifen auf, sie stoßen im Steilflug von den düsteren Bergen herab, krallen sich die Toten vom Wrack des Schiffes und tragen sie hinauf in ihr Nest, wo ihre gefräßigen Jungen sich darüber hermachen.

Die Situation ist hoffnungslos, wie man sich denken kann, zumal die sieben nur noch einen halben Laib Brot haben, aber um so triumphaler wirkt dann die List, auf die Graf Wetzel, der getreueste der Gefährten, verfällt: Der Herzog und er lassen sich von den anderen in Tierhäute einnähen und aufs Deck legen, die Greifen wittern den Hautgout, halten die beiden für angegangenes, leckeres Futter und bringen sie hinauf ins Nest, aber an diesen vermeintlichen Leichen knabbern und reißen und zerren die Jungen vergebens, der Herzog und Graf Wetzel befreien sich, sobald die alten Greifen wieder aufs Meer hinausgeflogen sind, aus ihren Häuten, sie geben den Jungen was über die Schnäbel und steigen aus dem Nest und bergab in einen Wald, in dem sie sicher sind und mit ihren Abenteuern fortfahren können.

Es wird ein gutes halbes Jahr her sein, daß ich meine Enkel mit diesen Informationen über den Vogel Greif bekannt gemacht habe, es war ein regnerischer Sonntagnachmittag, an dem Birgit und Rudi sich eine Vorstellung des *Nederlands Dans Theater* ansehen wollten, und als ich Carla anrief und ihr sagte, daß ich auf Daniel aufpaßte und gegen Jule und Max als Gesellschafter nichts einzuwenden hätte, war sie hocherfreut, ich weiß nicht, wie sie den freien Nachmittag nutzte, wahrscheinlich mit ihrem aktuellen Liebhaber, sie hatte jedenfalls Verwendung dafür. Die drei wurden bei mir abgeliefert, ich war allein zu Hause, weil der Oberbürgermeister krank geworden war und die Ehrenkarten zu ebender Vorstellung, die auch Birgit und Rudi sehen wollten, an Lene übergeben hatte, mit der Bitte, an seiner Statt daran teilzunehmen. Lene hatte mich gefragt, ob ich sie begleiten wolle, aber ich war ja schon engagiert. Ich hatte allerdings auch keine Lust auszugehen.

Das Märchen vom Vogel Greif las ich den dreien vor, weil ich nicht sicher war, daß ich aus dem Gedächtnis die diversen Aufgaben, die der dumme Hans zu lösen hat und löst, vollständig und richtig zusammenbekommen würde, und als sie damit noch nicht genug hatten, ließ ich den Herzog Ernst folgen, aber den erzählte ich ihnen, und zwar nicht nur, weil die Darstellung in meinem angegilbten Buch sich allzu angestrengt um den Volkston bemüht und darüber ziemlich pompös geraten ist, ich erzählte die Geschichte auch deshalb in meinen Worten, weil ich sie ein wenig desinfizieren wollte, sie sollte nicht ganz so penetrant nach toten Seefahrern und Aasfressern und deren bekleckerter Behausung riechen.

Einen heiklen Effekt hatte ich vorausgesehen, und der trat auch ein: Das Happy-End ist natürlich insofern keins, als nach dem Herzog und dem Grafen Wetzel die nächsten

beiden der sieben Überlebenden sich in Tierhäute einnähen lassen und von den düpierten Greifen in die Freiheit
getragen werden, und dann noch einmal zwei, aber einer
bleibt nun mal übrig, der niemanden mehr hat, um sich
einnähen zu lassen, und das hatte Jule sofort ausgerechnet,
sie fragte, was denn aus dem letzten geworden sei. Ich versuchte, mich und den Herzog Ernst herauszureden, ich
verwies darauf, daß der siebte am Ende ja allein das halbe
Brot habe essen und so überleben können, aber Max sagte:
»Ja, ja, wenn die anderen nicht auch noch was davon gegessen haben!«, und als ich erwiderte, der siebte hätte
damit aber wenigstens so lange aushalten können, bis ein
anderes Schiff ihn rettete, sah Daniel mich finster an,
schüttelte den Kopf und sagte: »Was für ein Schiff? Das
Schiff wäre doch auch an dem Magnetberg kaputtgegangen!« Sie waren nicht völlig zufrieden, am Ende fiel ein
Schatten auf den Herzog Ernst, weil er sich selbst, jedoch
nicht alle seine Gefährten gerettet hatte, aber vielleicht
hatte er diesen Verlust an Ansehen ja auch verdient, ich
konnte es jedenfalls nicht ändern.

Einen anderen, den zweiten Effekt dieser Märchen- und
Sagenstunde hatte ich freilich nicht im geringsten vorausgesehen. Am nächsten Tag rief Birgit mich an und fragte,
welcher Teufel mich denn geritten habe, daß ich den Kindern ausgerechnet die widerliche Geschichte vom Vogel
Greif erzählt hätte, eine absolute Horrorgeschichte, und
ob es mir egal sei, wenn die Kinder jetzt unter Alpträumen
litten. Ich fragte sie, was sie gegen die deutsche Literatur
einzuwenden habe und ob sie etwa ihren Deutschunter-
richt an den Erfordernissen eines Damenstifts orientiere.

Sie erwiderte, daß ich uneinsichtig sei, überrasche sie nicht, aber vielleicht täte ich mir selbst den Gefallen, noch einmal über diesen Fall nachzudenken.

Sie ließ es damit bewenden, wahrscheinlich, weil ihr eingefallen war, daß sie mich als Hüter ihres Sohnes hin und wieder durchaus gebrauchen konnte, aber sie schickte, um dem Monitum Nachdruck zu verleihen, noch einmal Rudi vor, den Gatten, der an derselben Schule wie sie unterrichtet, allerdings Mathematik und Physik, und das merkt man auch, der Kerl hat in seinem Leben vermutlich noch kein Buch aufgeschlagen, das nicht aus Zahlen besteht, und er kam mir in diesem Fall gerade recht. Bei irgendeiner Familiengeselligkeit faßte er mich zwischen Tür und Angel am Arm, lächelte und sagte, es sei wohl doch schon ein bißchen lange her, daß ich Kinder aufgezogen hätte. Ich fragte, ob er auf den Herzog Ernst abziele. Er lächelte und sagte: »Na ja...« Ich fragte ihn, ob er das Buch schon einmal gelesen habe, und er sagte: »Na ja, das...« und lächelte. Ich sagte, er solle es mal lesen; wenn er wolle, könne ich es ihm leihen. Damit hatte sich sein Beitrag erledigt.

Freilich bin ich nicht streitsüchtig, und es wäre mir lieber, wenn der Vogel Greif in meiner Familie in Vergessenheit geriete, abgesehen von Lenes Wappen, aber auf dem bedroht er ja auch nur die Feinde Pommerns. Ich beugte jedenfalls, als wir den Zoobesuch beendet hatten, weiteren Verwicklungen vor. Daniel war nach dem Essen müde geworden, und die beiden anderen schienen auch keine große Lust mehr zu haben, ich fuhr mit ihnen zu uns nach Hause, ließ aber die Aufforderung, ihnen etwas vorzulesen oder zu erzählen, gar nicht erst aufkommen, sondern setzte sie vor den Fernsehapparat. Nachdem Daniel ebendort ein Nickerchen gemacht hatte und Max und Jule sich darüber zu streiten begannen, welches Programm am schönsten und demzufolge einzuschalten sei, holte ich die Gesellschaftsspiele hervor, aber nach der zweiten Partie *Mensch ärgere dich nicht* sagte Jule dann doch, sie würde lieber ein Märchen hören, Max und Daniel pflichteten ihr bei, und ich traf sofort die vorbedachte Auswahl, ich holte Selma Lagerlöfs *Nils Holgersson* vom Regal und begann das erste Kapitel zu lesen: »Es war einmal ein Junge…«

Sie waren noch immer gebannt bei der Sache, als Lene nach Hause kam, es war gegen fünf, sie wirkte abgespannt, und als ich sie fragte, wie der Tag gewesen sei, antwortete sie nur einsilbig. Sie sagte auch nicht viel, nachdem die Kinder abgeholt worden waren, machte mir ein kaltes Abendbrot, wollte selbst nichts mehr essen, sie meinte, sie habe keinen Hunger mehr, wir setzten uns vor den Fernsehapparat und sahen uns ein amerikanisches Gerichtsdrama an.

5

Ausgerechnet Nelles. Irgendeinen Drecksack dieses Kalibers hatte ich zwar befürchtet, ich hatte ihn kommen sehen, ja doch, aber nicht diesen, nicht gerade Herrn Doktor Günther Nelles, Chef der Firma Baudewin & Nelles, des nur zweit- oder drittgrößten, doch vermutlich gesündesten, mit Sicherheit rabiatesten Immobilienhandels der Stadt, und im Nebenberuf Ratspolitiker der Schwarzen. Günni Nelles also, den ich schon als Zehnjährigen kennenlernte, da seine Mutter eine meiner ersten Patientinnen nach der Niederlassung war, und der mir desungeachtet nie zur Behandlung anvertraut wurde, er sei, so erklärte mir die Mutter, als wäre ihr das ein wenig peinlich, nun einmal kerngesund, so gesund wie sein Vater, der ebenfalls meine Dienste nicht beanspruchte, bis er eines Tages umfiel und tot war. Den jungen Nelles allerdings bekam ich dann doch noch in die Finger, wenn beim ersten Mal auch nicht in der Praxis, sondern in unserem Haus, als eine ganz spezielle Art von Notfall, in einer schwülen, schweißtreibenden Sommernacht.

Ich weiß nicht mehr, welches der Kinder krank war, wahrscheinlich Birgit, die damals wohl noch in den Kindergarten ging und sich dort so gut wie jeden Infekt einfing, den es einzufangen gab. Wir waren jedenfalls todmüde ins Bett gefallen, konnten noch nicht lange geschlafen haben, es war irgendwann zwischen Mitternacht und ein Uhr früh, als die Türklingel uns weckte, jemand drückte ein paarmal hintereinander auf den Knopf, ich kam nur mit Mühe zu mir, griff nach meinem Morgenmantel und kämpfte mit den Ärmellöchern. Noch bevor ich in die Diele kam, klingelte es schon wieder.

Ich öffnete. Vor mir stand Günni Nelles, in einem hocheleganten, cremefarbenen Jackett, das er über die Schultern gehängt hatte, mit offenem Kragen, den Knoten der teuren Krawatte hatte er weit aufgezogen; an seiner linken Flanke hing ein ziemlich langer Zipfel des kakaobraunen Hemds über den Gürtel der Sommerhose. Mit dem rechten Arm stützte Günni ein spillriges, grell geschminktes Mädchen in einem Minirock, der gerade noch ihren Schritt bedeckte. Sie ließ den Kopf zur Seite hängen, blickte ins Leere. Ihr Gesicht war bleich wie der Tod, abgesehen vom Lippenstift, den Lidschatten und einer blutenden Platzwunde über dem linken Auge, das angeschwollen war und sich zu verfärben begann.

Günni öffnete den Mund, aber ich nahm ihm das Mädchen ab und führte sie in mein Arbeitszimmer, er schloß die Haustür und kam stumm hinterhergetrottet.

Während ich die Wunde versorgte, fragte ich: »Wie ist das passiert?« Das Mädchen wandte die Augen zur Seite und schwieg.

Günni räusperte sich, dann sagte er: »Wir haben Streit bekommen.«

Ich fragte: »Was soll das heißen? Haben Sie sie geschlagen?«

Günni gab einen unwilligen Laut von sich, schüttelte den Kopf, aber er antwortete nicht. Das Mädchen sagte: »Ich bin hingefallen. Er hat mich gestupst.«

Ich sagte: »Wollen Sie mich für dumm verkaufen?«

Günni sagte: »Sie haben doch gehört, was sie gesagt hat. Oder sind wir hier bei der Polizei?«

Ich forderte ihn auf, hinauszugehen und in der Diele zu warten. Er fragte: »Warum?«

Ich sagte: »Erstens, weil ich es gesagt habe. Und zweitens, weil ich Ihre Bekannte untersuchen muß. Also raus jetzt!«

Er sah das Mädchen von der Seite an, aber sie tat, als nehme sie den Blick nicht wahr. Nach einem geräuschvollen Räuspern ging er hinaus.

Als ich sie mir genauer ansah, fand ich in ihrer rechten Handfläche eine massive Hautabschürfung, die sich bis über das Handgelenk erstreckte. Ich fragte: »Sind Sie auf die Straße gefallen?« Sie sagte: »Ja«, und nach einer kleinen Pause: »Hab ich doch gesagt.«

Ich seufzte. Dann sagte ich: »Ich kann Sie nicht zwingen, mir die Wahrheit zu sagen. Ich nehme an, Sie haben Ihre Gründe. Aber passen Sie auf, daß Sie am Ende nicht die Dumme sind.« Sie gab keine Antwort.

Nachdem ich sie versorgt hatte, sagte ich: »Bitte, kommen Sie morgen nachmittag in meine Praxis. Die Wunden, die Sie da haben, müssen behandelt werden, sonst könnten Sie ernstere Probleme bekommen.« Ich gab ihr meine Karte. Sie las die Aufschrift. Ich sagte: »Und jetzt brauche ich noch Ihren Namen und Ihre Adresse.«

Sie fragte: »Wieso? Er hat gesagt, er bezahlt das.«

Ich sagte: »Das will ich hoffen. Aber meine Patientin sind Sie und nicht er. Also?«

Sie zögerte, aber dann sagte sie mir, sie heiße Nina, Nina Raschke, und wohne am Königsberger Ring Nummer soundso. Ich kannte die Wohnblocks dort, sie lagen nicht weit vom Straßenstrich.

Ich brachte sie hinaus. Günni stand an der Haustür und starrte durch das Guckfenster hinaus ins Dunkel. Als er unsere Schritte hörte, wandte er sich um, griff an seine Gesäßtasche und zog ein Portemonnaie hervor. Das Hemd hing noch immer aus der Hose heraus. Er fragte: »Wieviel macht das?«

Ich sagte: »Darüber bekommen Sie eine Rechnung.« Ich deutete auf den Hemdzipfel. »Und vielleicht ziehen Sie sich mal wieder an, bevor Sie sich vor Ihren Eltern blicken lassen. Oder wohnen Sie nicht mehr bei ihnen?«

Er sah irritiert auf den Hemdzipfel, stopfte ihn hinter den Gürtel. »Ich brauche aber keine Rechnung. Was haben Sie denn gegen Bargeld?«

»Gar nichts. Aber zuerst bekommen Sie Ihre Rechnung. Und einen guten Rat gebe ich Ihnen kostenlos dazu.« Ich warf einen Blick auf die spillrige Nina, die die Schultern hochgezogen und die Arme unter der Brust verschränkt hatte, als friere sie; dann sah ich ihn an. »Ich kümmere mich auch weiter um Frau Raschke. Und wenn ich feststellen muß, daß Sie sich noch einmal so danebenbenehmen, dann bekommen Sie Ärger. Aber nicht zu knapp.«

Er starrte mich an, schluckte. Dann öffnete er die Tür und ging hinaus. Sie folgte ihm. Auf der Schwelle hielt sie ein. Sie wandte sich zu mir um und sagte: »Danke.«

6

Mit Günni Nelles also muß Lene rechnen. Auch über diesen neuen Stand hat sie mich eher zögerlich informiert. Am Samstagabend und am Sonntag verlor sie darüber kein Wort, erst beim Frühstück gestern, am Montagmorgen, kurz bevor ihr Fahrer klingelte, sagte sie beiläufig, es habe sich wohl herumgesprochen, daß ein paar Leute sie eventuell ins Rennen schicken wollten, und das habe anscheinend andere Leute aufgestört. Es heiße, diese anderen hätten mit Nelles gesprochen, und der sei bereit, sich als Kandidat der Partei für die Wahl des OB aufstellen zu las-

sen. Ich sagte, das wundere mich nicht, denn wahrscheinlich warte er doch schon seit Jahren auf eine Chance, wieder ins Geschäft zu kommen. Mich wundere nur, daß diese
anderen Leute ausgerechnet ihn durchbringen wollten,
denn auf dem linken Flügel der Partei gebe es für ihn doch
gewiß nichts zu erben.

O nein, o nein, von wegen, sagte sie; das sei schon lange
nicht mehr so wie zu der Zeit, als er aus dem Fraktions-
vorsitz gekegelt worden sei. Seither habe er sich mehr und
mehr von den Aktivitäten des rechten Flügels zurückgezogen. In den vergangenen Jahren sei er ein paarmal sogar als Vermittler zwischen den beiden Flügeln aufgetreten, und das nicht ohne Erfolg. Sie lachte, aber es klang ein
wenig aufgesetzt. Dann sagte sie, das sei ja eben das Raf-
finierte an diesem Schachzug.

Es klingelte, der Dienstwagen stand vor der Tür. Sie
raffte ihre Sachen zusammen, gab mir einen Kuß und sagte,
es könne spät werden am Abend. Ich ging mit ihr zur
Haustür, gab dem Fahrer die Hand. Sie warf mir eine Kußhand zu, als der Wagen abfuhr. Ich winkte zurück, blieb in
der Tür stehen, bis der Wagen um die Ecke verschwunden
war.

Ich brauchte eine Weile, aber am Ende glaubte ich klar
zu erkennen, warum dieser neue Stand sie so spürbar irritiert: Die Leute, die sie gefragt haben, ob sie für das Amt
kandidieren wolle, haben sie ja nicht zuletzt deshalb gefragt, weil sie mit keinem der beiden Flügel der Partei verheiratet ist, was bedeutet, daß sie nicht nur mit den Stimmen der gleichermaßen Ungebundenen, sondern auch mit
einigen, wenn nicht sogar vielen Stimmen von beiden Flü-

geln rechnen könnte. Ich selbst bin doch, ohne daß ein Experte es mir vorgesagt hätte, darauf gekommen, daß sie vielleicht die besten Chancen hätte, nominiert zu werden, weil ihre Kandidatur weder den Rechten noch den Linken einen Vorwand böte, erneut die Messer gegeneinander zu zücken; und auf dieses klassische Verfahren der innerparteilichen Willensbildung, das nicht nur die Roten, sondern auch die Schwarzen in der Stadt schon bei allen möglichen Anlässen mehr gelähmt als stimuliert hat, würde vermutlich eine Mehrheit auch der schwarzen Gefolgschaft gern verzichten.

Wenn allerdings Herr Doktor Nelles persönlich, um wieder ins Geschäft zu kommen, sich mittlerweile die Rolle des Unabhängigen, sogar des Vermittlers angeeignet hat und diese Schau, was ihm zuzutrauen ist, ohne Versprecher und ohne Stolpern durchzieht, dann steht es nicht gut um Lenes Träume. Er ist nun mal, so sagt man doch, ein gestandener Mann, nicht wahr, ein erfahrener, ein wetterfester, einer mit Durchsetzungsvermögen, und selbst wenn es nach der Schönheit ginge, könnte er mithalten, nicht mit einem strammen Hintern natürlich, obwohl er auch darüber zumindest früher verfügte, wie ich mich erinnere; wohl aber mit breiten Schultern und einer noch immer passablen Taille, und zudem hat er, wie ich beim letzten Presseball feststellen konnte, sich mittlerweile eisgraue Schläfen zugelegt, auch der kohlschwarze Burt-Reynolds-Schnurrbart, der ihn schon seit vielen Jahren schmückt, ist eisgrau meliert, was auf das perfekteste mit seinem Sonnenbank-Teint und den blauen, eisblauen Augen kontrastiert.

Herr Doktor Nelles wird, so fürchte ich, Lenes Träume kaputtmachen. Er wird sie rundum demontieren. Ausgerechnet Nelles. Es ist zum Kotzen.

7

Nina Raschke, um ihre Geschichte und die von Günnis Anfängen als gestandener Mann zu vervollständigen, kam pünktlich am Tag nach unserer ersten Begegnung in meine Sprechstunde. Statt des Minirocks trug sie Jeans, statt der Kriegsbemalung nur ein wenig Lippenstift. Ich sah mir ihre Blessuren und das schillernde Auge an, sagte ihr, das heile aber sehr schön, und während ich die Wunde über dem Auge frisch verpflasterte, sagte sie unvermittelt: »Er hat mir da eine verpaßt. Voll drauf, mit der Faust.«

Ich beschäftigte mich mit der Wunde. Erst nach einer Weile fragte ich: »Warum?«

Sie ließ einige Zeit verstreichen, dann sagte sie: »Ich bin zu ihm ins Auto gestiegen. Auf der Insterburger Allee.«

»Gehen Sie da anschaffen?«

»Ja. Das heißt, manchmal. Nur, wenn ich Geld brauche.«

»Klar. Und was dann?«

»Wir sind ein Stück weitergefahren, in eine Seitenstraße. Ich weiß nicht, ob Sie die kennen, die Fuchshecke.«

»Ist das dieser Fahrweg am Bahndamm?«

»Ja.« Sie sah mir eine Weile zu, als ich mir ihre Hand vornahm, dann sagte sie: »Na ja, wir sind dann auf den Rücksitz gegangen. Und bis dahin war eigentlich alles ganz normal. Er hatte eine Fahne, das hab ich gerochen, aber das haben die meisten. Bloß dann…« Sie schüttelte den Kopf, verzog das Gesicht.

Nach einer Weile sagte sie, ihre Stimme klang unversehens, als drücke ihr jemand den Hals zusammen: »Ich hab doch tatsächlich vergangene Nacht davon geträumt. Ich hab die ganze Scheiße noch mal geträumt, das müssen Sie sich mal vorstellen!«

Ich sagte: »Legen Sie eine Pause ein, wenn es Sie zu sehr mitnimmt.«

»Nein, nein.« Sie schluckte. »Ich schaff das schon. Von so einem Arschloch lass' ich mich doch nicht fertigmachen.« Sie schluckte noch einmal, holte Atem. Dann sagte sie: »Ich hatte meinen Slip kaum runter, da fällt der über mich her. Rammt mir seinen Ständer rein, ich denke, der reißt mich auf bis an den Bauchnabel, oder er kommt hinten wieder raus, tatsächlich. Und dann fängt er an zu ficken wie Nachbars Lumpi, was sag ich, wie ein Stier, wie ein Bekloppter, ich denke, der fickt mich durch den Sitz, tatsächlich, ich denke, ich lande auf der Straße.«

Sie schüttelte den Kopf, holte tief Atem.

Ich fragte: »Sie haben sich gewehrt?«

»Na klar. Zuerst hab ich geschrien. ›He, he, langsam!‹ oder so was. ›Bist du bescheuert?!‹ Aber der hat überhaupt nicht reagiert. Fickt weiter wie… wie eine Maschine.« Sie schluckte. »Ich hab tatsächlich Angst gekriegt. Ich hab's geschafft, einen Arm freizubekommen, und dann hab ich ihn am Ohr gepackt und den Daumen aufs Auge gesetzt und zugedrückt. Und da ist er in die Höhe gegangen, und ich unter ihm raus, hab nach ihm getreten und hab ihn voll

38

zwischen den Beinen erwischt, und ich hab die Tür aufbe-
kommen und mich rausgezogen.«

Sie holte Atem. »Na ja, und er gleich hinter mir her, rafft
mit einer Hand seine Hose hoch und mit der anderen packt
er mich, ich hab mich in meinem Slip verheddert, und dann
haut der Saukerl mir mit der Faust aufs Auge, und ich falle
hinter das Auto und auf die Seite und rutsche mit der Hand
über den Schotter, da haben sie so Schotter auf der Straße,
oder wie das heißt.«

»Splitt.«

Sie sah mich fragend an.

Ich sagte: »Rollsplitt. Dieses schwarze Zeug, das nach
Teer riecht. Ich hab's an Ihrer Hand gesehen.«

Sie lächelte mich an. Dann sagte sie: »Sie sind top, was?«

»Ich weiß nicht, ob ich top bin. Aber ich geb mir Mühe.«
Als sie zu nicken begann und nicht aufhörte, mich anzu-
lächeln, sagte ich: »Und wie ging's weiter?«

Sie seufzte. Nach einer Weile sagte sie: »Ich glaube, ich
hab Schwein gehabt. Ein Auto ist in die Straße gekommen.
Eine Kollegin mit einem Freier. Sie sind an uns vorbei-
gefahren und ein Stück weiter stehengeblieben. Als das
Auto herankam, hat er sich hinter sein Auto geduckt,
neben mich, er hat gesagt, ich soll still sein. Wenn ich still
bin, gibt er mir einen Hunderter. Und als das Auto vorbei
war, hat er mich hochgezogen und mich wieder in sein
Auto gesetzt, und dann ist er eingestiegen und hat mir den
Hunderter gegeben.«

»Haben Sie keine Angst gehabt? Ich meine …«

»Klar hab ich Angst gehabt. Und dann hab ich gemerkt,
daß ich blute. Ich hab gesagt, ich blute, und er hat das Licht

39

eingeschaltet, und als er das da oben gesehen hat, hat er mir ein Taschentuch gegeben und gesagt, er fährt mich zum Arzt.«

»Und dann hat er Sie zu mir gebracht?«

»Ja. Aber vorher hat er gefragt, ob ich auch die Klappe halte. Wenn ich die Klappe halte, gibt er mir noch zwei Hunderter extra, hat er gesagt. Aber nur, wenn ich die Klappe halte. Ich soll sagen, ich bin hingefallen.«

Ich fragte sie, ob der Verband ihr lästig sei, sie bewegte die Finger und sagte, nein, alles okay. Ich fragte sie, ob er ihr das Geld gegeben habe. Sie sagte, ja, gestern abend nur hundertfünfzig, weil er nicht mehr bei sich hatte, aber die restlichen fünfzig habe er ihr heute morgen gebracht.

8

Ein paar Tage später erschien auch Günni in der Praxis. Ich war einigermaßen überrascht, als die Helferin mir die Karte, auf die sie seine Daten eingetragen hatte, hereinbrachte, aber er war mir sehr willkommen, ich ließ ihn zunächst einmal ausgiebig warten. Als er schließlich eintrat, hatte er erkennbar mit seinem Unmut zu tun; es war ihm offenbar nicht entgangen, und das sollte es ja auch nicht, daß die Helferin drei Patienten, die nach ihm gekommen waren, vor ihm ins Sprechzimmer geschickt hatte. Er nickte mir zu, grummelte: »'n Tag« und pflanzte sich, ohne eine Aufforderung abzuwarten, in den Sessel vor meinem Schreibtisch, rückte sich mit ein paar heftigen Bewegungen zurecht. Ich sagte: »Guten Tag«, aber ich sah ihn nicht an dabei; ich tat, als läse ich zum erstenmal die Eintragungen auf der Karte, dann blickte ich auf. »Ihre Mutter hatte mir schon gesagt, daß Sie Ihr Studium mit Erfolg abgeschlossen haben.«

Er räusperte sich, schwieg.

»Betriebswirtschaft, nicht wahr?«

Er nickte.

»Und wie ich sehe, haben Sie mittlerweile sogar schon promoviert?«

Er starrte mich schweigend an.

»Meinen Glückwunsch.« Ich legte die Karte ab. »Das haben Sie ja erstaunlich schnell geschafft.« Ich nahm die Karte wieder auf, warf einen Blick darauf. »Mit vierundzwanzig Jahren. Wirklich bemerkenswert.«

Ich legte die Karte wieder ab. Er schwieg noch immer. Er traute diesem Kompliment wohl nicht. Anscheinend überlegte er angestrengt, worauf ich hinauswollte.

Ich sagte: »Und jetzt wollten Sie sich erkundigen, wie es Frau Raschke geht?«

Er schluckte, dann sagte er: »Nein.« Als ich ihn, indem ich wie erstaunt die Augenbrauen hob, auf dieser Antwort sitzenließ, rückte er sich abermals zurecht. Dann sagte er: »Ich habe Beschwerden.«

»Aha. Was für Beschwerden?«

Nach einem Zögern sagte er: »Beim Urinieren.«

»Beim Urinieren?« Mir schwante, warum er zu mir und ausgerechnet wieder zu mir gekommen war, aber ich dachte nicht daran, ihm die Peinlichkeit der Offenbarung zu ersparen. Ich musterte ihn stumm, mit einem leichten Stirnrunzeln.

»Ja.« Er schluckte, dann sagte er: »Ich habe… das brennt. Jedesmal beim Urinieren spüre ich… ja, so ein Brennen.« Er zögerte, dann sagte er: »Im Glied.« Und dann mochte ich meinen Ohren nicht trauen, aber dieser Kerl besaß doch tatsächlich die Frechheit, vor mir auch noch den Ahnungslosen zu spielen. Er sagte: »Ich nehme an, ich hab mir da eine Erkältung geholt. Eine Blasenerkältung. Beim Tennis vielleicht. Nach dem Tennis, meine ich. Durch die Transpiration.«

Ich stand auf. »Ach ja. Dann lassen Sie mal die Hosen runter.« Er stand auf und lockerte den feinen Ledergurt.

Ein frischer, schleimiger Eitertropfen war aus der Urethra hervorgetreten und saß auf der Spitze der Eichel, die gelblichen Spuren der vorangegangenen hatten die Unterhose eingefärbt. Der Befund war ziemlich eindeutig. Ich sagte: »Sie haben eine Gonorrhöe, so wie's aussieht.«

Er fragte, tatsächlich mit einem Unterton von Empörung: »Wie bitte?!«

»Eine Gonorrhöe. Noch nie gehört? Einen Tripper. Sie haben sich einen Tripper geholt. Oder falls Sie das besser verstehen: Sie haben sich die Pfeife verbrannt. Und zwar nicht beim Tennis.«

Ich hatte ihn gereizt, aber er versuchte noch immer, die Schau durchzuziehen. Er sagte: »Das kann doch nicht wahr sein!«

Ich konnte mir nicht verkneifen, diese Vorlage zu verwerten. Ich antwortete: »Doch, doch, das haben Sie sich bestimmt nicht beim Tennis geholt. Der Tennisarm ist zwar hinreichend bekannt, aber der Tennispimmel wäre etwas völlig Neues.«

Er starrte mich an, seine Kinnmuskeln arbeiteten. Offenbar geriet er, weil ich nicht mitspielte, immer mehr ins Kochen, und ich genoß es. Ich fragte ihn, wann er das letztemal Geschlechtsverkehr gehabt habe. Er zögerte, dann murmelte er: »Na, mit dieser... dieser Nutte.« Ich sagte, ich würde einen Abstrich nehmen, um bei der Diagnose sicherzugehen, und in zwei Tagen müsse er wiederkommen.

Er fragte: »In zwei Tagen? Kann man das denn nicht sofort behandeln?«

Ich sagte, doch, sicher, ich würde ihm jetzt schon mal eine Spritze setzen, aber er solle nicht glauben, daß der Fall damit ausgestanden sei. Außerdem könnten weitergehende Komplikationen nicht ausgeschlossen werden.

Ich wählte das stärkste Kaliber von Nadel aus, das sich verantworten ließ, und zog das Penicillin auf. Er fragte: »Was für Komplikationen?« Ich sagte, zum Beispiel eine Epididymitis. Und was das sei? Ich sagte, eine Nebenhodenentzündung. Könne schmerzhaft werden. Er schwieg still. Ich ließ ihn die Spritze sehen, und während ich die Backe präparierte, fragte ich, ob er gegen Penicillin allergisch sei.

»Penicillin? Ich glaube nicht...« Er äugte über die Schulter, zog die Augenbrauen zusammen. »Was heißt das, allergisch? Ich meine, in diesem Fall? Kann das gefährlich werden?«

Ich sagte: »Das werden wir gleich sehen.« Dann trieb ich ihm die Nadel in die Backe. Zu dieser Zeit gab es die Umfragen noch nicht, dank deren wir mittlerweile wissen, was Frauen an Männern sexy finden, aber den knackigen Hintern, der diese Hitlisten meist anführt, hatte der junge Herr Nelles ganz unbestreitbar. Und da er den Muskel anspannte, als erwarte er das Fallbeil, müssen der Einstich und die Injektion ihm ziemlich weh getan haben, ich hörte das leise Zischen, mit dem er die Luft einzog, aber er sagte kein Wort.

Bevor er das Gefühl, nun sei er fürs erste aus dem Schneider, genießen konnte, sagte ich, diese Dosis müsse ich ihm, falls Komplikationen auftreten sollten, sechs bis acht Tage lang täglich verabreichen. Er wollte etwas erwidern, aber dann zog er es vor zu schweigen. Ich sagte, unabhängig davon müsse dieser Fall, wie er sicher wisse, gemeldet werden.

»Gemeldet?« Er starrte mich an. »Wieso denn? Wem denn gemeldet?«

Ich hob die Augenbrauen, schüttelte den Kopf ein wenig, als sei mir so viel Ignoranz noch nicht begegnet, und sagte, nach dem Gesetz zur Bekämpfung von Geschlechtskrankheiten unterläge der Tripper ebenso wie der weiche Schanker, die Syphilis und die venerische Lymphknotenentzündung der sogenannten Meldepflicht. Im Unterschied zu Leuten wie ihm hielten die Gesundheitsbehörden den Tripper nämlich nicht für eine Erkältung, sondern für eine Seuche, und das sei er auch.

Er murmelte: »Ja, ja, okay, aber ...« Er brauchte eine Weile, bevor er es fertigbrachte, mir in die Augen zu sehen. »Muß das denn sein? Ich meine ... daß Sie mich melden?«

Ich fragte ihn, ob er eine Verlobte oder eine feste Freundin habe. Er zögerte, aber schließlich nickte er. Ich sagte, wenn er mit dieser Frau oder irgendeiner anderen sexuell verkehre, bevor ich die Behandlung abgeschlossen und ihm den Verkehr ausdrücklich erlaubt hätte, dann könne er sich auf sehr unangenehme Konsequenzen gefaßt machen, dafür würde ich sorgen. Er streifte mich mit einem giftigen Blick, aber er nickte. Ich sagte, und wenn seine Freundin oder sonst jemand unbedingt mit ihm ins Bett wolle, was ja nicht völlig auszuschließen sei, Frauen kämen manchmal ja auf die verrücktesten Ideen, dann solle er ihr sagen, er habe keine Lust oder er könne nicht oder er leide an temporärer Impotenz oder wolle nicht oder was auch immer; beiwohnen dürfe er ihr jedenfalls nicht. Er ließ die Kinnmuskeln spielen, atmete schwer, aber er nickte abermals.

Damit schien er mir fürs erste ausreichend bedient, ich entließ ihn.

Um die Mittagszeit desselben Tages klingelte ich bei Nina Raschke, sie öffnete mir in einem zerknitterten Morgenmantel, aus einer halb geöffneten Tür hinter ihr drang ein Gewirr von Frauenstimmen, Gekreisch und Gelächter. Sie strahlte mich an, dann sagte sie, das sei doch zu blöd, jetzt habe sie gerade die Bude voll Besuch, aber wenn ich einen Augenblick wartete, werde sie alle raussetzen, ich antwortete, nein, nein, ich hätte leider nur wenig Zeit, wir sollten ins Schlafzimmer gehen. Sie sah mich verblüfft an, aber dann öffnete sie die Schlafzimmertür. Ich schloß die Tür hinter uns und fragte sie, ob sie noch alle Tassen im Schrank habe.

Wieso? Ich sagte, was sie sich denn dabei denke, ihre Freier ohne Gummi ranzulassen. Sie schluckte, dann sagte sie, das tue sie so gut wie nie; sie tue es höchstens dann einmal, wenn einer es unbedingt wolle und nicht lockerlasse. Ich sagte, ja, ja, und außerdem nur dann, wenn er dafür extra löhne. Sie gab keine Antwort.

Ich untersuchte sie, nahm einen Abstrich, verpaßte ihr die erforderliche Injektion, hielt ihr unterdessen eine Strafpredigt und schärfte ihr ein, was sie zu beachten habe, wenn sie bei diesem Job nicht vor die Hunde gehen und sich nicht strafbar machen wolle. Sie versprach mir hoch und heilig, erst dann wieder jemanden ranzulassen, wenn ich es ihr erlaubt hatte, und ich glaubte es ihr.

9

Nina Raschke geht schon lange nicht mehr auf den Strich, sie hat einige Zeit nach unserer ersten Begegnung geheiratet. Wesentlich verbessert hat sie sich dadurch allerdings nicht, von ihrem Ehemann hat sie eher noch mehr Prügel bekommen als vorher von Leuten wie Günni. Der Mann war schon älter, Meister in einer Kfz-Werkstatt, ein Quartalssäufer, der in seinen trockenen Perioden sogar liebenswürdig sein konnte, im Betrieb als unersetzlich galt und sich dort immerhin hielt, bis er ein Jahr vor der Rente bei der nächtlichen Rückkehr von einer Sauftour in Eisregen geriet, ausrutschte und sich beim Sturz auf die Gehsteigkante ein Schädelhirntrauma zuzog, das ihn daran hinderte, seinen Weg fortzusetzen, so daß er am frühen Morgen, als eine Zeitungsbotin ihn fand, nicht nur an seinem Erbrochenen erstickt, sondern auch bretthart gefroren war.

Bei einem Hausbesuch nach der Hochzeit habe ich ihn kennengelernt, einen schmächtigen, kleinen Kerl mit tiefliegenden Augen, aber ich habe nie herausgefunden, ob er die spillrige Nina geheiratet hatte, weil er das Bedürfnis empfand, sie zu beschützen, oder weil sie offensichtlich so gut zu verprügeln war. Er sorgte jedenfalls für sie, auch für das Kind, das sie nach einer hochriskanten Schwangerschaft zur Welt brachte, einen Jungen, den sie verhätschelte, was ihr aber auch nichts einbrachte, zwei Wochen nach dem Abitur fuhr er mit dem gebrauchten Auto, das sie ihm zur Belohnung beim früheren Arbeitgeber ihres Mannes gekauft hatte, es war ein Schnäppchen, gegen einen Baum und brach sich den Hals, seine Beifahrerin überlebte zum Glück, sie brach sich bloß das Bein.

Nina ist regelmäßig zu mir gekommen, so lange, bis ich mich zur Ruhe setzte und Clara die Praxis übernahm. Zu Clara hat sie anscheinend keinen Draht gefunden, vielleicht, weil sie zu einer Frau weniger Vertrauen hatte. Ich weiß auch nicht, ob sie sich einen neuen Arzt gesucht hat, ich weiß nur, daß sie noch lebt; jedes Jahr zu Weihnachten schickt sie mir eine Karte, auf der geschrieben steht, es gehe ihr gut und »hoffe ich dito von Ihnen«. Ich habe mich entschieden zu lange damit begnügt, fürchte ich. Irgendwann sollte ich nachprüfen, ob es ihr tatsächlich so gut geht, wie sie schreibt.

Um Günnis Befinden hingegen brauche ich mich nicht zu sorgen, braucht niemand sich zu sorgen, denke ich, und wird sich auch niemand sorgen. Er hat, soweit ich das verfolgen konnte, alle Komplikationen seines Lebens mit dem gleichen unverschämten Glück gemeistert wie die Affäre mit Nina Raschke. Warum der Tripper ihn so auffällig ins Schleudern brachte, ist mir sehr bald nach meinen Bemühungen um eine durchschlagende Heilung klargeworden, nämlich als Günnis Mutter die Verlobung ihres Sohnes mit Fräulein Sigrid Baudewin, cand. rer. pol., bekanntgab. Fräulein Sigrid war die Tochter von Jean Baudewin, dem Eigentümer der Immobilienfirma gleichen Namens, bei der Günni, wie ich abermals von seiner Mutter erfuhr, unmittelbar nach dem Rigorosum eine sehr gut dotierte Anstellung gefunden hatte, kein Wunder bei solchen Examensnoten, meinte sie, womit sie vielleicht recht hatte, vielleicht aber auch nicht, weil ein ganz anderer Grund entschieden hatte.

Ich vermute, daß Günni sich das gutbetuchte Fräulein Sigrid während des Studiums ausgeguckt und ihr zielstrebig, obwohl sie keineswegs eine Schönheit war, um die sich die Kavaliere gerissen hätten, den Hof gemacht hat. Die sehr gut dotierte Anstellung bei der Firma Baudewin ließe sich auch auf diese Weise erklären. Vielleicht hatte, wenn Fräulein Sigrid ernstlich an Günni interessiert war, was ich annehmen möchte, vielleicht hatte ja der alte Baudewin den jungen Mann ein wenig näher unter die Lupe nehmen wollen, einmal als Schwiegersohn und potentiellen Vater seiner Enkel, zum anderen als eventuellen Miterben seines Lebenswerks, das er unter großen Mühen und Opfern, wenn auch Opfern vornehmlich derer, die ihm in die Quere gekommen waren, sich angeeignet hatte.

Daß Günni in dieser heiklen Prüfungssituation in Panik geriet, als sein Hahn zu tropfen begann, leuchtet ein. Womöglich war Fräulein Sigrid ein kleiner Racker, der

Günni bereits in die Ehepflichten genommen hatte, während der Vater noch zögerte, der Verbindung seinen Segen zu geben. Mich würde es nicht wundern, die Tochter Baudewin hat auf mich jedenfalls, als ich sie das erstemal auf einem Empfang als Günnis Gattin sah, mit ihren dunklen Augen unter den dichten Brauen wie ein stilles Wasser gewirkt, nein, wie ein schlafendes Feuer, was ja zu der mir bekanntgewordenen, ungestümen Potenz des Gatten zu passen schien. Zwar ist dieser Eindruck im Lauf der Jahre verblaßt, sie sieht heute nur noch alt und faltig aus, aber ich wüßte desungeachtet gern, wie Günni sich damals aus der Affäre gezogen hat, angenommen, sie *war* ein Racker und hat ihm, sooft es sie überkam, ohne Umstände in den Schritt gegriffen. Vielleicht ist er tatsächlich meinem Rat gefolgt und hat gesagt, er leide an temporärer Impotenz, obwohl ihm das so schwergefallen sein muß, wie ich es ihm gewünscht hatte. Er war doch von Hause aus allem gewachsen.

Wenn ich seiner Mutter glauben darf, ist Günni jedenfalls von Kindsbeinen an stets obenauf gewesen, meist der jüngste und meist auch der beste. Das paßt zu dem Bild, das ich mir von ihm gemacht habe, seit er der lästigen Nina mit drei Hundertern das Maul zu stopfen versuchte, sie bei mir ablud und anschließend auch noch seinen Tripper von mir sanieren ließ. Er ist der Typ, der genau das tut, was notwendig ist, der keine Zeit verliert, der Typ, der sich ein Ziel setzt und es alsbald auf dem kürzesten Wege realisiert. Die Karriere ist für einen Menschen dieser Art kein Problem, sondern eine Selbstverständlichkeit. Was dabei auf der Strecke bleibt, kümmert ihn nicht, es könnte ihn ja aufhalten. Sentimentalitäten kann und mag so einer sich nicht erlauben. Rücksicht, zum Beispiel. Oder die Bereitschaft, wenigstens hin und wieder, in kritischen, in fragwürdigen Lebenslagen einzuhalten, in sich selbst hineinzuhorchen. Sich selbst in Frage zu stellen.

Fehlanzeige, total. Derlei Ablenkung könnte ja das Ziel gefährden.

Solche Typen habe ich nie gemocht. Hin und wieder habe ich sie gehaßt. Hin und wieder, in gewissen, zugespitzten Situationen, hätte ich sie umbringen können. Meinen Studienkollegen Pachmann zum Beispiel, Wolfgang. Ein egozentrisches Arschloch, aber ungemein erfolgreich. So wie Günni. Anders als bei Pachmann hätte ich Günni freilich schon bei unserem allerersten Aufeinandertreffen umbringen können, den Saukerl, der sich an einem so armseligen Geschöpf wie der spilligen Nina Raschke hatte austoben wollen. Und was ihn betrifft, habe ich diesen kriminellen Impetus sogar anhaltend empfunden, immer und immer wieder, da ich Günni dank Lenes Aktivitäten immer und immer wieder begegnet bin, auf den diversen Stationen seiner Karriere. Und ebendiesen Impetus empfinde ich jetzt, wenn ich nicht irre, so stark wie nie zuvor, wiederum dank Lene. Ich bin mir nicht sicher, ob ich möchte, daß sie Oberbürgermeisterin wird, wahrscheinlich möchte ich es nicht. Aber daß es Günni sein soll, der ihr diesen Traum kaputtmacht, das geht mir entschieden gegen den Strich. Und dafür möchte ich ihn umbringen. Könnte ich ihn umbringen.

Zu meinen bibliophilen Raritäten gehört ein broschiertes Büchlein von Dr. Johannes Bresler, Oberarzt der *Prov.*-

Heil- und Pflegeanstalt zu Lublinitz (Schlesien), das 1907 in Halle an der Saale erschienen ist. Ich habe es schon vor einiger Zeit in einem Antiquariat ausgegraben und erstanden, weil ich mich beim Anblick des Titels an dem Gedanken belustigte, ich könne vielleicht für eine reizvolle Gestaltung meines Lebensabends etwas daraus lernen. Der Titel lautet »Greisenalter und Criminalität«.

Aus gegebenem Anlaß, so könnte man sagen, habe ich dieses Werk vor zwei Tagen hervorgeholt und wieder einmal darin geblättert. Falls ich gehofft hatte, eine Entschuldigung oder zumindest eine Erklärung dafür zu finden, daß ein Mann in meinem Alter, der doch in den Stand der Weisheit avanciert sein sollte, sich eindeutig definierten Mordgelüsten, wenn nicht sogar Mordgedanken hingibt, so bin ich enttäuscht worden. Herr Bresler, der unter anderem die »Criminalstatistik für das Deutsche Reich« ausgewertet hat, ist zwar darauf gekommen, daß ebendort bei Greisen gewisse Straftaten überrepräsentiert erschienen, aber dabei handelte es sich, wie die Zahlen auswiesen, vor allem um die Unzucht mit Gewalt, »an Bewußtlosen u.s.w.« und die Verleitung zum Beischlaf durch Täuschung, obwohl doch die natürliche Ursache solcher Delikte »als vermindert gelten müßte«, wollte heißen, alte Männer müßten weniger geil sein, was ich für eine wacklige These halte.

Auffällig hoch waren zu Großvaters Zeiten freilich auch die Zahlen der gefährlichen Körperverletzungen, die von Greisen begangen wurden. Aber unter einhundertfünfzig Fällen der forensischen Psychiatrie, die Bresler genauer studiert hat, fand er nur drei Morde respektive Mordversuche, wegen deren solch alte Knacker angeklagt waren, und dummerweise hatten es diese Delinquenten ausnahmslos auf ihre eigenen Ehefrauen abgesehen, ebendiese sollten aus dem Weg geräumt werden und nicht etwa ein fremder Kerl, der den Angetrauten die Karriere hätte vermasseln wollen, was zu dieser Zeit auch völlig überflüssig gewesen wäre, denn Frauen kamen für eine Karriere ohnehin nicht in Frage, und wenn eine Frau sogar davon geträumt hätte, Oberbürgermeisterin zu werden, so wäre sie über kurz oder lang in Herrn Breslers Prov.-Heil- und Pflegeanstalt oder einem ähnlichen Institut gelandet.

Nun gut. Ich kann hier noch mehr Witze dieser Art reißen, krampfhafte Witze, soviel ich will. Aber das wird nichts daran ändern, daß ich mir irgendwann schlüssig werden muß, was ich mit meiner Wut auf Günni, mit meinem Haß, mit meiner Mordlust anfange. Es wird schwierig sein, ihn buchstäblich umzubringen. Aber vielleicht gibt es ja auch andere Methoden, ihn auszuschalten. Schließlich weiß ich einiges über ihn. Mehr als ihm lieb sein kann. Mehr als seine potentiellen Wähler wissen dürften.

10

Ich werde verreisen müssen. Es kommt ein wenig unerwartet, aber eigentlich ist es mir recht. Ich werde zumindest die Ungewißheit beseitigen, die Frage beantworten können, die mich in der vergangenen Nacht um den Schlaf brachte: die Frage, in welchem Zustand jemand, der sich für Lenes Schwester interessierte, sie derzeit antreffen würde.

Auf der Karte mit dem in Gold gedruckten Wunsch *Viel Glück zum Neuen Jahr*, die sie uns Ende Dezember geschickt hat, stand geschrieben, sie werde uns wohl überhaupt nicht mehr zu sehen bekommen, wir müßten uns ja anscheinend um wichtigere Sachen kümmern. Von dem Paket, das Lene schon Anfang Dezember an sie aufgegeben hatte, um die Gewähr zu haben, daß es rechtzeitig ankäme, hat sie nichts geschrieben. Ich wollte sie anrufen, weil es mir wichtig schien zu erfahren, ob das Paket vielleicht verlorengegangen war, aber Lene sagte, das solle ich gefälligst lassen. Sie war wütend über diesen Neujahrsgruß. Sie sagte, sie sei sicher, daß das Paket angekommen sei, und ebenso sicher, daß Edda sich mit Absicht nicht dafür bedankt habe, nämlich einzig und allein zu dem Zweck, ihr eins auszuwischen.

Mag sein, daß sie recht hat. Aber wenn sie recht hat, dann bekäme, wer immer jetzt Edda aufsuchen oder anrufen und mit ihr ein wenig über die Familie und insbesondere ihre kleine Schwester und deren Karriere plaudern wollte, vermutlich nicht viel Gutes über Lene zu hören. Mit dem bangen Gedanken, was alles er zu hören bekäme, bin ich in der vergangenen Nacht gegen zwei wach geworden, und als ich um halb drei noch immer wachlag, bin ich aufgestanden, ich bin auf leisen Sohlen an der offenstehenden Tür von Lenes Schlafzimmer vorbei und hinunter ins Wohnzimmer gegangen, habe mir nach einigem Herumsuchen den Echtermeyer-Wiese vom Regal geholt und mich damit in den Sessel unter der Stehlampe gesetzt. Fünf

Minuten später erschien Lene in der Tür und fragte, ob es mir nicht gutgehe.

Zu dergleichen nächtlichen Begegnungen ist es häufig gekommen, seit sie ihre Schlafstatt in Claras früherem Zimmer aufgeschlagen hat. Das ist jetzt um die zehn, vielleicht auch schon zwölf Jahre her. Es sollte eine vorübergehende Maßnahme sein, sie war gerade zur Fraktionsvorsitzenden der Schwarzen in der Bezirksvertretung gewählt worden, und nicht zuletzt ihre politischen Freunde, vor allem die männlichen, schonten sie nicht, sie luden fleißig die Arbeit auf sie ab, und so fühlte sie sich ein wenig strapaziert. Sie sagte, ich begönne allabendlich zu schnarchen, kaum daß ich die Augen geschlossen hätte, was möglicherweise stimmte, und zudem schnappte ich oft mitten in der Nacht mit einem gräßlichen Laut wie ein Ertrinkender nach Luft, womit sie ganz sicher nicht übertrieb, denn ich litt hin und wieder an einer Apnoe und wurde gelegentlich selbst geweckt von dem gewaltigen Aufschnarchen, mit dem ich die Atempause beendete.

Sie sagte, sie komme Seite an Seite mit mir nicht mehr zur Ruhe. Das werde sich sicher wieder ändern, sobald sie das neue Amt im Griff habe, dann werde sie sicher wieder weniger empfindlich reagieren, aber bis dahin möchte sie aus unserem gemeinsamen Schlafzimmer ausziehen, das würde ich doch verstehen. Natürlich verstand ich das. Wegen der Apnoe, von der ich fürchtete, daß sie bis in Carlas Zimmer hörbar werden könnte, konsultierte ich auch einen Kollegen, der mir ein Schlaflabor empfahl, aber nachdem ich mich über die neuesten Behandlungen, die dort entwickelt wurden, und über die Vorrichtungen zur

54

Verhinderung des Schnarchens samt Atemstillstand informiert hatte, mit denen sie die Patienten ausstatteten und die von diesen allnächtlich anzulegen waren, verzichtete ich auf die Therapie. Ich konnte mir nicht vorstellen, daß ich mit einem prothetischen Outfit für die Nacht Lene in unser Doppelbett zurückbekommen würde.

Die Apnoe hat sich dann auch von selbst verloren, jedenfalls ist es seit langer Zeit nicht mehr vorgekommen, daß ich mich wachgeschnarcht hätte. Aber Lene hat sich unterdessen in Claras früherem Zimmer eingelebt, mit einem neuen Bett, dem Frisiertisch, einem großen Kleiderschrank, Kommode, Bücherregal und Leselampe, mit einem hübschen, molligen Teppich und Vorhängen in sanften Farben. Anfangs habe ich sie, wenn es mir angebracht erschien, dort aufgesucht. Aber das Bett, das sie sich zugelegt hatte, war ein wenig schmal für zwei. Und ich kam mir, wenn ich hernach aufstand und in mein leeres Doppelbett zurückkehrte, immer ziemlich verloren vor. Nein, eher verkommen. Verkommen und verloren, ja. Ich kam mir vor wie ein Landstreicher, der an der Hintertür lästig gefallen ist, einen Teller Suppe bekommen hat und noch einen oder zwei dazu, und der sich dann davonmacht, mit einem störenden Völlegefühl und zur Erleichterung der Hausfrau, die an ihm ein gutes Werk getan hat.

Mittlerweile finden unsere Begegnungen während der Nacht meist auf dem Gang vor den Schlafzimmern statt, auf dem Weg zum Bad, zur Toilette, und manchmal auch auf die Distanz zwischen Bett und Tür, mal bei ihr, mal bei mir. Die Türen lassen wir meist offenstehen, und so schaue ich, wenn ich einen Lichtschimmer aus ihrem Zimmer wahrnehme, bei ihr hinein, um mich zu vergewissern, daß ihr nichts fehlt, und ebenso erscheint sie, wenn ich mitten in der Nacht den Schlaf verloren, die Lampe eingeschaltet und das Buch, das ich gerade lese, aufgeschlagen habe, in meiner Tür und fragt, ob alles in Ordnung sei. Oft fragt sie, ob ich irgendeinen Kummer hätte, und mit der Antwort, nein, nein, ich sei ohne besonderen Grund wach geworden, ist sie nicht unbedingt zufrieden, woran ich selbst schuld bin; ich habe ihr vor einiger Zeit, nachdem ich einen Artikel darüber gelesen hatte, einmal erklärt, daß chronische Schlafstörungen, wenn sie falsch oder gar nicht behandelt würden, zu einer klinisch relevanten Depression führen könnten.

In der vergangenen Nacht, als sie mich im Wohnzimmer fand, antwortete ich auf ihre Frage, ob es mir nicht gutgehe, doch, doch, ich sei halt nur wach geworden. Auch diesmal mochte sie sich damit nicht zufriedengeben. Sie fragte: »Aber du bist nicht traurig? Nicht deprimiert?« Ich schüttelte den Kopf, lächelte. Sie zögerte, dann löste sie ihre Hand vom Rahmen der Tür, kam herein und setzte sich in die Sofaecke neben meinem Sessel, stopfte sich ein Kissen in den Rücken, sah mich an, schwieg.

Ich sagte: »Na ja…« Ich schüttelte den Kopf. »Vielleicht ist es ein bißchen albern. Überflüssig.« Ich lachte. »Ich hab vermutlich von Edda geträumt. Jedenfalls bin ich mit dem Gedanken an sie wach geworden. Und dann hab ich angefangen, darüber nachzudenken, wie's ihr wohl gehen mag.«

Sie nickte, senkte den Blick. Ich sagte: »Das ist natürlich ziemlich albern. Es ist ja auch schon vorher passiert, daß sie sich ewig lange nicht gemeldet hat.«

»Ja.« Sie rieb sich mit beiden Händen die Oberarme. »Aber ich hab *auch* an sie gedacht. Gestern noch. Ich wollte sie anrufen, aber irgendwas kam dazwischen. Ein Telefongespräch oder was, ich weiß nicht mehr. Und dann hab ich's gelassen.« Sie rieb sich die Oberschenkel, dann legte sie die Hände zusammen, sah mich an. »Ich hab auch ein bißchen *Angst* gehabt. Angst, sie anzurufen.« Sie zuckte die Schultern. »Ich weiß, das ist natürlich Unsinn, und bei Edda sowieso, man muß doch an jedem Tag im Jahr damit rechnen, daß sie irgend etwas anstellt.« Sie schwieg einen Augenblick lang, dann sagte sie: »Und wenn man sich nicht um sie kümmert, wird das Risiko nur größer.« Sie schwieg.

Ich sagte: »Soll ich sie anrufen?«

Nach einer kleinen Pause fragte sie: »Würdest du das tun?«

Ich nickte. Sie stand auf, setzte sich auf die Lehne meines Sessels, legte den Arm um mich und küßte mich auf die Stirn. Ich spürte ihre warme Hüfte an meinem Arm. Wahrscheinlich hatte sie eine Nachtcreme aufgetragen, ich roch einen süßen, angenehmen Duft. Sie zog mich fest an sich, küßte mich noch einmal auf die Stirn. Dann sagte sie: »Willst du noch lange lesen?«

»Nein, nein, ich leg mich gleich auch wieder hin. Geh nur schon.«

Sie küßte mich auf die Nasenspitze, stand auf und ging. In der Tür wandte sie sich zurück, lächelte mich an.

Heute morgen habe ich bei Edda angerufen. Sie hat nicht abgehoben. Es meldete sich eine Stimme vom Band, die mir mitteilte: »Dieser Anschluß ist vorübergehend nicht erreichbar; bitte, rufen Sie später wieder an.« Ich wählte noch einmal und erhielt die gleiche Auskunft, und auch eine Stunde später war der Anschluß noch immer nicht erreichbar. Ich fragte mich über die Auskunft durch und landete schließlich bei einem freundlichen Herrn, der mir bestätigte, daß der Anschluß vorübergehend nicht erreichbar sei, und auf meine Frage, was das denn bedeute, mit einem freundlichen Lachen erklärte, na ja, das könne ganz verschiedene Gründe haben. Auf meine Frage, ob es sich denn um einen technischen Defekt handele, sagte er, das wisse er leider auch nicht; ich solle es doch später noch einmal versuchen, vielleicht morgen, vielleicht sei der Anschluß dann wieder erreichbar.

Ich möchte annehmen, die Telefonrechnung konnte nicht abgebucht werden, weil Edda ihr Konto überzogen hat, und jetzt haben sie ihr das Telefon gesperrt, was sie natürlich nicht jedem auf die Nase binden. So etwas ist in der Vergangenheit schon zwei- oder dreimal passiert. Allerdings hat Edda sich dann jedesmal bei uns gemeldet, immer in Eile, weil sie aus einer Telefonzelle anrufe und nicht genug Münzen dabeihabe, und wir sollten ihr möglichst schnell dreihundert Mark überweisen oder vierhundert, am besten telegraphisch, denn sie habe Angst, daß sie krank werden könne, schwer krank, ihr Kreislauf spiele mal wieder total verrückt, und sie habe große Angst davor, daß sie nicht mehr aus dem Bett komme und uns nicht einmal anrufen und Bescheid sagen könne.

Einmal hat Lene, ich saß daneben, sie gefragt, wieso sie vierhundert Mark für ihre Telefonrechnung brauche und ob sie dauernd mit Fernost telefoniere oder vielleicht mit Howard, ihrem geschiedenen Mann in den USA. Edda hat kurzerhand aufgelegt. Ich habe Lene beruhigt und dafür gesorgt, daß Edda am nächsten Tag die vierhundert Mark bekam.

Das Verhältnis der Schwestern war noch nie völlig spannungsfrei. Ich denke, das liegt daran, daß Edda elf Jahre älter ist als Lene, sie hat die erzwungene Flucht aus der Heimat im März 1945 und den strapaziösen Treck nach Westen ganz ungefiltert erlebt und durchstehen müssen, und schon bald darauf rückte Lene in den Mittelpunkt, zunächst im Mutterbauch und dann in ihrem Tragekorb. Mutter Edeltraut, die – wie es hieß – an Blutarmut litt, mußte sowohl vor wie nach der Geburt geschont werden; der Vater, dem die Russen im Juni 1944 bei Bobruisk das rechte Bein abgeschossen hatten, beanspruchte ohnehin Hilfe am Tag wie bei der Nacht, und zu hüten war außerdem der kleine Bruder, Helmut, den der Vater 1939 beim Heimaturlaub nach dem Polenfeldzug gezeugt hatte.

Das einzige Familienmitglied, das unterwegs zu allen notwendigen Besorgungen und Verrichtungen herangezogen werden konnte, war die anfangs zehnjährige Edda, und das bekam sie zu spüren. Die Rolle des Packesels wurde sie auch nicht los, nachdem die Familie 1946 auf Dauer in einem Lager für Umsiedler, von Rednern Neubürger genannt, in der sowjetischen Besatzungszone untergekommen war. Und als der Vater gut ein Jahr später, in den glutheißen Sommertagen des Jahres 1947, an einem Herzschlag starb, mußte Edda andere, neue Lasten übernehmen.

Der Vater hatte immerhin die vielen Stunden, in denen er in der Wohnbaracke am Fenster gehockt und schweigend das Geschehen auf dem mal staubigen, mal schlammigen Vorplatz des Lagers kontrolliert hatte, dazu genutzt, diverse Briefe an den Suchdienst des Deutschen Roten Kreuzes zu schreiben, um den Verbleib von Verwandten und Freunden aus Kolberg zu erfahren, deren Namen er, vielleicht für die Nachwelt, in langen Listen registriert hatte. Und zwei Tage vor Silvester, als er schon fast ein halbes Jahr in seinem Reihengrab ruhte, kam von seinem Schwager Kurt, dem einzigen Bruder Edeltrauts, eine Antwort aus dem Pfälzer Wald.

Kurt war während der Ardennenoffensive um Weihnachten 1944 mit dem *Tiger*-Panzer, den er fuhr, bis westlich von Bastogne vorgerückt und dann liegengeblieben, weil die Treibstofftanks leer waren. Der Kommandant hatte Kurt und den Rest der Besatzung gefragt, ob sie die Offensive fortsetzen wollten, und als die Abstimmung negativ verlief, waren sie in der Abenddämmerung aus dem Panzer ausgestiegen und mit erhobenen Händen den Amerikanern entgegengegangen, die sie hinter Stacheldraht setzten und einige Zeit später den Franzosen übergaben. Kurt war im folgenden Sommer zur Arbeit auf einem Bauernhof in der Bretagne eingeteilt worden, lernte dabei einen Obergefreiten kennen, der als Knecht auf einem Hof im Pfälzer Wald gearbeitet hatte, und ließ sich, als die Franzosen es endlich übers Herz brachten, sich von ihren Kriegsgefangenen zu trennen, in das Dorf entlassen, aus dem der Obergefreite stammte; Pommerland war ja abgebrannt. Die beiden fanden wieder Arbeit in der Landwirtschaft, Kurt allerdings den besseren, jedenfalls den lohnenderen Job, er heiratete nach einem halben Jahr die

Alleinerbin seines Dienstherrn, die ein wenig überständige Tochter des Bauern.

Gemessen an dem Ambiente des Neubürgerlagers muß die Vorstellung eines Bauernhofs im Pfälzer Wald faszinierend gewesen sein. Mutter Edeltraut war jedenfalls nicht gesonnen, in der Sowjetzone auf Wohltaten wie das Gesetz »über die weitere Verbesserung der Lage der ehemaligen Umsiedler in der DDR« zu hoffen, das hernach die Provisorische Volkskammer als eines ihrer ersten Vorhaben beschließen sollte, sie schrieb ihrem Bruder, ihr Mann sei seinen schweren Kriegsverletzungen erlegen, was sicher nicht ganz falsch war; sie schrieb auch, es habe ja leider nicht jeder Glück, was Kurt vermutlich genauso verstand, wie sie es ihm hatte ans Bein binden wollen, und schließlich schrieb sie, sie plane, mit den Kindern in den Westen zu kommen, und ob Kurt ihr dabei helfen könne.

Ich nehme an, daß Kurts Antwort ein wenig vage ausfiel, er wird sich um eine klare Absage herumgedrückt haben, jedenfalls zögerte seine Schwester nicht lange, sie beauftragte Edda, die damals dreizehn wurde, sich um die Einzelheiten zu kümmern, was allerdings eine ziemlich lange Zeit beanspruchte, aber im Winter 1948 traf Edeltraut mit Edda, dem achtjährigen Helmut und der zweijährigen Lene sowie ein paar Koffern, Pappkartons und Körben im Pfälzer Wald ein. Kurts junge Ehe geriet vorübergehend in die Krise, aber am Ende wurden zwei Kammern auf dem Hof für die quasi Kriegerwitwe und ihre Kinder hergerichtet. Diese Wohngemeinschaft quälte sich mehr schlecht als recht dahin, bis eines Tages Edeltraut in einem Wutausbruch es ablehnte, sich von Kurts Frau herumkommandieren und partout für die widerwärtigsten Arbeiten im Haus und auf dem Feld einteilen zu lassen.

Edeltraut, von Kurt insgeheim mit einem Darlehen ausgestattet, zog 1950 mit den Kindern nach Kaiserslautern, wo sie mehrere Putzstellen übernahm, was ihr zusammen mit der Witwen- und Waisenrente ein Auskommen ermöglichte. Und ebenhier, in der Pfalz-Metropole, in die mit den Soldaten der amerikanischen Besatzungsmacht, ihrem trägen Slang und ihrem lässigen Auftreten das Flair der weiten Welt, eine Verheißung von Freiheit, aber auch von verlockender Libertinage einzog, entledigte Edda sich ihrer Rolle als Packesel der Familie und übernahm die des schwarzen Schafs, die sie bis heute mit beachtlichem Talent ausfüllt.

II

Auch dieses Mal habe ich, wie schon zuvor, als ich die Reise gemeinsam mit Lene unternahm, mich Eddas Wohnsitz auf einem Umweg genähert, über die Nebenstraße, die an Onkel Kurts Gehöft vorbeiführt. Die Straße windet sich durch ein ziemlich finsteres Waldgebiet, und ich konnte mich auch diesmal der Frage nicht erwehren, ob vor noch nicht allzu langer Zeit, na gut, vor rund zweihundert Jahren, aber was heißt das schon in so einem uralten Wald, ob also damals der Philipp Ludwig Mosebach, bei dem der Schinderhannes in die Lehre ging, sich auch in *dieser* Gegend herumgetrieben hat, oder der Johann Jakob Krämer, genannt Iltis-Jakob, oder der Grobschmied Hans Bast Nikolai, der die zu seiner Zeit ungewöhnliche Körperlänge von 1,82 Metern besaß, bei den trierischen Grenadieren gedient hatte und hernach in den Geruch geriet, sich auf die Teufelsbeschwörung zu verstehen.

Diese Kerle haben, bevor sie in Koblenz auf der Guillotine oder auf dem Weltmeer an den Rudern einer Galeere endeten, mit ihrer Räuberbande die damals französischen Departements an Saar, Mosel und Rhein heimgesucht, bei der Nacht die einsamen Gehöfte, die abgelegenen Mühlen überfallen, den Leuten die Hälse abgeschnitten, ihr Geld und die Pferde gestohlen, wie in der Nacht zum 7. Fruktidor des Jahres IV nach dem Revolutionskalender zum Beispiel bei dem Müller Krones von Sprink, in dessen Mühle sie nach Einbruch der Dunkelheit eindrangen und den sie mit seiner gesamten Familie totschlugen, ausgenommen den siebzehnjährigen Sohn Gerhard, der mit dem Verlust einiger, von einer scharfen Klinge durchgehauenen Zähne und der von dem nächsten Hieb zerspellten Zunge nur deshalb davonkam, weil die Räuber ihn für tot gehalten hatten. Der Hof, in den Onkel Kurt eingeheiratet hat, hieß Krones-Hof, und Krones hieß mit Mädchennamen auch Kurts Frau, vielleicht war sie ein Abkömmling des armen Gerhard Krones, dessen Zeugungswerkzeuge ja nicht verstümmelt worden waren, nach allem, was ich weiß.

Lene hat zu ihrer Zeit im Pfälzer Wald von dergleichen Geschichten, die ich aus einem hochinteressanten Buch über die rheinischen Räuberbanden kenne, nichts gehört, vielleicht behielten die Erwachsenen sie für sich, aber als ich ihr die vom Müller Krones erzählte, während wir das erstemal in den Wald vor Onkel Kurts Hof hineinfuhren, schauderte sie und fragte, ob ich ihr angst machen wolle. Daran, daß sie sich auf dem Hof oft gefürchtet hat, weiß sie sich zu erinnern, und das hat mich auch diesmal nicht gewundert, als ich langsam an dem langgestreckten, kalkweißen Gemäuer mit den kleinen Fenstern vorbeifuhr.

Hinter den beiden, noch einmal kleineren Fensterchen über der Durchfahrt zum Hof hat Edeltraut mit ihren Kindern gewohnt. Die Dielen des Fußbodens waren abgewetzt und hatten sich verzogen, im Winter drang die eisige Luft aus der Durchfahrt durch die Fugen, in den Sommernächten begann das alte Holz, während es seine Wärme abgab, zu knacken, so daß man hätte glauben können, es schleiche jemand die Stiege aus dem Hof empor.

Die kleine Lene hat in dieser Wohnung hin und wieder allein bleiben müssen, immer dann, wenn Mutter Edeltraut und Edda und ebenso Helmut, dem die gestrenge Tante beigebracht hatte, daß man auch in seinem Alter auf einem Bauernhof schon anpacken konnte, wenn also alle drei bei der Arbeit gebraucht wurden und Lene nicht mitnehmen konnten, weil niemand von ihnen die Zeit fand, auf sie aufzupassen. Lene schrie nicht, so hat sie mir erzählt, sondern legte sich mit ihrer Puppe aufs Bett, kroch nahe an die Wand heran und wandte kein Auge nach hinten, was immer an undeutlichen, beunruhigenden Geräuschen zu ihr hereindringen mochte, das schwere Rollen von Karrenrädern, eine rauhe Männerstimme aus dem Hof, das heisere Krächzen der Hühner, ein dräuendes Muhen aus dem Stall.

Sie zog das Kissen heran und bettete den Kopf, brachte die Augen dicht an den Fleck auf der Wand, wo der weiße

Verputz aufgesprungen war, erforschte die winzigen Löcher und das Netzwerk der Risse, in das sie mit dem kleinen Fingernagel noch ein paar dünne Schrunden mehr hineinkratzte, bis sie eines Tages von der Furcht gepackt wurde, Edda könne entdecken, daß der Fleck sich verändert hatte und ein wenig größer geworden war, und sie werde es Onkel Kurt verraten, der die Wand geweißt hatte. Erlöst wurde sie aus solcher quälenden Einsamkeit erst, wenn sie die Schritte der Mutter oder Eddas oder das Gepolter hörte, mit dem Helmut die Stiege heraufkam.

Onkel Kurt ist schon seit einer Reihe von Jahren tot, aber noch länger ist es Helmut, der 1953 in den Schulferien, den Rucksack zu Füßen, den die Mutter ihm gepackt hatte, mit dem Bus von Kaiserslautern zum Krones-Hof gefahren war, um sich zwei Wochen lang in der guten Luft zu erholen, und nicht zuletzt, um bei der Ernte zu helfen, der jedoch schon am dritten Tag vom Mähdrescher, auf dem ein Aushilfsarbeiter saß, überfahren wurde und auf dem Transport zum Kreiskrankenhaus starb.

Seither hat Lene nicht mehr auf den Hof zurückkehren wollen, und sie war zwar damit einverstanden, wollte es sogar, daß ich zweimal auf unseren gemeinsamen Reisen zu Edda daran vorbeifuhr, aber sie hat mir schon nach dem ersten Mal gesagt, daß sie geglaubt habe, Helmut in der Durchfahrt zum Hof zu sehen. Sie war vier, als sie den Hof verließen und nach Kaiserslautern zogen, und sieben, als Helmut zu Tode kam, aber sie sagt, sie habe noch immer eine sehr deutliche Erinnerung an ihn, und nach der zweiten Vorbeifahrt hat sie gesagt, die Frage beschäftige sie sehr, warum Helmut nicht wenigstens mit solchen Verletzungen hätte überleben können wie der arme Gerhard Krones, der Müllerssohn, Helmut sei doch sogar noch jünger gewesen.

Eine dumme Frage, hat sie dann selbst gemeint, bevor ich mich dazu äußern konnte, und sie hat gelacht, aber es war ihr offenbar nicht danach. Ich nehme an, sie leidet noch immer unter ihrer allgemeinen Erinnerung an die Zeit, die sie auf dem Hof verbrachte, vielleicht einer Mischung von Verlassenheit und Trauer, Bedrückung und Angst, die in ihr aufsteigt, sobald sie an diese Zeit zurückdenkt, eine Art Lebensgefühl aus vergangenen Tagen, wie wir es manchmal mit bestimmten Orten verbinden, an denen wir uns einst aufgehalten haben und deren bloßer Anblick schon einen Schwall von Empfindungen in uns freisetzt.

Für Helmut bedeutete der Krones-Hof, als er dort mit seinem Rucksack eintraf, um drei Tage später nicht weit davon zu sterben, vermutlich auch solch ein Gefühl, einen emotionalen Extrakt, aber den eines ganz anderen Lebens. Lästige Arbeit, gewiß, aber die ja nur hin und wieder, und im übrigen aufregende Abenteuer: Versteckspielen im staubigen Halblicht der Scheune; die Kühe, während in der Ferne Glocken läuteten, über den Feldweg treiben; in der Dämmerung das Pferd von der Weide nach Hause reiten oder eigenhändig das Gespann kutschieren; durch den Wald streifen, sich mit Brombeeren vollfressen, Schuhe und Strümpfe ausziehen und durch den Bach waten.

Auch ich habe meine Orte, an denen ich mich der Empfindungen nicht zu erwehren weiß. So die Umgebung, in der Edda wohnt, seit sie aus den USA zurückgekehrt ist, ein Ort, an dem ich mich nie länger als ein paar Stunden aufgehalten habe, der mich aber jedesmal, wenn ich mich ihm nähere, mit der Ahnung erschreckt, daß alle Hoffnung vergebens ist, wie bescheiden sie auch sein mag, die Hoffnung auf einen friedlichen, behaglichen Abend, auf einen neuen Tag, den es zu erleben lohnt. Nein, viel schlimmer noch: Der Anblick von Eddas Zuhause, der bloße Anblick erzeugt in mir das würgende Gefühl, daß die Nacht einbricht, noch bevor der Tag zu Ende ist, er läßt mich fürchten, daß das Leben sich in einer totenstillen, öden, nie mehr endenden Apathie erschöpft.

Edda wohnt in einer Siedlung von dreigeschossigen, langgestreckten Häusern mit monotonen Fensterreihen, die nackt und schmucklos auf einer Höhe liegen. Jedesmal wenn ich zu dieser Höhe hinauffahre, erliege ich dem Eindruck, daß es hinter diesen Häuserzeilen nur noch den blanken Himmel gibt, sonst nichts, was eines Menschen Herz erfreuen könnte. Die Siedlung ähnelt von fern denjenigen, die in den fünfziger Jahren hierorts für die Soldaten der Ramstein Air Base, damals noch Landstuhl Air Base, gebaut wurden und die ich aus einer Broschüre kenne, vielleicht war es derselbe Architekt, aber Eddas Siedlung war nicht für die Sieger und ihre Familien, sondern von Anfang an für sozial Schwache bestimmt, Leute wie Edda, seit Anfang der neunziger Jahre auch Umsiedler aus der ehemaligen Sowjetunion; und solche Bewohner sind größere Investitionen, um die Häuser in einem ansehnlichen Zustand zu erhalten, allem Anschein nach nicht wert. Der Ort ist auf deprimierende Art heruntergekommen.

Auch diesmal fand ich die Haustür offenstehen. Ich stieg durch das Treppenhaus, dessen Wände zahlreiche Narben tragen, hinauf zu Eddas Wohnung im zweiten Stock. Auf der ersten Etage roch es würzig und durchdringend nach einem Fleischgericht, ich war mir nicht sicher, aber ich vermutete, daß es sich um ein Kaninchen handelte, das angebraten, mit Rotwein abgelöscht worden war und nun mit Zwiebeln und Gemüse im Bräter schmorte, ich kenne den Geruch aus der engen Wohnung einer Familie, die ich jahrelang behandelt habe.

Auf der nächsten Etage klingelte ich an Eddas Tür. Nach einer Weile, in der sich nichts regte, klingelte ich noch einmal. Nach wieder einer Weile klopfte ich kräftig auf das zerkratzte braune Holz. Aus der Tür gegenüber kam eine ältere Frau in einem bunten Kittel, die an den blassen nackten Beinen gelbe Söckchen trug. Sie streifte mich mit einem Seitenblick und stieg schwerfällig die Treppe hinab.

Ich beugte mich über das Geländer und sagte: »Entschuldigen Sie bitte…«

Sie blieb stehen, sah mich an. Ich fragte: »Können Sie mir sagen, ob Frau Barkley verreist ist?«

Sie schüttelte den Kopf, bewegte stumm die Lippen. Dann sagte sie: »Kann nicht sagen.« Nach einer Pause, in der sie mich betrachtete, sagte sie: »Weiß nicht.«

Ich sagte: »Danke schön.«

Sie musterte mich stumm, setzte dann ihren Weg fort.

12

Vielleicht hatte diese Frau mich schonen wollen. Nein, warum mich, sie kannte mich ja gar nicht, aber vielleicht hatte sie Edda schonen wollen. Edda, die seit ein paar Tagen in der Justizvollzugsanstalt Kaiserslautern, falls es die gab, oder in der von Zweibrücken oder Neustadt hinter Gittern saß, noch nicht im grauen Kittel, sondern in ihren eigenen Kleidern, denn noch war der Staatsanwalt damit beschäftigt, die Liste ihrer Straftaten zusammenzustellen, aber vorsorglich hatte er, wegen Flucht- und Verdunkelungsgefahr, einen Haftbefehl erwirkt. Vielleicht hatte die Frau mit den gelben Söckchen vermutet, ich sei ein Gläubiger, den Edda betrogen hatte wie die anderen, die ihr jetzt schon im Nacken saßen, und der ihr Schuldkonto noch mehr belasten wollte, ein hartherziger Blutsauger. Arme Frau, hat sowieso nix, hat nur genommen von reiche Leute.

Aber würde Edda sich nicht schon bei uns gemeldet, würde sie uns nicht etwas vorgejammert haben von einer böswilligen Anzeige, die diese oder jene Kanaille, nur um ihr zu schaden, gegen sie erstattet habe, und von diesem bornierten Schnösel von Staatsanwalt, der darauf hereingefallen sei, aber anscheinend ihr unbedingt etwas anhängen wolle, vielleicht möge er Frauen in ihrem Alter nicht, die noch etwas auf sich hielten? Ja, und sie würde auf jede Frage nach Einzelheiten geantwortet haben, sie müsse gleich wieder in die Zelle, und sie sei auch viel zu durcheinander, sie blicke da nicht mehr durch, sie brauche unbedingt einen guten Anwalt und ob wir uns darum kümmern könnten, ein sehr guter Anwalt sei der Dr. Fleischhauer aus Landau, Dr. Gustav Fleischhauer, und ob wir bitte mal die Telefonnummer notieren könnten, die habe sie sich geben lassen.

Ja, wahrscheinlich hätte sie sich schon bei uns gemeldet,

wenn sie wegen der einen und anderen Durchstecherei eingesessen hätte.

Aber vielleicht war es viel schlimmer. Nicht bloß Delikte der Art wie vor zehn, elf Jahren, als sie systematisch die Scheckkarten und manchmal auch die Schecks der Leute klaute, bei denen sie als Putzhilfe ein und aus ging, und systematisch die Konten abräumte, bis ein Bankangestellter aus Ludwigshafen, an dessen Schalter sie einen Scheck mit einer eingeübten, falschen Unterschrift ausgefüllt und kassiert hatte, zufällig einen Freund in Kaiserslautern besuchte und sie in einer Kneipe wiedererkannte. Nein, nicht nur dergleichen. Vielleicht war alles noch viel schlimmer.

Vielleicht hatte sie eine Tankstelle überfallen. Wie vor zwanzig Jahren in Topeka, Kansas, als sie Howard, ihrem Mann, mit einem Burschen durchgegangen war, dessen Mutter sie hätte sein können. Der Bursche hatte blonde Haare und sah aus wie Brad Pitt, jedenfalls hat sie sich so geäußert, als sie mir bei einem meiner Besuche einmal im Vertrauen und nicht ohne Stolz die amerikanische Provinzzeitung zeigte, die sie in ihrer Anrichte unter einem Stapel von Papieren aufbewahrt und auf deren Titelseite das Foto des Burschen neben dem ihren zu sehen ist, die Schlagzeile lautet *Lovers fail in raid on gas station*, und zumindest *sie* sieht auf dem Foto aus, als sei sie in Hollywood zu Hause, die *femme fatale* in einem Gerichtsfilm, vielleicht Elizabeth Taylor in jüngeren Jahren, wenn auch nach einer durchzechten Nacht, sie war damals fünfundvierzig und der blonde Liebhaber zwanzig Jahre jünger als sie.

Sie hatte Glück, die Pistole, die sie dem Tankwart an die

Schläfe gehalten hatte, war aus Plastik, und die Grand Jury glaubte dem Anwalt, den Howard ihr besorgt hatte und den er bezahlte, daß ihr Vorausexemplar des nachmaligen Brad Pitt, ihr kleiner Schatz, der wegen Raubes vorbestraft war, sie zielbewußt um den Verstand gebracht und zu der Tat überredet hatte. Außerdem nützte es, daß sie ihr Aussehen schon in Erwartung der Vorverhandlung schonungslos vereinfacht hatte und strikt darauf achtete, im Gerichtssaal mit durchweg verhärmtem Gesichtsausdruck aufzutreten. Brad Pitt bekam fünf Jahre, aber sie mußte nur fünfzehn Monate hinter Gittern verbringen, allerdings in einem Staatsgefängnis, das ein paar Jahre später durch eine Revolte der Insassen wegen seiner Haftbedingungen von sich reden machte.

Nun gut, sie ist mittlerweile fünfundsechzig. Aber daß sie wegen einem jungen, einem jüngeren Kerl selbst ein hohes Risiko auf sich nähme, traue ich ihr noch immer zu. Und so ein Kerl brauchte sie zu einem krummen Ding, wenn sie sich davon einen Batzen Geld verspräche, nicht einmal zu überreden, da bin ich sicher, sie würde ganz im Gegenteil *ihm* sagen, was *er* zu tun hätte, und das ist wahrscheinlich auch damals in Topeka nicht anders gewesen. Sie hat immer gewußt, was sie wollte, nur hat es ihr nie etwas genutzt, sie war schon als Kind ein armes Luder, und das ist sie geblieben, sie hat immer vom dicken Geld geträumt und hat es nie bekommen.

Vielleicht hat sie es tatsächlich noch einmal mit einer Plastikpistole versucht. Oder diesmal vielleicht sogar mit einer scharfen Waffe, es wäre ja möglich, daß der Brad Pitt aus der Pfalz, oder wem auch immer ihr Liebhaber diesmal ähnlich sieht, eine Wumme unter den T-Shirts oder den Unterhosen bereithielt, und wenn sie es tatsächlich versucht hat und wieder gefaßt worden ist und wenn das die Erklärung dafür sein sollte, daß sie anscheinend spurlos verschwunden ist, dann kann ich tatsächlich alle Hoffnung fahrenlassen, und nicht nur die auf einen friedlichen, behaglichen Abend und einen neuen Tag, den es sich zu erleben lohnt.

Ich habe, nachdem ich eine gute Stunde vor dem Haus im Auto gewartet und immer wieder auf das Donnergrollen einer startenden Maschine von der nahen Air Base gelauscht hatte, in der Umgebung nach einem Restaurant gesucht, in dem ich etwas zu Mittag essen konnte, aber keins gefunden, und auch eine Frau mit Einkaufstasche und ein gehbehinderter Mann, die ich danach fragte, haben mir keines nennen können, also bin ich dem Rat des gehbehinderten Mannes – »die schmeggen gut« – gefolgt und habe mir an einem Kiosk eine Currywurst gekauft, dazu habe ich eine Limonade getrunken, die gar nicht gut, sondern widerlich süß schmeckte.

Während dieser Mahlzeit fiel mir ein, daß damals, als Edda wegen ihres Fischzugs auf Scheckkarten verhaftet worden war, der Haftrichter sich bei Lene gemeldet und sie ins Bild gesetzt hatte. Ich kann nicht sagen, daß es mir dadurch wesentlich leichter ums Herz wurde, aber ich habe Lene angerufen, die Gott sei Dank von einem Haftrichter nichts sagte, und ich sagte ihr, Edda sei unterwegs, aber es wisse anscheinend niemand, wohin, ich würde jedenfalls auf sie warten.

Nachdem ich einige Male die Straße hinauf und hinunter gewandert war, fing ich an, das Donnergrollen von der Air Base zu zählen und die Intervalle auf meiner Uhr zu messen. Ich fragte mich, ob das Grollen auch während der Nacht stattfand und ob die Intervalle dann länger oder womöglich sogar kürzer sein würden, ich habe keine Ahnung, wie erheblich oder wie gering die Strategen des Headquarter AIRNORTH der Alliierten Luftstreitkräfte in Zentraleuropa mittlerweile die Bedrohung aus dem Osten oder woher auch immer einschätzen und wie stark auf unserer Seite der Flugverkehr sein muß, um diese Bedrohung in die Schranken zu weisen. Ich fragte mich jedenfalls, wie ich mich fühlen würde, wenn ich des Nachts in einem Bett in einem dieser trostlosen Häuser läge und das Grollen zu mir hereindränge und mich weckte, und ob ich mich behütet fühlen und auf die andere Seite legen und weiterschlafen oder ob ich durch das enge Fenster starren und einen Stern am dunklen Himmel suchen würde, und ob die Trauer in mir aufstiege, die Trostlosigkeit mich überwältigte, wenn ich keinen fände.

Während ich noch auf der Straße stand und auf das nächste Grollen wartete, entdeckte ich an einem Fenster im zweiten Stock von Eddas Haus die Frau mit dem bunten Kittel. Neben ihr stand ein grauhaariger Mann mit einem zerfurchten Gesicht, die beiden beobachteten mich. Als sie meinem Blick begegneten, wandten sie sich ab und verschwanden im Inneren des Zimmers. Eine kleine Weile später erschien die Frau noch einmal, sie zog die Vorhänge zu und dann auch die an dem Fenster daneben. Ich setzte mich wieder in mein Auto. Es war Viertel vor drei.

Als ich anfing, ernstlich zu überlegen, was ich von der

Polizei erwarten könnte, wenn ich auf das nächste Revier ginge und den Wachhabenden fragte, ob nach seiner Kenntnis womöglich meiner Schwägerin Edda Barkley, fünfundsechzig, geboren in Kolberg, wohnhaft Moselstraße 17, etwas zugestoßen sei, als ich tatsächlich so weit gekommen war, daß mir der Schweiß ausbrach, erschien Edda. Sie bog wie einige andere Leute um die Ecke, hinter der die Bushaltestelle liegt, und näherte sich, eine Einkaufstasche an der Hand, in gemessenem Tempo ihrer Haustür.

Mir schien, daß sie ein wenig zugenommen hatte, sie pendelte beim Gehen sachte hin und her, als falle es ihr nicht leicht, ihr Gewicht voranzubewegen, aber vielleicht lag es auch an der Arthrose in den Kniegelenken, über die sie schon im vorvergangenen Jahr geklagt hat. Sie sah jedenfalls nicht schlecht aus, ihre dunklen Haare waren gut geschnitten und hübsch frisiert, vielleicht auch gut gefärbt, ich glaubte sogar, so etwas wie Sonnenbräune in ihrem Gesicht zu erkennen, und auch ihre Arme zeigten nicht die Altfrauenblässe, sie waren bis über die Ellbogen zu sehen und offenbar gebräunt, sie trug ein buntes Sommerkleid, das ihr trotz ihrer junonischen Fülle einen gewissen Schick verlieh, und dazu hellbraune Sandaletten.

Ich stieg aus dem Auto und ging ihr entgegen. Als sie mich sah, blieb sie stehen, begann zu lächeln. Sie stellte die Einkaufstasche ab, ich hörte ein Klingen, wie von Flaschen, die aneinanderstoßen, dann breitete sie die Arme aus und zog mich an sich. Den feuchten Kuß, den ich erwartet hatte, gab sie mir nicht, sie legte mit halb abgewandtem Kopf ihre Wange an mein Kinn und rieb ihre

Haut ein wenig an der meinen, aber es war trotz dieses Ausweichmanövers nicht zu verkennen, daß sie eine Fahne hatte, ich roch die leicht säuerliche Ausdünstung von Wein. Sie sagte, ein Wort gegen das andere abgesetzt und ohne mich anzusehen: »Was – ist – denn – *das*?!« Sie schüttelte mich in ihren Armen, lachte, dann sagte sie, ihr Gesicht noch immer zu meiner Schulter gewandt: »What are *you doing* here?!«

Ich sagte, wir hätten uns Sorgen gemacht. Wir hätten versucht, sie anzurufen, aber immer nur die Ansage zu hören bekommen, daß der Anschluß nicht zu erreichen sei. Und deshalb hätten wir beschlossen, uns an Ort und Stelle zu vergewissern, daß ihr nichts fehle; allerdings hätte Lene nicht mitkommen können, leider. Sie ließ mich los, trat einen Schritt zurück, sah mich an: »Na klar. Leider.« Sie lächelte: »Und wessen Idee war das, dieser Besuch hier?«

Ich sagte, unser beider Idee, was denn sonst? Wir hätten beide daran gedacht, unabhängig voneinander, sie anzurufen. Sie fragte: »Und warum wollte Lene mich anrufen?«

Ich sagte, was denn diese Frage solle; schließlich hätten wir seit Neujahr nichts mehr von ihr gehört. Sie sagte: »Ja, und ich nichts von euch.«

Ich fragte, ob wir dieses Gespräch auf der Straße weiterführen sollten. Sie sagte, nein, bestimmt nicht, und ich könne mir ja gar nicht vorstellen, wie sehr sie sich freue, daß ich gekommen sei, und wie sehr especially, daß ich allein gekommen sei. Bevor sie diesen Gedanken vertiefen konnte, erwiderte ich, ja, aber nun hätte ich drei Stunden auf sie gewartet und allzuviel Zeit bleibe mir leider nicht mehr, ich wolle nach Möglichkeit noch bei Tag nach Hause kommen. Sie sagte, wozu denn das, ich könne doch bei ihr übernachten, das wisse ich doch. Ich äußerte mich dazu nicht, ich nahm ihre Tasche auf, die Flaschen klangen, und wir stiegen hinauf in den zweiten Stock.

Als wir an der Kaninchenbraterei vorüberkamen, gab sie einen unwilligen Laut von sich. Sie sagte: »Riechst du das? Manchmal denke ich, die braten hier noch immer ihre Eisbären, wie in Sibirien. Oder ihre Skunks. Vielleicht lassen sie sich das in Paketen von zu Hause schicken. Widerlich!«

Ich sagte, ich tippte eher auf ein Kaninchen und ob sie etwas gegen Kaninchenbraten hätte, der könne vorzüglich sein, zum Beispiel auf Malta, wo er zu den Spezialitäten gehöre. Sie sagte, bis nach Malta habe sie es bisher noch nicht gebracht, und diese Leute übrigens auch nicht, darauf wette sie, die kämen aus Sibirien, und das sei der Arsch der Welt, darauf könne ich wetten.

13

Die gerahmten Fotos stehen noch immer auf dem kleinen Tisch neben dem Sofa im Wohnzimmer. Ein Brustbild des rundlichen Howard in der Uniform eines us-Sergeants, ein wenig schräg von links und lächelnd in den Rahmen vorgebeugt, es ist die Porträt-Pose, wie sie in den fünfziger Jahren beliebt war, der Fotograf, der sein Geschäft in der City von Kaiserslautern betrieb, wird Howard so lange zurechtgerückt haben, bis er exakt diese angestrengt ungezwungene Haltung eingenommen hatte. Und ebenso un-

gezwungen erscheint im Rahmen daneben meine heutige
Schwägerin, ein junges, hübsches Mädchen, vermutlich
war es der reine Zufall, daß der nämliche Fotograf ein halbes Jahr, bevor er Howard für Mom und Dad zu Hause ab-
lichtete, die siebzehnjährige Edda verewigt hatte, sie allerdings von rechts, aber ebenfalls lächelnd, in den Rahmen
hineingebeugt. Mutter Edeltraut hat dieses Foto zur Erinnerung anfertigen lassen, Edda hatte gerade die Handels-
schule abgeschlossen, und es war der Mutter zugesagt
worden, daß das Kind seine Lehre im Gemeindebüro der
evangelischen Kirche, das Edeltraut zweimal die Woche
putzte, absolvieren konnte, zwei Jahre, in denen man sich
weniger um sie sorgen mußte.

Edda stand die zwei Jahre auch durch, obwohl es am
Ende Schwierigkeiten gab, weil sie wiederholt gesehen
worden war, wie sie mit einer älteren und erheblich reiferen Freundin Bars und Tanzlokale aufsuchte, in denen vor-
zugsweise Amerikaner verkehrten, aber Edda beendete die
unerquickliche Situation ohne langes Fackeln, indem sie,
sobald sie ihren Kaufmannsgehilfenbrief in Händen hatte,
der evangelischen Kirche kündigte und als Bedienung in
einer Unteroffiziersmesse auf der Air Base anheuerte.
Zwei oder drei Jahre später, als sie zum Captain der Bedie-
nungen in der Messe aufgestiegen war, heiratete sie auf der
Air Base in der Kapelle der Episcopal Church den guten
Howard, dem eine weniger verpflichtende Fortsetzung
ihrer Beziehung vielleicht angenehmer gewesen wäre, den
sie aber unmißverständlich darauf hingewiesen hatte, daß
er sie in seinem Zimmer nicht mehr zu erwarten brauche
und unter seiner Bettdecke wieder fünf gegen eins spielen

könne, wenn er nicht umgehend zum Colonel gehe und die Heiratserlaubnis beantrage.

Es war eine schöne Hochzeit, und anschließend gab es ein Festessen in einem separaten Raum der Unteroffiziersmesse, den der Master Sergeant mit mehreren Blumensträußen hatte schmücken lassen, es gab Shrimps mit Zitronenbutter, Steak mit grünen Erbsen und Kartoffelpüree, eingemachte Pfirsiche mit Schlagsahne und von Beginn an nicht nur Eiswasser und Cola, sondern auch Rheinpfälzer Wein. Außer dem Kaplan, der auf den Kragenspiegeln seiner Uniform goldfarbene Kreuze trug, nahmen auf Howards Seite der Sergeant Gilbert Hutchins, der als Trauzeuge fungiert hatte, und der Corporal Zachary Hays teil, der auf Wunsch Eddas eingeladen worden war; zu Eddas Begleitung gehörten Mutter Edeltraut, Lene, die um die zehn Jahre alt war, und als Trauzeugin Kitty, die reifere Freundin, die zu dem Corporal in engerer Beziehung stand, aber noch vor dem Dessert mit ihm in Streit geriet, weil er ihr unterdrückt, aber vernehmlich gesagt hatte, sie solle nicht so viel trinken, Edda rief die beiden zur Ordnung, der Kaplan brauchte nicht einzugreifen.

Lene hat heute noch den Passierschein, der ihr an der Einfahrt der Air Base ausgehändigt worden ist. Zach hatte sie und ihre Mutter und dazu Kitty in einem Jeep abgeholt, und an der Schranke der Einfahrt wurden sie von einem Lieutenant angehalten, dem Chef der Wache, der Bescheid wußte, aber das nicht zu erkennen gab. Er befragte, während zwei Mann mit Helmen und Gewehren mißtrauisch blickend um den Jeep herumgingen, Lene nach ihrem Namen, ihrem Alter, ihrer Adresse, ihrer Schule und

Klasse, und nachdem sie ein wenig bänglich alle Fragen beantwortet hatte, zog er einen fertigen Passierschein aus der Tasche, in dem alle Antworten bereits eingetragen waren, in der geschwungenen Druckschrift, die ein Stabsschreiber der Base beherrschte und mit der er sich bei solchen Gelegenheiten hervortat; auch Edeltraut und Kitty, die sich vor Lachen ausschütten wollte, erhielten solche Schmuckstücke, und Lene noch dazu das in einen Aufnäher gestickte Wappen des 86. Kampfbombergeschwaders.

Nicht lange nach der Hochzeit ist das dritte der Fotos aufgenommen worden, die im Rahmen neben Eddas Sofa stehen, darauf präsentiert sich das Ehepaar, ein jeder den Arm um die Hüfte des anderen geschlungen, vor der Tür eines langgestreckten Hauses mit zwei Obergeschossen und gleichförmigen Fensterreihen. Es war das Haus auf dem Gelände der Air Base, in dem ihnen eine Zweizimmerwohnung mit Küche und Bad zugeteilt worden war. Edda zeigt ein vergnügtes Lachen, und Howard scheint vor Zufriedenheit fast überzuströmen, seine runden Bäckchen glänzen wie poliert. Das Haus sieht ziemlich genau so aus wie das, in dem Edda jetzt wohnt, wenn auch nur auf den ersten Blick. Aber wer weiß, vielleicht ist sie nach ihrer Rückkehr aus den USA nicht nur deshalb in den Sozialbau hier eingezogen, weil die Miete billig war, vielleicht hat sie es auch wegen der Erinnerung an ihre Zeit mit Howard auf der Air Base getan. Das war kein Zuckerschlecken, versteht sich, die amerikanischen Soldatenfrauen ließen sie spüren, daß sie eine Deutsche war, aber was in Eddas Leben war schon ein Zuckerschlecken; das, was nach der Air Base kam, war insgesamt gewiß keins mehr.

Aus ebender anschließenden Phase stammt das vierte Foto, und mit ihm endet diese Dokumentation von Eddas Leben. Das vierte Foto zeigt Edda und Howard vor einer Tankstelle, dem vielversprechenden Unternehmen am Stadtrand von Abilene, Kansas, das Howard nach der Entlassung aus der Air Force und nach der Rückkehr in seine Heimat, in die er Edda mitnahm, erwarb und das er womöglich noch heute betreibt. Das Foto ist so aufgenommen, daß man am Bildrand ein Straßenschild an einem Telegraphenmast erkennen kann, und aus dem Schild läßt sich ablesen, daß die Tankstelle an der Interstate 70 liegt, der Überlandstraße, die von Kansas City westwärts nach Denver führt und Abilene berührt. Edda hat mir erzählt, daß das Geschäft sehr gut lief, weil die Tankstelle die letzte noch zu Abilene gehörende in Richtung Westen war, das stand auch auf einer Tafel, die Howard selbst beschriftet und ein gutes Stück vor der Einfahrt der Tankstelle am Straßenrand aufgestellt hatte, und manche durchreisenden Leute ließen sich noch einmal den Tank füllen, bevor sie weiterfuhren.

Aber vielleicht war es auch ein Fehler, daß Howard die Tafel aufgestellt hatte, denn nicht lange danach wurde einhundert Meter weiter westlich eine neue Tankstelle gebaut und eröffnet, und Howard riß die Tafel ab, es hätte ja noch gefehlt, daß die Leute sie für eine Werbung der Konkurrenz gehalten hätten. Das Geschäft lief von da an jedenfalls schlecht. Edda hat, als sie mir diese Geschichte erzählte, so getan, als sei sie bei Howard mehr oder weniger ans Hungern gekommen, weshalb sie ihm auch weggelaufen sei, aber das kann nicht stimmen, denn Howard hat ihr nicht nur den Anwalt bezahlt und nach der Entlassung aus der Haft den Rückflug nach Deutschland, weil sie nicht länger in den USA bleiben wollte; er hat ja auch weiterhin treu und brav ihre freiwilligen Beiträge an die Bundesversicherungsanstalt überwiesen, so daß ihre Rentenansprüche langsam, aber stetig stiegen. Good old Howie.

14

Ich stellte, als ich ein Klirren aus der Küche hörte, das Foto der Tankstelle auf seinen Platz, öffnete die Tür des Wohnzimmers und blickte hinaus auf den Flur. Durch die halb offenstehende Küchentür sah ich Edda, sie war vornübergebeugt dabei, ein paar Scherben zusammenzufegen. Die Kleidungsstücke, die alten Illustrierten, die Schuhe, die auf dem Boden des Flurs gelegen hatten, als wir die Wohnung betraten, waren verschwunden, die Tür des Schlafzimmers, durch die ich das ungemachte Bett gesehen hatte, war geschlossen. Es roch nach frischem Kaffee. Ich klopfte an die Küchentür, schob die Tür auf und fragte: »Kann ich dir helfen?«

Sie richtete sich mit einem unterdrückten Ächzen auf, lächelte mich an. »Nein, nein, ich hab's schon. Die blöde Tasse ist mir aus der Hand gerutscht. Du bekommst sofort deinen Kaffee.« Auf dem Tisch stand eine geöffnete Weinflasche, ich nahm an, es war eine von denen, die sie in ihrer Einkaufstasche mitgebracht hatte; neben der Flasche ein halbvolles Glas Wein, daneben ein Aschbecher, der von Stummeln überquoll, und auf dem Rand des Aschbechers eine brennende Zigarette, deren Rauch sich emporkräuselte. In der Spüle türmte sich der Abwasch, aber auch auf dem Tisch fanden sich noch ein paar gebrauchte Teller und Gläser.

Ich trug das Tablett, das sie aus dem Besenschrank hervorholte, mit der Kaffeekanne, der Milchtüte und einer neuen Tasse ins Wohnzimmer. Edda folgte mir mit der Weinflasche, dem Glas, das sie mit einem langen Schluck geleert hatte, und der Zigarette, sie nahm einen leeren Aschbecher vom Fernsehgerät und stellte ihn auf den Sofatisch, setzte sich neben mich auf das Sofa, goß mir Kaffee ein. Sie lächelte mich an, zog an der Zigarette und blies, indem sie sich halb von mir abwandte, den Rauch schräg und steil empor.

Ich sagte: »Verrenk dich nicht. Du weißt doch, daß mich das nicht stört.«

Sie lachte. »Aber deine Frau stört es. Das sitzt wahrscheinlich bei mir im Unterbewußtsein. Something traumatic. Freud, you know.« Sie griff nach der Flasche und füllte das Glas. »Willst du wirklich keinen Schluck probieren? Der ist sehr gut.«

»Nein, wirklich nicht, danke.«

Sie fragte: »Aber du bist mir nicht böse, wenn ich ein Glas trinke, nicht wahr?«

»Nein, natürlich nicht.« Ich sah sie an. »Wie käme ich dazu?«

Sie legte ihre Hand an meine Wange. »Weißt du, ich trinke ja schon lange nicht mehr. Nicht mehr so hart wie früher. Aber manchmal gibt es halt Tage, an denen man…« Sie schüttelte den Kopf, hob die Schultern, ließ sie fallen.

Ich fragte: »Was ist denn passiert?«

Die Frage wirkte, als hätte ich einen Staudamm eingerissen. Sie erzählte mir die ganze Geschichte ohne abzu-
setzen, ohne jeden Rückhalt, und alles, was dazugehören
mochte. Es ging um einen Mann, natürlich. Allerdings
nicht mehr um einen Brad Pitt, schön war er diesmal wohl
nicht, der Liebhaber, und auch nicht knackig, nach allem,
was ich heraushören konnte, aber ein lieber Kerl, eigentlich, der Heinz-Peter. Ein Witwer. Er sah mir übrigens ein
bißchen ähnlich, ließ sie mich wissen. Schöne Hände.

Und er hatte einiges auf der hohen Kante, er war Geschäftsmann. Radio- und Fernsehhändler, ein gewesener,
der sein Geschäft, Stammhaus und zwei Filialen, der Tochter und dem Schwiegersohn überschrieben hatte. Natürlich hatte er vorher einen ordentlichen Batzen rausgenom-
men, und er hatte sich auch eine lebenslange Beteiligung
am Umsatz sichern lassen, er war ja nicht dumm. Den Laden mit den drei Schaufenstern kannte sie schon in der
alten Zeit, aber ihm selbst war sie erst vor einem halben
Jahr begegnet, auf einem Gemeindefest der Evangelischen
Kirche. Und es hatte sofort gefunkt. Er war mit ihr sogar
schon in Urlaub nach Frankreich gefahren, eine Ferien-
wohnung in einem alten Bauernhaus, just beautiful. Natürlich war die Tochter dahintergekommen und hatte ihm die
Hölle heiß gemacht, das Biest, und der Schwiegersohn
auch, das war ein ganz gefährlicher, das sagte Heinz-Peter
sogar selbst.

Machte aber nichts, denn damit hatten sie gerechnet, und
das mußte man aushalten, das war ja auch auszuhalten, und
soweit war alles noch paletti. Doch dann war es passiert,

heute mittag. Er hatte sie schon vergangene Woche für heute mittag zum Essen eingeladen, wie oft zuvor, in ein kleines, gemütliches Restaurant am Stadtrand, danach waren sie meist zu ihm in die Wohnung gegangen, und heute hatte sie sich schon früh auf den Weg gemacht, weil sie vorher zur Friseuse wollte, sie hatte schrecklich ausgesehen die letzten Tage, die Schwitzerei bei dem warmen Wetter, viel zu warm für September, und nach der Friseuse war sie noch auf die Sonnenbank gegangen. Er mochte keine blasse Haut, deshalb hatte er ihr ja auch das Abonnement für die Sonnenbank geschenkt, zwölf Sitzungen, zwei waren noch übrig, na gut, die würde sie noch nehmen, aber dann war Schluß damit, das war schon mal klar, wie sollte sie das bezahlen.

Ja, und als sie dann in das Restaurant kam, hatte er sie so angesehen wie immer, ich würde es vielleicht nicht glauben, aber verliebt hatte er sie angesehen, tatsächlich, und sie würde auch darauf wetten, daß er noch immer in sie verliebt war, vielleicht sogar mehr als am Anfang. Na ja, und deshalb war sie sehr gespannt gewesen, als er nach der Suppe sagte, er müsse ihr etwas sagen, sie war sich nicht sicher, was sie erwartet hatte, jedenfalls nichts Schlimmes, das war doch klar, sie hatte etwas Schönes erwartet. Etwas über ihr Kleid vielleicht oder ihre Sandaletten. Doch dann war sie aus allen Wolken gefallen. Er hatte gesagt, es tue ihm schrecklich leid, aber sie müßten Schluß machen. Schluß für immer.

Sie hatte nicht sofort darauf geantwortet, sie hatte beiseite geblickt und dann einen Schluck Wein getrunken und noch einen und so getan, als ob sie nachdächte, sie hatte versucht sich zusammenzureißen, er sollte ja nicht merken, was in ihr vorging, das ging ihn ja nichts an. Und dann hatte sie gefragt: »Warum?« Nur dieses eine Wort hatte sie gesagt. »Warum?« Und er hatte eine Weile herumgestottert, aber am Ende kam heraus, daß der Vorsitzende der IGEI, der Interessengemeinschaft der Einzelhändler der Innenstadt, ihm unter vier Augen gesagt hatte, er würde ihm raten, bei der bevorstehenden Vorstandswahl nicht mehr als Beisitzer zu kandidieren. Es gebe, hatte der Vorsitzende ihm anvertraut, eine Reihe von Leuten, die der Meinung seien, seine Bekanntschaft mit der Frau Barkley, nun ja, sie könne der Interessengemeinschaft schaden. Diese Verbindung könne, um es in aller Freundschaft mal geradeheraus zu sagen, sie könne die Interessengemeinschaft in ein schlechtes Licht bringen.

Sie hatte noch einmal gefragt: »Warum?« Nur dieses eine Wort, mehr hatte sie auch diesmal nicht dazu gesagt. Und als Antwort hatte er ihr einen Vortrag gehalten. Salbaderei. Nichts als Gesülze. Er hatte ihr erzählt, sie, die »liebe Edda«, er hatte tatsächlich »liebe Edda« gesagt, sie wisse ja Gott sei Dank, wie er selbst darüber denke, ihm sei doch von Anfang an bekannt gewesen, daß sie damals wegen der Scheckkarten im Gefängnis gesessen habe, sie habe ihm ja auch nichts verheimlicht, und das habe er ihr ja auch hoch angerechnet, und für ihn sei es, wie sie ebenfalls wisse, bestimmt nicht bloß ein Spruch aus dem Buch Daniel, daß der reuige Sünder Barmherzigkeit und Vergebung finde, und wer seine Strafe abgesessen habe, der dürfe sowieso nicht anders behandelt werden als ein Unbescholtener. Aber sie wisse ja auch, wie die Leute sein könnten, und er sei nun mal Geschäftsmann, noch immer Geschäftsmann, und wenn sie mal an die vielen Ämter denke, die er noch immer habe, dann könne sie sich vielleicht vorstellen, was da los wäre, wenn die Sache mit der IGEI sich herumsprechen würde.

Sie war aufgestanden, hatte »Bye, bye« gesagt und war gegangen. Sie hätte sich lieber die Zunge abgebissen, als noch mehr zu sagen. Der Kellner kam gerade mit dem Hauptgericht aus der Pendeltür und steuerte auf ihren Tisch zu, aber sie wollte keinen Augenblick länger in diesem Restaurant bleiben, an diesem Tisch. Sollte er doch seine Tochter anrufen, die wäre bestimmt sofort gekommen und hätte das Hauptgericht und das Dessert übernommen und mit Stumpf und Stiel aufgefressen, die dürre Hippe, die hatte noch nie den Hals vollbekommen.

Sie war aus dem Restaurant gegangen und hatte sich in einem Schaufenster gesehen mit ihrer hübschen Frisur und dem Sommerkleid, das Schaufenster blitzte in der warmen Sonne, und sie hätte sich das Kleid vom Leib reißen und das schöne Stück in die nächste Mülltonne werfen können, es war eins von zweien, die sie sich gekauft hatte, für ihn, für wen denn sonst, und deshalb hatte sie auch ihr Konto überzogen, und die Scheißpost hatte ihr das Telefon gesperrt. Ach ja, sie hatte ihn fragen wollen, ob er ihr dreihundert Mark oder vierhundert leihen könne, ohne Telefon war man ja ziemlich aufgeschmissen. Aber nach dieser beschissenen Show hätte sie sich lieber die Zunge abgebissen, you take my word. Sie war sich vorgekommen wie der letzte Dreck.

Und deshalb war sie, bevor sie in den Bus stieg, noch in

eine Weinstube eingekehrt und hatte auf die Schnelle zwei Schoppen genommen oder auch drei und hatte von ihrem letzten Zwanziger die Flaschen gekauft. Und wenn ich nicht gekommen wäre, dann läge sie jetzt schon im Bett und wäre voll bis obenhin, und die ganze Welt könnte sie, na ja, you know what I mean.

Sie trank ihr Glas leer, zündete sich eine neue Zigarette an, griff nach der Flasche und wollte ihr Glas wieder füllen. Als sie merkte, daß nur noch ein Rest in der Flasche war, stellte sie die Flasche ab. Sie zog an der Zigarette, wandte sich zur Seite, blies den Rauch zur Decke, schwieg.

Ich sagte: »Es stört mich nicht. Ich meine, es stört mich auch nicht, wenn du noch etwas trinken willst.« Als sie keine Antwort gab, fragte ich: »Soll ich dir eine Flasche holen?«

Sie schüttelte den Kopf. Nach einer Weile stand sie auf, sie goß den Rest ein und ging mit der leeren Flasche hinaus. Sie ging ein wenig mühsam, aber sie schwankte nicht. Ich überlegte, ob ich ihr folgen sollte, aber noch bevor ich mich entschieden hatte, kam sie zurück, in der Hand eine geöffnete Weinflasche.

Sie näherte sich mir, ich sah ihr entgegen, und unversehens fragte sie: »Schaust du auf meine Beine?« Sie lächelte.

Ich sagte: »Hab ich das? Entschuldige, ich… ich hab mich gefragt, wie's deinen Knien geht.«

»Nicht besonders.« Sie stellte die Flasche ab, hob das Kleid hoch und ließ mich ihre erstaunlich glatten, gebräunten Oberschenkel sehen, trat noch einen Schritt näher an mich heran. »Du kannst mich ja mal untersuchen. Bitte.«

Ich sagte: »Das hat so keinen Zweck. Wenn du Probleme hast, solltest du zum Orthopäden gehen. Man kann nicht immer was dagegen tun, aber manchmal doch.«

Sie seufzte, ließ das Kleid fallen und setzte sich wieder neben mich, füllte ihr Glas. Nachdem sie einen kleinen Schluck getrunken hatte, sagte sie: »Sag bitte Lene nichts davon.«

Einen Augenblick lang war ich irritiert, ich fragte: »Wovon?«

»Von meiner Story mit Heinz-Peter.«

»Natürlich nicht, wenn du es nicht willst.« Ich sah sie an. »Aber warum soll Lene nichts davon wissen?«

Und wieder brach es aus ihr hervor, eine andere Geschichte, aber wieder eine, die von Verletzungen handelte, von Kränkungen, die ins Mark getroffen hatten. Ich kannte das meiste aus dieser Wehklage schon, aber ich hatte nicht gedacht, daß es noch immer so virulent war, sie noch immer so tief bewegte.

Warum Lene nichts von Heinz-Peter wissen sollte? Warum wohl! Weil ihrer tüchtigen und so klugen Schwester dazu doch wieder nichts Besseres einfallen würde als das dumme Gerede, nein, die Frechheit, daß diese Geschichte und ihr trauriges Ende sie überhaupt nicht wundern würde, ja, sie hätte das Ende sogar voraussagen können, ohne den Heinz-Peter je gesehen zu haben, denn bekanntlich würde die gute Edda sich immer und immer wieder die falschen Männer aussuchen.

Und genau dieses Geschwätz hatte Lene ihr schon damals in Topeka zugemutet, sogar in Topeka, das mußte man sich mal vorstellen, sie hat da zum ersten Mal in ihrem

Leben hinter Gittern gesessen und hat auf den Prozeß gewartet und vor Angst nicht mehr schlafen können, und
dann kommt ihre Schwester aus Deutschland angereist, na
klar, das hat sie sich nicht nehmen lassen, die Kosten spielten ja keine Rolle, und kommt in das Besuchszimmer im
County Jail herein und setzt sich ihr gegenüber an den
Tisch und hat kaum guten Tag gesagt, da labert sie ihr
schon die Ohren voll und löchert sie und will wissen, was
sie sich nur dabei gedacht hat und warum das denn mit Howard schiefgehen mußte und wie um Himmels willen eine
Frau in ihrem Alter noch auf einen solch windigen kleinen
Gangster hereinfallen kann. Und sie sollte sich bloß nicht
wundern, wenn sie so schnell nicht mehr aus dem Gefängnis herauskäme, das hätten auch die Leute vom Konsulat
gesagt, und hoffentlich würde sie wenigstens diesmal etwas
daraus lernen und sich in Zukunft die Männer genauer ansehen, mit denen sie sich einließ.

Und das hatte sie sich anhören müssen von jemand, der
sein ganzes Leben lang nur Glück gehabt hatte, von ihrer
kleinen Schwester Lene, die vom Krieg und von den russischen Panzern nichts mitbekommen hatte und so gut wie
nichts von dem elenden Leben und der Plackerei in der Baracke, in der der Vater gestorben war, ein wildes Gegurgel
mitten in der Nacht, und weg war er, steif und wachsbleich.
Lene, ja, die auch von der Scheißarbeit auf Onkel Kurts Hof
nichts mitbekommen hatte, noch immer nichts, sie war ja
noch zu klein, die Süße. Aber als sie zehn Jahre alt war, war
sie groß genug, um aufs Gymnasium zu gehen, während
sie, Edda, sich darum kümmern mußte, daß die Tische in
Howies Messe auf Hochglanz poliert waren und das Essen

heiß serviert wurde, irgendein Asshole, ein Blödmann hätte sich ja beim Master Sergeant beschweren können. Die fleißige Lene, ja, die eine Klasse übersprang, aber trotzdem ein Riesenschwein hatte, daß sie überhaupt zum Abitur zugelassen wurde, denn wenn die Polizei sich damals ein wenig gründlicher um den Jungen gekümmert hätte, der von der Burgmauer gefallen war, dann wäre sie vielleicht von der Schule geflogen, wenn nicht noch Schlimmeres.

Lene, ja. *Die* hatte sich die Männer genau angesehen, mit denen sie sich eingelassen hatte, darauf konnte man wetten. Den dicken Großkotz zum Beispiel, der sie aus Kaiserslautern herausholte, den Präsidenten von dem Handballverein, der im Pokal mit seiner Frauenmannschaft bei Lenes Mannschaft hatte antreten müssen und verloren hatte, weil Lene so gut war, na klar, Lene war immer gut, in allem, was sie machte, und clever war sie auch, sehr clever, sie sah sich das Angebot an, das der Dicke ihr unter der Hand machte, sie ließ es im Vertrauen von einem Sportskameraden prüfen, der ihr, Edda, hernach die Geschichte erzählt hat, und dann nahm sie es an, sie wechselte zu der Mannschaft des Dicken, und der bezahlte ihr ja nicht nur das Zimmer und den Lebensunterhalt, sondern auch das Schulgeld für die Dolmetscherschule, und ob das so weitergegangen wäre, weiß man nicht, denn dieser stinkreiche Großkotz war schließlich verheiratet und hatte drei erwachsene Kinder, aber bevor seine Frau dieser love story ein Ende machte, hatte Lene wieder einmal Glück, sie verstauchte sich den Daumen und kam zu mir in die Praxis, und damit hatte sie ausgesorgt, das Schwesterlein, sie brauchte den Großkotz nicht mehr.

Ich sagte: »Komm, hör auf, das reicht jetzt!« Sie trank ihr Glas leer, goß es wieder voll, zündete sich eine neue Zigarette am Stummel der alten an. Ich spürte das dringende Bedürfnis, ein wenig frische Luft zu atmen, den Himmel über mir zu sehen, wie leer er auch sein mochte. Es war nicht der geeignetste Augenblick, aber irgendwann mußte ich mich ja auch auf die Heimfahrt machen, ich griff in meine Brusttasche und holte den Umschlag mit den tausend Mark hervor, die ich am Morgen auf der Bank abgehoben hatte. Ich legte ihn neben ihr Glas.

Sie sah mich an. Ich sagte: »Nur, damit ich das nicht vergesse. Wir haben uns überlegt, daß du... im Augenblick vielleicht... ein bißchen knapp bei Kasse sein könntest.« Ich zeigte auf den Umschlag. »Vielleicht kannst du dir damit helfen.«

Sie warf einen Blick auf den Umschlag, dann sah sie mich wieder an. »Und *wer* hat sich das überlegt?«

»Laß doch die Fragerei, verdammt noch mal! Lene und ich, wer denn sonst.«

Sie sagte: »Du bist ein Lügner, Raimund. Aber ein lieber. Ein sehr lieber.« Sie strich mir mit der Hand über die Wange. Dann legte sie die Hand an meinen Hals, schob die Finger nach hinten, ließ sie sanft über meinen Nacken und durch das Haar gleiten. Ich griff nach der Hand, drückte sie ein wenig und legte sie in ihren Schoß, löste meine Hand und zog sie zurück.

Sie sagte: »Das magst du nicht.«

»Doch, das mag ich. Aber das geht nicht.«

»Warum nicht? Bin ich dir zu alt? Na sicher; ein altes Weib, nicht wahr?«

Ich seufzte. »Edda!« Ich legte meine Hand an ihre Schulter, rüttelte sie sanft. »Ich bin mit deiner Schwester verheiratet!«

Sie wandte sich ab. Erst nach einer Weile merkte ich, daß ihre Schulter ein wenig bebte. Ich beugte mich vor, versuchte, ihr ins Gesicht zu sehen. Sie weinte, aber sie gab dabei keinen Laut von sich. Sie hielt die Augen geschlossen, hier und da drang eine Träne zwischen den Lidern hervor.

Ich zog mein Taschentuch heraus, tupfte ihr die Augen ab. Dann stand ich auf. »Ich muß jetzt gehen, Edda. Aber ich komme wieder.«

Sie sagte, ohne mich anzusehen: »Ja. Wenn sie dich läßt.«

15

Ein Mädchen aus Kolberg (so im Untertitel), Tina Georgi, hat ihre Lebensgeschichte aufgeschrieben, eine unprätentiöse, anrührende Autobiographie, ich habe das Buch einmal in einem Antiquariat entdeckt und es für Lene gekauft, wie schon einiges andere über Pommern, aber ich weiß gar nicht, ob sie es gelesen hat, es lag in einem Stapel von unterschiedlichsten Büchern in ihrem Arbeitszimmer. Heute morgen habe ich es herausgesucht und wieder darin geblättert. Ich wollte mir wenigstens eine vage Vorstellung des Milieus verschaffen, in dem Edda ihre frühen Lebensjahre verbracht, der Eindrücke, die sie als Kind aus ihrer Umwelt erfahren hat. Wer weiß, was alles sich daraus erklären ließe. Aber es ist nicht viel dabei herausgekommen. Tina Georgi war nach den Daten, die sie nennt, um die vierzig Jahre älter als Edda, und ich weiß nicht, ob die Orte, die sie beschreibt, sich zu Eddas Zeit noch ähnlich darboten, ob sie noch immer so aussahen, so klangen, so rochen.

Ich weiß nicht einmal, ob es diese Orte Ende der dreißiger, Anfang der vierziger Jahre, als Edda in Kolberg zu Hause war, noch gab. Die Persante gab es natürlich noch, an deren Ufer Tina im Sommer mit ihrem kleinen Bruder besonders gern gespielt hatte, weil es dort, wo die alten Weiden ihre Zweige ins murmelnde Wasser tauchten, so schön kühl und luftig war. Und vielleicht hat Edda, ich muß sie sobald wie möglich danach fragen, vielleicht hat sie an der Persante den gleichen Schock erlitten wie Tina.

Vielleicht hat auch sie beim Spiel mit den anderen Mädchen den kleinen Bruder vergessen, vielleicht ist auch Helmut unversehens ins Wasser gefallen und untergetaucht und erst im letzten Augenblick an den Haaren herausgezogen worden und hat Wasser gespuckt und gehustet und geschrien wie am Spieß und sich erst beruhigt, als er, in eine Decke eingehüllt, auf dem Schoß der Mutter saß und die Mutter ihn tröstete und zugleich, mit einem bitterbösen Blick auf Edda, seine Schwester verdammte: »Ja, mein Liebling, die olle Magd hat wieder nicht aufgepaßt!« Und vielleicht hat Edda wie Tina schreckliche Angst gehabt, die Mutter könnte sie, die olle Magd, sobald der kleine Bruder eingeschlafen war, an den Haaren packen und hinaus auf die Straße und hinunter an die Persante zerren und sie hineinschmeißen, zur Strafe.

Aber vielleicht war die Persante noch vor Eddas Zeit eingegrenzt worden, wegen der Unfallgefahr, vielleicht hatte man am Ufer eine kleine Mauer errichtet oder ein Gitter aufgestellt. Oder ein Schild mit der Aufschrift *Spielen am Ufer verboten!,* das hätte zu dieser Zeit wohl genügt, Verbote waren ernst zu nehmen, und das wußten nicht nur die Erwachsenen, sondern auch die Kinder. Wie auch immer: Ob es eine solche Veränderung gegeben hatte oder nicht, ob es noch immer so war wie in Tinas Erinnerung oder ganz anders, das weiß ich nicht.

Ich weiß auch nicht, was zu Eddas Zeit von der Maikuhle übrig war und wie es dort zu ebendieser Zeit aussah, in dem Wäldchen jenseits der Persante, in dem Tina noch jeden Sonntagmorgen mit ihrer Mutter und dem kleinen Bruder Johannes spazierengegangen war und das in ihrer Erinnerung einen herausgehobenen Platz behauptet hat: »Schon der Weg dahin war einmalig schön, am Fluß entlang durch blühende Wiesen, dann über eine Holzbrücke, die auf Booten ruhte, sie schwankte, ächzte und quietschte, wenn man hinüberging. Heute noch höre ich im Traum ihr Quietschen. Im Winter wurden die Boote fortgenommen, dann fror der Fluß zu und wir gingen übers Eis. Hinter der Brücke begann der Wald mit schattigen, gepflegten Wegen. Rechts ging es am Wasser entlang bis zur Ostsee hinunter, ein geteerter Bretterzaun trennte die Hafenanlagen vom Waldweg, hier gab es den Geruch der Heimat, ein Gemisch von Teer, Sonne, Hafen, Wald- und Meeresluft.«

Die Maikuhle habe ich schon zuvor gekannt, allerdings in einer ganz anderen Bewandtnis. Ich kannte sie aus der Lebensbeschreibung, »von ihm selbst aufgezeichnet«, des alten Nettelbeck, jenes preußischen Überpatrioten, der 1807 seine Heimatstadt, die Festung Kolberg, gegen die Belagerung der Franzosen zu verteidigen gelobte, »solange wir noch einen warmen Blutstropfen in uns haben; sollten auch all unsre Häuser zu Schutthaufen werden«, was er Hand in Hand mit dem Major von Gneisenau, dem vom König entsandten Festungskommandanten, denn auch mehr oder weniger fertigbrachte. Das Heldentum des Kerls, das unser Geschichtslehrer in der Quarta uns emphatisch einzutrichtern versuchte, wurde mir für immer suspekt, als ich später in der Lebensbeschreibung las, daß er und wie er in seinen jungen Jahren »Neger und Elefantenzähne« aus Guinea herausgeholt und mit »leidlichem Gewinn« verkauft hat, was bedeutete, daß er ein Sklavenhändler gewesen ist.

Die Schiffe, auf denen Joachim Nettelbeck mit der Aussicht auf leidlichen Gewinn anheuerte, kreuzten vor der Küste Guineas so lange hin und her, bis die Eingeborenen selbst ihnen die Sklaven anlieferten, sie brachten die lebende Fracht auf ihren Kanus durch die Brandung hinaus, manchmal waren es die Angehörigen anderer Stämme, die sie überwältigt hatten, nicht selten aber mangels solcher Beute auch die eigenen Verwandten, die sie den weißen Verbrechern für Flitterkram verkauften, »der Vater sein Kind, der Mann das Weib und der Bruder den Bruder«, und die alsbald über den Atlantik nach Surinam verbracht wurden, der Kolonie Holländisch-Guayana, wo auf den Zucker- und Kaffeeplantagen eine lebhafte Nachfrage nach solch anspruchslosen Arbeitskräften bestand, so daß sich mit ihnen ein Vielfaches des Preises erzielen ließ, den sie gekostet hatten. Unterwegs wurde die Fracht zwar mit eisernen Hand- und Fußfesseln gesichert, paarweise aneinandergekettet und während der Nacht im Schiffsbauch zusammengepfercht, aber über Tag wurde sie an Deck gelassen und in Bewegung gehalten, »damit die schwarze Ware desto frischer und munterer an ihrem Bestimmungsorte anlange«.

Auch was die Maikuhle angeht, liefert Joachim Nettelbeck interessante Einblicke. Als einen Ort der Erholung erwähnt er sie freilich nur im Vorübergehen, nämlich bei der Schilderung seiner Flucht vor den preußischen Unteroffizieren, die nach Kolberg gekommen waren, um für ihren König frische Rekruten auszuheben, will heißen, Soldaten einzufangen, was dem jungen Joachim gar nicht behagte; vielleicht war sein Patriotismus zu dieser Zeit noch nicht zur vollen Übergröße entwickelt oder, andersherum, sein Verstand noch nicht aus diesem oder einem anderen Grund beeinträchtigt (was nach seinem eigenen Zeugnis manche Mitbürger in Kolberg von ihm behaupteten, indem sie sagten, es sei ihm »unter der Linie«, also am Äquator, »vielleicht gar ein wenig zu warm unterm Hute geworden«).

Der Wehrunwillige verzog sich jedenfalls, im Abenddunkel und ausgerüstet mit einem ordentlichen Seitengewehr, das er natürlich nicht mit sich führte, um ungünstigenfalls den Unteroffizieren Widerstand zu leisten, wohl aber, um sich gegen die Wölfe, die damals noch die Umgebung der Stadt unsicher machten, behaupten zu können. Es gelang ihm auch, unbemerkt und unbehelligt in die Maikuhle zu entkommen, wo er in einem alten Schiffsrumpf, der dort hoch auf dem Strand lagerte und im Sommer als Bierausschank diente, unterkroch.

Solch pazifistische Gesinnung änderte sich freilich gründlich, nachdem Nettelbeck zwischen Guinea und Surinam herangereift war und die Franzosen 1806 anrückten, um seine Heimatstadt zu unterjochen. Nettelbeck führt mit dem Leutnant Ferdinand von Schill, einem anderen notorischen Helden, den eine im Kampf erlittene Kopfverletzung nach Kolberg verschlagen hat, intensive Gespräche über die strategische Bedeutung der Maikuhle, und sie sind sich einig darüber, daß »dieses angenehme Lustwäldchen« der Schlüssel zum Hafen, demzufolge »um jeden Preis« zu verteidigen ist, will heißen, auch um den Preis, daraus Kleinholz zu machen.

Da der noch amtierende Festungskommandant Loucadou, nach Nettelbecks Urteil ein Lahmarsch, davon nichts wissen will, machen die beiden Patrioten quasi in Privatinitiative aus der Maikuhle ein Bollwerk, Schill, indem er für sein Freikorps, das ebendort eingesetzt werden soll, jeden anwirbt, der noch einen Schießprügel tragen kann, und Nettelbeck, indem er zum Schanzen so viele Tagelöhner und Häusler mobilisiert, als er deren habhaft werden und von seinen Ersparnissen bezahlen kann. Eine wahrhaft heroische Anstrengung, nur leider für die Katz, denn am 1. Juli 1807 morgens gegen vier Uhr wurde die Maikuhle von den Franzosen überrannt, sie war dahin.

Was Joachim Nettelbeck über die Ereignisse derselben Nacht in der Innenstadt von Kolberg berichtet, könnte dem, was Edda erlebt hat und was sie seither mit sich herumträgt, näherkommen, es ist zumindest frei von der martialischen Pose, mit der die Heldengestalt ansonsten selbst die Niederlagen der eigenen Partei aufdonnert. Nettelbeck stand in »dieser entsetzlichen Nacht« mit Gneisenau, der mittlerweile den Kommandanten Loucadou abgelöst hatte, auf einer Bastion und beobachtete das Dauerfeuer, mit dem die Franzosen seit drei Uhr früh die Festung belegten: »Was aber drinnen in der Stadt unter dem armen wehrlosen Haufen vorging, ist vollends so jammervoll, daß meine Feder es nicht zu beschreiben vermag. Da gab es bald nirgends ein Plätzchen mehr, wo die zagende Menge vor dem drohenden Verderben sich hätte bergen mögen. Überall zerschmetterte Gewölbe, einstürzende Böden, krachende Wände und aufwirbelnde Säulen von Dampf und Feuer. Überall die Gassen wimmelnd von ratlos umherirrenden Flüchtlingen, die ihr Eigentum preisgegeben hatten und die unter dem Gezisch der feindlich umherkreisenden Feuerbälle sich verfolgt sahen von Tod und Verstümmelung.«

Es sieht tatsächlich so aus, als seien dem sonst so beredten Nettelbeck die Worte ausgegangen: »Geschrei von Wehklagenden; Geschrei von Säuglingen und Kindern; Geschrei von Verirrten, die ihre Angehörigen in dem Gedränge und der allgemeinen Verwirrung verloren hatten; Geschrei der Menschen, die mit dem Löschen der Flammen beschäftigt waren…«

Ich frage mich, was Lebewesen, die ein solches Inferno überstanden, und vielleicht sogar ohne einen Kratzer überstanden haben, ich frage mich, was sie hinfort an seelischen Verletzungen, dauerhaften Schäden und Beeinträchtigungen mit sich herumschleppen. Und ich frage mich, wie Edda als Zehnjährige ihre Belagerung Kolbergs rund einhundertvierzig Jahre später überstanden hat. Sie selbst hat kaum einmal davon erzählt, obwohl sie dadurch Lenes Glück, um diese Zeit noch nicht geboren zu sein, hätte herausstreichen und zugleich die Ungerechtigkeit des Schicksals, das ihr selbst widerfahren war, hätte anprangern können, wozu sie selten eine Gelegenheit versäumt hat, jedenfalls dann nicht, wenn sie mit mir allein war.

Vielleicht scheut sie die Erinnerung zu sehr, um sie so oder wie auch immer heraufzubeschwören. Vielleicht ist ebendiese Scheu eine der Narben, die sie davongetragen hat, als sie mit Vater, Mutter und dem kleinen Bruder Helmut aus Kolberg entkam, während die Stadt unter Dauerfeuer lag und kurz bevor die Russen und Polen in sie eindrangen. Aber ich denke mir, daß es auch ohne Eddas Zeugnis möglich sein müßte, sich ein Bild dieser Belagerung zu machen, der Belagerung und der Verheerungen, die sie in einem zehnjährigen Mädchen anrichtete.

16

Es gibt immerhin einige zeitgenössische Materialien, nicht so vital vielleicht wie die Lebensbeschreibungen Tina Georgis und Joachim Nettelbecks, aber desungeachtet ergiebig, die sich versprengt unter anderem in einer Reihe von Büchern über den Zweiten Weltkrieg und insbesondere den »Endkampf um Deutschland 1945« finden, und es gibt nicht zuletzt den Bericht des Kommandanten von Kolberg, Oberst Fritz Fullriede, der im Kriegstagebuch der deutschen Heeresgruppe Weichsel überliefert worden ist.

Wenn man so will, ließe sich auch der Monumentalschinken *Kolberg* zu diesen Dokumenten rechnen, der Nazifilm, in dem der Staatsschauspieler Heinrich George einen überdimensionalen Nettelbeck mimte, um dem deutschen Volk fünf Minuten vor der katastrophalen Niederlage vorzuführen und einzubleuen, daß man auch einen verlorenen Krieg noch gewinnen kann, was zumindest der Vizeadmiral Ernst Schirlitz, wenn schon nicht das deutsche Volk, geglaubt zu haben scheint. Schirlitz, Kommandant der eingeschlossenen Atlantikfestung La Rochelle, in die eine Kopie des Films zur Uraufführung am 30. Januar 1945 eingeflogen worden war, bedankte sich per Funkspruch bei dem Nazi-Propagandachef Goebbels: »Tief beeindruckt von der heldenhaften Haltung der Festung Kolberg und ihrer künstlerisch unübertrefflichen Darstellung.«

Ob auch der Festungskommandant Fullriede den Film gesehen hat und tief beeindruckt war, weiß ich nicht. Als der Oberst am 1. März 1945 sein Kommando antrat, quoll Kolberg von Flüchtlingen bereits über. Die Hand- und Pferdekarren der Trecks verstopften die Straßen, im Bahnhof und davor stauten sich die vollbesetzten Eisenbahnzüge. Statt der 35.000 Einwohner, die Kolberg gezählt hatte, drängten sich 85.000 Menschen in der Stadt zusammen, dazu 3.300 zusammengewürfelte Soldaten, der Ersatz sozusagen für jene 15.000 Mann, die dem Kommandanten als Verteidigungsstreitmacht zugesagt worden waren, die sich aber irgendwann und irgendwo offenbar in Luft aufgelöst hatten.

In der Nacht zum 7. März stießen sowjetische Panzer östlich und westlich der Stadt bis an die Ostsee vor, die

Einschließung war damit vollendet. Von da an wurde Kolberg Tag und Nacht unter Feuer genommen, von Panzern, Werfern und zuletzt zwanzig sowjetischen und polnischen Batterien, die rings um die Stadt in Stellung gebracht worden waren. An demselben 7. März erhielt Fullriede über Funk vom Oberkommando des Heeres den Befehl, alle Frauen und Kinder sowie unbewaffnete Zivilisten über See abzutransportieren. Unter dem Schutz zweier Zerstörer hatte die Kriegsmarine mehrere Passagierschiffe entsandt, die aber wegen des schweren Feuers nicht in den Hafen einlaufen konnten, sondern auf Reede liegenblieben.

Fullriede, der schon in der Nacht zum 4. März, als ein Spähtrupp die ersten Panzer hatte heranrollen sehen, das Standrecht verhängt hatte, schrieb: »Um den Abtransport der Frauen und Kinder zu sichern, sind härteste Maßnahmen erforderlich. Gegen Plünderer und Drückeberger muß mit exemplarischen Strafen vorgegangen werden.« Der Oberst berichtete auch: »Die Panikstimmung unter der Zivilbevölkerung, hervorgerufen durch den pausenlosen Artilleriebeschuß, war nur schwer zu steuern und zeitigte, besonders am Hafen, schaurige Bilder. Zu den Verlusten durch Artilleriebeschuß trat eine hohe Kinder- und Säuglingssterblichkeit, hervorgerufen durch den Mangel an Milch und Trinkwasser. Kindermord durch die eigenen Mütter und Selbstmord waren häufige Erscheinungen.«

Den schaurigen Bildern besonders am Hafen kann Edda nicht entgangen sein. Sie verließ, zusammen mit dem einbeinigen Vater, der blutarmen Mutter und dem kleinen Bruder, in ebender von Fullriede beschriebenen Lage Kolberg an Bord eines Rettungsschiffes. Vielleicht war es einer der Motorkähne, von denen die Menschen, die sich auf dem Pier drängten, bei heftigem Wind und Schneetreiben hinaus auf die Reede zu den Passagierschiffen gebracht wurden; vielleicht war es auch eines der kleinen, aber seetüchtigen Fahrzeuge, die der Fregattenkapitän Kolbe anforderte und die bis zur Mole fahren konnten, so daß das zeitraubende und gefährliche Umsteigen von den Kähnen auf die großen Schiffe sich umgehen ließ. So oder so könnte die zehnjährige Edda erlebt haben, daß eine Granate, was nicht selten geschah, unter den eng aufgereihten Menschen einschlug und das hinterließ, wozu sie abgefeuert worden war, schreiende und wimmernde Verletzte und den einen oder anderen, der für immer stumm blieb.

In der Nacht zum 16. März wurden die letzten Frauen und Kinder, die noch in Kolberg verblieben waren, über den Hafen hinausgeschleust. Ich weiß nicht, ob Edda erst in dieser Nacht ihre Heimatstadt verlassen hat; vielleicht waren sie und ihre Familie schon früher an der Reihe gewesen. Ich weiß auch nicht, ob sie wie viele andere der Flüchtlinge in Swinemünde gelandet sind, aber wenn das so war und wenn sie Kolberg schon vor dem letzten Transport hatten verlassen können, dann hat das Kind Edda möglicherweise auch noch den Bombenangriff erlebt, den die Amerikaner mit 671 Flugzeugen am Mittag des 12. März gegen Swinemünde flogen und dem in der überfüllten Stadt und dem vollgestopften Hafen 23.000 Menschen zum Opfer fielen. Ich weiß es nicht, und ich weiß auch nicht, ob es einen Sinn hätte, Edda danach zu fragen.

Nach der Eroberung Kolbergs hat der Oberst Fullriede berichtet: »Dem Feind fiel eine völlig niedergebrannte und verwüstete Stadt in die Hand. Der Dom ist eine ausgebrannte und schwer beschädigte Ruine. Sämtliche Persante- und Holzgrabenbrücken sind gesprengt. Der Bahnhof mit Gleisanlagen ist zerstört, die Verladeeinrichtungen am Hafen für längere Zeit unbrauchbar. Dies ist der Gewinn, den der Feind mit sehr hohen Blutopfern erkaufte, aber auch der Preis, um den es gelang, 75.000 Menschen dem Reich zu erhalten.«

17

Dem Reich hat Edda nichts mehr genützt, es sei denn, man wollte ihr die Dienste, die sie ihrem Vater auf dem Treck und in der Baracke geleistet hat, als Versorgung eines Kriegsopfers anrechnen, was nur recht und billig wäre, aber von Amts wegen nicht in Betracht kommt. Was umgekehrt sie dem Reich zu verdanken hat, ist schon eher greifbar, wenn auch nicht exakt zu beschreiben oder gar zu diagnostizieren. Ich weiß nicht, ob ein Kollege vom Fach sie als Alkoholikerin einstufen, und ebensowenig, ob er diesen Befund auf das Trauma zurückführen würde, das sie als Zehnjährige davongetragen haben muß. In der allerdings spärlichen Literatur, die ich dazu nachgeschlagen habe, finde ich auf einer Liste möglicher Faktoren im Bedingungsgefüge des Alkoholismus auch das Wort »Flüchtlingsschicksal«, aber mehr dazu nicht.

Daß Edda sich am Tag meines jüngsten Besuchs betrinken wollte und am Ende vermutlich auch betrank, könnte sie als Alpha-Trinkerin ausweisen, will heißen, sie trank, um einen akuten Konflikt zu bewältigen, nämlich das Ende ihrer Liebesgeschichte mit Heinz-Peter, und sie hatte ja auch, wie es im Lehrbuch als charakteristisch beschrieben wird, die Absicht, allein zu trinken. Alkoholismus wäre dennoch, so denke ich, eine zu simple Beschreibung ihrer Verfassung.

Sie hat schon immer Alkohol konsumiert, das ist richtig. Gelernt hat sie es als Teenager in den Bars der Amerikaner, in denen sie von Soft Drinks sehr schnell auf Highballs und dann auf Straight umgestiegen ist, weil man sich schließlich nicht lächerlich machen wollte, und da auch Howard gern einen Whisky nahm, ist sie dabei geblieben, sie tranken in ihrer Wohnung auf der Air Base vor dem Dinner regelmäßig ein Glas oder auch zwei, hörten eine Platte dazu, Nat King Cole oder Peggy Lee, und nach dem Essen tranken sie schon mal weiter, und so hielten sie es dann auch in Abilene, der Bourbon war genau das Richtige am Abend, wenn der Junge die Tankstelle übernommen hatte und sie in ihre Wohnung gegangen waren oder in das Restaurant nebenan. Davon und noch mehr hat sie mir einmal bei einem meiner Besuche erzählt, als sie mir um die Mittagszeit einen Bourbon angeboten hatte und ich sie fragte, ob ihr dieser Stoff am hellen Tage nicht zu hart sei.

Nein, war er nicht. Why should it be? Das war ja doch gar nichts im Vergleich zu der Zeit, als sie aus dem beschissenen Staatsgefängnis raus und gerade wieder in Kaiserslautern gelandet war, da hat sie eine Zeitlang wirklich hart gesoffen. Aber das war nur der Weltschmerz, sie fand die ganze Welt zum Kotzen, und wieso auch nicht, das war die Welt ja nun mal, oder? Wahrscheinlich hatte Lene damals gewittert, daß sie keinen erfreulichen Anblick bot, wir hatten sie in dieser Zeit nur ein einziges Mal besucht, right? Zur Begrüßung sozusagen, nicht viel mehr als eine Stunde, das war es dann schon, und Lene hatte diesen Besuch auch noch schriftlich angemeldet, eine Vorwarnung, konnte man sagen, und die hatte sie natürlich ernst genommen, sie hatte sich zusammengerissen, die Haare gewaschen, die Flaschen in die Mülltonne geworfen, in mehrere Mülltonnen, und sogar die Wohnung in Ordnung gebracht. Das hatte sich ja auch rentiert, denn sonst hätte Lene ihr zum Abschied die fünfhundert Mark nicht in die Hand gedrückt, »Du hast ja wahrscheinlich ein paar Ausgaben«, o ja, die hatte sie. Sie hatte die fünfhundert Mark ziemlich schnell versoffen.

Und in die gleiche Tour war sie noch einmal reingerutscht, an dem Sonntag im August, an dem sie auf der Air Base ihren großen Flugtag gemacht hatten, sie hatte sich schon lange darauf gefreut gehabt und war hingegangen, natürlich kannte sie da niemanden mehr, aber ein bißchen von den alten Zeiten war doch immer noch zu spüren, that crazy kick, you know, und der Himmel über Ramstein war blitzeblau gewesen, und sie hatte unter den vielen Menschen auf dem Feld gestanden und der Flugschau zugesehen, ja, und dann waren die drei Italiener dicht über den Zuschauern zusammengekracht, und einer davon war mitten in die Menschen hineingerast und explodiert, die glühendheißen Trümmer waren herumgeflogen, ein dicker Brocken ganz dicht an ihrem Kopf vorbei, sie hatte es pfeifen hören, und vierzig Menschen waren tot liegengeblieben und ein paar hundert verletzt, schwer verletzt, denen fehlten Arme und Beine, und sie hatte nichts abbekommen, sie hatte Glück gehabt, richtiges Glück, vielleicht zum erstenmal in ihrem Leben. Und sie war nach Hause gegangen, sie war gegangen wie durch Watte, hatte nichts mehr gehört, nichts mehr gesehen, und zu Hause hatte sie sich vollgesoffen. Und sie hatte auch noch ein paar Tage lang weitergesoffen, na klar. Aber das hielt nicht an, das war nur ein Rückfall.

Denn irgendwann, und das war schon vor diesem Sonntag gewesen, irgendwann hatte sie eingesehen, daß sie, wenn sie so weitermachte, vor die Hunde gehen würde. In eine Kneipe, in der sie hockte und soff, war ein Mann hereingekommen, ein sehr gut aussehender Mann, und sie hatte vergessen, wie sie selbst aussah, und hatte ihn angelächelt, mit dem Lächeln, das so oft gewirkt hatte, und der Mann hatte sie einen Augenblick lang angestarrt und dann hatte er den Kopf geschüttelt und sich abgewandt, er hatte mit dem Blödmann, neben den er an die Theke trat, ein Wort gewechselt, und dann hatte auch der Blödmann sie angestarrt und gegrinst und sich abgewandt, und die beiden hatten gelacht und ihr die Rücken zugedreht, nein, die Ärsche, ihre breiten Ärsche, denn genau so und nicht anders hatten sie es gemeint, als sie sich umdrehten. Nein, nein, vor die Hunde gehen wollte sie bestimmt nicht. Und sie wollte auch noch nicht für alle Zeiten die Nächte allein in ihrem Bett verbringen und nicht mal einen haben, der ihr zuguckte, wenn sie sich einen runterholte. Also hatte sie sich zusammengerissen und hatte die Sauferei gelassen.

Ich fand keinen Anlaß, es ihr nicht zu glauben. Und ich möchte sogar wetten, daß sie in der Zeit, in der sie mit ihrem Heinz-Peter zusammen war, sich nicht ein einziges Mal betrunken hat, es sei denn, mit ihm gemeinsam, was bedeutet, daß es nicht aus Verzweiflung geschah, sondern aus der Lust am Leben, und daß sie beide ihren Spaß daran hatten. Ich bezweifle sogar, daß sie jemals vom Alkohol abhängig gewesen ist. Es hätte durchaus passieren können, daß sie sich totgesoffen hätte, ja, weiß Gott, aber wenn das passiert wäre, dann nur, weil sie es gewollt hätte. Sie hat zeit ihres Lebens gewußt, was sie wollte.

Und das besagt auch etwas über das Problem, das mich vergangene Woche beschäftigt hat, die Sorge, daß irgendein Stänkerer, ein Stinktier sie aufspüren könnte, ein Journalist zum Beispiel, der sie angeblich interviewen und mit ihr ein wenig über ihre kleine Schwester plaudern möchte, aus der eine Ratsfrau und dann eine Bürgermeisterin geworden ist und die jetzt sogar Oberbürgermeisterin werden soll. Ich habe ja doch nicht mehr einschlafen können, weil ich mir die Frage stellte, die bange Frage, was alles so einer von Edda zu hören bekäme. Und es war offensichtlich, daß Lene, bevor ich die Reise nach Kaiserslautern antrat, sich die gleichen Sorgen machte, und das hat ja den Ausschlag dafür gegeben, daß ich Edda angerufen habe und ohne Verzug zu ihr gefahren bin, als sie nicht zu erreichen war.

Es war offensichtlich, was Lene, nachdem wir monatelang von ihrer Schwester nichts gehört hatten, und zumal, nachdem ich mit meinem Anruf bei ihr gescheitert war, sich zusammengereimt hat. Sie hat die Überlegung angestellt, daß Edda sich deshalb nicht meldete und nicht zu erreichen war, weil sie die Telefonrechnung nicht bezahlt hatte, und daß sie die nicht bezahlen konnte, weil sie kein Geld hatte, und daß ihr das Geld ausgegangen war, weil sie das Saufen wieder angefangen hatte, wie zuvor und wie schon in Amerika, als ein Konsulatsbeamter Lene berichtet hatte, daß die Polizei in dem Apartment, in dem Edda und ihr Brad Pitt gehaust hatten, über die leeren Bourbonflaschen gestolpert war. Und so hatte Lene in der vergangenen Woche befürchtet, Edda würde, wenn irgendwer sie aufspüren und sie befragen sollte, nicht nur einen schrecklichen, einen hoffnungslos verluderten Eindruck machen, sondern im Suff auch ausrasten und reden, was Gott verboten hatte.

Aber diese Befürchtung ist nicht angebracht. Mag sein, daß Edda in den nächsten Tagen und vielleicht auch noch eine ganze Weile länger im Suff anzutreffen ist, Heinz-Peter wird ja nicht zurückkommen. Nur wird sie, solange sie im Suff ist, den Telefonhörer vermutlich nicht abheben, und sie wird ganz bestimmt niemanden zu sich hereinlassen, jedenfalls niemanden, der an ihrer Tür klingelt und ihr einen Presseausweis unter die Nase hält und erklärt, er möchte sie interviewen. Sie wird es nicht zulassen, daß irgend jemand sie lallen hört oder zusieht, wie sie durch die Wohnung schwankt und jäh nach einem Halt greifen muß. Daß Edda im Suff ins Reden gerät, ist nicht das Problem, denke ich. Das Problem ist vielmehr das, was sie nüchtern und mit klarem Kopf jemandem sagen würde, der sie fragte, was sie denn davon halte, daß ihre kleine Schwester jetzt Oberbürgermeisterin werden solle.

Vielleicht habe ich einmal gehofft, die kritische Distanz, aus der meine Frau und meine Schwägerin sich wechselseitig einschätzen und miteinander umgehen, würde sich irgendwann verlieren, wie so vieles sich verliert, wenn die Menschen älter werden. Aber nach diesem Besuch bei Edda glaube ich fast, daß ihre Vorbehalte gegenüber Lene größer geworden sind, schwerer wiegend, schärfer, und damit drückender und schmerzhafter für Edda selbst. Und ich vermag auch nicht zu sehen, wie sich das ändern und mildern sollte. Vielleicht käme ein Kollege vom Fach zu einem anderen Ergebnis, aber ich bin ziemlich sicher, daß dieser ganze Konflikt der Schwestern auf das Trauma zurückgeht, das Edda in Kolberg erlitten und das sich seither anhaltend verschlimmert hat, ein Trauma, an dem es nichts mehr zu kurieren gibt.

Edda war der Packesel, Lene wurde herumgetragen. Edda wurde in Gummistiefeln zur Arbeit aufs Feld geschickt, Lene durfte in ihren Pantöffelchen zu Hause bleiben. Edda mußte die Tische in Howards Messe blankreiben, Lene konnte ihr Abitur machen. Edda hatte immer Pech mit ihren Männern, Lene immer Glück. Ich weiß nicht, ob Edda jemals tatsächlich ein Verlangen nach mir verspürt hat, aber ihren jüngsten Annäherungsversuch, als sie mir ihre Schenkel zur Untersuchung und ein Bett zur Übernachtung anbot, hat sie nicht unternommen, weil sie sich über Heinz-Peter hätte hinwegtrösten wollen, und es war ja auch nicht der erste Versuch dieser Art, ich bin in früheren Jahren einige Male in große Bedrängnis geraten, Edda war weiß Gott ein Weib, und ich habe ihr einige Male nur mit großer Mühe ausweichen können. Ich denke mir, sie hat das immer wieder versucht, um einmal, um wenigstens einmal über Lene zu triumphieren. Um Lene demütigen zu können. Und ich denke mir, daß sie keine neue, keine andere Gelegenheit, Lene zu demütigen, ausschlagen würde. Ein böswilliger Stänkerer, der sie aufspüren sollte, sobald sie ihren Schmerz um Heinz-Peter ertränkt hat, hätte gute Chancen.

Meiner Frau habe ich berichtet, es gehe Edda nicht besonders gut. Eine Beziehung, die sie zu einem Mann in offenbar respektablen Umständen gehabt habe, sei in die Brüche gegangen, weil die Tochter des Mannes eifersüchtig gewesen sei und gegen die neue Partnerin intrigiert habe. Außerdem habe Edda Probleme mit ihren Knien, ihr Orthopäde behandele die Arthrose, aber, wie ja oft in diesen Fällen, ohne spürbaren Erfolg. Jedenfalls habe sie den Kopf so voller Sorgen und Kummer gehabt, daß sie die Telefonrechnung vergessen habe.

Lene fragte mich, ob ich ihr Geld gegeben hätte, und ich antwortete ja; ich sagte, ich hätte ihr dreihundert Mark gegeben. Lene nickte, und ich sagte, vielleicht könnten wir auch einmal überlegen, ob wir Eddas Monatswechsel nicht erhöhen sollten, um zwei- oder dreihundert Mark vielleicht, die siebenhundert Mark, mit denen wir sie bisher unterstützten, seien ja wirklich nicht die Welt, außerdem hätten wir seit Jahren den Betrag nicht erhöht, und schließlich sei alles teurer geworden. Lene fragte, ob Edda mir gesagt habe, wieviel Rente sie zur Zeit bekomme, und ich antwortete nein, und Lene sagte, solange Edda das wie ein Staatsgeheimnis behandele, sehe sie eigentlich nicht ein, daß wir ihr Geld nachwerfen sollten.

Als sie dieses Gespräch schon beenden wollte, sie sagte, sie müsse noch ein paar Akten durcharbeiten, und sie war schon im Begriff hinauszugehen, erst da, erst in dieser Sekunde raffte ich mich auf und versuchte, wenigstens *eine* Frage vom Tisch zu bringen, die drängendste vielleicht. Ich fragte sie, was das denn für eine Geschichte mit dem Jungen auf der Burgmauer gewesen sei.

Sie wandte sich zurück, schwieg einen Augenblick, dann fragte sie: »Wie kommst du denn darauf?« Ich sagte, Edda habe von den alten Zeiten erzählt, und dabei habe sie auch einen Jungen erwähnt, der von der Burgmauer gefallen sei, so hätte ich sie jedenfalls verstanden, aber Genaueres habe sie dazu nicht gesagt, außer, daß dieser Fall wohl ein gewisses Aufsehen erregt habe. Ich sagte, ich fragte auch nur deshalb danach, weil sie, Lene, bisher noch nie davon gesprochen habe; Edda übrigens ja auch nicht.

Lene sagte schleppend, als müsse sie dabei nachdenken: »Das war ... in dem Sommer, bevor wir Abitur gemacht haben. Wir haben mit unserer Clique einen Ausflug auf die Burg gemacht. Eine Burgruine, man mußte durch den Wald hinaufklettern.«

Ich sagte: »Ah ja. Ein Unfall, nehme ich an. Unachtsamkeit.«

Sie zögerte, dann sagte sie: »Ich weiß es nicht. Niemand weiß es. Auch die Polizei hat es nicht herausgefunden.«

»Polizei? Wieso denn die Polizei?«

Sie zuckte die Schulter. »Na ja, er war ... er ist dabei ja ums Leben gekommen.«

»Ach.« Ich suchte ihren Blick, aber sie sah hinaus in den Garten. »Hat denn die Polizei vielleicht geglaubt, es hätte ihn jemand hinuntergestoßen?«

»Nein. Es haben ja fast alle gesehen, wie es passiert ist.

Wir haben da oben gefeiert und getanzt und natürlich auch getrunken, wir hatten Wein mitgebracht.« Sie sah mich an. »Und auf einmal steigt er auf die Mauer, schwankt ein bißchen, breitet die Arme aus, und dann ist er weg. Verschwunden. Den steilen Abhang hinunter. Abgestürzt.«

Ich schwieg eine Weile, dann fragte ich: »War er depressiv?«

Sie sagte: »Er war eigentlich ganz normal.« Nach einem Zögern sagte sie: »Vielleicht ein bißchen ... strapaziös, ja.« Sie wandte sich ab. Sie sagte: »Er wollte unbedingt mit mir etwas anfangen. Aber ich ... ich empfand nichts für ihn.«

Sie ging hinaus.

18

Daniel hat mich besucht. Ich war zwei Tage im Haus geblieben, anfangs sogar im Bett, nichts wirklich Greifbares, ein wenig erhöhte Temperatur, ein wenig Übelkeit, vielleicht war es irgendein obskurer Virus, obwohl ich das nicht einmal glauben mochte, ich fühlte mich bloß unpäßlich. Lene hatte schon am ersten Tag, ohne mir etwas davon zu sagen, Birgit angerufen und sie gefragt, ob sie nach der Schule einmal nach mir sehen könne, und Birgit hatte das zwar nicht geschafft, aber sie hatte immerhin am Nachmittag angerufen und gefragt, was sie denn für mich tun könne, und ich hatte ihr gesagt, sie solle gefälligst zu Hause bleiben, ihre Mutter habe mit Sicherheit mein Leiden arg übertrieben und ich käme sehr gut allein zurecht. Birgit mochte dagegen nichts einwenden, aber Daniel hatte das Hin und Her mitbekommen und fing alsbald an zu quengeln, er erklärte, er müsse den Opa besuchen und er könne auf den Opa aufpassen und ihm den Puls fühlen, das habe der Opa ihm beigebracht.

Er quengelte so lange, bis Birgit ihn am Nachmittag des dritten Tages bei mir absetzte, natürlich nicht, ohne mich zuvor am Telefon ausführlich über die Art meiner Erkrankung verhört zu haben und insbesondere darüber, ob es sich um etwas Ansteckendes handeln könnte. Ich sagte ihr, nein, ich hätte wahrscheinlich bloß einen Furz quersitzen gehabt, aber das sei nichts Ansteckendes, und außerdem hätte ich ihn mittlerweile gelassen. Sie sagte, wenn ich noch ein einziges Wort in dieser Art von mir gäbe, dann würde sie Daniel zu Hause behalten, da könne er quengeln und schreien, soviel er wolle, es sei ja geradezu unverantwortlich, mir ein Kind von fünf Jahren anzuvertrauen. Ich fragte sie, ob sie glaube, es schade Daniel, wenn er wisse, wie ein Püpserchen sonst noch heiße, und sie legte auf. Aber eine halbe Stunde später setzte sie Daniel bei mir ab, ich nehme an, sie hatte den Nachmittag ohne ihn bereits verplant gehabt.

Ich nahm ihn an der Haustür in Empfang, Birgit musterte mich, bevor sie zu ihrem Auto zurückging, vom Scheitel bis zum Hals und mit einem schnellen Blick auch die Hände, als suche sie nach Pusteln oder eiternden Beulen, sie sagte, sie werde ihn, wenn es mir recht sei, gegen sechs wieder abholen, aber wenn ich es mir anders überlegt hätte, könne sie ihn auch gleich wieder mitnehmen, und ich sagte, sie solle getrost nach Hause fahren oder wohin auch immer, ich hätte es mir nicht anders überlegt und ich dächte, daß wir beide uns einen schönen Nachmittag machen würden. Sie sah mich skeptisch an, doch sie ging ohne weitere Verhandlungen.

Ich wollte mit Daniel ins Wohnzimmer gehen, aber er blieb in der Diele stehen, betrachtete mich mit einem forschenden Blick. Ich fragte: »Was ist los, willst du hier Wurzeln schlagen?«

Er druckste ein wenig, aber er gab keine Antwort. Ich fragte: »Oder hat deine Mutter dir gesagt, du sollst mir nicht zu nahe kommen?« Er schüttelte den Kopf. Dann sagte er: »Ich will dir den Puls fühlen.«

»Ach so, ja, das ist eine gute Idee. Aber es ist besser, wenn ich mich dabei hinsetze, verstehst du? Komm, wir setzen uns aufs Sofa.«

Er blieb stehen, schüttelte wieder den Kopf. Dann deutete er mit dem Daumen über die Schulter. Er deutete in die Richtung meines Arbeitszimmers.

Ich verstand. Er wollte seine ärztliche Leistung in einer ärztlichen Umgebung erbringen, in meinem Arbeitszimmer steht immerhin noch das Skelett in der Ecke neben dem Fenster, dahinter hängt die Papptafel von 1862, das Schaubild *Geöffneter Körper (männlich) und innere Organe desselben*, das ich einmal in einem medizinischen Antiquariat ausgegraben habe, und gegenüber steht der alte Instrumentenschrank, mein erster, ein Geschenk meiner Mutter bei der Niederlassung.

Ich nahm in dem Armstuhl vor dem Schreibtisch Platz, in dem früher die Besucher und manchmal auch Patienten wie Nina Raschke gesessen haben, und tat, als ob ich nicht wüßte, was nun zu geschehen hatte. Er trat neben mich, griff nach meinem Handgelenk und begann, mit den kleinen Fingern der Rechten daran herumzutasten, aber es dauerte nicht lange, bis er die Arterie gefunden hatte. Er hob seinen linken Arm und schaute auf die Uhr mit Sekundenzeiger, die Lene und ich ihm vergangene Weihnachten geschenkt haben. Dummerweise hatte der Zeiger gerade die volle Minute passiert. Ich sagte: »Du kannst auch –«, aber bevor ich weiterreden konnte, unterbrach er mich mit einem scharfen »Pscht!«.

Stille kehrte ein. Er verfolgte angespannt den Sekundenzeiger, und als der Zeiger wieder auf die volle Minute sprang, begann er mit stumm sich bewegenden Lippen meine Pulsschläge zu zählen. Zweimal geriet er in Schwierigkeiten, weil er versäumte, Atem zu holen, aber nachdem er heftig nach Luft geschnappt hatte, fand er jedesmal den Rhythmus wieder und zählte weiter, bis eine Minute abgelaufen war. Er ließ mein Handgelenk los, sah mich an und sagte: »Dreiundsechzig!«

Ich nickte, dann fragte ich: »Wollen Sie das nicht aufschreiben, Herr Doktor?« Ich deutete auf meinen Sessel auf der anderen Seite des Schreibtischs. Während er ein wenig steifbeinig, um seiner ärztlichen Würde gerecht zu werden, auf die andere Seite des Schreibtischs ging, zog ich unter dem Atlas und den Büchern, die dort aufgeschlagen lagen, meinen Notizblock und meinen Stift hervor, schlug ein frisches Blatt des Notizblocks auf und schob den Block mit dem Stift vor ihn. Er setzte sich in meinen Sessel, warf mir einen schnellen Blick zu, um sich zu vergewissern, daß ich dieses Spiel ebenso ernst nahm wie er, und malte eine große Dreiundsechzig auf das Blatt. Dann blickte er auf und sagte: »Das hätte ich sowieso gemacht.«

Ich sagte: »Na klar. Sie sind doch sehr gründlich als Arzt, das weiß doch jeder!«

Er nickte ein wenig verschämt, aber stolz. Ich fragte: »Sind Sie denn jetzt mit meiner Gesundheit zufrieden, Herr Doktor?«

Er zögerte, dann sagte er: »Ich muß noch eine Untersuchung machen.« Sein Blick ging hinüber zu dem Instrumentenschrank, hinter dessen Glasscheibe ein Schlauch-Stethoskop liegt, ein erstklassiges amerikanisches Modell, das ein Vertreter mir am Tag, bevor ich die Praxis an Clara übergab, geschenkt hat und auf das Daniel scharf ist, seit ich es ihn zum erstenmal in die Hand habe nehmen lassen, zumal nachdem ich ihm gesagt habe, er solle sich nur ja nicht die Stöpsel in die Ohren stecken, die seien zu dick und zu groß für seine Ohren, er müsse erst noch ein wenig wachsen.

Ich sagte: »Ach ja, was ist das denn für eine Untersuchung?«

Er sagte: »Ich muß Sie noch –«, stockte unversehens, beugte sich über den Schreibtisch, tippte sich mehrfach heftig auf die Brust und fragte flüsternd: »Wie heißt das noch mal?«

Ich beugte mich ihm entgegen und flüsterte: »Auskultieren!« Er bewegte die Lippen, als ob er das Wort proben wolle, sah mich ein wenig unsicher an. Ich flüsterte: »Du kannst auch sagen *abhorchen*!«

Er lehnte sich zurück, räusperte sich und sagte: »Ich muß Sie abhorchen.«

»Ah ja! Aber, wissen Sie, Herr Doktor«, ich warf einen Seitenblick auf den Instrumentenschrank, »diese Schläuche, die Sie da haben, die sind schon ziemlich alt, glaube ich, ich werd mal lieber sehen, ob ich Ihnen nicht was Besseres besorgen kann, dann haben wir beide auch mehr von der Untersuchung.«

»Was für Besseres denn?«

»Na, es gibt solche richtigen Hörrohre, wissen Sie, solche Dinger aus echtem Holz, die sind besser als diese Schläuche.«

»Wann können Sie das denn besorgen? Jetzt?«

»Nein, so schnell geht das leider nicht.« Ich war mir gar nicht sicher, ob ich noch eins auf dem Dachboden hatte, und auch nicht, ob sein Ohr dafür groß genug war. »Aber vielleicht beim nächstenmal, wenn ich in Ihre Sprechstunde komme.«

Er war ziemlich enttäuscht. Ich fragte: »Okay?«

Er nickte, senkte den Blick auf das Buch, das vor ihm lag, sah das Foto der Longhorn-Kuh, das aufgeschlagen war. Unvermittelt sagte er: »Das ist ein Longhorn.«

»Woher weißt du *das* denn?«

»Vom Fernsehen.«

Ich vermutete, daß Birgit ihm erlaubt hatte, sich einen Kultur- oder Reisefilm aus den USA anzusehen, aber als ich Näheres wissen wollte, wich er aus und wurde ein wenig verlegen, ich ließ es damit bewenden; fast möchte ich annehmen, Rudi, der Mathematiker, hat eine Abwesenheit der Gattin, vielleicht ein Damenkränzchen an einem schönen Samstagnachmittag, ausgenutzt und sich mitsamt Daniel einen Western, in dem Longhorns mitwirkten, gegönnt, aber den Sohn zugleich vergattert, darüber kein Sterbenswörtchen zu verlieren, denn Birgit hätte womöglich den Fernsehapparat aus der Wohnung schaffen lassen, um solchem Mißbrauch ein für allemal einen Riegel vorzuschieben.

Jedenfalls hatten die Rinder mit den bleichen, ausladenden Hörnern Daniel offenbar tief beeindruckt, und er wollte, nachdem er das Foto auf meinem Schreibtisch entdeckt hatte, sich mit mir darüber austauschen. Er ließ mich wissen, daß diese Tiere auch dann, wenn sie eines neben dem anderen hinter einem Zaun stünden, sich niemals mit ihren langen, spitzen Hörnern gegenseitig die Augen ausstechen oder sich in den Bauch stechen würden, sie paßten nämlich immer auf, daß sie den anderen nicht weh täten, das habe er im Fernsehen genau gesehen, da sei nie was passiert. Er wollte wissen, warum die Longhorns überhaupt solche Hörner hätten, und ich antwortete, diese Dinger seien dadurch entstanden, daß in Texas, welcher Name ihm etwas sagte, Siedler aus dem Norden ihre Rinder mit denen gekreuzt hätten, die von den Spaniern in den Süden gebracht und dort hinterlassen worden seien, und die Longhorns seien die Kinder von den beiden Rassen.

Mir war klar, daß diese Antwort einige Mängel aufwies, und bevor er den Finger darauf legen konnte, erzählte ich ihm, daß am Ende des Bürgerkrieges, was ihm ebenfalls etwas zu sagen schien, vielleicht, weil er mit seinem Vater auch darüber schon einmal einen Film gesehen hat, daß also in Texas, wo es jede Menge Gras und Weideland gegeben habe, am Ende des Bürgerkrieges fünf Millionen Longhorns frei herumgelaufen seien, bis die Leute gemerkt hätten, daß sie in Chicago, einer weit entfernten Stadt am anderen Ende Amerikas, für diese Tiere vierzig Dollar pro

Stück kassieren konnten, weil die vielen Leute dort eine
Menge Steaks gegessen und immer mehr davon hätten
haben wollen, aber daß es nicht so einfach gewesen sei, die
Herden dorthin zu bekommen, weil es in Texas noch gar
keine Eisenbahn gegeben habe. Ich zeigte ihm in dem
historischen Atlas, den ich von einer Amerikareise mitgebracht habe, wo Texas liegt und wo Chicago, und dann erzählte ich ihm von Jesse Chisholm, dem Indianersohn, der
den Chisholm Trail abgesteckt habe, den langen Weg quer
durchs Land, auf dem viele, viele Longhorns von San An-
tonio in Texas bis nach Abilene in Kansas getrieben worden seien.

Er sagte, das habe er im Fernsehen gesehen, ganz viele
Longhorns, die dicht nebeneinander immer vorangelaufen
seien und dauernd gemuht hätten, und rundherum die
Cowboys, die darauf aufpaßten, daß keiner von den Longhorns abhaute, und wenn mal einer abhaute, seien sie sofort hinterhergeritten und hätten ihn wieder eingefangen.
Ich sagte, aber sicher, vierzig Dollar seien ja auch eine
Menge Geld, und ich zeigte ihm die Karte, auf der rot ge-
strichelt der Chisholm Trail zu sehen ist, und ich zeigte
ihm, wo der Trail auf die nächste Eisenbahnlinie stieß, die
Kansas Pacific Railroad, nämlich in Abilene. Ich erzählte
ihm auch, daß ich mit der Oma schon einmal in Abilene
gewesen war, aber daß dort keine Longhorns mehr zu
sehen seien, denn Eisenbahnen gebe es nun schon lange
nicht nur in Kansas und im Norden, sondern auch in Texas,
und auf den Trails würde schon lange kein Vieh mehr getrieben.

Ich erzählte ihm nicht, daß des Nachts in dem Motel *Old*

Abilene, in das ich mit der Oma eingekehrt war, das große Elend mich überfallen hatte, Lene lag neben mir und schlummerte friedlich, aber mich packte unversehens das Elend. Vielleicht war es auch schon mehr. Es könnte ein Anflug von Todesangst gewesen sein, ja.

19

Ich war es gewesen, der Lene vorgeschlagen hatte, mal wieder einen Urlaub in Amerika zu verbringen, und ich hatte auch den Ort ausgesucht, ein Blockhaus in den Rocky Mountains, und damit war Lene einverstanden, aber sie sträubte sich, als ich ihr sagte, ich würde zum Abschluß gern ein längeres Stück mit dem Auto fahren, von Denver vielleicht bis nach Kansas City und dort erst den Rückflug antreten.

Sie fragte, ob die Straße etwa über Topeka führe, und ich sagte, ja, sie führe über Topeka und vorher auch über Abilene, und es würde mich ganz einfach interessieren, die Orte zu sehen, an denen Edda gelebt und an denen sie sich ins Unglück geritten habe. Sie sagte, von Topeka habe sie für alle Zeit die Nase voll, sie rieche heute noch das Desinfektionsmittel, mit dem die Putzkolonne in dem County-Gefängnis den Boden gewischt habe, und wie es in Abilene aussehe, wolle sie gar nicht erst wissen.

Ich sagte ihr nicht, daß ich insgeheim daran gedacht hatte, in Abilene vielleicht Howard zu finden und ihn vielleicht zu einem Abendessen einzuladen und ihm bei der Gelegenheit danke schön zu sagen für die anständige Art,

120

in der er mit Edda umgegangen war. Ich sagte aber, ich
hätte irgendwo gelesen, daß es ein unvergleichbares Erlebnis sei, durch die endlose Ebene von Kansas zu fahren,
durch gelbe, sacht wogende Weizenfelder, stundenlang,
unter einem endlos weiten, strahlendblauen Himmel und
weit und breit kein anderer Mensch, nur der Fremde in
dem Auto, das winzig klein am Horizont auftaucht und
sich lautlos nähert und mit einem schwachen Sausen vor-
überfährt und in der Ebene verschwindet.

Ich sagte ihr nicht, daß Dwight D. Eisenhower in Abilene geboren und mit seinen fünf Brüdern dort aufgewachsen ist, der General und spätere Präsident, unter
dessen Oberbefehl um die Jahreswende 1945 die 101. US-
Luftlandedivision im Eiltempo von Reims nach Bastogne
geworfen worden war, wo sie die Panzerarmee des Gene-
rals von Manteuffel und mit ihr Onkel Kurt in seinem
Tiger aufhielt, so daß die Angreifer die Stadt, in der sie volle
Treibstofflager hätten finden können, umgehen mußten
und ein paar Kilometer weiter westlich liegenblieben. Lene
hätte nicht verstanden, was das eine mit dem anderen zu
tun hatte und warum es mich interessierte. Ich sagte aber,
daß Abilene historisch reizvoll sei, es habe in den Jahren
des Viehtriebs, als hier alle Tage Hunderte von Cowboys
ihr frischverdientes Geld ausgaben, den Ruf gehabt, »the
wickedest & wildest town in the west« zu sein, die ver-
ruchteste und wildeste Stadt des amerikanischen Westens,
mit mehr als einem Dutzend von Saloons, mit Night Clubs
und Spielhöllen und mit einem Marshal, der so schnell
ziehen konnte wie kaum einer sonst, nämlich Wild Bill
Hickok.

Schließlich lenkte Lene ein, sicher nicht, weil ich sie mit solchen verstaubten Attraktionen überzeugt hätte, sondern weil sie, so nehme ich an, mir eine Freude machen wollte. Wir fuhren mit dem Leihwagen, den wir bei der Ankunft in Denver genommen hatten, aus den Bergen zurück nach Denver und von dort die sechshundertsechzehn Meilen über die Interstate 70 nach Kansas City, rund tausend Kilometer in dem vorgeschriebenen Zockeltempo, das sich am Armaturenbrett einstellen ließ und von irgendeinem Apparat unter der Motorhaube stur eingehalten wurde.

Nur zwei- oder dreimal geriet ich in Versuchung, aufs Gaspedal zu treten, es geschah meist dann, wenn einer dieser monströsen Trucks seine chromglitzernde, den Rückspiegel füllende Fassade von hinten unaufhaltsam heranschob, mit einem jähen Gebrüll seiner Signalhörner auf die Überholspur ausscherte und vorüberzog, auf weniger als Armeslänge, haushoch und nicht enden wollend, eine Art mobiles Bauwerk auf gewaltigen Rädern, die mit einem bedrohlich flappenden Geräusch über den Beton der Fahrbahn rotierten. Aber das war die Ausnahme. Öfter geschah es, daß die Stille dieser gleichförmigen Landschaft überhandnahm, daß sie die ganze Welt ausfüllte, daß ich wie in mich selbst versank, nur noch unterbewußt den Wagen auf der Straße hielt und sogar Lene vergaß, die neben mir saß und schlief.

Am Abend des zweiten Tages näherten wir uns Abilene. Wir passierten einige Tankstellen, auf unserer und auf der anderen Seite der Autobahn, aber ich hatte meine Idee, nach Howard zu fragen, schon abgeschrieben, ich wollte nicht riskieren, daß dieser Urlaub in einer Mißstimmung zu Ende ging. Ich fragte Lene, ob es ihr denn recht sei, wenn wir hier übernachteten, und sie nickte. Ich fuhr nach Abilene hinein, und die Stadt war so, wie sie sich in einem Prospekt, den ich hernach am Tresen des Motels fand, beschrieb: kein Lärm, keine Kriminalität, jedenfalls keine, die erkennbar geworden wäre, keine Luftverschmutzung, keine verstopften Straßen, keine heruntergekommenen Viertel. Die Schulen von unübertroffener Qualität, die Gesundheitsdienste, die einmalig waren für eine Stadt von sechseinhalbtausend Einwohnern, die moderaten Lebenshaltungskosten, die der Prospekt ebenfalls aufführte, waren nicht sichtbar, aber vermutlich gab es sie tatsächlich. Gegen die Stadt war nichts einzuwenden, außer vielleicht, daß sie nicht allzu lebendig wirkte. Wild Bill Hickok und seine Kunden waren wohl schon sehr lange tot.

Vielleicht hätte ich mich trotzdem noch ein wenig umgesehen, aber da ich wußte, daß Lene sich dadurch bedrängt fühlen würde, aß ich mit ihr im Restaurant des Motels zu Abend, was gar nicht so übel war, und danach gingen wir aufs Zimmer. Wir legten uns ins Bett, sahen uns die News Show und einen Film im Fernsehen an, dann gab Lene mir einen Kuß, wandte sich auf die Seite und rollte sich ein zum Schlaf. Ich schaltete den Fernseher aus, schlug das Buch über den alten Westen auf, das ich im Staatsmuseum in Denver gekauft hatte, las ein wenig, lauschte auf Lenes Atem, der ein ruhiges Gleichmaß angenommen hatte. Es war sehr still.

Unversehens hörte ich wie von weither das Signalhorn eines Überlandzuges. Ich fühlte mich einen Augenblick lang irritiert, vielleicht fürchtete ich, die Vergangenheit hätte mich eingeholt, aber dann fiel mir ein, daß die Eisenbahnlinie ja noch immer über Abilene führt, mittlerweile zwei Linien sogar, nicht mehr die Kansas Pacific, wohl aber die Union Pacific und die Santa Fé Railroad. Ich fragte mich, ob die Schaffner noch immer zum Ein- und Aussteigen das Treppchen für die Passagiere an die Tür stellten und ob die Schaffner noch immer Schwarze waren und dunkelblaue Uniformen trugen. Ich löschte das Licht und schlief alsbald ein.

Mitten in der Nacht wurde ich wach, von einer Sekunde auf die andere. Es war stockfinster, durch die Vorhänge drang kein Licht. Ich hörte in der schwarzen Dunkelheit das Horn eines Zuges, aber diesmal wiederholte sich das Signal, es klang wie eine Klage, die über die endlose Ebene hinweg um Gehör bat und am Ende verzweifelt erstarb. Ich litt einen Augenblick lang unter der Einbildung, daß die Klage sich an mich gerichtet hatte und daß ich ihr nicht gerecht geworden war, aber dann gerieten mir das Hier und das Dort durcheinander, *ich* war es, der die Klage angestimmt hatte und dem niemand antwortete, ich war der einzige weit und breit, die einzige Seele, ein verlorenes, schwach flackerndes Licht unter dem endlosen nachtschwarzen Himmel, und der Himmel und die nachtschwarze Ebene ringsum dehnten sich immer weiter aus, und das Licht brannte immer niedriger, bis es kaum noch ein Funke war in der Dunkelheit. Ich lag im Grab, ja, und ich und das Grab wurden immer kleiner und das schwarze All ringsum immer größer.

Ich widerstand der Versuchung, aus dem Bett zu springen und die Vorhänge aufzureißen und die Eingangstür, vor die Tür zu gehen und tief durchzuatmen, meine Körperlänge mit den Stützen des Vordachs zu vergleichen und mich zu vergewissern, daß ich nicht geschrumpft war und daß auch die Sterne noch am Himmel standen und nicht von mir wegdrifteten in ein endloses All. Ich blieb liegen und widerstand meiner Todesangst, und ich streckte nicht einmal die Hand aus, um Lene zu berühren und mich davon zu überzeugen, daß ich keineswegs die einzige Seele war in dieser Welt und in diesem gottverdammten Abilene. Vielleicht hielt ich es nur deshalb aus, weil ich mir vor Lene keine Blöße geben wollte. Ich blieb auch liegen, als der nächste Zug seine Klage hören ließ, und noch ein anderer und noch einer. Gegen Morgen schlief ich ein.

Die Erinnerung ist nicht verblaßt. Meinen Krankenbesucher ließ ich von dieser Nacht nichts wissen, nicht ein Wort verlor ich darüber, aber vielleicht hatte ich ein wenig zu lange geschwiegen, ein wenig zu lange auf die Karte mit dem Chisholm Trail gestarrt. Daniel sah mich von der Seite an, dann fragte er: »Bist du müde?«

»Nein. Wie kommst du denn darauf?«

Er schwieg eine Weile, dann sagte er: »Aber vielleicht bist du noch krank.«

»Was soll *das* denn? Du hast mir doch den Puls gemessen.« Ich ging um den Schreibtisch herum und setzte mich wieder auf den Besucherstuhl. »Weißt du noch, wieviel es war?«

Er sagte, ohne einen Blick auf den Zettel zu werfen: »Dreiundsechzig.«

»Na bitte.«

»Ist das denn okay?«

»O ja, das ist okay. Normalerweise jedenfalls.«

Er dachte eine Weile nach. Dann fragte er: »Woran merkt man, daß einer stirbt?«

Ich war so verblüfft, daß ich ihn einen Augenblick lang stumm anstarrte.

Er fragte: »Hat der dann mehr Puls als dreiundsechzig oder weniger?«

Ich sagte: »Manchmal mehr und manchmal weniger. Aber jetzt sag mir mal, warum du das wissen willst.«

Er zuckte die Schultern. Dann fragte er: »Wie lange lebst du noch, Opa?«

Mir wurde klar, daß er auf ein ernstzunehmendes Problem gestoßen war und daß ich ihn nicht abspeisen konnte, so unwillkommen mir seine Fragen auch sein mochten. Ich sagte: »Das weiß ich nicht, Daniel. Das weiß kein Mensch, wann er sterben muß. Und das wissen auch die Ärzte nicht, jedenfalls nicht immer. Und nicht genau.«

»Warum nicht?«

Ich dachte eine Weile nach, dann sagte ich: »Weil wir vieles nicht wissen. Weil wir nicht alles wissen können. Dazu sind wir nicht klug genug. Selbst die klügsten Menschen nicht.«

Er war damit offenbar nicht zufrieden, aber er stellte die Frage nicht noch einmal. Statt dessen sagte er: »Simons Hund ist gestorben. Ein Dackelhund.«

»Wer ist Simon?«

»Ein Junge aus dem Kindergarten. Der Dackelhund hat Paul geheißen.«

»Und woran ist er gestorben?«

»Simons Vater hat ihn zum Tierarzt gebracht, und der Tierarzt hat ihm eine Spritze gemacht. Daran ist der Hund gestorben.«

Ich nickte. »Dann war der Hund sicher sehr krank.«

Er nahm meinen Stift, betrachtete ihn, rollte ihn mit der flachen Hand über den Schreibtisch. Dann sagte er: »Simon sagt, der Paul hat Angst gehabt.«

»Wovor?«

»Davor, daß er gestorben ist.«

Ich seufzte. »Ja, ja. Das ist bei Tieren so. Die spüren manchmal, wenn sie sterben müssen. Und dann haben sie Angst.« Er rollte den Bleistift noch ein wenig hin und her, dann sah er mich an. »Hast du *auch* Angst?«

Ich griff mir an die Stirn, wußte sofort, daß diese Geste den Eindruck von Unsicherheit machen würde, aber es war schon zu spät, ich rieb mir die Stirn und sagte: »Ich hab dir doch gesagt, daß ich nicht weiß, wann ich sterben muß.«

»Aber wenn es dir einer sagt? Oder wenn du es spürst? Der Paul hat es ja auch gespürt.«

»Ja, ja, sicher.« Ich zuckte die Schultern. »Vielleicht spüre ich es auch, wenn es soweit ist. Oder wenn es mir jemand sagt.« Ich rieb mir die Stirn. »Vielleicht werde ich dann auch Angst haben.«

Er betrachtete den Stift, dann sah er wieder mich an: »Hast du Angst, daß du in die Hölle kommst?«

Auch das noch. Er ist katholisch getauft, wie ich und ebenso wie seine Mutter Birgit, zu welchem Zugeständnis Lene sich bei Birgits Geburt bereit erklärt hat, damit unsere gemeinsame Tochter nicht in einer anderen Konfession aufwachsen würde als René und Clara, die beide in meiner ersten Ehe katholisch getauft worden sind, und da Birgit stets darauf achtet, daß alles in geregelten Bahnen verläuft, hat sie Daniel auch in einem katholischen Kindergarten untergebracht, und ich mußte nun die Konsequenzen tragen und zur Hölle als meinem eventuellen Bestimmungsort Farbe bekennen. Ich sagte, nein, ich hätte keine Angst vor der Hölle, jedenfalls keine große Angst, denn wenn man ordentlich lebe und vor allem den anderen Menschen nichts Böses tue, und daran hätte ich meistens gedacht, dann komme man nicht in die Hölle. Wahrscheinlich nicht.

Er fragte: »Wovor hast du dann Angst?«

Ich war einen Augenblick lang in Versuchung zu antworten, ich hätte ja gar keine Angst, denn ich würde ja noch gar nicht spüren, daß ich sterben müßte, was ich ihm auch gerade erst gesagt hätte, aber mir war klar, daß er diese Ausflucht nicht gelten lassen und daß ich mir außerdem sehr schäbig vorkommen würde, wenn ich mich auf diese Weise aus der Affäre zu ziehen versuchte. Aber während ich noch angestrengt an einer reellen Antwort arbeitete, sagte er: »Tut es weh, wenn man tot ist?«

Ich kam nicht daran vorbei, ihm schon wieder zu antworten, daß ich das nicht wisse. Ich sagte, das wisse auch sonst niemand, weil man ja die Toten nicht fragen und die Toten nicht mehr antworten und einem sagen könnten, ob es ihnen weh tue oder nicht. Aber ich glaubte nicht, daß es weh tue, wenn man tot sei. Es sei vielleicht so wie am Abend, wenn einem die Augen zufielen und man sich ins Bett lege und einschlafe und nichts mehr spüre und nichts mehr wisse und die ganze Nacht nur schlafe.

Er sagte: »Aber dann braucht man doch gar keine Angst zu haben.«

Ich sagte, ja.

Ich sagte, ja, wahrscheinlich habe er recht.

20

Es wird ernst. Es wird bitterernst, fürchte ich. In zwei Wochen will der Kreisvorstand von Lenes Verein prüfen und womöglich auch schon festlegen, wen er dem kommenden Parteitag als den Kandidaten der Partei für die Wahl des Oberbürgermeisters vorschlagen wird. Ich bin nicht sattelfest in den Riten, denen die Schwarzen bei ihrem politischen Handeln folgen oder folgen müssen oder folgen sollten, Lene hat mir zwar einige Male erklärt, daß dieses oder jenes geschehe oder geschehen werde, weil es so vorgeschrieben sei, aber irgendwann, als ich wieder einmal fragte, welchen Nutzen eine bestimmte Veranstaltung, die mich albern anmutete, denn haben könne, hat sie die Geduld verloren und gesagt, ich sei leider ein unpolitischer Mensch, und hat mir ein Exemplar der Satzung der Partei in die Hand gedrückt und den einschlägigen Paragraphen angekreuzt.

Natürlich weiß ich, wer wüßte es nicht, daß bei den Schwarzen ebenso wie den Roten und überhaupt bei jeder Partei in unserem so vorzüglich geregelten Staatswesen, die nicht in Generalverschiß geraten will, das demokratische Prinzip über alles geht. Also kann so ein Kreisvorstand auch nicht im Alleingang darüber bestimmen, wer denn nun Oberbürgermeister werden soll, sondern er kann nur einen Vorschlag machen, aber das können viele andere ebenso, zum Beispiel jeder der fast fünfzig Ortsverbände, auf die es die Schwarzen innerhalb des Stadtgebietes bringen und die bei den Roten, wodurch dem politischen Unterschied ein klarer Ausdruck verliehen wird, Ortsvereine heißen.

Was aus diesen diversen Vorschlägen wird, will heißen: welchen Kandidaten die Partei am Ende nominiert und im Wahlkampf unterstützt, entscheidet erst der Kreisparteitag, und auf dem haben die demokratisch gewählten Delegierten der Ortsverbände das Sagen, allerdings auch diese wiederum nicht im Alleingang, denn stimmberechtigt sind dort auch die demokratisch gewählten Delegierten der speziellen Vereinigungen oder Untervereine oder Klübchen der Partei, zum Beispiel die der Senioren oder der Mitglieder weiblichen Geschlechts oder der Evangelischen. Und natürlich ist dort außerdem der gesamte Kreisvorstand stimmberechtigt. Und natürlich ist unter all diesen gleichberechtigten Mitwirkenden der Partei der Vorstand ein wenig gleichberechtigter als andere und sein Vorschlag schon deshalb eine sehr beachtliche Wegmarke, weil es ja nun mal, Demokratie hin, Demokratie her, die Aufgabe eines Vorstandes ist, dem Fußvolk zu zeigen, wo's langgeht.

Der Kreisvorsitzende hat auf der Sitzung des Vorstandes, die gestern abend stattfand, auch mitgeteilt, daß der Landesvorsitzende sein Interesse daran bekundet habe, an der Sitzung in zwei Wochen teilzunehmen, was die überragende Bedeutung unserer Stadt für die Kommunalwahl insgesamt bekunde, und natürlich hat der Vorstand mehr oder weniger, eher weniger freudig beschlossen, den Landesvorsitzenden zu der fraglichen Sitzung einzuladen. Über bestimmte Kandidaten wurde gestern abend noch nicht gesprochen. Den Favoriten des rechten und den des linken Flügels kennt ohnehin jeder, es sind die vielfach erprobten und vielfach lädierten führenden Schlachtrösser vorangegangener Auseinandersetzungen. Aus renitenten Ortsverbänden ist auch schon der eine oder andere neue Name genannt worden, und daß schließlich sowohl Lene wie Herr Dr. Nelles bestimmte Anhänger haben, die sie oder ihn als Kandidaten ins Spiel bringen möchten, ist mittlerweile auch kein Geheimnis mehr, nichts verbreitet sich ja schneller als Personalia und zumal solche, die eine handfeste Keilerei versprechen.

Lene, die sich gleich aus ihrem Büro zu dieser Sitzung des Vorstandes, dem sie kraft ihres Amtes als Bürgermeisterin angehört, auf den Weg gemacht hatte, kam erst kurz vor Mitternacht nach Hause. Sie war ziemlich aufgebracht, und sie hielt mit der Erklärung diesmal nicht zurück. Sie sagte, sie habe bisher geschwankt, ob sie sich als Kandidatin zur Verfügung stellen solle, aber wenn das so weitergehe, werde sie ja sagen und sich das antun, und sei es nur, um einigen Leuten zu zeigen, daß sie nicht machen könnten, was sie wollten, und wenn sie tatsächlich ja sagen sollte, dann bäte sie mich jetzt schon um mein Verständnis dafür.

Ich fragte, was denn passiert sei. Sie trank das Glas Rotwein, das ich ihr eingegossen hatte, leer, stellte es heftig ab. Ich füllte es nach. Sie sagte, zwei andere Mitglieder des

Vorstandes, die ich beide flüchtig kenne, Frau Trompetter, eine kleingewachsene, vollbusige Realschullehrerin, und Herr Faulenborn, Geschäftsführer einer katholischen Wohnungsgenossenschaft, seien vor Beginn der Sitzung zu ihr gekommen und hätten sie gefragt, ob sie hernach noch irgendwo anders einen Schluck mit ihnen trinken wolle, sie hätten ein Anliegen. Sie habe völlig ahnungslos ja gesagt, nun ja, vielleicht nicht völlig ahnungslos, aber das, was da auf sie zukam, habe sie jedenfalls nicht entfernt geahnt, und so seien sie denn nach der Sitzung zu dritt in eine Kneipe gefahren, in der Herr Faulenborn offenbar verkehre und wo er sie und Frau Trompetter an einen reservierten Tisch in einer Nische geführt habe.

Nun gut, es habe dann nicht lange gedauert, bis Frau Trompetter die Initiative übernommen habe und zur Sache gekommen sei. Sie habe gefragt, ob es stimme, daß Lene sich um die Kandidatur bewerben wolle, und als Lene gefragt hatte, ob das etwa das Anliegen sei, um dessentwillen sie mit ihr in diese Kneipe umgezogen seien, hatte Frau Trompetter geantwortet, gewissermaßen ja, wenn sie auch hoffe, daß es sich bloß um ein Mißverständnis handele, und als Lene gefragt hatte, warum sie das hoffe, hatte Herr Faulenborn sich wieder eingeschaltet. Er hatte gesagt, Lene erkenne vielleicht nicht ganz, auf was sie sich da einlassen würde, oder ob sie nicht wisse, daß Herr Doktor Nelles mittlerweile von sehr vielen Parteifreunden gedrängt werde, sich für die Kandidatur zur Verfügung zu stellen, und Lene hatte gefragt, ob Herr Faulenborn damit sagen wolle, daß es nicht erlaubt oder womöglich noch Schlimmeres sei, gegen Herrn Nelles anzutreten.

Herr Faulenborn, dem so viel Unbelehrbarkeit anscheinend die Sprache verschlug, hatte den Kopf geschüttelt und gelächelt, und an seiner Statt hatte dann wieder Frau Trompetter die Verhandlung übernommen, sie hatte gesagt, natürlich sei es nicht verboten, gegen Herrn Nelles zu kandidieren. Nur unterschätze Lene offenbar doch das Ansehen, das dieser als ehemaliger Fraktionsvorsitzender noch immer genieße, und außerdem brauche man sich doch nichts vorzumachen, es sei ja nun leider noch immer so, daß man einem Mann in einem solchen Amt einfach mehr zutraue, natürlich sei das Unsinn, aber Lene wisse doch ebensogut wie sie, daß selbst unter den Frauen der Partei solche Vorurteile noch immer festsäßen.

Hier hatte Herr Faulenborn dann die Sprache wiedererlangt und eingeworfen, er persönlich gehe davon aus, ob er das nun gut fände oder nicht, bleibe einmal dahingestellt, er müsse jedenfalls davon ausgehen, daß Herr Nelles im Vorstand und ebenso auf dem Parteitag eine solide Mehrheit finden werde, und ebendas mache ihm, Faulenborn, Sorgen, große Sorgen, denn natürlich würde auch sie, Lene, nicht wenige Stimmen für sich gewinnen, sie genieße ja allüberall in der Partei, egal, ob bei den Frauen oder den Senioren oder auch beim Nachwuchs, allüberall genieße sie ja große Sympathien, und das durchaus zu Recht, das wolle er hier einmal unterstreichen, und diese Sympathien würden ihr mit Sicherheit nicht wenige Stimmen einbringen, aber eben doch nicht Stimmen genug. Und das bedeute, daß ihre Kandidatur an der Wahl von Herrn Nelles wahrscheinlich nichts ändern könne, daß sie aber leider der Öffentlichkeit das Bild einer zerstrittenen Partei vorführen werde, und wie die Wähler normalerweise einen solchen Eindruck quittieren würden, darüber brauchten sie drei gewiß nicht zu diskutieren.

Frau Trompetter hatte genickt, mit einem schmerzlichen Gesichtsausdruck, und hatte gesagt: »Leider!« Und Lene hatte gesagt, ja, da habe sie wohl recht und der Herr Faulenborn auch, das alles sei in der Tat sehr bedauerlich, leider, und außerdem sei es ziemlich unverschämt, und sie hatte das Geld für ihre Zeche auf den Tisch gelegt, Herr Faulenborn hatte abwehrend die Hand gehoben und gesagt, aber nein, sie sei doch eingeladen, er war offenbar nicht so schnell mitgekommen und hatte noch nicht begriffen gehabt, daß er sich seine Einladung in den Hintern stecken konnte, was Lene aber nur gedacht und nicht gesagt hat, und Lene war aufgestanden und hatte gesagt, sie wünsche noch einen angenehmen Abend, und die beiden sollten bitte nicht vergessen, Herrn Nelles schöne Grüße auszurichten.

Ich wundere mich ein wenig über Frau Trompetter und Herrn Faulenborn, denn dieses Ende ihrer Initiative hätte ich ihnen voraussagen können. Lene hat sich noch nie unter Druck setzen lassen, von niemandem, und eigentlich hätten die beiden Abgesandten das wissen müssen, sie hocken doch schon seit geraumer Zeit immer wieder einmal mit Lene an denselben Tischen und in denselben Hinterzimmern zusammen, und daß Lene höchst empfindlich reagiert, wenn man ihr zu nahe tritt, sollte auch der Auftraggeber dieser Initiative wissen, an dessen Identität in der Tat kein Zweifel besteht.

Aber vielleicht erklärt sich der Vorgang gerade dadurch.

Günni Nelles hat, so könnte es jedenfalls gewesen sein, er hat die beiden vorgeschickt auf die Gefahr hin, daß Lene außer sich gerät und um sich schlägt, will heißen: daß sie sich mehr Feinde macht, als sie in dieser Situation gebrauchen kann. Und die beiden Abgesandten werden ihren Frust und ihre Empörung vermutlich auch umgehend verarbeiten, zum Beispiel eine Geschichte verbreiten des Inhalts, daß Lene auf die bloße Frage, ob sie kandidieren wolle, sich aufgeführt habe wie eine Furie. Schmeißt das Geld für ihren Tee auf den Tisch und rauscht ab.

Wenn Lene eingeknickt wäre – nun gut, das wäre dem Auftraggeber wohl recht gewesen. Aber es ist ihm gewiß auch nicht unwillkommen, daß sie seine Abgesandten vor den Kopf gestoßen hat. Denn damit ist ein Hauen und Stechen eröffnet, wie Günni es mag und von dem er zweifellos mehr versteht als Lene. Und wenn er, was ich für durchaus möglich halte, dieses Hauen und Stechen auch noch mit voller Absicht provoziert haben sollte, dann hat er höchstwahrscheinlich etwas in der Hinterhand, das er zu gegebener Zeit einzusetzen gedenkt.

Ich habe Lene gesagt, die Art, in der sie diese beiden Figuren abgefertigt habe, sei schlicht und einfach imponierend, und ich gratulierte ihr dazu. Sie hat sich darüber gefreut, und das sollte sie auch. Wir tranken noch ein Glas zusammen, sie beruhigte sich allmählich, und dann gingen wir zu Bett. Als ich schon lag und mein Buch aufgeschlagen hatte, kam sie noch einmal zu mir. Sie gab mir einen Kuß und sagte, was ich zu diesem Schmierentheater gesagt hätte, habe ihr gutgetan, aber sie werde dafür sorgen, daß ich von der ganzen Prügelei, die jetzt wahrscheinlich losgehe, nicht allzuviel abbekäme. Ich sagte, darum solle sie sich mal keine Gedanken machen; was immer ich ihr abnehmen könne, würde ich gern übernehmen, und sie solle nur ja nichts von dem zurückhalten, was sie womöglich bedrücke. Sie nickte lächelnd, gab mir noch einen Kuß und ging.

Ich muß gestehen, daß ich stolz auf sie war. Aber ich fragte mich zugleich, ob sie tatsächlich keine Angst hat, sich mit einem Rambo wie Günni auf ein Kräftemessen einzulassen. Ich hatte große Angst. Ich legte das Buch beiseite, aber ich löschte das Licht noch nicht, vielleicht, weil ich fürchtete, daß meine Phantasien in der Dunkelheit mich noch ärger bedrängen würden, die Überlegungen, die ich anstellte, um herauszufinden, was Günni gegen Lene in der Hinterhand haben könnte.

21

Es war vor allem eine vage, aber um so bedrohlicher erscheinende Möglichkeit, daß ein uraltes Gerücht ausgegraben würde, die Gefahr einer ganz unerwarteten Diskreditierung Lenes, die mich in dieser Nacht beschäftigte, und sie beschäftigte mich vor allem deshalb, weil ich mir vorwarf, vorwerfen mußte, daß ich versäumt hatte, mir darüber Klarheit zu verschaffen. Es war Eddas düsteres Orakel, daß Lene vielleicht von der Schule geflogen wäre, wenn die Polizei sich ein wenig gründlicher um den Jungen gekümmert hätte, der von der Burgmauer gefallen sei. Und es war die merkwürdig stockende, fast geistesabwesende

Art, in der Lene auf meine Frage geantwortet hatte, was es mit diesem Jungen auf sich gehabt habe.

Ich hätte Edda sofort danach fragen sollen, aber es hatte sie offenbar so sehr erleichtert, ihren Groll auf Lene bei mir abzuladen, daß ich sie nicht hatte unterbrechen wollen. Und wenn ich sie jetzt anriefe, würde sie natürlich sofort hellhörig werden. Sie würde womöglich glauben, ich hätte ihr Vertrauen mißbraucht und sie bei Lene angeschwärzt, und jetzt wolle ich sie mit Lenes Version dieser Geschichte konfrontieren und sie zur Rede stellen.

Als ich durch die offenstehende Tür sah, daß der Widerschein von Lenes Lampe auf der gegenüberliegenden Wand erlosch, zögerte ich, aber dann löschte auch ich meine Lampe. Sie sollte nicht glauben, daß mir nachträglich Zweifel an der Abfuhr, mit der sie Günnis Abgesandte nach Hause geschickt hatte, gekommen waren und daß die Vorentscheidung, die sie damit getroffen hatte, mich bekümmerte und nicht schlafen ließ. Ich versuchte der Angst, die aus dem Dunkel an mich herankroch, Herr zu werden, indem ich mir in Erinnerung rief, was Lene über den Tod dieses Jungen gesagt hat: Es hatten ja fast alle gesehen, wie es passiert war. Er war plötzlich auf die Mauer gestiegen, hatte ein bißchen geschwankt, wahrscheinlich hatte er schon zuviel getrunken gehabt, und dann hatte er die Arme ausgebreitet, und im nächsten Augenblick war er verschwunden, abgestürzt. Und wahrscheinlich hatten nur diejenigen, die sehr nahe an der Mauer standen, tief unten ein paar Zweige brechen hören und den dumpfen Aufprall.

Wahrscheinlich hatte er das Gleichgewicht verloren.

Ja, gewiß. Aber Lene hat auch noch etwas anderes gesagt.

Sie hat gesagt, dieser Junge sei ein wenig strapaziös gewesen. Eigentlich ganz normal, aber ein bißchen strapaziös. Er habe unbedingt mit ihr etwas anfangen wollen. Aber sie habe nichts für ihn empfunden. Ja. So hat sie es gesagt, nach einem kurzen Zögern. Genau so.

Vielleicht war es ein schöner Sommertag gewesen.

Vielleicht hatten die Lehrer eine Zeugniskonferenz abgehalten, und der Unterricht war ausgefallen. Die Clique, das waren nicht alle, die der Abiturklasse angehörten, aber rund ein Dutzend davon, Lenes Clique hatte sich schon ein paar Tage vorher verabredet. Sie verbrachten nicht selten ihre Freizeit miteinander, in wechselnden Besetzungen, mal fehlte dieser, mal jene, aber es fanden doch immer wieder dieselben zusammen, in der Eisdiele, auf dem kleinen Platz mit dem Springbrunnen davor, in der Disco, die damals noch nicht Disco hieß, sondern Nahkampfdiele, im Schwimmbad oder auch, wenn eine Bude sturmfrei war, bei einer Hausparty. Die Clique hatte sich verabredet, an dem schulfreien Tag auf die Burg zu gehen.

Sie waren um elf am Morgen mit dem Bus bis zur Endhaltestelle gefahren, die am Rand des Waldes lag, und von dort waren sie durch den Wald gegangen und den Berg hinaufgestiegen, eine Wanderung von fast einer Stunde, die Jungen hatten das Gepäck getragen, Kartoffelsalat, Baguettes, ein Sammelsurium von Flaschen mit sehr unterschiedlichen Weinen, von denen die meisten dem väterlichen Keller entnommen worden waren, dazu zwei batteriebetriebene Kassettenradios mit jeweils einem Bündel von Kassetten. Einer von den Jungen war im Wald gestolpert und gestürzt, und dabei war eine von den Wein-

138

flaschen zerbrochen, die er trug, aber er hatte sich nicht an den Scherben geschnitten, und sie hatten Wein reichlich.

Als sie auf den kreisrunden, kurz zuvor vom Denkmalschutz neu gepflasterten Hof der Burgruine kamen, waren dort schon ein paar Ausflügler gewesen, Familien mit Kindern, die gerade ihre Butterbrote hatten auspacken wollen, aber als die Väter und Mütter die Clique sahen und nicht zuletzt hörten, waren sie gewichen. Die Clique hatte die Burg für sich allein gehabt, sie hatten gegessen und getrunken und dazu Musik gehört und hernach auch getanzt, obwohl das auf den Kopfsteinen des Pflasters mehr eine Turnübung war, die unheimlich in die Füße und in die Waden ging, aber vor allem hatten sie geschwätzt.

Sie hatten das getan, was das Schönste war an dieser Clique, sie hatten ohne Hast und ohne einen bestimmten Zweck miteinander geschwätzt, sie hatten sich ausgetauscht über Gott und die Welt, alles und jedes, wie es ihnen gerade in den Sinn kam unter der warmen Sonne und dem blauen Himmel, in dem Lüftchen, das hier oben ständig wehte und das den satten Geruch des Waldes mit sich führte.

Ich weiß nicht, wie der Junge hieß, dessen letzter Tag es sein sollte. Er könnte Christoph geheißen haben oder Thorsten, nein, eher Ulrich, Uli, ja, ich denke, er hat Uli geheißen. Er hatte mit Lene getanzt, und dabei hatte er den Vorschlag wiederholt, den er ihr schon beim Aufstieg auf den Berg gemacht hatte, er hatte gesagt, er werde nicht warten, bis alle die Hacke breit hätten und nur noch dummes Zeug lallten, er werde beizeiten zur Haltestelle hinuntersteigen, auf einem anderen Weg durch den Wald, den er herausgefunden habe, und sie solle mit ihm kommen, er kenne auf diesem Weg ein paar Plätze im Wald, an die nie ein Mensch hinkomme, so still und schön wie in einer Kirche, wirklich, und das werde ihr besser tun, als auf dem alten Gemäuer herumzuhocken.

Lene hatte ihm beim erstenmal gesagt, sie hätte aber keine Lust, in die Kirche zu gehen, und beim zweitenmal, er solle ihr bitte nicht den Nerv rauben, es gefalle ihr sehr gut hier oben und hier werde sie auch bleiben. Er hatte gesagt, er wolle ihr nicht den Nerv rauben, aber er müsse endlich einmal mit ihr allein sein, er liebe sie doch, er liebe sie wahnsinnig, und ob sie ihm das nicht endlich glauben könne. Lene hatte gesagt, das sei, verdammt noch mal, doch keine Glaubenssache und außerdem täten ihr die Füße weh, sie hatte den Tanz beendet.

Eine halbe Stunde später hatte Lene einen Augenblick lang allein auf einem der beiden Quadersteine gesessen, die den bogenförmigen, verschlossenen Eingang zum Turm der Burg flankierten, und plötzlich hatte sie Uli gesehen, sie sah, wie er sich von der Mauer auf der anderen Seite des Burghofs löste, an der er gestanden und sie beobachtet hatte, und wie er über den Hof zu ihr kam, zwischen den tanzenden Paaren hindurch, mit Augen, die zu brennen schienen und die sie auf dem ganzen Weg über den Hof nicht losließen. Er blieb vor ihr stehen, und Lene wandte sich ab.

Er sagte: »Ich liebe dich. Ich liebe dich mehr als mein Leben.«

Lene sah ihn an. Sie schüttelte den Kopf, lachte. Sie sagte: »Nun mach mal halblang, Uli! Wir sind hier doch nicht im Theater!«

Er sagte: »Wenn ich dich nicht haben kann, ist mein Leben nichts mehr wert.«

Lene sagte: »Uli, red doch nicht so einen Stuß! Das glaubst du doch selbst nicht!«

Er sagte: »Ich werde es dir beweisen.«

Sie sagte: »Da bin ich aber wirklich gespannt. Und wie willst du mir das beweisen?«

Er holte tief Luft, dann sagte er: »Wenn du jetzt nicht sagst, daß du mit mir allein nach Hause gehst, dann springe ich von der Mauer.« Er wandte sich halb zurück, wies auf die Stelle, an der er gestanden hatte, sah wieder Lene an mit seinen brennenden Augen. »Von da drüben. Da geht's fünfzig Meter steil hinunter.« Er holte Luft. »Da springe ich runter.«

Lene sagte: »Dann spring doch, in Gottes Namen!«

Er wandte sich ab, ging langsam und steifbeinig über den Hof, durch die tanzenden Paare hindurch, stieß mit einem Paar zusammen, der Junge sagt: »He, paß doch auf, Holzkopf!«, Uli nahm keine Notiz davon, er ging weiter bis zur Mauer, stieg steifbeinig auf die Mauer hinauf, wandte sich um, fixierte Lene, das ganze, leichenblasse Gesicht schien nur noch aus diesen Augen zu bestehen, die Lene nicht losließen. Er breitete die Arme aus und ließ sich rückwärts von der Mauer fallen. Ein Mädchen schrie gellend auf.

Ja. So könnte es gewesen sein. Und vielleicht hat Lene geglaubt, er werde es nicht tun. Nein, ganz gewiß sogar hat sie seine Ankündigung für einen törichten Trick gehalten. Sie hat geglaubt, er wolle sie auf die dramatischste Art, die ihm eingefallen war, unter Druck setzen. Vielleicht hat sie geglaubt, er habe bloß darauf gewartet, daß sie aufspringen würde, sobald er auf die Mauer gestiegen war, und daß sie rufen würde: »Nein, Uli, nein!« und zu ihm eilen und ihn von der Mauer herunterziehen und in die Arme schließen und sein Gesicht abküssen würde.

Er hatte sie unter den Blicken der anderen küssen und dann seinen Arm um sie legen und mit ihr den Burghof verlassen wollen. Er hatte mit ihr quer durch den Wald den Berg hinabsteigen und sie zu einer kleinen Lichtung führen wollen, einem verschwiegenen Platz, der von dichten Büschen umstanden war und im flirrenden Licht der Sonnenstrahlen lag, die von den Wipfeln der Bäume hereingelassen wurden. Dort hatte er sich mit ihr betten wollen, der glücklichste Mensch weit und breit.

Ja, so könnte es gewesen sein. Aber es liegt auf der Hand, daß diese Geschichte sich auch auf ganz andere Art darstellen ließe.

Daß Uli und Lene einen Streit, zumindest eine Meinungsverschiedenheit austrugen, kann den anderen nicht entgangen sein. Wahrscheinlich wußten sie ja ohnehin, daß Uli ihr beharrlich nachstellte und daß sie ihn ebenso beharrlich abwies. Die anderen werden an diesem schönen Sommertag auf die Wortwechsel zwischen den beiden wohl auch nicht besonders geachtet haben, so etwas gehörte vermutlich zu den Konflikten, die sich in der Clique immer wieder einmal abspielten. Wenn aber Uli tatsächlich seinen Sprung angekündigt und wenn Lene tatsächlich gesagt hatte, er solle doch springen, in Gottes Namen, dann könnte ja jemand, der sich in ihrer Nähe befand, diesen finalen Austausch mit halbem Ohr mitbekommen haben. Und vielleicht hätte schon die Beobachtung genügt, daß Uli unmittelbar vor seinem Absturz mit Lene gesprochen hatte und daß er aus diesem Gespräch mit ihr auf dem buchstäblich kürzesten Weg in den Tod gegangen war.

Es hätte, wer so viel gesehen und möglicherweise sogar ein Wort mitgehört hatte, behaupten können, Lene habe Uli leichtfertig in den Tod getrieben. Der Vorwurf war rechtlich natürlich irrelevant, aber er muß in irgendeiner Form erhoben und kolportiert worden sein, denn wie sonst wäre Edda zu ihrer Behauptung gekommen, es hätte für Lene böse ausgehen können, wenn die Polizei sich ein wenig gründlicher um Ulis Tod gekümmert hätte? Und wie unerheblich dieser Vorwurf rechtlich auch gewesen sein mochte und das zumal heute ist, nach gut fünfunddreißig Jahren, so war und wäre er doch moralisch mit Sicherheit nicht leichtzunehmen. Jemand, der diese uralte Geschichte ausgrübe, könnte daraus die infame Folgerung ziehen, daß Lene schon immer ein kalter und herzloser, ein rücksichtsloser Mensch gewesen sei. Das gesunde Volksempfinden würde ihm wahrscheinlich zustimmen.

Ich nehme an, daß die meisten Mitglieder der Clique noch leben und daß keiner, der auf der Burg dabei war, das dramatische Ende von Ulis Liebe und Leben vergessen hat. Wer immer auf den Gedanken käme, in der ehemaligen Heimat der Bürgermeisterin nach Material für ein interessantes Porträt zu stöbern, der könnte ein Mitglied der Clique finden, ihre Namen stehen ja vollzählig in der Liste von Lenes Abiturklasse verzeichnet, und wenn bei einem Interview mit irgendeinem von ihnen die Geschichte von Ulis Tod ans Tageslicht geriete, dann wäre damit auch schon die nächste Quelle aufgedeckt, das Archiv der Lokalzeitung, die ausführlich über dieses tragische Vorkommnis berichtet haben muß, und womöglich ließe sich auch noch ein pensionierter Polizeibeamter auftreiben, der sich an den Fall und an diese oder jene Zeugenaussage erinnert.

Ganz zu schweigen von Edda.

Ja. Denn wer eine süffige Geschichte über die Bürgermeisterin und ihre Ambitionen schreiben möchte, der wird sich wohl zunächst die Texte ansehen, die bisher über ihren Lebenslauf veröffentlicht worden sind, und die Interviews, in denen sie selbst etwas von sich erzählt hat, und in einigen davon wird natürlich ihre Schwester erwähnt, wenn auch nur in den frühen Stadien von Lenes politischer Karriere und wenn auch nur am Rande, aber gerade *daß* Edda irgendwann aus diesen Texten verschwunden ist, könnte den, der die süffige Geschichte schreiben will, aufmerken lassen, und ein Anruf bei dem Kollegen von der Lokalzeitung in Kaiserslautern, das als der Ort, wo Lene aufgewachsen ist, in den biographischen Abrissen ja oft genug genannt wurde, ein einziger Anruf würde wahrscheinlich genügen, um herauszufinden, daß es Edda noch gibt und wo sie zu erreichen ist.

Wäre Edda so niederträchtig, die Geschichte von Ulis Ende auszuplaudern?

Es geht hier nicht um Niedertracht. Es geht um Bitterkeit, um Benachteiligung, um die Empörung derjenigen, die sich vom Schicksal vernachlässigt sehen. Es geht um einen hilflosen Protest gegen die Ungerechtigkeit. Man kann es doch nicht hinnehmen, daß die anderen immer zu den Guten und man selbst immer zu den Schlechten gezählt wird, wer könnte das schon ertragen? Wenn Edda jemandem, der sie ausholen möchte, die Geschichte von Uli erzählte, dann täte sie das nicht, weil sie Lene Böses wollte. Sie täte es, um aller Welt klarzumachen, daß sie selbst zwar ihre Schwächen hat, daß man ihr eine Menge Dummheiten vorwerfen kann, sogar große Fehler, daß aber auch ihre Schwester so vollkommen nicht ist, wie alle Welt zu glauben scheint.

Mag sein, daß das alles nur Alpträume, nur Hirngespinste sind. Aber darauf kann ich mich nicht verlassen. Wenn ich meine Frau vor Schaden bewahren möchte, und das will ich unter allen Umständen, dann wird es höchste Zeit, daß ich etwas tue. Die Geschichte von Uli, wenn sie denn doch kein Hirngespinst sein sollte, kann ich nicht aus der Welt schaffen. Ich kann Edda auch nicht am Reden hindern und die Mitglieder der Clique schon gar nicht. Also muß ich etwas anderes tun, auch wenn es mir vielleicht nicht besonders gefällt.

22

Irgend jemand hat Nägel mit Köpfen gemacht. Heute morgen stand in der Zeitung zu lesen, Lene Auweiler, die Zweite Bürgermeisterin, wolle, wie aus Kreisen ihrer Partei zu erfahren sei, bei der im kommenden Jahr anstehenden Kommunalwahl sich um das Amt des Oberbürgermeisters bewerben. Diese Entscheidung der Bürgermeisterin sei nicht zuletzt deshalb bemerkenswert, weil, wie eine Recherche der Redaktion ergeben habe,

Dr. Günther Nelles, der ehemalige Fraktionsvorsitzende der Partei im Stadtrat, bereits zuvor intern sich bereit erklärt habe, für das Amt des Oberbürgermeisters zu kandidieren. Bisher sei man davon ausgegangen, daß die Partei, wie traditionell bei der Wahl eines Spitzenkandidaten, sich entweder für den Repräsentanten ihres konservativen oder den ihres Arbeitnehmerflügels entscheiden werde, in diesem Fall den Unternehmer Dr. Severin Welsch oder den Landesvorsitzenden der Konferenz Christlicher Betriebsräte, Paul-Josef Esser.

Der Redakteur ließ sich, wohl nicht in polemischer Absicht, sondern bloß zur Auflockerung seines Artikels, die übliche Anmerkung nicht entgehen, daß Essers Truppe, der Arbeitnehmerflügel der Partei, vom politischen Gegner hin und wieder als »die Herz-Jesu-Sozialisten« tituliert werde, und widmete sich alsdann Lene, die sich keinem der beiden Flügel zurechnen lasse. Er bedachte sie mit dem Kompliment, sie habe bei mannigfachen, nicht zuletzt internationalen Ereignissen stets eine gute Figur gemacht, was womöglich auch durch das Ganzkörperfoto Lenes, das dem Artikel beigegeben war, belegt werden sollte. In die Politik sei sie verhältnismäßig spät eingestiegen, zunächst durch die Beteiligung an Bürgerinitiativen, dann auch als Mitglied der Partei, in die sie aber erst im Alter von vierunddreißig Jahren eingetreten sei. Bei den Kommunalwahlen sei sie bemerkenswerterweise bereits ein Jahr später in die Bezirksvertretung gewählt worden, wo sie dann als Fraktionsvorsitzende auf sich aufmerksam gemacht habe, und zehn Jahre darauf in den Stadtrat, aus dem sie sogleich zur Zweiten Bürgermeisterin aufgestiegen sei.

An den vielfältigen Qualitäten Frau Auweilers, so fuhr der Artikel fort, könne kein Zweifel sein. Jedoch verfüge der gleichaltrige Dr. Nelles natürlich über die weitaus größere politische Erfahrung. Nelles, studierter Betriebswirt und von Beruf Immobilienmakler, sei bereits mit sechzehn Jahren in die Partei eingetreten, er sei einige Jahre lang der Vorsitzende von deren Jugendorganisation gewesen, im Alter von dreiundzwanzig Jahren in den Stadtrat gewählt worden, nach kurzer Zeit stellvertretender Fraktionsvorsitzender und dann Fraktionsvorsitzender der Partei geworden. Auseinandersetzungen um seinen manchmal kompromißlosen Führungsstil hätten zwar dazu geführt, daß er nach insgesamt sehr erfolgreicher Tätigkeit vor vier Jahren in dieses Amt nicht wiedergewählt worden sei. Aber seither habe er im stillen eine von vielen sehr geschätzte, belangreiche Arbeit für die Fraktion und die Partei geleistet. Im Unterschied zu Lene war Günni nur mit einem Brustbild abgedruckt, aber mit einem, das es in sich hatte, ein imponierender Mann offenbar, dieser Dr. Nelles, gutaussehend, mit einem gewinnenden Lächeln, aber auch mit einem Blick, der die Energie ahnen ließ, die in ihm steckte.

Na schön. Ich bin mir nicht völlig sicher, wer der Zeitung die Information über die neuen Kandidaten gesteckt hat, aber Lene war es nicht. Sie war offenbar überrascht, als ich ihr heute morgen am Frühstückstisch den Artikel zeigte, und ich glaube auch nicht, daß sie mir etwas vorgemacht hat, etwa um die Frage zu vermeiden, ob sie es nicht abwarten könne. Mag sein, daß es Günni war, der diese Information losgelassen hat, oder einer seiner Wasserträger, und darauf ließe ja auch der Tenor des Artikels schließen, dessen Autor, der stellvertretende Lokalchef der Zeitung, ein noch junger Mann namens Klaus Ludewig, von Herrn Dr. Nelles offenkundig mehr hält als von der Bürgermeisterin Auweiler, was er auf reichlich penetrante Art, wie ich finde, zu erkennen gibt.

Vielleicht waren es aber auch die Aufsässigen, nein, das wäre wohl übertrieben, sagen wir lieber: die Abweichler unter den Schwarzen, diejenigen, die Lene zu der Bewerbung animiert haben und weiterhin animieren und die jetzt die Zeit gekommen sahen, die Information herauszulassen. Der Tenor von Herrn Ludewigs Artikel spräche keineswegs dagegen, denn selbst wenn dieser Journalist seine Weisheit den Parteigängern Lenes verdankte, könnte ihn das nach den Erfahrungen, die ich als Leser mit ihm gemacht habe, nicht davon abhalten, auch bei einer solchen Gelegenheit seinen höchstpersönlichen politischen Überzeugungen Ausdruck zu verleihen, und die sind nicht schwarz, sondern rabenschwarz, so rabenschwarz, wie Günni es zumindest früher war. Ich weiß nicht, ob dergleichen Überzeugungen auf Herrn Ludewigs eigenem Mist gewachsen sind oder ob er ein besonders empfindliches Sensorium für die Anmerkungen zur Politik der Roten wie der Grünen hat, die sein Verleger gelegentlich mit unheilschwangerem, warnendem Donnergrollen von sich gibt, schon mal in der Leitartikelspalte, aber nicht zuletzt innerhäusig, wie Lene aus der Redaktion erfahren hat.

Wie auch immer, Lene wird nach diesem Artikel, und ebendas haben vielleicht ihre Parteigänger bezweckt, kaum noch den Rückzug antreten können, selbst wenn sie es wollte. Herr Ludewig hat seinen Beitrag mit der Anmerkung beendet, bis zum Redaktionsschluß seien weder Herr Dr. Nelles noch Frau Auweiler zu einer Stellungnahme erreichbar gewesen. Vielleicht hat er seinen Text tatsächlich erst so spät verfertigen können. Vielleicht hat er aber auch gar nicht erst versucht, eine Stellungnahme einzuholen, weil er das Risiko vermeiden wollte, daß seine schöne Geschichte durch ein Dementi in die Binsen ginge. So oder so hat er den Stein losgetreten, den sein Informant ins Rollen bringen wollte, und dieser Stein wird von nun an seine eigene dynamische Energie entwickeln.

Noch bevor Lene das Haus verlassen hatte, meldeten sich die zweite Abonnementszeitung und die beiden Boulevard-Zeitungen, die in der Stadt erscheinen, dazu der lokale Rundfunksender und ein lokales Fernsehprogramm und dazwischen auch der stellvertretende Fraktionsvorsitzende Oberstudiendirektor Dr. phil. Heribert Bäumler, der sozusagen Federführende von Lenes Parteigängern. Bäumler erklärte, er habe mit dem Ludewig kein Wort gesprochen, der Teufel wisse, woher der das habe, aber genau betrachtet sei der Artikel ja gar nicht so ungünstig, denn natürlich habe Herr Ludewig aus seinem Herzen keine Mördergrube gemacht und den Nelles herausgestrichen, aber das doch gleich so dick, daß man daran fühlen könne, und ebendas werde die Leser eher für Lene einnehmen, jedenfalls müßten sie nun sehr bald zusammenkommen, um das weitere Procedere abzusprechen. Als Lenes Fahrer klingelte, hatte sie bereits zwei Telefoninterviews gegeben, bei denen sie sich noch ein wenig bedeckt hielt, und drei Termine verabredet.

Ich brachte sie zur Haustür, sah zu, wie sie in den Wagen stieg, sie winkte mir, ich winkte zurück und zeigte ihr den aufwärts gestreckten Daumen. Sie lachte, ein wenig angespannt, wie mir schien. Als der Wagen um die Ecke gefahren war, schloß ich die Tür, dachte einen Augenblick lang nach, dann ging ich zum Telefon. Ich schlug mein Notizbuch auf und wählte Nina Raschkes Nummer, die ich am Vortag aus dem Telefonbuch abgeschrieben hatte. Niemand meldete sich. Einen Anrufbeantworter hatte sie anscheinend nicht. Wozu sollte sie auch. Zumindest hatte sie ihn nicht eingeschaltet.

Ich fuhr zu Nina. Sie lebt noch immer in der Wohnung, in die sie mit ihrem Ehemann, dem berufstüchtigen Quartalssäufer, eingezogen ist, als er sie vom Strich holte und heiratete. Die Wohnung liegt in dem alten Stadtviertel am Flußufer, in dem Ninas Mann geboren worden und gestorben ist und in dem auch viele meiner ehemaligen Patienten zu Hause sind. Nina wohnt auf der zweiten Etage eines der typischen Häuser, die sich in den engen Straßen aneinanderreihen, doppelflügelige Haustür und zwei schmale Fenster im Erdgeschoß, darüber zwei Etagen mit je drei schmalen Fenstern zur Straße, im Dach zwei Gauben, hinter denen Verschläge liegen, die manchmal auch als Kammern zum Schlafen benutzt wurden; die Toiletten, meist auch die Küchen und, sofern vorhanden, die Badezimmer sind nach hinten im Anbau untergebracht, der nur halb so breit ist wie das Haus, damit Platz bleibt für den Hof und die Teppichstange und ein wenig Tageslicht und zu dem man aus den oberen Etagen jeweils eine halbe Treppe hinuntersteigen muß.

Ich drückte auf den Klingelknopf an der Haustür, neben

dem noch immer der Name von Ninas Ehemann steht, *W. Kahleborn*, wartete, und als sich nichts regte, fiel mir ein, daß man früher in diesen Häusern, wenn es auf einer der oberen Etagen klingelte, schon mal ein Fenster öffnete und hinunterschaute und daß man, wenn nicht zu erkennen war, wer an der Haustür stand, auch schon einmal das Fenster wieder schloß und das Klingeln nicht beachtete. Es könnte daran liegen, daß in diesem Viertel der Gerichtsvollzieher häufig zu Gast war, oder daran, daß die Leute ganz allgemein mit ungebetenen Besuchern nichts zu tun haben wollten. Jedenfalls trat ich hinab von der Steinstufe vor der Haustür und einen Schritt zurück und schaute nach oben. Aber niemand beugte sich aus dem Fenster. Ich klingelte noch einmal.

Plötzlich überfiel mich die Vorstellung, Nina könnte etwas zugestoßen sein. Sie war um acht, halb neun in ihrem Schlafzimmer, das zum Hof hinaus lag, von ein paar versprengten Sonnenstrahlen geweckt worden, hatte ihren Morgenmantel, ein exquisit gearbeitetes, teures Stück, das sie sich vergangenes Jahr zu Weihnachten gegönnt hatte, angezogen und war in das schmale Zimmer zur Straße hin gegangen, in dem ihr Sohn groß geworden ist und bis zuletzt gewohnt hat, sie war mit einem Seitenblick auf das Regal, in dem noch immer seine Bücher stehen, zum Fenster gegangen, hatte das Fenster geöffnet, einen Blick auf die Straße geworfen, die noch im kühlen Schatten lag, hatte dann auch die beiden Fenster des Wohnzimmers nebenan geöffnet, damit die Wohnung durchlüften konnte.

Sie war im Begriff, auf das Podest hinaus und die halbe Treppe zur Küche und zum Bad hinunterzugehen, als ihr unversehens schwarz vor den Augen wurde. Sie fuhr auf der Suche nach einem Halt mit beiden Händen um sich, bekam die Türklinke zu fassen und klammerte sich daran, aber irgend etwas zwang sie in die Knie, sie fiel auf beide Knie, sank langsam in sich zusammen, sie konnte die Klinke nicht festhalten, fiel schwer zu Boden, blieb auf der Seite liegen, mit offenen Augen und offenem Mund, regungslos.

Ich rief mich zur Ordnung. Und dann wurde mir bewußt, daß ich schon wieder vor einer Tür stand, die nicht geöffnet wurde, und schon wieder nicht wußte, in welcher Verfassung ich den Menschen, den ich aufsuchen wollte, antreffen würde, und nicht einmal, wie ich ihm sagen sollte, was ich von ihm wollte, und daß ich schon gar nicht wußte, was ich von ihm erwarten durfte. Es war mir, als ich die Reise zu Edda antrat, ja ebensowenig klar gewesen, wieviel ich ihr, wenn sie denn zu erreichen war, erzählen und um was ich sie bitten konnte. Vielleicht hatte ich sagen wollen: »Bitte, liebe Edda, sei lieb zu deiner Schwester, was immer du hören solltest und wer immer zu dir kommen mag, bitte, blamier sie nicht und sag nichts Böses über sie, sie will nämlich Oberbürgermeisterin werden, und du könntest ihr die Karriere kaputtmachen, also sei lieb, bitte.« Aber ich hatte nichts dergleichen gesagt, kein Wort, und damit war ich vermutlich gut beraten gewesen.

Bei Nina brauchte ich freilich nicht zu fürchten, daß sie unter Ressentiments gegenüber Lene litte. Aber was wollte ich ihr sagen, und was zum Teufel erwartete ich von ihr? Ich hatte doch wohl nicht vorgehabt, mit ihrer Unterstützung das Rencontre, das sie mit Herrn Dr. Nelles erlebt hat, und sein schändliches Verhalten dabei an die Öffentlichkeit zu bringen? Hatte ich Nina etwa sagen wollen, ich sei im Begriff, ihren Freier von damals, den Saukerl, nachträglich fertigzumachen, und ob sie bereit sei, die abscheuliche Geschichte von der versuchten Vergewaltigung und dem Fausthieb und den dreihundert Mark, wenn jemand sie dazu befragen sollte, als wahr zu testieren?

Ich weiß nicht einmal, ob Nina je erfahren hat, daß der Saukerl Dr. Günther Nelles hieß und was aus ihm geworden ist. Ich weiß auch nicht, ob sie ihn überhaupt wiedererkennen würde, seit ihrer Begegnung in der Fuchshecke sind immerhin rund dreißig Jahre vergangen. Von mir jedenfalls hat sie über seine persönlichen Daten nichts erfahren, selbstverständlich. Selbstverständlich? Ja, das war in der Tat selbstverständlich. Aber was um Himmels willen wollte ich dann zu meiner Rechtfertigung anführen, wenn ich die Identität dieses gewalttätigen Tripper-Kranken nun doch noch offenbaren und ihn bloßstellen würde? Wie wollte ich mir selbst, wenn schon niemand anderem, die Frage beantworten, ob das meine Art sei, mit der ärztlichen Schweigepflicht umzugehen?

Ich verschob die Lösung dieses Problems. Ich stieg eben nicht in mein Auto, ich fuhr nicht nach Hause. Ich sah mich in der Straße um, und als ich auf der nächsten Ecke das Schild der Kneipe sah, in der ich früher dann und wann ein Bier getrunken habe, ging ich langsam dorthin. Vor dem Laden des italienischen Friseurs an der Ecke gegenüber standen drei oder vier seiner Landsleute, rauchten, redeten und musterten mich interessiert.

Es war Freitag, elf Uhr vormittags. Vielleicht aß Nina

hin und wieder in dieser Kneipe zu Mittag. Wollte auch heute dort essen und war ausnahmsweise schon vorzeitig eingekehrt, weil sie sich mit jemandem verabredet hatte. Vielleicht ging es ihr auch nicht ums Essen. Vielleicht trank sie hier, gleich an der Ecke ihrer Straße, schon mal ein Glas oder zwei, allein oder mit anderen. Sie hat früher nie getrunken, und das Beispiel ihres Mannes hat ihr geradezu einen Horror vor Alkohol eingepflanzt. Aber ich hatte sie lange Zeit nicht mehr gesehen, es war ja möglich, daß sie in ihrer Einsamkeit, daß sie nach dem Tod ihres Mannes und dann auch noch ihres Sohnes am Ende doch noch auf den Geschmack gekommen war.

Ich legte mir, während die Italiener verstummten und mich beobachteten, ein faules Argument nach dem anderen zurecht, und ich fuhr nicht nach Hause. Ich ging in diese Kneipe, auf der Suche nach Nina.

Sie war nirgendwo zu sehen, nicht an der Theke, nicht an den kleinen Tischen davor. Aber aus der Ansammlung von Gästen an der Theke löste sich ein großer, breitschultriger Mann mit grauen Bartstoppeln und kurzgeschorenen grauen Haaren und tat einen Schritt auf mich zu, nahm den Kopf und die Schultern zurück, streckte beide Hände aus: »Herr Dokter!« Ludwig Löffeler, Lully, einst ein Stammkunde in meiner Praxis, den ich nicht selten geklammert und verpflastert habe, er geriet bei der Gestaltung seiner Freizeit ebenso wie bei der Arbeit, mal auf dem Schrottplatz, mal in der Markthalle, gern mit anderen aneinander und scheute sich auch nicht, seinem jeweiligen Chef, wenn der glaubte, er könne ihm auf die Füße treten, eine aufs Maul zu geben.

Ich kannte auch noch einen zweiten von den Thekengästen, Engelbert Beier, früher einmal Amateurboxer, Mittelgewicht, ein Defensivkünstler mit einer starken Linken, wie Lully Gelegenheitsarbeiter und wie er nun auch schon in den Fünfzigern. Engelbert hat mir einmal gedroht, er werde mir sämtliche Knochen brechen. Das geschah zwei oder drei Wochen, nachdem ich es abgelehnt hatte, das Dreimonatskind, mit dem seine Freundin schwanger war, abzutreiben, was leider nicht dazu führte, daß die beiden noch einmal in sich gingen und über das nachdachten, was ich ihnen beiden gesagt hatte, vielmehr unternahmen sie ohne Zaudern den nächsten Anlauf, der böse mißlang.

Ich weiß nicht, ob Engelbert es eigenhändig mit der Stricknadel versucht hat, was ich ihm zutrauen würde, oder ob sie eine Engelmacherin gefunden haben, vielleicht in einem anderen Stadtteil, denn in unserem gab es keine, ich hätte es erfahren, jedenfalls landete die Freundin als Notfall im Evangelischen Krankenhaus und kam um Haaresbreite, aber ohne Gebärmutter davon. Am Tag nach ihrer Entlassung erschien Engelbert in meiner Sprechstunde, wartete geduldig und kündigte mir dann unter vier Augen die Strafe an, die er über mich verhängt hatte und die er, sobald die Gelegenheit günstig sei, vollziehen werde. Ich setzte ihn vor die Tür, aber ich schaute in den folgenden Wochen bei Krankenbesuchen im Dunkeln ziemlich oft über die Schulter. Warum er auf die Vollstreckung verzichtet hat, weiß ich nicht, vielleicht hat er vor den Konsequenzen nicht weniger Schiß gehabt als ich.

Ich nahm Lully Löffelers ausgestreckte Rechte und drückte sie, was er mit einem gewaltigen Druck erwiderte, aber ich zog meine Hand sofort wieder zurück, und er gab sie auch frei, widerstrebend, wahrscheinlich hatte er mich, was ich jedenfalls befürchten mußte, weil er es gerne tut, wenn er in Stimmung ist, an seine Brust ziehen und einen Augenblick lang innig festhalten wollen, um alsdann einen Schritt zurückzutreten und zu sagen, mit einer erstickten Stimme: »Entschuldigung... aber das mußte jetz emal sein!« Er war auch jetzt in Stimmung, allzuviel konnte er um diese Zeit zwar noch nicht intus haben, aber genug für sein weiches Herz. Seine Augen wurden feucht, er sagte, mit erstickter Stimme: »Herr Dokter... daß ich Sie noch mal wiedersehe!«

Von der Theke rief Engelbert: »He, Lully, wat es?! Do bes dran!« Er hob einen Würfelbecher hoch und schüttelte ihn, die Würfel klapperten.

Lully achtete nicht auf Engelbert. Er sagte: »Soll ich Ihnen was sagen, Herr Dokter?« Er schnaufte heftig, als müsse er ein Schluchzen unterdrücken. »Ich wollte schon immer mal bei Ihnen zu Haus vorbeikommen!« Er schnaufte abermals. »Aber ich hab mich nicht jetraut!« Er fuhr sich mit der Hand an die Augen, wischte sich mit Daumen und Mittelfinger die Augenwinkel aus, lächelte und schüttelte stumm, als versage ihm die Stimme, den Kopf.

Engelbert trat heran. Er sagte, ohne mich anzusehen: »Wat wells do dann met däm Aaschloch?! Loß jonn, do bes dran!« Er stieß die Hand mit dem Würfelbecher gegen Lullys Schulter.

Lully schob ihn mit Nachdruck zurück. »Hau ab!«

Engelbert stellte, ohne Lully aus den Augen zu lassen,

den Würfelbecher auf die Theke, zog den Kopf ein wenig ein, bog die Schultern nach vorn und nahm die Unterarme hoch. Die Gäste an der Theke sahen gespannt zu.

Ich sagte: »Moment mal, Moment mal!« Ich faßte Lully am Arm und zog ihn zurück. »Ich hab nur reingeschaut, weil ich jemanden suche, aber ich hab's eilig, ich muß weiter! Sie können ja mal bei mir klingeln, Herr Löffeler, wenn Sie vorbeikommen.« Ich gab ihm einen Klaps auf die Schulter, sagte: »Wiedersehen« und ging.

Ich fragte nicht einmal nach Nina. Ich zog den Schwanz ein und ging.

23

Am Abend sah ich mir allein die Programme der Fernsehsender an, die Lene interviewt hatten, sie war noch unterwegs, und ich sah auch, wo sie war, im regionalen Programm der ARD erschien sie live, während Günnis Statement per Aufzeichnung eingespielt wurde. Ich fragte mich, wie Günni ein solcher Fehler hatte unterlaufen können, er konnte um diese Zeit doch nichts Wichtigeres zu tun haben, als sich neben Lene vor der Kamera aufzubauen und den Überlegenen zu spielen, der sich gleichwohl nicht brüstet, den Gentleman, der die weniger erfahrene Konkurrentin mit Noblesse behandelt, der Saukerl. Aber vielleicht hatte ja die Moderatorin daran gedreht, und zudem war auch der Redakteur der Sendung eine Frau, mir kam absurderweise die Cosa Nostra in den Sinn, eine Fehlleistung natürlich, denn der anhaltende Marsch der Weiber durch die Institutionen hatte manchmal doch offensichtlich segensreiche Folgen.

Ich fand alles, was Lene auf den diversen Kanälen zu sagen wußte, gut überlegt und gut präsentiert, und das sagte ich ihr, als sie um neun nach Hause kam, sie freute sich unverkennbar darüber. Ich holte einen guten Wein, um auf den Erfolg zu trinken, und nach dem ersten Glas fragte sie mich, ob ich etwas dagegen hätte, wenn sie am folgenden Tag, am Samstagnachmittag, mit ein paar Leuten das Wohnzimmer mit Beschlag belege, sie wollten gemeinsam überlegen und zusammentragen, was in das Wahlprogramm hineingehöre, das sie dem Parteivorstand bei der förmlichen Anmeldung ihrer Kandidatur zu lesen geben wolle, und für ein solches Brainstorming sei die private Atmosphäre mit Sicherheit günstiger und produktiver als ein Büro oder ein kahles Sitzungszimmer. Ich haßte die bloße Vorstellung, am Samstagnachmittag auf mein Sofa und meinen Fernsehsessel verzichten zu müssen, aber ich sagte, natürlich sei ich damit einverstanden.

Ich versuchte, das Beste daraus zu machen. Am Samstagmorgen rief ich meine Töchter an und fragte sie, was sie davon hielten, wenn ich ihnen am Nachmittag den Ärger mit ihren Bälgern abnähme. Birgit ermahnte mich, Daniel aber nicht zu sehr den Willen zu tun, er habe nach seinem letzten Treffen mit mir den ganzen Rest des Abends ihr und Rudi den Puls fühlen wollen, sie erhob jedoch keine weiteren pädagogischen Forderungen. Auch Clara nahm das Angebot auf der Stelle an, nur war Jule leider zu einem Kindergeburtstag eingeladen, was mir sehr leid tat, denn Jule hat nun mal die beiden Kleineren ziemlich im Griff, sie nimmt mir bei gemeinsamen Unternehmungen zumindest die groben Zurechtweisungen ab; Max werde, sagte Clara, aber natürlich liebend gern mit mir gehen, was sie sagte, ohne Max gefragt zu haben, ich hatte wieder den Eindruck, daß sie heilfroh war, auf diese Weise auch das zweite Kind loszuwerden, und ich vermute, daß sie im Augenblick in einer etwas hitzigeren Beziehung lebt und für jede Gelegenheit dankbar ist, mit dem Liebhaber ungestört ins Bett gehen zu können.

Lene hatte mir gesagt, daß das Brainstorming um halb drei beginnen solle, aber als ich gegen zwei das Haus verließ, begegnete ich am Gartentörchen bereits dem ersten Teilnehmer der Veranstaltung, Philipp Seiffert, einem Rechtsreferendar von zwei- oder dreiundzwanzig, der in der Partei als heller Kopf gilt und den Lene zwar nicht als ihren jungen Mann, denn für einen solchen Job gibt es keinen Etat, wohl aber als gelegentlichen Mitarbeiter, auch Redenschreiber beschäftigen kann, welche Dienste er wahrscheinlich in derselben Minute einstellen wird, in der sie ihm für seine eigene politische Karriere als hinderlich erscheinen.

Ich kann den Kerl nicht ausstehen, seine dezenten Krawatten nicht und die dunklen Anzüge mit Weste, nicht die randlose Brille, die makellose Frisur und das alerte Gequassel. Am meisten geht mir gegen den Strich, daß dieser Schleimscheißer meine Frau duzt. In einem leichten Wutanfall habe ich, als ich das auf einer Geselligkeit einmal hatte mitanhören müssen, Lene hernach gefragt, ob es einen Grund dafür gäbe, daß die Schwarzen partout sämtliche Unsitten der Roten übernähmen. Lene hat gelacht. Sie glaubte, ich sei eifersüchtig, was ich vermutlich war.

Der junge Herr Seiffert trug die schwarze Ledertasche mit dem Laptop an der Rechten, unter dem linken Arm hielt er mehrere mit Papieren vollgestopfte Mappen aus starkem braunem Karton, er sagte: »Hallo!« und dann, mit einem süffisanten Lächeln: »Räumen Sie das Feld?«

Ich sagte: »Ja. Ich bin allergisch gegen das, was Sie darauf ausbringen wollen.«

Er stutzte, setzte dann sein Lächeln fort und sagte: »Ich verstehe. Sie reden von Dünger. Oder eher noch von Dung, nicht wahr?«

Ich antwortete: »Brillant. Sie haben wirklich eine bemerkenswerte Auffassungsgabe. Sehen Sie, und das ist genau der Grund, weshalb ich mich in Ihrer Runde nicht wohl fühle. Ich fühle mich überfordert, verstehen Sie?«

Er stellte den Laptop ab, als wolle er sich auf ein längeres Gespräch mit mir einrichten, stützte mit diesem saudummen Lächeln die Rechte in die Hüfte und sagte: »Aber, aber, Herr Doktor!«

Ich sagte: »Gute Verrichtung!« und ging.

Birgit brachte Daniel ans Auto, sie schaute durch das Fenster, das ich hinuntergefahren hatte, und sagte: »Hallo, Papa. Sag mal, ist das nicht toll, daß Mama jetzt auch noch Oberbürgermeisterin werden soll?«

Ich sagte: »Ja, ganz toll.«

Sie musterte ein wenig zweifelnd meinen Gesichtsausdruck. Ich sagte: »Nein, wirklich, es ist schon toll. Wann muß der Kleine zu Hause sein?«

Sie sagte, um sieben äßen sie zu Abend, damit er um acht im Bett liege. Ich sagte, spätestens um sieben würde ich ihn abliefern, und fuhr ab.

Max wurde von Jule ans Auto gebracht und neben Daniel auf den Rücksitz geschoben, Clara winkte wie üblich durchs Fenster, vielleicht war sie auch diesmal noch nicht völlig angezogen, es war ja schließlich Samstag, vom Liebhaber ganz abgesehen, dessen Roadster vor der Tür parkte, und sie empfand offensichtlich auch nicht das Bedürfnis, meine Meinung über die jüngste Entwicklung in der Karriere ihrer Mutter einzuholen, was jedenfalls zu Claras Phlegma paßte, solche Geschichten waren ihr normalerweise Wurst.

Jule sagte, sie wäre sehr gern mit uns gefahren, aber Franziska sei eine von ihren besten Freundinnen, und deshalb müsse sie zu der Geburtstagsfeier gehen, aber ein Radrennen hätte sie auch gern mal gesehen, oder ob es gar nicht stimme, daß wir zu einem Radrennen führen. Ich sagte, doch, vielleicht, aber es gäbe bestimmt mal wieder so ein Rennen und dann würde ich früher Bescheid sagen und sie würde mitfahren, ganz bestimmt. Daniel fragte, wann wir denn zu dem Radrennen führen, und Max sagte, er solle nicht herumquengeln, der Opa müsse auch mal mit Jule reden, die könne ja nicht mitfahren, und Jule sagte, Max solle nur ja nicht schon wieder anfangen, Daniel zu zanken, und dann fuhren wir los, Jule winkte.

Noch vor der nächsten Ecke stellte sich heraus, daß Lenes Perspektiven in Claras Haus denn doch ein Thema gewesen waren, vielleicht las ja der Liebhaber die Zeitungen und verfolgte auch das Lokalfernsehen, jedenfalls fragte Max, was *ich* denn würde, wenn die Oma Oberbürgermeisterin würde. Ich sagte: »Oberbürgermeisterinnengemahl.«

Max fragte, ob nur die Oma eine goldene Kette bekäme oder ich auch eine oder irgend so was. Ich sagte, nein, die Kette bekäme nur die Oma, aber das müsse man erst mal abwarten, sie sei ja noch gar nicht Oberbürgermeisterin.

Daniel sagte: »Ich weiß nicht genau, was Oberbürgermeisterin ist.« Max erklärte ihm unverzüglich, das sei die Oberste von allen Leuten, die in der Stadt wohnten, und sie könne nicht *jedem* befehlen, was er tun müsse, aber sie habe sehr viel zu sagen, und sie müsse auch mit den Leuten sprechen, die zu Besuch kämen in die Stadt, und wenn ein König zu Besuch komme oder der Oberste von den Amerikanern, dann müsse sie die begrüßen und mit ihnen durch die Stadt fahren, aber die Oma könne ja sehr gut Amerikanisch, und Französisch auch.

Daniel fragte: »Darfst du dann mit denen fahren, Opa?«

Ich sagte, das sei noch nicht heraus, aber ich wisse auch gar nicht, ob ich mitfahren wolle.

Max fragte: »Warum das denn nicht?«

Ich sagte, weil ich die Oma nicht bei der Arbeit stören wolle.

Daniel fragte: »Was arbeitet die Oma denn da?«

Ich wurde fürs erste der Antwort enthoben, denn Max wechselte unvermittelt das Thema, er fragte: »Hast du gefurzt, Daniel?«

Daniel sagte: »Nein«, und Max sagte laut: »Du hast ja *doch* gefurzt, du Sau!«, und Daniel fing an zu weinen.

Ich sagte, wenn Max noch einmal Daniel eine Sau nenne, dann würde ich ihn sofort nach Hause bringen und mit Daniel allein zum Radrennen fahren. Max sagte empört: »Aber hier stinkt es, und ich war's nicht!«

Mir schwante, daß es sich um ein Mißverständnis handeln könnte, ich warf einen Blick über die Schulter und fragte:»Hast du ein Püpserchen gemacht, Daniel?«

Er antwortete mit einem dünnen, hohen Stimmchen: »Ja.«

Er hatte gar nicht verstanden, warum Max ihn so angefahren hatte. Er wußte tatsächlich nicht, was ein Furz ist, die ordinären körperlichen Funktionen, die im Hause der Ärztin Clara eher ungeniert benannt werden konnten, mußten unter dem Regime von zwei Pädagogen umschrieben und auf ein Puppenstubenformat reduziert werden, im Hause von Birgit und Rudi wurde nicht gefurzt, man machte allenfalls ein Püpserchen.

Ich sagte:»Hör auf zu weinen, Daniel. Aber jetzt beschwer dich nicht, wenn Max ein Püpserchen macht, er hat eins gut.«

»Ja, Opa.« Er zog die Nase hoch.

Wir verbrachten fast zwei Stunden beim Straßenrennen um den Herbstpokal des RSC *Sturmvogel*, dessen Ankündigung ich am Morgen im Sportteil der Zeitung gefunden und von dem ich Birgit nichts gesagt hatte, weil sie sonst Daniel vermutlich nicht herausgerückt hätte, aus Furcht, daß er ein falsches Leitbild verinnerlichen und demnächst auf seinem Rädchen mit anderen Kindern um die Wette fahren würde, was er, wie ich vermute, ohnehin schon tut. Das Rennen nahm insofern einen verheißungsvollen und pädagogisch vielleicht sogar begrüßenswerten Anfang, als es gleich beim Start zu einem Massensturz kam, es passierte zwar nichts wirklich Schlimmes, aber es gab immerhin ein paar aufgeschürfte Knie und Ellbogen zu sehen, auch eine Platzwunde, aus der das Blut rann, und zwei der Rennmaschinen blieben als Schrott auf der Strecke.

Max und Daniel waren auf besondere Weise beeindruckt, weil einer der Sportsmänner einen anderen, der mit ihm zusammengestoßen war, ziemlich laut »Du dumme Sau!« nannte, und mehr noch, als ich einem dritten, der unmittelbar vor uns zu Boden gegangen war, auf die Beine half und ihm nach einer kurzen Untersuchung seiner Schulter, die er sich mit schmerzlich verzogenem Gesicht gehalten hatte, einen Rat gab, den er befolgte, nämlich aufzugeben. Nachdem wir dem Feld dreimal vorausgefahren waren, um uns an verschiedenen Stellen des Rundkurses zu postieren und die bunten Trikots vorbeihuschen zu sehen, verlor dieses Event jedoch unaufhaltsam an Reiz.

Wir fuhren noch einmal zu Start und Ziel zurück, sahen dasselbe bunte Bild noch einmal sich abspulen und machten uns dann auf den Weg zum Jugendturnier der *Spielvereinigung Concordia 07/09*, das ich ebenfalls in der Zeitung gefunden und Birgit auch als Programmpunkt genannt hatte, was immer noch riskant war, aber nicht allzu riskant, denn Fußball konnte zwar, wenn ich Birgits Gedankengang richtig vorhersah, auf ein Kind in Daniels Alter in gewissen Situationen einen verrohenden Einfluß ausüben, aber die Jugendmannschaften wurden doch, wie immer wieder zu hören war, zu fair play erzogen, und zudem mochte der Aufenthalt an der frischen Luft, der sich mit einer solchen Veranstaltung ja verband und den ich notfalls aus ärztlicher Sicht unterstrichen hätte, den einen oder anderen Nachteil kompensieren.

Auf dem ersten Kilometer der Fahrt zum Aschenplatz

der SpVgg Concordia, der in Ninas Stadtviertel neben einer Anlage von Schrebergärten liegt, waren wir noch mit Aspekten des Radsports beschäftigt. Max ging speziell der Frage nach, ob der Rennfahrer, den ich untersucht hatte, das Rennen hätte gewinnen können, wenn er nicht zu Fall gekommen wäre, und er meinte, ja. Als ich fragte, warum, drängte Daniel sich vor, er sagte, dieser Rennfahrer habe die dicksten Muskeln an den Beinen gehabt, und Max sagte, Quatsch, das sei ganz egal, er habe im Fernsehen nämlich schon Rennen gesehen, wo einer mit dünnen Beinen Erster geworden sei, aber der Rennfahrer, den ich hochgehoben hätte, habe die beste Rennmaschine gehabt, das wisse er genau, er kenne diese Rennmaschinen, die habe er schon oft gesehen. Daniel mochte anscheinend nicht widersprechen, vielleicht traute er sich nicht, weil sein eingeschränkter Fernsehkonsum nicht ausreichte, um ein Argument gegen die Erfahrungen des Vetters zu finden.

Die Diskussion erstarb demzufolge, und um so schneller kam der Punkt zur Sprache, auf dessen Wiedervorlage ich hätte wetten mögen. Daniel fragte: »Was arbeitet die Oma denn, wenn sie mit den Leuten durch die Stadt fährt?«

Ich sagte, sie spreche dabei mit dem Besuch über Politik, und mir war sofort klar, daß ich dieses glitschige Wort besser nicht benutzt hätte, ich setzte also beschleunigt hinzu, die Oma fahre außerdem ja nicht bloß durch die Stadt, sondern sie habe noch eine Menge anderer Sachen zu tun, das habe sie natürlich auch jetzt schon, sie sei ja schon Bürgermeisterin, aber wenn sie tatsächlich Oberbürgermeisterin werde, dann kämen noch eine Menge Sachen hinzu, allerdings müsse sie dazu erst mal Oberbürgermeisterin *werden*, und das stehe ja noch gar nicht fest.

Max fragte: »Was für Sachen denn?«

Ich sagte, na ja, sie müsse zum Beispiel mit den Beamten beraten, ob die Stadt neue Straßenputzmaschinen kaufen solle, solche Autos mit den Kehrbesen, die sich immer drehten. Oder für den Winter neue Streuautos, die Sand oder Salz auf die Straßen streuten, damit die Autos noch fahren könnten, wenn es geschneit habe oder wenn es Glatteis gebe. Und sie müsse zum Beispiel auch beraten, ob neue Ärzte und Krankenschwestern in den Krankenhäusern der Stadt eingestellt werden sollten, damit die Kranken auch gut versorgt seien, oder ob die Stadt neue Straßenbahnen kaufen solle, damit auch genug Bahnen führen für die Leute, die kein Auto hätten oder die es lieber stehenließen, damit die Luft nicht so verpestet würde. Na ja, und die Beratungen darüber seien natürlich sehr schwer, und sie dauerten lange, denn das alles koste sehr viel Geld, auch die Ärzte und die Krankenschwestern natürlich, die müßten ja bezahlt werden, und weil die Stadt immer zu wenig Geld habe, müsse man genau beraten, wofür man es ausgeben könne.

Stille trat ein. Ich fürchtete schon, daß einer von ihnen bei der Verarbeitung meiner Auskünfte auf die Frage gekommen war, warum *ich* denn nicht mein Auto stehenließe, damit die Luft nicht so verpestet werde, aber Max nahm mir die Sorge ab, er hatte in die entgegengesetzte Richtung gedacht. Er sagte: »Wenn alle Leute mit dem Auto fahren würden, dann brauchten sie überhaupt keine Straßenbahnen zu kaufen.«

Ich sagte: »Ja, und alle Straßen wären verstopft, und wir kämen mit dem Auto keinen Schritt mehr voran.«

Daniel sagte: »Es gibt Leute, die können sich gar kein Auto kaufen. Die haben kein Geld. Die sitzen oft im Kartäuser-Park.«

Max sagte: »Das weiß ich, die kriegen Sozialhilfe. Das ist Geld, aber nicht so viel. Und wenn sie krank werden, müssen sie in der Apotheke nichts bezahlen.«

Daniel fragte: »Muß die Oma über die auch beraten?«

Ich sagte: »Ja, natürlich, über die muß sie auch beraten.«

Er fragte: »Kriegen die dann mehr Geld?«

Ich sagte: »Das glaube ich nicht. Aber die Oma muß ja erst mal gewählt werden, das hab ich euch doch schon gesagt. Und ob sie gewählt wird, das weiß kein Mensch.«

Max sagte: »Aber sie weiß bestimmt schon, was sie dann tut.« Ich sagte: »Das weiß ich nicht. Darüber muß sie auch noch beraten.« Ich seufzte. »Und damit hat sie gerade erst angefangen.«

Ich sagte nicht, daß ich mich sehr wundern würde, wenn bei diesen Beratungen für die Leute im Kartäuser-Park etwas herausspränge. Ich sagte nicht, daß nach meiner Einschätzung einem Schleimscheißer wie dem jungen Herrn Seiffert die Leute im Kartäuser-Park scheißegal waren, es sei denn, er bekäme mit ihnen als einem öffentlichen Ärgernis zu tun, und daß gar ein Gentleman wie Herr Dr. Nelles, wenn denn *er* gewählt würde, diese Leute wahrscheinlich aus sämtlichen öffentlichen Parks hinauskehren ließe, schließlich sollte unsere Stadt ja schöner werden, noch schöner, ein wunderschönes Ambiente für wunderschöne Menschen.

Ich sagte auch nicht, daß nach meiner Einschätzung die Oma im falschen Verein ist. Meine Enkel hätten mich fragen können, was denn der richtige Verein sei, und ich wäre schon wieder in Erklärungsnöte geraten.

24

Weitere Fragen blieben mir durch die Ankunft auf der Anlage des Fußballklubs erspart, auch die Frage, was Politik sei, welches Wort mir ja unterlaufen war und zu dessen Erklärung ich mir noch während der Fahrt eine Antwort zurechtzulegen versuchte, die ungefähr gelautet hätte, die Politik müsse sich darum kümmern, daß die Menschen friedlich und zufrieden miteinander leben könnten, was manche Politiker auch versuchten, aber leider nicht alle. Etwas weniger Aufgeblasenes war mir nicht eingefallen, außer Nichtzitierfähigem. Wahrscheinlich werde ich irgendwann diese Antwort auch noch benötigen, obwohl ich mir keineswegs sicher bin, daß ich mich damit aus der Affäre ziehen kann.

Schon während wir den Parkplatz verließen und uns entlang den Schrebergärten dem Kassenhäuschen des Vereins näherten, hörten wir die Geräusche, die noch immer meinen Schritt beschleunigen, als sei höchste Eile geboten, ich hörte das auf und ab wogende Geschrei und die dumpfen Schläge, wenn der Ball getreten wird, und ich fühlte und roch, was einst ebenso zu den Wonnen dieses Wochenendvergnügens gehört hatte, die Sonne auf meinem Gesicht und den mal bitteren, mal süßen Geruch aus den herbstlichen Gärten, die ständig wechselnde Mischung von Lebenszeichen, die der leichte Wind in meine Nase fächelte.

Wir sahen das Spiel um den dritten Platz, und dann das um den ersten Platz, es waren C-Mannschaften, die hier antraten, und die Veranstalter hatten die Spielzeit auf zweimal zwanzig Minuten verkürzt, die jungen Burschen waren schon ein bißchen müde, aber noch immer ehrgeizig, und das Engagement der Väter und Mütter und Freunde und Schwestern, vielleicht waren es auch schon die Freundinnen, machte sich Luft in einem manchmal ohrenbetäubenden Krach, es gab auch ein paar Trommeln und Rasseln und einen bereits grauhaarigen Trompeter, der aber das Angriffssignal der US-Kavallerie blasen konnte, das Daniel ebenso wie Max erkannte, also hatte Daniel wohl auch schon einen Film über den Bürgerkrieg gesehen. Und beide hatten alsbald ihre Favoriten ausgewählt, Stürmer natürlich, sie schrien wie närrisch, wenn diese Leistungs- und Hoffnungsträger in den Besitz des Balles kamen, und waren tief enttäuscht, wenn sie ihn verloren oder danebenschossen.

Es war ein sehr anregendes Erlebnis, nicht zuletzt deshalb, weil Lully Löffeler, der auf der gegenüberliegenden Seite des Platzes gestanden hatte und, sobald er uns entdeckte, mit beiden Armen winkte, in der Halbzeit des Spiels um den dritten Platz zu uns kam und meine Enkel begrüßte, als seien sie zwei kleine Prinzen, die ausnahmsweise bei einer Volksbelustigung erschienen waren. Der Riesenkerl beugte sich zu ihnen hinab, nahm behutsam erst Daniels, dann Maxens Rechte in seine Pranke, richtete sich mit feuchten Augen auf, wandte sich kopfschüttelnd zu mir und sagte ergriffen: »Wat für schöne Kinder! Die sind Ihnen ja alle zwei wie aus dem Jesicht jeschnitten!« Dann wandte er sich wieder den beiden zu. Er nickte, holte tief Luft und sagte: »Ihr habt vielleicht ene Opa! Auf den könnt ihr stolz sein, das könnt ihr mir jlauben!«

Lully versicherte mir, was er mir schon habe sagen wollen, als ich in die Wirtschaft gekommen sei, wenn da nicht der bekloppte Engelbert dazwischengequatscht hätte, nämlich daß ich mich immer auf ihn verlassen dürfe, aber ganz ehrlich, und wenn mir irgendwas einfalle, was er für mich tun könne, egal was, dann solle ich ihm Bescheid sagen, Mechthildisstraße 17, wie schon immer, er stehe auch im Telefonbuch, wenn es mal eilig sein sollte, Löffeler, mit einem *e* nach den zwei *f*, Löffeler Ludwig, und seine Frau habe auch gesagt, er solle mir das auf jeden Fall noch sagen, denn sie könnten mir ja gar nicht gutmachen, was ich für ihn getan hätte, und für seine Frau auch, ich wisse vielleicht gar nicht mehr, wie ich mal mitten in der Nacht, mitten im eisekalten Winter, der Schnee habe meterhoch gelegen, wie ich sofort zu ihnen gekommen sei, als seine Frau das Nasenbluten bekommen habe, sie habe ja geblutet wie ein Schwein und er sei wie verdötscht gewesen vor lauter Angst. Ich sagte, doch, doch, ich könne mich daran erinnern und er solle seine Frau schön grüßen von mir.

Daniel und Max standen mit erhobenen Gesichtern vor uns und ließen kein Auge von Lully, sie waren fasziniert von seinem Vortrag und ein bißchen enttäuscht, als er bei Beginn der zweiten Halbzeit wieder zu seinen Leuten auf der anderen Seite des Platzes wechselte, aber ich beeilte mich, sobald das Turnier beendet war, Lully noch einmal zu winken, was er sofort erwiderte, und dann die beiden zum Parkplatz zu treiben, denn Lully war wirklich ein lieber Kerl, aber er konnte auch lästig werden. Ich sah auf die Uhr, es war sechs vorbei, zumindest Daniel würde allmählich müde werden, und die Hoffnung stieg in mir auf, daß ich vielleicht noch einen Rest der Samstagsruhe in meinem Sessel genießen konnte.

Ich hielt an einer Telefonzelle und rief zu Hause an, und Herr Seiffert hob ab und sagte: »Hier bei Auweiler«, und mich packte der Zorn, ich fragte: »Ist das etwa der Anschluß von *Doktor* Auweiler?«, Herr Seiffert sagte: »Ich denke schon«, und ich sagte: »Dann lassen Sie mal für einen Augenblick das Denken sein, und geben Sie mir meine Frau«, und Herr Seiffert fragte nicht: »Wer ist denn da?«, was mich nicht gewundert hätte, sondern er sagte: »Einen Augenblick, bitte.« Er hielt die Muschel zu, was ich an der Veränderung der Akustik und einem gedämpften Brabbeln merkte, und dann meldete sich Lene, sie fragte: »Raimund?«

Ich sagte, ich hätte nur hören wollen, wie weit das Brainstorming gediehen sei, und sie sagte, sie seien noch nicht ganz fertig, aber es werde voraussichtlich nicht mehr lange dauern, nicht mehr allzu lange, und sie fragte, ob ich die Kinder schon nach Hause gebracht hätte. Ich sagte, nein, noch nicht. Sie sagte, bis ich die Kinder nach Hause gebracht hätte, seien sie vielleicht schon fertig, und ich sagte ja und dann bis später. Sie zögerte, dann sagte sie: »Ja, gut, bis später« und legte auf.

Ich wählte Birgits Nummer, und Rudi meldete sich, ich sagte, es sei gerade so interessant mit Daniel und Max, und da sei mir die Idee gekommen, daß ich eigentlich doch auch mit den beiden in ein Restaurant gehen und eine Kleinigkeit zu Abend essen könne, ich würde auf jeden Fall dafür sorgen, daß Daniel vor seiner Schlafenszeit zu Hause sei, und ob Rudi damit einverstanden wäre.

Rudi sagte, ja, er schon, aber er wolle doch lieber noch Birgit fragen. Es dauerte nur eine oder zwei Sekunden, dann übernahm Birgit den Hörer, und ich erklärte ihr meine Idee, und sie fragte, welches Restaurant denn. Ich sagte, das wisse ich noch nicht, aber ich dächte, mindestens vier Sterne, und Birgit sagte, ich könne mich ruhig lustig machen, aber es sei ihr nun mal wichtig, daß das Kind nicht kurz vor dem Schlafengehen sich den Bauch überlade, und das könne mich als Arzt ja auch nicht überraschen, also bitte keine Fritten, keine Bratkartoffeln und vor allem kein Jägerschnitzel, das wolle er nämlich im Restaurant immer bestellen. Ich sagte, natürlich nicht, und ich würde Daniel spätestens um Viertel vor acht abliefern.

Den Anruf bei Clara konnte ich mir sparen; solange ich Max nach Haus brächte, bevor sie selbst schlafen wollte, würde sie sich nicht beschweren. Meine Enkel waren sehr angetan von der Einladung und nicht zuletzt von dem Restaurant, in das ich sie führte, einer Kneipe, in der ich hin und wieder Skat spiele und in der, was ich nicht gewußt hatte, an diesem Abend einer der Klubs, die regelmäßig dort die Kegelbahn benutzen, sein fünfundzwanzigjähriges Jubiläum feierte. Wir fanden noch Platz an einem Tisch unweit der Jubiläumstafel und wurden sofort mit einem

172

Bier und zwei Cola light in die nächste Runde der Kegelbrüder und -schwestern einbezogen.

Auf der handgeschriebenen Tageskarte stand *Himmel
un Äd, frisch gekocht,* das bedeutete Kartoffelpüree und
Apfelmus untereinander mit gebratener Blut- und Leberwurst, und um Diskussionen über Extrawünsche gar nicht
erst aufkommen zu lassen, sagte ich, das sei etwas ganz Besonderes, und bestellte gleich drei Portionen. Die Blutwurst, die Daniel ohnehin ein wenig unheimlich war, nahm
ich ihm ab, so daß sich seine Abendmahlzeit notfalls sogar
als Schonkost bezeichnen ließ. Es schmeckte uns sehr gut,
Max übernahm auch ein Stück von Daniels Blutwurst, und
da es zudem an der Jubiläumstafel vor unseren Augen und
Ohren sehr laut und lebhaft zuging, eine Rede nach der anderen und immer wieder mal ein Trinkspruch, wurde dieser Restaurantbesuch zu einem vollen Erfolg.

Um Viertel nach acht war ich zu Hause. Die politische
Veranstaltung konnte noch nicht lange zu Ende sein, im
Wohnzimmer standen die Glastüren zur Terrasse offen,
aber noch immer hing ein widerlicher Mief von Zigaretten-
und Zigarrenrauch und ich wußte nicht was sonst noch in
der Luft, auf dem Sofatisch und auch auf der Anrichte
standen leere und fast leere Flaschen, schmutzige Gläser,
Tassen und Teller, auf dem Boden neben dem Sofa lagen
ein paar beschriebene Blätter, die einer der Teilnehmer
offenbar nicht mehr benötigt und auf diese einleuchtende
Weise entsorgt hatte.

Aus dem Obergeschoß hörte ich Lenes Stimme, sie war
wohl aus ihrem Arbeitszimmer an den Treppenabsatz gekommen und rief: »Raimund?« Ich antwortete ja, ich sei

wieder da. Sie rief, sie habe noch ein paar Sachen zu ordnen, aber es werde nicht mehr lange dauern. Ich antwortete ja, ja, es eile ja nicht. Vielleicht irre ich mich, aber ich glaube, daß sie einen Augenblick lang zögerte, bevor sie von dem Treppenabsatz zurückging.

Ich betrachtete eine Weile das Chaos ringsherum. Dann begann ich das Geschirr und die Gläser in die Küche zu tragen. Ich räumte die leeren Flaschen ins Spind, goß die fast leeren Flaschen aus und räumte sie dazu, rieb den Tisch und die Anrichte blank, inspizierte meinen Sessel und drehte das Sitzkissen um, hob die Blätter auf, sie waren mit ausladenden Krakeln bedeckt, die ich nicht lesen konnte, ich warf das Zeug in den Mülleimer.

Als ich dabei war, das Geschirr in die Spülmaschine zu räumen, erschien Lene an der Küchentür. Sie sagte: »Es tut mir leid, aber das war nun wirklich nicht nötig. Ich hätte mich jetzt sofort darangemacht.«

Ich sagte: »Ist doch schon erledigt.«

Sie sagte: »Ja. Danke.«

Ich sagte: »Kein Problem.«

Ich fragte sie, ob sie mit mir noch einen Schluck Wein trinken wolle, und sie sagte, ja, das sei eine gute Idee. Ich öffnete eine Flasche, und wir gingen ins Wohnzimmer. Es wurde allmählich dunkel, und vom Garten her war ein kühler Hauch zu spüren, Lene schloß die Terrassentüren. Ich sagte ihr nicht, daß der kühle Hauch mir lieber gewesen wäre als der Mief, dessen Rückstände noch immer zu riechen waren, vielleicht litt irgendeiner der Teilnehmer an einem nicht zu bändigenden Körpergeruch, der mit seinem Deodorant eine dumpfe Mischung einging, vielleicht war es aber auch irgendein Parfum oder ein exotisches Rasierwasser, es hätte, überlegte ich, der Oberstudiendirektor Bäumler sein können, der sich damit die feisten Wangen einrieb und womöglich auch noch die Achselhöhlen aussprühte.

Während ich den Wein eingoß, fragte ich Lene, ob sie denn mit ihrem Wahlprogramm fertig geworden seien, und sie antwortete, ja, mehr oder weniger, allerdings hätten sie zunächst einmal ein Sofortprogramm formuliert, kurz und knapp, zwölf Punkte, das sei erstens günstiger, um ihre Kandidatur anzumelden, denn je mehr sie dem Vorstand anbiete, um so mehr Meinungen werde es darüber geben, und zweitens werde sie mit diesen zwölf Punkten wahrscheinlich auch in den Wahlkampf gehen, die Partei werde natürlich ein ausführliches und viel längeres Wahlprogramm ausarbeiten und den Leuten offerieren, aber für die Persönlichkeitswahl, zu der sie – wenn es denn dazu kommen sollte – ja antrete, erscheine ihr ein kurzes, knackiges Programm viel besser geeignet.

Ich fragte, wer denn auf diese Idee mit dem Sofortprogramm gekommen sei.

Sie sagte: »Philipp Seiffert.« Sie zögerte, dann sagte sie, ja, ja, sie wisse und sie verstehe es in gewisser Weise ja auch, daß ich ihn nicht besonders sympathisch fände, das hätte ich ihm heute wohl auch wieder sehr deutlich gezeigt, aber für die Parteiarbeit sei er wirklich glänzend geeignet.

Ich nickte. Sie trank einen Schluck Wein. Dann sagte sie, ich könne, wenn ich wolle, ja einmal einen Blick auf die zwölf Punkte werfen. Es interessiere sie natürlich, was ich davon hielte.

175

Ich sagte, ach wo, ich verstünde ja nun wirklich zu wenig davon.

Sie sagte, wieso denn das, ich sei doch genau der Wähler, den sie zu erreichen versuche, oder ziemlich genau jedenfalls. Ich verzog die Lippen, als sei ich da eher skeptisch, zuckte die Schultern. Sie stand auf, ging die Treppe hinauf und kam mit einem weißen Blatt Papier, das in einer transparenten Schutzhülle steckte, zurück, gab es mir und setzte sich wieder.

Herr Seiffert hatte die Möglichkeiten seines Textverarbeitungsprogramms genutzt und ein graphisch ansprechendes Blatt gestaltet, das er wahrscheinlich mit meinem Laserdrucker und auf meinem Papier vervielfältigt hatte, das Papier sah mir danach aus. Die Überschrift *Sofort-Programm* sprang so in die Augen, daß man tatsächlich hätte glauben können, in der Stadt sei eine Hungersnot oder die Cholera ausgebrochen, und die zwölf Ziffern der Maßnahmen, die dagegen zu ergreifen waren, erschienen im Negativdruck, weiß in schwarz ausgefüllten Kreisen, zwölf dicken Punkten eben, so daß auch hier die Graphik stimmte.

Ich überflog das Notprogramm, es begann mit der Bekämpfung des Rowdytums und der Kleinkriminalität auf Straßen und Plätzen, in Straßen- und U-Bahnen, führte alsdann über die schonungslose Beseitigung der Korruption, die unter der Herrschaft der Roten eingerissen sei, zur bedarfsorientierten Verstärkung des Nahverkehrs in der Stadt ebenso wie in der Region und weiter über die Ausschreibung eines Kulturpreises für Werke, in denen die Schönheit der Stadt in ihren vielfältigen Facetten Ausdruck finden sollte, sowie die Schaffung von Arbeitsplätzen durch die sofortige Förderung der Ansiedlung neuer Gewerbebetriebe und umweltverträglicher Industrien bis hin zu der Verschmutzung der Straßen und Grünflächen, insbesondere durch Hundekot, die mittels Androhung und umgehender Vollstreckung empfindlicher Strafen ein für allemal beendet werden sollte.

Ich nickte, ließ noch einmal meine Augen über den Text wandern, legte das Blatt auf den Tisch. Ich sagte: »Ja, das klingt doch ganz gut.«

Nach einer Weile sagte sie: »Ist dir nichts aufgefallen, was fehlt und was nach deiner Meinung hineingehörte?«

Ich zuckte die Schultern. Ich unterließ die Bemerkung, es stünde ihr vielleicht gut an, wenn sie als Punkt 13 hinzufüge, bei ihr werde es keine schwarzen Kassen und keinen Bimbes in Aktenkoffern geben. Aber eine andere Bemerkung, die mir ebenso jäh in den Sinn kam, verkniff ich mir dann doch nicht. Ich sagte: »Vielleicht könntest du ein Wort über die Penner und Obdachlosen verlieren.«

Sie runzelte die Stirn ein wenig. Dann fragte sie: »Und was? Was sollte ich dazu denn sagen?«

Ich sagte: »Daniel wollte wissen, ob die mehr Geld bekommen, wenn du Oberbürgermeisterin wirst.«

Sie begann zu lachen, schüttelte den Kopf. Sie trank einen Schluck, dann sagte sie: »Ja. So stellt Klein-Moritz sich die Politik vor.«

Ich sagte: »Klein-Daniel.«

Sie nickte. »Ja, Klein-Daniel natürlich. Aber das läuft auf dasselbe hinaus, glaub es mir, und genau so auch bei Groß-Daniel und Groß-Moritz.«

Ich sagte: »Ich hab nie daran gezweifelt.«

Am Montagmorgen hat Nina Raschke, nein, Kahleborn, Nina Kahleborn hat sich gemeldet. Sie rief gegen zehn Uhr an und fragte als erstes, ob sie auch nicht störe. Ich war ein wenig verwirrt, brachte jedoch heraus, sie störe überhaupt nicht, nein, nein, ich freute mich ja, mal wieder von ihr zu hören. Sie fragte, ob meine Frau zu Hause sei. Ich sagte, nein, Lene sei schon unterwegs, aber warum sie das wissen wolle. Sie sagte, sie habe schon am Wochenende anrufen wollen; bloß sei sie dann bange geworden, daß meine Frau zu Hause sei. Bange? Aber warum denn das? Na ja, Lene hätte ja fragen können, um was es denn gehe, und dann hätte sie nicht gewußt, was sie sagen solle.

Ich fragte: »Um was geht es denn, Nina?«

Ich hatte befürchtet, sie würde antworten, ich sei doch am Freitag an ihrer Haustür gewesen und ob ich sie denn nicht gesucht hätte. Aber sie sagte, die Sache, die sie mit mir mal besprechen wolle, sei am Telefon nicht so einfach zu erklären und ob wir uns nicht mal treffen könnten. Ich sagte, natürlich, das könnten wir, ich könne auch zu ihr kommen, sie müsse mir nur sagen, wann es ihr passe.

Sie sagte, heute morgen sei es nicht so günstig, weil sie dringend in ihren Garten müsse, aber wenn ich heute nachmittag Zeit hätte, dann würde sie mich zum Kaffee bei sich zu Hause einladen. Sie habe am Samstag auch einen Marmorkuchen gebacken, der sei ihr gut geraten, und früher hätte ich doch schon mal ein Stück davon gegessen, wahrscheinlich erinnerte ich mich ja nicht mehr daran, aber der habe mir immer gut geschmeckt und meiner Frau auch.

Ich sagte, natürlich erinnerte ich mich an den grandiosen Kuchen, aber heute nachmittag komme der Heizöllieferant zu mir, und ich wisse nicht, wann genau er komme und wann ich wieder aus dem Haus gehen könne.

Sie schien ziemlich enttäuscht zu sein. Ich sagte, aber heute morgen hätte ich Zeit. Sie sagte, ja, aber sie müsse wirklich erst in den Garten. Ich sagte, ich könne auch zu ihr in den Garten kommen, wenn sie das wolle. Sie überlegte nur kurz, dann sagte sie, ja, das wäre vielleicht auch nicht schlecht. Und ob ich den Weg noch wisse, es sei immer noch derselbe Garten.

Ich erinnerte mich. Ich bin einmal in diesem Garten gewesen, einem Schrebergarten, an einem heißen Sonntagnachmittag im Sommer, sie hatten mit Verwandten und Freunden gefeiert, einen Geburtstag oder bloß die schöne Jahreszeit, es hatte Kaffee und Kuchen gegeben, und der Grill stand schon bereit und das Bierfäßchen, am Vordach des Gartenhäuschens war girlandenförmig ein Kabel angebracht, an dem buntgefärbte Glühbirnen hingen, und neben den Erwachsenen nahmen an der Festivität auch ein gutes halbes Dutzend Kinder, darunter Ninas Sohn, außerdem zwei freilaufende Hunde und ein Goldhamster im Käfig teil, und in dem Trubel war die Oma, die alte Frau Kahleborn, über einen der Hunde gestolpert und seitlich auf die steinerne Einfassung eines Beets geschlagen, sie blieb auf dem Rücken liegen, konnte nicht mehr aufstehen und wollte sich auch nicht aufhelfen lassen, sie sagte, das tue ihr zu weh. Sie hatten ihr eine Decke unter den Nacken geschoben, und Ninas Neffe war zum nächsten Telefon gelaufen und hatte mich angerufen.

Als ich ankam, lag die Oma noch immer auf dem Rücken, in der Kittelschürze, in der sie vor ihrem Sturz das Kaffeegeschirr abgewaschen hatte. Nina hockte neben ihr und hielt ihr die Hand, ein kleines Mädchen, das einen Sonnenschirm dabeigehabt hatte, kniete hinter der Oma und sorgte dafür, daß ihr Gesicht im Schatten lag. Die anderen standen drum herum und sprachen leise miteinander, nur drei oder vier Übergewichtige, denen es in der Sonne zu heiß geworden war, hatten sich unter das Vordach des Gartenhäuschens zurückgezogen, aber auch in den benachbarten Gärten waren die Leute an die Zäune getreten und reckten die Köpfe, um teilzuhaben an der Entwicklung, die das Schicksal der Oma nehmen würde. Ein Triebwagen rollte ratternd über den nahen Bahndamm, aber danach war es wieder sehr still unter dem blauen Himmel.

Ich sah schon an der Außenrotation des rechten Beins, daß Ninas Schwiegermutter sich den Oberschenkelhals gebrochen hatte, und die Untersuchung bestätigte das. Während ich mit ihr beschäftigt war, sagte ich dann und wann einen Satz zu der Oma, um sie zu beruhigen, und sie nickte auch, aber sie sah mich nicht an, sie starrte unverwandt in den blauen Himmel, das kleine Mädchen hatte auf Ninas Geheiß seinen Sonnenschirm zusammengefaltet, damit ich nicht gestört würde. Der Schrecken, den die alte Frau erlitten hatte, saß tief, aber es war kein Schock, ihr Kreislauf war stabil, und sie versuchte, mit dem Sturz fertig zu werden. Als ich ihr sagte, ich würde sie ins Krankenhaus einweisen, damit sie bald wieder auf den Beinen sei, gab sie mir ihr Einverständnis zu verstehen, wenn auch wieder nur mit einem Nicken.

Was ich gesagt hatte, wurde von denen, die am nächsten standen, flüsternd nach hinten weitergegeben, und unversehens begann eine noch junge, fettleibige Frau, die unter dem Vordach saß, durchdringend zu jammern, Kinder schlossen sich an und weinten, einer der Männer wurde laut und drohte der fettleibigen Frau Prügel an, wenn sie nicht mit dem Geschrei aufhöre, und von den Leuten am Zaun schlug eine Frau im Badeanzug die Hände über dem Kopf zusammen und ging wankend davon, als werde sie jeden Augenblick unter der Last des Geschehens zusammenbrechen. Die Szene war makaber, die Besetzung reif für einen Katastrophenfilm, abgesehen von der Patientin selbst und einigen wenigen, die sich wie Nina zusammennahmen oder aber den Unfall als bloße Störung empfanden, wer weiß.

Nachdem ich den Herzanfall, den die fettleibige Frau, es war die Tochter der Oma, erlitten zu haben glaubte, nebenher behandelt und weitgehend kuriert hatte, indem ich ihren Blutdruck kontrollierte, der völlig normal war, und ihr ein Aspirin verabreichte, traf der Krankenwagen ein. Es blieb Nina überlassen, mit der Oma ins Krankenhaus zu fahren, von den Blutsverwandten war keiner fähig dazu, die Tochter ohnehin nicht, da sie doch gerade erst dem Tod entgangen war, und auch die beiden Söhne nicht, denn sowohl dem Kraftfahrzeugmeister, Ninas Ehemann, wie seinem Bruder wurde es im Krankenhaus regelmäßig schlecht, der Bruder war sogar einmal, als er seine Frau auf der Entbindungsstation besuchen wollte, in Ohnmacht gefallen.

Als die Krankenträger die Bahre hochhoben, drängten

alle heran und riefen: »Tschö, Oma!« und »Jute Besserung, Kättchen!« und »Mach et jut, hörste?!«, die Oma nickte stumm und mit starrem Blick zum Himmel, Nina lief voraus und öffnete das Gartentor, die anderen schauten hinter den Trägern her, die im ruhigen Pendelschritt die Bahre hinaus und zu ihrem Wagen trugen, und während die Bahre mit der Oma sich entfernte, verharrten die anderen, auch die Zaungäste, wie gebannt auf ihren Plätzen, und es sah fast so aus, als seien sie in einer übertourten Operninszenierung der Chor, der schreckensstarr der Ahnfrau nachblickt, welche tot oder zumindest sterbend von der Bühne getragen wird, und auch das Schluchzen, das da und dort hervorbrach, paßte perfekt zu diesem Eindruck.

Der Bann hielt allerdings nicht lange vor. Kaum daß der Krankenwagen abgefahren war, sagte eine der jüngeren Frauen in scharfem Ton, so was habe ja passieren müssen und wie man der alten Frau auch noch Schnaps geben könne, Wacholder, das müsse man sich mal vorstellen, der habe mindestens vierzig Prozent, da brauche man sich doch nicht zu wundern, daß die Oma über den Hund gefallen sei, und der Bruder des Kraftfahrzeugmeisters erwiderte ziemlich laut, sie solle nicht so einen Scheiß reden, der Wacholder habe bloß achtundzwanzig Prozent und die Oma habe nach dem Schnaps verlangt, weil sie durch den Sahnekuchen Aufstoßen bekommen habe, aber die Oma sei außerdem von einem einzigen Wacholder noch nie umgefallen, die könne ganz andere Sachen vertragen.

Ich wollte nicht abwarten, bis der nächste Teilnehmer der Geselligkeit meiner Behandlung bedurfte, ich nahm meine Tasche, sagte: »Auf Wiedersehen« und ging. Als ich das Gartentor hinter mir schloß, sah ich, wie der Kraftfahrzeugmeister den Papiersack mit der Holzkohle unter dem Grill hervorholte. Vielleicht hat er vorausgesehen, daß die Oma die Operation überlebte und noch etliche Jahre herumhumpelte.

Trotz der sehr lebhaften Erinnerung war ich mir nicht sicher, ob ich den Ort dieser Gartenparty wiederfände, und so schlug ich Nina vor, daß ich sie zu Hause abholte. Sie sagte, ein andermal gern, aber sie nehme besser ihr Fahrrad, weil sie hernach das eine oder andere aus dem Garten mit nach Hause nehmen wolle. Sie beschrieb mir den Weg, und ich fand den Garten auch.

Als ich ankam, war sie dabei, einen Handmäher über die knapp zwanzig Quadratmeter Gras zu stoßen, die vor der Terrasse des Gartenhäuschens den Rasen darstellen. Sie ist noch immer so mager wie früher, aber anscheinend auch noch immer so zäh. Ich nahm ihr den Mäher ab und wunderte mich, wie zügig sie mit diesem sperrigen und quietschenden Gerät in dem ziemlich hohen Gras vorangekommen war, mir trat schon nach der ersten Bahn der Schweiß auf die Stirn.

Unterdessen hatte sie einen Korb aus dem Gartenhäuschen geholt, sie sagte, der Kaffee sei gleich durchgelaufen, ging mit dem Korb zu einem niedrigen, gelbgesprenkelten Baum, und bevor ich mit meiner Arbeit fertig war, hatte sie zwei Dutzend praller, gelber Birnen mit roten Bäckchen von dem Baum gepflückt. Sie kam damit zu mir und zeigte sie mir, und ich sagte, das seien ja Prachtexemplare und ich hätte gar nicht gewußt, daß die schon so früh reif seien. Doch, doch, sagte sie, das seien *Clapps Liebling*, die könne man normalerweise sogar schon im August pflücken, und deshalb sei es auch höchste Zeit gewesen, daß sie in den Garten gekommen sei. Früher hätten sie auch *Madame Verté* gehabt, die seien später dran, manchmal erst Ende Oktober, aber der Baum sei ihnen kaputtgegangen, sie wisse nicht, warum, da habe ihr Mann noch gelebt, und sogar dem sei es ein Rätsel gewesen, was dem Baum gefehlt habe.

Sie brachte den Korb mit den Birnen weg, harkte das geschnittene Gras zusammen, blickte sich um und sagte, so, das sei jetzt mal das Wichtigste gewesen, sie müsse noch die Gründüngung aussäen, aber das könne sie auch später tun, jetzt würden wir erst einmal ein gutes Täßchen Kaffee trinken. Sie hatte den kleinen Tisch unter dem Vordach des Gartenhäuschens schon gedeckt, zwei Klappstühle aufgestellt und mit Sitzkissen gepolstert, und nachdem wir uns am Wasserhahn die Hände gewaschen hatten, verschwand sie in dem Häuschen und erschien alsbald mit der Kaffeekanne und einem großen Teller, auf dem ein halber Marmorkuchen lag. Ich sagte, ich äße um diese Zeit eigentlich nie etwas, aber das ließ sie nicht gelten, sie schnitt mir ein dickes Stück Kuchen ab und ein weniger dickes für sich selbst, und der Kuchen schmeckte tatsächlich auch um diese Zeit sehr gut.

Sie fragte mich, wie es mir so gehe, und berichtete mir, wie es ihr so gehe, na ja, so einigermaßen. Jünger würden wir ja alle nicht, und die Leute, mit denen man gern zusammen sei, würden auch immer weniger, manchmal sitze sie in ihrer Wohnung und frage sich, wozu sie eigentlich lebe, aber alles in allem gehe es ihr nicht schlecht, nein, wirklich nicht. Ich sagte, na, Gott sei Dank, ich hätte mir schon Sorgen gemacht und befürchtet, es sei ein ernstes Problem, weshalb sie mit mir sprechen wolle.

Sie antwortete, ein Problem, na ja, ein Problem sei das schon, vielleicht sogar ein ernstes Problem, jedenfalls habe sie sich fürchterlich aufgeregt darüber, sie habe die halbe Nacht nicht schlafen können, vergangenen Freitag. Ich fragte, worüber sie sich denn so aufgeregt habe.

Sie sagte, na, über das, was in der Zeitung gestanden habe am vergangenen Freitag. Nicht darüber, daß meine Frau Oberbürgermeisterin werden solle, natürlich nicht, darüber habe sie sich nämlich sehr gefreut, und sie drücke ihr seitdem beide Daumen, und zwar dauernd. Sie hob die Hände und zeigte mir, wie sie die Daumen drückte. Aber daß dieser Kerl, fuhr sie fort, daß dieser Nelles meiner Frau jetzt einen Knüppel zwischen die Beine werfen wolle, daß er sich ihr in den Weg stellen wolle, darüber habe sie sich wahnsinnig aufgeregt. Ausgerechnet dieser Saukerl! Es könne doch wohl nicht wahr sein, daß so ein Kerl die Frechheit habe und Oberbürgermeister werden wolle.

Ich fragte, ob sie ihn auf dem Foto in der Zeitung wiedererkannt habe.

Sie erwiderte, wieso denn auf *dem* Foto. Sie wisse doch schon seit vielen Jahren, wie er heiße, die Zeitung habe doch immer wieder Fotos von ihm gebracht und Berichte über das, was er machte, und die Sprüche, die er klopfte, und im Fernsehen habe sie ihn auch ein paarmal gesehen mit seinen Sprüchen. Der Kerl sei doch ein richtiger Flachwichser, Entschuldigung, aber das sei er tatsächlich, und das habe sie damals schon gewußt, als er über sie hergefallen sei und ihr das Ding verpaßt habe und danach bei mir zu Hause sich so aufgespielt habe, als wäre er Graf Koks persönlich, aber ich hätte ihn ja Gott sei Dank zusammengefaltet, so klein sei er gewesen, mit Hut, und sie hob die Rechte und ließ den Zeigefinger auf den Daumen tippen und lachte und sagte, das tue ihr heute noch gut, wenn sie daran denke.

Ich sagte, na ja, bloß habe ihn auch das nicht daran gehindert, ganz schön Karriere zu machen, und sie sagte, ebendas verstehe sie ja nicht und ob die Leute tatsächlich so blöd seien, daß sie nicht merkten, was für ein mieser Kerl das sei. Es könne ihr doch kein Mensch erzählen, daß sie die einzige gewesen sei, an der er sich vergriffen und die er habe fertigmachen wollen, und sein dickes Geld habe der doch auch nicht durch Beten verdient. Aber anscheinend sei das den Leuten egal, sie hätten ihn doch immer wieder gewählt, bei den Schwarzen jedenfalls sei er ja noch immer eine große Nummer, und so übel könnten die alle zusammen doch auch nicht sein, denn sonst wäre meine Frau bestimmt nicht bei denen. Na gut, das sei ja auch egal, aber jetzt habe der Kerl tatsächlich auch noch die Unverschämtheit und wolle ausgerechnet dieser klasse Frau den Posten wegschnappen, den sie doch wahrhaftigen Gotts verdiene, und an ihrer Stelle Oberbürgermeister werden! Ob so ein Saukerl sich eigentlich überhaupt nicht schäme?

Ich sagte, nein, ich glaubte nicht, daß er sich schäme. Ich hätte sogar Zweifel daran, daß er sich jemals in seinem Leben geschämt habe. Denn vielleicht hätte er es dann nicht so weit gebracht.

Sie sah mich an, nickte. Dann sagte sie: »Und glauben Sie, daß er es noch weiter bringt?«

Ich zuckte die Schultern. »Schon möglich.«

Sie fragte: »Schon möglich? Wollen Sie denn zusehen, wie der Kerl Ihre Frau fertigmacht? Und wie er selbst Oberbürgermeister wird?«

Ich sagte, ich wolle nicht zusehen, wie er meine Frau fertigmache. Aber ich wisse auch nicht, was ich dagegen tun könne, daß er gegen sie antrete. Und womöglich gegen sie gewinne.

Sie sagte: »Na, hören Sie mal! Glauben Sie wirklich, daß man dagegen nichts tun kann?«

Ich sah sie schweigend an.

Sie erwiderte den Blick, wartete einen Augenblick lang. Dann sagte sie: »Man müßte doch bloß mal an die Presse geben, was der damals mit mir gemacht hat. Der wollte mich doch vergewaltigen. Und das hätte er auch getan, wenn ich ihn nicht vor die Eier getreten hätte. Aber dann hat er mir das Auge aufgeschlagen, und wenn das Auto mit der Kollegin nicht gekommen wäre, dann hätte er mir vielleicht auch noch ein paar Knochen gebrochen. Oder den Hals zugehalten. Und dann hat er mich mit dreihundert Mark bestochen, daß ich keinem was davon sage.« Sie nickte grimmig. »Was glauben Sie wohl, was los wäre, wenn wir beide das an die Presse gäben! Was die Leute sagen würden, wenn das morgen in der Zeitung stünde!«

Ich schüttelte den Kopf, trank einen Schluck Kaffee. Dann sagte ich: »Nina… haben Sie schon mal was von der ärztlichen Schweigepflicht gehört?«

Sie starrte mich an.

Ich sagte: »Über das, was ich in meiner Praxis und von meinen Patienten erfahren habe, darf ich kein Wort verlieren, verstehen Sie?«

Sie sagte: »Okay, das weiß ich. Hab schon davon gehört. Aber *ich* darf was sagen.« Sie rückte sich in ihrem Stuhl zurecht, nickte heftig. »*Ich* kann der Presse erzählen, wie das damals war. Ich kann jedem erzählen, daß dieser Saukerl besoffen zum Strich gekommen ist und mich aufgegabelt hat und wie er sich benommen hat. Und ich kann sagen, *Sie* könnten das bezeugen, und dann können *Sie* sagen, Sie verweigern die Auskunft, weil Sie als Arzt darüber nichts sagen dürfen. Das würde doch schon genügen. Es genügt doch, daß Sie *nicht* sagen, ich würde lügen. Was meinen Sie, was da los wäre, wenn Sie bloß sagen: »Darüber muß ich als Arzt die Auskunft verweigern«. Sonst gar nichts, nur das!«

Ich sah auf zum Himmel, schüttelte den Kopf, als dächte ich, sie verstehe nicht, um was es gehe.

Sie sagte: »Notfalls käme ich sogar ohne Sie aus.« Sie wartete, als triumphiere sie still, und als ich sie wieder ansah, sagte sie: »Ich hab noch eine Zeugin. Eine Freundin. Kollegin von damals. Nicht die in dem anderen Auto, aber die hier ist *auch* auf den Strich gegangen. Und sie hat an dem Abend den Nelles gesehen und wie ich zu ihm eingestiegen bin, und am anderen Morgen hat sie mein Auge gesehen und meine kaputte Hand. Und den Nelles hat sie an demselben Morgen auch noch mal gesehen. Nämlich, als er mit dem Fünfziger, den er mir noch schuldete, zu mir nach Hause gekommen ist.« Sie legte eine kleine Pause ein, dann sagte sie: »Sie hat sogar seine Autonummer aufgeschrieben.«

Ich raffte mich dazu auf, noch einmal den Kopf zu schütteln, aber es war mir klar, daß das nicht sehr überzeugend wirkte. Ich schwieg eine Weile, als überlegte ich, wie ich es ihr schonend beibringen könne, dann sagte ich: »Nina, die Sache ist unter Garantie verjährt. Ich kann Ihnen jetzt die genauen Fristen nicht sagen, aber die Sache ist ungefähr dreißig Jahre her. Das ist verjährt.«

Sie lächelte. Dann sagte sie: »Glauben Sie, daß die Zeitungen deshalb die Geschichte nicht bringen würden? Und das Fernsehen? Die sind doch geil auf so was. Auf so eine Story warten die doch bloß.«

Nach einer Weile sagte ich: »Wäre es Ihnen denn egal, wenn überall zu lesen stünde, daß Sie mal auf den Strich gegangen sind?«

Sie sah hinaus in den Garten, schwieg.

Ich sagte: »Ich bin Ihnen sehr dankbar, Nina. Dankbar dafür, daß Sie sich so viele Gedanken machen, um mich und um meine Frau. Sehr dankbar, wirklich.«

Sie gab keine Antwort. Am liebsten hätte ich auch geschwiegen, eine lange Zeit. Hätte mich in diesem wackligen Gartenstuhl vorsichtig zurückgelehnt, die Augen geschlossen, hätte die Luft, die nach dem frischgemähten Gras, dem Obst und der Erde roch, in einem tiefen Atemzug gekostet und langsam wieder ausströmen lassen, hätte den Vogelstimmen gelauscht, die von ringsum zu hören waren. Es waren kleine Stimmchen, sie verloren sich fast unter dem weiten, blauen Septemberhimmel, aber sie paßten zu diesem Gärtchen, in dem alles ein wenig klein geraten war, das Häuschen, der Rasen, der Birnbaum. Man hätte die Hand über dieses Gärtchen halten mögen, damit

alles dort ungestört blieb und friedlich so fortleben konnte, wie es war. Aber ich war wohl nicht geeignet, dafür zu
sorgen. Auch dafür nicht.

Ich stand auf. »Ich muß jetzt gehen, Nina. Aber wenn
ich irgend etwas für Sie tun kann, rufen Sie mich bitte an.«

Sie blieb noch einen Augenblick lang sitzen, sah mich
schweigend an, dann stand sie auf. Sie sagte: »Moment mal,
nicht so schnell. Eine Minute werden Sie doch noch Zeit
haben.«

Sie ging ins Haus, kam mit vier blankpolierten Birnen
und einer Plastikfolie zurück, packte den Rest des Mar-
morkuchens in die Folie und legte ihn mit den Birnen in
eine Tüte, die sie mir entgegenhielt: »Das ist für Ihre Frau.
Und für Sie natürlich.« Sie ließ einen Augenblick verstreichen, dann fragte sie: »Oder sagen Sie ihr nicht, daß Sie bei
mir waren?«

Ich antwortete, doch, natürlich würde ich es ihr sagen.
Lene werde sich doch freuen, wenn sie höre, daß es ihr gutgehe. Na ja, so einigermaßen gut jedenfalls, oder wie habe
sie gesagt? Ich lachte. Es klang ein wenig bemüht, fürchte
ich.

Sie gab mir die Hand. Ich zögerte einen Augenblick
lang, dann faßte ich sie um die Schulter, zog sie an mich,
gab ihr einen Kuß auf die Stirn. Als ich das Gartentor hinter mir schloß und einen Blick zurückwarf, hob sie die
Hand zu einem Winken.

Schon auf der Heimfahrt ging ich mit dem Gedanken
um, sie anzurufen, und dieser Gedanke beschäftigte mich
den Nachmittag über bis in den frühen Abend hinein. Sie
mußte längst zu Hause sein, sie hatte ja nicht den ganzen

Tag im Garten verbringen wollen. Ich wollte sie anrufen; es verlangte mich geradezu danach.

Aber was hätte ich ihr sagen sollen? Ich hätte mich noch einmal bedanken können, ja, für den Kaffee und für den Kuchen und die Birnen und für die freundliche Aufnahme. Herzlichen Dank, Nina, danke noch einmal und für alles. Etwas in dieser Art. Gut. Und was noch?

Wollte ich ihr sagen, sie müsse bitte verstehen, daß ich von ihrem Plan nicht so begeistert gewesen sei, wie sie das vielleicht erwartet habe? Es sei ein fabelhafter Plan, o ja, und ich wünschte mir sehr, daß sie ihn verwirklichte, aber bitte ohne mich, ganz ohne mich, Nina, bitte!

Und warum *das*, warum ohne mich, zum Teufel?!

Hätte ich vor ihr die Argumentation entwickeln sollen, deren Ergebnis mir selbst so widerlich suspekt war, hätte ich anfangen sollen mit dem Eingeständnis, daß auch nach meiner Einschätzung die Zeitungen und das Fernsehen sich durch die Verjährung des Falles nicht davon abhalten lassen würden, ihn zu veröffentlichen und nach Kräften breitzutreten? Sollte ich ihr alsdann eingestehen, daß ihr Plan ja gerade erst mein eigener Plan gewesen war, in dem Grundgedanken jedenfalls und noch am vergangenen Freitag, und daß ich ebendeshalb an diesem Freitag sogar an ihrer Wohnungstür geklingelt hatte und sehr unzufrieden war, weil ich sie nicht hatte finden können? Und sollte ich ihr schließlich eingestehen, daß ich nach meinem eigenen Verdacht nur deshalb von diesem Plan nichts mehr wissen wollte, weil ich Angst bekommen hatte? Angst, in diese Affäre tiefer hineingezogen zu werden, als es mir lieb war. Angst, mir die Finger schmutzig zu machen.

Angst, mich selbst einem Angriff auszusetzen.

Ich hätte ihr sagen müssen, daß nach meiner Einschätzung ihre Zeugin, diese Kollegin von damals, durchaus geeignet war, die Geschichte vom jungen Herrn Nelles für die Presse wetterfest zu machen, jedenfalls wetterfest genug für eine Veröffentlichung unter einer fetten Schlagzeile; daß aber die Journalisten, die sie mit dieser Geschichte auf Trab bringen konnte, ihr ganz gewiß und sehr eindringlich auch die Frage stellen würden, zu welchem Arzt der junge Herr Nelles sie denn gefahren habe, damit sie versorgt würde und den Mund hielte über das, was er ihr angetan hatte; und daß, wann immer und wie immer die Journalisten bei ihrer Recherche herausfänden, wer dieser Arzt gewesen war, in demselben Augenblick auch ich am Pranger stünde und jeder, dem es beliebte, denken und schreiben und sagen könnte, sagen würde, ich hätte eine ehemalige Nutte bestochen und vorgeschickt, um den Konkurrenten meiner Frau auszuschalten.

Ja, das alles hätte ich Nina sagen müssen. Ich hätte es auch kürzer machen können. Ich hätte ihr sagen können, ich sei mir zu fein für eine Schlammschlacht mit Günni Nelles. Oder noch kürzer: Ich sei ganz einfach zu feige.

26

Herr Ludewig hat abermals ein Geheimnis ausgespäht, und da es sich um ein Geheimnis der Roten handelt, dessen Veröffentlichung den Schwarzen und nicht zuletzt den Rabenschwarzen Auftrieb verleihen könnte, hat er es ausführlich beschrieben und mit etlichen süffigen und pikanten Zutaten garniert. In der Zeitung steht heute morgen aus seiner Feder zu lesen, der Leiter eines wichtigen Amtes der Stadtverwaltung habe, wie der Redaktion bekanntgeworden sei, im Januar des vergangenen Jahres mit seiner Lebensgefährtin an einer Kreuzfahrt in der Karibik teilgenommen, zu deren Programm unter anderem die Besichtigung einer eben fertiggestellten Ferienanlage von luxuriösen Bungalows in einer bislang unberührten Meeresbucht gehört habe. Erbauer der Ferienanlage sei eine international tätige Hochbaufirma, die im vergangenen Herbst auch den Zuschlag für das Fünf-Sterne-Hotel erhalten habe, das sie in einer bevorzugten Lage unserer Stadt errichten wolle.

Was das eine mit dem anderen zu tun hat und warum die Kombination dieser beiden Tatbestände nicht nur eine berichtenswerte Geschichte, sondern möglicherweise sogar einen saftigen Skandal ergibt, schreibt Herr Ludewig zwar nicht in aller Deutlichkeit, aber doch so, daß es auch einem begriffsstutzigen Leser nicht verborgen bleibt: Der Bau des Fünf-Sterne-Hotels sei erst dadurch möglich geworden, daß zwei private Grundstücke, die zum Verkauf gestanden hätten, mit einem der Stadt gehörenden Grundstück zusammengelegt worden seien. Und bei der Entscheidung der Frage, ob auch das städtische Grundstück verkauft werden solle und an welchen von mehreren Interessenten, habe der bewußte Amtsleiter mitgewirkt; sein Einfluß darauf sei jedenfalls nicht zu unterschätzen.

Es wird auch derjenige Leser bedient, dem das alles noch ein wenig zu trocken und zu technisch ist. So erwähnt Herr

Ludewig nicht nur, daß der Amtsleiter kurz vor dem Abschluß seines Studiums den Roten beigetreten und noch immer deren Mitglied sei, wenn er auch nie sich in einer besonderen politischen Funktion der Partei hervorgetan habe; der Redakteur weiß überdies zu berichten, daß die Begleiterin des Amtsleiters auf der karibischen Kreuzfahrt nicht etwa seine Ehefrau war, sondern die Inhaberin eines Frisiersalons, mit der er seit dem Auszug aus dem ehelichen Domizil zusammenwohne. Seine Frau lebe jetzt allein in dem Reihenhaus, welches das Ehepaar vor dreißig Jahren erworben habe und in dem auch die vier Kinder groß geworden seien.

Nach Herrn Ludewigs Vernehmen prüft die Staatsanwaltschaft zur Zeit die Eröffnung eines Ermittlungsverfahrens sowohl gegen die Hochbaufirma wie gegen den Amtsleiter, wegen Vorteilsgewährung und Vorteilsannahme, wolle heißen – wie der Redakteur ein wenig großzügig übersetzt – wegen Bestechung und Bestechlichkeit. Es bestehe nämlich unter anderem der Verdacht, daß der Amtsleiter einen der Bungalows, die ihm und seiner Lebensgefährtin während der Kreuzfahrt präsentiert worden seien, zu einem erheblich reduzierten Preis erworben habe.

Soweit Herrn Ludewigs Geschichte, die mich schon nach dem ersten Absatz ankotzte, weil ich alles, was darin stand, und alles, was darauf noch folgen mochte, schon kannte, ich hatte es doch schon Dutzende Male in ähnlichen Geschichten gelesen oder gehört, und auch der selbstgewisse und selbstgerechte Ton, in dem Herr Ludewig sie vortrug, war mir zum Kotzen vertraut, dieser Aufklärer hatte schon wieder einmal ein Krebsgeschwür am

Leib der Gesellschaft aufgespürt und den Finger darauf gelegt, und nun saß er feixend an seinem Schreibtisch und klopfte sich selbst auf die Schulter und vergaß darüber, daß er auch diesmal seine Information wahrscheinlich nicht kraft seiner Intelligenz aufgespürt hatte, sondern sie einem Zuträger verdankte, vielleicht einem geschaßten Buchhalter der Hochbaufirma oder gar der Ehefrau des Amtsleiters, die noch immer einen Kontakt zu dessen, gleichfalls vom Gatten verlassenen, Sekretärin unterhielt, wir Frauen müssen zusammenstehen, und die aus dieser diskret murmelnden Quelle von der Karibikreise und dem Traumbungalow erfahren haben mochte. Und Herr Ludewig vergaß nicht zuletzt, daß er das Krebsgeschwür vermutlich mit anderen Augen gesehen hätte, wenn es an einem seiner rabenschwarzen Freunde manifest geworden wäre.

Noch während der Lektüre wurde mir freilich bewußt, daß diese Geschichte mich nicht nur ankotzte, sondern mir auch gerade recht kam. Sie war ja nicht übel geeignet, zumindest mir selbst zu beweisen, daß die Vorbehalte gegen die Politik und gegen Politiker, wie ich sie mit mir herumtrage, begründet sind. Und ich brauchte auch nicht allzulange, um zu erkennen, warum ich diese Argumentationshilfe gerade heute dringend benötigte, dringender vielleicht als je zuvor. Es ließ sich nämlich mit ihr zur Not sogar rechtfertigen, warum ich Ninas Angebot so kalt und kompromißlos zurückgewiesen, warum ich ihren und damit auch meinen Plan, Günni Nelles aus dem Rennen zu werfen, mit allen nur möglichen Begründungen von mir geschoben hatte. Weil ich zu feige war? Wie denn *das*? Sollte ich denn, um durchzusetzen, was ich wünschte, mich solch niederträchtiger Heimlichkeiten und Winkelzüge bedienen, wie sie unter Leuten wie Günni oder diesem Amtsleiter üblich waren? Sollte ich mich auf das Niveau von Ganoven begeben?

Ich führte mir Herrn Ludewigs Geschichte noch einmal zu Gemüte, und mich störte unversehens der Gedanke, daß es ja gar kein Politiker war, sondern bloß ein Beamter, der sich hier auf eine krumme Tour bereichert hatte, ein Beamter zwar, der, so wie es sich las, der Partei beigetreten war, um einen Job zu bekommen, und der seinen Job auch durch die Partei bekommen hatte, aber trotzdem nur ein Beamter. Wenn Herr Ludewig schrieb, daß der Mann sich nie in einer besonderen politischen Funktion hervorgetan habe, dann traf das wohl auch zu, denn andernfalls hätte ein Journalist von Herrn Ludewigs Couleur und Wesensart diesem Amtsleiter wenigstens andeutungsweise vorgehalten, die gebotene politische Zurückhaltung des Beamten da oder dort schon außer acht gelassen zu haben. Als Politiker konnte man den Mann demnach nicht beanspruchen. Also taugte diese Geschichte dann doch nicht als Beweis dafür, daß die Politik, und um *die* ging es mir ja, allzeit und immer korrupt war?

Zu meiner Erleichterung kam ich alsbald aber auf den nächsten Gedanken von Gewicht, die Überlegung nämlich, daß der Amtsleiter allein und auf eigene Rechnung das städtische Grundstück ja nicht der Baufirma in den Rachen hatte werfen können. Solch ein Verkauf war, wenn ich nicht irrte, nur mit Zustimmung des Rates möglich, der politischen Instanzen also. In Herrn Ludewigs Bericht war davon nichts zu lesen, vielleicht hatte er sich diesen Punkt für die Fortsetzung der Geschichte, die mit Sicherheit auf seinem Programm stand, aufgespart. Es kostete mich jedoch nur wenig Mühe, mir auszumalen, was da passiert war und wie es dank Herrn Ludewig wahrscheinlich schon bald offenbar werden würde: Die rote Mehrheit der Ratsherren und Ratsfrauen hatte dem Grundstücksverkauf an die bewußte Firma zugestimmt, und das natürlich nicht, um den Ausflug des Amtsleiters und seiner Freundin in die Karibik zu sichern. Aber womöglich hatte der Amtsleiter in einem Aufwasch ja auch dafür gesorgt, daß die Hochbaufirma eine Spende von beachtlicher Höhe in die Parteikasse der Roten in Aussicht gestellt hatte, zur vorgezogenen Feier des neuen Fünf-Sterne-Hotels gewissermaßen.

Ich war froh, daß ich bei dieser Gedankenarbeit allein war und sie verrichten konnte, bevor ich mit Lene über Herrn Ludewigs Beitrag diskutierte, was mich womöglich von den Ergebnissen abgelenkt hätte, die ich zu finden wünschte. Lene war in Eile gewesen, als sie an den Frühstückstisch kam, und hatte den Artikel, auf den ich sie aufmerksam machte, nur überflogen, sie meinte, das werde den Roten arg weh tun, äußerte sich aber im übrigen nicht, bevor sie das Haus verließ. Es war sehr still an diesem ein wenig kühlen, aber noch immer sonnigen Morgen, und nachdem ich den Artikel ein drittes Mal gelesen hatte, wurde es mir zu still und zu eng im Haus, ich beschloß, ein wenig spazierenzugehen, und als ich die Tür hinter mir schloß, kam mir der Gedanke, daß ich den Friedhof besuchen könne, ich war länger als üblich nicht mehr dort gewesen. Schon möglich, daß die Karriere meiner Frau mich zu sehr in Atem hält.

Am Eingang des Friedhofs begegnete ich Büttgens Johann, einem kleingewachsenen, verhutzelten Debilen aus Ninas Nachbarschaft, den der Bäcker Heitmann mietfrei auf einem Zimmer im Anbau seines Hauses wohnen läßt, wofür Johann die Backstube ausfegt und einige andere kleine Dienste verrichtet. Johann, den seine ledige Mutter im Alter von zweiundvierzig Jahren zur Welt gebracht hat, ist mittlerweile auch schon Ende Vierzig, obwohl ich, als die Mutter zum erstenmal mit ihm in meiner Praxis erschien, ihm keine Zwanzig gegeben hätte.

Er hatte mich herankommen sehen, noch bevor ich ihn wahrnahm, und wartete vor dem Friedhofstor auf mich, lächelte und nickte anhaltend, hob die Hand ein paarmal, sagte: »Tach, Herr Dokter, Tach, Herr Dokter! Auch mal wieder auf dem Friedhof? Hab Sie lang nicht mehr jesehen, lang nicht mehr jesehen«, er lachte, »aber immer noch erkannt, nich wahr, nich wahr?«

Ich sagte: »Aber ja. Tag, Herr Büttgen.«

Er hob abwehrend die Hand, schüttelte den Kopf und wedelte mit der Hand: »Nä, nä, nä, für Sie doch immer noch der Johann, wat denken Se denn! Hab ich Ihnen doch schon mal jesagt!«

»Na gut, Johann. Wenn du meinst.« Während wir weitergingen, sah ich zur Seite. Er trug einen Mantel aus dunklem Stoff und einen dunklen Hut, unter dessen Krempe das kleine, faltige Gesicht hervorlugte. Ich fragte: »Gehst du zum Begräbnis?«

Er schüttelte den Kopf. »Nä, nä, nur bei de Mutter. Lichtchen aufstellen.« Er fuhr mit der Hand in die Manteltasche, holte ein Grablicht hervor, zeigte es mir, steckte es wieder ein, deutete mit dem Daumen auf seinen Mantel. »Hab ich mir bloß anjezogen, daß ich mich nicht erkälte. Fehlt mir jerad noch, würd mir jerad noch fehlen. Jetz, wo Sie nich mehr in der Praxis sind. Würd mir jerad noch fehlen.«

»Du kannst doch zu meiner Tochter gehen.«

»Nä! Nä!« Er blieb stehen, zog das Kinn ein, lächelte, schüttelte den Kopf. »Nä! Könnt ich nicht!«

»Warum das denn nicht? Die versteht was von ihrem Fach.«

»Weiß ich. Hab ich schon jehört. Aber das…« Er schüttelte wieder den Kopf. »Nä! Das wär…« Er zögerte, dann sagte er wie mit einem jähen Entschluß: »Das wär mir zu genant!« Er ging weiter, schüttelte den Kopf.

»Du meine Güte, Johann! Was glaubst du, wie viele Männer die schon nackt gesehen hat!«

»Es mir ejal, es mir ejal! Könnt ich nicht!«

»Mußt du ja auch nicht.«

Wir blieben stehen, um einen Trauerzug vorüberzulassen, der unseren Weg kreuzte, Johann nahm seinen Hut ab. Ich sagte: »Du hast doch auch keine Beschwerden, oder? Es geht dir doch ganz gut, soweit ich das sehe?«

Er bekreuzigte sich, als der Karren mit dem Sarg und den Kränzen vorüberrollte. Dann flüsterte er: »Leider nein. Jeht mir nicht besonders jut. Jar nich besonders.«

Ich sah ihn an. »Was fehlt dir denn?«

Er flüsterte: »Der Heitmann will die Backstub zumachen. Rentiert sich nich mehr, hat er jesagt. Der Heitmann.«

»Oh! Na ja, ich hab mich schon gewundert, daß der

immer noch selbst gebacken hat. Aber du kannst doch da wohnen bleiben, denke ich?«

Er flüsterte: »Ist noch nich eraus. Die Tochter soll jetzt das Jeschäft übernehmen. Un die will alles umbauen. Alles!« Er nickte schwer. »Das is en Biest!«

Ich war drauf und dran, ihm zu sagen, daß er mir Bescheid sagen solle, wenn er Schwierigkeiten bekomme. Aber ich schluckte es hinunter. Die Schwierigkeiten, die ich selbst hatte, reichten mir für den Augenblick.

Er ging mit mir bis zu unserem Familiengrab, nahm den Hut ab, blieb neben mir stehen, sprach ein Gebet, seine Lippen bewegten sich stumm. Dann blickte er zu mir auf, mit den kleinen, engstehenden Augen. Er flüsterte: »Sie hängen auch immer noch an Ihrer ersten Frau, nich wahr? Hängen noch arch daran, nich wahr?«

Ich sagte: »Na ja. Ich hab sie nicht vergessen, verstehst du?«

Er nickte. »Ja, versteh ich. Versteh ich.« Er ließ die Äuglein über das Grab wandern. »Ich kann de Mutter auch nicht verjessen. Kann se nicht verjessen.« Er schüttelte heftig den Kopf.

Als er gegangen war, um der Mutter das Grablicht zu bringen, als die kleine Gestalt in dem dunklen Mäntelchen und unter dem großen Hut hinter den Sträuchern verschwunden war, wäre ich am liebsten hinter ihm hergelaufen. Vielleicht würde er auch allein auf den Gedanken kommen, mich um Hilfe zu bitten, wenn es ihm an den Kragen ginge. Vielleicht wäre ihm *das* nicht zu genant. Aber was hätte es schon geschadet, wenn ich es ihm angeboten hätte. Ich müßte mich, wenn er tatsächlich Hilfe brauchte, ja nicht einmal selbst darum kümmern. Ich könnte Lene bitten, sich seiner anzunehmen. Genau das ist doch ihr Metier, mit der Vertretung und Regelung eben-solcher Fälle hat sie doch ihre politische Karriere begon-nen, und bis heute gilt sie in ihren Kreisen als Spezialistin für ebensolche Fälle.

Als ich, noch immer am Grab Erikas und der anderen stehend, so weit gekommen war, wurde mir unversehens das Dilemma klar, in dem ich nicht erst seit diesem Mor-gen steckte und mit dem ich auch an diesem Morgen nicht fertig wurde.

Die Politik verdarb den Charakter, natürlich, aber es gab offensichtlich Fälle, in denen man Politiker brauchte und sogar willkommen hieß, weil sie das zu erledigen ver-mochten, was einem selbst lästig war oder zu mühsam, mit zuviel Verantwortung beladen oder hin und wieder, so war jedenfalls anzunehmen, auch zu schmutzig. Natürlich konnte man die Politiker bei solchen Geschäften nicht sich selbst überlassen, aber das tat man ja auch nicht, denn schließlich gab es die Presse, die dafür bezahlt wurde, daß sie den Politikern auf die Finger sah, und so sollte eigent-lich auch nach meinem Geschmack alles vorzüglich gere-gelt sein. War es aber nicht. Leute wie Günni oder dieser Amtsleiter kotzten mich an, Ganoven, die vor allem ande-ren auf ihre persönliche Macht und ihren persönlichen Vorteil bedacht waren, aber Leute wie Herr Ludewig, die zum Wächter der politischen Sitten Berufenen, denen es bei ihren Enthüllungen vermutlich ebenfalls und nicht zu-letzt um die Vermehrung ihrer Macht und ihres Vorteils ging, kotzten mich gleichermaßen an.

Die eine Aversion war mit der anderen nicht zu verein-
baren, die Art, in der ich reagierte, war geradezu schizo-
phren. Aber ich fand aus diesem Dilemma nicht heraus.
Und ich war sehr unzufrieden mit mir.

Die Sonne trieb den schweren, würzigen Geruch der Ve-
getation aus den Sträuchern, den Bäumen, dem Gras, den
Kränzen und Blumen, die noch feucht waren vom Tau der
Nacht. Ich fragte mich, ob ich mit Erika über mein Problem hätte reden können, aber ich dachte diesen Gedanken
nicht zu Ende. Ich senkte noch einmal den Kopf, wandte
mich ab und verließ den Friedhof. Es hätte nun wirklich
noch gefehlt, daß ich meine erste Frau beschwor, um herauszufinden, warum ich mit meiner zweiten nicht in unge-
störter Harmonie zusammenleben konnte.

27

Der Angriff kam völlig unerwartet, von einer Seite, deren
Armierung und Verteidigung ich nicht im Traum für nötig
gehalten hätte. Er richtete sich nicht auf geradem Wege gegen Lene, sondern in einem niederträchtigen Flanken-
manöver gegen René, meinen Sohn aus erster Ehe, will
heißen unseren Sohn. Er lebt seit vielen Jahren nicht mehr
in dieser Stadt, sondern mittlerweile in der ehemaligen
DDR, als Bühnenbildner an einem kleinen, aber renommierten Theater, das Oper, Schauspiel und Ballett unterhält und mit seinen Sparten abwechselnd auch auf Tournee
geht.

Heute morgen stand nicht in Herrn Ludewigs Blatt,

wohl aber in einer unserer beiden Boulevardzeitungen eine Reportage über einen Maler namens Heiner Bergerhoff, dessen Bilder seit geraumer Zeit in einer hiesigen Galerie angeboten werden. Die Zeitung ist zwar ein Krawallblatt, was sie vielleicht sein muß, weil sie sonst gegen ihre Konkurrenz nicht bestehen könnte, aber sie erlaubt sich den Luxus eines Feuilletons, das gut informiert und meist auch interessant zu lesen ist. Insofern stellte die Reportage über Bergerhoff, die großzügig mit einem seiner Bilder illustriert war, auch keine Überraschung dar. Ungewöhnlich war allerdings, daß der Text nicht im Feuilleton, sondern auf der Seite drei erschien, und wie er in einem kleinen, aber nicht zu übersehenden Kasten auf der ersten Seite angekündigt wurde: *Heiße Liebe unter Künstlern – An Mord und Totschlag knapp vorbei – Siehe S. 3*. Es war auch keiner der Feuilletonisten, der für diesen Beitrag verantwortlich zeichnete, sondern der Chefreporter des Blatts, ein Lümmel namens Kai Kruse.

Ich hatte mir, was ich manchmal tue, das Blatt auf meinem Morgenspaziergang am Kiosk gekauft, und als ich zu Hause die dritte Seite aufschlug und die Überschrift las, ahnte ich, was da auf uns zukam.

Heiner Bergerhoff ist Renés Lebensgefährte, wie man zu sagen pflegt. Er stammt aus der DDR, aus ebender Stadt, in der René jetzt arbeitet. Die beiden haben sich bei einer Ausstellung von Bergerhoff, die dessen Galeristin hier veranstaltete, kennengelernt, und als René von dem Theater drüben engagiert wurde, sind sie dort zusammengezogen. Ich habe diese Art von Beziehung nie verstanden, sie war mir immer fremd, um nicht zu sagen unangenehm, wenn nicht sogar widerwärtig, und nachdem Renés Neigungen mir klargeworden waren, habe ich ziemlich lange gebraucht, um mich damit abzufinden, was ich ohne Lene, die mit dem Problem sehr nüchtern und absolut undramatisch umging, womöglich nicht geschafft hätte.

Mittlerweile kann ich mit meinem Sohn wieder reden. Lene und ich haben ihn sogar schon auf unserer ersten Erkundungsfahrt in die sogenannten neuen Länder, als Lene den Verbrüderungsappell des Kanzlers der Einheit befolgen und ich die Beute der Wessis aus dem Bankrott der Sowjetunion besichtigen wollte, in der Wohnung der beiden besucht, und ich habe bei dieser Gelegenheit zwar ringsum nach den Spuren einer anstößigen Lebensweise Ausschau gehalten, unauffällig, so hoffe ich, und jedenfalls ergebnislos, aber ich habe auch Bergerhoff die Hand gegeben, obwohl er mir ziemlich ölig vorkam.

Daß der Chefreporter Kruse sich unseren Sohn und seine homosexuelle Beziehung vorgeknöpft hat, kam für mich vor allem wohl deshalb unerwartet, weil unsere Medien insgesamt und sogar die Krawallblätter dergleichen Beziehungen normalerweise ja wie eine Alltäglichkeit behandeln, und das schon seit langer Zeit. Ich könnte mir durchaus vorstellen, daß der eine oder andere Leser von Herrn Kruse unter ähnlichen reaktionären Aversionen gegen Schwule leidet wie ich, doch das Blatt wird sich hüten, solche Aversionen zu bedienen, etwa um seine Auflage zu erhöhen, wofür ihm sonst jede Schweinerei recht ist; das Abenteuer nähme mit Sicherheit auch ein böses Ende, der Fortschritt kennt nun mal keine Gnade, und schon gar nicht der sexuelle.

Bei genauerer Betrachtung hat Herr Kruse allerdings auch nicht die Schwulen schlechthin an den Pranger gestellt, sondern nur einen bestimmten davon, nämlich René Auweiler, unseren Sohn. Und die Art, in der dieser Chefreporter das gefingert hat, läßt dem Blatt jederzeit den Rückzug auf die salvatorische Behauptung offen, es gehe hier ja nicht um eine Darstellung von Problemen, wie sie spezifisch unter Schwulen aufträten, was – wie jeder informierte Leser wisse – schon eine irreführende Voraussetzung wäre; vielmehr handele es sich um eine dramatische und deshalb ebenso interessante wie berichtenswerte Liebesgeschichte, wie sie jederzeit auch in einer heterosexuellen Beziehung sich ereignen könne.

Zum Ausgangspunkt seiner Geschichte nimmt Herr Kruse, vermutlich, um ihr einen aktuellen Anstrich zu verleihen, ein Ereignis, das erkennbar an den Haaren herbeigezogen ist, nämlich den Eingang von Heiner Bergerhoffs neuestem Werk, einer großformatigen, eigenwillig abstrakten Mittelgebirgs-Landschaft – »(s. Foto)« – unter dem Titel *Äonenspur III*, in der hiesigen Galerie Elena Florescu. Der Chefreporter erwähnt, daß das Bild in einen Zusammenhang mit den vorangegangenen Werken *Äonenspur I* und *Äonenspur II* gehört, die zur Zeit ebenfalls bei Elena Florescu zu sehen seien. Ohne weiteren Aufenthalt wendet er sich dann aber seinem eigentlichen Gegenstand zu, indem er berichtet, *Äonenspur III* sei mit Erleichterung aufgenommen worden, weil zeitweise die große Sorge bestanden habe, daß Heiner Bergerhoff sein Werk nicht mit der gewohnten Schaffenskraft fortsetzen könne.

Wer sich darum groß gesorgt habe, wird nicht gesagt,

wohl aber, warum. Bergerhoff (31) lebe, so berichtet Herr Kruse, seit sieben Jahren in seiner, des Malers, Heimatstadt mit dem Chefbühnenbildner des dortigen traditionsreichen Landestheaters zusammen, René Auweiler (43), einem Mann von großem Renommee, der auch schon von ausländischen Bühnen umworben worden sei. Vor einiger Zeit habe es jedoch einen spektakulären Streit zwischen dem Künstlerpaar gegeben, ein bühnenreifes Eifersuchtsdrama, weil Auweiler geglaubt habe, Bergerhoff betrüge ihn mit einem Geiger des Opernorchesters. Der Bühnenbildner habe den Maler, als der des Abends verspätet nach Hause gekommen sei, tätlich angegriffen und so erheblich verletzt, daß Bergerhoff aus der Wohnung habe fliehen und ein Krankenhaus aufsuchen müssen. Damit noch nicht genug, habe Auweiler, allein gelassen, mehrere Möbelstücke, darunter eine kostbare Louis-seize-Kommode und zwei ebenfalls klassizistische Stühle, aus dem Fenster im ersten Stock auf die Straße geworfen.

Herr Kruse untermauert seinen Bericht durch die Aussage von Augenzeugen: *Der Rentner Egon F. (67), der im Haus gegenüber wohnt, schüttelt den Kopf: »Ich habe gedacht, gleich steckt der das Haus an, und wir kriegen hier einen Großbrand.« Seiner Frau Margot (62) sitzt noch immer der Schreck in den Gliedern. Sie meint: »Der hätte ja auch ein Gewehr oder einen Revolver haben können. Ich habe immer an die Amokläufer in Amerika gedacht. Wenn der aus dem Fenster geschossen hätte, wären wir doch als erste getroffen worden.«*

Abschließend berichtet Herr Kruse, die Polizei, von den Nachbarn alarmiert, habe den herumtobenden Bühnenbildner vorübergehend festgenommen, aber die schlimme Geschichte sei am Ende für ihn glimpflich ausgegangen. Bergerhoff habe es nämlich abgelehnt, seinen Lebensgefährten wegen der Körperverletzung zu belangen, die der behandelnde Arzt ihm durchaus hätte attestieren können; vielmehr sei der Maler, nachdem er seinen Schock überwunden hatte, in die gemeinsame Wohnung zurückgekehrt und habe wider Erwarten auch zu seinem Werk zurückgefunden. Und eine Anzeige, die ein anderer Nachbar des Künstlerpaares gegen Auweiler wegen Gefährdung des Straßenverkehrs durch Bereiten von Hindernissen auf der Fahrbahn erstattet habe, sei nicht durchgedrungen, möglicherweise, weil die zuständige Instanz gemeint habe, ein Künstler, der den Ruf des dortigen Theaters so nachhaltig vermehrt habe wie Auweiler, verdiene ein wenig Narrenfreiheit.

Auf diese Pointe folgt die Superpointe, ein kurzer Absatz, in dem es heißt, der Bühnenbildner sei übrigens in unserer Stadt geboren. Er sei der Stiefsohn der Bürgermeisterin Lene Auweiler, die sich gegenwärtig darum bemühe, von ihrer Partei als Kandidatin für die Oberbürgermeisterwahl aufgestellt zu werden. Die Bürgermeisterin habe als noch junge Frau die Erziehung von René Auweiler und dessen Schwester, die beide aus der ersten Ehe ihres Mannes, eines vielbeschäftigten Arztes, stammten, übernehmen müssen.

Damit endet Herrn Kruses Geschichte, abgesehen von einer Fußnote, die auf die Öffnungszeiten der Galerie Florescu hinweist. Die Moral von der Geschichte bleibt dem Leser überlassen, aber es gibt wohl wenig Zweifel daran, wie sie lauten kann und lauten soll: Frau Auweiler, die Ehrgeizige, hat es nicht einmal fertiggebracht, ihren Stiefsohn ordentlich zu erziehen oder zumindest so, daß seine Mitmenschen sich nicht vor ihm fürchten müssen. Dieser Kerl mag ja ein großer Künstler sein, eine Art von Genie, aber er ist nicht nur schwul, sondern auch krankhaft eifersüchtig, halb verrückt und, sobald ihm etwas gegen den Strich geht, äußerst gewalttätig.

Von Renés Streit mit Bergerhoff habe ich durch diese Reportage, wenn man Herrn Kruses Text so nennen will, zum erstenmal erfahren. Ich nehme an, daß Lene ebensowenig davon gewußt hat. Der Streit ist ja offenbar auch beigelegt, der dramatische Höhepunkt der Geschichte kann sich nicht erst gestern, sondern muß sich schon vor einiger Zeit ereignet haben. Er wird natürlich am Wohnort der beiden und in ihren Kreisen einiges Aufsehen erregt haben, die Lokalpresse hat gewiß darüber berichtet, dafür hat in der Tat René gesorgt, es fliegt ja nicht alle Tage eine Louis-seize-Kommode auf die Straße. Vielleicht hat sogar eine Nachrichtenagentur die Lokalpresse abgeschrieben und eine Meldung über dieses Vorkommnis abgesetzt, zehn oder fünfzehn Zeilen, und wohl kaum für die Kultur, sondern allenfalls fürs Vermischte, aber wenn, dann haben die Redaktionen unserer hiesigen Zeitungen diese Meldung entweder für belanglos gehalten oder übersehen oder sie unter ferner liefen plaziert. Mir ist sie jedenfalls nirgendwo begegnet.

Das bedeutet allerdings, daß der Chefreporter Kruse diese abgestandene, banale Geschichte ganz zielbewußt ausgegraben und mit einem sozusagen aktuellen Aufhänger wiederbelebt hat. Und es bedarf keiner allzu großen Phantasie, sich auszumalen, wie das zustande gekommen ist, will heißen: was für eine Geschichte vermutlich hinter dieser Geschichte steckt.

Vermutlich unterhält Herr Dr. Nelles gute Kontakte nicht nur zu dem Redakteur Ludewig, sondern auch dem Chefreporter Kruse. Nachdem Herr Ludewig den ersten, noch halbwegs sanften Streich geführt und berichtet hat, die relativ unerfahrene Bürgermeisterin Auweiler wolle gegen den bewährten Routinier Nelles antreten, hat nun Herr Kruse die Peitsche übernommen. Vielleicht hat Günni gute Kontakte auch in den neuen Ländern, das ist sogar eher wahrscheinlich, denn in den vergangenen zehn Jahren hat sich seine Firma ganz gewiß die eine oder andere günstige Immobilie da drüben unter den Nagel gerissen und mit einem Gewinn verscherbelt, von dem die ehemaligen Eigentümer sich nichts hatten träumen lassen und, wie es ausgesehen haben mag, auch die Treuhand nicht. Vielleicht hat Günni beim Besuch eines Einkaufszentrums an Renés Wohnort, das unter seiner Federführung und mit dem überschüssigen Geld betuchter Anleger aus Westdeutschland errichtet wurde, von dem Drama in Künstlerkreisen erfahren, aus der Lokalzeitung, morgens, beim Frühstück im Hotel, oder beim Abendessen von einem seiner Geschäftspartner, der sich halbtot gelacht hat, als er Günni die Geschichte erzählte.

Vielleicht hat Günni diese so erheiternde Geschichte für sich behalten, es war ja möglich, daß sie sich irgendwann verwerten ließ. Und so hat er jetzt, da die Sache mit Lene zum Schwur gekommen ist, Herrn Kruse einen Tip geben

können, und Herr Kruse hat einen Kollegen von der Lokalzeitung drüben angerufen, und der Kollege hat ihm die
Berichte über den Skandal gefaxt, auch allgemeine Materialien über René und Heiner Bergerhoff, und so ist der
Chefreporter dann auch noch auf die Galerie Florescu und
die *Äonenspur III* gekommen und hat sogar seinen aktuellen Aufhänger basteln können.

Aber vielleicht ist dieser Kai Kruse ja auch viel klüger
und selbständiger, als ich ihm zutrauen möchte. Vielleicht
hat Günni von Renés Glanzvorstellung keine Ahnung gehabt und dem Reporter nur ganz allgemein gesteckt, er
solle sich doch einmal nach Frau Auweilers Verwandtschaft umhören, da sei womöglich nicht alles in Ordnung,
und eine reizvolle Geschichte müsse da immer zu holen
sein. Und Herr Kruse hat mit René angefangen und ist auf
Anhieb fündig geworden.

Wenn es so gewesen ist, dann bedeutet das aber auch, daß
Herr Kruse weitermachen wird. Wer sollte ihn denn daran
hindern?

28

Es war halb elf am Abend, als es klingelte. Ich hatte mit
Lene noch im Wohnzimmer gesessen, bei der zweiten
Flasche Wein, und wir waren noch immer nicht fertig mit
Herrn Kruses Reportage. Ich hatte Lene zu beruhigen ver-
sucht, natürlich war sie im Lauf des Tages von etlichen
Leuten auf diese Schmiererei angesprochen worden, und
etliche andere hatten das Blatt offensichtlich ebenfalls ge-

lesen, aber sie schwiegen still darüber, ein wenig verlegen die einen und die anderen mit einem unterdrückten Grinsen.

Der Oberstudiendirektor Bäumler hatte sogar Philipp Seiffert eingespannt und ein Blitztreffen von Lenes Wahlteam einberufen lassen, aber viel Tröstliches war dabei nicht herausgekommen. Philipp war beauftragt worden, die faktischen Angaben des Artikels zu überprüfen, und Herr Bäumler wollte mit Kruses Chefredakteur ein ernstes Wort reden, aber die Runde war sich einig gewesen, daß man, wenn die Fakten des Artikels halbwegs stimmten, das Blatt allenfalls mit ein paar Leserbriefen, die allerdings auf jeden Fall in Auftrag gegeben werden sollten, ein wenig molestieren könne. Ich war, als es an der Haustür klingelte, noch vollauf damit beschäftigt, Lene davon zu überzeugen, daß ohnehin kein halbwegs vernünftiger Mensch der Unterstellung glauben werde, sie sei für Renés Raserei verantwortlich.

Es klingelte einmal kurz und gleich danach ein wenig länger. Lene sah mich erschreckt an. Ich warf einen Blick auf die Uhr, murmelte: »Halb elf. Da kann sich nur jemand in der Haustür geirrt haben.« Als ich hinausging, lief mir ein Schauer über den Rücken, Hilfe, wo ist mein Baseballschläger. Ich hätte mich dafür in den Hintern treten können.

Ich öffnete die Haustür. Auf der zweiten der drei Stufen davor stand Lully Löffeler, schwer atmend. Er mußte, nachdem er geklingelt hatte, Bedenken bekommen und sich ein wenig zurückgezogen haben. Ich kannte den treuunterwürfigen Blick, mit dem er mich ansah; wahrscheinlich war er voll bis unter die grauen Stoppelhaare.

Er sagte: »Sind Se mir bös, Herr Dokter?«

Ich sagte: »Nein. Aber was ist denn los, Lully?«

Der Riesenkerl schnaufte heftig, schüttelte den Kopf. Dann kam er die dritte Stufe der Treppe empor, trat nahe an mich heran, griff sich meine Hand und drückte sie mit beiden Händen, schnaufte noch einmal.

Ich sagte: »Ja, ja, ist ja in Ordnung!« Ich zog an meiner Hand.

Er gab die Hand frei, schüttelte den Kopf, sagte: »Herr Dokter… sind Se mir wirklich nit bös?«

Ich sagte: »Nein, verdammt noch mal! Aber jetzt sagen Sie mir endlich, was passiert ist!«

Er nickte. »Ich sag es Ihnen ja. Ich bin ja extra jekommen, um es Ihnen zu sagen!«

»In Ordnung. Also?«

Er wandte sich ab, blickte in den dunklen Garten, als gebe es dort etwas zu sehen, wandte sich mir wieder zu. »Ich hab em 'ne Abreibung verpaßt.« Er schnaufte heftig auf.

»Eine Abreibung? Wem? Dem Engelbert?«

»Nä, däm doch nit!« Er schüttelte den Kopf. »Der kann doch von mir aus quatschen, wat er will! Den nimmt doch sowieso keiner für voll.«

»Na schön, aber wem haben Sie denn nun die Abreibung verpaßt?«

Er schnaufte, dann sagte er : »Däm Drecksack von der Zeitung.«

Ich starrte ihn an.

Er sagte: »Däm Drecksack, der dat über Ihren Sohn jeschrieben hat.« Er faßte mich am Arm. »Ehrlich, Herr

Dokter… mit de Schwulen hab ich nix am Hut! Ich bin nicht anderserum! Sie ja auch nicht. Aber wat die Sau über Ihren Sohn jeschrieben hat un über Ihre Frau… das war doch eine Superbiesterei!« Er ließ meinen Arm los, nickte schwer. »Ich hab en windelweich kamesölt. Und der weiß auch, warum.«

Ich sagte: »Sind Sie noch zu retten, Lully? Was haben Sie sich denn bloß dabei gedacht?« Meine Stimme klang plötzlich belegt, ich räusperte mich heftig.

Hinter mir hörte ich ein Geräusch. Lene war an die Tür des Wohnzimmers getreten. Sie fragte: »Raimund?«

Ich sagte: »Ja, Lene. Es ist Herr Löffeler, du kennst ihn doch noch.«

Lully trat einen halben Schritt vor. »'n Abend, Frau Dokter! Entschuldijung für die späte Störung!«

Lene sagte: »Guten Abend, Herr Löffeler. Ich geh dann schon mal rauf, Raimund. Ich hoffe, du brauchst nicht mehr so lange.«

Lully wollte einen Diener machen, geriet jäh aus dem Gleichgewicht und fing sich mit einem harten Griff an meinen Arm. »Jute Nacht, Frau Dokter! Un noch mal Entschuldijung! Ich bin auch jleich wieder weg!«

Als Lene gegangen war, sagte ich unterdrückt zu ihm: »Jetzt kommen Sie mal rein!« Ich führte ihn ins Wohnzimmer.

Er blickte um sich, schnaufte, dann fragte er: »Hätten Se vielleicht en Jlas Wasser für mich?« Er hob die Hand zu einer vagen Geste. »Ich hab so en trockenen Hals, wissen Se.«

Ich sagte ihm, er solle sich setzen. Ich ging in die Küche,

nahm zwei Flaschen Bier aus dem Kühlschrank und brachte sie mit zwei Gläsern ins Wohnzimmer. Er hatte sich in meinen Sessel niedergelassen und blickte schwer atmend hinaus in den dunklen Garten.

Als er das Bier sah, hob er die Hände, ließ sie auf die Schenkel fallen. »Ach, dat es ja wunderbar! Da sieht mer, dat Sie Ahnung haben, Herr Dokter! Dat hilf ja doch besser als Wasser!«

Das erste Glas trank er auf einen Zug leer, ächzte: »Ah, das tut jut!«, füllte das Glas nach. Als er aufblickte, fragte ich: »Wollen Sie mir im Ernst erzählen, daß Sie diesen Reporter aufgestöbert haben, um ihn zu verprügeln?«

Mit einem Unterton von Entrüstung erwiderte er: »Enä, wat *denken* Sie denn?!« Er schnaufte. »Wär ja auch nicht nötig jewesen. Der is doch von selbst jekommen.« Als ich ihn verständnislos ansah, sagte er: »Zum Beckers Matthes! In de Wirtschaft, die kennen Se doch! Heute abend, vor ener Stund oder anderthalb, is er da reinjekommen.«

»Und was wollte er da?«

Er beugte sich vor. »Spionieren, wat dann söns? Der is da ereinjekommen, un dann hat er sich an den Schaffraths Ewald eranjemacht, der stand jerad allein an der Thek.« Er setzte das Glas an, trank, setzte das Glas ächzend wieder ab. »Un dem hat er erzählt, er is von der Zeitung, und er schreibt wat über die nächste Wahl vom Oberbürgermeister; und wie das denn mit der Frau Auweiler wär, die wär doch früher immer…«, ein Rülpser unterbrach ihn jäh, er blies die Backen auf und ließ die Luft entweichen, »Hobbela, Entschuldijung! Die wär doch schon immer in unserem Viertel jewählt worden.«

Er hielt ein, schwer atmend, sah mich an und versuchte, seine Augen nicht abrutschen zu lassen.

Ich fragte: »Und deshalb haben Sie ihn sich gegriffen und ihm eine Abreibung verpaßt?«

»Nä, nä, nä!« Er schüttelte heftig den Kopf, ließ das sein, weil es ihm offenbar nicht bekam, sah mich, nachdem er den Anflug von Schwindel überwunden hatte, vorwurfsvoll an. »Der hat ja auch noch nach *Ihnen* jefragt. Ob mer sich auf Sie verlassen konnte, un wie dat met Ihrer Tochter es, er hätt jehört, die wär als Ärztin nicht so beliebt wie Sie, un lauter so Sachen.« Er schnaufte heftig. »Ich hab erst was unternommen, wie der sich an noch mehr Leute ranjemacht hat und wie ich von dem Ewald jehört hab, wat der Drecksack alles wissen wollte.« Er trank sein Glas leer. »Wie ich pinkeln jejangen bin, es der Ewald mir nachjekommen un hat mir das erzählt.« Er füllte den Rest aus der Flasche in sein Glas, sah mich an. »Dat können Sie mir jlauben, Herr Doktor, ich hatt doch vorher keine Ahnung, wer dat war und wat der wollt!«

»Aber dann haben Sie ihm die Jacke vollgehauen.«

»Auch nicht einfach eso, nä, nä!« Er versuchte noch einmal ein Kopfschütteln, ließ es wieder sein. Er beugte sich ein wenig vor: »Ich hab mich neben ihn an die Thek jestellt, bißchen eng, verstehen Se, un wie er mich anjesehen hat, hab ich jesagt, er soll abhauen. Ich hab em jesagt, wir hätten hier keine Reporter nötig. Wir hätten was jejen Leute, die bei uns erumspionieren wollten.«

»Und was hat er gesagt?«

»Nix. Er is en bißchen blaß um de Nas jeworden. Un dann is der Matthes jekommen, der hat das ja alles mitjekriegt, un hat dem Drecksack seinen Deckel jenommen und abjerechnet und hat jesagt, er wär nicht scharf auf enen Artikel über seine Wirtschaft. Wat dat für en Zeitung wär, für die er unterwegs wär, das wüßte doch jeder, und so eine Reklame brauchte er nicht.«

Er sah mich lächelnd an.

»Und was dann?«

»Dann hat dä Verbrecher der Schwanz einjezogen un hat bezahlt un es abjehauen.« Er zuckte die Schultern. »Na ja, und ich bin em nachjejangen, un als er in sein Auto steijen wollt, hab ich en beim Wickel jekriegt un hab en jefragt, ob er auch den Artikel über Ihren Sohn jeschrieben hat. Un er hat jesagt, wat mich dat anjing.« Er trank sein Glas leer. »Na ja, un dann hab ich jesagt, wat mich dat anjing, dat könnt ich ihm auf seinen dreckelijen Puckel schreiben. Dann würd er et auch nicht verjessen. Un dann hat er seine Abreibung jekriegt.«

Ich starrte ihn an. »Haben Sie ihn etwa da liegenlassen?«

»Nä, nä, da brauchen Se keine Angst zu haben!« Er lächelte nachsichtig, als sei meine Besorgnis zwar unangebracht, aber immerhin verständlich. »Ich hab en sojar noch in sein Auto jesetzt. Un er es sofort abjefahren. Der hat et ziemlich eilig. Un Autofahren konnt er noch janz jut.«

Ich war wie erschlagen. Ich kämpfte mit den sehr widersprüchlichen Empfindungen, den Aufwallungen, die mich heimsuchten, vor allem natürlich, ja doch, *natürlich* war es vor allem die freudige Genugtuung, daß Herr Kruse, und es mußte der Chefreporter gewesen sein, denn dieses Thema würde er sich doch nicht haben nehmen lassen, Herr Kai Kruse also hatte was aufs Maul bekommen und

auf seinen dreckelijen Puckel, mit anderen Worten genau
das, was er verdient hatte, aber auf der anderen Seite war
mir auch klar, daß Herr Kruse und sein Krawallblatt das
nicht ohne weiteres wegstecken würden und daß nicht nur
Lully Löffeler, sondern womöglich auch mir und am Ende
sogar Lene Ungemach drohte, ein Ungemach, das ich im
einzelnen nicht einzuschätzen vermochte, das mich aber
sehr beunruhigte. Und hinzu kam, daß ich diesen däm-
lichen Lully mit dem empfindsamen Herzen in den Hintern hätte treten wollen, weil er soviel Ungelegenheiten
machte, und zugleich ihn hätte umarmen mögen, was als
Reaktion auf eine Gewalttat ja auch nicht gerade angezeigt,
sondern eher höchst bedenklich war.

Er wandte den treu-unterwürfigen Blick nicht von mir
ab, während er auf mein Urteil wartete. Nein, wahrscheinlich wartete er auf eine Belobigung. Ich holte tief Luft,
dann sagte ich, das sei nicht die beste Idee gewesen, die er
da gehabt habe, und ich könne nur hoffen, daß die Sache
nicht ein dickes Ende finden werde.

Er sagte, nä, nä, da solle ich mir mal keine Sorgen
machen. Er lächelte, lehnte sich in meinem Sessel zurück.
Dann erklärte er mir bedächtig und Satz um Satz, als sei
ich ein bißchen schwer von Begriff, da seien ja weit und
breit keine Zeugen gewesen; und er sei extra auch nicht
mehr zum Matthes zurückgegangen, sondern direkt zu
mir; und seine Frau würde aussagen, er sei aus der Wirtschaft direkt nach Hause gekommen, war doch klar; das
würde er ihr, sobald er in seiner Wohnung wäre, noch beibringen, aber die habe sich noch nie verquatscht; und *da*
sollte die Polizei ihm mal nachweisen, daß er noch Zeit ge-

nug gehabt habe, hinter dem Drecksack herzugehen und ihm den Puckel vollzuhauen! Denn der Matthes und die anderen würden sowieso sagen, sie wüßten von nix.

Ich sagte, na ja, ich könne nur hoffen, daß er recht habe. Als ich aufstand, stemmte er beide Hände auf die Sessellehnen, kam taumelnd auf die Füße, stabilisierte sich, trat dann schwer atmend an mich heran. Er versuchte, mir in die Augen zu sehen, aber es gelang ihm nicht ganz, seine Augen zu fixieren, sein Kopf schwankte auch ein wenig. Er fragte: »Sind Se mir denn jetz bös, Herr Dokter?«

Ich sagte, darauf komme es doch nicht an; ich fände nur, daß es nicht das Klügste gewesen sei, was er da getan habe. Er schnaufte heftig auf, legte die Rechte an meinen Oberarm, bemühte sich offenbar, nicht zu fest zuzudrücken, und fragte mit schwimmenden Augen: »Aber verdient hat er et doch, Herr Dokter? Jetz emal ehrlich!«

Ich ging hinaus in die Diele, er folgte mir, die Rechte an meinem Oberarm, als führte ich ihn an einer Leine. Ich sagte, auch darum gehe es nicht. Wenn jeder das bekäme, was er verdiente, dann sähe es wahrscheinlich ganz anders aus in der Welt, und mit Sicherheit besser. Aber bevor es dazu komme, sei die Welt wahrscheinlich schon untergegangen.

Ich blieb an der Haustür stehen. Er trat vor mich, legte die Linke an meinen anderen Arm, ohne die Rechte zu lösen. Seine Augen waren feucht. Er sagte: »Se haben ja recht, Herr Dokter, Se haben ja recht. Se sind ja auch viel intellijenter als ich.« Er nickte anhaltend. Nach einem schweren Schnaufer sagte er: »Aber Se können mich doch wenigstens verstehen, oder?«

Ich sagte: »Natürlich, Lully. Verstehen kann ich Sie schon.«

Er tat das, was ich seit dem Beginn dieses Besuchs befürchtet hatte, er zog mich an seine Brust, die warme Bierfahne, in der auch einige Mettbrötchen und Frikadellen mitwehten, verschlug mir den Atem. Aber er drückte mich nicht allzu fest und ließ mich alsbald wieder los. Er sagte mit erstickter Stimme: »Danke, Herr Dokter! Danke vielmals!«

Ich sagte: »In Ordnung, Lully. Und jetzt schlafen Sie sich erst mal aus.« Ich öffnete die Haustür.

Erst als er sich anschickte, die Stufen hinabzusteigen, kam ich auf den Gedanken, daß er wahrscheinlich den ganzen Weg von der Kneipe bis zu mir zu Fuß gegangen war. Er mußte dazu mindestens zwanzig Minuten gebraucht haben, in seinem Zustand eher eine halbe Stunde oder mehr, und zurück bis zu seiner Wohnung war es noch ein wenig weiter. Ich sagte: »Moment noch, Lully!«

Er blieb stehen, wandte sich zurück, wäre bei dieser Bewegung beinahe fehlgetreten und die Treppe hinuntergestürzt. Er sagte: »Ja, Herr Dokter?«

Ich fragte: »Wie sind Sie eigentlich hierhergekommen?«

»Zu Fuß.« Er lächelte. Sein Kopf schwankte ein wenig. »Ich hatt auch wat frische Luff nötig.«

»Ja, ja, aber zu viel davon ist auch nicht gut. Ich würde Sie fahren, aber ich hab selbst was getrunken.«

»Danke, danke, is auch nich nötig.« Er wäre um ein Haar schon wieder nach hinten gekippt, aber es gelang ihm noch einmal, auf der obersten Stufe stehenzubleiben.

Ich sagte: »Vielleicht wäre es aber besser, wenn Sie ein

Taxi nähmen. Gleich vorn an der Schillerstraße ist ein Halteplatz.«

Er lachte, klopfte auf seine Hosentasche, mußte sogleich einen Schritt zur Seite treten, um sich zu stabilisieren. »Die Idee is jut, aber ich hab …« Er lachte. »Ich hab en bißchen viel ausjejeben. Hab en paar Ründchen verloren.«

Ich sagte: »Kommen Sie gerade noch mal rein, bitte.« Er sah mich ein wenig unsicher an. Während er sich zurückbewegte, fragte ich mich, ob er mir etwas vormachte. Wenn er dem Reporter gefolgt war, würde er kaum noch Zeit gehabt haben, seinen Deckel abrechnen zu lassen und zu bezahlen. Und davon abgesehen konnte er in dieser Kneipe wahrscheinlich auch anschreiben lassen. Aber vielleicht war er ja schon, als er heute abend dort einkehrte oder heute nachmittag, knapp bei Kasse gewesen.

Ich schloß die Tür halb hinter ihm, zog mein Portemonnaie und nahm dreißig Mark heraus. Ich sagte: »Nehmen Sie sich ein Taxi. Das ist mir lieber. Sonst legen Sie sich unterwegs womöglich noch lang und brechen sich einen Knochen.«

Er starrte auf das Geld, schnaufte schwer, aber er nahm es nicht. Ich sagte: »Was ist denn? Sie können es nehmen, das ist mir wirklich lieber!«

Nach einem Zögern nahm er das Geld und steckte es in seine Hosentasche. Er sagte: »Danke, Herr Dokter! Ich bring es Ihnen morjen vorbei, können Se sich drauf verlassen!«

»Das brauchen Sie nicht. Ich spendier Ihnen das Taxi, einverstanden?«

Er sah mich eine Weile lang stumm an, atmete schwer,

dann wandte er sich plötzlich ab, stieg mit unsicheren Tritten die Stufen hinab und schwankte durch den Vorgarten hinaus auf die Straße. Ich löschte das Licht in der Diele und schloß die Tür. Aber ich blieb in der dunklen Diele stehen.

Ich hätte das Taxi telefonisch ans Haus bestellen können. Dann hätte der Taxifahrer freilich gesehen, bei wem Lully gewesen war. Und vielleicht hätte auch noch einer der Nachbarn die Abfahrt beobachtet. Ich hatte nicht darüber nachgedacht, aber vielleicht war ich instinktiv solchen Verwicklungen aus dem Weg gegangen. Vielleicht hatte ich Lully instinktiv mit dem Geld fürs Taxi auf den Weg geschickt, mit dem Geld und auf das Risiko hin, daß er gar nicht bis zu dem Taxistand kommen, sondern sich schon vorher langlegen und einen Knochen brechen würde.

Ich öffnete behutsam die Haustür und warf einen Blick hinaus. Er stand im Halbdunkel auf der anderen Straßenseite und schlug am Zaun des Steuerberaters sein Wasser ab. Ich beobachtete ihn, wie er sein Glied ausschlenkerte und wegpackte und schwankend die Straße hinunterging. Er schwankte, aber er hielt sich auf den Füßen.

Lene las noch, als ich die Treppe zum Obergeschoß hochstieg und an die Tür ihres Schlafzimmers trat. Sie ließ das Buch sinken und sah mich fragend an. Ich fand, daß sie für diesen Tag genug Aufregungen gehabt hatte. Ich sagte, Lully sei eigentlich nur betrunken gewesen, ein Anfall von Weltschmerz, sozusagen, und da er anscheinend Probleme mit seiner Frau habe und mit ihr gegenwärtig wohl nicht reden könne, sei er auf mich verfallen, wie früher ja öfter, um sich auszuweinen.

Sie sagte: »Aber das solltest du ihm allmählich abgewöhnen. Er kann doch nicht um halb elf hierherkommen und einfach klingeln. Wir hätten ja auch schon schlafen können.« Ich sagte, ja, sie habe völlig recht. Beim nächstenmal würde ich ihm den Marsch blasen.

29

Ich habe schlecht geschlafen in der vergangenen Nacht, lag lange wach, schaltete meine Leselampe ein, weil das Dunkel irgendwann angefangen hatte, bewegliche, farbige Linien hervorzubringen, die sich wanden und ineinanderschlangen und aufblähten, bis man sie für herumgeisternde Fratzen hätte halten können; es war nichts, was mich beängstigt hätte, aber es war widerwärtig, quälend, vielleicht so widerwärtig und quälend wie die monotonen, zirpenden Klangfolgen, die früher manche Patienten auf dem Operationstisch zu hören glaubten, wenn die Narkoseschwester ihnen die Kappe auf die Nase setzte und das Chloroform in ihre Lungen eindrang. Ich selbst habe diese irrsinnige Musik einmal gehört, als ich neun Jahre alt war und sie mir den Blinddarm herausnahmen, die Narbe ist heute noch zu fühlen, der Operateur war Professor, aber er wäre besser Metzger geworden.

Ich schob das Kopfkissen zur Seite, legte mich auf den Bauch, schlug mein Buch auf und starrte hinein, so daß Lene, wenn sie aufgestanden und an meine Tür getreten wäre, hätte glauben können, ich läse.

Aber ich las nicht. Ich gestand mir ein, und ich brauchte einige Zeit dazu, daß es mir nicht nur um Lene gegangen

war, als ich ihr den Grund von Lully Löffelers Besuch verheimlicht, will heißen, als ich sie belogen hatte. Ich hatte
vielmehr mir selbst eine weitere Aufregung an diesem Tag
ersparen wollen. Denn natürlich hätte Lene geargwöhnt,
der nächtliche Besucher sei zum Rapport gekommen,
nachdem ich ihn zuvor und insgeheim beauftragt hatte,
dem Lümmel Kruse die Abreibung zu verpassen, und zumindest hätte sie mich gefragt, was ich denn nun tun wolle,
um mich von diesem ja naheliegenden Verdacht zu befreien
und womöglich sogar uns beide gegen die Anschuldigung
zu verteidigen, wir hätten im Komplott einen Schläger losgeschickt, um Günnis Konsorten einzuschüchtern. Und
ich hätte ihr sagen müssen, daß ich auf Anhieb weder das
eine noch das andere wußte.

Aber das war ja noch nicht alles, worüber ich mir Sorgen machen konnte und Sorgen machte. Die Senge, die der
Chefreporter bekommen hatte, würde ihn gewiß nicht
eines Besseren belehren, sondern nur um so begieriger
werden lassen, meiner Frau, mir, unserer Familie etwas anzuhängen. René und dessen Liebesprobleme hatte er bereits ausfindig gemacht, und nachdem er nun damit angefangen hatte, an meiner früheren Wirkungsstätte, in
meinem Viertel, nach Munition zu graben, würde es vermutlich nicht mehr lange dauern, bis er auch Edda aufstö-
berte. Vielleicht hatte er sie schon aufgestöbert, und da sein
Vorhaben in meinem Viertel sich als schwierig erwiesen
hatte, würde er es hier vielleicht vorerst zurückstellen, aber
sich um so intensiver um Edda kümmern, von der er zumindest keine Prügel zu befürchten brauchte; daß sie sich
ganz im Gegenteil als eine höchst ergiebige Quelle erwei-

223

sen könnte, wußte Herr Kruse wohl noch nicht, aber ich wußte es, und es bedrückte mich sehr.

Und auch das war noch nicht alles. Wer Lene schaden wollte, konnte sich die weitaus größte Wirkung natürlich dann versprechen, wenn sich eine schwache Stelle an ihr selbst aufspüren und aufdecken ließe und nicht bloß in ihrer Familie, sei es nun der Stiefsohn oder gar die leibliche Schwester. Der Gedanke, daß es an Lene selbst solch eine schwache Stelle gab, hat mich ja seit dem Tag beschäftigt, an dem sie mir so nebenher sagte, ein paar Leute in ihrer Partei hätten die Idee, sie solle bei der Wahl des Oberbürgermeisters gegen den Kandidaten der Roten antreten, weil gerade sie ihn schlagen könne. An René als Zielpunkt des Gegenangriffs derer, die umgekehrt Lenes Kandidatur verhindern wollten, hatte ich nicht im Traum gedacht, wohl an Edda, aber die größten Sorgen hatte ich mir von Beginn an wegen Lene selbst gemacht, wegen ebender schwachen Stelle, die ich an ihr vermutete.

Verdammt und zugenäht, ich denke mich um Kopf und Kragen! Warum zum Teufel fällt mir in einem solchen Zusammenhang nichts Passenderes ein als eine anrüchige, nein, verflucht noch mal, eine zweideutige Formulierung, warum rede ich ausgerechnet hier von einer schwachen Stelle meiner Frau, die irgend jemand bloßlegen und attackieren möchte?

Nun gut. Nein, gar nicht gut.

Wovon ich reden wollte, ist Lenes Neigung, die ihr von mir unterstellte Neigung, mit dem Feuer zu spielen. Ich meine die Abende, an denen sie unterwegs war, für die Partei, die Bürgerinitiative, den Sportverein; die Nächte, die sie fern von zu Hause verbrachte, in fremden Städten, fremden Erdteilen, während ich allein zu Hause saß. Ich meine die quälenden Vorstellungen, die mich heimsuchten, Vorstellungen von maskulinen Kotzbrocken, Sportskameraden, Parteifreunden, denen sie Intimitäten gestattete, während ich allein zu Hause saß und meine Eifersucht kultivierte. In manchen Nächten bin ich durch den dunklen Garten geirrt, durch die leeren Straßen gelaufen, habe die Kinder allein gelassen, weil ich es in dem Haus, in dem ich überall auf Lenes Spuren stieß, nicht mehr aushielt.

Wenn auch nur ein Bruchteil meiner Vorstellungen, meiner Vermutungen, Verdächtigungen zutraf, dann mußten einige Leute von dem, was real daran war, erfahren haben, zu viele Leute. So geheim, daß nur die direkt Beteiligten davon wüßten, kann kein Fehltritt bleiben unter Menschen, die demselben Verein angehören, Menschen, die sich gemeinhin wechselseitig beobachten und unter Kontrolle halten. Wer innerhalb einer Gemeinschaft dieser Art fehltritt, fällt mit hoher Wahrscheinlichkeit auf, und die Nachricht des Fehltritts spricht sich alsbald herum, sie gehört ja auch zu dem Interessantesten, was es in einem Verein zu bereden gibt. Von Lene und ihren Kotzbrocken, wenn sie denn Umgang mit dergleichen Figuren hatte, kann jeder erfahren haben. Günni zum Beispiel.

Natürlich wäre es nicht einfach, solch eine reizvolle, brisante Information zu verwerten. Zum Beispiel konnte es sich bei dem Kotzbrocken, den man in Kuala Lumpur nach der Mittagsruhe aus Lenes Hotelzimmer hatte kommen sehen, um einen Parteifreund im engeren Sinne gehandelt haben, ein Mitglied der eigenen Seilschaft innerhalb der

Partei, einen wertvollen Mitstreiter, den man nicht bloßstellen durfte, weil er unentbehrlich war für die politische Arbeit, sowohl innerparteilich als auch nach außen hin, und überdies glücklich verheiratet; vielleicht wußte zudem dieser Mitstreiter seinerseits von einem gewissen anderen Fehltritt, den man noch viel weniger in der Öffentlichkeit breitgetreten sehen wollte, denn damit wäre der Schuß, der Lene treffen sollte, gewaltig nach hinten losgegangen.

Die Verwertung der reizvollen Information über Lene und ihre Mittagsruhe in der Hitze von Kuala Lumpur stieße vielleicht auch noch auf ein anderes Hemmnis, nämlich das Datum des fraglichen Ereignisses. Je nachdem, wie lange es zurücklag, würde es nicht einfach, wenn nicht so gut wie unmöglich sein, diese Skandalgeschichte für den aktuellen Gebrauch plausibel aufzuwärmen und dem Publikum vorzusetzen; Lenes Bekanntschaften malen ja nicht, sie stellen auch nicht in der Galerie Florescu aus, und so mangelte es an der *Äonenspur III* oder etwas ähnlich Handlichem, aus dem sich ein halbwegs haltbarer Aufhänger hätte basteln lassen.

Das alles bedeutete allerdings nicht, daß ein Angriff auf diesem Niveau und mit dieser Stoßrichtung ausgeschlossen werden konnte. Wer nach Munition des passenden Kalibers suchte, war vielleicht gar nicht darauf angewiesen, bis nach Kuala Lumpur oder auf ein anderes fernes und früheres Reiseziel unserer Kommunalpolitiker und unter ihnen meiner Frau zurückzugreifen; er konnte vielleicht auch in der jüngeren, und warum nicht in der jüngsten Vergangenheit fündig werden, er brauchte doch nur einen guten Tip, und der mußte doch zu haben sein. Etwa nicht?

Ich fühlte mich versucht, mir die Abende in der jüngsten Vergangenheit in Erinnerung zu rufen und sie womöglich aufzulisten, an denen Lene spät, später als ich es erwartet hatte, nach Hause gekommen war, die Abende, an denen sie zur Begrüßung nur meine Wange gestreift, aber mich nicht geküßt hatte, auch nicht, bevor wir in unsere Schlafzimmer gingen; ebendie Abende, an denen ich darauf gefaßt gewesen war, den vagen Glanz in ihren Augen wahrzunehmen, die ungewohnte, verhaltene Aura zu spüren. Ich ließ das, ich schob es vehement von mir, ich hatte übergenug zu tun mit dem Gedanken, daß ein Angriff auf diesem Hintergrund grundsätzlich nicht auszuschließen war, egal welcher Kotzbrocken dabei wann und wo in Erscheinung getreten sein sollte.

Ein solcher Angriff mochte schwierig und deshalb unwahrscheinlich sein, aber ich konnte mich nicht darauf verlassen, daß er ausblieb.

Als nächstes erinnerte ich mich an Lenes kleines Mißgeschick auf dem Parkplatz, das mir ja auch schon etliche Sorgen bereitet hat, weil die Zeugen, die ich damals im Dunkeln wahrgenommen hatte, sich jetzt melden und Lene der Fahrerflucht beschuldigen könnten. Auch das war unwahrscheinlich, aber auch das war nicht auszuschließen.

Am Ende und zu allem Überfluß kam ich, auf dem Bauch liegend und in mein Buch starrend, auch noch auf Lully Löffeler, den Tolpatsch. Ich wußte, daß es mir schwer zu schaffen machen würde, wenn er meiner Familie wegen, wenn er meinetwegen in ernste Schwierigkeiten hineingetappt sein sollte; aber ich wußte nicht, wie ich das ändern konnte.

Herr Kruse wird, obwohl der Chefreporter das sicher nicht gerne tut, der Chefredaktion des Blattes sein Fiasko beim Matthes offenbaren, offenbaren müssen, schon wegen seines Erscheinungsbildes, das bei der Begegnung mit Lully vermutlich gelitten hat, was unter anderem bedeutet, daß Herrn Kruses Dienstfähigkeit vorübergehend eingeschränkt ist, und sei es nur aus optischen Gründen. Die Solidarität in dieser Redaktion geht vermutlich nicht so weit, daß Herr Kruse, mit einem blauen Auge und einer Zahnlücke von der Recherche zurückgekehrt, nur Mitleid finden würde. Es wird ihm auch der eine oder andere gute Tip gespendet werden, was in einer hiesigen Kneipe zu beachten sei, wenn man nicht die Hucke vollbekommen wolle, und um so verbissener wird Herr Kruse danach trachten, die Scharte auszuwetzen.

Daß der Chefreporter und seine Chefredaktion den tätlichen Angriff auf einen Vertreter der öffentlichen Meinung auf sich beruhen ließen, kann ich mir jedenfalls nicht vorstellen. Wahrscheinlich werden sie diesen Fall, um keinen Fehler zu begehen, der einen Tobsuchtsanfall des Verlegers auslösen könnte, dem Syndikus des Hauses vortragen, einem Rechtsberater von der Sorte Philipp Seiffert, ein wenig reifer zwar, aber genauso alert. Die Herren werden miteinander das Risiko abwägen, ob der publizistische Zweck der Recherche, die Herrn Kruse in diese Gaststätte geführt hat, dem Ansehen des Hauses schaden könnte, wenn er vor Gericht thematisiert und – was anzunehmen wäre – vom Konkurrenzblatt aufgespießt würde.

Niemand der Herren wird aussprechen, daß der publizistische Zweck schlicht und einfach darin besteht, die

Bürgermeisterin Auweiler fertigzumachen. Vielmehr wird der Syndikus sagen, die Beurteilung der Vorgeschichte des Falles durch die Öffentlichkeit hänge natürlich weitgehend von der Art ab, in der Herr Kruse und gegebenenfalls die Chefredaktion das Thema des geplanten Artikels und den Charakter der Recherche vor Gericht darstellten; wenn Herr Kruse und gegebenenfalls der Vertreter der Chefredaktion darauf abhöben, daß es sich um einen ganz normalen Hintergrundartikel zur Wahl des Oberbürgermeisters handeln solle, eine lesernahe biographische Information über die Kandidatin Auweiler, dann sei nach seiner Einschätzung unwillkommenen Mißverständnissen ein Riegel vorgeschoben.

Der Chefredakteur, dem diese Rechtsberatung nun doch zu sehr auf eine Belehrung hinausläuft, wird dem Syndikus erwidern, da solle er sich mal keine Sorgen machen, sie, die Redaktion, seien ja nicht von gestern, was der Syndikus mit einem kalten »Natürlich nicht« erwidert. Und so wird dann beschlossen, daß der Syndikus in seiner Eigenschaft als beim Amts- wie Landgericht zugelassener Rechtsanwalt die Vertretung von Herrn Kruse übernimmt und Anzeige wegen vorsätzlicher Körperverletzung gegen Unbekannt erstattet.

Abschließend empfiehlt der Syndikus den Redakteuren dringend, die Ermittlung des Täters der Polizei zu überlassen, und nicht etwa zu versuchen, ihn in einem Aufwasch bei der Fortsetzung der Recherche ausfindig zu machen. Der Chefredakteur weist auch diesen Rat unmißverständlich als überflüssig zurück, indem er sinngemäß noch einmal erklärt, sie seien ja nicht blöd. Und insgeheim fragt sich Herr Kruse, ob dieser Sesselpuper von Hausjurist ihn tatsächlich für so bescheuert hält, daß er sich noch einmal beim Matthes blicken ließe, bevor die Polizei den King Kong mit der Stoppelfrisur aus dem Verkehr gezogen hat.

Es sieht nicht gut aus für King Kong. Nach der Beschreibung, die Herr Kruse der Polizei zu geben vermag, wird es nicht schwerfallen, ihn zu identifizieren, vielleicht gibt es auf der zuständigen Polizeidirektion sogar einen altgedienten Beamten, der auf Anhieb sagen wird: »Das ist der Lully, klar«, und nach einer Gegenüberstellung mit Herrn Kruse wird dem Lully auch das Alibi nichts nutzen, das er sich ausgedacht hat, obwohl seine Frau sich auch diesmal gewiß nicht verquatschen wird, aber wahrscheinlich wird der eine oder andere seiner Freunde aus der Kneipe am Ende dann doch weich werden und vielleicht sogar der Matthes selbst, weil er Ärger mit der Polizei nun wirklich nicht gebrauchen kann. Und dann ist der Lully dran.

Und wenn er erst einmal vors Gericht kommt, dann werden ihm seine einschlägigen Vorstrafen das Genick brechen, mit Bewährung wird da nichts mehr laufen, auch mit Geldstrafe nicht, die er ohnehin nicht bezahlen kann, und wenn er erst mal hinter Gittern gelandet ist, wird er sich womöglich noch tiefer hineinreiten, denn er leidet an einer leichten, aber unkalkulierbaren Klaustrophobie, und es könnte sein, daß er, sobald man ihn wegsperrt, einen seiner Aggressionsschübe erleidet, und dann ist nichts und niemand mehr vor ihm sicher, auch Amtspersonen nicht, und schon gar nicht solche in der Uniform der Justizwachtmeister.

Es war Mitternacht vorbei, als ich so weit gekommen war, und dann begann der Kreisel sich erneut zu drehen, ich sorgte mich wieder um René und um Edda und um Lene und wieder um Lully, und dann sorgte ich mich auch noch um Nina und das, was sie vielleicht gegen Günni unternehmen würde, ohne die Folgen ausreichend bedacht zu haben. Und alsdann begann ich, mich auch noch um Clara und Birgit zu sorgen.

Vielleicht hatten ja auch meine Töchter die eine oder andere Leiche im Keller, die Herrn Kruse auf seiner Recherche in die Nase stechen könnte. Wer wußte denn, mit welchen fragwürdigen Typen Clara sich bei ihrem anhaltenden Verschleiß von Männern schon eingelassen hatte, vielleicht lag sie gerade mit einem Bankräuber im Bett, der im Kassenraum der Bank den Wachmann, als der seine Pistole zog, erschossen hatte, der Roadster, mit dem dieser Galan bei Clara vorfuhr, sprach ja nicht dagegen, den hatte er von der Beute bezahlt oder geklaut, und Clara hatte im Liebeswahn die Tatwaffe und den Rest der Beute in meinem alten Safe in der Praxis versteckt.

Von Birgit war dergleichen natürlich nicht zu befürchten, da war Rudi vor, der Langweiler folgte ihr ja auf Schritt und Tritt, und wahrscheinlich war ihr das auch gerade recht, um ihn fortwährend herumzuscheuchen, aber wer wußte, ob ihre Herrschsucht sie nicht in der Schule zu einer gravierenden Fehlleistung getrieben hatte. Vielleicht hatte sie versucht, die aufsässigen Halbstarken, die ihr anvertraut waren, mit Mitteln zu disziplinieren, die sich heutzutage kaum noch ein Lehrer anzuwenden traut, sie könnten in den Kindern ja seelische Traumen hinterlassen.

Sagen wir, Birgit hatte ihrem Deutsch-Leistungskurs, nachdem er sich durch Leistungsverweigerung hervorgetan hatte, übers Wochenende ein Gedicht mit einem halben Dutzend oder noch mehr Strophen auswendig zu lernen aufgegeben, nicht gerade das Lied von der Glocke, aber vielleicht war ja auch schon Heines *Ich weiß nicht, was soll es bedeuten* oder Brechts *Wirklich, ich lebe in finsteren Zeiten!* zuviel des Guten gewesen, Birgit hatte gleich am Montagmorgen dieses Gedicht reihum abgefragt, und jedem ihrer Zöglinge, ob männlichen oder weiblichen Geschlechts, der beim Vortrag hängenblieb oder den Text falsch rezitierte, auf der Stelle eine Sechs angeschrieben, und so hatte sie innerhalb von weniger als 40 Minuten sämtliche Teilnehmer des Leistungskurses abgearbeitet, aber das dicke Ende war nachgekommen, es hatte einen Aufstand der Eltern gegeben und eine Sondersitzung der Elternvertretung, und Birgit hatte einen Verweis des Schulleiters einstecken müssen, es hat ja schließlich schon mehr als genug Suizide von Schülern gegeben, die sich überfordert fühlten, verehrte Frau Kollegin.

Auch solch ein Vorfall würde für Herrn Kruse ein gefundenes Fressen sein. Er würde keinen Augenblick zögern, Lene nach dem Sohn, der schwul und gewalttätig war, auch die Tochter anzuhängen, die ihre Grenzen als Lehrerin nicht einzuhalten wußte und ihre Schüler mit überzogenen, wenn nicht gar sadistischen Anforderungen malträtierte, ganz zu schweigen von der als Ärztin für Allgemeinmedizin tätigen älteren Tochter, die dem Vernehmen nach trotz zweier kleiner Kinder ständig wechselnde männliche Partner bei sich aufnahm, mit den Einkünften aus ihrer florierenden Praxis offensichtlich nicht zufrieden war und sich als Komplizin eines Berufsverbrechers hergegeben hatte.

Niemand, so würde Herr Kruse seinen Lesern versichern, könne und wolle Eltern die alleinige Schuld an den Fehlern, die ihre Kinder begingen, aufladen, dazu seien heute, wie ja auch manche Pädagogen meinten (s. *Interview am Fuß der Seite*), die schlechten Einflüsse von außerhalb des Elternhauses wohl doch zu stark. Trotzdem dränge sich der Eindruck auf, daß Frau Auweiler, die sich um das höchste Amt der Stadt bewerbe, bei der Bewältigung ihrer Aufgaben innerhalb der Familie, der Erziehung ihrer Kinder keine glückliche Hand gehabt habe.

Daß Clara als Gangsterliebchen auffliegen könnte, glaubte ich freilich selbst nicht, bei diesem Gedankengang hatte ich mich wohl doch zu tief in die Vorstellungswelt des Chefreporters und seines Organs, so wie ich sie erkannt zu haben meinte, hineinversetzt. Aber dergleichen Erkenntnis änderte nichts daran, daß ich mich sorgte, um Clara und Birgit nicht weniger sorgte als um Nina und René, und vor allem um Lene, ja, und nicht zuletzt um mich selbst sorgte ich mich, aber natürlich, denn was Lully und womöglich auch Nina mir einbrocken würden oder schon eingebrockt hatten, war noch gar nicht abzusehen.

Um Herrn Kruse sorgte ich mich nicht, obwohl ich dazu Anlaß gehabt hätte. So wie ich Lully kannte, würde ich bei seinem Widersacher einen Bruch des Nasenbeins, den Verlust eines oder mehrerer Zähne und, falls er versucht haben sollte, sich zu wehren, ein luxiertes Schultergelenk nicht ausschließen. Aber das war mir, um es deutlich zu sagen, völlig egal.

Um sieben Uhr früh stand ich halb ausgeschlafen auf, um für Lene und mich das Frühstück zu bereiten. Als Lene das Haus verlassen hatte, beschloß ich, hinauszugehen, bevor mir die Decke auf den Kopf fallen würde, und einen längeren Spaziergang zu unternehmen.

30

Ich ging in Ninas Viertel, mein Viertel. Vielleicht legte ich es auf eine zufällige Begegnung mit Nina an, bei der ich nebenher hätte erfahren können, ob sie noch immer ihren, meinen Plan verfolgte, Günni einen Knüppel zwischen die Beine zu werfen, mit Hilfe ihrer Freundin vom Strich, aber ohne mich in Anspruch zu nehmen, bitte sehr, und ob sie, wenn ja, schon irgend etwas unternommen hatte. Ich weiß nicht, ob ich es darauf anlegte, und ich weiß auch nicht, ob ich, wenn es zu dieser Begegnung gekommen wäre, ihr gesagt hätte, daß es höchste Zeit sei, etwas zu unternehmen, weil sonst Nelles und Konsorten nicht mehr aufzuhalten seien und weil dann meiner Frau die bitterste Enttäuschung ihrer Karriere bevorstünde und mir die peinlichste Niederlage meines Lebens. Hätte ich ihr das gesagt?

Unterwegs kam mir der Gedanke, am Haus des Bäckers Heitmann vorbeizugehen, ich konnte durch die Seitengasse spazieren, an der die Hintertür der Backstube liegt, und dann auf der Hauptstraße am Schaufenster vorbei, und wenn Heitmann in seinem weißen Trikot und den schwarzweiß karierten Hosen und auf den weißen Pantinen zufällig in der Seitengasse an der Tür der Backstube gestanden hätte, um ein wenig frische Luft zu atmen und sich umzusehen, oder im Laden, um mit den Kundinnen ein Schwätzchen zu halten, dann hätte ich ihm guten Tag sagen können, ich wäre in der Seitengasse bei ihm stehengeblieben oder in den Laden gegangen, ich hätte ein paar von seinen frischen, duftenden Brötchen gekauft und ihn nebenher gefragt, ob es stimme, daß er seine Backstube zumachen wolle.

Und wenn er gesagt hätte, ja, es falle ihm weiß Gott nicht leicht, aber irgendwann müsse Schluß sein, dann hätte ich sagen können, das sei wirklich sehr schade, aber wahrscheinlich habe er recht, und dann hätte ich sagen können, dabei falle mir der Johann ein, Büttgens Johann, und was denn aus dem nun werde, ich nähme aber doch an, daß der Johann weiter bei ihm im Anbau wohnen könne. Ich hätte ein Wort für Johann einlegen können, und vielleicht hätte es ja etwas genutzt.

Um die Wahrheit zu sagen, nahm ich den Weg durch die Seitengasse allerdings nicht wegen Johann, und ich weiß nicht einmal, ob ich die Rede auf ihn gebracht hätte, wenn ich Heitmann an der Tür der Backstube oder im Laden begegnet wäre; ich habe, seit Johann mir erzählt hat, daß Heitmanns Tochter, das ist die mit den schwarzen, dichten Brauen, daß dieser Besen den Laden und das Regiment im Haus übernimmt, wenig Zweifel daran, daß die Backstube und mit ihr der ganze windschiefe Anbau ausgedient haben, wenn nicht auch noch das alte, heimelige Vorderhaus mit dem Laden aus den Gründerjahren, obwohl wenigstens *das* vielleicht eine Chance hat, weil der Verkauf ja weitergehen muß. Aber das Grundstück, auf dem der Anbau und die Backstube stehen, ist doch geradezu verschenkt, da könnte man doch glatt ein halbes Dutzend schicker Appartements hinstellen, Hauseingang und Abfahrt zu den Tiefgaragen in der Seitengasse, das hätte auch noch einen Pfiff. Das alte Gemäuer muß weg, und der Johann soll ins Heim gehen. Wirklich, ich lebe in finsteren Zeiten!

Ich nahm den Weg durch die Seitengasse eben nicht wegen Johann, sondern weil ich gehofft hatte, noch einmal, wie in der alten Zeit, den warmen, morgendlichen Geruch aus der Backstube riechen zu können, die frischgebackenen Brötchen und das Brot aus Sauerteig, ich hatte sie jeden Morgen gerochen, an jedem Werktag in der alten Zeit, als wir unser Haus noch nicht gebaut hatten und ich mit Erika und den Kindern noch in einer Mietwohnung mitten im Viertel wohnte, Erika litt schon an Appetitlosigkeit, aber frische Brötchen mochte sie, und so ging ich jeden Morgen, wenn ich die ersten Hausbesuche hinter mir hatte, bei Heitmann vorbei und brachte die Brötchen zum Frühstück mit nach Hause, und zumal an Sommertagen fühlte ich mich, obwohl es ein wenig lächerlich erscheinen mochte, an Hemingway erinnert.

Ich fühlte mich erinnert an *Fiesta*, »man hatte das angenehme Frühmorgensgefühl eines heißen Tages« und »es war vergnüglich, an die Arbeit zu gehen«, die Kastanienbäume standen in Blüte. Einmal im Jahr jedenfalls. Natürlich hätte jeder gelacht, dem ich diese Assoziation eingestanden hätte, denn die enge Straße vor Heitmanns Laden war gewiß kein Boulevard und der Jardin de Luxembourg rund fünfhundert Kilometer weit weg, und dies hier war

nicht Paris, sondern mein Viertel, aber ich fand meine Assoziation gar nicht lächerlich; denn ich hatte kein Verlangen nach Paris, solange ich in meinem Viertel frühmorgens
an die Arbeit gehen konnte.

Heute morgen nahm ich den Weg durch die Seitengasse
freilich ganz umsonst. Abgesehen davon, daß Heitmann
nicht vor der Tür stand, roch es dort nicht entfernt nach
Brötchen und Brot. Es roch nach ordinärer Straße, nicht
einmal nach frisch gesprengter, es war ja auch schon
Herbst und kein heißer Sommer mehr. Vielleicht war es
schon zu spät am Morgen, der Geruch hatte sich verzogen.
Oder vielleicht hatte Heitmann, der auch in seinem Laden
nicht zu sehen war, das Backen schon eingestellt.

Vielleicht lag er noch im Bett und versuchte verzweifelt,
das zu erleben, wonach er sich gesehnt hatte, seit er mit
vierzehn in die Bäckerlehre gekommen war, nämlich sich
nach Sonnenaufgang noch einmal umdrehen und abermals
umdrehen und sich einmummeln und schlafen zu können
bis in den Tag hinein. Er hatte sich so sehr danach gesehnt,
nicht mehr mitten in der Nacht aufstehen und in der Backstube antreten zu müssen, und nun mußte er es nicht mehr,
er konnte in seinem Bett liegenbleiben, aber das nutzte ihm
nichts, er war schon mitten in der Nacht wach geworden,
dachte an die Backstube, und einschlafen konnte er nicht
mehr.

Ich ging an Heitmanns Laden vorbei und bog in die
nächste, enge Querstraße ab. Es war mir schon klar, daß es
ein nostalgischer Spaziergang werden würde, der hilflose
Versuch, in der Vergangenheit unterzukriechen, ihren an-
heimelnden Gerüchen, ihrem milden Licht, ihren ge-

dämpften Geräuschen. Etwa so mochte das Mädchen aus Kolberg sich nach dem Geruch von Wald- und Meeresluft zurückgesehnt haben. Aber ich dachte gar nicht daran, mich diesem Verlangen zu widersetzen, ich ließ es mir nicht nehmen, die Gegenwart war mir allzu strapaziös und widerwärtig.

An der Toreinfahrt, durch die man früher in den Laden des Leihbuchhändlers Palm gelangte, blieb ich stehen. In dem schmalen Schaufenster neben der Einfahrt hatten einst auf stufenförmig angeordneten, mit einem roten Tuch drapierten Kisten und Kästen die Karl-May-Bände mit den goldverzierten Rücken gestanden und die Zukunfts-romane von Hans Dominik, John Knittels *Via Mala* und *El Hakim* und von Edgar Wallace auch der eine oder andere Sanders-Roman, aber ich mochte lieber die richtigen von ihm, vor allem die, die im nebligen London spielten, und daß darin viele Spuren ins Leere führten, viele Fragen offenblieben, zumal solche, die sich durch eine Falltür nicht erledigen ließen, störte mich damals nicht, die Ro-mane von Wallace waren ja immer noch so unendlich viel besser als die schwachsinnigen Filme, in denen nach dem Krieg seine Storys verwurstet worden sind.

Es hat eigenartig gerochen in Palms Laden, so unver-wechselbar, daß man mich mit verbundenen Augen hätte hineinführen können, ich hätte gleichwohl gewußt, wo ich war. Es ist vermutlich eine Mischung gewesen, und deren Grundbestandteil war wohl der Holzgeruch der Regale und der alten, knarrenden Fußbodendielen, aber die Fugen der Dielen hatten sich im Verlauf vieler Jahre hier und da ein wenig geöffnet, als das Holz trocknete und schrumpfte, und der Staub war eingedrungen, der Staub und der Moder hatten sich unter den Dielen angehäuft, und der stockige Mief drang durch die Fugen und verband sich mit dem Holzgeruch, aber auch das Öl, mit dem Palm die Dielen hin und wieder bearbeitete, gab seinen Dunst hinzu, und natürlich das Bohnerwachs, und vor allem steuerten die Bücher, die an drei Wänden bis unter die Decke standen, eine ganze Reihe von Komponenten bei, schwer erkennbare, geheimnisvolle Komponenten.

Manchmal, wenn ich mich in eines dieser Bücher vergraben hatte, die man für zwanzig Pfennig das Stück zwei Wochen lang ausleihen konnte, glaubte ich zu erkennen, was für ein Geruch es war, den das Buch ausströmte, aber die Illusion hielt nie lange vor; denn natürlich war es nicht möglich, daß ein Buch nach dem Gras der Prärie roch, in die es mich führte, oder nach dem Hafen, in dem die Sklavenhändler anlegten, nach den Gewürzsäcken eines Marktes in Basra, dem Schnee und Eis der Arktis, dem prasselnden Kaminfeuer eines Hauses in London.

Die Bücher hatten desungeachtet ihren besonderen Geruch, ja ganz prägnante Gerüche sogar, durch die man das eine manchmal sogar vom anderen unterscheiden konnte, und irgendwann kam ich dann darauf, daß es vor allem übrigen wahrscheinlich die Hinterlassenschaft der Menschen war, die sie gelesen hatten, vielleicht der Schmutz der Finger, die die Seiten umblätterten; der Speichel, mit dem ein Finger zum Umblättern angefeuchtet worden war, oder der Schweiß eines heißen Sommertages, der an den Händen haftete, die das Buch hielten; der Geruch der Pfeife, die ein betagter Leser rauchte, während er vornübergebeugt

Zeile um Zeile entzifferte; vielleicht auch die Seife, mit der eine noch junge und schöne Leserin ihre Hände wusch, oder eine Spur ihres Parfums, eine Verheißung.

Natürlich gibt es den knochigen, langen Palm mit dem krummen Rücken nicht mehr, und schon gar nicht mehr seine Bücher, wer würde heute noch zwanzig Pfennig bezahlen, um ein fleckiges, nach Menschen riechendes Buch lesen zu können, nein, innerhalb von zwei Wochen lesen zu müssen, erstens war die Sache unhygienisch, und woher sollte man zweitens die Zeit dafür nehmen. Womöglich würde ich selbst mich scheuen, heute noch so ein Buch in die Hand zu nehmen, wir sind so sehr an diese und jene und immer neue lebensnotwendige und lebenserhaltende Vorsichtsmaßnahmen gewöhnt, daß wir uns vom Leben, dem richtigen, immer penibler abkapseln, es ist ja tatsächlich nicht absolut keimfrei, so ein Pech aber auch.

In meiner Nostalgie wäre es mir natürlich hochwillkommen gewesen, wenn mittlerweile in dem einst mit Palms Schätzen gefüllten Ladenlokal, das es immerhin noch gibt, ein Videoverleih sich eingenistet hätte, nichts hätte doch sinnfälliger den Verfall unserer Kultur demonstrieren, nichts meinen Schmerz wohltuender bestätigen können. Aber die Wirklichkeit folgt nun mal nicht allezeit unseren eschatologischen Erwartungen, nicht einmal den pessimistischen. Aus Palms Leihbücherei war ein Laden für Bastelkrimskrams geworden, das Schaufenster vollgestopft mit künstlichen Sonnenblumen und desgleichen Herbstlaub, Geistermasken und Kürbisköpfen aus Pappmaché, buntem Papier und Holzleisten für den Drachenbau, Farbkästen, Pinseln, einer Staffelei, Glastöpfchen mit

Fingerfarben, Schnitzmessern, handgewebten Deckchen mit afrikanischen Mustern, Knöpfen, Bändern, Draht in vielerlei Stärken, Holzperlen, Glasperlen, Bast, Schnell- und Langsamkleber. Die Auswahl trug einen Touch sowohl von Entwicklungshilfe wie Kunstgewerbe wie alternativer Lebensart, sie bedeutete das absolute Gegenteil von einem Videoladen.

Ich wußte nicht, ob ich mich darüber freuen sollte, zögerte, wandte mich dann von dem Schaufenster ab. In ebendiesem Augenblick kam Frau Verweyen aus der Toreinfahrt, Angelika, eine ehemalige Patientin, die ich seit ein paar Jahren nicht mehr gesehen habe, sie wollte schon an mir vorbeigehen, als sie mich erkannte. Sie blieb stehen, sah mich von der Seite an, lächelte, trat dann vor mich und legte mir die Hand an den Arm. Sie sagte: »Also... wenn ich Ihnen jetzt sagen sollte, wie sehr ich mich freue... ich glaube, ich könnte es Ihnen gar nicht beschreiben! Wirklich! Sie würden's nicht glauben!«

Sie sieht noch immer gut aus, sogar attraktiv. Vielleicht liegt es an der Kombination von roten Haaren und blauen Augen. Sie wird über fünfzig sein, nur wenig jünger als Lene, aber das Haar hat noch immer diesen rötlichbraunen Schimmer, vielleicht ist es auch bloß gut gefärbt. Das Blau der Augen hat jedenfalls nicht nachgelassen, es ist nicht verblaßt, und an ihrer Haut gibt es nichts auszusetzen, natürlich haben sich seit unserer letzten Begegnung ein paar Fältchen mehr eingeschlichen, aber schlaff und matt ist nichts daran. Ich fühlte mich versucht, einen Blick hinab auf ihre Brust und auf das zu werfen, was ich aus solcher Nähe von ihren Beinen sehen konnte, aber das ließ ich.

Ich fragte sie, wie es ihr gehe, und sie antwortete, danke, gut. Sehr gut sogar wieder, Gott sei Dank. Die Frage lag nahe, wieso »wieder« und ob es ihr in der Zwischenzeit denn *nicht* gutgegangen sei, aber ich unterließ auch diese Frage, ich fürchtete die Verwicklung in eine lange und traurige Geschichte, deren Kenntnis mir die Rolle des Trösters auferlegen würde.

Ich fragte sie, was sie denn so früh am Morgen hierhergeführt habe. Sie antwortete, aber sie wohne doch hier, seit drei Jahren schon, und dann zögerte sie einen Augenblick, aber unversehens lächelte sie, sie sagte, wenn ich gerade ein wenig Zeit hätte, würde sie mir gern ihre Wohnung zeigen, es sei wirklich ein Glücksfall und sie fühle sich dort sehr wohl.

Ich sagte, es tue mir leid, aber dummerweise sei ich gerade jetzt ein wenig in Zeitnot, ich hätte nur etwas besorgen wollen und müsse gleich wieder nach Hause, weil ein Handwerker sich angesagt habe. Noch bevor ich diese dämliche Ausflucht zu Ende gebracht hatte, bereute ich sie.

Angelika Verweyen war eine der Patientinnen, die mich hin und wieder in Versuchung gebracht haben. Natürlich habe ich mich gefragt, ob sie mir etwas vorspielte, wenn sie zusammenschauerte, sobald ich sie bei einer Untersuchung berührte, aber letzten Endes war es ja auch egal: ob sie nun reflektorisch so heftig auf den Hautkontakt reagierte oder sich nur bemühte, mich das glauben zu lassen – es war so oder so eine Botschaft, die mir schmeichelte.

Und die Patientin Verweyen reizte mich nicht nur auf diese Art. Sie hatte auch die Eigenheit, oder sagen wir: die

Fähigkeit, aus der Distanz zu signalisieren, daß sie an mehr als dem Austausch zwischen Arzt und Patientin interessiert war, sehr interessiert, sie brauchte dazu nur eine halbe Drehung des Kopfes, sie drehte mit einem Lächeln den Kopf halb zur Seite, während ihre Augen mich nicht losließen, es war wie eine scherzhafte Drohung, sie gab mir zu verstehen, daß sie in mir den gleichen unerlaubten, tadelnswerten Wunsch entdeckt hatte, wie sie selbst ihn verspürte. Und ihre Lippen, sie verzog hin und wieder ihre Lippen auf eine, nun ja, eine wirklich laszive Art, zog sie in die Breite, als sei sie drauf und dran, eine Obszönität herauszulassen, rundete sie zu einem Kußmund oder auch einer feucht geränderten Öffnung, als sei ihr nicht bewußt, wie das verstanden werden konnte.

Ich sagte, ja, es sei wirklich zu dumm, aber nun müsse ich mich wohl auf den Weg machen. Sie sagte, aber wenigstens einen Blick sollte ich doch auf ihr kleines Paradies werfen, und wenigstens von außen, das sei ja im Nu geschehen. Sie faßte mich am Arm, tat einen Schritt in die Toreinfahrt hinein, deren Kopfsteinpflaster offenbar erneuert worden ist, ich folgte ihr ein wenig widerstrebend, allerdings nur sehr wenig widerstrebend.

Sie führte mich durch die Toreinfahrt in den Hof. Dort fand ich den alten, hohen Ahornbaum wieder, den ich von früher kenne, er stand in vollem Laub, und dahinter das dreistöckige Hinterhaus, das den Hof abschließt. Auch das Hinterhaus, in dem ich immer wieder Patienten besucht habe, ist offenbar renoviert worden, die dunkelroten Klinker schimmern, statt der grün gestrichenen Holzfenster hat man Fenster mit Metallrahmen eingesetzt und statt der dunkel gegerbten, zernarbten hölzernen Haustür mit der klobigen Eisenklinke eine spiegelnde Konstruktion aus Glas und Metall, zu der auch eine Wechselsprechanlage gehört.

Frau Verweyen führte mich an dem Ahorn vorbei, so daß ich das Hinterhaus in voller Breite sehen konnte, und wenn ich den Kopf in den Nacken legte, auch in voller Höhe, sie hob die Hand und wies mit einem stummen Lächeln nach oben, als bedürfe es einer weiteren Erklärung nicht. Ich legte den Kopf in den Nacken und sah die Blumenkästen vor den Fenstern der dritten Etage und darüber, wo früher nur das Flachdach gewesen war, ein weißlackiertes Geländer wie das einer Dachterrasse, es waren hinter dem Geländer auch einige grüne Pflanzen auszumachen.

Ich fragte: »Da oben? Mit dem Dachgarten?«, und sie nickte stolz, fragte: »Ist das nicht traumhaft?« Ich sagte, ja, das sehe wirklich traumhaft aus und das sei es wohl auch. Sie sagte, wenn ich erst die Wohnung sehen würde, könne ich noch besser verstehen, warum sie sich darin so wohl fühle, und nun müsse ich ihr aber versprechen, daß ich sie sehr bald einmal besuchen würde. Ich sagte, ja, natürlich, ich würde mich bei ihr melden. Ich sagte ihr nicht, daß ich am liebsten auf der Stelle ihr kleines Paradies besichtigt hätte. Ich hatte nun mal diesen verdammten Handwerker ins Spiel gebracht, also blieb mir nichts übrig, als zurückzugehen. Sie folgte mir.

Ich sagte, wenn der äußere Eindruck nicht täusche, hätten ihr Mann und sie sich mit dieser Wohnung aber erheblich kleiner gesetzt. Sie sagte, doch, der Eindruck täusche gewaltig. Ich sah sie fragend an. Sie lächelte. Sie sagte: »Sie glauben gar nicht, wieviel Platz ich da oben habe. Wieviel Freiraum«, und nach einer kleinen Pause: »Ich wohne nicht mehr mit meinem Mann zusammen. Wir sind geschieden.«

Ich sagte, das tue mir leid. Sie sagte, das brauche mir aber nicht leid zu tun.

Sie blieb stehen, als wir die Einfahrt hinter uns hatten, lächelte mich an. Sie sagte: »Sie sollten mich nicht bedauern. Es geht mir wirklich sehr gut. Sie können mir gratulieren.«

Ich lachte. Dann gab ich ihr die Hand. »Also gut… herzlichen Glückwunsch!«

Sie lachte. »So ist's recht! Danke.« Ich wollte meine Hand lösen, aber sie hielt sie fest. »Und Sie kommen mich schon bald mal besuchen, damit ich Ihnen die Wohnung zeigen kann?«

»Aber ja.«

Ich ging, beschleunigte meinen Schritt ein wenig, als befürchtete ich, der Handwerker stünde schon vor der Tür. Bevor ich um die nächste Ecke bog, warf ich einen Blick zurück. Aber sie war nicht mehr zu sehen.

Es war ein Jammer. Wahrscheinlich hatte ich sie arg enttäuscht. Ihre Einladung, die Wohnung zu besichtigen, war doch nur ein Vorwand gewesen. Wahrscheinlich war sie, als sie mich so unerwartet wiedersah, von ihren Gefühlen überrumpelt worden. Von der jähen, unerwarteten Wiederkehr des Gefühls, das sie für mich empfunden hatte, ja, es gab doch gar keinen Zweifel daran, *wie* sie für mich empfunden hatte, es sei denn, ich verstünde so gut wie gar nichts von Menschen. Sie hatte, als wir uns so unerwartet wiederbegegneten, ein spontanes Verlangen empfunden, wie einst. Sie war, aber ja doch, sie war geil geworden, so wie ich, und wir hätten einander Genüge tun und eine erholsame, eine befreiende halbe Stunde miteinander verbringen können, niemand hätte davon erfahren, und niemand hätte uns gestört, jetzt, da sie diesen finsteren Belgier mit seinen Import- und Exportgeschäften losgeworden war. Eine glückliche halbe Stunde, das wär's gewesen.

Ja, gewiß. Und ich hätte mir zu all den Problemen, die mich bedrücken, auch noch das Problem aufgeladen, daß ich meine Frau betrogen hatte. Ich hätte einmal mehr das Gegenteil dessen getan, was ich für richtig und für geboten hielt, und diesmal wäre das Faß vielleicht übergelaufen. Ich hätte mich selbst und das, was ich sein sollte, sein wollte, vielleicht für immer abschreiben müssen.

31

Als ich nach Hause kam, fand ich zwei merkwürdige, jedenfalls völlig unerwartete Botschaften auf dem Anrufbeantworter. Die erste war von Günnis Mutter, Evelyn Nelles, meiner ehemaligen Patientin. Ich hatte sie das letzte Mal in meiner Praxis gesehen, bevor ich mich zur Ruhe setzte, sie hatte keine akuten Beschwerden gehabt, sondern war, wie sie sagte, nur gekommen, um sich von mir zu verabschieden und mir zu danken für alles, was ich in so vielen Jahren für sie getan hätte.

Ich hatte gesagt, ich würde mich freuen, wenn sie der

Praxis die Treue hielte und sich der Obhut meiner Tochter Clara anvertraute, die eine sehr zuverlässige Ärztin sei, aber selbstverständlich bleibe das ihrer Entscheidung überlassen, und wenn sie das Bedürfnis habe, stünde natürlich auch ich ihr nach wie vor zur Verfügung, ich würde ihr zumindest immer einen Rat geben können, was zu tun sei. Sie hatte erwidert, das sei sehr freundlich von mir, aber sie denke, daß man einen Menschen, der den Ruhestand sich so verdient habe wie ich, auch in Ruhe lassen solle. Und zu Clara werde sie wahrscheinlich nicht gehen können, es möge ein Vorurteil sein, aber sie vertraue einem Mann als Arzt nun einmal mehr.

Sie ist nicht zu Clara gegangen, und sie hat mich auch in Ruhe gelassen, ich hatte bis zu diesem Tag nichts mehr von ihr gehört. Der Anruf mußte also eine besondere Bewandtnis haben, und es kostete mich einige Mühe, die Spekulationen, die sich mir aufdrängten, einzudämmen. Sie hatte dem Tonband lediglich gesagt, sie hoffe, daß es mir gutgehe, und sie würde sich freuen, wenn wir uns noch einmal sehen könnten, und ob sie mich vielleicht einmal zum Tee einladen dürfe, zum Tee zu zweit, sie würde sich freuen, wenn ich schon heute nachmittag Zeit hätte, aber ihr sei auch ein anderer Tag recht, ich solle ihr doch nur bitte Bescheid geben, »sagen Sie doch bitte auch Frau Auweiler einen schönen Gruß von mir, und dann bis hoffentlich bald, auf Wiederhören, Herr Doktor Auweiler!«.

Die zweite Botschaft stammte von Herrn Zervas, Dr. Peter Zervas, einem Landgerichtsdirektor, den ich vor dreißig oder noch mehr Jahren kennengelernt habe, als er noch nicht allzu lange Richter war, wir sind uns seither auch hin und wieder begegnet, bei Lenes Terminen entgeht man halt niemandem, der in dieser Stadt irgendeine Bedeutung hat oder zu haben glaubt, aber ich habe bei solchen Gelegenheiten stets das Gefühl gehabt, daß Herr Zervas mir aus dem Weg zu gehen versuchte, was ich verstehen konnte. Vielleicht war er ja mittlerweile pensioniert, so daß er sich nun frei genug fühlte, mit mir Kontakt aufzunehmen, doch warum er das tat, konnte ich wie bei Evelyn Nelles mir allenfalls zusammenreimen, und auch das beschäftigte mich eine Weile.

Herrn Zervas, der zuvor nur zwei- oder dreimal in meiner Praxis gewesen war, weil er unter Schlafstörungen litt, habe ich in einer Herbstnacht näher kennengelernt, einer ziemlich stürmischen, ich weiß noch, daß ich auf der Fahrt zu ihm mit knapper Not einen Ast umkurvte, den eine Böe vom Baum brach und vor mir auf die düstere Straße schleuderte, die Zweige bäumten sich im Licht der Scheinwerfer auf, als wehrten sie sich gegen das Sterben. Das könnte jedenfalls in ebendieser Nacht geschehen sein. Ich war noch nicht ganz wach, das Telefon muß geklingelt haben, als wir gerade in den Tiefschlaf gesunken waren.

Zervas war am Apparat. Ich glaube, mich zu erinnern, daß seine Stimme angespannt und merkwürdig verändert klang, aber vielleicht habe ich mir das im nachhinein so zurechtgelegt. Es wäre freilich auch verwunderlich gewesen, wenn er in seiner Lage mit dem gleichen kühlen, fast abweisenden Ton gesprochen hätte, wie ich ihn an ihm kannte. Er fragte, ob ich sofort zu ihm kommen könne, in seine Wohnung, es sei ein Notfall.

Ich fragte, ob es sich um eine Schlafstörung handele. Er

antwortete, nein, nein, keine Schlafstörung; es sei tatsächlich ein Notfall.

Ich fragte, was denn passiert sei. Er sagte, das möchte er mir am Telefon nicht erklären, aber es sei tatsächlich ein Notfall.

Mir wurde klar, daß ich mehr aus ihm nicht herausholen würde. Ich fragte nach der Adresse und sagte, ich käme.

Lene schlug das Federbett zurück, das sie sich übers Ohr gezogen hatte, sah mich aus halbgeschlossenen Augen an und fragte, wer denn das sei. Ich antwortete, während ich mir ein warmes Hemd aus dem Schrank holte, es sei ein Gelegenheitspatient, ich kennte ihn auch nicht so gut. Sie sagte, warum der denn nicht seinen Hausarzt rufe. Ich sagte, wahrscheinlich habe er mich soeben zu seinem Hausarzt ernannt. Lene seufzte.

Zervas wohnte in einer Reihenhaussiedlung am grünen Rand des Viertels, in ebender Siedlung, aus der laut der Enthüllungsstory von Herrn Ludewig der karibische Amtsleiter der Stadt ausgezogen ist, um sich mit seiner Friseuse zusammenzutun. Mag sein, es liegt an den Reihenhäusern, vielleicht rufen gerade sie das Bedürfnis nach Libertinage hervor, und vielleicht bringen sie sogar in knochentrockenen Charakteren, in denen man es nie und nimmer vermutet hätte, dieses Bedürfnis zum Sieden. Ich glaube, ich habe irgendwann auch schon eine soziologische oder sich soziologisch gebärdende Abhandlung darüber gelesen.

Die Lampen über den Eingangstüren der Reihe, in der Herr Zervas wohnte, waren allesamt gelöscht, die gutverdienenden Ehepaare und jungen Familien, die sich hier eingekauft und hier ihr Zuhause gefunden hatten, lagen, wie es sich um diese Zeit ja auch gehörte, offenbar in tiefem Schlummer, von Herrn Zervas und vermutlich seiner Gattin abgesehen. Da auch auf der Straße zwei Laternen nicht brannten, der Sturm hatte sie wohl zu heftig angefaßt, war keine der Hausnummern zu erkennen, und ich verstand, warum Herr Zervas mir gesagt hatte, es sei das dritte Haus hinter der Ecke, aber ich verstand noch nicht, warum er ebenso wie die anderen Bewohner der Straße seine Lampe über der Tür gelöscht hatte.

Ich tastete mich unter dem zerrissenen Himmel, an dem die schwarzen Wolken von West nach Ost jagten, durch das Tor des Vorgärtchens und von dort zum Eingang des Hauses, suchte vornübergebeugt die Klingel und drückte darauf. Die Klingel klang sehr laut, und in demselben Augenblick sah ich, daß die Haustür nur angelehnt war. Aus dem Inneren des Hauses hörte ich Herrn Zervas' Stimme, er rief: »Kommen Sie herein, bitte, die Tür ist offen!«

Ich trat ein, schloß die Tür hinter mir. Aus dem Zimmer am Ende des Flurs drang ein schwacher Lichtschein. Von dort meldete sich auch Herr Zervas wieder, er rief: »Geradeaus bitte, ich bin hier im Wohnzimmer!« Ich folgte dem Lichtschein und trat in das Wohnzimmer ein.

Die Vorhänge waren geschlossen, nur eine Stehlampe neben der Couch brannte. Herr Zervas lag auf der Couch, seine Beine und sein Unterkörper waren von einem Plaid verhüllt, darüber trug er Hemd, Krawatte und Weste. Unter den Kopf hatte er ein Kissen geschoben, aber er lag in einer merkwürdig verkrampften Haltung, die Knie halb angezogen, schien sich mit beiden Händen seitlich ein wenig aufzustützen, als habe er eine Position gefunden, die er nicht zu verändern wagte, weil er anders von gräßlichen Schmerzen befallen würde.

Er sah mich an, atmete auf und sagte: »Danke, daß Sie gekommen sind.«

Ich stellte meine Tasche ab, wollte mich zu ihm auf die Couch setzen. Sein Gesicht verzerrte sich, er sagte: »Vorsicht, bitte! Vielleicht könnten Sie sich in den Sessel setzen?«

Ich fragte: »Haben Sie einen Unfall gehabt? Glauben Sie, daß Sie sich irgend etwas gebrochen haben?«

Er zögerte, dann sagte er: »Einen Unfall – nun ja.« Er wollte offenbar etwas hinzufügen, aber dann schwieg er.

Ich sagte: »Wissen Sie, Herr Zervas, Sie müssen mir schon sagen, was Ihnen fehlt.«

Er sagte: »Ja, natürlich«, setzte abermals an, um etwas hinzuzufügen, und verstummte abermals.

Ich sagte: »Ich mache Ihnen einen Vorschlag. Ich untersuche Sie zunächst einmal, und dann beantworten Sie meine Fragen.« Ich griff nach dem Plaid, aber sofort faßte er mit beiden Händen danach und hielt es fest. Er sagte: »Nein, bitte! Noch nicht!« Nach einem Zögern sagte er: »Ich werd's Ihnen sagen.« Er schluckte heftig, das Geräusch war zum Erschrecken laut in der Stille. Dann sagte er: »Ich habe eine Dummheit begangen. Eine große Dummheit.« Anscheinend verging ihm schon wieder die Sprache, aber er riß sich zusammen. Er sagte: »Ich habe... experimentiert.«

»Experimentiert? Mit was?«

Nach einer Pause, in der er offensichtlich mit sich kämpfte, sagte er: »Mit einem Massagestab.«

Ich ahnte, was da passiert war, und ich fühlte mich ein wenig erleichtert, denn ich hatte schon geargwöhnt, daß er seine Frau, von der noch immer nichts zu sehen und nichts zu hören war, umgebracht hätte, mit einem Beil womöglich, und einer der Hiebe war danebengegangen und er hatte sich auch noch selbst in den Fuß gehackt. Das Problem freilich, das ich statt dessen ahnte, würde eher noch schwerer zu therapieren sein.

Ich fragte: »Haben Sie das Ding eingeführt?« Er nickte. Ich fragte: »In den After?« Er nickte. Ich fragte: »Und es ist Ihnen reingerutscht?« Er nickte abermals.

Ich seufzte. Zweimal sind Patientinnen zu mir in die Praxis gekommen, denen ein ähnliches Mißgeschick passiert war, allerdings nicht von hinten, sondern von vorn, bei der einen war es eine mittelgroße Medizinflasche, sehr handlich, und bei der anderen eine Staubsaugerdüse, schon schwieriger, weil der Schlitz am vorderen Ende ziemlich breit war und eckige Kanten hatte, aber in beiden Fällen ist es mir gelungen, das Objekt der Begierde herauszufischen, ohne daß es zu Verletzungen gekommen wäre.

Ich hatte freilich auch schon einen Fall erlebt, in dem die Lustkrücke sich im Darm verkrochen hatte, das war noch während meiner Zeit im Krankenhaus, Massagestäbe gab es, soweit ich mich erinnere, noch nicht, jedenfalls hatte der Patient, ein Polizeibeamter, sich auch ohne das zu helfen gewußt, er hatte einen Gummiknüppel abgesägt, vielleicht hatte die Originallänge denn doch gewisse Bedenken hervorgerufen, aber es waren immer noch reichliche zwanzig Zentimeter übriggeblieben, die sein Partner ihm wohl allzu leidenschaftlich hineingetrieben hatte, das Ding war jedenfalls weg, und wir mußten den Mann auf ziemlich strapaziöse Weise operieren, um es herauszuholen.

Zervas beobachtete mich mit Augen, in denen die mühsam unterdrückte Panik zu lesen stand. Er fragte: »Was kann man da tun?«

Ich sagte: »Das weiß ich noch nicht. Ich muß Sie erst einmal untersuchen.« Ich griff nach dem Plaid, und diesmal hielt er es nicht fest. Unterhalb des Hemdes war er nackt, abgesehen von den Socken in dezentem Grau. Ich fühlte mich an die alten pornographischen Fotografien und Filme erinnert, bei deren Herstellung die Herren offenbar nie die Socken abgelegt haben, allerdings tragen sie, vermutlich, um einen gepflegten Eindruck zu machen, in solchen historischen Dokumenten meist auch Sockenhalter, aber vielleicht hatten diese Accessoires damals ja auch eine besondere Wirkung, die Wirkung, die heute der knackige Hintern ausübt, sie waren sexy.

Ich tastete, allerdings ohne große Hoffnung, seinen Bauch ab. Er ließ mein Gesicht nicht aus den Augen.

Ich fragte: »Wie lang ist das Ding?« Er hob die Hände, hielt die beiden Zeigefinger auf eine Entfernung von nicht viel mehr als fünfzehn Zentimetern auseinander. Wahrscheinlich untertrieb er, weil er glaubte, das Instrument werde für um so skandalöser gehalten, je länger es sei, und es hatte keinen Sinn, ihm zu sagen, daß vielmehr die Chancen, von außen daran zu kommen, vielleicht um so größer seien.

Ich fragte ihn: »War der Vibrator eingeschaltet?«

Er nickte. Nach einem Zögern sagte er: »Aber… ich glaube, daß die Batterie mittlerweile leer ist.«

Ich fragte: »Das heißt, da brummt nichts mehr?« Ich klopfte auf mein Hinterteil.

Er sagte: »Nein. Nichts mehr. Seit etwa zehn Minuten.«

Ich sagte ihm, er solle sich auf die Seite legen. Er fragte: »Aber... kann dabei denn nichts passieren? Ich meine... daß ich mich verletze?«

Ich streifte einen Fingerling über, schüttelte den Kopf. Ich sagte, er solle sich ja nicht auf die Seite *werfen*. »Schön langsam drehen. Behutsam. Und dann das Gesäß herausstrecken. Ganz behutsam.«

Er verlagerte sich im Zeitlupentempo auf die Seite, stützte sich dabei mit den Händen ab, ächzte unterdrückt in das Kissen hinein. Ich rückte ihn ein wenig zurecht, dann führte ich vorsichtig den Finger ein. Herr Zervas ächzte.

Ich sagte: »Nicht anspannen!« Er brachte es tatsächlich fertig, den Muskel ein wenig zu lockern, vielleicht war es für ihn ja auch eine gewohnte Übung. Ich stieß mit der Fingerspitze gegen einen Widerstand. Es war der glatte Schraubdeckel am unteren Ende des Vibrators. Ich zog meinen Finger zurück.

Er hob den Kopf ein wenig, sah mich über die Schulter an. Ich sagte: »Ich kann diesen Apparat berühren. Das heißt, er ist ziemlich nahe am Anus steckengeblieben. Und damit gibt es jetzt theoretisch zwei Möglichkeiten.« Ich setzte mich neben ihn auf die Couch, und diesmal ließ er es zu. »Erstens könnte ich versuchen, das Ding mit den Fingern herauszuholen. Dabei gingen wir allerdings ein nicht gerade kleines Risiko ein. Das Risiko nämlich, daß ich dieses Ding nicht zu fassen bekomme und es statt dessen nur tiefer treibe. Und dann wären wir schon bei der zweiten Möglichkeit, und das ist ohnehin die bessere und die empfehlenswerte. Nämlich, daß ich Sie ins Krankenhaus einweise und – «

Er fiel mir ins Wort, mit einer hohen, sich fast überschlagenden Stimme: »Nicht ins Krankenhaus, nein, nein, ich möchte damit unter gar keinen Umständen ins Krankenhaus! Unter gar keinen Umständen!«

Ich nehme an, daß ich mit dieser Reaktion gerechnet hatte. Natürlich hatte ich damit gerechnet, die Strafrechtsreform war, wenn mich meine Erinnerung nicht trügt, noch nicht abgeschlossen, es galt noch der alte Paragraph 175 mitsamt seinen Sanktionen gegen die gleichgeschlechtliche Unzucht, und ich hatte zunehmend den Verdacht, daß sich in irgendeinem Winkel dieses dunklen Hauses ein Freund des Hausherrn aufhielt, der nicht gesehen werden sollte, womöglich hatte ebendieser Freund dem Richter den Massagestab verpaßt, und selbst wenn Herr Zervas es eigenhändig und ohne Gesellschaft getan hatte, wäre es für einen Mann in seiner Stellung höchst peinlich gewesen, mit einem solchen Ding im Hintern ein Krankenhaus aufsuchen zu müssen und dort aktenkundig zu werden, sowohl die Ehe wie die Karriere konnten dadurch erheblich beeinträchtigt werden.

Ich sagte, es sei aber sehr wünschenswert, wenn nicht sogar unerläßlich, durch eine Röntgenuntersuchung die genaue Lage des Objekts zu ermitteln, bevor man es zu entfernen versuche, und möglicherweise werde man dabei feststellen, daß es überhaupt nur durch eine Operation entfernt werden könne.

Er schwieg eine Weile, sein Atem ging heftig, auf seiner Oberlippe trat der Schweiß hervor. Dann sagte er: »Aber Sie haben doch gesagt, Sie könnten versuchen, es mit den Fingern herauszuholen!«

Ich wollte ihm erwidern, daß ich ja nicht nur das gesagt hätte, aber er ließ mich gar nicht dazu kommen, er sagte: »Ich weiß, das ist mit einem Risiko verbunden, das hab ich verstanden! Aber ich bin bereit, dieses Risiko auf mich zu nehmen! Bitte! Ich bitte Sie sehr!«

Ich wollte ihm sagen, daß nicht nur er ein Risiko auf sich nähme, sondern auch ich, weil in dem Fall, daß ich erfolglos in seinem Enddarm herumarbeitete, die Kollegen im Krankenhaus durchaus auf den Verdacht kommen konnten, ich hätte versucht, ein Bravourstück hinzulegen, und sei dafür verantwortlich, daß jetzt nur noch eine schwierige Operation übrigbleibe. Aber ich verzichtete auf diesen Hinweis. Der arme Mensch hatte mit sich selbst genug zu tun, und mir hätte es zudem nichts genutzt, wenn er sich nun auch noch Gedanken um mich gemacht hätte. Ich tat einen tiefen Atemzug, dann beugte ich mich über ihn. Er sagte: »Danke« und wandte den Kopf wieder ab, senkte ihn aufs Kissen.

Ich bin mir nicht sicher, wie ich diesen Fall in meiner beruflichen Bilanz einordnen soll, will heißen: ob ich ihn uneingeschränkt auf der Habenseite verbuchen kann. Es ist durchaus möglich, daß ich nicht wegen dieses Patienten, der mir nie besonders sympathisch gewesen war, mich auf ein solches Abenteuer einließ, zumindest nicht in erster Linie seinetwegen, sondern weil ich tatsächlich ein Bravourstück vollbringen wollte.

Das Bravourstück brachte ich fertig, aber ich weiß auch, daß ich dabei ein geradezu unverschämtes Glück hatte. Es gelang mir ganz wider Erwarten, die Kuppe meines rechten Zeigefingers über den Rand des Schraubdeckels am Ende des Vibrators zu bringen, und an den Rillen, die den Deckel ringsum einkerbten, fand ich Halt, ich konnte das Ding Millimeter um Millimeter zurückziehen und schließlich herausholen. Die Länge hatte Herr Zervas in der Tat untertrieben.

In dem Augenblick, in dem es herausglitt, gab Herr Zervas, den Kopf im Kissen, einen absonderlichen Laut von sich, es klang fast wie ein Schluchzen. Ich deponierte das Ding und den Fingerling auf einer Zeitung, die auf dem Couchtisch lag, dann ging ich hinaus. Ich fand die Toilette, wusch mir die Hände. Als ich ins Wohnzimmer zurückkam, hatte Herr Zervas die Deckenbeleuchtung eingeschaltet und seinen Unterkörper wieder bekleidet; den Vibrator mitsamt dem Fingerling hatte er mit einer anderen Zeitung bedeckt. Er sah mich an, sagte mit ein wenig schwankender Stimme: »Ich danke Ihnen.«

Ich kontrollierte seinen Puls und den Blutdruck, die fast normal waren, sagte ihm, daß er auf jeden Fall sich noch von einem Facharzt untersuchen lassen müsse. Er nickte ergeben, und ich schrieb ihm eine Überweisung zum Proktologen, wegen diffuser Beschwerden. Während ich die Überweisung schrieb, fragte ich ihn, wo denn seine Frau sei. Er antwortete: »In Kur.« Ich fragte, wie lange, und er antwortete: »Noch dreieinhalb Wochen.«

Ich fühlte mich versucht, ihm zu raten, er solle desungeachtet seinen Anus und sein Rektum noch eine Weile schonen, aber ich unterließ auch das. Ich fragte mich, wie dieser Mann überleben konnte, mit einer Frau an seiner Seite und dem Freund im Versteck. Kein Wunder, daß er an Schlafstörungen litt.

Er schaltete die Lampe über der Haustür ein, als ich ihn verließ. Es war mir klar, daß ich das als einen Ausdruck seiner Dankbarkeit bewerten konnte. Als ich in mein Auto einstieg, hatte er die Lampe schon wieder ausgeschaltet.

Auf meinem Anrufbeantworter hat er heute morgen hinterlassen, er melde sich nicht als Patient, natürlich, aber er würde es begrüßen, wenn sich noch einmal die Gelegenheit zu einem Gespräch fände, es gebe ja vielleicht das eine oder andere zu bereden. An jedem Montag und Donnerstag sei er zwischen vier und fünf Uhr nachmittags im Café Kreuder zu finden, vielleicht hätte ich ja auch einmal Zeit und Lust, zu dieser Stunde dort eine Tasse Kaffee oder Schokolade zu trinken, es wäre ihm jedenfalls willkommen. Ich wollte schon seine Nummer aus dem Telefonbuch heraussuchen, als mir klar wurde, daß er nicht um einen Rückruf gebeten hatte. Wahrscheinlich wollte er nicht, daß seine Frau von seinem Anruf bei mir erführe.

Ich rief Evelyn Nelles an, mit der ich durch das Hausmädchen verbunden wurde, bedankte mich für die Einladung und sagte ihr zum Tee am heutigen Nachmittag zu.

32

Nachdem ich bis zur Mittagszeit gelesen hatte, Jacob Grimms *Rede über das Alter* und ein bißchen Hufeland, wärmte ich mir einen Teller von der Suppe auf, die ich am Dienstag gekocht hatte. Ich war müde, zu faul, um etwas anderes herzurichten. Nach dem Essen legte ich mich aufs Sofa, stellte mir vorsichtshalber den Wecker auf drei Uhr. Ich stand noch einmal auf und holte mir vom Regal das großformatige Buch, in dem Renés Intendant, ein promovierter Theaterhistoriker mit Lehrberechtigung, die Fotografien und Skizzen einer Reihe von Renés Bühnenbildern herausgegeben und kommentiert hat, das Buch ist eine recht imponierende Würdigung von Renés Werk. Nicht zum erstenmal versuchte ich, mich in die Bilder zu vertiefen, um vielleicht aus ihnen zu erfahren, wie mein Sohn sich fühlt, wie er die Welt versteht, was er von ihr hält und was von sich selbst in ihr.

Ich fand auch dieses Mal wieder die Beispiele, die ich suchte, die steinharten, eiskalten Umwelten, in denen die hitzigsten Begierden verrecken, die abweisenden Mauern, an denen der Mensch sich den Kopf einrennt. So den Platz hinter dem Bühnenausgang der Académie Royale im vierten Akt von Hindemiths *Cardillac*. Die Figur des Goldschmieds, der von der Schönheit seiner Kunstwerke so besessen ist, daß er, um sie wiederzuerlangen, die Kunden ermordet, die sie ihm abgekauft haben, solch ein von perverser Leidenschaft getriebener und gejagter Mensch ist ja makaber genug; aber René hat für das Finale, in dem Cardillac sich selbst ans Messer liefert, eine eher noch schaurigere Szenerie gestaltet.

Sie konfrontiert den Zuschauer mit einer nächtlichen Stadtlandschaft, in der sich zwar auch das Paris des späten 17. Jahrhunderts wiederfinden läßt, die aber, mit den verloren glimmenden Lichtern des Café Procop gegenüber dem Bühnenausgang und den von Schatten verhüllten Fassaden ringsum, vor allem ein Gefühl von Ausweglosigkeit vermittelt. Daß Cardillac an diesem Ort, beim Anblick eines seiner schönsten Diademe im Besitz einer jungen Frau, der er schon aus familiären Gründen den Hals nicht abschneiden kann, nämlich seiner einzigen Tochter, in Raserei gerät und ausposaunt, er selbst sei der Mörder, mußte geradezu unvermeidlich scheinen, und ebenso, daß das Volk ihn auf der Stelle lyncht.

Allerdings fand ich auch die anderen, die gegensätzlichen Beispiele, auch dieses Mal die Szenerien, in denen Leidenschaften eben nicht zwangsläufig an ihre Grenzen stießen, nicht unverkennbar die Verzweiflung hauste, Raserei drohte, die Umwelten, die nicht nach Mord und Totschlag schrien, sondern offenkundig Menschenglück beherbergten. Ich fand die Beispiele, die ich eigentlich nicht finden wollte, weil sie meine Kategorien hätten ins Wanken bringen können.

Ich fand den Vorraum zum Saal des Fiakerballs, Wien 1860, in dem Arabella dem Grafen Mandryka, diesem Bären von einem Mann, begegnet, um auf der Stelle für ihn zu entflammen, »Und du wirst mein Gebieter sein, und ich dir untertan«, Wunschtraum eines jeden Mannes, der Frauen liebt. René hat aus der eher nüchternen Ortsangabe Hofmannsthals ein funkelndes, strahlendes Interieur gemacht, einen Vorhof zum siebenten Himmel, der bereits die Garantie dafür bietet, daß dieses schöne Paar, daß Mann und Frau trotz aller noch zu überstehenden Verwicklungen den Bund der Ehe schließen und glücklich und

260

zufrieden miteinander leben werden, bis daß der Tod sie abberuft, und das, bitte sehr, gemeinsam, in ein und derselben Minute, wie Philemon und Baucis, denn was nützt den Mann ohne die Frau, die Frau ohne den Mann das Leben.

Auch das Hotel, in dem Arabella mit Eltern und Schwester Zdenka wohnt, ist zwar so angegammelt, wie es den zerrütteten Vermögensverhältnissen des Vaters entspricht, dem der Zimmerkellner nichts mehr servieren darf, »Außer wünschen sofort zu bezahlen!«; aber selbst dieses Milieu atmet die ruhige Zuversicht, daß die Geschichte ein Happy-End finden wird.

Wie zu erwarten war, half Renés Werk mir freilich auch dieses Mal nicht, die Welt und die Menschen so zu verstehen und so zu akzeptieren, wie sie nun einmal sind, nicht alle Menschen jedenfalls, und nicht die ganze Welt, und schon gar nicht die Welt, wohin auch immer sie sich zu entwickeln beliebt. Ich dachte im Vorübergehen darüber nach, ob ich denn wenigstens mich selbst verstehen und akzeptieren konnte, in zunehmendem Alter und so, wie ich mich neuerdings zu entwickeln schien, aber bevor ich mir eine Antwort zurechtgelegt hatte, die mich hätte befriedigen können, schlief ich ein, mit dem aufgeschlagenen Buch quer über der Brust.

Ohne den Wecker wäre ich vermutlich nicht wachgeworden. Meine nächtlichen Anstrengungen, auf dem Wege des reinen Denkens herauszufinden, was alles Lene bedrohen kann und was alles ich tun müßte, um diese Bedrohungen abzuwehren, wenn ich denn den Mumm hätte, sie abzuwehren, diese mentalen Turnübungen, sie bleiben mir offenbar nicht in den Kleidern hängen, sie kosten Kraft. Vielleicht muß ich mir ein Sedativum verordnen, um wieder zu den Zeiten schlafen zu können, die dafür vorgesehen sind.

33

Die schwere, eichene Tür zu Evelyn Nelles' Haus wurde mir vom Hausmädchen geöffnet, Maria, sie trägt tatsächlich, jedenfalls tat sie es passend zu dieser Teestunde, noch immer ein schwarzes Kleid und ein weißes Schürzchen, obwohl sie auch schon gut in den Sechzigern ist. Günnis Großmutter hat sie vom Land geholt, als sie fünfzehn war, vielleicht sogar aus demselben Kirchspiel, aus dem auch Marias Vorgängerinnen ins Haus gekommen sind. So lange wie Maria hat aber wohl keine andere gedient, die anderen blieben, bis sie die Aussteuer beisammen hatten, wenn auch bloß eine aus abgelegten Beständen der Herrschaft, heirateten dann einen Handwerker oder Büroangestellten oder Eisenbahner, mit dem sie ins Kino und auf dem Heimweg hinter die Bäume gegangen waren, und wurden im beiderseitigen Interesse durch eine jüngere und noch fügsame Kraft vom Lande ersetzt.

Zeiten, die lange vorüber sind, ich schätze, mehr oder weniger seit der Währungsreform und dem Wirtschaftswunder, seither sind die Mädchen vom Lande wohl lieber in die Fabrik gegangen als in den Haushalt. Nicht zuletzt deshalb hat Evelyn Nelles mit Maria großes Glück gehabt, wenn wahrscheinlich auch vor allem, weil Maria ein wenig zu einfältig war, um sich einen Mann einzufangen, und ein wenig zu unansehnlich mit ihrem Angiom, das lilafarben fast ein Drittel ihrer Stirn bedeckt. Solange dieses Hausmädchen auf den Beinen bleibt, kann Evelyn Nelles jedenfalls so tun, als sei sie noch immer die Herrschaft.

Maria, die vielleicht meinte, vielleicht aber auch instruiert war, daß die Vertraulichkeiten des Hausarztes mir nicht mehr zustünden, sagte tatsächlich zu mir: »Einen Augenblick bitte, Herr Doktor, ich melde Sie an.« Sie ging zu dem offenen Torbogen, der ins Wohnzimmer führt, hatte ihn aber noch nicht erreicht, als darin Sigrid Nelles erschien, das ehemalige Fräulein Baudewin, cand. rer. pol., Günnis Ehefrau. Maria trat zur Seite, um Sigrid vorbeizulassen, und Sigrid ging an Maria vorüber, ohne von ihr Notiz zu nehmen, sie würdigte auch mich nur eines Seitenblicks, nickte kurz, nahm einen leichten Mantel aus der Garderobe, streifte ihn über und ging, auf weniger als Armeslänge mich passierend, zur Haustür. Immerhin sagte sie, indem sie mich mit einem zweiten Blick streifte: »Guten Tag.«

Ich sagte: »Guten Tag, Frau Nelles.«

Sie öffnete die Tür und verschwand.

Eine besondere Beachtung hat sie mir noch nie geschenkt, ich war auch nicht verlegen drum, ich mag diesen Typ mit den glimmenden Augen nicht besonders, und schon gar nicht, wenn er anfängt, Falten zu werfen, was zu solchen Augen überhaupt nicht passen will, aber so ungeschliffen hatte sie sich mir gegenüber noch nie aufgeführt. Ich hatte fast den Verdacht, daß sie mich hatte schockieren wollen, und ich ahnte natürlich auch, warum.

Maria kam zurück aus dem Torbogen, blieb daneben stehen, ich hätte mich nicht gewundert, wenn sie gesagt hätte: »Frau Nelles läßt bitten«, aber sie sagte nur: »Bitte, Herr Doktor!« Ich ging zu ihr, blieb vor ihr stehen, sagte: »Eigentlich hätten Sie mir meinen Hut und meinen Schirm und meine Karte abnehmen müssen.«

Sie sah mich verwundert an, sagte: »Aber Sie haben doch…« Dann verstand sie, sie lächelte, zuckte die Schultern.

Ich flüsterte: »Vornehm geht die Welt zugrunde, hab ich recht?« Sie lachte unterdrückt.

Evelyn Nelles, die dabei war, das Teeservice pro forma und mit den gebotenen zierlichen Bewegungen der Hand auf dem Sofatisch zurechtzurücken, richtete sich auf, lächelte, streckte mir die blasse Rechte entgegen: »Lieber Herr Doktor Auweiler…!«

Sie hat sich wirklich gut gehalten, zumindest in Anbetracht der Tatsache, daß sie auf die Achtzig zugeht oder sie womöglich schon erreicht hat. Ich unterdrückte jedoch das entsprechende Kompliment, denn wenn es auch nur im geringsten so geklungen hätte, als sei ich verwundert über ihr gutes Aussehen, weil sie eigentlich zu alt dafür sei, dann hätte ich wahrscheinlich schon nach einer Tasse Tee gehen können. Wir tauschten die angemessenen aseptischen Formeln aus, die Freude über das Wiedersehen, meine Freude über die Einladung, ihre Freude, daß ich sofort angenommen hätte, und wie doch die Zeit vergehe und mehr in dieser Art.

Unterdessen sah ich um mich, was in dieser Situation möglich war, ohne neugierig oder aufdringlich zu wirken und somit gegen eine der Benimmregeln des Hauses zu verstoßen, denn natürlich war ich oft in diesem weitläufigen Zimmer gewesen und kannte es mitsamt seiner exquisiten Einrichtung und dem exquisiten Zubehör und konnte mich zu Frau Evelyns Genugtuung freuen, dieses und jenes Teil in seiner ganzen Schönheit wiederzusehen: Die Teppiche, den Achenbach über der Anrichte, den schlanken Bücherschrank, Louis Philippe, Mitte des 19. Jahrhunderts, mahagonifurniert, und den dazu passenden Sekretär, das Porzellan, Meißener mit einer Besonderheit des Markenzeichens, nämlich dem Punkt über den gekreuzten Kur-Schwertern, eine der ersten Editionen unter dem Direktor Max Adolph Pfeiffer, 1924 von ihrem Vater erworben und von ihr in den fünfziger Jahren übernommen, als beide Eltern gestorben waren und sie mit ihrem Gatten, den hernach der Herztod mitten aus dem Leben, dem Geschäftsleben reißen sollte, und dem kleinen Günni in die elterliche Villa einzog.

In Wahrheit freute ich mich allerdings über gar nichts an und in diesem herrschaftlichen Klotz von Haus, den der seinerzeit begehrteste Architekt der Stadt Anfang der zwanziger Jahre errichtet hat. Ich konnte mich nicht einmal an dem Blick durch das breite Fenster und die Terrassentür hinaus in den wunderschönen, gepflegten Garten erfreuen.

Es sind ja nicht nur die Proleten gewesen und ihre strapazierten Frauen und rotznäsigen Kinder, die zu mir in die Praxis kamen, und Evelyn Nelles war bei weitem nicht die einzige Patientin, die ich auch unter den besseren Leuten hatte, den Familien, die seit der Gründerzeit in den von

Bäumen gesäumten Straßen am Rand meines Viertels wohnten. Und wenn mich in den engen Wohnungen der Proleten manchmal das Chaos störte, das die zu vielen Bewohner unvermeidlich anrichteten, und dazu die Geruchsmischung aus köchelndem Gemüse und Brei und schmutziger Wäsche und Kleinkinderpisse und vollgeschissenen Windeln, dann störte mich in den Häusern der besseren Leute nicht minder das Gegenteil solcher dürftigen Lebensverhältnisse, der Duft frisch geschnittener Blumen, die an genau den richtigen Stellen die Zimmer schmückten, die staubfreie, fleckfreie Sauberkeit, die penible Ordnung. Solche Vorzüge des Ambientes irritierten mich, weil sie gerade nicht von den besseren Leuten selbst geschaffen waren, sondern von dem Personal, das ihren Dreck wegräumte und das die Proleten sich nicht leisten konnten.

Warum viele solcher Leute stolz waren auf ihre Lebensverhältnisse, warum sie glaubten, andere Menschen, die weniger besaßen und weniger angenehm lebten, herablassend behandeln zu können, habe ich nie verstanden. Solche Leute standen ja zumeist auf den Schultern anderer, sie konnten mit dem Pfund wuchern, das sie geerbt hatten, und diejenigen, die es ihnen vererbt hatten, hatten auf den Schultern wiederum anderer gestanden. Und der Stammvater, der den Grundstock zu diesem Reichtum gelegt, derjenige, der die ursprüngliche Akkumulation besorgt hatte, hatte es auf Kosten anderer getan, er war nicht von Natur aus wohlhabender, sondern zufällig stärker gewesen als die anderen, denn allesamt werden wir nackt geboren, egal, wie großmächtig die einen hernach mit den anderen umzuspringen versuchen. Und nur auf Kosten der anderen hatten die folgenden Generationen ja auch den ererbten Reichtum vermehren können, er hatte ihnen die Macht verliehen, entweder ihr Geld oder, was auf dasselbe hinauslief, wie der Stammvater die anderen für sich arbeiten zu lassen, denn nach dem Gesetz, unter dem die Gesellschaft angetreten war, konnte der Teufel zwangsläufig immer nur auf den großen Haufen scheißen.

Natürlich war diese Argumentation, es ließ sich nicht leugnen, nichts anderes als Marx für den Hausgebrauch. Aber das hatte mich noch nie gestört, und die Schwachköpfe, die seit dem Zusammenbruch der Sowjetunion glauben, sich über Karl Marx als falschen Propheten mokieren zu können, haben ihn wahrscheinlich nicht einmal gelesen.

Mir, dem Arzt, ist freilich immer eine besondere Position zugestanden worden, nicht nur bei den armen, sondern auch bei den reichen Leuten, herablassend ist mir jedenfalls kaum mal einer gekommen. Vermutlich hängt das nicht zuletzt damit zusammen, daß die Zahl der Hypochonder, der Gesundheits-Feiglinge unter den reichen Leuten größer ist als allgemein, nach meiner Erfahrung jedenfalls, und das habe ich auch immer einleuchtend gefunden, Krankheit hat ja die unangenehme Eigenschaft, die Menschen über einen Kamm zu scheren, über gesellschaftliche Unterschiede geht sie ebenso brutal wie rücksichtslos hinweg, und wenn jemand erst einmal seinen Magenkrebs oder seinen Hirntumor voll entwickelt hat, dann nutzen ihm auch das Einbettzimmer und der tägliche Händedruck des Chefarztes nicht mehr viel, gelitten, gebangt und gestorben muß sein.

Ich fand es ebenso einleuchtend, daß viele reiche Leute so ängstlich bemüht sind, sich zu Lebzeiten einen überdauernden Ruf zu sichern, etwa sich als Liebhaber der schönen Künste oder der Wissenschaften, von denen sie keinen Dunst haben, zu gerieren und einen Teil ihrer Beute in eine hochfliegende Stiftung einzubringen, oder daß sie in früheren Zeiten, als die Androhung des Jüngsten Gerichts und des höllischen Feuers noch buchstäblich genommen wurde, eine Kirche bauten oder ein Kloster finanzierten oder wenigstens einen Altar, damit schlußendlich ein Engel sie an die Hand nähme und nicht ein Teufel auf die Hörner. Was mir allerdings nie eingeleuchtet hat, ist die Bereitwilligkeit, mit der die Öffentlichkeit seit jeher auf solche Täuschungsmanöver hereinfällt und sie ästimiert. Das absurdeste Beispiel habe ich im amerikanischen Sprachgebrauch gefunden, in Lexika, die einen Hai vom Kaliber John D. Rockefellers oder J. P. Morgans, weil er ein paar Millionen von seinen Milliarden für edle Zwecke hat springen lassen, nicht nur einen Unternehmer oder Finanzier nennen, sondern auch »philanthropist«, einen Menschenfreund, Gott der Barmherzige steh uns bei gegen solche Freunde.

Meine Freundin Evelyn Nelles ließ mich lange im ungewissen darüber, ob sie einen edlen oder vielleicht doch einen minder edlen Zweck mit ihrer Einladung verfolgte. Allerdings trug ich selbst meinen Teil zu der Verzögerung bei, indem ich ihr die Frage stellte, die ich natürlich nach einer angemessenen Frist auch nicht unterlassen durfte, die Frage nämlich, wie sie sich gesundheitlich fühle. Ich schnitt damit ein Thema an, mit dem sie sich schon immer intensiv beschäftigt hat, das aber mittlerweile in ihren Augen offenbar eine neue und noch faszinierendere Qualität gewonnen hat. Auf meine Frage antwortete sie: »Sehr gut. Es geht mir wirklich sehr gut. Wenn ich Ihnen den Grund nenne, werden Sie zwar sehr skeptisch dreinblicken. Aber ich kann Ihnen nur sagen, es hilft mir, und die Wirkungen, die ich spüre, sind einfach fabelhaft!«

Sie hat sich dem Anti-Aging verschrieben, der Anti-Alterungs-Bewegung, ja, so muß man es wohl nennen, denn solche Dimensionen hat es mittlerweile unverkennbar angenommen, dieses Phänomen, das als medizinische Spezialdisziplin, wenn nicht gar Schule auftritt und in Wahrheit mehr mit Hokuspokus zu tun hat als mit seriöser Heilkunde. Ich habe, nachdem das Schlagwort mir immer häufiger begegnete, mich einmal im Internet darüber zu informieren versucht und habe sage und schreibe über hundertvierzigtausend einschlägige Adressen gefunden, von der American Academy of Anti-Aging über Verlage, die Broschüren und Bücher zum Thema, wie man dem Altern entgehen kann, gleich dutzendweise anbieten, bis zu Kliniken in bester Lage und geleitet von veritablen Professoren, die den offenbar in großer Zahl vorhandenen Interessenten ganze Kataloge von Kuren und Behandlungen anbieten, lebensdienliche Maßnahmen, die zwar ein Schweinegeld kosten, dafür aber auch dem Verfall Paroli bieten, es sei denn, man glaubt nicht daran, was die erhofften Wirkungen leider drastisch einschränkt.

Mit der Frage, ob ich ihr nicht Hormonspritzen verabreichen könne, ist Evelyn Nelles mir schon vor gut dreißig Jahren gekommen. Allerdings sprach damals noch niemand von Anti-Aging, wohl aber lebte, soweit ich mich erinnere, der Bundeskanzler Adenauer noch, total zerknittert, doch kerzengerade und so machtversessen wie eh und je, und von dem wurde erzählt, er habe sich Affenhormone spritzen oder gar Affendrüsen einpflanzen lassen, weshalb er so unverwüstlich sei, vielleicht hatte auch Evelyn Nelles davon gehört, oder das Klimakterium machte ihr schon um diese Zeit zu schaffen, ich weiß es nicht mehr. Sie freilich weiß es wohl noch, und sie hat offenbar nicht vergessen, daß und wie ich ihren Vorschlag ablehnte, womöglich habe ich gesagt, ich könne sie behandeln, aber leider nicht unsterblich machen. Eine Unfreundlichkeit dieser Art hielt sie mir jetzt zwar nicht vor, aber sie sagte, während sie mir vom Teegebäck anbot, sie bedaure sehr, daß sie nicht früher über das Anti-Aging informiert worden sei.

Ich fragte, was sie denn mittlerweile darüber erfahren habe, und unversehens fühlte ich mich in ein Seminar für Halbgebildete versetzt oder in die Verkaufsveranstaltung eines Herstellers von Wärmedecken und anderen medizinisch empfohlenen Produkten, sie hielt mir, wobei sie freundlicherweise zweimal die Anmerkung einstreute: »Aber das wissen Sie ja alles viel besser als ich!«, ein Referat über Östrogene und Androgene, die Postmenopause und die Osteoporose, über Analysen zur Bestimmung des biologischen Alters, die Colon-Hydro-Therapie, Injektionstherapie und Induktionstherapie, über Vitamine, Mineralien und Lymphdrainagen.

Viermal hat sie schon eine Kur in einer Klinik in Bayern absolviert, das sei, so sagte sie, ein sehr geschmackvoll, mit einem unaufdringlichen Luxus eingerichtetes Haus in einer wundervollen Umgebung, vielleicht dächte ich ja, was das denn mit der Therapie zu tun habe, aber sie denke doch, daß das Ambiente bei einer solchen Kur eine wesentliche Rolle spiele, auch das hervorragend geschulte Personal, das einem jeden Wunsch von den Augen ablese, und nicht zuletzt natürlich die Ärzte, erstklassige Fachkräfte allesamt, jedenfalls soweit sie das beurteilen könne, und ganz ungewöhnlich aufmerksam, man habe in diesem Haus tatsächlich das Gefühl, daß man eine sehr private, persönliche Zuwendung erfahre.

Vielleicht kam ihr an dieser Stelle des Referats der Gedanke, daß es nicht gut wäre, diesen Bogen ausgerechnet bei mir zu überspannen, jedenfalls leitete sie zum Ende über, allerdings nicht, ohne noch hinzuzufügen, Anti-Aging sei natürlich auch für Männer höchst wichtig, so gegen den frühzeitigen Burnout, aber auch nach den Wechseljahren, es sei ja mittlerweile erwiesen, daß Männer ebenso wie Frauen in der Lebensmitte ihren Umbruch erlebten und krisengefährdet seien, bis hin zu schwersten Depressionen und massiven körperlichen Störungen, »aber das wissen Sie ja alles viel besser als ich«. Jedenfalls sei es durch wissenschaftliche Studien belegt, daß eine gezielte Anti-Aging-Therapie Männern die Vitalität erhalten könne, nicht zuletzt die sexuelle Genußfähigkeit.

Ich sagte, ja, ja, davon hätte ich mit Interesse gehört. Ich hätte in einem der vielen Angebote sogar gelesen, daß diese Therapie auch dann helfe, wenn der Job einen so in Atem halte, daß man gewissermaßen keine Zeit habe für eine gesunde Lebensweise, sondern weiterhin rauchen und trinken müsse, um den Streß überhaupt auszuhalten, was jedoch eine gleichzeitige Anwendung der Therapie keineswegs ausschließe, und das fände ich denn doch ziemlich verwunderlich. Sie war ein wenig unangenehm berührt, zögerte einen Augenblick, dann sagte sie, nun ja, es komme vielleicht vor, daß in dem einen oder anderen Prospekt die Wirksamkeit des Anti-Aging ein wenig zu optimistisch dargestellt werde, aber das ändere ja nichts daran, daß hier ein völlig neues Fachgebiet, völlig neue Möglichkeiten erschlossen worden seien, von denen frühere Generationen sich nichts hätten träumen lassen.

Ich sagte: »Träumen schon«, und sie fragte ein wenig irritiert: »Wie bitte?«

Ich sagte, geträumt hätten die früheren Generationen durchaus davon, sogar ziemlich lange schon, sie kenne doch zum Beispiel den Alexanderroman. Sie war, so schien mir, drauf und dran, ja zu sagen, aber das war ihr dann doch wohl zu riskant, sie sagte, nein, das sage ihr im Augenblick nichts. Alexanderroman?

Ich sagte, doch, doch, davon habe sie bestimmt schon gehört, dieses Epos von den Heldentaten Alexanders des Großen, das schon im Altertum entstanden und hernach durch die europäischen Literaturen gewandert sei, darin sei doch der sagenhafte Jungbrunnen beschrieben worden, dessen sich dann auch die Maler angenommen hätten, sie kenne doch die Darstellungen, das Wasserbecken unter freiem Himmel und inmitten einer elysischen Landschaft, die alten Leute, die krumm und verhutzelt auf der einen Seite des Beckens abgeladen würden, zaghaft ins Wasser tauchten und es durchquerten und auf der anderen Seite mit glatter Haut und geraden Gliedern hinausstiegen, um sich an einer Tafel zum Festmahl niederzulassen, vielleicht auch schon zu einem Gelage, ihre Mägen vertrügen es nach dieser Therapie ja wieder.

Sie seufzte, als sei ihr ein kleines Versehen unterlaufen, »Ach ja, der Jungbrunnen…«, und dann lächelte sie und sagte, aber das sei ja ein Märchen, und ich hielte doch hoffentlich die Erfolge des Anti-Aging nicht für ein Märchen, ich solle mir doch nur einmal eine Frau wie Iris Berben ansehen, die werde ja nicht umsonst die aufregendste Frau Deutschlands genannt, und das, obwohl sie nun immerhin auch schon fünfzig sei, ich kennte doch Iris Berben, nehme sie an. Ich sagte ja, natürlich, das sei doch diese dunkle Schönheit, die jeden Tag eine Handvoll Pillen und Vitamine und Hormone zu sich nehme, und ich hätte sogar, wenn ich mich richtig erinnerte, die bemerkenswerte Antwort gelesen, die sie auf die Frage, was sie sich zum fünfzigsten Geburtstag wünsche, gegeben habe.

Sie fragte: »Was hat sie denn geantwortet?«

Ich sagte: »Sie hat geantwortet: ›Unsterblichkeit, was sonst?‹«

Sie lächelte ein wenig unsicher, dann sagte sie: »Nun ja… aber das hat sie doch als Scherz gemeint, denke ich.«

Ich sagte, da sei ich mir nicht so sicher und Frau Berben sei, wenn sie ihre Antwort vielmehr ernst gemeint haben sollte, ja auch nicht die erste, die an einem solchen Wunsch gelitten und sich große Mühe gegeben habe, seiner Verwirklichung näherzukommen, in früheren Zeiten habe man zu ebendiesem Zweck nur andere Mittel verwendet. Zum Beispiel Tiere, die man einem Moribunden aufgelegt habe, nicht nur lebende Tiere, um die blutleeren Glieder zu wärmen, sondern eigens aufgeschnittene, sterbende Tiere, weil man geglaubt habe, daß deren ausströmender Lebensdunst den Todeskandidaten reanimieren werde.

Oder die Elixiere, Lebenstinkturen, wie sie der Graf Cagliostro alias Giuseppe Balsamo hergestellt und in einem schwungvollen Handel unter der Hand verkauft habe, ähnlich dem Grafen von St. Germain, einem besonders interessanten Vertreter der Branche, denn immerhin habe es von dem zu seinen Lebzeiten im 18. Jahrhundert geheißen, er habe Jesus und die zwölf Apostel noch persönlich gekannt, er sei nämlich zwischen zwei- und dreitausend Jahre alt, und das allein durch die regelmäßige Einnahme eines Geheimelixiers, was natürlich jeden, der reich genug gewesen sei, dem Grafen die erforderlichen Goldstücke in den Rachen zu werfen, begierig gemacht habe, ebendas zu tun, um sich das Elixier zu sichern.

Frau Nelles lächelte nicht mehr, sie hatte die Brauen leicht angehoben, aber ich mochte ohne eine etwas kräftigere Pointe nicht aufhören, also sagte ich, es sei nicht bekanntgeworden, wie viele Zeitgenossen in den Genuß des Elixiers gekommen seien und wie viele infolgedessen überlebt hätten und womöglich heute noch unter uns weilten. Der Graf von St. Germain selbst sei allerdings leider verstorben, in Eckernförde oder in Kassel, Genaues wisse man darüber nicht, auch nicht über die Todesursache. Vielleicht habe er vergessen, sein Elixier zu nehmen, oder er habe ganz einfach die Lust verloren an seinem endlosen Leben.

Das war der Punkt, an dem offenbar ich den Bogen überspannte. Frau Nelles gab mir unmißverständlich zu verstehen, daß sie von meinen Geschichten genug hatte, sie ließ die Brauen sinken, räusperte sich und fragte mich, ob ich noch eine Tasse Tee wolle. Ich antwortete, ja, danke, sehr gern, und sie goß mir ein. Sie stellte die Kanne ab, lehnte sich zurück und sagte: »Ich hätte Ihnen gern eine Frage gestellt, aber zu einem ganz anderen Thema.«

Ich sagte, aber ja, bitte, und was sie denn wissen wolle.

Sie sah mich an und fragte: »Ist es wahr, daß Ihre Frau gegen meinen Sohn kandidieren will?«

Also doch.

Ich antwortete, das könne man so oder so sehen, vielleicht wolle ja auch ihr Sohn gegen meine Frau kandidieren, aber es sei in jedem Falle richtig, daß meine Frau sich um das Amt des Oberbürgermeisters bewerben wolle, oder das der Oberbürgermeisterin, eben je nachdem, wie man die Sache sehe. Und ich schloß die Frage an, warum sie mich das frage.

Sie hob die Hände ein wenig, ließ sie sinken, schüttelte den Kopf ein wenig. »Aus allgemeinem Interesse. Das ist ja doch ein interessanter Vorgang, diese ganze Wahl, meine ich. Auch wegen der Ablösung, Machtwechsel sagt man wohl nicht in einer Stadt. Ich finde jedenfalls, daß es dafür höchste Zeit wird.« Ich weiß nicht, ob sie an dieser Stelle meine Zustimmung erwartete oder eine Schmähung der Roten, aber da ich nicht reagierte, mußte sie sich ohne Aufschub offenbaren. Sie sagte, es gebe allerdings auch noch einen, nun ja, einen etwas spezielleren Grund.

Ich fragte, was das denn für ein Grund sei?

Sie seufzte, schüttelte wieder den Kopf ein wenig. Ich wüßte doch, sagte sie, daß Frauen in unserer Gesellschaft noch immer auf Widerstände stießen, Vorurteile, vor allem im Wettbewerb mit Männern, und daß sie für schwächer gehalten würden und vor allem für weniger kompetent. Und deshalb fürchte sie, daß meine Frau die enormen Strapazen, die so ein politischer Wettbewerb ja mit sich bringe, vielleicht ganz vergebens auf sich nehme und daß sie schon gleich in der ersten Prüfung, im Wettbewerb mit ihrem, Evelyn Nelles' Sohn, unterliegen werde. Sie hoffe natürlich, das wolle sie gar nicht verhehlen, sie hoffe, daß der Parteivorstand ihren Sohn und nicht meine Frau dem Parteitag als Spitzenkandidaten vorschlagen werde, aber das ändere nichts daran, daß sie für meine Frau große Sympathien empfinde, von Frau zu Frau gewissermaßen, und nicht zuletzt auch, weil die Bürgermeisterin in ihrem Amt so gute Arbeit leiste, und ebendeshalb wünsche sie ihr von Herzen, daß ihr die bittere Niederlage, die sie riskiere, erspart bleibe.

Ich fragte: »Sie meinen, daß sie selbst sich diese Niederlage erspart?« Sie sah mich fragend an. Ich sagte: »Indem sie gar nicht antritt?«

Sie stutzte, dann sagte sie: »Ja, vielleicht das.« Sie hob die Schultern. »Ich meine... eine andere Möglichkeit sehe ich wirklich nicht!«

Ich sagte: »Das ist wirklich sehr lieb von Ihnen, daß Sie sich um meine Frau Gedanken machen. Aber seien Sie mal ganz unbesorgt. Meine Frau ist stabiler, als Sie vielleicht glauben.«

Sie sah mich an, nickte, als dächte sie über diese Antwort nach, schwieg.

Ich sagte: »Der Mann, vor dem sie kneift, muß noch geboren werden.«

Sie schwieg wieder eine Weile. Dann sagte sie: »Vielleicht unterschätzen Sie meinen Sohn.«

Ich lehnte mich in meinem Sessel zurück, schlug die Beine übereinander, sah sie abwartend an.

Sie sagte: »Wenn mein Sohn sich ein Ziel setzt, dann erreicht er es auch.« Sie warf einen Blick über die Schulter hinaus in den Garten, sah mich dann wieder an. »Er hat mir nie viel erzählt von dem, was er ... tun mußte, um seine Ziele zu erreichen. Seine Ziele in der Politik. Oder im Geschäft. Oder wo auch immer. Ich weiß nur, daß er immer das erreicht hat, was er wollte.«

Sie wandte den Blick wieder in den Garten. Dann sagte sie, ohne mich anzusehen: »Und ich vermute, daß er dabei ... hin und wieder auch schon einmal ... sagen wir: rücksichtslos vorgegangen ist. Eine gewisse Rücksichtslosigkeit nicht gescheut hat.« Sie sah mich an. »Und es würde mir sehr leid tun, wenn er das auch gegenüber Ihrer Frau ... täte.«

Sie griff nach ihrer Tasse, trank einen Schluck, stellte die Tasse sorgfältig ab, sah mich wieder an. »Ich weiß nicht, was er vorhat. Aber es täte mir sehr leid, wenn Ihre Frau ... darunter leiden müßte. Wenn sie ... in irgendeiner Weise dabei einen Schaden erlitte.« Nach einem Zögern sagte sie: »Ihre Frau und womöglich auch noch Sie selbst.«

Das genügte. Ich stand auf und bedankte mich für den Tee.

Sie stand auf, reichte mir die blaugeäderte Rechte.

Ich sagte: »Und nur, um auch das noch klarzustellen: Ich fürchte, daß meine Frau in bestimmten Fällen ebenfalls ziemlich rücksichtslos sein kann. So rücksichtslos wie irgendein wildgewordener Kerl, fürchte ich.« Ich lächelte. »Ich übrigens auch.«

34

Es kann sein, daß ich ihr unrecht getan habe. Ich kochte noch immer vor Wut, während ich nach Hause fuhr, denn natürlich war mir die kleine Frau Trompetter eingefallen und der fahle Herr Faulenborn, und ich war sicher, daß Günni nach diesem Gespann nun auch seine eigene Mutter vorgeschickt hatte, um den nächsten Grad anzuwenden, und ich fand es geradezu unglaublich, daß diese Dame mit dem Faible für erstklassige Sitten doch tatsächlich die Unverschämtheit besessen hatte, meiner Frau und mir zu drohen, uns beiden mit einem empfindlichen Schaden zu drohen, wenn Lene nicht den Rückzug anträte. Ich war so aufgebracht, daß Evelyn Nelles mir fast wie eine makabre Kopie von Lady Macbeth erschien, eine skrupellose, lebensgefährliche Intrigantin, der Sohn hatte ihr gesteckt, was alles er gegen Lene in petto hatte, nach dem bereits enthüllten schwulen Gewalttäter, der aus Lenes Erziehung hervorgegangen war, nun als Fortsetzung vielleicht den einen oder anderen Ehebruch und demnächst dann die vorbestrafte und dem Suff verfallene Schwester. Und dieses Weibsstück von Mutter hatte nicht die geringste Hemmung gehabt, mir den umfassenden Rufmord an meiner Familie in Aussicht zu stellen.

Ich fuhr mein Auto in die Garage, aber ich ging nicht ins Haus, sondern machte mich auf einen Spaziergang, in zügigem Tempo, um mich ein wenig abzukühlen. Es dauerte auch nicht allzulange, bis ich auf den Gedanken kam, den ich zwar nicht mochte, der sich aber partout nicht verwerfen ließ, den Gedanken nämlich, daß sie es in Wahrheit vielleicht gut gemeint hatte und eben nicht Günnis Geschäft hatte besorgen wollen. Daß ihr Sohn gewisse charakterliche Defizite hatte, daß er in gewissen Situationen nicht nur mit Vorbedacht, sondern auch ganz unkontrolliert zuschlagen konnte, mußte sie eigentlich besser wissen als ich. Vielleicht hatte sie tatsächlich Angst bekommen, er könne Lene so rücksichtslos angreifen, daß die Bürgermeisterin ganz und gar auf der Strecke bliebe, oder auch so rücksichtslos, daß er selbst dabei Schaden erlitte.

Es war zudem durchaus möglich, daß sie vor der bitteren Niederlage, von der sie orakelt hatte, nicht nur meine Frau, sondern auch mich, und gerade mich, bewahren wollte. Wir haben uns, abgesehen von ihren herrschaftlichen Allüren, die sie sich bei mir aber auch weitgehend verkniffen hat, ja immer leidlich verstanden, recht gut sogar, und was sie mir bei meinem Abschied in den Ruhestand gesagt hat, ist kein faules Kompliment gewesen, sie hat es aufrichtig gemeint.

Mit der Annahme, daß sie mir keineswegs hatte drohen, sondern sogar einen guten Rat hatte erteilen wollen, ließ sich am Ende auch noch der ungewöhnliche Auftritt von Günnis Frau zusammenreimen: Sigrid Nelles hatte ihre Schwiegermutter besuchen wollen, sie war unangemeldet gekommen und hatte zur Begrüßung hören müssen, daß ich vor der Tür stand, ausgerechnet ich, dessen Frau sich doch für eine niederträchtige Intrige gegen ihren Gatten

Günni hergegeben hatte. Sigrid hatte sich empört, »Was hast du dir denn dabei nur gedacht?!«, Evelyn hatte sich die Einmischung verbeten, »Darüber möchte ich mit dir nicht diskutieren!«, und Sigrid hatte abrauschen müssen, aber ersatzweise die Gelegenheit ergriffen, nicht nur Maria, sondern auch mich spüren zu lassen, daß sie sehr ungehalten war.

Vielleicht hatte Frau Sigrid sogar zuvor schon erfahren, von ihrem Gatten im Zweifelsfall, daß am Vorabend der nette Herr Kruse, der Chefreporter, zusammengeschlagen worden war, bei einer Recherche, die er für eine Reportage, man denke über die Bürgermeisterin Auweiler, unternommen hatte, zusammengeschlagen in einer Kneipe, in der viele der ehemaligen Patienten des Dr. Auweiler verkehrten, weshalb Herr Kruse ja auch dorthin gegangen war. Aber unter diesen Patienten gab es offenbar mehr Kriminelle, als Herr Kruse hatte annehmen können, und diese Leute reagierten offenbar sehr empfindlich, wenn jemand sich für ihre und die Vergangenheit ihres Hausarztes interessierte. Vielleicht hatte Sigrid das alles auch schon ihrer Schwiegermutter erzählt, aber die hatte sie trotzdem abfahren lassen.

Am Ende ließ ich es. Ich würde die Wahrheit ohnehin nicht herausfinden, nicht, ob Evelyn Nelles sich vielmehr doch zu einer Nötigung verstiegen hatte, damit ihr Sohn ungehindert Oberbürgermeister werden konnte, und auch nicht, ob die Spur von Lully zu mir schon gefunden war und ich bereits als der Auftraggeber von Gewalttat gegen einen Vertreter der öffentlichen Meinung gehandelt wurde.

Ich ging nach Hause, lungerte eine Weile herum und

schaltete schließlich die Glotze ein. Ich geriet an die Lokalnachrichten und erlebte die nächste Überraschung dieses Tages, eine ziemlich lästige.

Eine Reporterin meldete sich live aus dem großen Saal der Industrie- und Handelskammer, in dem einige weißgekleidete Männer und Frauen dabei waren, ein offenbar stattliches Buffet aufzubauen, und mir fiel ein, daß zu dem Ereignis, das die Reporterin ankündigte und das in weniger als einer Stunde beginnen würde, auch ich als der Mann meiner Frau eingeladen war, es ging um einen Preis zur Wirtschaftsförderung, den die Stadt alle zwei Jahre verleiht, die Rede hielt der rote Oberbürgermeister persönlich, aber natürlich mußten auch die Schwarzen mit ihrer ersten Garnitur anwesend sein, und überhaupt jeder, der etwas auf sich hielt, Künstler vielleicht ausgenommen, nein, auch die nicht, denn sie brauchten ja Mäzene.

Ich verfluchte mich, weil ich Lene versprochen hatte, mir das überflüssige Gequatsche dieser Veranstaltung anzutun, aber ich duschte beschleunigt, zog mich um und war rechtzeitig vor dem Portal der Kammer, Lene stieg gerade aus ihrem Dienstwagen aus und mit ihr Philipp Seiffert, der unvermeidliche Schleimscheißer. Immerhin schien Philipp meine Gesellschaft so leicht entbehren zu können wie ich die seine, er löste sich von uns, sobald wir das Haus, die mit schlichtem Marmor verkleidete Burg unserer Wirtschaftskämpen, betreten hatten, und gesellte sich zu einem Kranz von Damen, von denen Lene mir sagte, sie seien allesamt selbständige Unternehmerinnen und eine wichtige Zielgruppe, weshalb Philipp sich dankenswerterweise ihrer annehme, und ich unterdrückte die Frage, ob der Kerl sich auch schon mal einer Frau angenommen habe, die nicht seine Mutter hätte sein können.

Im Schlepptau Lenes, die wiederholt fotografiert und gefilmt wurde, bewegte ich mich von Gruppe zu Gruppe und von Händedruck zu Händedruck, wir ließen Günni und seine Entourage links liegen, begrüßten den roten Oberbürgermeister, der von irgendwoher schon einen Schnaps bekommen haben mußte oder eher zwei, jedenfalls roch er so, und den Präsidenten der Kammer, dessen apoplektische Gesichtsfarbe unter dem schlohweißen Schopf sich intensiviert hat, seit ich ihn das letztemal gesehen habe, schließlich auch den Preisträger, der Dekan der Wirtschaftsfakultät machte uns mit ihm bekannt, es ist ein noch junger Volkswirt, der an einem Tic des linken Augenlids leidet und seine Habilitationsschrift, die preisgekrönte, über innovative Formen der Ansiedlung von Gewerbebetrieben in ehemals industriellen Regionen oder etwas so ähnlich Lautendes angefertigt hat.

Während des ein wenig mühsamen Gesprächs sah ich in einer nicht weit von uns stehenden Gruppe den Chefredakteur des Blattes, für das Herr Kruse seine süffigen Reportagen schreibt, einen großgewachsenen und bereits verfetteten Mittdreißiger namens Friedebert Pape, und ich sah, daß er uns ins Auge faßte und Anstalten machte, sich von seinen Gesprächspartnern zu lösen und zu uns zu kommen. Ich wußte nicht, ob auch Lene Herrn Pape bemerkt hatte, jedenfalls verabschiedete sie sich von dem Preisträger und seinem Dekan, ich folgte ihr, und bevor wir wieder stehenblieben, fragte ich sie: »Wolltest du Herrn Pape aus dem Wege gehen?«

Sie sagte: »Legst du etwa Wert darauf, dich mit ihm zu unterhalten?«

Als der gedämpfte Gongschlag ertönt war, mit dem die Kammer bei ihren Veranstaltungen dem Publikum bedeutet, daß das Geschnatter und Gebrabbel einzustellen ist, weil die Arbeit beginnt, wandelten wir in den Seminarraum I, der durch die geöffnete Falttür mit dem Seminarraum II verbunden war und auf diese Weise gut zweihundert Sitzplätze auf den ockerfarbenen Polsterstühlen des hiesigen mittelständischen Unternehmens Gebr. Schmalstich bot. Es war so, wie ich es befürchtet hatte, unsere Plätze konnten von mehreren Seiten eingesehen werden und ließen es daher nicht zu, daß man zwischendurch schon einmal die Augen schloß.

Zwar bot sich überraschend doch noch eine Gelegenheit dazu, da die Feierstunde mit dem Auftritt dreier junger Absolventen der Musikhochschule eröffnet wurde, Altblockflöte, Viola da gamba und Cembalo, allesamt Meisterschüler, nehme ich an, denn darunter hätte die Kammer es nicht getan, sie brachten den ersten Satz einer Triosonate von Johann Rosenmüller zum Vortrag, aber sie waren so gut und der Rosenmüller auch, daß es mir leid getan hätte, die Musik mit geschlossenen Lidern, wie wenn ich mich ihr ganz und gar hingäbe, als Camouflage für ein Nickerchen zu mißbrauchen.

Danach begann die Durststrecke. Zur Begrüßung der Gäste sprach der Präsident der Kammer, der sich noch nie hat kurz und knapp ausdrücken können, es folgte ein Grußwort des Leiters der Staatskanzlei, der im Namen des Ministerpräsidenten und ausführlich die Bedeutung des

Preises für die Wirtschaftsförderung des Landes insgesamt würdigte, alsdann ein eher feuilletonistisch angelegter und ohne sichtbares Manuskript vorgetragener Beitrag des Kulturdezernenten, der das jugendliche Alter der drei Musiker in eine Relation zu dem jugendlichen Alter des Preisträgers setzte und daraus in lockeren Formulierungen, die er wie spontane Einfälle vortrug, nachdem er vermutlich lange daran herumgedrechselt hatte, den Schluß zog, daß der Stadt um ihre Zukunft nicht bange zu sein brauche.

Während der nächsten Rede, der des Dekans, der die fachlich offenbar sehr tiefschürfende Laudatio hielt, tauchte ich ab in eine Grübelei über Rosenmüller, von dessen Musik ich eine CD besitze, Lene hat sie mir einmal geschenkt, aber ich habe sie lange nicht mehr gehört, eine sakrale Chormusik, so glaubte ich mich zu erinnern. Rosenmüller, das mußte der sein, der noch vor Bach, eine ganze Reihe von Jahren vor Bach, der Organist der Thomaskirche gewesen war und der auch Thomaskantor geworden wäre, wenn man ihn nicht erwischt hätte, bei einer sittlichen Verfehlung, und das in der hoffnungsvollsten Phase seines Lebens, ja. Aber woher ich das wußte, fiel mir nicht mehr ein, im Begleitheft der CD stand so etwas wahrscheinlich nicht zu lesen, zu abträglich für einen Künstler, dessen Werk ja schließlich an Leute verkauft werden sollte, denen die geistliche Musik etwas bedeutete. Jedenfalls wußte ich, daß Rosenmüller in Leipzig wegen seines Vergehens im Kerker gesessen hatte, aus dem er jedoch hatte fliehen können, wohin, wußte ich aber auch nicht mehr.

Während der Dekan aus einer britischen Langzeitstudie

zitierte, erging ich mich in den Assoziationen, die das wenige, was ich von Rosenmüllers Leben weiß, in mir her-
vorrief. Ich sah seinen Kerker, ein Verlies um die Mitte des
17. Jahrhunderts, das mußte scheußlich gewesen sein, Ketten an den Füßen, vermutlich, und aus eigenen Kräften
hatte er doch wohl kaum diesem feuchten, finsteren, un-
terirdischen Gelaß entkommen können, und ob er, während er unter der Erde saß, noch immer die überirdische
Musik hatte hören können, die er geschrieben hat?

Vielleicht hatte eines Nachts eine einspännige Kutsche
am Ende der Gasse gewartet, in der der Zugang zu den
Kerkern lag, eine steile, ausgetretene Steintreppe, die aus
dem Haus der Wache hinabführte unter die Erde. Zwei
Schließer des Kriminalgerichts hatten in dieser unwirt-
lichen, regnerischen Nacht Dienst getan, und der Ältere der
beiden war bestochen gewesen, von einem vermögenden
Pelzhändler, Musikliebhaber, in dessen Haus Rosenmüller
hin und wieder bei privaten Soireen aufgetreten war. Dieser Schließer war kurz vor Mitternacht vorgeblich auf den
Abtritt gegangen, und auf dem Rückweg in die Wachstube
hatte er die Tür des Hauses einen Spaltbreit geöffnet, und
beim Glockenschlag zur Mitternacht waren zwei maskierte Männer, Bedienstete des Pelzhändlers, eingedrungen, sie hatten den zweiten Schließer, der im Halbschlaf am
Tisch der Wachstube hockte, niedergeschlagen, so daß er
das Bewußtsein verlor, und einer der Maskierten war, während der andere die Haustür bewachte, mit dem bestoche-
nen Schließer hinabgestiegen, sie befreiten Rosenmüller
von seinen Ketten und schleppten ihn die ausgetretenen
Stufen empor.

Der Maskierte, der den Rückzugsweg gesichert hatte, trat einen Schritt vor die Tür des Wachhauses, er hob den Arm und winkte zu der Kutsche am Ende der Gasse hin, und der Kutscher, der mit hochgeschlagenem Mantelkragen, das Kinn auf der Brust, wie schlafend in einer Ecke des Kutschbocks gehangen hatte, richtete sich unversehens auf, er ließ die Zügel auf den Rücken des Pferdes klatschen, und das Pferd setzte sich mit klappernden Hufen in Bewegung, die Kutsche rollte über das schwarze, naßschimmernde Pflaster der Gasse bis vor die Tür des Wachhauses.

Unterdessen wandte in der Wachstube der bestochene Schließer dem Maskierten, mit dem er den Häftling aus dem Kerker geholt hatte, den Rücken zu, er bot ihm mit zusammengekniffenen Augen und verzerrten Lippen seinen Nacken dar, und der Maskierte zog ihm mit einem Knüppel einen schweren Hieb über den Hinterkopf und den Nacken, der Schließer fiel auf die Knie, zwar verlor er das Bewußtsein nicht, aber er hatte eine blutende Wunde und eine schnell aufquellende Beule davongetragen, und das war ja auch die Absicht gewesen, er legte sich neben den anderen und streckte alle viere von sich und würde so liegenbleiben, bis der andere zu sich gekommen war, so daß es aussehen würde, als seien sie einer wie der andere überfallen und bewußtlos geschlagen worden.

Die beiden Bediensteten des Pelzhändlers setzten Rosenmüller in die Kutsche, die Kutsche fuhr in einem Regenschauer davon, und die Bediensteten verzogen sich im Schatten der Häuser in die andere Richtung.

Wie es weiterging, weiß ich nicht, ich wurde gestört durch den respektvoll-gedämpften Beifall, unter dem der

Dekan das Rednerpult räumte, und unverzüglich folgte
der Oberbürgermeister, er trat, seine Blätter unauffällig
aus der Jackentasche hervorziehend, hinter die Mikro-
phone. Fast wäre es mir gelungen, zu Rosenmüller
zurückzukehren, ich hätte gern herausgefunden, welcher
Art von sittlicher Verfehlung er sich schuldig gemacht
hatte, aber Lene versetzte mir dreimal während der Rede
des Oberbürgermeisters einen dezenten Rippenstoß, ich
nehme an, sie wollte mich auf eine der Stilblüten aufmerksam machen, für die der oberste Repräsentant der Stadt bekannt ist, und ich reagierte jedesmal, indem ich mich ihr
mit einem bestätigenden Lächeln und Nicken zuwandte,
obwohl ich kein einziges Mal zugehört hatte; vielleicht
hatte Lene ja auch bloß befürchtet, ich sei dabei einzu-
schlafen und könne unversehens mit meinem apnoetischen
Röcheln wach werden.

Nachdem er seine Rede, für die geschlagene fünfzehn
Minuten meines Lebens und dessen der übrigen Zuhörer
draufgingen, glücklich beendet hatte, überreichte der
Oberbürgermeister unter Assistenz des Wirtschaftsdezer-
nenten und der Protokollchefin der Stadt, die dieses Mal
das kleine Schwarze gewählt hatte, den Preis, einen vergol-
deten Hermes in halber Oscar-Größe, der voraneilend mit
dem einen seiner Flügelschuhe die Weltkugel berührt,
und nach dem Preis die Verleihungsurkunde und schließlich den Scheck über fünfundzwanzigtausend Mark, der
hochgehoben und unter starkem Beifall sowie dem
Flackern der Blitzlichter nach allen Seiten präsentiert
wurde.

Alsdann trat zum Überfluß auch noch der Preisträger

selbst ans Pult, er stellte den Hermes behutsam vor sich ab und las, während das Lid beharrlich zuckte, seinen Dank vom Blatt, woraufhin noch einmal das Trio erschien, das diesmal allerdings ein gewisses Befremden erregte, weil das Stück, das es, vielleicht aus Dankbarkeit, vielleicht aber auch zur Befriedigung des Lokalpatriotismus, ausgesucht hatte, von einem Lehrer der Musikhochschule komponiert war und sich durch eine etwas sperrige Atonalität aus- zeichnete. Die Erleichterung im Saal war spürbar, als der Präsident der Kammer, mit erhobenen Händen hinter den Künstlern her applaudierend, zum Mikrophon schritt, allen Beteiligten dankte und das Auditorium bat, sich in den großen Saal zu begeben, wo das Buffet angerichtet und die Tische gedeckt seien, »ich wünsche Ihnen... wünsche gute und interessante Gespräche«.

Als Hauptgang nahm Lene Kasseler und Sauerkraut, vielleicht war es auch Kasseler an Weinkraut, und ich die Erbsensuppe mit oder an Mettwurst, die mir auf den ersten Blick gefallen hatte, wir aßen gemeinsam an einem Tisch mit einer der selbständigen Unternehmerinnen und ihrem Ehemann, einem freiberuflichen Graphiker, der den Mund nur für die Gabel öffnete, kein Wunder, daß die Frau sich eine Beschäftigung außerhalb des Hauses gesucht hat. Als wir das Dessert ausgewählt hatten und damit an unseren Tisch zurückkehrten, erhob sich ein Herr, der an unserem Wege saß, begrüßte Lene und fragte sie, ob sie ihr Dessert nicht an seinem Tisch zu sich nehmen wolle, der Platz neben ihm sei frei und er würde gern etwas mit ihr bereden, es war, wie ich später erfuhr, der Leiter eines privaten Pro- jekts zur Betreuung aggressiver Kinder, das neue Möbel benötigt, und er entschuldigte sich sehr, als Lene mich als ihren Ehemann vorstellte. Ich sagte, kein Problem, und ich würde schon einmal an unseren Tisch vorausgehen.

Die Unternehmerin war mitsamt ihrem Gatten verschwunden, ich überlegte, ob mir bei dem Gespräch über ihre Tätigkeit und ihre enormen Schwierigkeiten, zuverlässige Mitarbeiter zu finden, die nicht nur aufs Geld aus seien, irgendeine Bemerkung unterlaufen war, die sie in den falschen Hals oder vielmehr in den richtigen hätte bekommen können, aber mir fiel nichts ein, nach meiner Erinnerung hatte ich mich gut betragen. Vielleicht hatte sie bloß andere Gesellschaft gesucht, Tischpartner, die in einem Thema zu Hause waren, das auch den Gatten interessierte, Angeln zum Beispiel oder die Jagd. Krocket. Golf. Ich aß mein Dessert, blickte um mich, nahm einen Kaffee und, wenn auch mit Bedenken, das dritte Bier.

Unversehens trat von der Seite der Chefredakteur Pape, ein Bier in der Hand, an meinen Tisch heran.

Er sagte: »Guten Abend, Herr Auweiler. Friedebert Pape.«

Ich sagte: »Ich weiß, wer Sie sind.«

Er lächelte. »Ach ja. Richtig. Wir sind ja schon einmal miteinander bekannt gemacht worden.« Er zog den Stuhl mir gegenüber zurück, ließ sich mit seinem breiten Hintern darauf nieder.

Ich hob die Augenbrauen. »Hab ich Sie aufgefordert, sich zu mir zu setzen?«

Er trank einen Schluck Bier, stellte das Glas ab. »Es wird nicht lange dauern. Ich denke nur, daß es Sie interessiert, wie es Herrn Kruse geht.«

»Wer ist Herr Kruse?«

Er lächelte. »Nicht doch, Herr Auweiler! Herr Kruse ist unser Chefreporter, das wissen Sie doch. Ein sehr begabter, tüchtiger Kollege.«

Ich antwortete: »Meinen Sie etwa den Schmierfink, der diese Schweinerei über unseren Sohn geschrieben hat?«

»Vorsicht, Herr Auweiler!« Er legte die Hand an seinen Krawattenknoten, rückte ihn zurecht. »Ich nehme an, Sie kennen die einschlägigen Paragraphen des Strafgesetzbuchs. Und wissen, was derartige Äußerungen einem einbringen können.«

Ich sagte: »Mit den einschlägigen Paragraphen kennen Sie sich wahrscheinlich besser aus als ich, müssen Sie ja auch. Denn sonst säßen Sie nicht hier, sondern irgendwo anders, wo es nicht so gemütlich ist. Und wenn Sie glauben, *Sie* könnten *mich* warnen, dann sind Sie gewaltig auf dem Holzweg, mein Lieber! Aber ganz gewaltig! Wenn's hier was zu warnen gibt, dann andersherum. Dann warne ich *Sie*! Reicht Ihre Intelligenz, um mir zu folgen?«

»Ja, durchaus.« Er versuchte, ein spöttisches Lächeln aufzusetzen, aber die Schau gewann keine Überzeugungskraft, weil er unterdessen feuerrot anlief, und so mochte er sich dann auch nicht länger gelassen geben, er knurrte: »Sie arroganter ...«, und während er sich einen Augenblick lang nicht entscheiden konnte, welches Hauptwort am besten die Beleidigung abrunden würde, sagte ich: »Pinsel.«

Er starrte mich an, dann sagte er: »Was bilden Sie sich eigentlich ein, Sie arrogantes Arschloch? Sie lassen einen Journalisten zusammenschlagen, der nichts anderes als seine Pflicht tut und einmal nachprüft, was es denn mit

Ihrem angeblich so tadellosen Ruf auf sich hat und mit dem Ruf Ihrer Frau, die wollen wir ja nicht vergessen, die will ja was werden, noch mehr werden in dieser Stadt. Und da muß sie sich wohl gefallen lassen, auch wenn es Ihnen nicht paßt, daß Leute wie wir, die im Interesse der Öffentlichkeit arbeiten, sich auch für ihr Privatleben interessieren und für ihre Vergangenheit und ihre Familie, und sobald wir feststellen –«

»Das reicht!« Ich erhob mich halb, griff über den Tisch und packte ihn an seinem Krawattenknoten, er war so verblüfft, daß er verstummte und regungslos sitzen blieb und mich bloß ungläubig anstarrte. Ich sagte: »Und sobald *ich* feststelle, daß Sie Drecksack oder einer der Drecksäcke, die Sie losschicken, noch einmal –«

Jemand faßte mich von hinten, zog mich zurück, und gleichzeitig entwand Herr Pape sich meinem Griff, an seiner Seite tauchte eine junge Frau in einem eleganten Hosenanzug auf, er ließ sich, wenn auch widerstrebend, von ihr wegführen. Ich sah über die Schulter, es war Philipp Seiffert, der mich zurückgezogen hatte, er ließ mich los, hielt aber beide Hände wie beschwörend in halber Höhe, sagte: »Kommen Sie, Herr Auweiler, wir gehen einen Augenblick hinaus!«

Ich sagte: »Ich brauche Sie nicht, um rauszugehen, verdammt noch mal!«

Er sagte: »Okay, okay! Ich… ich werd Ihrer Frau Bescheid sagen.« Er wandte sich ab und ging. Ich wollte ihn zurückrufen, was zum Teufel glaubte der Kerl denn, daß er meiner Frau zu sagen habe, ich hatte ihn nicht beauftragt, und was Lene wissen mußte, würde ich selbst ihr sagen. Aber ich ließ ihn gehen, ich wollte nicht noch mehr Aufsehen erregen. Ein paar Leute an den Tischen ringsum starrten mich an.

Ich ging hinaus ins Foyer. Es war kein starker Abgang. Jedenfalls hätte ich mir einen weitaus stärkeren gewünscht. Ich hätte mir gewünscht, den großen, dicken Herrn Pape in den Schwitzkasten zu nehmen und ihn im Schwitzkasten aus dem Saal zu zerren und durch das Foyer und ihn mit einem Tritt in seinen großen, dicken Hintern die Treppe vor dem Portal hinabzubefördern. Das wäre, Herrgottssakrament, ein Abgang gewesen, der mir gefallen hätte! Und einigen anderen Leuten vielleicht auch.

35

Es dauerte nicht lange, dann kam Lene hinter mir her ins Foyer. Sie sagte, sie wolle jetzt mit mir nach Hause fahren, aber das war leider kein Zeichen von Dankbarkeit, auch nicht von Solidarität, sie war vielmehr bitterböse mit mir. Einen Fotografen, der nach ihr aus dem großen Saal gekommen sein mußte und uns mit schnellen Schritten zu überholen versuchte, wahrscheinlich, um uns von vorn abzulichten, fauchte sie an: »Hauen Sie bloß ab!«, was er dann auch tat. Danach sprach sie kein Wort mehr, bis wir das Parkhaus verlassen hatten. Als ich aus der Ausfahrt in die Straße abgebogen war, sagte sie: »Was hast du dir dabei bloß gedacht?«

Anstelle einer Antwort fragte ich sie, ob sie nicht vielleicht zunächst einmal wissen wolle, was Herr Pape sich herausgenommen habe, und sie antwortete, bitte sehr, sie sei wirklich dankbar für jedes Wort der Erklärung, das ich ihr anzubieten hätte. Ich merkte, daß ich mich auf ziemlich glattes Eis begeben hatte, denn ich hatte ihr ja verschwiegen, daß Lully sich spontan in ihren Dienst gestellt und als Wahlhelfer bereits handfeste Arbeit geleistet hatte, also überging ich Herrn Papes Angebot, mich über die schmerzhaften Folgen dieser Initiative für den Chefreporter Kruse aufzuklären. Ich sagte, Herr Pape habe die Unverschämtheit besessen, sich unaufgefordert zu mir zu setzen, und nicht nur das, er habe mir auch gedroht, in meiner, in unserer Vergangenheit herumzuschnüffeln, weil er und sein Scheißblatt das im Interesse der Öffentlichkeit täten, der Fettsack habe tatsächlich gesagt, »im Interesse der Öffentlichkeit«!

Sie fragte: »Und du legst dich mit ihm an?« Sie wandte den Kopf zu mir. »Wolltest du dich tatsächlich mit einem Mann schlagen, der einen Kopf größer ist als du und einen halben Zentner schwerer? Und reichlich dreißig Jahre jünger?«

Ich sagte, was das denn mit meinem Alter zu tun habe, und abgesehen davon fühlte ich mich trotz meines Alters immer noch in der Lage, einem Drecksack wie Herrn Pape eine aufs Maul zu hauen, wenn es nötig sei, oder ob sie mir etwa raten wolle, vor einem solchen Drecksack zu kneifen, in Anbetracht meines Alters?

Sie fragte, ob ich sie partout nicht verstehen *wolle*. Sie schüttelte den Kopf, und dann sagte sie, wenn sie vom Alter gesprochen habe, dann natürlich nicht, um mir zu sagen, daß ich alt und schwach sei und mir nicht mehr helfen könne, sondern nur, weil sie denke, zumindest gedacht habe, ich sei alt genug, ja weise genug, mich nicht auf Handgreiflichkeiten einzulassen, und schon gar nicht mit einem Klotz, einem Widerling wie diesem Pape.

Ich fand, daß sie dieses Mal etwas anderes gesagt hatte als eben erst, aber das unterdrückte ich. Ich schwieg eine Weile, dann fragte ich, ob sie sich etwa nicht wehren wolle gegen das, was Herr Pape schon angefangen habe und offenbar fortzusetzen gedenke, im Komplott doch wohl mit Herrn Nelles, und was er auch fortsetzen werde, wenn man ihm nicht in die Parade fahre.

Sie sagte, o doch, sie wolle sich wehren, o ja. Nach einer Pause fügte sie hinzu: »Aber nicht auf deine Art.«

Ich sagte: »Was heißt denn auf meine Art? Ich wollte diesem Kerl klarmachen, daß wir nicht stillhalten werden, weder du noch ich, wenn er weiter versucht, dich zu diffamieren! Und kannst du dir nicht vorstellen, daß es in dieser Situation genau die richtige Art war, ihm das klarzumachen?«

Sie fragte: »Kannst du dir nicht vorstellen, daß es in dieser Situation genau die falsche Art war?« Sie wandte sich mir zu. »Kannst du dir nicht vorstellen, daß du mir durch diesen Auftritt nicht genutzt hast, sondern geschadet? Schwer geschadet, womöglich?«

Das tat mir höllisch weh, so weh, daß ich darüber nicht weiter diskutieren mochte, ich schwieg, und das tat sie auch, und so fuhren wir Seite an Seite, aber wie durch eine widerwärtige Kluft getrennt, aus der lautlos, aber unaufhaltsam die giftigen Schwaden emporstiegen, den Rest der Strecke nach Hause. Sie wartete auf mich, während ich das

Garagentor schloß, und ich schöpfte Hoffnung. Als wir ins Haus gekommen waren, unternahm ich den Versuch, den es mir wert schien, ich sagte, ich hätte noch Lust auf ein Glas Wein und ob sie auch einen Schluck trinken wolle.

Sie sagte: »Nein, danke. Ich bin zu kaputt.« Sie zog ihren Mantel aus, wandte sich zur Treppe. »Gute Nacht, Raimund.«

Ich sagte: »Gute Nacht« und ging zur Küche. Ich hörte, während sie die Treppe emporstieg, gedämpft ihr Handy klingeln, wahrscheinlich trug sie es in ihrer Handtasche. Sie ließ es klingeln, bis sie die obere Etage erreicht hatte.

Ich war in der Küchentür stehengeblieben, lauschte. Das Klingeln wurde ein wenig lauter, dann brach es ab. Ich hörte, wie sie sich meldete. Dann hörte ich noch einmal ihre Stimme, aber diesmal schwächer, sie ging mit dem Handy in ihr Schlafzimmer. Ich fühlte mich versucht, zur Treppe zu schleichen und ein paar Stufen empor, aber ich wollte mich nicht völlig zum Narren machen. Ich ging in die Küche, holte mir eine Flasche Rotwein und setzte mich damit ins Wohnzimmer.

Nicht sehr lange nach Mitternacht hatte ich zwei Flaschen geleert. Ich hoffte schlafen zu können. Als ich in die obere Etage kam, hatte Lene die Tür zu ihrem Zimmer geschlossen, es drang auch kein Licht mehr heraus. Eine Stunde später stand ich noch einmal auf, ich ging ins Bad, starrte mein Spiegelbild an, betastete meine schmerzenden Schläfen und nahm eine Tablette.

Als ich am Morgen wach wurde, hörte ich, daß Lene schon aufgestanden war. Ich lief hinunter, aber der Frühstückstisch war schon gedeckt.

Ich sagte: »Es tut mir leid. Ich hab verschlafen.«

Sie sagte: »Kein Problem.«

Ich zögerte, aber im Schlafanzug mochte ich mich nicht zu ihr setzen, manchmal erlauben wir uns solch erholsame Schlamperei, aber ich nur dann, wenn auch sie dazu Lust hat. Ich lief hinauf, rasierte mich und zog mir Hemd und Hose an. Als ich wieder an den Tisch kam, hatte sie ihr Frühstück beendet, sie las in einem Aktenstück. Während ich eine Scheibe Brot bestrich, schloß sie die Akte und schob sie in ihre Tasche.

Ich sah sie an. »Du mußt schon gehen?«

»Ja.« Sie sah auf ihre Uhr. »Jancker wird jeden Augenblick klingeln.«

Ich nickte. Dann fragte ich: »Irgendwas Besonderes?«

Sie sah mich an. »Das kannst du dir doch denken.« Sie trank ihre Tasse leer, schwieg einen Augenblick. Dann sagte sie: »Wir müssen uns überlegen, wie wir mit der Geschichte von gestern abend fertigwerden.«

Ich sagte: »Wenn du ›wir‹ sagst, dann sprichst du wahrscheinlich nicht von mir?«

»Nein.« Sie schüttelte den Kopf. »Weißt du, Raimund, ich bezweifle auch, daß ich dir einen Gefallen täte, wenn ich dich darin einbinden würde. Oder überhaupt in das, was mir in den kommenden Tagen bevorsteht.« Sie schob mir die Platte zu, auf der sie die Wurst angerichtet hatte. »Du reagierst ganz einfach zu emotional, weißt du? Damit du das nicht falsch verstehst: Ich finde es sehr lieb, wie du dich engagiert hast, wirklich. Und es tut mir übrigens leid, daß ich gestern abend nicht besonders freundlich zu dir war. Das war nicht nett von mir. Aber die Art, wie du reagierst, ist tödlich in diesem Geschäft, wirklich. Wenn du in diesem Geschäft wütend wirst und aus der Haut fährst und deine Wut nicht kontrollieren kannst, dann hast du schon verloren, verstehst du?«

Ich fragte: »Wer ist ›wir‹?«

Sie sah mich fragend an.

Ich fragte: »Wer sind die Leute, mit denen du überlegen mußt, wie ihr mit… mit dieser Geschichte von gestern abend fertig werdet?«

Sie sagte: »Philipp hat gleich danach noch ein paar Leute von unserer Truppe zusammentelefoniert. Herrn Bäumler und so weiter.« Sie zuckte die Schultern. »Ich weiß gar nicht, wen im einzelnen, ich hab das ihm überlassen.«

Es klingelte an der Haustür. Sie nahm ihre Tasche, gab mir einen Kuß auf die Stirn. »Bis heute abend.« Sie ging zur Tür, wandte sich noch einmal zurück. »Erhol dich ein bißchen. Vielleicht kannst du ja Daniel besuchen gehen, der freut sich bestimmt, wenn er dich sieht.«

Ich begleitete sie nicht zur Haustür. Ich blieb schweigend sitzen.

Die Brust tat mir weh. Ich fühlte mich gedemütigt. Beschämt. Ausgeschlossen. Auf die Enkel konnte man mich zur Not noch loslassen, so sah es aus; obwohl unsere Tochter Birgit auch daran erhebliche Zweifel angemeldet hätte. Aber unter erwachsenen, ernstzunehmenden Menschen hatte ich so oder so nichts mehr zu suchen. Ich war ein gesellschaftliches Risiko.

Ich fühlte mich an den *senex silicernius* erinnert, auf den ich bei Jacob Grimm gestoßen bin, den wieder zum Kind gewordenen Greis, als dessen Verkörperung Grimm den

Tithonos nennt, den von sterblichen Eltern abstammenden Ehemann der Göttin Eos. Die Göttin hat bedauerlicherweise vergessen, für ihn bei ihrer allmächtigen Verwandtschaft im Olymp beizeiten um die Unsterblichkeit zu bitten, die sie selbst besitzt, und so entwickelt dieses ungleiche Paar, anders als Philemon und Baucis, sich nur weiter auseinander, je mehr die Zeit voranschreitet, was zur bösen Folge hat, daß die präpotente Eos den armen Tithonos, »sobald sein Haar graue Spitzen zu zeigen begann, von ihrem Bette ausschloß«, ihn »mitleidig aber in eine Kammer sperrte und bis an sein Ende mit Ambrosia fütterte«.

Mit Ambrosia füttert Lene mich noch nicht, aber von ihrem Bette hat sie mich bereits ausgeschlossen, zumindest – und sofern man diesen Aspekt unserer Ehe optimistisch einschätzen will – in der vergangenen Nacht, als sie entgegen dem Brauch nicht einmal ihre Tür offenstehen ließ; und falls ich am Frühstückstisch erklärt hätte, ich wolle aber mit von der Partie sein, wenn sie sich mit Philipp Seiffert und anderen Besserwissern über meinen Auftritt austauscht, dann hätte sie mich womöglich auch schon in eine Kammer gesperrt und mir heute abend einen Becher Wasser und ein Schüsselchen durch den Türspalt geschoben, nicht eines mit Ambrosia, denn wie hätte sie so schnell daran kommen sollen, aber mit Müsli vielleicht oder Erbsensuppe, ohne Mettwurst freilich, denn Strafe muß sein.

Ich erinnerte mich absurderweise auch an Hufelands *Anleitung zur physischen und moralischen Erziehung des weiblichen Geschlechts*«, in der dieser wirklich große, wirklich kluge Arzt sich darüber empört hat, wie weit doch – anno 1821 – den Frauen das Gefühl wahrer Religiosität, die

Tugend der Demut abhanden gekommen sei, und daß sie »statt der Bildung für das häusliche Leben« nur noch »die Bildung für die Welt, für die Gesellschaft« suchten. Ich hatte beim erstenmal, als ich an diese Stelle geraten war, den Kopf geschüttelt, aber jetzt, ausgerechnet jetzt, fiel sie mir ein, und ich wärmte mich einen Augenblick lang an dem Gedanken, daß Hufeland so unrecht vielleicht nicht gehabt hat, die Weiber sind doch ganz unverkennbar übermütig geworden. Nein, nicht übermütig. Dreist.

Im nächsten Augenblick fragte ich mich allerdings auch, ob ich noch ganz bei Trost sei.

Ich fragte mich, ob ich mir tatsächlich einreden wollte, ich hätte Herrn Pape am Schlips gepackt, weil ich geglaubt hätte, das werde ihn von der Fortsetzung seiner Kampagne gegen Lene abhalten. Lene hat ja recht gehabt, es wäre mir übel bekommen, wenn dieser Fleischberg sich zur Wehr gesetzt hätte, und es wäre gar nicht nötig gewesen, daß er mir eins mit seinen ungeschlachten Händen, den Wurstfingern versetzt hätte, es hätte schon genügt, wenn er gestolpert und über mich gestürzt wäre, der Kerl hätte mich doch mit seinem bloßen Gewicht umgebracht. Außerdem wollte die Tollkühnheit, mit der ich ihm an den Kragen gegangen war, absolut nicht zu der Unentschlossenheit passen, mit der ich Nina Kahleborns Hilfsofferte ausgewichen war. Unentschlossenheit? Das war wohl eher Feigheit gewesen.

Und es war kein Mut, daß ich bei Herrn Pape handgreiflich geworden bin. Es war nichts anderes als ein Kurzschluß, die Sicherungen sind mir durchgebrannt. Es war simpler Jähzorn, denke ich. Ich habe mein Leben lang damit zu tun gehabt, und es gab ein paar Gelegenheiten, bei denen dieser Jähzorn mich ernstlich in Gefahr gebracht hat und ich nur mit Glück davongekommen bin, einmal in London, wo ich mich eines Abends in Soho mit zwei Burschen anlegte, die mich auf einem schmalen Bürgersteig im Vorübergehen zum Spaß angerempelt und zur Seite befördert hatten, ich blieb stehen und schrie ihnen aufgebracht hinterher, was das bedeuten solle, und sie blieben stehen und kamen zurück, ich zog in letzter Sekunde den Schwanz ein und ging weiter, wenn auch mit einer Scham und einer Wut im Bauch, die mich die ganze Nacht wach hielten.

Mit Mut hat das nichts zu tun, und schon gar nichts mit Verstand. Es bringt mich ganz einfach in Rage, wenn jemand mir zeigen will, daß er stärker ist als ich. Wenn jemand mich kleinmachen will. Auch Herr Pape hat mich kleinmachen wollen.

Vielleicht hat er in unserem Wortgefecht feststellen müssen, daß das so einfach nicht ist, vielleicht hat er dieses Gefecht bei objektiver Betrachtung sogar verloren, aber das hat mir nicht genügt, ich mußte ihm an den Kragen gehen, ich konnte diesen Affekt ganz einfach nicht bändigen, und am liebsten hätte ich mir tatsächlich Herrn Papes feisten Nacken unter den Arm geklemmt und den Dreckskerl mit Schimpf und Schande vor die Tür der IHK gesetzt, wäre er bloß nicht so groß und so dick. Lene hat recht, denn auch mit der Altersweisheit, die mir gut anstünde, hat das absolut nichts zu tun, es ist vielmehr der reine Atavismus, der Rückfall in die Schlagetot-Gesinnung des Pithekanthropus, Männchen machen, mit den Fäusten auf die Brust trommeln, die Zähne blecken und drauf!

300

Ich sollte es doch besser wissen. Ich habe doch oft genug die bösen Folgen behandeln müssen, wenn jemand sich mehr zugetraut, als er zu leisten vermocht hatte, und nicht zuletzt, wenn jemand außerstande gewesen war, sich mit dem Alter abzufinden und damit, daß seine Kräfte nachließen. Und ich hab doch auch alles gelesen, nein, alles wohl doch nicht, aber einiges, vieles hab ich gelesen von den Weisheiten, die über die Tugenden des Alters zusammengebastelt und zu Papier gebracht worden sind, von den Vorteilen ganz zu schweigen, die auch das Alter zu bieten habe, wenn man nur den rechten Gebrauch davon mache.

Mir ist der Cicero eingefallen, und ich hab bei ihm nachgeschlagen, die Geschichte von Milon von Kroton, der ein alter Mann geworden war und eines Tages den Athleten zusah, die sich in der Kampfbahn übten, und dann seine Arme betrachtete und unversehens unter Tränen ausrief: »Ach, die sind ja schon tot!«, weshalb Cicero ihn einen Narren nennt, der in seinem langen Leben offenbar nur seine Körperkräfte wichtig genommen habe und sonst gar nichts. Ein paar Seiten weiter wird der törichte Milon dann noch einmal vorgeführt, er soll so stark gewesen sein, daß er auf seinen Schultern einen Ochsen durch das Stadion von Olympia habe tragen können, und Cato der Ältere oder vielmehr Cicero, der hier den Cato über das Alter philosophieren läßt, fragt seinen Leser: »Würdest du es vorziehen, daß dir diese körperlichen Kräfte oder die geistigen eines Pythagoras gegeben wären?«

Jeder Mensch, der etwas auf sich hält, wird natürlich antworten, er wolle lieber so klug sein wie Pythagoras als so stark wie Milon.

Ich nicht. Vielleicht halte ich nicht genug auf mich. Ich wollte immer dort sein, wo die Musik spielt, dort, wo das simple, saftige Leben stattfand, dort, wo es etwas zu erobern gab, vielleicht eine Frau, vielleicht den bloßen Sieg über einen Konkurrenten, auch wenn es dabei nicht um eine Frau oder einen anderen Preis gegangen ist. Was ich gewählt hätte, wenn ich ausdrücklich vor Catos Alternative gestellt worden wäre, will heißen, wenn ich mich zwischen Geist und Leben hätte entscheiden müssen und entscheiden können, bedarf jedenfalls keiner Frage.

Natürlich waren meine Verhaltensmuster nicht so diffizil geartet wie diejenigen, die sich bei Thomas Mann ausgraben lassen oder seinem Vordenker, dem tiefsinnigen Nietzsche, aber den Konflikt zwischen Geist und Leben, mit dem der Dichter Mann seinen *Tonio Kröger* gepiesackt hat, habe ich schon verstanden und empfinden können, als ich die Erzählung zum erstenmal gelesen habe, ich war erst sechzehn oder siebzehn, doch der vergeistigte Jüngling Tonio war mir höchst suspekt. Ich wollte nicht von Grübeleien angekränkelt sein. Ich wollte nicht in meinem Kämmerlein hocken bleiben und nach draußen lauschen und mir ausmalen, was die anderen wohl alles trieben, was sie erlebten in meiner Abwesenheit, und mich verzehren vor Sehnsucht nach diesem banalen, dem ordinären Leben da draußen und mich grämen, weil ich dank meines höheren Niveaus davon ausgeschlossen war.

Ich hätte nicht Tonio Kröger sein wollen, nicht um alles in der Welt. Und ich bin nicht Tithonos, darauf böte ich sogar Wetten an. Glaubt tatsächlich jemand, ich sei zu alt geworden für das Leben, glaubt jemand, man könne mich ausschließen vom Leben, müsse mich ausschließen zum Schutz der anderen und zu meinem eigenen Schutz? Was für eine Ignoranz, was für ein Irrtum! Was für eine Anmaßung, ja. Ich lasse mich nicht ausschließen, und schon gar nicht zu meinem eigenen Schutz. Ich bin kein unmündiges Kind, verflucht und zugenäht! Worauf ich mich einlasse, das entscheide ich selbst, und wenn ich mich für eine Prügelei mit Herrn Pape entscheide, dann gibt es auch daran nichts auszusetzen, nichts herumzumäkeln, es mag ja sein, daß Herr Pape mich kurzerhand unter sich begräbt, aber bevor es dazu kommt, habe ich ihm vielleicht schon eins versetzt, an einer besonders empfindlichen Stelle und so hundsgemein, daß er es elend lange spüren wird, der Fettsack.

Ich verließ das Haus und machte mich auf den Weg, zu Fuß. Ich ließ Lenes Ratschlag unbeachtet, ich besuchte Daniel nicht, und das nicht nur, weil er vermutlich noch im Kindergarten war. Ich hatte keine Zeit für Daniel. Ich wollte mich erholen, o ja, aber zu ebendiesem Zweck ging ich zu Angelika Verweyen.

36

Erst als ich schon ein gutes Stück des Weges zurückgelegt hatte, warf ich einen Blick auf meine Uhr. Gerade halb zehn vorbei. Eigentlich ein wenig früh am Morgen, um eine Dame zu besuchen. In demselben Augenblick kam mir der Gedanke, daß sie womöglich noch gar nicht angezogen war, und ich spürte, daß mein Pulsschlag sich beschleunigte. Die Bilder stellten sich ein, die wir aus Filmen mit einem sozusagen erotischen Sujet kennen oder aus belletristischen Texten, die ähnliches verfolgen, aber vielleicht sind es ja auch bloß Bilder, auf die wir zuvor schon selbst verfallen sind, kraft unserer eigenen Phantasie und irgendwann noch während der Pubertät. Zum Beispiel dieses Bild: Ein Mann klingelt an einer Wohnungstür und wartet und nichts geschieht. Aber als er die Hand hebt, um noch einmal zu klingeln, wird plötzlich die Tür geöffnet, eine Frau steht vor ihm.

In älteren Texten hat es vielleicht geheißen, sie sei im Negligé vor ihm erschienen, aber das klingt heute zu sehr nach Nachthemd, wenn vielleicht auch einem durchsichtigen, und im Nachthemd würde so leicht niemand die Tür öffnen, also ist es wohl eher ein Bademantel. Wahrscheinlich hat sie gerade geduscht, ihre Haare sind noch feucht und wirr, und ihre nackten Füße haben Spuren auf dem Teppichboden hinterlassen. Sie blickt den Mann an, und dann lächelt sie. Der Mann tritt ein, drückt die Tür hinter sich ins Schloß. Vielleicht breitet sie die Arme aus und zieht ihn an sich. Vielleicht tritt sie aber auch einen Schritt zurück, löst den Knoten im Gürtel des Bademantels, läßt die Enden des Gürtels zu beiden Seiten herunterfallen, der Bademantel öffnet sich.

Ich konnte mich, während ich voranschritt, der ein wenig peinlichen Vermutung nicht erwehren, daß dieses Bild in mir weder durch einen Film noch ein Buch, sondern kraft meiner eigenen Phantasie entstanden ist, und das womöglich keineswegs, als ich noch pubertierte, sondern in einem wesentlich reiferen Lebensalter. Ich war mir nicht sicher, ob ich in diesem Fall mich hätte schämen müssen. Lene hätte wahrscheinlich den Kopf geschüttelt, wenn sie erfahren hätte, daß solche Bilder mir durch den Kopf gingen und meinen Herzschlag beschleunigten. Aber warum zum Teufel sollte ich mich der Vorstellung schämen, daß eine Frau sich vor einem Mann ohne Umschweife entblößt und ihm das anbietet, was ihn nicht zuletzt an ihr interessiert, nämlich ihren Körper?

Nachdem ich mich, ohne auf meinem Weg einzuhalten, auf diese Weise mental ermannt hatte, kam es zu einer neuerlichen Eintrübung meiner Vorfreude auf Angelika Verweyen, aber diese zweite war eher beiläufig. Ich fragte mich, wieso ich eigentlich erwartete, sie zu Hause anzutreffen. Zur Zeit ihrer Ehe mit dem Belgier hat sie in dessen Büro gearbeitet, nicht alle Tage von morgens bis abends, aber doch regelmäßig, wenn ich mich recht erinnerte. Ich war mir zwar ziemlich sicher, daß sie sich nicht hätte scheiden lassen, wenn dabei nicht eine üppige Versorgung aus dem Import- und Exportgeschäft für sie herausgesprungen wäre, ein dummes Schäfchen ist sie ganz gewiß nicht; aber ich konnte mir auch nicht vorstellen, daß sie nun die Hände in den Schoß legen, bis zehn Uhr morgens im Bett oder unter der Dusche herumlungern würde, nein, nein, diese Frau war keine Transuse, sie steckte voller Leben, von den Haarspitzen bis zu den Sohlen. Wie Lene, ja.

Vielleicht hatte sie ein Bistro übernommen, eine Boutique eröffnet, war allmorgendlich die erste im Laden. Vielleicht war es nur ein Zufall gewesen, daß wir uns gestern, als ich wegen Lully keine Ruhe gefunden hatte, über den Weg gelaufen waren.

Nun gut, das würde sich herausstellen.

Als ich mich der Toreinfahrt näherte, überfiel mich noch einmal, zum drittenmal, ein Zweifel, es war der schwerste, aber auch der letzte auf dem Weg zu diesem Abenteuer. Er hatte schon eine Weile unterschwellig in mir rumort, und ich hatte mich bemüht, ihn nicht hochkommen zu lassen, aber er war nicht zu unterdrücken.

Ich fragte mich, was ich täte, wenn Angelika Verweyen tatsächlich zu Hause war und wenn sie mir die Tür öffnete, mit feuchten wirren Haaren, auf nackten Füßen und in einem Bademantel, der nur durch einen verknoteten Gürtel zusammengehalten wurde. Was ich täte, wenn sie mich anlächelte, wenn sie einen Schritt zurückträte und dann, nachdem ich eingetreten wäre, den Gürtel löste und den Bademantel auseinanderfallen ließe.

Ich fragte mich, was ich täte, wenn alles so, genau so, käme, ja.

Und wenn ich dann keine Erektion zustande brächte.

Ich blieb vor dem schmalen Schaufenster neben der Toreinfahrt stehen und starrte in die Auslage. Die Kürbisköpfe aus Pappmaché bleckten noch immer ihre Zähne, aber Halloween stand ja auch noch vor der Tür. Natürlich war es Geschäftemacherei, daß dieses Fest nun auch bei uns gefeiert wurde, ich mochte es trotzdem, die Kinder hatten ihren Spaß, und dieses Jahr würde ich vielleicht einmal wieder nach Einbruch der Dunkelheit spazierengehen und so tun, als fürchtete ich mich vor den Masken, die mir begegneten und sich vor mir aufbauten und die Köpfe schräg neigten und mich anglotzten und die Finger wie Krallen spreizten, um mich das Gruseln zu lehren; vielleicht war Lene dieses Jahr auch wieder in irgendeinem Kindergarten oder in einer Schule eingeladen, und ich konnte sie begleiten. Ach ja.

Nun gut. Aber was war mit der Erektion? Es war ziemlich lange her, daß ich das letztemal mit einer Frau geschlafen hatte. Mit Lene geschlafen hatte. Und dabei hatte ja nicht einmal von Schlafen im engeren Sinne die Rede sein können, vielmehr war ich vorstellig geworden in ihrem separaten Zimmer und war versorgt worden wie der Landstreicher an der Hintertür mit dem Teller Suppe und hatte mich alsdann getrollt und war in mein leeres Doppelbett gekrochen. Lange war das her, ich wußte gar nicht mehr, wie lange schon, ich wollte es gar nicht wissen. Zu lange. Und ebendeshalb konnte ich auch nicht sicher sein, ob ich zum Coitus überhaupt noch fähig war. Schließlich war ich älter geworden in der Zwischenzeit.

Und es mußte nicht einmal etwas mit dem Alter zu tun haben, natürlich nicht. Während ich darüber nachdachte, glotzten die Kürbisköpfe mich unverwandt an, und einen Augenblick lang fühlte ich mich versucht, sie mir wegzudenken und statt ihrer die Auslage des knochigen Palm mit dem krummen Rücken heraufzubeschwören, seine stufenförmig angeordneten Schmöker, in denen Erektionen ohnehin nicht stattfanden und Beziehungen zwischen den Geschlechtern im großen und ganzen ebensowenig, es sei denn solche wie die zwischen Old Shatterhand und Winnetous schöner Schwester Nscho-tschi, die für das Bleichgesicht eine Pfeife aus Ton schnitt und stopfte und anrauchte, aber viel mehr auch nicht, vielleicht deshalb nicht, weil dieses Bild von einem Mann fatalerweise schwul war und mehr auf ihren Bruder stand, der Dichter Karl May ist ja nun mal, will man dem ungenierten Arno Schmidt folgen, auf eine besonders verschwiemelte Art schwul gewesen, er hat »den menschlichen Hintern unter die Gestirne« versetzt.

Mit Hilfe von Palms Büchern und dem, was der Gedanke an sie in mir wachrief und in Bewegung setzte, hätte ich einen Aufschub erwirken können, eine Atempause vor der Probe aufs Exempel.

Aufschub? Warum denn zum Teufel einen Aufschub?

Ich wandte mich ab von dem Schaufenster, schritt über das Kopfsteinpflaster der Toreinfahrt in den Hof und unter den ausladenden Zweigen des Ahornbaums hindurch zum Hinterhaus, warf einen Blick empor zu den Blumenkästen vor den Fenstern der dritten Etage und den weißen Gitterstäben der Dachterrasse. Niemand zeigte sich. Ich trat an den Eingang des Hinterhauses, fand auf dem breiten, spiegelnden Metallrahmen Angelika Verweyens Namensschild und den Klingelknopf über dem Deckel des Briefkastens. Ich klingelte. Es dauerte nicht lange, dann hörte ich im Lautsprecher ihre Stimme: »Ja, bitte?«

»Auweiler hier. Raimund Auweiler.« Noch während ich meinen Vornamen sagte, hörte ich vom anderen Ende einen absonderlichen Laut, es klang wie ein spontaner, nur halb unterdrückter Ausbruch, eine Mischung aus Seufzer und Jauchzer, ich wartete auf eine artikulierte Antwort, aber statt dessen summte der Türöffner.

37

Zwei Stunden später verließ ich das Hinterhaus. Ich blickte nach oben, sie beugte sich über das Geländer der Dachterrasse und winkte. Ich winkte zurück, bevor mir die dichten Blätter des Ahorns die Sicht versperrten. Während ich den Hof überquerte, stieg die Angst in mir auf. Ich suchte die Hoffenster des Vorderhauses ab, aber sie spiegelten in der Sonne, ich konnte nicht erkennen, ob irgend jemand meinen Abschied von der Frau aus der dritten Etage beobachtet hatte.

Ich näherte mich dem Torbogen zur Straße, und ich erwartete mit einer fast schmerzhaften Anspannung, daß ein Mann in Lederjacke und Jeans und Sportschuhen in dem Torbogen auftauchen und die Kamera heben und auf den Auslöser drücken und mich vor dem Hintergrund des Baums und des sorgfältig gepflasterten Hofs und des renovierten Hinterhauses festhalten würde. Aber es kam kein Fotograf, keiner von Herrn Papes Drecksäcken, und als ich, bevor ich aus der Einfahrt hinaustrat, nach beiden Seiten die Straße absuchte, konnte ich auch dort niemanden entdecken, der mir aufgelauert hätte, nicht einmal Leute wie Nina oder Lully, die mich zwar nicht an die Zeitung verkauft hätten, denen aber mein Ausflug, wenn sie dahintergekommen wären, gar nicht recht gewesen wäre, wie konnte einer, der mit meiner Frau, dieser patenten Frau, verheiratet war, nur fremdgehen, und dann auch noch mit *so* einer, wahrscheinlich mochten sie Angelika Verweyen nicht besonders, die hatte sich doch eingekauft ins Viertel, und da hatte sie eigentlich nichts zu suchen.

Ja, wie konnte ich nur.

Ich mochte noch nicht nach Hause gehen und dort herumsitzen und mich damit abmühen, für die beiden vergangenen Stunden die Bedeutung zu finden, die ihnen zukam, und ich hatte auch keine Lust, mir in unserer Küche irgend etwas zu wärmen für den Hunger, den ich plötzlich spürte, und noch weniger Lust, die Unordnung, die ich dabei anrichten würde, hernach wieder zu beseitigen, und so war ich sehr erleichtert, als mir unversehens ein appetitlicher Geruch in die Nase drang, ich war der Metzgerei Kolbe nahe gekommen, und ich beschloß, mein Mittagessen an einem der Stehtische einzunehmen, die Kolbe in seinem geräumigen Laden an einer Seitenwand hat aufstellen lassen, ich hatte noch nicht probiert, was der Metzger kochte oder kochen ließ, aber schon oft gehört, es sei vorzüglich.

Neben dem Eingang saß ein Mops, nein, eher ein Bastard, dessen dominantes Erbgut von einem Mops stammte, er glupschte mich aus seinen vorstehenden Äuglein an, und als ich mich bückte und ihm vorsichtig einen Finger vorhielt, um zu testen, ob er mich beißen würde, wenn ich ihn streichelte, kam Frau Niederzier aus dem Laden, die nur noch eine Niere hat und deren zeitweise massive Blutdruckprobleme ich über lange Jahre hin gut unter Kontrolle gehalten habe. Frau Niederzier hielt zwischen Daumen und Zeigefinger ein Stück von einem Brötchen, das offenbar in eine braune Soße getunkt worden war, sie sagte: »Tach, Herr Dokter, Moment emal, ich muß jrad meinem Jung wat abjeben, sons meint der, ich hätt ihn verjessen«, sie bückte sich, hielt dem Pseudomops den braunen Happen vor die Nase, er beschnüffelte ihn sorgfältig, nahm ihn dann behutsam ins Maul und begann zu kauen, mit dankbar erhobenen Glupschäuglein.

Frau Niederzier sagte: »Dat schmeckt dem. Der is aber auch erstklassig, dem Kolbe sein Julasch, sehr lecker. Haben Se dat schon emal probiert?«

Ich sagte: »Nein, aber ich wollte gerade reinkommen und schauen, was es gibt«, und Frau Niederzier sagte: »Dat es aber schön, bei mir am Tisch is noch ene Platz frei, da können mer uns wat erzählen.«

Wir gingen in den Laden, mir fiel auf, daß Frau Niederzier ein wenig hinkte. Ich holte mir an der Küchentheke ein Putengulasch, *garantiert ohne Rindfl.*, der stämmige Kolbe in seinem blauweiß gestreiften Metzgerkittel sah mich durch die offenstehende Küchentür, kam heraus und gab mir die Hand, er sagte, er hoffe, daß es mir schmecke und daß er mich vielleicht mal wieder öfter sehen werde, und dann ging ich mit meinem Gulasch an den runden Tisch, an dem neben Frau Niederzier Herr Fecke stand, dessen Asthma anscheinend erträglicher geworden ist, ich war mir jedenfalls sicher, daß er früher lauter gepfiffen und kürzer geatmet hat, aber vielleicht lag es auch an dem sonnigen Herbstwetter und der klaren Luft. Herr Fecke aß ein Schnitzel mit Pommes frites, er sagte, meistens nähme er den Leberkäse, aber ab und zu müsse man abwechseln, das sei auch besser für die Verdauung, oder nicht? Ich sagte, doch, zumindest könne es nicht schaden.

Die beiden wollten wissen, wie es mir gehe, und ich antwortete, danke, sehr gut, und Herr Fecke fragte, was ich denn machte, wenn meine Frau Oberbürgermeisterin werde. Ich antwortete, na ja, das sei ja noch nicht raus, da müsse sie erst noch ein paar Wahlen gewinnen, und Frau Niederzier sagte, da sei sie aber ganz sicher, daß sie die gewinnen werde, so eine nette Frau, der sehe man doch an, daß sie den Leuten nichts vormache, die sei ehrlich, und ich sagte, sicher, ja, aber es gebe ja auch noch ein paar andere Leute, die was dagegen hätten, weil sie selbst Oberbürgermeister werden wollten, und Frau Niederzier sagte: »Wissen Se wat, Herr Dokter, die janzen Käls können mir jestohlen bleiben, dat sin doch alles Verbrecher, ejal, von wat für ener Partei!«

Herr Fecke wollte anscheinend etwas sagen, aber er tat es dann doch nicht. Frau Niederzier tunkte ein Stück von ihrem Brötchen und legte ein Stückchen Gulasch darauf, ich sagte, wenn sie wolle, brächte ich es dem Mops hinaus, sie lächelte mich an: »Dat es aber nett, mir tut nämlich heut der Fuß wat weh« und gab mir den Happen. Herr Fecke, der dabei zusah, sagte: »Ich hätt et ihm auch rausjebracht, aber ich darf dat nit«, und sie sagte: »Ja und? Du darfs dat nit, weil du das dem Tier immer in der Hals stopps, da erstickt der noch mal dran!« Herr Fecke murmelte unterdrückt: »Quatsch«, und ich brachte dem Mops den Happen vor die Tür, er beschnüffelte ihn noch ein wenig länger als zuvor, aber dann nahm er ihn mir sehr manierlich aus den Fingern. Er kaute und glupschte mich an, ich streichelte ihm den Rücken.

Als ich zurückkam, waren die beiden schweigend mit ihrem Essen beschäftigt, ich vermute, Herr Fecke hatte eine Zurechtweisung einstecken müssen. Ich nahm einen Löffel Gulasch, Frau Niederzier fragte mich, ob das denn nicht wirklich lecker schmecke, ich sagte, doch, ja, aber ob das denn für sie nicht zu scharf gewürzt sei, und sie sagte, ja, vielleicht, aber sie könne ja auch nicht immer nur Labberzeug essen. Vielleicht wollte Herr Fecke ein Gespräch über Frau Niederziers Gesundheitszustand unterbinden, jedenfalls sagte er unvermittelt: »Für mich wär dat nix.«

Sie musterte ihn verblüfft, dann sagte sie: »Wieso dat dann nit? Du has doch schon oft der Julasch jejessen!«

»Ich red doch nit von dem Julasch!«

»Von wat dann?«

»Von dem Dokter seiner Frau! Dat wär nix für mich, wenn mein Frau Oberbürjermeister würd!«

»Wat redste dann für ene Quatsch? Dein Frau is doch schon lang tot. Außerdem wär kein Mensch auf die Idee jekommen, dat die Oberbürjermeisterin werden sollt. Die hatt' doch nix jelernt!«

»Darum jeht et doch nit!«

»Um wat dann?«

Ich sagte: »Ich glaube, ich weiß, was der Herr Fecke meint.« Herr Fecke sah mich erleichtert an. Ich sagte: »Wahrscheinlich hätte er seine Frau lieber zu Hause.«

»Jenau!« Herr Fecke nickte heftig.

Frau Niederzier sagte: »Da sagen Se wat! Dä is ja kaum emal in seiner eijenen Wohnung, dann kommt er schon wieder zurück un kuckt, ob ich auch nit wegjejangen bin.«

Ich fragte: »Seit wann sind Sie denn zusammen?«

Sie sagte: »Seit drei Jahr.«

Er sagte: »Noch nit janz.«

Sie sagte: »Ja, ja, et fehlen noch zwei Monat dran! Dat es doch et selbe!«

Er pickte ein paar Fritten auf. »Es nit et selbe. Hätte mer nämlich noch früher machen sollen.«

Sie nickte. »Ja, da hat er recht. Es ja doch wat anderes, wemmer nich allein is. Vor allem et Nachts.«

Ich sagte: »Ja, da haben Sie recht.«

Wir trennten uns vor der Tür. Herr Fecke ging noch ein Stück mit mir, er wollte in seiner Wohnung nach der Post sehen. Frau Niederzier band den Mops von dem Haken los, an dem er klaglos ausgeharrt hatte: »So, komm Jung, jetz jehste mit der Mama nach Haus, un dann machen mir en Mittagsschläfchen«, der Mops nieste, setzte sich in Bewegung und watschelte eilig an ihrer Seite davon.

Als wir uns zwei Ecken weiter verabschiedeten, sagte Herr Fecke: »Na ja. Es is manchmal nicht einfach mit dä Frauen. Aber ohne is auch nix.«

Ich sagte: »Da haben Sie recht. Da haben Sie weiß Gott recht, Herr Fecke.«

Er trottete gemächlich in die Seitenstraße, in der seine Wohnung liegt. Wahrscheinlich behält er sie nur bei, weil die Kinder sich empören würden, wenn er ganz mit Frau Niederzier zusammenzöge; die Kinder, die jetzt selbst schon auf die Fünfzig zugehen, aber vermutlich noch sehr rigorose Vorstellungen haben von dem, was sich für alte Leute gehört, und vor allem, was nicht. Vielleicht ginge aber auch der Frau Niederzier eine gemeinsame Wohnung zu weit, vielleicht, weil ihre eigenen Kinder das ebenfalls als skandalös empfänden, vielleicht auch bloß, weil sie die Möglichkeit behalten möchte, sich bei Bedarf eine Pause von Herrn Fecke zu gönnen.

So oder so fühlte ich mich bestärkt. Wenn selbst Frau

Niederzier, die erheblich bissiger ist als ihr Mops, und Herr Fecke, der das Tag um Tag zu spüren bekommt, der Meinung waren, es sei besser für den Menschen, wenn er die Nacht mit einem anderen Menschen an seiner Seite verbringe, dann konnte mein Verlangen, einen Menschen an meiner Seite zu spüren, doch nicht so völlig abwegig sein.

Es konnte doch, verflucht noch mal, nicht verdammenswert sein, daß ich das Bedürfnis empfunden hatte, noch einmal, nach so langer Zeit endlich wieder einmal eine andere Haut an meiner Haut zu spüren, die Haut einer Frau zu berühren und zu erleben, daß diese Berührung den anderen Menschen keineswegs kaltließ, geschweige denn, daß sie ihm zuwider gewesen wäre, und zu erleben, daß der andere Mensch selbst ein offenbar nicht minder großes Bedürfnis empfand, mich zu berühren, und nicht nur das, sondern auch das Bedürfnis, für sich und für mich herauszufinden, was mir wohltat, und ebendas zu tun.

Sie hat sich mir ohne Rückhalt offenbart und hat es getan, dieser Mensch mit den rot schimmernden Haaren und den blauen Augen und der hellen, noch immer zarten Haut, sie hat es weiß Gott getan, und sie hat, so schien mir, sogar herausgefunden, daß schon in dem Augenblick, in dem ich näher an sie herantrat, als ich nach den guten Sitten hätte herantreten dürfen, in meinem Hinterkopf die Angst herumgeisterte, eine panische, mühsam unterdrückte Angst, ich könne schlappmachen. Sie muß es gespürt haben, daß ich und wovor ich Angst hatte, sie ging, ohne ein Wort darüber zu verlieren, mit mir so um, daß ich die Angst vergaß und ans Ziel gelangte, das ihre und das meine. Es hätte wahrhaftig nur noch gefehlt, daß ich sie erwartungsvoll gefragt hätte: »War ich gut?«

Hernach lagen wir, ein paar leichte Decken über uns gebreitet, eng nebeneinander in den Liegestühlen, die auf ihrer Dachterrasse hinter Strauchwerk und kleinen, aber dichtbelaubten Bäumen verborgen stehen, und auch meine Befürchtung, sie könne mich ein zweitesmal ins Schlafzimmer ziehen und ich müßte dieses Mal mich geschlagen geben, so kurz hintereinander habe ich es noch nie gekonnt, im Unterschied zu Lully, wie ich von Frau Löffeler weiß, und vermutlich ebenso im Unterschied zu Günni, aber auch diese Befürchtung erwies sich als falsch, sie hatte genug, nein, das weiß ich nicht, vielleicht hatte sie nicht genug, aber sie gab sich so oder so zufrieden. Nach ein paar trägen Sätzen schwieg sie still.

Ich hob den Kopf und schaute sie an und sah, daß sie die Augen geschlossen hatte, und ich bettete mich und schloß die Augen, und als ich nach zehn Minuten oder einer Viertelstunde unversehens wach wurde und erschreckt den Kopf wieder hob und sie anschaute, schlug sie die Augen auf, als hätte sie meinen Blick gespürt, und lächelte mich an, sie faßte nach meiner Hand und hielt sie fest und schloß die Augen wieder. Herbstsonne, ein Duft, ich weiß nicht wonach, vielleicht waren es die Sträucher und Bäume oder das Lüftchen, das über die Dächer wehte, oder es war ihr Parfum, ihre Seife, ihre Haut, es war jedenfalls das pure Leben.

Auf dem Heimweg und nachdem meine Angst, Herr Pape lasse mich bereits beschatten, sich verloren hatte, konnte ich mich einer immer wohliger sich ausbreitenden

Genugtuung nicht erwehren, nein, es war schon mehr ein Triumph, es war ganz eindeutig Triumph, was ich empfand. Ich dachte an Thomas Mann und seinen Tonio Kröger und das Gegreine um das gewöhnliche Leben, das an einem vorbeiging, weil man so viel anderes und Wichtigeres und Höheres im Kopf und zu tun hatte, und ich war sehr stolz darauf, daß das Leben an mir nicht vorbeiging, sondern mit beiden Händen nach mir gegriffen und mich in sich hineingezogen hatte, wieder einmal und noch immer und keineswegs so, als wäre ich der Greis, dem man allenfalls noch sein Gnadenambrosia zukommen läßt.

Vielleicht war es abscheulich, mit Sicherheit war es lächerlich, aber ich erinnerte mich mit einem gewissen Wohlbehagen an die Erektionsschwierigkeiten, die der Dichter Mann gehabt und beklagt und aus denen er einen Text von literarischer Bedeutung gemacht hat oder zumindest von literaturwissenschaftlicher Bedeutung, sonst wäre er doch wohl nicht veröffentlicht worden, nicht wahr, und ich war kaum zu Hause, da schlug ich die Stelle nach und fand sie, eines dieser eher komischen als tragischen Geständnisse in seinen Tagebüchern, eingetragen in Pacific Palisades am 6. März 1951: »Regen. – Seit Wochen vollständiges und ungewohntes Versagen der geschl. Potenz. Drastischste (und betrüblichste? Der Teufel hol's!) Äußerung des seit der Europareise spürbaren Altersschubes. Da ich es ablehne, ohne Vollerektion zu masturbieren, scheint das Ende meines physischen sexuellen Lebens gekommen.«

Die Sache hat sich hernach noch einmal eingerenkt, und ich suchte so lange, bis ich auch dieses Zeugnis gefunden

hatte, am 5. August 1953 zu Erlenbach ins Tagebuch eingetragen: »Nachts Erregung und Auslösung. Zuweilen ist
meine Brunst noch von der Hengste Brunst«, und es folgt
ohne Übergang ein Satz, der aus den *Tagesthemen* hätte
stammen können, wenn es die und ihre auf Pointen ange-
wiesenen Moderatoren damals schon gegeben hätte: »Wetter kühl und fast klar.«

Meinen Triumph schmälerte diese Regeneration der Potenz des Dichterfürsten keineswegs. Das Ende *meines*
physischen sexuellen Lebens schien eben noch ganz und
gar nicht gekommen, und um es zu verlängern, war *ich*
eben *nicht* auf sehnsuchtsvolle Träume angewiesen, sei es
der von einer Frau mit feuchten Haaren und nackten
Füßen, sei es – was ich im vorliegenden Fall für wahr-
scheinlicher hielt – der von einem feingliedrigen Knaben,
dessen Hintern sich unter die Gestirne versetzen ließ.

Nachdem ich auf diese Weise mit mir zu Rande gekommen war, nahm ich mir die Zeitungen vor, um die Lektüre,
die am Morgen hatte ausfallen müssen, nachzuholen. Aber
es dauerte nicht lange, bis ich spürte, daß ich wohl doch ein
wenig übernächtigt war, das Nickerchen auf Angelika Verweyens Dachterrasse hatte ja auch eher dem Beisammen-
sein gedient als der Erholung. Ich legte mich aufs Sofa, und
vielleicht war das ein Fehler, denn in dem Augenblick, in
dem ich die Augen schließen wollte, überfiel mich der Gedanke, was ich wohl sagen würde, wenn ich auf irgendeine
Weise, vielleicht dank einer Recherche von Herrn Kruse
oder eines anderen Angehörigen des Berufsstandes, der
das Interesse der Öffentlichkeit wahrnimmt, dahinter-
käme, daß Lene an diesem Morgen einem ihrer Partei-

freunde oder irgendeinem anderen, beliebigen Kerl, den sie
aus früheren Jahren kannte und dem sie zufällig wieder-
begegnet war, einen Besuch zu Hause abgestattet hatte,
heimlich, durch eine Toreinfahrt und über einen Hinter-
hof, nach einem Blick ringsum, und daß sie zwei Stunden
allein mit diesem Kerl verbracht hatte, bevor sie sich über
den Hof und durch die Einfahrt wieder davonmachte, mit
einem Blick ringsum.

Ich fragte mich, wie mir zumute wäre.

Mir brach der Schweiß aus. Ich schloß die Augen, versuchte, an irgend etwas anderes zu denken, und schaffte das
am Ende auch, der Mensch ist ja, wenn er vor seinem
schlechten Gewissen fliehen möchte, zu unglaublichen
Leistungen fähig. Nein, sagen wir lieber so: Wahrscheinlich war ich doch sehr müde. Nicht erschöpft, versteht
sich, aber müde. Ich schlief ein.

Als das Telefon klingelte, fuhr ich empor. Ich hatte das
Gefühl, daß ich mich eben erst hingelegt hatte, aber als ich
auf die Uhr sah, stellte ich fest, daß fast eine Stunde vergangen war. Ich nahm den Telefonhörer ab und meldete
mich.

Es war Edda. Sie sagte: »Du Heuchler. Warum hast du mir
nicht gesagt, daß Lene Oberbürgermeisterin werden will?«

38

Ich stand auf, dann setzte ich mich wieder, holte Luft.

Sie sagte: »Hallo! Bist du noch dran?«

Ich sagte: »Ja, ich bin noch dran. Aber ich hab gerade

einen Mittagsschlaf gehalten, verstehst du? Und ich war ein wenig überrascht von deiner Begrüßung.«

»Tut mir leid, wenn ich dich geweckt habe.« Sie tat einen tiefen Zug an ihrer Zigarette. »Aber es geht dir doch gut, oder? Ich meine, du bist doch nicht krank?«

»Nein, bin ich nicht. Es geht mir gut, danke. Und wie geht es dir?«

»Schlecht. Es geht mir sehr schlecht.« Sie zog wieder an der Zigarette. »Und es geht mir auch deshalb schlecht, weil du versucht hast, mich für dumm zu verkaufen. Das hätte ich nämlich von dir nicht erwartet. Von jedem anderen, aber nicht von dir. Ich hab immer gedacht, du wärest –«

Ich fiel ihr ins Wort: »Moment mal, jetzt mach mal langsam! Moment bitte! Wieso habe ich versucht, dich für dumm zu verkaufen?«

Sie zog den Rauch ihrer Zigarette ein, ließ ihn hörbar ausströmen. Dann sagte sie, ich sei doch gar nicht zu ihr gekommen, weil ich mir Sorgen um sie gemacht hätte. Das hätte ich behauptet, ja, ja, ich hätte so *getan*, als ob ich mir Sorgen um sie machte, but you just fooled me, in Wahrheit sei ich doch nur gekommen, um zu kontrollieren, ob sie, und wahrscheinlich sei es ja auch noch Lene gewesen, die mich losgeschickt habe, um das für sie zu erledigen, ich hätte doch bloß kontrollieren wollen, wie es bei ihr ausgesehen habe und ob das Apartment dreckig gewesen sei und wie viele leere Flaschen in der Küche gestanden hätten, natürlich, so was mußte man schließlich wissen, das war ja auch wichtig, und wie sie selbst ausgesehen habe, auch das hätte ich kontrollieren sollen, nicht wahr, wie eine fette alte Schlampe, nicht wahr, wie denn sonst, und wenn sie das ge-

320

ahnt hätte, dann hätte ich mir meine tausend Mark in den Hintern stecken und sofort abziehen können, sie brauche unser Geld nicht und unser Getue, sie könne auch ohne unser Geld vor die Hunde gehen, und das wäre es ja auch, was Lene sich wünschte, und das wollte ich doch wohl nicht bestreiten.

Sie fing an zu schluchzen.

Ich sagte: »Edda! Jetzt hör mir mal zu, Edda! Und hör auf zu weinen, bitte!«

Sie hörte auf zu schluchzen. Ich sagte ihr, ich sei wahr und wahrhaftig zu ihr gekommen, weil ich mir Sorgen um sie gemacht hätte, und sie solle bitte nicht vergessen, daß sie sich monatelang nicht bei uns gemeldet habe und daß ihr Telefon gesperrt gewesen sei, also hätten wir durchaus Anlaß gehabt, uns Sorgen um sie zu machen. Und das hätten wir beide getan, sowohl Lene als auch ich.

Sie sagte: »Laß Lene aus dem Spiel.«

Ich fragte: »Warum? Warum soll ich Lene aus dem Spiel lassen?«

Sie sagte, weil ihr Schwesterchen noch nie etwas ohne Hintergedanken getan habe, Lene habe zeit ihres Lebens zuerst immer an sich selbst gedacht und dann erst an die anderen. Ich sagte, das sei doch nicht wahr, und sie sagte, okay, okay, sie wisse ja, daß ich anders gestrickt sei, und sie glaube mir ja auch, daß ich mir wirklich Sorgen um sie gemacht hätte und deshalb zu ihr gekommen sei, aber es sei doch wohl klar, daß *Lene* dabei einen Hintergedanken gehabt habe, nämlich daß sie auf diese Weise hätte erfahren können, wie es bei ihr, Edda, ausgesehen habe, denn eines sei doch wohl ebenfalls klar, daß nämlich die Zeitungen, wenn jemand Oberbürgermeister werden wolle, und noch dazu eine Frau, daß die Zeitungen dann über diesen Jemand schreiben wollten, und zwar so viel wie möglich, jeden nur möglichen Bull-shit, und je mehr Bull-shit, je mehr Scheiß, desto lieber, die machten doch ihre Interviews sogar mit dem Opa und der Oma von so jemand und womöglich noch mit seiner Katze, wenn sie sonst nichts zu schreiben fänden.

Und da solle ich ihr doch nicht erzählen, daß Lene keine Angst gehabt hätte, es könne so ein Reporter zu ihr, zu Edda, kommen und hinterher schreiben, die einzige Schwester der Frau Oberbürgermeister sei eine Ex-con, a dirty old bitch, ein verkommenes Stück, das sich demnächst totsaufen werde. Oder?

Ich sagte, das sei aber wirklich abenteuerlich, was sie sich da ausmale. Keine Zeitung würde je so etwas schreiben. Und dann sagte ich, es sei doch zudem noch nicht einmal sicher, daß Lene von ihrer Partei als Kandidatin aufgestellt werde.

Sie fragte: »Aber sie will das doch, oder?«

»Ein paar Leute haben sie gefragt, ob sie kandidieren will, ja.«

»Na bitte!« Ich hörte, wie sie in kurzen Zügen paffte, wahrscheinlich zündete sie sich die nächste Zigarette am Stummel der vorangegangenen an.

Ich zögerte, aber dann raffte ich mich auf. Ich fragte sie, woher sie denn überhaupt davon gehört habe.

Sie sagte: »Von einem Reporter.«

Nach einer Pause, in der ich kein Wort herausbrachte, fügte sie hinzu: »Er hat mich vorhin angerufen.« Ich hörte ein Rascheln, offenbar hatte sie einen Zettel aufgenommen, sie las den Namen ab. »Kai Kruse heißt er. Er hat gesagt, er wäre Chefreporter. Er hat mir auch gesagt, bei welcher –«

Ich sagte: »Ich kenne das Blatt. Und ich kenne auch Herrn Kruse.«

Sie fragte: »Und? Was ist das für ein Mann?«

»Ich halte ihn für einen Schmierfink. Und das ist er auch.«

Nach einer kleinen Pause sagte sie: »Am Telefon hat er eigentlich einen guten Eindruck gemacht. Sehr höflich.«

»Das ist die Masche, mit der er sein Geld verdient.«

Sie schwieg. Ich sagte: »Herr Kruse hat dich also interviewt.«

Sie antwortete: »Nein.« Sie zog an ihrer Zigarette, inhalierte tief, blies den Rauch aus; dann sagte sie: »Nicht am Telefon. Er will hierherkommen.«

»Ah ja.« Ich wollte ihr unter gar keinen Umständen zu erkennen geben, daß ich darauf brannte, mehr darüber zu erfahren. Aber da sie wieder schwieg, konnte ich dann doch nicht an mich halten, ich fragte: »Und? Hast du dich schon mit ihm verabredet?«

»Nein.« Sie schien mich auf die Folter spannen zu wollen. Erst nach einer Weile fügte sie hinzu: »Aber ich werd's wohl tun. Geld zu verschenken hab ich ja nicht.«

»Ach. Hat er dir Geld geboten?«

»Ja.« Nach einer kleinen Pause sagte sie: »Erst tausend. Und als ich dann nicht sofort ja gesagt habe, hat er auf fünfzehnhundert erhöht.«

Ich sagte: »Na ja. Das sind so seine Methoden. Dafür will er ja auch was.«

Sie tat, als habe sie die Spitze nicht verstanden. Sie sagte: »Wahrscheinlich rufe ich ihn Anfang der Woche an. Bis dahin ist er auch krank geschrieben.« Sie schwieg wieder einen Augenblick lang, dann sagte sie: »Ich hab mich selbst sowieso zu schlecht gefühlt. Ich mochte mich heute noch nicht festlegen.«

Ich wollte sie anderes fragen, aber ich fragte dann doch, ich wußte ja, daß sie darauf wartete: »Was fehlt dir denn?«

Sie sagte, wahrscheinlich habe sie eine Venenentzündung, sie könne mit dem rechten Bein kaum auftreten, so weh tue das. Außerdem fühle sie sich ganz allgemein ziemlich mies, ihr Blutdruck sei wahrscheinlich wieder viel zu hoch. Ich fragte, wieso denn wahrscheinlich und ob sie ihren Blutdruck etwa nicht regelmäßig kontrolliere. Sie antwortete nein, das bringe doch alles nichts, sie mache sich höchstens selbst damit verrückt, und dann steige der Blutdruck nur noch mehr. Ich sagte, sie solle nicht so ein dummes Zeug reden, und sie müsse auf jeden Fall zum Arzt und nach dem Bein sehen lassen, ich brauchte ihr doch wohl nicht zu sagen, daß mit einer Venenentzündung nicht zu spaßen sei.

Sie sagte: »Ja, ja, ich weiß.« Dann sagte sie: »Du bist ein Lieber. Es hat mir wieder mal gutgetan, mit dir zu reden. Danke.« Sie legte auf.

Mir war speiübel. Ich wußte, daß sie sich sehr schlecht fühlte, das war ihrer Stimme, die angestrengt geklungen hatte, anzuhören gewesen und ihrem mühsamen Atmen, und ich wußte auch, daß ich auf der Stelle hätte überlegen müssen, wie ich ihr helfen oder notfalls den behandelnden Kollegen verständigen konnte. Aber was mich vor allem anderen interessierte und beschäftigte, war die Frage, ob sie angerufen hatte, um mir klarzumachen, daß Herr Kruse ihr Geld angeboten hatte, damit sie ihre Schwester ans Messer lieferte. Sie war ja nicht dumm, sie war sogar sehr intelligent, und es war ihr durchaus zuzutrauen, daß sie Herrn Kruses Absicht durchschaut hatte, und ich fragte mich, ob ich sie dazu bringen könnte, Herrn Kruse einen Korb zu geben, indem ich ihr die fünfzehnhundert Mark zusteckte, mit denen dieser Journalist und sein Drecksblatt sie angeblich schmieren wollten.

Vielleicht auch etwas mehr als fünfzehnhundert? Ich war mir selbst zuwider, doch ich konnte mich der Frage nicht erwehren, ob sie nur angerufen hatte, um mir dergleichen nahezulegen.

Ich war drauf und dran, den Hörer aufzunehmen und ihre Nummer zu wählen, aber plötzlich und vielleicht gerade noch rechtzeitig wurde mir klar, daß das ein schwerer Fehler sein könnte. Ich kannte sie doch, und eigentlich sollte ich wissen, zumindest ließ es sich vermuten, daß sie nicht unbedingt versessen war auf solch ein Honorar, jedenfalls nicht um jeden Preis, und wenn ich ihr einen Handel anböte dergestalt, daß ich ihr ebensoviel zahlte oder noch mehr, wenn sie Herrn Kruse abblitzen ließe, dann konnte das den exakt gegenteiligen Effekt haben, es war jedenfalls nicht auszuschließen, daß sie mir noch einmal sagen würde, ich könne mir mein Geld sonstwohin stecken, und daß sie auf der Stelle Herrn Kruse anrufen und ihm sagen würde, er solle am Montag zu ihr kommen, und wenn er bis dahin noch nicht reisefähig sei, könne sie auch zu ihm kommen.

Vielleicht war es ohnehin zu spät. Vielleicht ließe sie sich ohnehin nicht mehr davon abhalten, Herrn Kruse und in dessen Person der Öffentlichkeit vorzutragen, daß ihre kleine Schwester keineswegs so vollkommen war, wie manche Leute zu glauben schienen, sondern daß sie bloß ihr Leben lang Glück gehabt hatte, großes Glück, ein Riesenschwein, denn ohne ein paar kleine krumme Dinger war eben auch dieses Glückskind nicht durchs Leben gekommen, aber das war im Unterschied zu anderen Leuten, die das Pech gepachtet hatten, nicht aufgefallen, nein, das war alles vielmehr totgeschwiegen und vergessen worden.

Uli zum Beispiel, der von der Burgmauer gesprungen war und den das Schwesterchen auf dem Gewissen hatte, sie allein. Oder der dicke Großkotz, der sie in seinen Handballverein geholt und sie ausgehalten und ihr die Miete und das Studium bezahlt hatte und aus dem sie wahrscheinlich noch mehr herausgeholt hätte, wenn nicht gerade zur rechten Zeit ich, der wohlbestallte Doktor, ihr an die Angel gegangen wäre, denn vielleicht hatte ja auch die Alte des Dicken ihm schon gedroht, sie werde diesem Handball-Liebchen, dem Miststück, auf die Bude rücken und es an den Haaren aus seinem warmen Lotterbett herauszerren und aus der Stadt jagen.

Ich hatte doch quasi vorsorglich sogar eine Theorie entwickelt, wie man es interpretieren müsse, wenn Edda, befragt von dem Richtigen oder meinetwegen auch dem Falschen, solche Geschichten über ihre Schwester erzählen würde, mit anderen Worten: Ich hatte ebendamit doch schon gerechnet. Es geschähe, wenn Edda das täte, nicht aus Niedertracht, so hatte ich es mir mit meiner Schmalspurpsychologie zurechtgelegt, nein, es wäre nur ein hilfloser Protest gegen die Ungerechtigkeit der Welt, die ihr, Edda, alles Glück verweigert und ihrer kleinen Schwester alles geschenkt hatte. Ich hatte diesen Protest vorhergesehen von dem Augenblick an, als mir klar wurde, daß Lene tatsächlich noch höher steigen wollte, und nun war es halt soweit, es würde passieren.

Ich versuchte zu überlegen, was ich und ob ich überhaupt etwas dagegen tun könnte, und meine Gedanken gingen wild durcheinander. Ich dachte an Nina, natürlich, und an ihre Freundin vom Strich, die Ninas Geschichte von der Gewalttat Günnis bestätigen konnte, und ich fragte mich, was Nina denken würde, wenn ich jetzt zu ihr käme und sie um den Gefallen bäte, den ich vorher so angestrengt zurückgewiesen hatte. Und dann überlegte ich, ob ich vielleicht noch einmal die feine Frau Nelles in ihrer Villa aufsuchen und den Spieß umdrehen und *ihr* eine Warnung zukommen lassen sollte, ich könnte ihr zum Beispiel eröffnen, es sei mir zu Ohren gekommen, daß eine Prostituierte, mit der ihr Sohn sich einmal eingelassen und die er mißhandelt und zuvor sogar zu vergewaltigen versucht habe, diesen Fall an die Presse geben wolle, und es gebe auch eine Zeugin, die das bestätigen werde.

Und alsdann könnte ich Frau Nelles anbieten, die Prostituierte, die mir zu Dank verpflichtet sei, davon abzuhalten. Allerdings wäre, so würde ich abschließend hinzufügen, ihr Sohn in jedem Fall gut beraten, wenn er sich die Kandidatur gegen meine Frau und insbesondere die kriminellen Repressalien, die er bisher schon anzuwenden versucht habe, um sie von ihrer eigenen Kandidatur abzuschrecken, noch einmal gut überlegte, sehr gründlich überlegte.

Am Ende verfiel ich sogar auf den Landgerichtsdirektor Zervas und seine merkwürdige Offerte, mit ihm des Montags oder Donnerstags im Café Kreuder eine Tasse Kaffee oder Schokolade zu trinken, weil es zwischen uns vielleicht das eine oder andere zu bereden gebe. Der Richter hatte doch just an dem Tag angerufen, an dem Herrn Kruses Reportage über unseren Sohn, den hochbegabten, aber leider gewalttätigen Schwulen, erschienen war, und ich hatte schon an demselben Tag überlegt, ob es da einen Zusammenhang geben könne. Nun entwarf ich in einer spontanen Skizze diesen Zusammenhang von Grund auf, gestaltete ihn aus und kolorierte ihn, bis das Bild begann, eine beruhigende Wirkung auf mich auszuüben.

Vielleicht hatte Herr Zervas, dessen unterdrückter sexueller Geschmack mir ja deutlich genug offenbart worden war, Herrn Kruses Reportage gelesen und hatte sich darüber empört. Der Richter hätte sich, wenn auch er tatsächlich das Blatt dieses Chefreporters las, sogar mit hoher Wahrscheinlichkeit empört, denn es gab doch, soweit ich wußte, eine Art Solidarität unter den Schwulen, und ich konnte mir nicht vorstellen, daß Herr Zervas, weil er nach außen hin sich zu seiner Rolle als heterosexueller Ehemann bequemt hatte, aus solcher Solidarität ausgeschlossen war oder sich selbst ausschließen würde. Vielleicht hatte Herr Zervas mir und damit auch meinem Sohn dieser Solidarität wegen seine Hilfe anbieten wollen und deshalb bei mir angerufen.

Vielleicht ahnte er, vielleicht wußte er sogar, dank seiner

328

noch immer vielfältigen Verbindungen in der Stadt, wer hinter dieser Reportage steckte und warum sie gerade jetzt veröffentlicht worden war. Und vielleicht waren ihm prozessuale Vorgänge bekannt, die ebenden Drahtzieher, nämlich den Immobilienmakler und Stadtrat Dr. Nelles, betrafen, sei es, daß Herr Zervas als Richter noch selbst damit befaßt gewesen war oder daß er nach der Pensionierung davon erfahren hatte, aus Kollegenkreisen, zu denen er noch gute Kontakte unterhielt. Vielleicht warfen diese prozessualen Vorgänge ein schlechtes, ein sehr schlechtes Licht auf Herrn Dr. Nelles.

Herr Nelles hatte zum Beispiel versucht, auf eine rechtlich höchst bedenkliche Weise bei einem Grundstückshandel einen Konkurrenten auszumanövrieren, auf eine Weise, die dem versuchten Betrug zumindest sehr nahekam. Oder sein Temperament war wieder einmal mit ihm durchgegangen, er hatte einer Kundin so ungestüm in den Ausschnitt ihres Sommerkleides gefaßt, daß er ihr eine deutlich erkennbare Kratzwunde beigebracht hatte, keine allzu gravierende Verletzung, aber immerhin eine, die der Hausarzt ihr bescheinigt hatte. Oder er hatte seine Sekretärin, weil sie ihm mehrfach widersprach, geohrfeigt mit der Wirkung, daß die Befestigung eines Zahnersatzes, den sie trug, sich lockerte, es waren drei Behandlungstermine erforderlich gewesen, um den Schaden zu beheben. Diese Vorgänge waren vor Gericht gebracht, aber beigelegt worden, wenn auch mit großer Mühe, und es war sogar gelungen, sie unter der Decke zu halten, dank der vielfältigen Verbindungen, über die ja Herr Dr. Nelles und nicht zuletzt er verfügten.

Natürlich wäre Herr Zervas nie und nimmer als Zeuge gegen Herrn Nelles aufgetreten. Aber vielleicht wollte er mich, verschlüsselt natürlich und nicht zitierbar, darüber informieren, daß dieser Mensch einiges auf dem Kerbholz hatte, es waren ja nicht gerade Bagatellen, und der Richter Zervas fand es unerträglich, daß so ein Mensch sich nicht scheute, einem anderen, der ein redliches, wenn auch emotional bewegtes Leben führte wie unser Sohn, die Ehre abzuschneiden.

Vielleicht wollte der Richter mir sogar den einen oder anderen Tip geben, wo und bei wem ich Näheres über diese prozessualen Vorgänge erfahren könnte. Das war freilich eher unwahrscheinlich, aber auch ohne das würde Herr Zervas, falls meine Spekulationen sich bewahrheiteten, mich mit einer scharfen Waffe ausstatten, die sich gegen Günni einsetzen ließe. Ich brauchte zum Beispiel nur einen Journalisten, der Lene wohlgesonnen war, darauf aufmerksam zu machen, daß bei Gericht die eine oder andere Akte betreffs Herrn Dr. Nelles vorlag, wenn auch bereits archiviert.

Ich überlegte einen Augenblick lang, ob ich Herrn Zervas anrufen sollte, um auf der Stelle zu erfahren, was er für mich in petto hatte. Ich hatte das schon einmal tun wollen, am Tage seines Anrufs bei mir, doch die Vermutung hatte mich abgehalten, daß seine Frau von dem Angebot an mich nichts erfahren sollte. Natürlich galt diese Vermutung noch immer. Aber ich hätte ja, wenn er sich meldete, ihn fragen können, ob ihm das Gespräch jetzt recht sei, und wenn nicht, hätte ich auflegen und er hätte seiner Frau sagen können, jemand habe die falsche Nummer gewählt.

Und wenn seine Frau meinen Anruf angenommen hätte, wäre mir die gleiche Ausflucht geblieben, ich hätte gesagt: »Oh, Verzeihung, ich hab mich offenbar verwählt« oder etwas anderes in dieser Art, und hätte aufgelegt.

Ich rief Herrn Zervas trotzdem nicht an. Ich zog mich auf die Überlegung zurück, daß es besser wäre, ihn nicht zu Hause zu überfallen, weil ich ihn vielleicht dann doch in Schwierigkeiten mit seiner Frau bringen würde, so daß er womöglich die Lust verlöre, mir zu helfen, und kein Wort mehr aus ihm herauszuholen wäre. Der Tapferste war er nun mal nicht, so wie ich ihn in jener stürmischen Nacht kennengelernt hatte.

Mich irritierte nur kurz der Gedanke, daß *ich* der Tapferste wohl auch nicht war. Ich verdrängte ihn mit der Überlegung, Herr Zervas werde ja, wenn er wenigstens seinen Gewohnheiten treu bliebe, schon in drei Tagen, nämlich am Montagnachmittag um vier Uhr, ins Café Kreuder gehen und dort seine Tasse Kaffee oder Schokolade zu sich nehmen, und daß ich, wenn ich mich dort zu ihm gesellte, genau das täte, was er mir vorgeschlagen hatte, so daß er keinen Anlaß fände, sich vor mir zu verschließen, sondern mir all das anvertrauen konnte, was ich brauchte, um Günni eins auf die Fresse zu geben, und das so durchschlagend, daß dieser Saukerl es in absehbarer Zeit nicht wagen würde, sie noch einmal aufzumachen.

Ich wollte mich damit zufriedengeben, und ich gab mir Mühe, aber ich konnte mich nicht lange darüber hinwegtäuschen, daß diese Hoffnung auf schwachen Füßen stand. Sie stand auf sehr schwachen Füßen, weil die Chance am Montagnachmittag bereits vergeben sein konnte. Dann nämlich, wenn Edda sich schon am Montagmorgen mit Herrn Kruse verabreden sollte. Herr Kruse könnte, sobald der Arzt ihn gesund geschrieben hatte – und das war für den Montag zu unterstellen, weil die bis dahin fünf Nächte seit seiner Begegnung mit Lully Löffeler zur Wiederherstellung des Chefreporters genügt haben würden; so verheerend, daß der Arzt die Rekonvaleszenz verlängern müßte, würde selbst Lully nicht zugelangt haben – Herr Kruse also könnte am Montagmorgen Edda anrufen und sich danach mit ihrem Einverständnis auf den Weg machen, um die Mittagszeit könnte er bei ihr sein und am Nachmittag bereits auf dem Rückweg, mit dem Interview auf dem Tonband.

Es wurde mir geradezu schmerzhaft klar, daß es am Montagnachmittag bereits zu spät sein konnte. Aber ich rief Herrn Zervas nicht an. Ich unternahm auch sonst nichts. Ich lungerte zu Hause herum. Ich gab mich der vagen, mit nichts zu begründenden Hoffnung hin, daß am Wochenende irgend etwas geschehen, daß irgendeine Wende eintreten könnte, die mich meiner Sorgen entledigte.

39

Am nächsten Tag, am Samstagmorgen, geschah tatsächlich etwas, das heißt, ich redete mir eine Zeitlang ein, es sei etwas geschehen, was die Last meiner Sorgen wenigstens vermindern, wenn auch nicht gänzlich von mir nehmen werde. Herr Ludewig berichtete auf der ersten Seite seines

Blattes in immerhin zwanzig Zeilen und im Lokalteil unter einer dreispaltigen Überschrift, daß das Ermittlungsverfahren gegen den karibischen Amtsleiter der Stadt beschlossene Sache sei; die Details werde der leitende Oberstaatsanwalt am Montag in einer Pressekonferenz bekanntgeben. Natürlich besaß Herr Ludewig bereits die uneingeschränkte Kenntnis dieser Details und ließ seine Leser daran teilhaben.

Es hatte sich demnach der Verdacht erhärtet, daß der Amtsleiter, als er in Begleitung von Frau X., der Chefin des Frisiersalons, mit der er zusammenlebte, in die Karibik gereist war und dort einen Ferien-Luxusbungalow erworben hatte, sich nicht etwa bloß der Vorteilsannahme, sondern sogar der Bestechlichkeit schuldig gemacht hatte. Die Staatsanwaltschaft war also über ihren ursprünglichen Ansatz hinausgegangen und unterstellte nunmehr, daß der Amtsleiter zuvor bei dem quasi Gegengeschäft, nämlich dem Verkauf eines vielerseits begehrten städtischen Grundstücks an just die Hochbaufirma, die auch das Ferienparadies in der Karibik verwaltete und stückweise absetzte, eine Dienstpflichtverletzung begangen hatte. Das Delikt, das damit zur Debatte stand, war immerhin – wie Herr Ludewig anmerkte – je nach Schwere des Falles mit einer Freiheitsstrafe von sechs Monaten bis zu fünf Jahren bedroht. Und konsequenterweise würde nun auch gegen die Hochbaufirma nicht wegen Vorteilsgewährung, sondern wegen Bestechung ermittelt.

Wie teuer der Bungalow, den der Amtsleiter mit seiner Freundin (und bemerkenswerterweise auf deren Namen) erworben hatte, für normale Sterbliche war, und was im

Unterschied dazu das Pärchen bezahlt hatte, offenbarte Herr Ludewig noch nicht, auch nicht, was die Kreuzfahrt zu dem Ferienparadies die beiden gekostet oder eben *nicht* gekostet hatte. Der Redakteur wollte vermutlich sein Pulver nicht auf einmal verschießen. Dafür beschäftigte er sich eingehend mit der Frage, warum es verhältnismäßig lange gedauert habe, bis der Beschluß zur Eröffnung des Ermittlungsverfahrens zustande kam, sowie mit der Überlegung, ob der Amtsleiter etwa bis zum Abschluß des Verfahrens im Amt zu bleiben gedenke.

Ich konnte nicht beurteilen, ob die Staatsanwaltschaft tatsächlich mehr Zeit als angemessen gebraucht hat, um das Ermittlungsverfahren in Gang zu setzen, aber warum Herr Ludewig diese Frage aufwarf, würde auch der Dümmste verstehen, der den Artikel bis ans Ende buchstabieren konnte. Der Autor gebrauchte nicht gerade das unter den Schwarzen geflügelte Wort vom roten Filz, er orakelte jedoch deutlich genug, daß der Amtsleiter das gleiche Parteibuch besitze wie der amtierende Oberbürgermeister und zudem der Landesjustizminister, nämlich ein knallrotes, und es sei gewiß nicht völlig abwegig zu vermuten, daß im Vorfeld einer landesweiten Kommunalwahl mit möglicherweise bundespolitischer Signalwirkung selbst der Justizminister des Landes diese Geschichte aus der Karibik mit besonderem Interesse wahrgenommen und das auch den Generalstaatsanwalt habe wissen lassen. Sollte heißen: Der Justizminister hatte mittels einer Art von Fernbedienung die Bremse angezogen, so lange, bis »unsere Zeitung« den Fall aufdeckte und damit jedweden Versuch, ihn zu vertuschen, durchkreuzte.

Was den Amtsleiter persönlich betraf, tat Herr Ludewig so, als habe nicht nur »unsere Zeitung«, sondern auch die Staatsanwaltschaft die Eröffnung des Ermittlungsverfahrens bereits als beschlossene Sache bekanntgegeben; der Redakteur wies jedenfalls auf die nachahmenswerte britische Sitte hin, daß ein Amtsträger, gegen den eine gravierende Beschuldigung erhoben werde, sein Amt unverzüglich zur Verfügung stelle, zumindest es nicht mehr ausübe, bis die Beschuldigung zu seinen Gunsten geklärt sei. In England, dem Mutterland der Demokratie, und ebenso hierzulande gelte natürlich auch und nicht zuletzt der Rechtsgrundsatz, daß der Beschuldigte so lange als schuldlos behandelt werden müsse, wie seine Schuld sich nicht beweisen lasse. Eine andere Frage sei es freilich, ob nicht er selbst schon vorab Konsequenzen für angemessen halte, im Interesse der politischen Hygiene, wenn nicht sogar des bloßen menschlichen Anstands. Nur mache man sich mit dieser Frage heutzutage leider eher lächerlich, zumindest bei den Sachwaltern des Ämterfilzes.

Als Lene an den Frühstückstisch kam, zeigte ich ihr den Artikel. Sie überflog ihn, schüttelte den Kopf und griff nach einem Brötchen. Ich fragte sie: »Na? Was hältst du denn davon?«

Sie seufzte, dann sagte sie: »Man kann sich nur wundern, wie dämlich solche Raffzähne sind. Der Mann kann sich doch denken, daß er irgendwann auffällt mit seinem Luxusbungalow und daß die Leute eins und eins zusammenzählen können. Und daß er dann dran ist.«

Ich fragte: »Und? Ist das alles, was du davon hältst?«

Sie warf mir einen kurzen Blick zu, dann sagte sie:

335

»Nein, natürlich nicht. Natürlich bleibt so was auch oft genug unter der Decke. Leider. Und dann geht es im Zweifel um mehr als einen Bungalow. Eher um ganze Siedlungen. Dann wird allerdings auch dafür gesorgt, daß die Leute so schnell nicht eins und eins zusammenzählen können.« Sie verzog die Lippen. »Tausend und tausend ist schon schwerer, verstehst du.«

»Ja. Aber ich hatte eigentlich etwas anderes gemeint.«

Sie sah mich fragend an.

Ich sagte: »Ich meine, dieser Fall wird dir doch nützen. Der bringt doch den Oberbürgermeister ganz schön in Verschiß. Die Roten insgesamt, meine ich.«

Sie zuckte die Schulter. »Ja, schon. So was wird natürlich sofort verallgemeinert. Das sieht man ja auch an dem Ärger, den der Dicke mit seinem Schwarzgeld *uns* eingebrockt hat. Obwohl das natürlich eine andere Dimension war.«

Ich sagte: »Ja, aber das hier betrifft ja nun mal die Roten. Denkst du denn nicht, daß du mit deiner Kandidatur ganz schön davon profitieren wirst?«

»Wieso denn ich?« Sie sah mich an, schüttelte den Kopf ein wenig. »Sicher, wenn ich schon die Kandidatin wäre. Aber das bin ich ja nicht.« Sie lächelte. »Du hast Herrn Nelles vergessen. Oder vielleicht hast du ihn verdrängt.«

Sie trank einen Schluck Kaffee. »Na klar, in den nächsten zwei Stunden werden sich die Kollegen von Herrn Ludewig bei mir melden, und auch Herr Ludewig selbst, das hat er gestern ja nicht getan, wahrscheinlich hat er Angst gehabt, seine Konkurrenz bekäme dann Wind von der Geschichte. Und sie werden mich fragen, was ich davon halte, und ich werde mich aufblasen und sagen, mich überrasche das überhaupt nicht, das sei ja nur ein weiteres Beispiel für den roten Filz, aber genau das werde es unter einer Oberbürgermeisterin Auweiler nicht mehr geben. Die werde nämlich mit der Korruption in dieser Stadt, die wir den Roten zu verdanken hätten, Schluß machen. Alles ausmisten. Hinausfegen, mit dem eisernen Besen.«

Sie lachte ein wenig abfällig. »So wahr mir Gott helfe, und mit dem stillen Gebet, er möge netterweise auch dafür sorgen, daß nicht morgen in einer anderen Zeitung zu lesen steht, einer von *uns* hätte sich schmieren lassen.«

Ich sagte: »Aber die Hauptsache ist doch, du wirst deinen Spruch los, und er wird gedruckt und gesendet. Das bringt dir doch Punkte ein.«

Sie schüttelte den Kopf. »Ob das *mir* Punkte einbringt, ist nicht so sicher, wie du vielleicht glaubst. Denn denselben Spruch oder einen ähnlichen wird auch Herr Nelles von sich geben, denn natürlich werden sie auch den fragen, was er von dem Fall hält. Und du kannst dich darauf verlassen, daß er den eisernen Besen überzeugender rüberbringt als ich, sehr viel überzeugender. Sieh ihn dir doch an.«

Ich schwieg eine Weile, dann fragte ich: »Hast du schon aufgegeben?«

Sie sagte: »Nein, ich hab nicht aufgegeben. Und ich denke auch nicht, daß ich das tun werde. Aber wahrscheinlich verstehe ich doch ein bißchen mehr von der Politik als du. Ich weiß, auf was ich mich eingelassen habe und was alles noch auf mich zukommen kann, das darfst du mir glauben.«

337

Ich dachte bei mir, daß sie ebendas leider nicht wußte, aber ich sprach es nicht aus. Ich scheute mich zu sehr, ihr von Eddas Anruf zu berichten und von allem, was damit nun mal zusammenhing wie flüssiger Kleister oder wie ein wucherndes Geflecht, Lullys Wählerinitiative und Ninas Hilfsbereitschaft, der Nötigungsversuch oder auch nicht der feinen Frau Nelles und ebenso die merkwürdige Offerte des Richters Zervas. Den schmerzhaften Gedanken, daß ich nur zu feige sei, all diese beunruhigenden Ereignisse, an denen ich ja nicht völlig unbeteiligt war, ihr zu offenbaren, ließ ich nicht aufkommen. Ich redete mir ein, daß ich meine Frau nicht belasten und insbesondere ihr die Vorfreude auf diesen Samstagnachmittag nicht nehmen wollte.

Wir waren zur Familienfeier von Birgits dreiunddreißigstem Geburtstag eingeladen, und Lene hatte alle Terminwünsche, die für diesen Nachmittag an sie gerichtet worden waren, abgesagt. Ich glaubte, und es erfreute mich, bei dieser Gelegenheit wieder einmal zu erkennen, daß sie ein Familienmensch ist – trotz ihres gespannten Verhältnisses zu Edda, aber an diesen Spannungen trug ja vielleicht zu einem nicht unerheblichen Teil auch Edda die Schuld, Edda mit ihren Extratouren.

Auch ich bin ein Familienmensch, zumindest halte ich mir darauf etwas zugute. Freilich war die Aussicht, in Birgits und Rudis geräumiger, aber nicht übermäßig großer Etagenwohnung eine Feier mit einem runden Dutzend Menschen, darunter vier oder fünf Kinder, Birgits Patentante, der aktuelle Liebhaber Claras (der mit dem Roadster) und nicht zuletzt Birgits Schwiegereltern, zu begehen, mir nicht unbedingt angenehm. Ich hoffte jedoch, daß sie mich zumindest für ein paar Stunden von der widerlich bohrenden Frage, was ich tun müsse und wann spätestens ich es tun müsse, ablenken würde. Ich brauchte eine Atempause.

40

Es waren mehr als ein Dutzend Menschen. Birgit hatte auch ihre alleinerziehende Freundin Katrin, eine Bibliothekarin, und deren siebenjährigen Sohn Justin, dessen Name bitte französisch auszusprechen war, eingeladen, außerdem die Zwillinge Elly und Eve (deutsch auszusprechen), zu denen Daniel im Kindergarten ein besonderes Verhältnis entwickelt hat, er hatte mir von ihnen schon mehrfach erzählt, und davon, daß er auf sie aufpassen müsse, weil sie noch nicht genau Bescheid wüßten und andere Jungs dauernd versuchten, sie zu zanken.

Die wahre Natur dieses Verhältnisses wurde mir auf Anhieb klar, als ich Elly und Eve vor dem Regal mit Daniels Spielsachen und darin herumkramend sah, sie sind einen halben Kopf größer als er und ganz einfach bildschön, mit blauen Augen, dunklen, fast schwarzen Augenbrauen und dicken blonden Haaren, jeweils in einen auf dem Rücken baumelnden Zopf gebunden, daran bei der einen eine grüne, der anderen eine violette Schleife. Sie sehen aus wie das doppelte Schneeweißchen oder das doppelte Rosenrot oder wie beide zusammen, jedenfalls wie Milch und Blut und einander so ähnlich wie ein Ei dem anderen.

Claras Lover, den ich ebenfalls zum erstenmal sah, saß im Wohnzimmer neben der Stereoanlage auf einem Stuhl mit Armlehnen und beobachtete mit einem leicht ironischen Lächeln, das als solches offenbar erkennbar werden sollte, das Familientreiben ringsherum. Er trug schwarze Mokassins, hellbraune Jeans von der edlen Sorte und ein schwarzes Hemd mit offenem Kragen, ist gut zehn Jahre jünger als Clara und bevorzugt eine Sitzhaltung, wie sie Fußballer beim Interview im Fernsehen häufig einnehmen, also eher hingestreckt als aufrecht, die Unterarme locker auf den Armlehnen ruhend, die Oberschenkel weit gespreizt und das Gemächte, das in der engen Hose sich als Wölbung abzeichnet, unübersehbar nach vorn geschoben.

Ich dachte, als Clara uns mit ihm bekannt machte, er bliebe sitzen, aber er stand auf und machte vor Lene sogar die Andeutung eines Dieners. Sobald wir uns abwendeten, streckte er sich freilich wieder in den Armstuhl und fuhr die Beine auseinander. Ich überlegte, wie Clara reagieren würde, wenn ich sie fragte, ob er womöglich an einer Hodenentzündung leide oder sich wundgescheuert habe, am Sportsitz seines Roadster oder an was auch sonst, und ob sie etwa nicht wisse, wie solche Molesten zu behandeln seien.

An der Kaffeetafel hatte ich mich mit Daniel und Max und Jule und den anderen Kindern zusammenhocken wollen, aber für die Kinder war der Tisch in der Küche gedeckt, was einigen der Gäste vermutlich auch sehr willkommen war, hin und wieder drang durch die offenen Türen ein gellendes Gelächter und Geschrei bis ins Wohnzimmer, Katrin und Birgit sprangen je nach Lautstärke auf, liefen hinaus und versuchten zu verhindern, daß der Spaß ausartete. Den Platz zu meiner Linken nahm, bevor ich etwas dagegen tun konnte, Birgits Schwiegervater ein, Egon Kindgens, und alsbald erschien an meiner Rechten Egons Gattin Therese und brachte mich vollends in die Klemme, sie fragte, ob es mir recht sei oder ob Lene, die sich noch mit der Patentante unterhielt, neben mir sitzen wolle, ich sagte wahrheitsgemäß, das wisse ich nicht, und schon saß Therese zu meiner Rechten.

Ich nehme an, sie wollte unter Kontrolle halten, was Egon mit mir zu bereden hatte, was mich zunächst wunderte, denn Egon hatte bis dato noch nie etwas anderes mit mir bereden wollen als die drohende Unterminierung des Wohlstandes der Bundesrepublik und Europas ingesamt durch die grünen Radikalinskis und vor allem die Sozialisten, die sich bei uns als Sozialdemokraten maskierten. Er war mit dieser Sorge, von der ihn der Anschluß der DDR nur vorübergehend befreit hatte, aus dem Berufsleben geschieden, das er als Geschäftsführer einer florierenden mittelgroßen Lampenfabrik (*klassisch und design*) vollendete, und nun bangte er um die dynamische Steigerung sowohl seiner betrieblichen wie der Angestelltenrente.

Ich weiß nicht, ob er anfangs geglaubt hat, seine Alpträume fänden bei mir als dem Ehemann einer Kommunalpolitikerin der Schwarzen sowie in meiner Eigenschaft als Freiberufler ein Wohlgefallen und ich läge ebenfalls allnächtlich wach und zerbräche mir den Kopf über den Untergang des Abendlandes, des gut betuchten jedenfalls. Ich hatte ihm allerdings einige Male erwidert, wenn das Abendland untergehe, dann nicht wegen der Grünen und der paar verängstigten Sozialisten, die es sich noch leiste, sondern weil der Mensch als solcher den Hals nicht voll bekomme, nicht vom Wohlstand, aber auch von nichts anderem, wonach es ihn gelüste. Egon hatte dennoch nicht lockergelassen, er hatte mir jedesmal, wenn wir beisammensaßen, denselben Schwachsinn zu verkaufen versucht.

Diesmal kam es allerdings anders. Mir war aufgefallen, daß er das Glas Champagner, das es zur Begrüßung und zur Gratulation Birgits gab, auf einen Zug geleert und seinem Sohn Rudi, der die zweite Flasche öffnete, das Glas sofort wieder hingehalten hatte, was ihm bereits einen durchdringenden Blick von Therese einbrachte. Egon leerte daraufhin das zweite Glas zwar in Schlucken, aber ohne nennenswerte Pausen, und ein wenig später sah ich, daß er sich, als Therese durch ein Gespräch mit Birgits Patentante abgelenkt war, eigenhändig auch noch ein drittes einschenkte, das er sich ebenfalls schon hinter die Binde gegossen hatte, bevor er neben mir an der Kaffeetafel Platz nahm.

Nachdem er ziemlich zügig die ersten drei gehäuften Gabeln Sahnetorte zu sich genommen und jedesmal durch ein hastiges Einschlürfen der Ladung dafür gesorgt hatte, daß nichts zurück auf den Teller fiel, fragte ich ihn, ob's ihm schmecke, und alsbald wurde mir klar, was er von mir wollte, er antwortete, na ja, nicht so besonders, aber das liege nicht an der Torte, die sei in Ordnung, er fühle sich bloß seit ein paar Wochen nicht gut, unpäßlich sei vielleicht das richtige Wort, aber Doktor Steinbüchel, das war sein Hausarzt, könne nichts finden und ob ich vielleicht wisse, woran so etwas liegen könne.

Ich antwortete, ohne eine gründliche Untersuchung sei das nicht so einfach zu erkennen, und daß er sich unpäßlich fühle, sage ja auch noch nicht allzuviel über seinen Zustand. Therese beugte sich vor, sah an mir vorbei Egon an und dann mich und sagte, er wolle das wahrscheinlich nicht zugeben, aber er sei dauernd müde, zu müde für alles, wirklich; zumindest behaupte er das.

Birgits Patentante, Tante Biggi, die Lene einst an der Dolmetscherschule in Französisch unterrichtet hat und mir vis-à-vis an der Seite von Claras Jüngling saß, wollte Egon offenbar beistehen, sie sagte, es gehe ihr oft genauso und das sei gar nicht schön. Manfred wiederum, der Jüngling, den Clara Mucki nennt, dachte wohl, er könne sich auf witzige Art an der Unterhaltung beteiligen, er sagte, vielleicht hätten sie beide sich körperlich zu sehr verausgabt, hätten es vielleicht ein bißchen wüst getrieben, er habe gehört, so etwas komme nicht nur in der Jugend vor.

Ich fragte ihn, ob das etwa auch bei ihm vorkomme.

Er grinste. »Was, daß ich mich verausgabe?«

»Nein. Daß Sie danach für alles zu müde sind?«

Er blieb bei dem Grinsen. »Bei mir sind bisher noch keine Beschwerden abgegeben worden.«

Egon sagte: »Warten Sie mal ab, mein Lieber. So was kommt schneller, als Sie glauben. Von wegen ›Ich hab noch nie einer Frau nein sagen müssen‹! Eines Tages läuft nichts mehr, von jetzt auf gleich, verstehen Sie?« Ich war drauf und dran, einen Satz wenigstens beizusteuern, aus dem ersichtlich wurde, daß Egons Probleme nicht die meinen waren, aber zum Glück beendeten Therese und Tante Biggi fast gleichzeitig dieses Gespräch, Therese beugte sich vor und fuhr Egon an: »Das interessiert doch keinen Menschen!«, und Biggi fragte mit erhobenen Augenbrauen, was das denn überhaupt für eine Unterhaltung sei, sie habe gedacht, sie gehe zu einem Geburtstag und nicht zu einem Stammtisch.

Clara, die sich am Kopf des Tisches mit Birgit und Lene unterhalten hatte, wurde aufmerksam, wandte sich zu dem Jüngling und fragte: »Mucki, hast du wieder was Dummes gesagt?«, und er hob, als wisse er nicht, um was es gehe, die Schultern und grinste.

Ich sagte: »Nein, Mucki hat nichts Besonderes gesagt, er hat sich bloß zu Potenzproblemen geäußert.«

Clara winkte heftig ab. »Ach, du lieber Gott, laß das nur sein, Mucki, sonst greift mein Papa in den Hufeland oder sonst was Schlaues und deckt dich mit Zitaten zu.«

Mucki fragte: »Wer ist Hufeland?«

Ich sagte: »Ein sehr bekannter, sehr bedeutender Arzt. Um achtzehnhundert herum, falls es Sie interessiert.«

Mucki mochte nicht davon ablassen, seinen Witz zu zeigen. Er fragte: »Und der hatte Potenzprobleme?«

Es hätte mich sehr gereizt, diesen Dialog mit dem Schenkelspreizer noch ein wenig fortzuführen, aber das Thema wurde mir allmählich zu riskant, Lene sah bereits herüber, und auch Birgit und Katrin hatten die Unterhaltung eingestellt. Ich sagte: »Ich weiß nicht, ob er Potenzprobleme hatte. Jedenfalls hat er nicht so viel darüber geredet wie Sie. Und vermutlich auch nicht so gern.«

Unversehens knisterte es. Mucki wußte offenbar einen Augenblick lang nicht, was er Witziges antworten könnte, er grinste bloß, und diese Pause nutzte Rudi, Birgits

Schafsnase von Ehemann, dem ich so viel Initiative gar nicht zugetraut hätte, um das Feuerchen auszutreten, er sagte: »Was mich mal interessiert hätte... wieviel Sprit braucht so ein Roadster eigentlich?«

Auf diese Weise wurde nicht nur Mucki mit einem neuen Thema vollauf beschäftigt, auch Egon lebte auf, was nach den Mengen von Champagner und Torte, die er bereits eingeschlürft hatte, immerhin beachtlich war. Mucki antwortete auf Rudis Frage, wenn er sehr sparsam fahre, komme er mit rund zwölf Litern hin, aber mit so einem Auto wolle man natürlich auch schon mal die Sau rauslassen, und das könne leicht an die fünfzehn gehen, auch schon mal drüber.

Rudi sagte, das werde aber verdammt teuer, bei den Spritpreisen, und nun meldete sich Egon, der seit Thereses Intervention geschwiegen hatte, zu Wort, er sagte, das seien doch gar keine echten Preise, jedenfalls nicht die, die wirtschaftlich erforderlich seien, die Spritpreise würden doch erst durch die Ökosteuer und die Mineralölsteuer insgesamt so irrsinnig aufgebläht, aber das sei natürlich haargenau die Politik dieser Bundesregierung, die Sozialisten hätten es doch seit ewigen Zeiten darauf abgesehen, den Autofahrer zu bevormunden, und von der grünen Sippschaft sei ohnehin nichts Besseres zu erwarten gewesen.

Birgit, die nur selten Auto fährt, und Katrin stimmten zu, Clara und Lene sagten zwar nichts, aber Clara nickte beständig, was auch Therese tat, und in dem Stimmengewirr, das die ominöse Steuer entfesselt hatte, kam ich mir plötzlich vor, als sei ich in der Diaspora gelandet, umzingelt von rabenschwarzen Gestalten, die mich beim geringsten Widerwort gekreuzigt hätten. Einzig Tante Biggi schien den Blödsinn, der da lautstark verzapft wurde, für Blödsinn zu halten, aber bei einer besonders dummen Bemerkung Egons fing auch sie an zu nicken, und ich wollte mich schon damit abfinden, daß ich der einzig Gerechte in dieser Gesellschaft und in meiner Familie war, als sich unversehens wieder Rudi meldete.

Er sagte zu Mucki: »Na ja, du müßtest ja auch nicht so ein Auto fahren. Du hast doch wahrscheinlich vorher gewußt, daß das ein Spritsäufer ist. Mit einem anderen Auto kämst du halt billiger weg. Und außerdem könnten wir alle ja ein bißchen weniger Auto fahren, dann müßten wir auch nicht so viel berappen.«

Damit war die nächste Runde eröffnet, in der vor allem meine Töchter sich auszeichneten, Birgit fiel auf der Stelle über ihren Ehemann her, sie fragte Rudi, was er sich eigentlich bei so einer Bemerkung denke, er könne doch Manfred nicht vorschreiben, was der für ein Auto zu fahren habe. Mucki sagte grinsend: »Laß ihn doch mal, laß ihn doch mal!«, aber Birgit sagte, nein, sie denke gar nicht daran, Rudi zu lassen, er wolle ja anscheinend auch noch allen anderen Leuten vorschreiben, wann und wie oft sie Auto fahren dürften, und sie frage sich, wie er denn dazu komme, und so etwas könne man doch nicht unwidersprochen hinnehmen.

Also, sagte Clara, sie persönlich müsse sich tatsächlich fragen, was sie mit Rudis Ideen anfangen solle, sie könne ja, wenn sie nachts zu einem Notfall gerufen werde, dem Patienten nicht klarmachen, daß es ein halbes Stündchen länger dauern werde, weil sie ihr Auto stehenlasse und zu

Fuß zu ihm komme, und das könne sie auch über Tag nicht
bei ihren Hausbesuchen, denn wenn sie die nicht mit dem
Auto abfahre, dann müsse sie halt die Hälfte davon strei-
chen oder noch mehr, also bleibe ihr gar nichts anderes
übrig, als diese Wahnsinnspreise für den Sprit zu berappen, von allem anderen mal abgesehen, und zu bezahlen,
bis sie schwarz werde.

Ich fand, das reichte. Ich sagte: »Ja, und demnächst wirst
du noch bei der Sozialhilfe landen.«

Sie zog die Augenbrauen hoch. »Was soll das denn
heißen?«

Ich sagte, sie sollten doch, verdammt noch mal, nicht so
tun, alle miteinander, als gerieten sie unter die Armuts-
grenze, wenn sie für eine Tankfüllung fünf Mark mehr
bezahlen müßten. Ich könne es zwar nicht glauben, aber
anscheinend seien sie auf diese beiden schwarzen Licht-
gestalten hereingefallen, den Biedermann mit der braun-
gebrannten Platte und den Langen mit der Dreiecksfrisur
und den stechenden Äuglein und dem erhobenen Zeigefinger, als die mit ihren Kanisterchen an den Berliner Tankstellen hausieren gegangen seien. Ich könne es wirklich
nicht glauben, denn fünf Mark seien für sie alle miteinander doch nur ein Klacks, und bei jeder anderen Gelegenheit bezahlten sie die, ohne mit der Wimper zu zucken.
Vielleicht sollten sie mal einen Blick in die Armutsstatistik
der Bundesrepublik Deutschland werfen, um zu erfahren,
was fünf Mark in diesem Land für Millionen von Menschen bedeuteten, nämlich solche, die gar nicht in die Verlegenheit kämen, fünf Mark für Benzin ausgeben zu können, weder für Benzin noch für sonst etwas Besonderes.

Jemand stieß mich von der Seite an. Es war Daniel, der sich zwischen mich und Therese drängte. Ich rückte ein wenig zur Seite, hob ihn hoch und setzte ihn auf meinen Schoß.

Ich sagte, vermutlich hätten sie keinen Dunst davon, daß 1,2 Milliarden Menschen von weniger als einem US-Dollar pro Tag leben müßten. Und daß in unserem eigenen Land die Einkommensarmut sei 1973 ständig zugenommen habe. Auch die Zahl der Millionäre, allerdings, aber nicht zuletzt die Zahl der Menschen, die auf die Sozialhilfe angewiesen seien. Und jetzt solle bitte niemand mir erzählen, zu denen, die von der Sozialhilfe lebten, gehörten ja nicht zuletzt eine Menge Faulenzer, es komme mir allmählich zum Hals heraus, diese unbedarfte Dummheit, die zum Überfluß nun auch noch der Bundeskanzler, ausgerechnet ein sozialdemokratischer Bundeskanzler, zu äußern beliebt habe. Vielleicht habe ja auch der Herr Bundeskanzler keinen Dunst davon gehabt, daß zu denen, die von der Sozialhilfe lebten, über eine Million Kinder und Jugendliche gehörten. Und daß alleinerziehende Mütter besonders häufig in der Sozialhilfe landeten.

Vielleicht sollten sie, sagte ich, hin und wieder mal überlegen, ob der Benzinpreis nicht auch durch die Profitgier der Multis zustande komme. Und ob es so oder so nichts Wichtigeres gebe, als sich über den Benzinpreis zu echauffieren. Wer sich um den Benzinpreis sorge, dem helfe es vielleicht, wenn er hin und wieder, nur hin und wieder einmal, an die armen Leute denke. Und an deren Sorgen.

Ich ließ es genug sein. Es war eine vorzügliche Rede gewesen, und die Fakten hatten sogar gestimmt, so hoffte ich wenigstens, aber vermutlich war es auch viel zuviel gewesen und allzuviel Tremolo beim Vortrag. Eine Stille trat ein, nicht, weil ich sie überzeugt hätte, nein, gewiß nicht. Wahrscheinlich hatte meine Rede sie nur peinlich berührt. Mein Sermon, ja.

In diese Stille hinein sagte Daniel: »Bist du arm, Opa?«

Mir war, als hätte jemand einen Eimer Wasser über mich gegossen. Der Roadster-Pilot mochte nicht sonderlich gebildet sein, aber er war der erste, der reagierte. Er sagte: »Gute Frage!«, und dann ließ er ein meckerndes Lachen hören.

Clara sagte: »Laß das sein, Mucki!«

Ich sagte: »Nein, ich bin nicht arm, Daniel. Aber man muß nicht arm sein, um zu sehen, daß es vielen Leuten sehr schlecht geht.«

Ich war mir nicht sicher, ob er sich damit zufriedengeben werde. Und ich fürchtete, daß in der nächsten Minute mein eigener Enkel mir noch mehr Fragen stellen und mich dieser Kaffeegesellschaft und nicht zuletzt mir selbst als einen Schönschwätzer vorführen könnte, nein, als einen Heuchler, der sich über die Ungerechtigkeit des Reichtums empört, aber stillschweigend das Stück vom Reichtum einsteckt, dessen er selbst habhaft werden kann.

Ich setzte Daniel ab, stand auf und ging mit ihm hinaus. In der Diele sagte ich: »Ein andermal sag ich dir noch mehr dazu. Ein andermal, wenn wir allein sind und niemand uns dazwischenquatscht, verstehst du?«

Er sagte: »Der Mucki hat dazwischengequatscht.«

Ich sagte: »Ja, der Mucki, genau.«

Ich wollte mit ihm in die Küche gehen, in der es noch immer sehr lebhaft zuging, aber er blieb stehen. Er sagte: »Nein! Ich will in *mein* Zimmer.«

Ich folgte ihm in sein Zimmer. Er schloß die Tür hinter mir. Ich fragte: »Was ist denn passiert? Habt ihr euch gezankt?«

Er setzte sich auf sein Bett, stützte beide Hände auf, ließ die Füße pendeln, schaute auf die Füße. Nach einer Weile sagte er: »Kannst du mir was vorlesen?«

»Na klar. Aber jetzt sag mir erst mal, was passiert ist.«

Er schwieg wieder eine Weile, dann sagte er, ohne mich anzuschauen: »Der Max hat der Elly einen Kuß gegeben.«

»Was! Das ist ja unglaublich!«

Er streifte mich mit einem Seitenblick, sah wieder auf seine Füße, dann sah er mich an: »Und der Justin hat die Eve um den Hals gefaßt. Und dann hat er ihr auch einen Kuß gegeben.«

»Ist es denn zu fassen!«

Er nickte. Ich setzte mich neben ihn. Dann fragte ich: »Und was haben die beiden gemacht? Die Elly und die Eve, meine ich?«

Er sagte: »Die Elly hat den Max weggestupst. So!« Er ballte beide Hände zu Fäusten und stieß mich kräftig in die Seite.

»Na, bitte sehr! Da kannst du sehen, daß sie das gar nicht mochte. Die hat sich von Max nichts gefallen lassen.«

Er sagte: »Aber die Eve hat den Justin nicht weggestupst. Die ist so stehengeblieben.« Er stand auf, ließ beide Arme hängen und streckte den Kopf ein wenig vor, als erwarte er ein Ungemach und füge sich darein.

Ich sagte: »Na gut. Aber vielleicht mochte sie es trotzdem nicht?«

Er blickte mich stumm an, dann setzte er sich wieder
neben mich.

Ich fragte: »Welche von den beiden magst du denn lieber? Die Elly oder die Eve?«

Er dachte nach. Dann hob er die Schultern, ließ sie wie
resignierend sinken.

O Gott. Ich sagte: »Ja, ja, ich verstehe schon. Du magst
sie beide, nicht wahr?«

Er nickte.

Ich sagte: »Das ist natürlich nicht so einfach. Ich
meine... heiraten könntest du zum Beispiel nur eine von
ihnen. Nicht alle beide.«

Er sah mich an. »Warum nicht?«

»Na, stell dir doch mal vor... stell dir mal vor, dein Papa
würde noch eine andere Frau heiraten. Und dann müßtet
ihr hier alle zusammen leben. Ja, und die andere Frau hätte
dann ja auch genausoviel zu sagen wie deine Mama.«

Daß das nicht möglich wäre, schien ihn zu überzeugen,
er kannte ja seine Mutter. Er wandte den Blick von mir ab,
starrte vor sich hin.

Ich sagte: »Aber deshalb mußt du nicht traurig sein.« Ich
faßte ihn am Arm, rüttelte ihn ein wenig. »Vielleicht solltest du mal herausfinden, welche von den beiden *dich* am
meisten liebhat, Elly oder Eve.«

Er sah mich an. »Wie soll ich das denn herausfinden?«

Ich zuckte die Schultern. »Warum gibst du ihnen nicht
auch mal einen Kuß?«

Er sagte: »Die sind größer als ich.«

»Aber du kommst doch an sie ran. Vielleicht versuchst du es erst mal, wenn sie sitzen?«

Diese Vorstellung schien ihn zu trösten. Er nickte, dann sagte er: »Soll ich wieder zu denen gehen?«

Während ich noch zögerte, weil ich mir nicht sicher war, ob er auf der Stelle den erwünschten Erfolg haben würde, öffnete sich langsam die Tür. Einer der Zwillinge schaute herein.

Ich fragte: »Wer bist du, Elly oder Eve?« Bevor der Zwilling antworten konnte, sagte Daniel: »Das ist Eve.«

Ich sagte: »Komm rein, Eve. Ich wollte Daniel gerade was vorlesen.«

Sie kam herein, setzte sich an Daniels andere Seite auf das Bett. Wir berieten, was ich vorlesen sollte, ich hätte gern *Schneeweißchen und Rosenrot* genommen, aber Daniel bestand auf dem *Zwerg Nase*, den er in einer prächtig bebilderten Ausgabe Hauffscher Märchen besitzt, Birgit hat sie einmal, als sie gerade lesen konnte, zu Weihnachten bekommen.

Während ich das Buch vom Regal holte, kam der zweite Zwilling herein. Eve sagte: »Pscht! Dem Daniel sein Opa liest uns was vor!«, und Elly setzte sich an Daniels freie Seite auf das Bett, sie rückte nahe an ihn heran, und Eve auf der anderen Seite rückte auch noch ein bißchen enger an ihn.

Das Herz ging mir auf bei diesem Anblick. Ich erinnerte mich daran, wie nahe Liebesfreud und Liebesleid in jungen Jahren, schon in sehr jungen Jahren, beieinander gelegen hatten, und nun hatte mein Enkel ebendas erlebt, und die Geschichte schien auch noch den glücklichen Ausgang zu nehmen, sie endete zumindest vorerst mit Liebesfreud und nicht mit Liebesleid, der Glücksjunge saß da mit gleich zwei solchen Schönheiten auf einmal, und was bedeutete es denn schon, daß er sie nicht beide heiraten konnte, man mußte ja auch nicht unbedingt heiraten, um der Liebesfreud teilhaftig zu werden, und vielleicht sogar der zu dritt.

Ich war gerade beim Sohn des Schusters und seiner Frau angelangt, Johann, dem schönen Knaben, aus dem hernach der Zwerg Nase werden sollte, als Max hereingepoltert kam und hinter ihm Justin, aber die Zwillinge riefen sie sofort zur Ordnung, und als auch noch Jule hinzukam, hatten die beiden Wüstlinge ausgespielt, sie wurden zwar auf dem Bett geduldet, aber nur in der zweiten Reihe und auf Jules Anweisung erst, nachdem sie die Schuhe ausgezogen hatten. Max versuchte, sobald ich wieder zu lesen begann, noch einen kleinen Übergriff bei Elly, aber sie stieß ihn so heftig vor die Brust, daß er sich bei Jule beschwerte, Jule sagte, da sei er selber schuld, und wenn er jetzt nicht still sei, werde sie ihn rausschmeißen.

Mit den Meerschweinchen der Hexe, die auf zwei Beinen gehen konnten und an den Hinterpfötchen Nußschalen statt Schuhen trugen sowie Küchenschürzen umgebunden hatten, fand ich großen Anklang, das Auditorium wollte sich fast totlachen, aber wir waren noch lange nicht bei der Gans Mimi und dem Kräutlein Niesmitlust angelangt, als Lene einen Blick hereinwarf. Ich verstand, daß sie mich zu der Gesellschaft der Benzinfreunde zurückholen wollte, und es wäre auch mir selbst gar nicht recht gewesen, wenn der Eindruck entstanden wäre, als wagte ich mich nicht mehr zu ihnen, nachdem mein Enkel mir eine etwas peinliche Frage gestellt hatte. So schloß ich die Lesestunde mit der Szene, wie der einst so schöne Knabe nach sieben Jahren als Zwerg Nase zurück auf den Gemüsemarkt kommt und seine eigene Mutter ihn nicht wiedererkennt, sondern sich vor ihm graust und ihn davonscheucht. Ich sagte, bei der nächsten Feier würde ich weiterlesen, was natürlich ein unvollkommener Trost war, auch für mich selbst übrigens sehr unvollkommen.

Die Atmosphäre mutete mich, als ich ins Wohnzimmer zurückkehrte, ein wenig unbehaglich an, aber die Kinder, die mir folgten und unverzüglich vom Zwerg Nase und den Meerschweinchen erzählten, reinigten die Luft. Später stellte Egon, als wäre nichts gewesen, mir sogar eine Frage im Vertrauen. Als Therese einmal in die Küche gegangen war, faßte er mich am Arm und sagte halblaut: »Dieser Hufeland … ich fand das sehr interessant. Was hat der denn über Potenzprobleme geschrieben? Ich meine … diese Ärzte früher haben doch von manchen Sachen mehr verstanden als wir heute, hab ich recht?«

Ich sagte: »Ja, ja, da hast du bestimmt recht. Bloß … soviel hat der Hufeland darüber nicht geschrieben, da hat Clara nur dahergeschwätzt. Na gut, er hat über eine Erfindung berichtet, die damals von sich reden machte, ein englischer Arzt, Doktor Graham, war der Erfinder. Der hat das ›Celestial Bed‹ entworfen und gebaut, auf deutsch das himmlische Bett, verstehst du. Wer in einem solchen Bett schlief, der sollte neue Lebenskraft bekommen. Besonders Procreationskraft, so haben sie damals die Zeugungskraft genannt. Also die Potenz.«

Er sah mich an, nickte. Dann fragte er: »Und? Hat das etwa funktioniert?«

Ich sagte: »Nein. So was hat noch nie funktioniert. Irgendwann läuft gar nichts mehr, leider. Irgendwann geht alles zu Ende, verstehst du?«

41

Am Abend saßen Lene und ich vor der Glotze und sahen die x-te Wiederholung von *Jurassic Park*, als ihr Handy klingelte. Sie meldete sich, sagte: »Ja?« und noch einmal: »Ja?«, und dann ging sie, das Handy am Ohr, hinaus. Ich versuchte zu lauschen, aber des unvermeidlichen Gewissenskonflikts wurde ich enthoben, da die Weltuntergangsmusik und das Gebrüll der Saurier gerade einen Höhepunkt erreichten. Erst als die Geräuschkulisse sich beruhigt hatte, kam Lene zurück. Sie setzte sich wieder aufs Sofa, zog die Beine hoch und schlug die Decke darüber.

Ich fragte: »Wer war das?«

Sie schwieg zwei oder drei Sekunden lang, blickte auf den Bildschirm. Dann sagte sie: »Philipp Seiffert.«

Sie schwieg wieder, und eigentlich wollte ich das ebenfalls tun; wenn sie mir nicht anvertrauen mochte, was der Schleimscheißer ihr zu sagen hatte, dann sollte sie es in Dreiteufelsnamen für sich behalten. Aber dann packte mich die Wut über diese Geheimniskrämerei.

Ich sagte: »Was ruft der denn noch um diese Zeit an? Und das am Samstagabend?«

Sie ließ wieder ein paar Sekunden verstreichen, bevor sie antwortete. »Er hat erfahren, warum du dich um ein Haar mit Herrn Pape geprügelt hast.«

»Ach, hat er das? Und wie hat er das erfahren? War er bei Herrn Pape zum Kaffee eingeladen?«

Sie sagte: »Sei nicht albern. Er hat sich umgehört.«

»Ah ja, umgehört! Wird er sich demnächst auch noch umhören, wann und wo ich aufs Klo gehe?«

»Raimund, ich bitte dich!«

»Ja, entschuldige, das war vielleicht ein bißchen übertrieben. Aber findest du nicht, daß er sich die Mühe hätte sparen können? Ich hab dir ja schließlich erzählt, warum ich mit diesem Fettkloß aneinandergeraten bin.«

Sie warf mir einen Blick zu, dann sah sie wieder auf die Glotze. »Du hast mir erzählt, daß Herr Pape sich unaufgefordert zu dir gesetzt hat. Und daß er gedroht hat, er werde Nachforschungen über uns anstellen.« Sie sah mich an. »Aber du hast mir nicht erzählt, daß er dich auf seinen Chefreporter angesprochen hat, den Herrn Kruse.«

Mir wurde heiß. Mit dieser Vorhaltung hatte ich rechnen müssen, aber ich war, wie ich plötzlich merkte, noch immer nicht hinreichend darauf vorbereitet. Ich sagte: »Na und? Ich hab das nicht für so wichtig gehalten. Herr Kruse hat eine Tracht Prügel bekommen, so hat wenigstens sein Chef es mir berichtet. Und *wenn* er die bekommen hat, dann hat er sie wahrscheinlich ein dutzendmal und mehr verdient.«

Lene sagte: »Raimund ...«

Ich fuhr eilig fort: »Wenigstens ein dutzendmal, für all die Schweinereien, die er in diesem Blatt schon zusammengeschmiert hat!«

Sie hob die Stimme ein wenig: »Raimund!«

Ich sah sie an. »Ja, was denn?«

»Herr Kruse ist ziemlich übel verletzt worden. Zwei angebrochene Rippen und noch einiges mehr. Er mußte auch zum Zahnarzt.«

»Das tut mir aber schrecklich leid für Herrn Kruse.«

Sie machte eine unwillige Handbewegung. Dann sagte sie: »Raimund... kann es sein, daß Herr Löffeler ihn zusammengeschlagen hat? Dein Freund Lully, meine ich?«

Ich fragte: »Wie kommst du denn darauf?«

Sie sagte: »Weil Herr Löffeler an genau dem Abend hier geklingelt hat, als Herr Kruse zusammengeschlagen worden ist. Am Mittwochabend, du erinnerst dich doch wohl?«

»Natürlich erinnere ich mich.« Nach einer kleinen Pause sagte ich: »Hast du das deinem Adlatus erzählt?«

»Natürlich nicht.« Sie schüttelte ein wenig indigniert den Kopf. »Und er hat auch nicht den Namen Löffeler genannt. Es sieht wohl so aus, als ob die Polizei noch gar nicht weiß, wer der Schläger war.« Sie schwieg wieder einen Augenblick lang, dann sagte sie: »Aber ich kann eins und eins zusammenzählen, Raimund, das solltest du eigentlich wissen. Oder willst du mir immer noch erzählen, daß Lully Löffeler abends um halb elf hier geklingelt hat, weil er sich betrunken hatte und mit seinem Weltschmerz nicht fertig wurde?«

Ich brauchte noch einmal einige Zeit, aber dann raffte ich mich auf. Ich sagte: »Es war Lully. Aber ich schwöre dir hoch und heilig, daß ich ihn nicht dazu angestiftet habe. Ich hatte keine Ahnung davon.«

Sie sah mich an, strich sich mit der Hand über die Stirn.

Ich sagte: »Der Kruse ist an diesem Abend in Lullys

Stammkneipe gekommen und hat versucht, die Leute auszuquetschen. Über dich und mich. Sie haben ihn abfahren lassen, und Lully ist hinter ihm hergegangen und hat ihn sich gegriffen. Und dann ist er hierhergekommen und hat mir das brühwarm erzählt. Ich glaube, er war ziemlich stolz darauf, daß er für dich und für mich was Gutes getan hat. Aber er hat auch Angst gehabt. Er hat mich ein paarmal gefragt, ob ich ihm denn auch nicht böse sei.«

Nach einer Weile fragte sie: »Und was hast du geantwortet?«

»Ich hab ihm gesagt, daß das nicht sehr klug war. Und daß ich hoffte, die Sache gehe gut aus, aber er solle so etwas nicht wieder tun.«

Sie nickte. Ich sagte: »Ich wollte dich an diesem Abend nicht auch noch damit belasten. Das war doch an ebendem Tag, an dem Herrn Kruses Gemeinheiten über René erschienen sind.« Nach einer kleinen Pause fügte ich hinzu: »Und natürlich habe ich Angst gehabt, du würdest mir nicht glauben. Ich hab Angst gehabt, du würdest annehmen, ich hätte Lully angestiftet. Und er sei gekommen, um mir zu melden, daß er den Auftrag ausgeführt hatte.«

Sie nickte. Nach einer Weile begann sie zu lächeln. Sie sagte: »Warum sollte ich dir nicht glauben? Du hast mich doch noch nie belogen, denke ich.«

Ich hoffe, ich kann es nur hoffen, daß ich nicht rot anlief; aber mir wurde sehr heiß. Meine Stimme klang ein wenig belegt, als ich sagte: »Na ja. Vielleicht habe ich dir nicht immer alles gesagt.« Ich räusperte mich. »Nicht alles haarklein, meine ich. Aber wenn ich dir etwas verschwiegen habe, dann sicher nur, weil ich... na ja, weil ich dich nicht belasten wollte.«

Sie nickte. Nach einer Weile fragte sie, ob ich es für möglich hielte, daß die Polizei auch weiterhin im dunkeln tappen und auf Lully als den Täter gar nicht kommen werde. Ich sagte, in dieser Kneipe würden sie mit Sicherheit niemanden finden, der sie auf Lullys Spur brächte. Und damit war das Thema erledigt, zumindest für diesen Abend. Lene jedenfalls verfolgte es nicht weiter.

Am Sonntagmorgen ging ich mit ihr in die Kirche, die evangelische, die diesmal dran war. Solange die Kinder noch klein waren, sind wir alle miteinander zum katholischen Gottesdienst gegangen, um die Kinder nicht zu verwirren, aber danach wechselten Lene und ich von Sonntag zu Sonntag den Ritus, mal waren wir bei meinem, dem katholischen, mal bei ihrem, dem evangelischen Pastor zu Gast, was zumindest insofern keinen großen Unterschied machte, als im Lauf der Jahre sowohl hüben wie drüben nur selten einmal ein wirklich guter Prediger das Amt ausübte. Diesen permanenten Wechsel zwischen den Konfessionen hätte man früher wahrscheinlich als böse Folge einer Mischehe gebrandmarkt, mittlerweile jedoch konnte er als Beweis einer ökumenischen Gesinnung durchgehen, was Lenes Ansehen vermutlich mehr nutzte als schadete, obwohl sie selbst mit Sicherheit nie auf dergleichen Wirkung spekuliert hat.

Nach dem Gottesdienst fuhr ich sie zu der städtischen Sporthalle, in der das Handballteam, dem sie früher selbst angehörte und das nach einem bedauerlichen Leistungstief endlich wieder in die zweite Bundesliga aufgestiegen ist, zum ersten Spiel der Saison antrat. Lene hätte sich das Spiel ohnehin nicht entgehen lassen, aber sie sollte auch den Oberbürgermeister vertreten, den der Verein zu dem Neubeginn eingeladen hatte, und insofern hätte sie den Dienstwagen bestellen können, was sie aber an Sonntagen nur ungern tut, weil sie meint, zumindest die Fahrer, wenn schon nicht sie selbst, sollten die Sonntagsruhe genießen können. Beim Frühstück hatte ich ihr nun gesagt, sie brauche kein Taxi zu bestellen, ich würde sie fahren, was sie anscheinend sehr freute.

Ich ging sogar mit ihr in die Halle und trottete, während sie die Honneurs machte, hinter ihr her, setzte mich schließlich in die dritte Reihe der Ehrenloge, während sie in der ersten Platz nahm, umgeben vom Vereinspräsidenten und dem Verbandspräsidenten und der Sportdezernentin der Stadt und der gut 70jährigen, stark verwitterten Ehrenspielführerin der ersten Damenmannschaft des Vereins sowie dem Torjäger der ersten Herrenmannschaft und drei oder vier munteren Fünfzigerinnen, die einst mit Lene zusammen in der ersten Damenmannschaft gespielt haben, dem Dream-Team des Vereins , das nach Eddas Aussage mit dem Geld des dicken Großkotz zusammengekauft worden war. Ich musterte die ganze Handballfamilie durch, aber ich fand niemanden, der der ehemalige Großkotz hätte sein können, womöglich ist er ja auch schon lange tot.

Ich fragte mich, warum ich Lene in dieses Milieu, das mich sehr spürbar als einen Fremdkörper auffaßte und in einer natürlichen Reaktion abzustoßen versuchte, gefolgt war, und redete mir ein, ich hätte es getan, um meiner Frau eine Freude zu machen, und das war wohl auch nicht völlig falsch.

Die Nachsicht, mit der sie auf mein Geständnis reagiert hatte, es sei Lully gewesen, der Herrn Kruse durchgewalkt und mir an demselben Abend auch noch darüber berichtet habe, dieses ganz unerwartete Verständnis, das sie mir erwiesen hatte, erfüllte mich noch immer mit einer angenehmen Wärme; von Hochgefühl zu sprechen wäre nur ein wenig übertrieben gewesen.

Nachdem das Spiel angepfiffen war, fand ich einen zweiten Grund, warum ich mich auf diesem Platz in der dritten Reihe, der immerhin einen vorzüglichen Blick auf das ganze Spielfeld bot, wohl fühlte. Es ging gleich zur Sache, die Gastmannschaft wollte den Aufsteigerinnen wohl unverzüglich klarmachen, daß in der zweithöchsten Spielklasse die Trauben für sie erheblich höher hingen, aber Lenes Mannschaft war offenbar nicht geneigt, sich eine arrogante Belehrung bieten zu lassen, und so jagten sich hinüber und herüber die resoluten Angriffe, die Halle erbebte unter dem geschwinden Getrampel der Füße über den glatten Bodenbelag, den spitzen Schreien, mit denen die eine die andere auf sich aufmerksam machen wollte, dem frenetischen Gebrüll der Zuschauer, wenn ein stramm geworfener Ball das Tornetz der Gäste nach hinten riß oder wenn die eigene Torfrau urplötzlich ein Bein oder einen Arm zur Seite ausfuhr und das Geschoß damit abwehrte.

Ich dachte an Hufeland und seine Lehre von der Lebenskraft, wahrscheinlich hätte er, wenn man ihm einen solchen Wettkampf vorgeführt hätte, sich mit Entsetzen abgewendet, denn hier wurde ja eben nicht, wie der große Mann es im Interesse der Gesundheit für unerläßlich gehalten hat, der Verbrauch der Energien verlangsamt und dosiert, hier wurden sie vielmehr rücksichtslos und bis zur totalen Erschöpfung verausgabt. Und doch konnte ich mir kein eindrucksvolleres, vielleicht nicht einmal ein schöneres Schauspiel von Lebenskraft vorstellen als die Auseinandersetzung dieser vierzehn kampfeslustigen... nun ja, beinahe hätte ich Weiber gesagt.

Schönheiten waren sie nicht alle vierzehn, und die Quote wurde auch nicht besser, wenn man die zehn von den Reservebänken dazunahm. Eine hatte einen beängstigenden Überbiß und dazu eine fliehende Stirn, das Gesicht einer anderen war von Aknenarben gezeichnet, die Nase einer dritten so erheblich deformiert, daß ich mich fragte, ob das durch einen aus kurzer Distanz sehr scharf geworfenen Ball und eine stümperhafte Behandlung der Verletzung verursacht sein konnte oder ob die Trägerin vielleicht auch noch im Boxring antrat.

Nicht zuletzt mutete der Einsatz, den sie zeigten, weiß Gott nicht weiblich an, sie rammten die Gegnerin, die sich anschickte, sie zu passieren, brutal von der Seite, hieben ihr den Ellbogen in den Hals, fuhren ihr mit gespreizten Fingern ins Gesicht, wenn sie zum Torwurf ansetzte, rissen sie am Trikot aus vollem Lauf zu Boden und besaßen auch noch die Dreistigkeit, wie die Männer sofort beide Hände zu heben, um zu demonstrieren, daß sie an dem Sturz nicht schuld waren. Aber eine wie die andere waren sie anzusehen wie das blühende Leben, in ihrem Schweiß, in ihrer Hitze und ihrem Siegeswillen.

Lenes Mannschaft gewann das Spiel, in letzter Minute und mit nur einem Tor Vorsprung, aber trotz dreier Zeitstrafen, und wir waren sehr zufrieden, der Vereinspräsident sagte, das sei schon ein Durchbruch zu nennen, weil es zeige, daß diese junge Mannschaft sich auch in der zweithöchsten Spielklasse behaupten könne, und nun werde sie mit gefestigtem Selbstvertrauen in die nächsten Begegnungen gehen und er sei voller Zuversicht, daß sie ihren Weg machen werde. Lene ging noch die Treppe hinunter in die Kabine und gratulierte den Sportsfrauen, deren Triumphgesänge bis hinauf in die Halle zu hören waren, und dann machten wir uns auf den Weg zu einem Restaurant, in dem wir eine Kleinigkeit zu Mittag aßen.

Als wir wieder zu Hause waren, ging Lene in ihr Arbeitszimmer, um einige Akten durchzusehen, die sie mit nach Hause gebracht hatte, ich streckte mich mit einem Buch auf dem Sofa aus, und während ich mich einzulesen versuchte, wurde mir klar, daß es einen dritten, den vielleicht entscheidenden Grund gegeben hatte, warum es mir in dieser Sporthalle und inmitten der Handballfamilie so wohl ergangen war: Wäre ich allein zu Hause geblieben, so hätte ich mich der Überlegung nicht entziehen können, daß ich Edda anrufen sollte, anrufen mußte. Es war geboten, mich nach ihrem Befinden zu erkundigen, schließlich war es ihr am Freitag, als sie mich angerufen hatte, offenbar sehr schlecht gegangen. Und es wäre wohl auch nötig gewesen, in diesem Gespräch nebenbei Herrn Kruses Namen fallenzulassen, um zu erfahren, ob er sich mittlerweile noch einmal bei ihr gemeldet, und auch, ob sie sich schon endgültig für sein Angebot entschieden hatte.

Dafür war es nun zu spät. Lene konnte, wenn ich Edda anriefe und während ich mit ihr telefonierte, jederzeit aus dem Obergeschoß herunterkommen, vielleicht, weil sie eine Tasse Kaffee trinken oder mich etwas fragen wollte, und dann müßte ich, sobald ich das Gespräch mit Edda beendet hätte, meiner Frau auch noch eröffnen, daß Herr Kruse den nächsten Schlag schon vorbereitete und daß ich auch das schon lange befürchtet und seit zwei Tagen sogar gewußt und ihr trotzdem verheimlicht, zu allem Überfluß in einer Art von Komplott mit Edda verheimlicht hatte. Ich war mir, während ich darüber nachdachte, nicht sicher, ob ich mich am Morgen Lene als Begleitung nicht zuletzt deshalb angeboten hatte, weil ich dem Anruf bei Edda aus dem Weg gehen wollte. Aber so oder so war mir genau das gelungen. Ich konnte Edda heute nicht mehr anrufen. Es war zu spät dafür. Ich hatte mir selbst die Gelegenheit genommen.

Ich beschloß, Edda am nächsten Tag, am Montagmorgen, sobald Lene das Haus verlassen hatte, anzurufen. Und zudem beschloß ich, am Montagnachmittag um vier ins Café Kreuder zu gehen und mit Herrn Zervas eine Tasse Kaffee zu trinken.

42

Beim Frühstück an ebendem Montagmorgen fiel mir ein, daß im Keller noch immer die Blumenzwiebeln lagen, die ich in der vorangegangenen Woche im Gartencenter gekauft, aber bislang nicht gesetzt hatte, ich hatte wohl zu viel zu tun gehabt, und ich fragte mich, was alles denn nur, aber den Versuch, mich an eines nach dem anderen zu erinnern, brach ich ab, die Bilanz wäre, wie ich voraussah, nicht sehr überzeugend ausgefallen. Ich holte die Blumenzwiebeln hervor, noch bevor Lene das Haus verließ. Als der Fahrer klingelte, brachte ich Lene zur Tür, sie winkte mir aus dem Auto zu, ich winkte zurück. Ich zog mich um, dann machte ich mich an die Arbeit.

Es waren nicht allzu viele Zwiebeln, einen größeren Teil von anderen Sorten hatte ich bereits Mitte des Monats gesetzt, doch mich störte seither eine frei gebliebene, schon im vergangenen Frühjahr mich ein wenig kahl anmutende Stelle am Fuß des Kirschbaums. Sie lag zwar im Dauerschatten, aber der Verkäufer im Gartencenter, der einen vertrauenerweckenden Eindruck machte, hatte Rat gewußt, er hatte mir Waldanemonen empfohlen, die seien, sagte er, nicht nur einigermaßen anspruchslos, sondern blühten auch wie gemalt.

Ich tat mich ein wenig schwer mit meiner Verschönerungsaktion. Bevor ich die Zwiebeln setzte, legte ich sie aus, um mir das spätere Erscheinungsbild vorstellen zu können, nahm dabei auch ein Farbbildchen der Waldanemone *(Anemone sylvestris),* mit dem der Verkäufer mich ausgestattet hatte, zu Hilfe, mußte aber die Zwiebeln dreimal umräumen, bis ich ein Arrangement fand, das mich halbwegs zufriedenstellte. Nachdem ich schließlich meine sämtlichen Zwiebeln gepflanzt hatte, machte ich noch einen Rundgang durch den Garten, und dabei fielen mir einige Unkräuter auf, die die Zeit seit meiner letzten Inspektion genutzt haben mußten, um sich breitzumachen. Ich beseitigte sie sorgfältig.

Als ich zurück ins Haus kam, ging es auf halb elf. Ich wusch mir die Hände, zog mich um, goß mir noch eine Tasse Kaffee ein, warf einen Seitenblick auf die Zeitung, sie hatte auf ihrer dritten Seite eine Reportage über Wilna und das historische Erbe der Stadt veröffentlicht, die mich interessierte, die ich aber noch nicht gelesen hatte, weil ich Lene das Blatt nicht hatte vorenthalten wollen. Ich schwankte einen Augenblick lang, aber dann schob ich die Lektüre noch einmal auf. Ich setzte mich mit meiner Kaffeetasse ans Telefon und wählte Eddas Nummer.

Niemand meldete sich.

Ich griff nach der Zeitung und las den Artikel über Wilna. Lange Zeit betrachtete ich das große Foto, das einen schattigen Platz vor einer Klosterkirche zeigte, die Treppe, die zum Portal der Kirche emporführte, den alten Baum daneben, durch dessen Blätter das Sonnenlicht glänzte. Ich ließ mich mit den Assoziationen treiben, die von irgendwoher in mir auftauchten, ließ mich hinaustragen über diesen schattigen Platz und die schlichte Fassade gegenüber der Klosterkirche, hinaus aus der Stadt Wilna; landete auf einer von Büschen und Bäumen gesäumten, schmalen Landstraße, die durch die uferlose osteuropäische Ebene nach Nordosten führte; fragte mich, wie lange ich auf dieser Landstraße brauchen würde, um nach Luga zu gelangen, und dahinter, zwischen Luga und St. Petersburg, zu dem Dorf Roshdestweno, in dessen Umgebung die Landgüter der Familie Nabokov gelegen haben.

Ich holte mir Nabokovs Autobiographie und sah wieder einmal den Ort so, wie er ihn in seiner Erinnerung behalten hat, »die staubige Straße zum Dorf; den Streifen kurzen, pastellgrünen Grases mit kahlen Flecken sandigen Bodens zwischen der Straße und den Fliederbüschen, hinter denen bemooste, schielende Hütten in wackliger Reihe standen«. Ich sah die grüne, fast unberührte Landschaft ringsum, Naturwald und Torfmoor, den stillen Fluß Oredesh, auf dem der junge Vladimir seine Maschenka in einem Ruderboot spazierenfuhr, er ruderte »langsam am Parkufer entlang, wo dichte Erlenbüsche sich wie schwarze Augenflecken im Wasser spiegelten und viele dunkelblaue Seejungfer-Libellen herumschwirrten«.

Als ich das nächstemal auf die Uhr schaute, war es Viertel nach elf. Ich wählte wieder Eddas Nummer. Wieder meldete sich niemand.

Wahrscheinlich war sie unterwegs. Ich hoffte, daß sie nicht wieder in einer Weinstube hockte und ihren Kummer mit etlichen Schoppen zu ertränken versuchte und wieder am frühen Nachmittag schweren Schrittes nach Hause zurückkehrte, mit dem Flaschenquantum in ihrer Einkaufstasche, das sie noch benötigte, um den Rest des Tages totzuschlagen und sich so vollzusaufen, daß die ganze Welt sie mal, na ja, you know what I mean.

Ich hoffte auch und nicht zuletzt, daß sie an diesem Morgen nicht schon eine Verabredung mit Herrn Kruse getroffen und der Chefreporter sich nicht schon auf den Weg zu ihr gemacht hatte, und dann merkte ich, daß ich nicht alles gleichzeitig zu hoffen brauchte, eines davon würde vollauf genügen. Es würde genügen, daß Edda in der Weinstube hockte und sich zielstrebig betrank, denn das würde bedeuten, daß sie sich eben nicht mit Herrn Kruse verabredet hatte. Erwartete sie ihn, egal, ob schon heute mittag oder erst später, dann hätte sie spätestens seit der Verabredung keinen Tropfen mehr getrunken.

Sie täte vielmehr alles, hätte bereits alles getan, um auf diesen Journalisten einen guten, einen sehr guten Eindruck zu machen. Sie hätte die Wohnung aufgeräumt und geputzt, hätte frische Tischtücher aufgelegt, etwas zum Anbieten besorgt, Alkoholisches, ja, aber auch verschiedene Säfte, Mineralwasser, mit und ohne Kohlensäure, eine gute Teesorte, Kaffee, Cracker, ein wenig Konfekt aus der besten Konditorei. Vielleicht hätte sie sogar einen kleinen Imbiß vorbereitet, Räucherfisch, Schinken, einen Salat. Sie hätte heute morgen ein Bad genommen, hätte eines ihrer besten Kleider ausgewählt. Vielleicht wäre sie dann auch noch zur Friseuse gegangen, keine lange Behandlung, nein, aber einmal Durchfrisieren, um ihre Haare in Form zu bringen.

Mir wurde bewußt, daß ich mir genau die Möglichkeit ausmalte, die ich fürchtete wie die Pest. Ja, und wieso auch nicht, es war doch durchaus möglich, wenn nicht sogar wahrscheinlich, daß Edda um genau diese Zeit bei der Friseuse saß und ihre Haare in Form bringen ließ, um auf den inzwischen anreisenden Herrn Kruse einen vorteilhaften Eindruck zu machen. Und ich vermochte die Frage nicht zu unterdrücken, ob es mir lieber wäre, wenn sie statt dessen in der Weinstube hockte. Ich fürchtete, daß es mir lieber wäre. Und ich schämte mich, aber die Scham hielt sich in Grenzen, sie war zu ertragen.

Ich rief noch einmal an, vergebens, dann schlug ich die Zeit mit allerlei Firlefanz tot. Ich sah im Atlas nach, wie weit es von Wilna bis nach St. Petersburg ist, sechs- bis siebenhundert Kilometer immerhin, der Gedankensprung von der litauischen Hauptstadt zu der Nabokovschen Idylle war vielleicht doch ein wenig gewagt gewesen, vielleicht aber auch nicht, Wilna hatte schließlich lange genug zum russischen Reich gehört, und klimatisch waren die Unterschiede wohl auch nicht allzu erheblich. Zwischendurch malte ich mir wieder aus, was der Richter Zervas am Nachmittag mir zu erzählen wissen würde, und schließlich, als unversehens Egons Probleme mir wieder einfielen, schlug ich auch noch einmal die *Makrobiotik* auf. Ich wollte herausfinden, ob Hufeland nicht doch irgendwo eine Weisheit versteckt hatte, mit der ich Egon hätte trösten können.

Dergleichen fand ich nicht, dafür aber eine Regel für ein gesundes, glückliches und langes Leben, über die ich in der akuten Lage *meines* Lebens nun wirklich nur noch lachen konnte, nämlich diese: »Vor allen Dingen bekämpfe man seine Leidenschaften... Man stärke und befestige sich immer mehr im Glauben und Vertrauen auf die Menschheit und in allen den schönen daraus sprossenden Tugenden, Wohlwollen, Menschenliebe, Freundschaft, Humanität.«

Ja, sehr gut, wirklich! Wenn der große Mann recht gehabt hätte, dann hätte ich mir den Gang zum Café Kreuder sparen können und einiges andere mehr. Nur überstieg es leider meine sittlichen Kräfte, im Vertrauen auf die Menschheit dem Saukerl Nelles Wohlwollen und Menschenliebe, Freundschaft und Humanität zu erweisen und dergestalt mich zu stärken und zu befestigen und zu beruhigen. Ich glaubte nicht, daß das etwas nutzen würde. Ich hielt es für weitaus sicherer, Günni eins vor die Fresse zu geben, und das so schmerzhaft, daß ihm die Sucht, allzeit vornan zu stehen, auf immer und ewig vergehen würde.

Ich rief Edda erst wieder an, als es schon Zeit wurde, mich auf den Weg zum Café Kreuder zu machen. Sie meldete sich nicht, und diesmal, wenigstens diesmal konnte ich den Gedanken nicht loswerden, den ich bis dahin immer wieder, wenn auch mit einiger Mühe beiseite geschoben hatte.

Vielleicht meldete sie sich nicht, konnte sich nicht melden, weil sie im Krankenhaus lag, auf der Intensivstation oder nicht einmal mehr dort.

Sie war am Sonntagmorgen, gestern, vielleicht sogar schon am Samstag im Treppenhaus vor der Tür ihrer Nachbarin, der Frau mit dem bunten Kittel und den Söckchen und dem zerfurchten Mann, zusammengebrochen, ihre eigene Wohnungstür hatte offengestanden, es sah so aus, als habe sie in der akuten Not einer Herzattacke die Nachbarn um Hilfe bitten wollen. Die Frau mit dem Kittel hatte sie bewußtlos gefunden, sie hatte gellend um Hilfe geschrien, und die Leute aus der Kaninchenbraterei eine Etage tiefer, die über ein Telefon verfügten, hatten dann auch den Notarzt gerufen.

Vielleicht hätte ich diesen Zusammenbruch und seine Folgen verhindern können, wenn ich Edda beizeiten angerufen und mich nach ihrem Befinden erkundigt hätte. Ich hätte gegebenenfalls den Kollegen, der sie behandelte, anrufen müssen oder, wenn sie sich dessen Namen nicht hätte entlocken lassen, eventuell auch den Notarzt, vielleicht wäre es mir ja gelungen, ihm begreiflich zu machen, daß die Patientin, meine Schwägerin, unter schweren Depressionen litt und sich beharrlich weigerte, ihre außerdem vorliegenden organischen Erkrankungen behandeln zu lassen, daß sie aber nach meiner Kenntnis ihres physischen Zustandes und dem Eindruck, den sie eben erst am Telefon gemacht habe, akut gefährdet sei.

Wenn Edda diesen Zusammenbruch gehabt und wenn sie ihn nicht überlebt hatte, dann hatte ich sie auf dem Gewissen. Mir war am Samstag Birgits Geburtstagsfeier und am Sonntag Lenes Gastspiel in der Sporthalle als Alibi doch hochwillkommen gewesen, um mich vor dem überfälligen Anruf bei Edda zu drücken, nicht wahr? An meiner Schuld gab es gar nichts zu deuteln.

Auf dem Weg zum Café Kreuder rührte sich dann prompt auch noch ein anderer Gedanke, natürlich, er war ja gar nicht zu vermeiden. Ich buchstabierte ihn durch, weil ich wußte, daß der Versuch sinnlos war, ihn zu unterdrücken. Er lautete: Wenn Edda diesen Zusammenbruch erlitten und wenn sie ihn nicht überstanden hatte, dann war ich zwar schuld. Aber ich war auch von der Last befreit, die mich in diesen vermaledeiten Tagen am meisten drückte. Ein Interview mit Herrn Kruse würde es nicht mehr geben. Edda würde ihre Schwester nicht mehr an den Pranger stellen können. Und Günni wäre dieser seiner großen Chance, Lene aus dem Rennen zu werfen, ein für allemal beraubt.

Als ich so weit gekommen war, ich langte gerade vor der Glastür des Café Kreuder an, unterlief mir eine dramatische Demonstration, wie ich sie mir normalerweise nicht gestatte. Ich spuckte aus vor mir selbst. Ich spuckte buchstäblich und ziemlich heftig aus, und da ich darin keine

Übung habe, landete ein glitzernder Batzen auch noch auf meinem Revers. Ich blickte über die Schulter, aber niemand schien den Vorgang beobachtet zu haben. Ich zog mein Taschentuch, wischte das Glitzerzeug ab, zerrieb den feuchten Fleck zu meinen Füßen mit der Sohle und trat in das Café ein.

An der Tür blieb ich stehen, ich sah mich um. Niemand starrte mich an, ich schloß daraus, daß auch durch die Glasscheiben niemand meinen Versuch, mich selbst zu ächten, beobachtet hatte, und fühlte mich erleichtert. Allerdings konnte ich Herrn Zervas nirgendwo entdecken. Ich ging bis zu den rückwärtigen Winkeln und Nischen des Cafés, in denen die Luft besonders dick und süß war, aber auch dort saß er nirgendwo. Ich sah auf meine Uhr, es war fünf Minuten nach vier.

Eine junge Serviererin in blauweiß gestreiftem Kleid und weißem Schürzchen, die ich nach Herrn Doktor Zervas fragte, hob die Schultern und die Augenbrauen, verzog den Mund, schüttelte den Kopf. »Tut mir leid, den kenne ich nicht.«

Ich sagte, Herr Zervas komme aber regelmäßig hierher, montags und donnerstags, von vier bis fünf. Ein älterer Herr mit einem kleinen Oberlippenbart.

Sie sagte: »Ach *der*! Sie meinen den, der mal Staatsanwalt war oder so was?«

Ich sagte, Richter, ja, das sei Herr Doktor Zervas.

Sie sah sich um, nickte: »Ja, ja, den kenne ich, klar. Vergangene Woche war er noch hier. Raucht immer eine Zigarre, und wenn er die geraucht hat, dann geht er wieder.« Sie deutete auf einen kleinen runden, unbesetzten Tisch am

Fenster. »Das da vorn ist sein Tisch. Wenn Sie mit ihm verabredet sind, können Sie sich ja schon mal hinsetzen.«

Ich bestellte ein Kännchen Kaffee und ließ mich an Herrn Zervas' Tisch nieder, der den Hinweis *Reserviert* trug. Es war ein schöner Platz, man konnte durchs Schaufenster auf die Straße sehen, es gab dort keinen Autoverkehr, das Café lag in einer Fußgängerzone, und in der Nachmittagssonne kamen viele Leute vorbei, man konnte sie ungestört beobachten. Manche benahmen sich ganz ungeniert, sie achteten nur darauf, ob jemand ihnen entgegenkam, und dachten offenbar nicht daran, daß sie aus dem Café zu sehen waren, als träten sie auf einer Bühne auf.

Vielleicht deshalb ging Herr Zervas regelmäßig hierher. Er war daran gewöhnt gewesen, die Menschen vor sich Revue passieren zu lassen, einen nach dem anderen, und seine Urteile über sie zu fällen, eins nach dem anderen, und vielleicht erlaubte es ihm der Sitz am Schaufenster, sich in diese schöne Zeit zurückzuversetzen. Von hier konnte er die Menschen mustern und prüfen, er blieb hinter dem Schaufenster verborgen und so unangreifbar wie einst unter seiner Robe, und er vermochte zwar die Menschen, die bei seiner Prüfung durchfielen, nicht mehr hinter Gitter zu schicken, aber er konnte an ihnen noch immer sein Urteilsvermögen betätigen und sich das Gefühl verschaffen, es funktioniere so präzise und unwiderstehlich wie einst in seinem Gerichtssaal.

Außerdem hatte dieser Platz auch noch den Vorzug, daß der Richter hier, und ganz anders als im Gerichtssaal, seine Zigarre rauchen konnte, während er seine Erwägungen anstellte, und seinen Kaffee konnte er trinken oder seine

Schokolade, ja, natürlich, ich war fast sicher, daß Herr Zervas die Schokolade, von der er bei seinem Anruf gesprochen hatte, selbst zu trinken pflegte, und womöglich hatte er, daß man im Café Kreuder auch Kaffee trinken konnte, nur erwähnt, weil ihm bewußt war, ein wenig peinlich bewußt war, daß es bei einem Mann eine ziemlich ungewöhnliche Neigung bedeutete, statt des Kaffees Schokolade zu trinken. Ich trank sie so gut wie nie, ich kam ohne sie aus, aber fast bedauerte ich, auch nicht mehr zu rauchen. Es mußte besonders schön sein, hier zu sitzen und an einer Zigarre zu paffen und den duftenden Wölkchen nachzuschauen und seinen Gedanken nachzuhängen, wohligen Gedanken von der Macht, die ein Mensch unter glücklichen Umständen über andere Menschen ausüben konnte.

Am Ende kam ich darauf, daß ich meiner Phantasie vielleicht zu sehr die Zügel hatte schießen lassen. Vielleicht begab Herr Zervas sich nur deshalb hierher, weil seine Frau ihm zu Hause das Rauchen verboten hatte. Vielleicht hatte er auf diese Weise die drückende Kehrseite der Macht zu spüren bekommen, nämlich die Leiden dessen, der sich wohl oder übel einer selbstherrlichen Despotie beugen muß.

Herr Zervas hatte gekämpft wie ein Löwe, aber mehr als zwei Nachmittage pro Woche waren ihm fürs Rauchen nicht zugestanden worden, montags und donnerstags von vier bis fünf, und der Anzug mußte danach sofort gewechselt und zum Lüften hinausgehängt, das Hemd ohne Umweg der Waschmaschine übergeben werden. Unterwäsche und Socken durfte er auf dem Leib behalten, obwohl auch darin vermutlich Spuren des Rauchs nachzu-

weisen gewesen wären, und er mußte auch nicht unter die
Dusche, bevor er sein Abendbrot bekam, aber diese Zuge-
ständnisse wurden ihm einzig aus Gründen der Ökonomie
gemacht, man konnte ja schließlich wegen eines ekelhaften
Lasters, das über kurz oder lang ohnehin dank der zu er-
wartenden gesundheitlichen Beschwerden, Lungenkrebs
zum Beispiel, sich erledigen würde, nicht einen ganzen
Haushalt auf den Kopf stellen.

Um fünf vor fünf zahlte ich und ging. Vielleicht war
Herr Zervas erkrankt, an einem üblen Reizhusten, oder
seine Frau hatte ihm den Ausgang gestrichen, weil sie ihn
mit einer brennenden Zigarre im Garten erwischt hatte;
oder mit einem Liebhaber in einem Stundenhotel am
Bahnhof, vergangenen Donnerstag während des Rauch-
urlaubs. Oder Herr Dr. Zervas hatte ganz einfach Schiß
bekommen, sich gegen Herrn Dr. Nelles zu engagieren, in
einer Affäre zu engagieren, die sich unversehens ausweiten
und ihn selbst in ihren Strudel hineinziehen konnte.

Der Richter Zervas war jedenfalls zu seiner üblichen Zeit
dem Café Kreuder ferngeblieben. Und ich war mir nicht
sicher, das irritierte mich zwar erheblich, aber ich war mir
tatsächlich nicht einmal sicher, ob ich sein Fernbleiben bedauern mußte. Ich wäre in Zugzwang geraten, nicht wahr?

Als ich unsere Haustür aufschloß, hörte ich hinter mir
eine Frauenstimme rufen. Ich wandte mich um und sah die
Nachbarin von gegenüber, die Frau des Steuerberaters, sie
kam über den Weg zu ihrem Gartentor gelaufen und
winkte mir. Ich ging zurück zu meinem Gartentor und begrüßte sie durch ein Nicken und ein Winken. Sie blieb an
ihrem Tor stehen und rief mir zu: »Sie haben Besuch!«

»Besuch? Wen denn?«

Sie kam ein Stück auf die Straße hinaus, ich ging zu ihr. Sie sagte: »Ich hab sie solange zu mir reingenommen.« Sie lächelte. »Ihre Schwägerin!«

Und dann sah ich Edda. Sie schaute aus der Haustür der Nachbarn hinaus, ihr Gesicht schien mir auffällig gerötet, sie winkte mir zu, verschwand noch einmal und kehrte mit einem Koffer, den sie auf seinen Rollen hinter sich herzog, zurück. Die Frau des Steuerberaters sagte: »Ich mochte sie nicht vor Ihrer Tür stehenlassen. Sie wußte auch nicht, wie sie einen von Ihnen telefonisch erreichen konnte.«

Ich sagte: »Ja, das ist… Das war sehr nett von Ihnen, herzlichen Dank.«

Sie sagte: »Keine Ursache.«

Edda kam mit ihrem Koffer heran. Sie lächelte ein wenig unsicher: »Tag, Raimund.« Ich mochte bei der Nachbarin, die uns lächelnd, aber sehr aufmerksam beobachtete, nicht den Eindruck aufkommen lassen, als sei meine Schwägerin uns unwillkommen, ich sagte: »Tag, Edda«, nahm sie in den Arm und gab ihr einen Kuß auf die Wange.

Die Wange war schweißnaß, und das war auch ihr Rücken, ich spürte es unter meiner Hand durch den dünnen Stoff des Sommerkleids, und ich roch es. Ihr braungebranntes Dekolleté glänzte vom Schweiß. Ihr Gesicht war hochrot und schien mir ein wenig geschwollen. Sie atmete schwer.

Ich nahm ihr den Koffer ab, sie bedankte sich bei der Nachbarin. Als ich mich zum Gehen wandte, griff sie nach meinem Arm. Ich bot ihr die Armbeuge, sie hakte sich ein und stützte sich schwer auf mich. Die drei Stufen

376

vor unserer Haustür stieg sie sehr langsam empor, Stufe für Stufe und schwer atmend.

43

Edda schläft. Ich habe sie im Gästezimmer untergebracht, in Birgits ehemaligem Zimmer, es ist das kleinste der Zimmer im Obergeschoß, aber es enthält alles, was ein Gast braucht, vor allem ein sehr gutes Bett, wir haben es erst vor einigen Jahren angeschafft.

Als wir in die Diele gekommen waren und ich mich zurückwandte, um die Haustür zu schließen, war Edda ins Taumeln geraten. Ich hatte sie aufgefangen und stabilisiert, und dann hatte ich sie auf den Stuhl an der Garderobe gesetzt.

Sie schloß die Augen, atmete schwer.

Ich fragte: »Schwindel?«

Sie nickte. Die Augenlider zuckten.

Ihr Puls war erheblich beschleunigt. Ich sagte: »Ich werd mal deinen Blutdruck messen. Aber dazu muß ich mein Gerät holen, und ich möchte dich hier nicht allein sitzen lassen. Schaffst du es bis aufs Sofa im Wohnzimmer?«

Sie nickte, dann öffnete sie die Augen. »Ist schon wieder vorüber.« Ihr Blick war klar; sie lächelte.

Ich fragte: »Schaffst du es eventuell auch bis nach oben? Ich würde dich am liebsten gleich ins Bett legen, da wärst du zunächst mal am besten aufgehoben, weißt du.«

Sie nickte, dann stand sie auf, ein wenig mühsam, aber als ich ihr unter den Ellbogen griff, kam sie auf die Beine, sie hob beide Hände, um mir zu zeigen, daß sie sicher auf ihren eigenen Füßen stand, lächelte mich an.

Der Weg die Stufen empor und ins Gästezimmer kostete uns dennoch einige Mühe; sie blieb zweimal auf der Treppe stehen, sagte: »Kleinen Augenblick nur« und erst nach zwanzig oder dreißig Sekunden: »Kann weitergehen.« Ich setzte sie in den Lehnstuhl neben dem Nachttisch des Gästebetts, deckte das Bett auf. Sie sah mir schwer atmend zu.

Ich fragte: »Hast du ein Nachthemd im Gepäck?«

Sie antwortete: »Kein Nachthemd, aber was Zweiteiliges.«

Ich fragte sie, ob ich sie für einen Augenblick allein lassen könne, sie nickte, lächelte mich an. Ich ging eilig hinunter, holte meine Tasche aus dem Arbeitszimmer und brachte sie mit dem Koffer hinauf. Ich fragte sie: »Soll ich dir's aus dem Koffer holen?«

Sie sagte: »Ja, bitte.« Das Nachtgewand lag unter einer apart gemusterten Bluse und einem Kleid, es bestand aus bequemen beigefarbenen Shorts und einem dazu passenden, in Beige und Weiß gestreiften, weit geschnittenen T-Shirt.

Ich sagte: »Komm, am besten setzt du dich aufs Bett, wenn du dich umziehst. Ich gehe solange raus, aber du mußt nur rufen, wenn du mich brauchst.«

Sie sagte: »Du kannst ruhig hierbleiben«, stand auf und zog das Kleid über den Kopf. Ich trat ans Fenster, öffnete es. Die Luft war würzig und angenehm frisch. Ich schaute hinaus in den Garten, dachte an meine Waldanemonen und daran, daß der Tag völlig anders verlaufen war, als ich es bei

dem so sorgfältigen Arrangement meiner Blumenzwiebeln noch geplant und mir vorgestellt hatte.

Sie sagte: »Fertig, bitte umdrehen!« Sie lag im Bett, hatte
sich mit dem Leintuch zugedeckt, lächelte mich an. Das
Kleid hatte sie über das Fußende des Bettes gelegt, dazu
ihren Büstenhalter.

Ich sagte: »Ich häng das mal in den Schrank, okay?«

»Okay.« Sie sah mir zu. Während ich noch beschäftigt
war, sagte sie: »Weißt du, wie ich mir vorkomme?«

»Nein. Wie denn?«

»Wie im Paradies.«

Ich sagte: »Übertreib nicht. Bis dahin hast du hoffentlich noch eine Menge Zeit.«

Sie sagte: »Ich übertreib nicht. Ich weiß nicht, ob du dir
vorstellen kannst, wie ich mich... wie absolut beschissen
ich mich gefühlt habe. Ich hab Angst gehabt, verstehst du,
ganz fürchterliche Angst. Im Zug hab ich gedacht, ich
sterbe vor lauter Angst, wirklich. Und jetzt... Von mir aus
kannst du lachen, aber ich fühl mich wie in Abrahams
Schoß. Und das liegt nur an dir. Ich hab das Gefühl, daß
mir überhaupt nichts mehr passieren kann, verstehst du.
Bloß weil du da bist. Vielleicht denkst du, ich will dir Ho-
nig ums Maul schmieren. Aber es ist so, wirklich.«

Ich öffnete meine Tasche und holte das Blutdruckgerät
hervor. »Okay. Dann wollen wir trotzdem mal so tun, als
ob's den alten Abraham nicht gäbe und wir selbst dafür
sorgen müßten, daß es dir gutgeht.«

Ihr Blutdruck befand sich erheblich über der Toleranz-
grenze, und das spürte sie offensichtlich auch, sie fragte
nicht nach den Werten, die ich gemessen hatte. Ihr Puls-

schlag hatte sich ein wenig beruhigt. Ich auskultierte sie, die Lunge rasselte kräftig, aber das war angesichts des Zigarettenkonsums, den ich bei allen meinen Besuchen bis hin zu dem jüngsten beobachtet hatte, nicht anders zu erwarten.

Ich fragte sie nach der Venenentzündung, von der sie mir am Telefon erzählt hatte, sie schlug das Leintuch zurück und wies auf ihr rechtes Bein: »Da, das rechte.« Beide Füße und Unterschenkel waren leicht geschwollen. Ich fragte, ob sie noch immer die Schmerzen habe, und sie sagte: »Ja. Eher ein bißchen schlimmer.« Äußerlich konnte ich nichts Signifikantes erkennen. Ich hob ihr rechtes Bein, faßte die Wade und schüttelte sie. Sie verzog das Gesicht. Ich schlug ihr mit dem Handballen unter die Fußsohle. Sie sagte: »Autsch.«

Wenn sie tatsächlich eine tiefe Venenentzündung hatte, dann gab es für mich keinen dringenderen Rat, als sie so schnell wie möglich ins Krankenhaus einzuliefern. Aber mir war klar, daß ich ihr damit einen schweren Schlag versetzen würde, einen Schlag, dessen Risiko vielleicht größer war, als wenn ich sie zu Hause behandelte. Sie hätte geglaubt, daß ich sie loswerden wollte, so schnell wie möglich und noch bevor Lene nach Hause kam. Ich hätte sie aus Abrahams Schoß hinausgeworfen und zurück in ihre verzweifelte Einsamkeit gestoßen.

Ich fragte sie, ob sie Stützstrümpfe dabeihabe und welche Medikamente sie zur Zeit nehme. Sie antwortete, die Medikamente habe sie in den letzten Tagen nicht mehr regelmäßig genommen, sie habe das Gefühl gehabt, das verdammte Zeug nutze ja doch nichts. Und die Stützstrümpfe habe sie zu Hause gelassen, bei dem warmen Wetter schwitze sie sich sowieso schon halb tot. Ich sagte ihr, wenn sie so weitermache, werde sie über kurz oder lang ganz tot sein.

Sie sagte: »Red nicht so mit mir.«

Ich sagte: »Doch. Ich muß so mit dir reden, damit du endlich Vernunft annimmst. Ich werde jetzt Clara anrufen und sie bitten, sofort nach der Sprechstunde vorbeizukommen, damit du versorgt wirst. Ich nehme an, sie wird dir eine Spritze setzen und die nötigen Medikamente mitbringen.«

Sie fragte: »Heparin? Die Spritze, meine ich?«

Ich sagte: »Das könnte sein. Aber das wird Clara entscheiden. Sie versteht was vom Fach.«

»Bestimmt nicht soviel wie du.«

Ich fragte: »Was möchtest du trinken?«

Sie lachte. »Ein Glas Wein. Aber das gibst du mir bestimmt nicht.«

»Richtig. Jetzt jedenfalls nicht. Also, was denn nun? Mineralwasser? Orangensaft?«

»Hast du auch Apfelsaft? Wenn du welchen hast, dann lieber Apfelsaft. Und dazu Wasser, bitte. Zum Verdünnen.«

Ich gab ihr einen Fiebermesser, und dann ging ich hinunter und rief Clara an. Sie sagte: »Oh. Und was hat Mama gesagt?«

»Sie weiß es noch gar nicht. Dazu hab ich noch keine Zeit gehabt.« Ich erklärte ihr, was die Untersuchung Eddas ergeben hatte.

Sie sagte: »Okay, ich bringe alles mit. Aber es kann noch dauern. Eine Stunde vielleicht.«

Ich holte in der Küche eine Flasche Apfelsaft und eine Flasche stilles Wasser und zwei Gläser, balancierte die ganze Batterie auf einem Tablett hinauf. Der Fiebermesser lag schon auf dem Nachttisch, er stand unter siebenunddreißig, aber ich war mir nicht sicher, ob sie nicht gemogelt hatte. Ich gab ihr zu trinken, und dann ging ich noch einmal hinunter und holte aus meinem Arbeitszimmer ein Sofapolster und zwei kleine Kissen, ich brachte sie hinauf und schob die drei Teile am Fußende ihres Bettes so lange hin und her, bis wir gemeinsam eine Position gefunden hatten, in der sie ihre Füße bequem darauf lagern konnte.

Als ich das Leintuch hochzog und sie damit wieder zudeckte, seufzte sie, sie schloß die Augen, lächelte mit geschlossenen Augen. Ich stellte den Lehnstuhl neben das Bett und setzte mich zu ihr. Sie hob mit geschlossenen Augen die Hand auf der mir zugewandten Seite und tastete herum. Ich griff die Hand, bettete sie auf das Laken und legte meine Hand darüber. Sie tat einen tiefen Atemzug, dann atmete sie ruhig weiter.

Nach einer Weile dachte ich, sie sei eingeschlafen. Ich löste vorsichtig meine Hand, aber sie murmelte, ohne die Augen zu öffnen: »Bleib doch noch ein bißchen. Bitte!«

Ich legte meine Hand wieder über die ihre. Sie hielt die Augen geschlossen, lächelte. Nach einer Weile verlor sich das Lächeln, es löste sich in einen Ausdruck friedlicher Ruhe auf.

Ihre Brust hob und senkte sich regelmäßig, und ihr Atem war kaum noch zu hören. Aus der Ferne drang durch das offene Fenster ein Geräusch heran. Ein Hubschrauber. Vielleicht der Rettungshubschrauber. Oder einer der Polizei. Das Geräusch entfernte sich wieder. Danach wurde es sehr still rings um uns.

Warum war sie gekommen?

Sie hatte nicht ein Wort darüber verloren, warum sie diese Reise angetreten hatte, und nicht einmal angedeutet, warum sie ohne Anmeldung gekommen war. Und ich hatte sie natürlich nicht gefragt, dafür war ja auch keine Zeit geblieben.

Vielleicht war ihre Not tatsächlich so groß gewesen, daß sie Hals über Kopf aus ihrer Wohnung, aus der Ödnis dieser heruntergekommenen Siedlung geflohen war. Die Einsamkeit hatte sie überwältigt, ihre Angst, ein Schwindelanfall könne sie von den Beinen reißen, sie auf den Boden strecken und gelähmt in der Agonie zurücklassen, hilflos und nicht einmal mehr fähig, Hilfe herbeizurufen. Sie hatte in ihrer Panik gar nicht daran gedacht, sich bei uns anzumelden.

Nein, das nicht. Der Koffer war ordentlich gepackt. Er sah nicht so aus, als hätte sie in größter Hast ein paar Sachen zusammengeholt und sie in den Koffer gestopft, nichts wie raus hier. Nein. Vielleicht hatte sie sehr wohl daran gedacht, daß sie sich hätte anmelden müssen, anmelden sollen. Aber sie hatte Angst gehabt, uns anzurufen. Sie hatte gefürchtet, wir würden nein sagen, nein, es tut uns leid, aber wir können dich im Augenblick nicht aufnehmen. Besuch aus dem Ausland, irgendeine Ausrede, jedenfalls deutlich genug, um ihr klarzumachen, daß sie unerwünscht war. Und sie hatte gefürchtet, daß ich, wenn sie mir ihre Beschwerden und Ängste schilderte, ihr antworten würde, sie solle sich nur ja nicht in den Zug setzen, das Risiko sei viel zu groß; sie solle sich vielmehr auf dem schnellsten Weg ins Krankenhaus begeben.

Genau das hätte ich ihr ja auch gesagt. Oder?

Nun gut. So konnte es jedenfalls gewesen sein. So konnte sie sich gefühlt und so konnte sie überlegt und gehandelt haben.

Aber es gab auch eine andere Möglichkeit. Vielleicht hatte sie heute morgen Herrn Kruse angerufen. Ja, wieso auch nicht, so hatte sie es doch vorgehabt. Und der Chefreporter hatte ihr gesagt, er könne leider noch nicht zu ihr kommen, und sie hatte zu seiner Freude geantwortet, dann werde sie eben zu *ihm* kommen, und hatte keinen Augenblick gezögert und die Reise angetreten. Die fünfzehnhundert Mark, die er ihr für das Interview geboten hatte, waren ja nicht völlig uninteressant gewesen, und natürlich hatte sie auch die Gelegenheit nicht verpassen wollen, endlich einmal die Leute wissen zu lassen, daß ihre Schwester so vollkommen nicht war, wie alle es glaubten.

Unterwegs hatte sie dann jedoch jäh und ziemlich massiv ihr krankes Bein zu spüren bekommen und ihr schwaches Herz, und es war ihr arg bange geworden, sie war in akute Not geraten, und deshalb war sie nach der Ankunft nicht in ein Hotel gegangen, wie sie es vorgehabt hatte, um am Abend Herrn Kruse zu besuchen und sich von ihm interviewen zu lassen und danach auf Kosten seines Blattes die Nacht vor der Rückreise in diesem sehr behaglichen Hotel zu verbringen, sondern sie war zu mir gekommen. Wahrscheinlich hatte sie zuvor aus einer Telefonzelle am Bahnhof Herrn Kruse angerufen und sich entschuldigt und ihn auf den nächsten Tag vertröstet.

Ja, so konnte es gewesen sein. Auch so.

Und es gab noch eine dritte Möglichkeit.

Vielleicht war sie erst für morgen nachmittag mit Herrn Kruse verabredet. Und vielleicht war sie heute schon losgefahren, weil sie sich zuerst bei uns sehen lassen wollte. Sie hatte mir ihren Kontakt zu diesem Chefreporter ja schon offenbart, und auch die Höhe des Informationshonorars, das er ihr in Aussicht gestellt hatte, und sie wußte, daß ich, sobald sie auftauchte, mich fragen würde, ob sie in Wahrheit zu einer Verabredung mit Herrn Kruse gekommen war. Und vielleicht hatte sie mich dergestalt unter Druck setzen und zu der Initiative nötigen wollen, auf die sie schon vor drei Tagen spekuliert hatte, als sie mich anrief und mir erstmals von Herrn Kruse erzählte, sie hatte aus mir das Angebot herausholen wollen, daß ich ihr die fünfzehnhundert Mark oder auch noch ein paar hundert darüber zahlen würde, wenn sie den Schmierfink abwiese und auf das Interview verzichtete.

Vielleicht wollte sie sogar noch mehr. Vielleicht sollte auch ihre Schwester erfahren, sollte Lene durch den Besuch mit der Nase daraufgestoßen werden, daß sie, Edda, angereist war, um ein lohnendes Geschäft zu machen. Und vielleicht wollte sie es so weit treiben, daß am Ende Lene selbst ihr das Schweigegeld anbieten, und nicht nur anbieten, sondern es ihr auch auszahlen würde.

Natürlich hätten wir alles so handhaben müssen, daß von Schweigegeld nicht die Rede sein konnte. Wir hätten so tun müssen, als habe Edda eine Art Treffer im Lotto erzielt und müsse den Gewinn, den sie in ihren Umständen doch so gut gebrauchen konnte, nur noch abholen, verzichte aber darauf, weil uns, ihrer Schwester und ihrem Schwager, die es nicht nötig hatten, Lotto zu spielen, solch ein Vorgang in der allerengsten Verwandtschaft nicht recht war; was allerdings bedeutete, daß wir Edda die finanziellen Folgen ihres Verzichts kompensieren mußten, es fiel uns ja auch nicht schwer, und zudem war es das mindeste, was man von uns erwarten durfte. Die wahren Gründe dieser Zahlung wären in stillschweigendem Einverständnis totgeschwiegen worden.

Einen größeren und schöneren Triumph hätte Edda sich wahrscheinlich nicht vorstellen können: Lene, die Frau Bürgermeisterin und demnächst sogar Oberbürgermeisterin, hätte ihrer Schwester fünfzehnhundert oder zweitausend Mark in einem Umschlag der Bank überreicht und sich auch noch bei ihr bedankt und nicht einmal auszusprechen gewagt, wofür sie sich ausgerechnet bei dieser deklassierten Schwester zu bedanken hatte, nämlich für einen niederträchtigen Deal.

Ich betrachtete Eddas Gesicht, versuchte darin zu lesen, aber der Schlaf hatte seinen sanften Schleier darübergezogen, er hatte es geglättet und entspannt. Hin und wieder zuckte ein Augenlid, ein Mundwinkel, und einmal gab sie einen dünnen, klagenden Ton von sich, aber die Augenbrauen, die sie unterdes zusammenzog, glitten alsbald wieder auseinander, und ich glaubte sogar, den Anflug eines Lächelns, als durchlebe sie einen wunderschönen Traum, wahrzunehmen.

Ich blieb bei ihr sitzen, bis unversehens die Hausklingel anschlug. Sie fuhr empor, riß die Augen auf, sah mit einem entsetzten Blick um sich.

Ich sagte: »Was ist denn, was ist denn? Ganz ruhig, das ist doch nur Clara! Ganz ruhig!« Ich legte meine Hand an ihre Schulter, sie ließ sich zurücksinken, sah mich an, schüttelte den Kopf, als wolle sie sich von irgend etwas, das in ihren Haaren hing, befreien. Dann lächelte sie: »Entschuldige! Ich glaube, ich bin ein bißchen hysterisch.«

Ich sagte: »Ich lasse Clara rein. Ich bin gleich wieder da.«

»Ja, geh nur.« Sie tat einen tiefen Atemzug, schloß die Augen.

Mich überkam, nachdem ich Clara eingelassen hatte und mit ihr nach oben gegangen war und die beiden sich begrüßt hatten, das deutliche Gefühl, daß meine Tochter mich bei der Untersuchung nicht dabeihaben wollte, ich weiß nicht, ob sie sich sonst beaufsichtigt gefühlt hätte oder ob sie meinte, ich solle mich aus dem Intimbereich ihrer Tante, der Schwester sowohl ihrer Mutter als auch meiner Frau, heraushalten. Ich hätte Clara soviel Empfindlichkeit gar nicht zugetraut, aber ich verließ das Zimmer. Ich ging sogar hinunter, setzte mich ins Wohnzimmer, nachdem ich die Terrassentür weit geöffnet und ein paarmal kräftig durchgeatmet hatte.

Ich fühlte mich erleichtert. Clara hatte mir die Verantwortung abgenommen, zumindest würde sie mich um ihren Teil davon entlasten.

Entlasten von was? Verantwortung wofür?

Wieder tauchte der Gedanke auf, der mich auf dem Weg zum Café Kreuder beschäftigt und um dessentwillen ich mein Revers bespuckt hatte, aber bevor ich mich wieder über mich selbst empören konnte, wurde er von einem anderen Gedanken gestört und schließlich als ein törichter, ein geradezu lächerlicher Fehlschluß entwertet: Wenn Edda stürbe, wenn sie also niemandem mehr ein Interview geben, ihre Schwester nicht mehr und niemals mehr in der Öffentlichkeit bloßstellen könnte, dann wäre desungeachtet dieser Fall, der mich so sehr bedrückte, noch keineswegs abgeschlossen; ich müßte vielmehr mit meiner Last auch weiterhin fertigwerden. Alles andere war doch Augenwischerei.

Die Krise von Lenes Karriere, sie wäre ja noch immer nicht ausgestanden. Günni Nelles wäre noch immer nicht schachmatt gesetzt, Lene noch lange nicht am Ziel. Denn auf ihrem Weg dorthin drohten noch immer Fallstricke, Fußangeln. Nicht mehr ihr Anteil an Ulis Tod, ja, vielleicht, aber andere alte Sünden, die niemand geahnt hatte, Vergehen, die ebenso unversehens ausgegraben und zur Schau gestellt werden konnten.

Die Karambolage auf dem Parkplatz zum Beispiel. Das häßliche Geräusch, mit dem unser Auto mit Lene am Steuer bei Nacht das fremde Auto gerammt hatte, und wie Lene meiner Aufforderung gefolgt war und sich mit mir auf dem Beifahrersitz davongemacht hatte. Ich hatte das in den vergangenen Tagen wohl vergessen gehabt. Ich hatte es verdrängt.

Oder irgendeine von Lenes Bekanntschaften, von denen ich nichts wußte. Irgendeiner ihrer Seitensprünge, ja doch und verdammt noch mal! Jedenfalls jener Seitensprünge, die ich in meiner Phantasie erlebt und durchlitten hatte, sooft wir in den zurückliegenden Jahren voneinander getrennt waren. Womöglich sogar einer, den sie jetzt, in ebendiesen Tagen, begangen hatte oder noch begehen würde, getrieben von ihrem Temperament, das sie alle Zurückhaltung, die mehr denn je gebotene Vorsicht vergessen ließ.

Es gab solche Temperamentsausbrüche, die jede Hemmung niederwalzten, o ja! Ich verstand etwas davon, nicht wahr?

Ich weiß nicht mehr, wie lange ich da saß. Ich schreckte auf, als Clara mit ihrer Tasche ins Wohnzimmer kam. Sie musterte mich mit einem prüfenden Blick, ließ sich bei mir nieder. Die Diagnose, die sie mir darlegte, deckte sich im wesentlichen mit der meinen. Außerdem berichtete sie mir, was sie unternommen und welche Medikamente sie auf dem Nachttisch zurückgelassen hatte.

Sie schwieg einen kurzen Augenblick, dann sagte sie: »Ich nehme an, wir sind uns einig darüber, daß sie eigentlich ins Krankenhaus gehört. Daß sie im Krankenhaus jedenfalls am besten aufgehoben wäre. Das habe ich ihr auch gesagt, aber das hat sie anscheinend gewaltig geschockt. Sie hat geheult wie ein Schloßhund. Ich hab sie beruhigt und gesagt, ich würde mit dir noch einmal darüber reden.« Nach einer kleinen Pause fragte sie: »Ist sie so vereinsamt, oder was hat ihr so zugesetzt?«

Ich sagte: »Ja, sie ist ziemlich einsam.« Ich zögerte, dann sagte ich: »Sie hatte einen Mann gefunden, offenbar gutsituiert und wohl auch sehr nett. Einen Witwer. Aber der hat sie dann sitzenlassen, weil seine Tochter nicht damit einverstanden war. Ich nehme an, die Tochter hatte Angst um ihr Erbe.«

Clara nickte. Nach einer Weile sagte sie: »Aber sie

kommt mir auch so vor... sie kam mir fast so vor, als hätte sie vor irgend etwas die Flucht ergriffen.«

Ich starrte sie an. Sie sagte: »Na ja... ich hatte zeitweise das Gefühl, als sei sie heilfroh, daß sie hier unterkriechen kann. Hier, wo sie vor fremden Leuten abgeschirmt ist.« Sie kratzte sich die Wange. »Und als wollte sie auch deshalb nicht ins Krankenhaus. Vor allem deshalb nicht. Ich meine, weil sie dort fremden Leuten begegnet und damit rechnen muß, daß man sie über alles mögliche ausfragt.«

Ich räusperte mich, dann sagte ich: »Das ist aber eine ziemlich abenteuerliche Vermutung. Nein, das glaube ich nicht.«

Sie nickte, schien nachzudenken. Unversehens sagte sie: »Aber du willst sie nicht bloß deshalb hierbehalten, weil du sie unter Kontrolle halten möchtest?«

Einen Augenblick lang verschlug es mir die Sprache. Ich fragte: »Wie meinst du denn *das*?«

Sie zuckte die Schultern. »Na ja, sie ist doch ein bißchen unberechenbar, nach allem, was ich von ihr weiß. Sie hat doch schon oft genug etwas angestellt, oder?«

Ich sagte: »Ja, natürlich, das hat sie. Aber wie käme ich denn dazu, sie kontrollieren zu wollen, ich bitte dich!«

Sie nickte. Dann stand sie auf. »Ruf mich an, wenn du mich brauchst. Egal wann. Ich komme auf jeden Fall morgen früh vorbei. Und überleg dir auch noch mal, ob ich sie nicht doch ins Krankenhaus einweisen sollte.«

»Ja. Danke.« Ich küßte sie auf die Wange. Als ich die Haustür öffnete, blieb sie stehen, sah mich an. Nach einem Zögern fragte sie: »Rufst du jetzt Mama an?«

Ich sagte: »Ich weiß es noch nicht. Ich weiß nicht, was

sie gerade zu tun hat. Und ich möchte sie nicht damit überfallen, wenn sie mit anderen Leuten zusammen ist. Vielleicht sage ich es ihr erst, wenn sie nach Hause kommt.«

Sie nickte, nagte an ihrer Unterlippe. Dann gab sie mir einen Kuß auf die Wange und ging.

Bevor sie in ihr Auto einstieg, wandte sie sich noch einmal zu mir zurück, warf mir eine Kußhand zu. Ich warf ihr eine Kußhand zurück.

44

Ich fragte Edda, was sie zum Abendbrot haben wolle, und sie antwortete: »Eigentlich gar nichts.« Ich sagte, gar nichts hätten wir nicht im Haus und nun müsse sie leider das essen, was ich ihr vorsetzte.

Sie lachte, und als ich hinausgehen wollte, fragte sie: »Was hat denn Clara dir gesagt?« Ich antwortete: »Dasselbe, was sie dir gesagt hat, nehme ich an. Nämlich daß du einiges ändern mußt, wenn du nicht über kurz oder lang den Löffel abgeben willst. Sondern ein schönes langes Leben haben möchtest.«

»Lang und auch noch schön?« Sie lachte. »Du glaubst ja gar nicht, wie sehr ich mir das wünsche. Bloß mußt du mir mal sagen, wie man das anstellt.«

»Zunächst einmal, indem man was Vernünftiges ißt, wenn die Tageszeit dafür gekommen ist. Den Rest erkläre ich dir beim Essen.«

Ich ging in die Küche, inspizierte die Vorräte und überlegte mir, was ich für Edda und mich und auch noch für

Lene herrichten könnte, damit sie, wenn sie nach Hause kam, ohne etwas gegessen zu haben, nicht glauben sollte, ich dächte an alles mögliche, nur nicht an sie. Ich entschied mich für einen gemischten Salat, beließ einen Teil davon ohne Dressing und stellte ihn für Lene beiseite, richtete eine Käseplatte her und dazu Heitmanns Bauernbrot und Butter, goß einen Früchtetee auf.

Bevor ich diese Mahlzeit ins Gästezimmer brachte, holte ich das Bett-Tischlein, das ein Vertreter mir einmal als Werbegeschenk in die Praxis gebracht hat, vom Boden und stellte es vor Edda, der ich ein Kissen in den Rücken stopfte, aufs Bett; außerdem rückte ich den kleinen Schreibtisch des Gästezimmers an das Bett heran, zum Servieren und für mein eigenes Gedeck. Den Tee und das Geschirr brachte ich zuerst hinauf. Als ich mit dem Salat und dem übrigen nach oben kam, hatte Edda sich schon eine Tasse Tee eingegossen. Sie nippte daran, verzog das Gesicht.

Ich sagte: »Was ist? Schmeckt dir mein Tee nicht?«

Sie fragte: »Schmeckt der *dir* etwa?«

Ich füllte eine kleine Schüssel mit Salat und stellte sie auf ihr Tischlein.

Sie sagte: »Ich wette, diesen Tee hat Lene eingekauft. Oder einkaufen lassen.« Ich wartete darauf, daß sie hinzufügen würde: »Das sähe ihr jedenfalls ähnlich«, aber statt dessen nahm sie die erste Gabel Salat, kaute, zog die Augenbrauen hoch und nickte anerkennend. Sie sagte: »Das schmeckt schon sehr viel besser. Bloß schade, daß dieser scheußliche –«

Ich fiel ihr ins Wort: »Nun hör schon auf damit! Du bekommst heute abend keinen Wein mehr.« Ich trank einen Schluck Tee.

Sie aß eine Weile schweigend, dann sagte sie, ohne mich anzusehen: »Bier würde zu diesem schönen Essen auch besser passen, glaube ich.«

Ich stand auf, ging hinunter und brachte zwei Flaschen Bier und die Gläser nach oben. Während ich eingoß, fragte sie: »Tust du das jetzt nur meinetwegen?«

Ich sagte: »Nein. Ich weiß nicht, was mit dem Tee los ist, aber mir schmeckt er auch nicht besonders.«

Als ich ihr Glas nachfüllte, fragte sie: »Denkst du auch, daß ich ins Krankenhaus gehen sollte?«

»Ich denke, daß du im Krankenhaus besser aufgehoben wärest, ja.«

Ich spürte, daß sie mich ansah. Ich erwiderte ihren Blick. Unversehens füllten sich ihre Augen mit Tränen. Sie sagte: »Im Krankenhaus... im Krankenhaus würde ich wahnsinnig. Wirklich, Raimund! Mir wird ganz eng, wenn ich bloß daran denke. Ganz heiß. Ich seh mich da liegen, des Nachts, und weit und breit keine Menschenseele, jedenfalls keine, der was an dir liegt, du hörst und siehst nichts mehr, außer so einem Nachtlicht, na gut, und hören tust du ja auch noch was, in dem Bett nebenan schnarcht eine wie ein Sägewerk, und im Bett gegenüber läßt die andere einen fahren, entschuldige, aber sonst gibt es nichts, gar nichts mehr auf der Welt, du kommst dir vor, als hättest du den Deckel schon auf der Nase, und diese ganze verdammte Welt ist abgehauen, sie hat dich allein gelassen in deinem Grab, und –«

Ich sagte: »Hör auf! Mach dich nicht selbst verrückt!

Clara *hat* dich ja nicht ins Krankenhaus eingewiesen, du bist ja noch hier. Und wenn wir ein bißchen Glück haben, kann es auch dabei bleiben. Und natürlich, wenn du tust, was du tun mußt. Das gehört allerdings dazu.«

Nachdem ich das Geschirr zusammengeräumt und hinuntergebracht und in die Spülmaschine sortiert hatte, ließ ich Edda aufstehen. Ich ging mit ihr gut zehn Minuten auf dem Flur vor dem Gästezimmer auf und ab. Irgendwann sagte sie: »Das tust du wegen der Embolie, nicht wahr?«

Ich antwortete: »Das tue ich, damit du ein wenig Bewegung hast, verdammt noch mal! Und weil ich sowieso dein Bett machen möchte.« Nach einer Pause fügte ich hinzu: »Und weil es ganz allgemein nicht gut für dich ist, wenn du auf deinem Hintern liegen bleibst. Sonst gewöhnst du dich noch daran.«

»Entschuldigung!« Sie schwieg eine Weile, dann sagte sie: »Wenn ich schon an einer Embolie eingehe, dann lieber hier als im Krankenhaus.«

Ich sagte: »Ja, und den Ärger mit deiner Leiche habe dann ich.« Sie lachte.

Ich setzte sie in den Lehnstuhl und gab ihr die Medikamente, jedes mit einem Kommentar zu seiner Wirkung; sie hörte aufmerksam zu, verzog kein einziges Mal das Gesicht. Als ich ihr das Bett gemacht hatte, streckte sie sich wieder darin aus, mit einem wohligen Seufzer. Sie fragte: »Mußt du jetzt sofort runtergehen?«

Ich antwortete, nicht unbedingt und was ich denn für sie tun könne.

Sie sagte, es genüge, wenn ich noch ein wenig bei ihr bleibe, aber wenn es mir langweilig werde, könne sie sich natürlich auch allein beschäftigen, irgendwas werde ihr schon einfallen. Ich sagte, wir hätten ein tragbares Fernsehgerät, und wenn sie wolle, würde ich das auf den Schreibtisch stellen, und wir könnten ein Programm aussuchen, das sie interessiere. Sie verzog den Mund ein wenig, schüttelte den Kopf. Ich sagte, ich könne ihr auch etwas vorlesen oder wir könnten ein Spiel machen, Scrabble vielleicht oder Rommé.

Sie sah mich an, zog die Augenbrauen ein wenig zusammen, sagte, Scrabble sei vielleicht ein bißchen ungünstig im Bett und dann mit den ganzen fisseligen Buchstaben. Ich sagte, na gut, aber vielleicht hätte sie ja auch einen Vorschlag. Sie nickte, und dann lächelte sie: »Wie wär's mit einem kleinen Poker?«

Ich wußte, daß sie mit Howard schon auf der Air Base nicht nur Scrabble gespielt hatte, amerikanisches Scrabble, weil sie dadurch die Sprache habe lernen wollen, wie sie mir einmal erzählt hat, aber vermutlich gab es eine deutsche Ausgabe damals auch noch gar nicht, irgendwo habe ich vor einiger Zeit die Geschichte von dem Erfinder gelesen, dem arbeitslosen Architekten aus Poughkeepsie, unvergeßlicher Name, der sich das Spiel schon während der Weltwirtschaftskrise ausgedacht, aber erst in den fünfziger Jahren damit Erfolg gehabt hatte, als der Boss von Macy's Kaufhauskette in einem Urlaub daran geraten und danach süchtig geworden war und nach dem Urlaub feststellen mußte, daß seine Spielwarenabteilungen es nicht führten, was einen Riesenkrach und anschließend einen Boom des Scrabble-Umsatzes zur Folge hatte.

Edda hatte, wie sie mir erzählt hat, in Ramstein nicht

395

nur ein Scrabble-Turnier gewonnen, gegen die ganzen amerikanischen Ehefrauen und noch dazu einige Unteroffiziere, sie hatte auch Poker gelernt, zunächst als Serviererin und Zuschauerin bei Howards Pokerrunde (die natürlich illegal war, doch ungefährdet, weil der Master Sergeant dazugehörte), am Ende aber auch als Teilnehmerin, und sie hatte sogar einige really big pots abgeräumt, Howard war sehr stolz auf sie gewesen, und sobald sie nach Abilene gekommen waren, hatte er dort eine neue Runde zusammengebracht, ein paar Ehepaare, aber auch Einzelspieler. Ich dachte darüber nach, aber ich fragte sie nicht, ob sie in dieser Runde vielleicht auch ihren jugendlichen Liebhaber kennengelernt hat, den Brad-Pitt-Verschnitt, mit dem sie Howard durchgegangen ist und schließlich die Tankstelle in Topeka überfallen hat, vielleicht bloß, weil sie am Abend vorher eine Pechsträhne gehabt hatten und für die nächste Runde dringend Cash benötigten.

Ich sagte, zum Pokern brauche man aber doch mindestens drei Spieler, oder? Sie sagte, eigentlich vier, dann mache es erst richtig Spaß, aber man könne es auch zu zweit spielen, sie werde es mir erklären. Sie fragte: »Ein Kartenspiel hast du hoffentlich?«

Ich sagte, ja, ein Rommészpiel, das sei doch wohl das richtige, sie nickte. Ich sagte, aber um Geld würde ich mit ihr nicht spielen, ich wolle ihr kein Geld abnehmen.

Sie lachte, streckte die Hand aus und tätschelte meine Hand. »Brauchst keine Angst zu haben, du kleiner Geizhals. Wir brauchen aber was zum Setzen. Wenn du kein Spielgeld hast, können wir auch die Buchstaben vom Scrabble nehmen.«

Während sie mischte, sagte ich, es sei schon Ewigkeiten her, daß ich das letzte Mal gepokert hätte, aber bei ihr sei es wahrscheinlich ja auch nicht anders. Sie lachte, dann sagte sie, sie hätte vor drei Wochen noch ein Spielchen gemacht und dabei ganz schön abkassiert.

Ich fragte, wo denn das und mit wem. Sie sagte: »Mit Heinz-Peter. Aber nicht zu zweit und nicht zu Hause. Was glaubst du, wie viele Schuppen es bei uns gibt, die ein Hinterzimmer haben. Das hat mit den Amis angefangen, und die spielen auch noch immer mit. Mehr sogar als vorher, weil auf der Air Base der Provost Marshal ein paarmal zugeschlagen hat.«

Ich sagte: »Ich dachte, dein Heinz-Peter, das sei ein ganz Solider?« Sie lachte. »Von wegen. Das ist ein großer Zocker. Hat doch immer Geld genug gehabt dafür. Zweimal haben sie ihn bei einer Razzia sogar geschnappt, aber er hat Schwein gehabt. Und einen guten Anwalt natürlich. Beide Male bloß eine Geldstrafe. Wenn du Pech hast, gehst du dafür sechs Monate in den Bau.«

Ich sagte: »Und *der* hat dich im Riß gelassen, weil du mal gesessen hast?«

»Was sonst.« Sie klatschte die Karten vor mir auf das Bett-Tischlein. »Heb ab.«

Wir waren, nachdem sie die ersten beiden Töpfe gewonnen hatte, beim dritten Spiel, als ich von unten ein Geräusch hörte. Ich flüsterte: »Moment mal!«, lauschte.

Wieder war ein Geräusch zu hören. Ich wies auf die Karten und die Scrabble-Steine. »Räum das weg, in den Nachttisch!« Sie raffte alles zusammen. Ich stand auf und ging die Treppe hinunter.

In der Diele stand Lene. Sie hatte ihren Mantel schon ausgezogen und in die Garderobe gehängt, hielt ihren Aktenkoffer in der Hand, als wolle sie heraufkommen und ihn wie üblich in ihrem Arbeitszimmer abstellen.

Ich ging zu ihr, gab ihr einen Kuß. »Hast du was zu essen bekommen?«

Sie schüttelte den Kopf.

Ich sagte: »Ich hab was zurechtgemacht. Einen Salat und den Käse, der da war.«

Sie nickte. »Das ist lieb. Aber laß mich erst mal nach oben gehen.«

Ich faßte sie am Arm. »Einen Augenblick, bitte!« Ich zögerte, dann sagte ich: »Bevor du raufgehst, möchte ich dir etwas sagen.«

Sie nickte. Dann sagte sie: »Ich weiß Bescheid.« Ich ließ ihren Arm los. Sie sagte: »Clara hat mich angerufen.«

Ich sagte: »Das tut mir leid. Ich wollte dich damit nicht unterwegs überfallen. Ich... Ich wußte ja nicht, was du gerade zu tun hattest.«

»Das war auch in Ordnung. Aber Clara hat's ja gut gemeint.« Sie wandte sich ab und tat zwei Schritte zur Treppe, blieb stehen, wandte sich zu mir. »Und wie geht es ihr jetzt?«

»Es geht ihr besser, denke ich.«

Sie nickte. Dann fragte sie: »Aber die Sache ist nicht ungefährlich?«

Ich zuckte die Schultern. »Ungefährlich ist so etwas nie. Und ihr Allgemeinzustand ist ja nicht der beste. Aber ich denke, daß wir das unter Kontrolle halten. Ich denke... na

398

ja, vielleicht ist sie morgen oder übermorgen schon wieder reisefähig.«

Sie sah mich, so schien es mir, ein wenig nachdenklich an, dann nickte sie und wandte sich ab.

Ich sagte: »Soll ich nicht mit dir gehen?«

Sie sprach über die Schulter: »Nein, nein, laß nur. Ich möchte erst einmal allein mit ihr reden.«

Ich blieb eine Weile stehen, rührte mich nicht vom Fleck. Aber ich fühlte mich wieder einmal versucht, an den Fuß der Treppe zu schleichen oder womöglich ein paar Stufen hinauf, halb gebückt, und zu lauschen.

Es gab ja auch ein Argument, mit dem diese Perfidie sich hätte rechtfertigen oder zumindest erklären lassen. Schließlich war doch zu befürchten, Lene könne ihre Schwester ein wenig grob, ein wenig gefühllos anfassen und ihr sehr deutlich zu verstehen geben, daß sie unter unserem Dach nicht bleiben und schon gar nicht sich häuslich einrichten könne, so gut ihr das auch gefallen möge, und daß sie, wenn sie nicht imstande sei, die Heimreise anzutreten, leider denn doch sich ins Krankenhaus begeben müsse, um die Pflege zu finden, die sie benötige, was immer das sei. Ich hätte, wenn Lenes Begrüßung so harsch und damit für Edda in deren Zustand gewiß nicht ungefährlich ausgefallen wäre, meinen Lauschposten verlassen und eingreifen und das Schlimmste verhindern können.

Am Ende verzichtete ich auch dieses Mal auf den Rettungsversuch. Ich ging ins Wohnzimmer, ließ mich in meinen Sessel nieder, stand noch einmal auf, ging in die Küche und holte mir eine Flasche Bier. Ich trank, starrte hinaus in den Garten, auf den die Dämmerung immer dichter herabsank, versuchte nachzudenken, vermochte mich aber nicht zu konzentrieren. Als die Flasche Bier leer war, holte ich mir eine zweite. Ich sah auf die Uhr, aber ich wußte nicht mehr, um welche Zeit Lene hinaufgegangen war. Vielleicht hatte ich die erste Flasche Bier sehr langsam getrunken, es kam mir jedenfalls sehr lange vor, daß Lene hinaufgegangen war. Als ich auch die zweite Flasche geleert hatte und mir überlegte, ob ich noch eine dritte, es wäre mit der Flasche beim Abendessen die vierte gewesen, draufsetzen sollte, erschien Lene in der Tür.

Ich hatte sie nicht die Treppe herunterkommen hören, und sie blieb im Halbdunkel auch so schwer erkennbar wie ein Schatten, ich erschrak ein wenig. Sie fragte: »Wolltest du kein Licht haben?«

Ich sagte: »Doch, doch, ich bin… ich war nur zu faul aufzustehen.«

Sie schaltete die Stehlampe ein, kam zu mir und setzte sich auf das Sofa an meiner Seite. Sie hielt ein Taschentuch in der Hand. Ihre Augen schimmerten, ich hatte fast den Eindruck, daß sie geweint hatte und daß noch immer Tränen nachdrangen. Ich sah sie fragend an.

Sie sagte: »Sie schläft jetzt.« Nach einer Weile fügte sie hinzu: »Sie ist aber doch arg mitgenommen.«

Ich sagte: »Ja, das ist sie.«

Ich wußte nicht, was ich sagen sollte. Ich hatte erwartet, daß sie mir Vorwürfe machen würde, schwere Vorwürfe. Was hast du dir nur dabei gedacht, sie wird sich hier einnisten.

Lene schwieg. Nach einer Weile hielt ich es nicht mehr aus, ich stand auf. »Ich hol dir jetzt dein Abendbrot.«

»Ja, das ist lieb. Ich hab jetzt auch Hunger.«

Als ich mich abwandte, sagte sie: »Raimund?«

Ich wandte mich zurück. »Ja?«

Sie zögerte, dann fragte sie: »Hat sie dir gesagt, warum sie gekommen ist?«

»Nein. Das hat sie nicht.«

Ich servierte ihr das Essen auf dem Sofatisch. Während sie aß, sagte sie: »Clara meint, sie sei vor irgend etwas weggelaufen. Sie sei vielleicht gekommen, um hier ... nun ja, unterzukriechen, oder wie man das nennen soll.«

»Ja, das hat sie mir auch gesagt.« Ich schüttelte den Kopf. »Aber das scheint mir reichlich phantasievoll. Vor was sollte sie denn weggelaufen sein?«

Ich hatte die Frage kaum ausgesprochen, als ich sie auch schon bereute. Natürlich wußte ich, und Lene wußte es auch, was Clara gemeint hatte.

Es war doch nicht auszuschließen, daß Edda sich noch einmal vergriffen, daß sie noch einmal ein kleines krummes Ding gefingert hatte oder auch ein größeres. Vielleicht hatte sie noch einen Schlüssel zu Heinz-Peters Wohnung gehabt oder einen Nachschlüssel, den sie sich beizeiten hatte anfertigen lassen, und hatte sich, als Heinz-Peter an seinem Skatabend in der Kneipe saß, das Bargeld geholt, das er immer in der rechten Schreibtischschublade bereithielt, oder das Eßbesteck mit Goldauflage für sechs Personen, auf dessen Anschaffung seine Frau bestanden hatte und das er sowieso nicht leiden mochte, der Kasten stand seit ewigen Zeiten in der untersten Ecke des Buffets, aber ausgerechnet jetzt hatte Heinz-Peter danach geschaut, und er hatte sofort Anzeige gegen Edda erstattet, gegen wen denn auch sonst, und Edda hatte heute morgen eine Vorladung vom Staatsanwalt bekommen, sie war zwar nicht in Panik geraten, sie hatte ihren Koffer noch ordentlich gepackt, aber dann hatte sie sich ohne Verzug davongemacht.

Lene sagte auf meine Frage nichts dergleichen. Sie deutete einen solchen Verdacht nicht einmal an. Sie sagte vielmehr: »Ja, ich versteh das auch nicht. Sie kommt mir jedenfalls nicht so vor, als ob sie... als ob Clara recht hätte.« Nach einer Weile fragte sie: »Hast du denn irgendeine Vermutung, warum sie gekommen ist? So überraschend, meine ich. Ohne sich anzumelden.« Sie sah mich an. »Sie hat sich doch auch bei dir nicht angemeldet, nicht wahr?«

»Nein, natürlich nicht.« Ich strich mir über den Nacken. »Ich hab auch schon darüber nachgedacht.« Nach einer kleinen Pause sagte ich: »Ich denke, es ist durchaus möglich, daß sie in einen akuten, sehr heftigen Angstzustand geraten ist. Es geht ihr objektiv ja unleugbar schlecht, und daraus kann sich subjektiv eine Angst, eine Panik entwickeln, die nicht aufzufangen ist. Wahrscheinlich hat sie es allein in ihrer Wohnung nicht mehr ausgehalten. Sie hat die panische Angst bekommen, es stoße ihr irgend etwas zu, und niemand ist da, der ihr helfen kann. Und in dieser Angst hat sie auch nicht mehr daran gedacht, sich bei uns anzumelden.«

Lene nickte. Nach einer Weile sagte sie: »Oder sie hat Angst gehabt, ich würde nein sagen. Ich würde sagen, bleib, wo du bist. Geh ins Krankenhaus, wenn du krank bist. Aber laß uns in Frieden.« Sie fuhr sich mit dem Taschentuch über die Augen, schaute auf das Taschentuch, knüllte es zusammen.

»Sag doch nicht so etwas!« Ich setzte mich neben sie, legte den Arm um ihre Schulter. »Erstens würdest du so nicht mit ihr reden. Und zweitens würde Edda auch nicht glauben, daß du ihr so etwas sagen würdest.«

Sie schwieg. Ich gab ihr einen Kuß auf die Wange. Sie legte den Kopf an meine Schulter.

45

Bevor wir ins Bett gingen, hat Lene mir noch gesagt, daß der Parteivorstand in vier Tagen, am Freitagabend, beschließen will, wen er dem Parteitag als Kandidaten für die Wahl des Oberbürgermeisters vorschlagen wird und daß der Landesvorsitzende seine Teilnahme bei der Sitzung, die seinetwegen um einen Tag verschoben wurde, bestätigt hat. Ich fragte sie, ob sich schon irgend etwas abzeichne, und sie sagte, nein. Die Auguren behaupteten jedenfalls, daß das Rennen zwischen ihr und Nelles völlig offen sei.

Ich fragte sie, was sie selbst denn für ein Gefühl habe.

Sie zuckte die Schultern. Ich fragte: »Bist du nicht aufgeregt?«

Sie sagte: »Im Augenblick bin ich bloß k.o.«

Ich schlief nicht schlecht in dieser Nacht, zumindest lag ich nicht wach und grübelte und drehte mich dabei im Kreise. Lenes Reaktion auf Eddas Anwesenheit in unserem Haus hatte mich nicht nur überrascht, sie hatte mich auch sehr erleichtert, ich fühlte mich in einer Übereinstimmung mit meiner Frau, die ich allzuoft in den vergangenen Tagen vermißt hatte. Daß ich ihr auch an diesem Abend wieder etwas vorgemacht, ihr nicht alles gesagt hatte, was ich dachte und fürchtete, schob ich kurzerhand beiseite.

Freilich war mein Schlaf nicht tief, mit einem Ohr lauschte ich ständig nach draußen, auf den Flur. Ich hatte Edda, bevor wir zu Bett gingen, ein Beruhigungsmittel geben wollen, aber ich fand sie völlig entspannt, sie hatte, nachdem Lene bei ihr gewesen war, sogar schon tief geschlafen und war so schlaftrunken, daß es mir fast leid tat, sie geweckt zu haben. Ich sagte ihr, ich ließe ihre und meine Zimmertür offenstehen, und wenn sie etwas brauche, müsse sie nur rufen.

Lene hatte ich vorgeschlagen, ihre eigene Tür zu schließen, damit sie nicht im Schlaf gestört werde. Freilich ging mir das gegen den Strich; es wäre mir sehr viel lieber gewesen, ich hätte Eddas Tür schließen und die Intimität, nun ja, sagen wir besser: die Gemeinsamkeit der offenen Türen nicht mit ihr, sondern wie gewohnt mit meiner Frau teilen können. Aber Lene enthob mich auch dieser Irritation. Sie sagte, sie lasse ihre Tür lieber offen; es sei nicht schlimm, wenn sie gestört werde, sie finde sowieso keine Ruhe, wenn sie nicht wisse, was mit Edda sei, und vielleicht könne sie mir ja helfen.

Auch das trug schließlich dazu bei, daß meine Nacht angenehmer und erholsamer verlief, als ich mir noch am Abend hätte träumen lassen. Edda machte sich nur ein einziges Mal bemerkbar, ich hörte ein schwaches Geräusch, aber als ich auf den Flur kam, war sie schon im Bad verschwunden; ich wartete in meinem Zimmer, bis sie wieder herauskam, und brachte sie zu ihrem Bett, sie sagte, das sei aber nicht nötig, sie fühle sich besser, wirklich.

Clara kam schon kurz nach sieben am nächsten Morgen, ich hatte gerade das Bad verlassen und nach Edda geschaut, die noch schlief. In der Zeit, in der Clara sich um Edda kümmerte, ging ich in die Küche und richtete das Frühstück her. Unterdessen hörte ich, daß auch Lene aufgestanden war. Für einen Augenblick überkam mich das Gefühl, daß diese drei da oben alles, was nötig war und getan werden mußte, gemeinsam herausfinden und regeln und erledigen würden, und daß ich mich um nichts anderes mehr kümmern mußte als um ein gutes Frühstück, damit alle zufrieden und bei guten Kräften in den Tag hineingehen konnten, einen überdies und abermals sonnigen Herbsttag unter blauem Himmel.

Es war ein angenehmes Gefühl, aber es blieb mir nicht allzu lange erhalten. Nach einer Weile hörte ich Lenes und Claras Stimmen, die beiden hatten offenbar Eddas Zimmer verlassen, Clara schien Edda noch etwas zuzurufen, und ich hörte auch undeutlich, daß Edda eine Antwort gab, aber dann wurde es still im Obergeschoß. Lene und Clara hatten sich offenbar zurückgezogen, in Lenes Arbeitszimmer, vermutete ich.

Warum das? Warum kamen sie nicht herunter? Was hatten sie zu bereden, das Edda nicht hören sollte, aber ich auch nicht?

Nach gut fünf Minuten kam Clara allein herunter. Ich hörte, daß Lene ins Bad ging. Clara sagte mir, sie denke, daß Eddas Zustand sich ein wenig gebessert habe, sie habe ihr auch gesagt, sie könne zum Frühstück aufstehen, aber Edda habe geantwortet, sie wolle lieber noch ein Stündchen schlafen. Nach einem Zögern meinte sie, es sei aber auch möglich, daß Edda das nur gesagt habe, weil sie Lene und mich beim Frühstück nicht stören wolle, ich könne es ja noch einmal versuchen, wahrscheinlich würde Edda viel lieber in unserer Gesellschaft frühstücken. Ich nickte. Bevor sie ging, sagte Clara, sie werde am Abend nach der Praxis vorbeikommen, aber wenn ich es für nötig hielte, könne sie auch jederzeit vorher kommen. Vom Krankenhaus sagte sie nichts, und ich fragte auch nicht danach.

Ich brachte sie zur Tür, gab ihr einen Kuß und sagte: »Danke. Übrigens auch dafür, daß du Mama angerufen hast.« Sie lächelte und gab mir einen Kuß, ging mit der schweren Tasche zu ihrem Auto.

Ich stieg ins Obergeschoß hinauf. Eddas Tür war angelehnt. Ich schaute ins Bad hinein, Lene stand noch unter der Dusche. Ich fragte sie, ob sie Spiegeleier haben wolle und ein bißchen Speck dazu. Sie überlegte einen Augenblick, sah dabei zu Boden, das Wasser rann aus ihren Haaren und von ihren Schultern und über ihre Brüste. Dann sagte sie: »Rührei, bitte. Und ein bißchen Speck.«

Ich ging hinunter. Als ich ihr das Rührei und drei Streifen Speck servierte, sagte sie: »Das war eine gute Idee. Ich werd's brauchen können heute.«

Ich fragte sie nach ihrem Programm, und sie zählte mir eine ganze Reihe von Terminen auf, eine Ausschußsitzung war dabei und ein Gespräch mit ihren Leuten, darunter dem Oberstudiendirektor Heribert Bäumler sowie Philipp Seiffert, außerdem ein 99. Geburtstag im Pflegeheim und ein Einbürgerungsakt mit gut einhundert neuen Staatsbürgern der Bundesrepublik Deutschland, ich sagte, sie werde diesen Auserwählten hoffentlich nicht empfehlen,

sich der deutschen Leitkultur und dem, was ihr Parteifreund mit den starren Äuglein und dem stechenden Zeigefinger nach meiner Mutmaßung darunter verstehe, zu
unterwerfen. Lene lachte. Während wir noch über das Programm sprachen, sagte sie unvermittelt: »Aber du rufst
mich an, wenn irgend etwas mit Edda ist, nicht wahr? Es
ist egal, wo ich gerade bin, das hier geht vor.«

Ich sagte, natürlich würde ich sie anrufen.

Als der Fahrer klingelte, wollte ich mit ihr hinausgehen,
aber unversehens blieb sie stehen, sah mich an. »Woher
weiß Edda eigentlich, daß ich kandidieren will?«

Mir wurde heiß. Eine Sekunde lang, vielleicht auch zwei,
kämpfte ich mit mir. Aber am Ende sah ich mich außerstande, ihr zum Auftakt eines solchen Tages auch noch zu
eröffnen, daß Herr Kruse sich auf Eddas Spur gesetzt und
sie auf seine Weise informiert hatte, und das schon vor drei
Tagen, und daß seither auch ich davon wußte und natürlich ebenso wußte, was jeder sich an fünf Fingern abzählen
konnte, nämlich das, was Herr Kruse mit dieser Kontakt-
aufnahme bezweckte.

Ich antwortete: »Ich habe ihr gesagt, daß du im Augenblick ziemlich übel strapazierst wirst. Und als sie gefragt
hat, wieso, habe ich ihr von der Kandidatur erzählt.«

Es war nicht völlig unwahr, was ich da von mir gab. Bei
ein wenig großzügiger Betrachtung stimmte es sogar, nur
stimmte leider der Zusammenhang nicht, weil ich die Rei-
henfolge umgekehrt hatte. Edda hatte mich gefragt, wie es
denn mit Lenes Beförderung vorangehe und wann denn
was entschieden werde. Und ich hatte geantwortet, entschieden sei noch gar nichts, aber um so scheußlicher sei

der Streß, unter dem ihre Schwester stehe. Ich hatte das gesagt, um Edda darauf vorzubereiten, daß Lene sie womöglich sehr unfreundlich begrüßen würde. Die Sorge war unbegründet gewesen, und nun hatte ich sie auch noch zu einer Lüge verarbeitet. Ich würde jedenfalls, wenn die Wahrheit herauskäme, zumindest Lene nicht weismachen können, es sei doch, was ich ihr zu diesem Punkt gesagt hatte, in gewisser Weise auch wahr gewesen.

Nachdem der Wagen abgefahren war, sie winkte mir, ich winkte ihr, räumte ich ihr Geschirr vom Tisch. Ich überlegte einen Augenblick lang, dann stieg ich hinauf ins Obergeschoß. Ich schob behutsam Eddas Tür auf. Sie lag mit offenen Augen im Bett, lächelte mich an.

Ich sagte: »Na? Ausgeschlafen?«

»Schon lange.«

»Und wie fühlst du dich?«

»Nicht schlecht. Deine Tochter versteht wirklich was vom Fach. Hat sie wahrscheinlich alles von dir.«

Ich sagte: »Anstatt hier deinen Schmus zu verzapfen, solltest du vielleicht mal aufstehen und dich waschen und hinunterbemühen. Dein Gedeck steht noch auf dem Frühstückstisch.«

»Ach wirklich?« Sie seufzte. »Das ist aber schade.«

»Wie bitte? Was glaubst du, wer alles jubeln würde, wenn man ihm so etwas sagte.«

»Na klar, weiß ich doch!« Sie kratzte sich die Schulter, lachte. »Ich hab mir bloß gedacht…«

Sie wollte offenbar, daß ich den Satz fortsetzte. Ich sagte: »Soll ich das etwa raten? Tut mir leid, aber was du dir denkst, das ist für mich zu hoch.«

»Werd nicht unverschämt, du arroganter Pinsel!«

»Okay. Aber darf ich denn erfahren, *was* du dir gedacht hast?«

Sie lächelte. »Ich hab gedacht... daß du mich vielleicht noch einmal so verwöhnen würdest wie gestern abend.«

Nach dem Frühstück, das ich ihr auf dem Bett-Tischlein servierte, gab ich ihr die Medikamente, diesmal ohne detaillierte Kommentare, dann ging ich wieder mit ihr auf dem Flur auf und ab. Sie hatte gesagt, vor der Treppe habe sie doch noch Schiß, die sei ihr beim letztenmal verdammt schwergefallen.

Irgendwann auf diesem Spaziergang sagte sie: »Weißt du, wie ich mir vorkomme?«

Ich sagte: »Jetzt sag nicht wieder wie im Paradies. Das stelle ich mir nämlich ein bißchen anders vor.«

»Ich auch.« Sie lachte. »Nein, was ich meine, das ist... Na ja, das ist ziemlich merkwürdig. Ich weiß nicht, ob du so was auch schon mal erlebt hast.«

»Nun sag's endlich.«

»Ja, verdammt noch mal, ich sag's ja schon! Sei doch nicht so ungeduldig mit mir!« Sie blieb stehen, in meinen Arm eingehängt, sah mich von der Seite an, schnaufte auf. »Also, manchmal erinnere ich mich an etwas, irgendwas, das ich erlebt habe, und ich sehe alles genau vor mir, die Stelle, wo das passiert ist, und die Leute, die dabei waren, aber... Also, ich sehe das nicht so, wie ich es damals gesehen habe, ich meine, nicht mit meinen eigenen Augen, sondern... ja, so, als ob ich jemand anders wäre, der dabei war, verstehst du? Ich sehe mich selbst, ich tue dies und das, genauso wie damals, aber ich sehe mich wie jemand anders, ich meine, wie jemand, der mir zuschaut. Verstehst du?«

»Ja. Hab ich zwar selbst noch nicht erlebt. Aber ich kann es mir vorstellen. Und ich hab was darüber gelesen, glaube ich.«

»Wo denn?«

»Weiß ich nicht mehr. In irgendeiner Fachzeitschrift vielleicht. Oder in einer Zeitung.«

»Verwahrst du so was nicht?«

»Nicht mehr.«

»Schade.«

Die Pause wurde entschieden zu lang, sie sollte ja nicht herumstehen, sondern gehen, also setzte ich mich wieder in Bewegung, zog sie mit mir. Sie sagte: »Wenn du noch mal was darüber findest, könntest du es mir vielleicht schicken?«

»Ja. Und jetzt erzähl mir endlich, was du eben wieder-gesehen hast.«

Sie seufzte, dann sagte sie: »Die Persante.«

»Die Persante?«

»Ja. Die kennst du nicht, die kennt kein Mensch hier im Westen, das ist der Fluß, der durch Kolberg fließt. Ein nicht sehr breiter, ein stiller Fluß, er führt zum Hafen, und dahinter mündet er in die Ostsee. Wir haben am Ufer ge-spielt, eigentlich war das verboten, aber wir haben es trotz-dem getan, es war sehr schön da, es roch nach dem Wasser und der Sonne, und auch nach dem Regen, tatsächlich, der Regen hatte seinen eigenen Geruch. Und am späten Nach-mittag ist da immer ein Mann mit seiner Frau vorbei-gekommen, ich weiß nicht, ob die Frau irgendwann krank

410

geworden ist, jedenfalls konnte sie immer schlechter gehen, sie hat sich bei dem Mann eingehängt, und der hat sie
dann so halb und halb geschleppt, und eines Tages sind sie
gar nicht mehr gekommen, aber ich glaube, da standen die
Russen schon vor der Tür. Vielleicht sind die beiden schon
mit dem ersten Transport abgehauen, wir sind ja fast bis
zum Schluß geblieben, da krachte es schon rundherum.«

Sie seufzte. »Aber vielleicht ist die Frau auch gestorben.
Ich denke eher, sie ist gestorben, ja. Die konnte wirklich
nur noch ganz schlecht gehen, am Ende, meine ich. Deshalb hab ich wahrscheinlich auch an sie gedacht, gerade
eben, als du mich hier so halb und halb über den Flur geschleppt hast, verstehst du. Ich hab an diese Frau gedacht
und an die Persante, ich hab den Mann und die Frau gesehen und die Persante, ja, und mich selbst, na klar, mich
selbst als Kind. Verstehst du das?«

»Natürlich verstehe ich das. Aber erstens schleppe ich
dich hier nicht herum, und nicht einmal halb und halb, du
bist nämlich schon wieder ganz gut zu Fuß, und zweitens
kommen die Russen nicht. Und drittens hast du noch
ziemlich viel Zeit mit dem Sterben, das denke ich jedenfalls.«

»Wirklich?« Sie sah mich an, zog skeptisch die Augenbrauen empor.

»Ja. Und viertens kenne ich die Persante. Und die Maikuhle übrigens auch.«

»Du? Woher denn das? Wart ihr etwa schon mal da,
Lene und du, in Kolberg? Ohne mir was davon zu sagen?«

»Nein. Aber ich hab einiges über Kolberg. Ich hol es dir
mal.«

Als sie wieder im Bett lag, brachte ich ihr das Buch von Tina Georgi und einen Fotoband und auch den Nettelbeck, sie lachte: »Ach ja, der alte Nettelbeck, mein Vater hatte ein Buch über ihn, aber das ist verschüttgegangen, als er gestorben war, mein Vater, meine ich; vielleicht wollte meine Mutter nichts mehr davon wissen.«

Sie begann, in dem Fotoband zu blättern, stutzte, als sie den ersten Bildtext lesen wollte, sagte: »Das ist ja polnisch!« Ich sagte, die deutschen Texte stünden gleich darunter, und sie nickte: »Ah ja!«

Ich fragte sie, ob ich sie ein Weilchen allein lassen könne, ich müsse zum Postamt, aber ich dächte, daß es nicht allzulange dauern werde. Sie sagte, na klar, sie sei ja gut versorgt. Ich brachte ihr noch eine Flasche Apfelsaft und eine Flasche stilles Wasser, dann machte ich mich auf den Weg.

Ich hatte im Briefkasten einen roten Zettel von der Post gefunden, der Paketbote war offenbar am Vortag während der Zeit, in der ich hinter Herrn Zervas her war, an unserer Tür gewesen und hatte vergeblich versucht, ein Paket zuzustellen. Ich ahnte, was für ein Paket das war, ich hatte durchs Internet im Angebot eines Hamburger Antiquariats ein Buch gefunden, das mich sehr interessierte, *Max Havelaar oder die Kaffee-Versteigerungen der Niederländischen Handels-Gesellschaft,* geschrieben 1859 von dem Holländer Eduard Douwes Dekker, der sich Multatuli nannte und die Schandtaten der Kolonialherrschaft beschrieben hat, und ich hatte dieses Buch bestellt und dazu noch ein anderes und war sehr gespannt darauf.

Doch vorerst wurde ich enttäuscht, und die Enttäu-

412

schung war groß. Durch irgendeine Panne, wahrscheinlich eine Fehlleistung des Paketboten, der erst neuerdings unser Viertel bedient und nicht den willigsten Eindruck macht, war das Paket nicht auf unserem Postamt, sondern vermutlich direkt auf der zentralen Ausgabestelle gelandet, die mehr als eine halbe Stunde Fahrt entfernt in einem anderen Stadtteil liegt. Da ich Edda so lange nicht allein lassen wollte, kehrte ich um.

Als ich die Haustür aufschloß, hörte ich das Telefon klingeln. Ich beeilte mich, warf die Tür hinter mir ins Schloß, ging ins Wohnzimmer, aber während ich noch auf dem Weg zum Telefon war, hörte es auf zu klingeln. Ich wollte trotzdem noch den Hörer abheben, aber mitten in der Bewegung hielt ich ein.

Irgend etwas war mir aufgefallen. Ich musterte das Telefon, und dann erkannte ich, daß der Hörer sozusagen falsch lag. Ich nehme ihn normalerweise mit der linken Hand auf, und genau so macht es Lene, und wir legen ihn beide mit der linken Hand wieder ab, so daß das Kabel auf der linken Seite am Hörer hängt. Dieses Mal hing das Kabel auf der rechten Seite.

Offensichtlich hatte jemand telefoniert und den Hörer anders als Lene und ich wieder aufgelegt. Falsch herum, sozusagen.

Ich starrte das Telefon an, ließ mich langsam daneben auf dem Sofa nieder.

Es war nicht anzunehmen, daß irgend jemand in meiner Abwesenheit ins Haus gekommen war. Also konnte es nur Edda gewesen sein. Sie hatte meine Abwesenheit genutzt, um zu telefonieren. Das bedeutete, daß sie allein die

Treppe hinab- und wieder hinaufgestiegen war. Die Treppe, vor der sie heute morgen angeblich noch Schiß gehabt hatte.

Wen zum Teufel hatte sie angerufen? Und warum hatte sie mich nicht einfach nach meinem Handy gefragt?

46

Am Nachmittag pokerten wir. Ich war unkonzentriert, und das entging ihr nicht, sie fragte: »Fehlt dir was?« Ich sagte, nein, und was mir denn fehlen solle. Sie sagte, es hätte ja sein können, daß ich mir Sorgen um Lene machte. Ich sagte, ach wo, warum denn das, Lene sei doch gesund und munter, und mir wurde klar, daß sie diese Antwort mißverstehen konnte, also sagte ich auch noch, natürlich machte ich mir Sorgen, daß der andauernde Streß zuviel für sie werden könne, aber bisher habe sie sich ja gut gehalten.

Edda nickte und sah wieder in ihr Blatt und verdoppelte den letzten Einsatz. Ich stieg aus. Während ich mischte, fragte sie unversehens: »Wärst du froh, wenn Lene nicht gewählt würde? Ich meine... nicht froh, aber, na ja, erleichtert?«

Ich sagte: »Nein. Wie kommst du denn darauf? Lene möchte das Amt doch haben, sie wäre ja auch die Richtige dafür. Also hoffe ich ebenso wie sie selbst, daß sie es schafft.«

»Klar.« Sie nickte.

Ich grübelte eine Weile darüber, warum sie mir wohl

diese Frage stellte, und dann kam mir wieder der Telefonhörer in den Sinn, der falsch herum gelegen hatte, und ich
achtete wieder nicht auf das Spiel, ich sagte, nachdem Edda
den Einsatz erhöht hatte, ich wolle das Blatt sehen, und ich
setzte meinen Teil hinzu, und wir legten auf dem Bett-
Tischlein unsere Karten offen.

Sie rief: »Bist du närrisch!?«

Ich fragte: »Wieso? Was ist denn?«

Sie sagte: »You've got a full house! Warum bietest du
denn nicht weiter? Ich wäre wahrscheinlich noch ein Weilchen mitgegangen, ich hab immerhin einen Flush, aber
mehr auch nicht. Hier, siehst du?«

Ich ärgerte mich, und ich beschloß, die Sache mit dem
Telefon zu klären, auf schonende Weise, aber so, daß ich
nicht mehr darüber nachzudenken brauchte. Nach dem
nächsten Spiel sagte ich, ich würde mir einen Becher Kaffee
holen, und aus der Küche rief ich über mein Handy Birgit
an und tat so, als wolle ich sie über Eddas Besuch informieren und zugleich hören, wie es bei ihnen gehe, aber Birgit wußte über Edda schon Bescheid, und ebendas wußte
ich auch schon, Clara hatte mir nämlich am Morgen gesagt,
daß sie am Abend vorher Birgit verständigt hatte. Und während ich noch mit Birgit sprach, ging ich mit meinem
Handy am Ohr und dem Becher Kaffee hinauf und zu Edda
ins Zimmer, und bevor ich das Gespräch beendete, fragte
ich Birgit, ob sie Edda guten Tag sagen wolle, und das wollte
sie, und schließlich kam auch noch Daniel ans Telefon, der
Edda noch nie gesehen hat, aber mit Tante Edda sprechen
und ihr ebenfalls gute Besserung wünschen wollte.

Danach legte ich das Handy auf dem Nachttisch ab, und

Edda tat das, wozu ich sie hatte provozieren wollen, sie schaute, während ich mischte, auf das Handy, und dann fragte sie, ob ich dieses Ding immer mit mir herumschleppte.

Ich sagte, nein, bloß habe Birgit jetzt auf der Handynummer angerufen, das täten sie und Clara schon mal, wenn sie mit mir sprechen wollten und nicht unbedingt auch mit ihrer Mutter.

Ich sagte: »Aber praktisch ist so ein Ding natürlich schon.«

Sie nickte. Ich sagte: »Du kannst es übrigens *auch* haben, wenn du mal jemanden anrufen mußt. Ich meine, solange du dich nicht auf die Treppe traust.«

Ich legte die Karten vor sie. Sie hob ab. Dann schüttelte sie den Kopf. Sie sagte: »Danke. Aber wen soll ich denn anrufen? Ich hab doch keinen.«

Ich zuckte die Schultern. »Hätte ja sein können, daß du zu Hause was regeln mußt.«

Sie lachte. »Ja, schön wär's ja. Aber so wichtige Geschäfte hab ich leider nicht. Kann alles warten.« Sie warf einen prüfenden Blick auf die Karten, die ich ihr gab, nahm eine neue, sagte: »Zwei« und schob zwei Scrabble-Buchstaben in den Pott.

Ich hätte mich in den Hintern treten können. O ja, es war mir gelungen, die Sache mit dem Telefon zu klären, aber das auf eine Weise, die mich noch quälender als zuvor ans Nachdenken brachte.

Völlig klar war nun allerdings, daß sie mir ihren Ausflug ins Wohnzimmer verheimlichen wollte. Doch wen sie angerufen hatte und warum dieses Telefongespräch so dringend gewesen war, daß sie sich auf die Treppe begeben hatte, das blieb mir verborgen.

Ich konnte nur Vermutungen darüber anstellen, und eine widersprach der anderen.

Vielleicht hatte nur die Angst sie wieder überwältigt, Todesangst. Mit ihrer Erinnerung an die Frau, die des Nachmittags immer mühsamer sich am Ufer der Persante entlanggequält hatte, bis sie gestorben war, mit diesem Bild aus ihren Kindertagen war die Todesangst wieder wach geworden, der gleiche Schrecken, wie er sie schon gestern überfallen hatte, als sie mit Herzbeschwerden auf die Reise gegangen war und sich plötzlich in einen fahrenden Zug eingesperrt fand, und nun hatte ich sie zum erstenmal seit ihrer Ankunft allein gelassen, kein Mensch außer ihr war im Haus, und diese Todesangst kam wieder hoch und nahm ihr den Atem.

Sie hatte keinen anderen Ausweg gewußt, als Heinz-Peter anzurufen, er war ja kein schlechter Kerl und bis zuletzt doch immer lieb zu ihr gewesen, und er hatte ihr auch tatsächlich Mut zugesprochen. Aber natürlich wollte sie mir hernach nicht eingestehen, daß sie in ihrer Not ausgerechnet den Mann, der ihr den Laufpaß gegeben hatte, um Hilfe angegangen war.

Ja. Durchaus möglich. Möglich allerdings auch, daß sie nicht Heinz-Peter, sondern Herrn Kruse angerufen hatte. Sie hatte ihm gesagt, heute könne sie das Haus noch nicht verlassen, aber es gehe ihr schon besser und morgen werde es wahrscheinlich klappen. Und welche Zeit denn am günstigsten sei für das Interview.

Am Ende wendete ich, während ich mit miserablen Karten zweimal hintereinander Edda rauszubluffen versuchte, was ihr insgesamt siebzehn meiner Scrabble-Steine einbrachte, ich wendete auch noch einen ganz anderen, einen neuen Gedanken hin und her, obwohl ich ihn auf Anhieb für eine reichlich törichte Illusion hielt. Vielleicht hatte Edda tatsächlich Herrn Kruse angerufen, aber nicht, um eine neue Verabredung mit ihm zu treffen, sondern um ihm abzusagen. Vielleicht hatte die Art, in der ihre Schwester sie aufgenommen hatte, sie umgestimmt. Sie hatte geschwankt, doch am Ende sich zu einem Verzicht durchgerungen. Sie hatte auf den Triumph verzichtet, ihrer kleinen Schwester einmal, nur ein einziges Mal im Leben, zu beweisen, daß sie ihr gewachsen war und daß man mit ihr, mit Edda, nicht ungestraft so umspringen konnte, als sei sie ein schlechterer Mensch als die anderen.

Als ich bei dem folgenden Spiel mir noch nicht einmal neue Karten geben ließ, sondern sofort paßte, sagte sie: »Wir können ja auch mal aufhören. Ich kann noch ein bißchen lesen oder irgendwas anderes tun.«

»Warum? Hast du keine Lust mehr?«

»Doch. Aber vielleicht möchtest *du* ja lieber was anderes tun.«

Es war ein faires Angebot, und wenn ich es angenommen hätte, wäre ich vielleicht gerade noch rechtzeitig aus dem Zimmer gekommen. Aber ich sagte: »Ach wo, ich spiele doch gern mit dir«, setzte neu, nahm die Karten, und während ich noch mischte, klingelte das Handy. Ich erschrak, als hätte ich jede Minute eine Hiobsbotschaft zu erwarten, griff ein wenig fahrig nach dem Apparat und meldete mich.

418

Es war keine Hiobsbotschaft, aber es war Angelika Verweyen. Sie sagte: »Hallo, du alter Verführer.«

Ich sagte: »Hallo.«

»Ich hatte gedacht, du meldest dich mal?«

»Tut mir leid.« Mir war klar, daß ich besser hinausgehen und dieses Gespräch unter vier Ohren fortführen würde, aber ich wollte Edda nicht auch noch mit der Nase darauf stoßen, daß da jemand am Apparat war, von dem niemand etwas wissen durfte. Ich sagte: »Aber es war nicht möglich.«

»Du flunkerst doch!« Sie lachte. »Oder brauchst du so lange, bis du dich von mir erholt hast?«

»Nein. Natürlich nicht.«

»Das wäre aber auch sehr schade.« Unvermittelt flüsterte sie: »Ich hab nämlich Sehnsucht nach dir! Schon lange!«

»Ja.« Ich räusperte mich. » Ja, natürlich.«

Sie schwieg einen Augenblick lang. Dann fragte sie: »Sag mal, bist du nicht allein?«

»Nein. Das heißt, ja.«

»Warum sagst du das denn nicht gleich? Ich hab dir doch gesagt, wenn ich anrufe und du kannst nicht reden, dann sag irgendwas, sag einfach: ›Nein, ich möchte doch noch mal meinen Steuerberater fragen‹ oder sowas. Warum tust du das denn nicht?«

»Ich hab nicht dran gedacht. Tut mir leid.«

»Nein, das tut *mir* leid. Ich wollte dich doch nicht in Verlegenheit bringen. Ich mach sofort Schluß. Aber ich denke an dich! Vergiß das nicht, hörst du?«

»Ja.«

Ich hörte einen Schmatz. »Ciao!«

»Ja. In Ordnung.«

Ich legte das Handy ab. Edda hatte unterdes nach dem Buch von Tina Georgi gegriffen, das neben ihr auf dem Bett gelegen hatte, und ein wenig darin geblättert. Ich nahm die Karten wieder auf und mischte. Sie legte das Buch zur Seite.

Ich verlor das Spiel, und das nächste auch.

Sie fragte: »Machen wir Schluß?«

Ich sagte: »Nein, nein.« Ich schob meinen Grundeinsatz in den Pott und begann wieder zu mischen.

Sie setzte. Dann sagte sie wie aus heiterem Himmel: »Viel hast du nicht von Lene, nicht wahr?«

Ich war völlig perplex. »Wie meinst du denn *das*?«

»Na ja, sie ist doch wirklich eingespannt. Das sieht man doch. Ich meine, viel Zeit für dich kann da ja gar nicht übrigbleiben. Und wenn sie Oberbürgermeisterin wird, dann wird es wahrscheinlich noch weniger.«

Ich sagte: »Aber nein, das siehst du wohl doch nicht richtig. Wenn sie das Amt übernimmt, dann hat sie ja ihre Stellvertreter. Dann kann sie die Arbeit verteilen, dann müssen die Stellvertreter ran. So wie Lene jetzt ran muß, verstehst du?«

Sie nickte, aber sie schien von dem, was ich ihr da erzählte, keineswegs überzeugt zu sein, was mich nicht wunderte, denn ich glaubte es ja selbst nicht. Sie warf einen Blick auf das Buch, dann sah sie mich an. »Warum machen Leute eigentlich so was? Ich meine, daß man dabei eine Menge zu tun bekommt, und vielleicht auch entschieden zuviel davon, das wissen sie doch im voraus?«

420

»Ja, natürlich wissen sie das im voraus. Aber irgendeiner muß es doch machen. Oder kannst du dir eine solche Stadt ohne Bürgermeister vorstellen?«

Sie zuckte die Schultern. »Weiß nicht.«

Ich sagte: »Und wer so etwas macht, der bringt natürlich auch den erforderlichen Ehrgeiz mit. Ich meine, er will es richtig gut machen, besser machen als die anderen.«

»Ehrgeiz, klar.« Sie seufzte, lehnte sich in ihr Kissen, glättete mit beiden Händen das Leintuch. »So hat das mit Howard auch angefangen. Erst die Tankstelle. Und dann hat er auch noch einen Truck übernommen, und danach hat er selbst einen gekauft, und mit diesen Kisten war er wochenlang unterwegs. Und ich hab nachts allein gelegen und hab den Eisenbahnzügen zugehört, wie sie im Vorbeifahren geheult haben, wie die Tiere haben die geheult, wirklich. Oder wie einer, der stirbt und vor lauter Angst heult wie ein Tier, ziemlich weit weg in der Nacht, aber so laut, daß du dir die Ohren zuhalten kannst, und du hörst es trotzdem noch.«

Sie sah mich an. »Jetzt hör mal auf mit dem Mischen, sonst mischst du die Karten noch kaputt.« Ich legte die Karten vor sie, aber sie hob nicht ab.

Sie sagte: »Es geht mich nichts an, aber ich hab mich gewundert. Darüber, daß ihr getrennte Schlafzimmer habt. Ihr steht doch beide noch im Saft, meine ich. Lene ist doch noch nicht alt, und du«, sie lächelte, »na ja, ich hab nicht den Eindruck, daß du jenseits von Gut und Böse bist.«

Ich sagte: »Es geht dich tatsächlich nichts an. Aber ich schnarche, verstehst du. Ich schnarche manchmal so gräßlich, daß jemand, der neben mir liegt, kein Auge zutun

421

kann. Und das ist bei dem Job, den Lene hat, nun mal tödlich. Sie kann nicht, wenn sie irgendwo die Stadt repräsentiert, zwischendurch mal eben einnicken.«

»Klar. Hast du mir auch schon mal erzählt, glaube ich.« Sie nickte, dann sagte sie: »Aber wenn Lene die Wahl verlieren würde, ich meine, wenn sie ihren Job loswürde... glaubst du, daß sie dann in dein Schlafzimmer, also in euer Schlafzimmer, daß sie dann also zurückkäme? Ich meine, dann müßte sie ja nicht mehr unbedingt die ganze Nacht durchschlafen.«

Ich sagte: »Herrgott noch mal, findest du denn kein interessanteres Thema als unser Schlafzimmer? Woher soll ich denn wissen, was Lene tut, wenn sie die Wahl verliert! Außerdem verliert sie die nicht, darauf kannst du dich verlassen!« Ich wies auf die Karten: »Und jetzt heb endlich mal ab!«

Sie hob ab. Ich teilte die Karten aus, sie nahm zwei neue. Ich betrachtete mein Blatt, überlegte lange, konnte mich nicht entscheiden, mit wieviel neuen Karten ich die größten Chancen haben würde, dieses Blatt zu verbessern. Schließlich nahm ich ebenfalls zwei neue und griff damit prompt daneben.

Ich wartete darauf, daß Edda mit dem Bieten anfangen würde, aber sie schwieg, starrte regungslos in ihre Karten. Ich sah sie verwundert an. Sie spürte anscheinend den Blick, hob die Augen und sah mich an.

Sie fragte: »Bin ich tatsächlich so häßlich?«

»Was soll denn *das* jetzt? Entschuldige, aber jetzt komme ich wirklich nicht mehr mit!«

Sie nickte, senkte den Blick wieder auf ihre Karten. Ich

war mir nicht sicher, aber ich glaubte zu sehen, daß ihre Augen naß wurden.

Ich sagte: »Also, wenn das wichtig ist, kann ich dir sagen, daß du absolut nicht häßlich bist. Aber das weißt du auch selbst. Und ich hab dir's schon einige Male gesagt. Wahrscheinlich hast du's bloß vergessen. Ich hab dir Komplimente gemacht, und vielleicht hab ich dir irgendwann sogar ausdrücklich gesagt, daß du eine attraktive Frau bist. Und das bist du auch noch immer, trotz deiner Jahre. Und das ist kein Schmus, ich mach dir nichts vor.«

Sie lächelte mich an, nickte, doch dann senkte sie den Blick wieder. »Aber trotzdem hast du nie was von mir gewollt. Hast dich nie auf was eingelassen mit mir. Und ich hab dir doch oft genug zu verstehen gegeben, daß du mich haben konntest. Aber du bist nie darauf eingegangen.«

»Also, Edda, wirklich!« Ich stand auf, dann setzte ich mich wieder. Ich sagte: »Liebe Edda, ich bin ja nun mal mit Lene verheiratet! Ich war schon mit ihr verheiratet, als ich dich zum erstenmal gesehen habe! So gut wie verheiratet, jedenfalls. Geht das denn gar nicht in deinen Kopf rein, in deinen... deinen pommerschen Dickschädel, verdammt noch mal!«

Sie sah mich an. »Soll das etwa heißen, daß du Lene nie fremdgegangen bist?«

Ich stand auf. »Also entschuldige, Edda, aber das geht nun wirklich ein bißchen zu weit! Denkst du das nicht auch?«

»Sorry.« Sie zog ein Taschentuch unter ihrem Kissen hervor, fuhr damit über die Augen, wischte sich die Nase. »Aber mir brauchst du eigentlich nichts vorzumachen.

Daß mit Lene und dir alles in Ordnung ist, das glaubst du doch selbst nicht. Und du kannst mir auch nicht erzählen, daß du mit der Frau, die da eben angerufen hat, noch nie was hattest. Was Richtiges.«

Ich holte Luft, sie hob abwehrend die Hand. »Reg dich nicht auf, bitte! Ja, ja, das geht sicher ein bißchen zu weit, was ich da gesagt habe. Das geht mich alles nichts an, ich weiß.« Sie fuhr sich noch einmal mit dem Taschentuch über die Augen. »Ich war bloß... ich war halt ziemlich enttäuscht, weil ich das Gefühl hatte, daß du mir was vormachst. Schon wieder was vormachst.«

Ich sagte: »Was soll *das* denn heißen, zum Teufel noch mal?! Und wieso *schon wieder*?«

Sie fragte: »Erinnerst du dich nicht? Du hast mir doch auch verheimlicht, daß Lene Oberbürgermeisterin werden will.«

Ich schüttelte heftig den Kopf. »Ich hab dir doch erklärt –«

»Ja, ja, ist ja gut, ist ja gut!« Sie hob wieder die Hand, ließ sie sinken. »Ich war nur... ich hab halt nie für möglich gehalten, daß du mir etwas vormachen würdest. Ausgerechnet du.«

»Okay, okay, und wenn du recht hättest?« Ich fixierte sie. »Wie ist das denn mit *dir*? Hast *du mir* etwa noch nie was vorgemacht? Heute zum Beispiel?« Ich zögerte, aber ich brachte es am Ende dann doch nicht über mich, sie in die Enge zu treiben. Ich fügte hinzu: »Oder irgendwann sonst?«

Sie schwieg einen Augenblick lang, dann streckte sie die Hand aus. »Komm, Raimund! Laß uns aufhören damit!

Ich wollte dir wirklich nichts vorwerfen. Und ich wollte meine Nase auch nicht in Sachen stecken, die mich nichts angehen. Komm, mein Lieber!« Sie lächelte. »Es dauert ja auch nicht mehr lange, dann bist du mich los. Komm!«

47

Am nächsten Tag, das war der Mittwoch, ist Daniel zu Besuch gekommen. Birgit rief an, nach der Mittagszeit, und sagte, er gebe keine Ruhe, er habe schon gestern dauernd gefragt, wann sie denn endlich die Tante Edda besuchen werde, er wolle dann nämlich mitfahren und selbst mal nach ihr sehen, die freue sich bestimmt auch, wenn ein Kind zu ihr komme, die hätte ja selbst gar keine Kinder gehabt und jetzt sei sie zu alt dafür.

Das mit den Kindern, sagte Birgit, sei dummerweise auch noch ihr selbst herausgerutscht, aber sie habe wirklich alles getan, um ihm den Besuch auszureden. Bloß sei jetzt Clara, mit der sie telefoniert habe, der Meinung gewesen, es werde Edda wahrscheinlich sogar guttun, wenn Daniel ihr ein bißchen Gesellschaft leiste, und das gleiche habe Mama gesagt, mit der sie eben auch noch gesprochen habe, zufällig.

Ich sagte, na, wenn das zufällig so sei und diese beiden Kapazitäten zufällig auch noch übereinstimmten, dann verstünde ich nicht, warum sie sich noch nicht mit Daniel auf den Weg gemacht habe, und sie fragte, ob ich jetzt etwa beleidigt sei, und ich antwortete, aber nein und wie sie denn bloß auf so etwas komme. Sie sagte, natürlich habe sie nicht vorgehabt, Daniel ohne mein Einverständnis vorbeizubringen, deshalb rufe sie ja auch an, und natürlich habe sie auch fragen wollen, ob Tante Edda so einen Besuch überhaupt haben möge.

Ich sagte, das sei tatsächlich keine schlechte Idee und ich würde Edda mal fragen, ich fragte Edda, und sie war hocherfreut darüber, daß sie endlich Daniel kennenlernen sollte. Ich gab diesen Bescheid an Birgit weiter, und eine halbe Stunde später stand Daniel mit einem kleinen Blumenstrauß vor der Haustür, neben ihm seine Mutter, die eine Plastiktüte mit dem Signet einer Buchhandlung an der Hand hielt, ich vermutete, daß das Buch darin nicht eigens für Edda gekauft worden, aber so gut wie neu war, vielleicht hatte Birgit es zum Geburtstag geschenkt bekommen.

Ich brachte die beiden zu Edda. Daniel trat ein wenig beklommen an ihr Bett, überreichte ihr die Blumen und ließ sich ohne Widerstand in den molligen Arm nehmen und an den großen Busen drücken, ich fragte mich, ob mein Enkel sich ähnlich fühlte wie ich in seinen Jahren, wenn eine ausgewachsene Frau wie Edda mich an sich zog und mich herzte. Ich habe es nicht bei jeder gemocht, und bei einer entfernten Tante, die einen gallenbitteren Mundgeruch hatte und sehr mager war, habe ich mich, sobald sie es versuchte, sogar gesträubt und stocksteif gemacht. Aber bei anderen, bei einem bestimmten, fleischigen Typ, dem mehr oder weniger auch Edda angehört, war ich davon sehr angetan, der weiche Körper, der warme Geruch, die Feuchtigkeit der Lippen faszinierten mich.

Nachdem Daniel sich dann doch von Eddas Brust gelöst hatte oder vielleicht auch sanft davon getrennt worden war,

überreichte Birgit ihrer Tante das in Geschenkpapier ein-
gepackte Buch, sie sagte, Rudi habe es besorgt, was sie sich
mit Sicherheit ausgedacht hat, um Edda den Eindruck zu
vermitteln, die ganze Familie nehme Anteil an ihrer
Krankheit. Edda packte das Geschenk aus, es war ein
kürzlich erschienener Roman, der diverse erstklassige
Empfehlungen geerntet hat, von dem ich mir aber nicht
sicher bin, ob Edda ihn, wenn sie ihn läse, nicht für Kokolores hielte. Vielleicht hat auch Birgit ihn für Kokolores gehalten und sich deshalb entschieden, das Geschenk an ihre
Tante weiterzureichen.

Edda war sehr gerührt, sie bedankte sich herzlich für das
schöne Buch und natürlich noch ein bißchen mehr für die
wunderschönen Blümchen. Ein paar Minuten später verabschiedete Birgit sich, sie sagte, sie müsse noch etwas erledigen, aber sie werde, wenn es recht sei, Daniel in etwa
einer Stunde abholen. Edda sagte: »Ja, ja, aber von mir aus
kann er gern länger bleiben!«

Ich begleitete Birgit zur Haustür, sie wollte auch noch
mein Urteil über Eddas Gesundheitszustand und die
Chancen ihrer Wiederherstellung hören, und nachdem ich
alle ihre Fragen beantwortet hatte, soweit mir das unum-
gänglich erschien, setzte sie sich in ihr Auto und kutschierte davon. Ich war auf dem Weg in die Küche, um Daniels Blumen zu versorgen, als ich aus dem Obergeschoß
seine Stimme hörte: »Opa! Opa?!«

»Ja, was ist denn? Hier bin ich!«

Er erschien am oberen Ende der Treppe, kam zwei Stufen hinunter, zwängte sein Gesicht zwischen die Gelän-
derstäbe und sagte: »Zweiundachtzig!«

»Zweiundachtzig?« Ich begriff erst mit einer Verzögerung, was er meinte; er hatte Edda den Puls gemessen. »Ah ja. Zweiundachtzig, sagst du?«

»Ja. Ich hab's zweimal gemacht.«

Ich sagte: »Das brauchst du aber nicht. Einmal genügt auch.«

»Beim erstenmal hat Tante Edda angefangen zu lachen.«

»Warum denn das?«

»Sie hat gesagt, ich hab sie am Arm gekitzelt.«

»Nicht zu fassen.« Ich schüttelte den Kopf. »Dann sag ihr mal, sie muß sich bei einer Untersuchung ein bißchen zusammenreißen, sonst geht das nicht.«

Er zog sein Gesicht zurück, sprang die beiden Stufen empor, kam noch einmal zurück, lugte wieder durch das Geländer. »Ist zweiundachtzig okay?«

Ich nickte. »Ja, ja. Das ist nicht schlecht.«

Er verschwand, ich hörte ihn in Eddas Zimmer laufen.

Ich ging in die Küche, setzte Milch auf, dann suchte ich eine passende Vase aus, kürzte die Stengel der Blumen ein wenig, ordnete die Blumen in die Vase. Es war ein hübscher Strauß. Ich warf einen Blick ins Spind und fand eine noch verschlossene Blechdose mit Gebäck; einen Teil des Gebäcks, nicht zuviel, legte ich auf einen Teller. Unterdessen begann die Milch zu brodeln, ich gab Fertigkakao in zwei Becher, goß die Milch darüber und rührte kräftig. Die beiden Becher, das Gebäck und die Blumen stellte ich auf ein Tablett, mit dem ich nach oben ging.

Auf der Treppe hielt ich ein. Ich hörte Daniel sprechen, aber Edda schien keine Antwort zu geben. Ich ging langsam ein paar Stufen höher, lauschte, und dann wurde mir klar, daß er Edda ein Märchen erzählte und daß Edda offenbar aufmerksam zuhörte, ohne ihn zu unterbrechen.

Ich stellte das Tablett behutsam auf der obersten Treppenstufe ab, ließ mich daneben nieder. Vorsichtshalber prüfte ich mit der Hand die Temperatur der Becher, aber der Kakao war offenbar noch glühend heiß, viel zu heiß, um ihn zu trinken. Ich lauschte.

Ich hörte Daniel erzählen, daß im dritten Winter wieder Schnee fiel und auch der kleine Hase wiederkam, daß der kleine Hase aber nicht mehr über den Baum hinüberspringen konnte, sondern um ihn herumlaufen mußte, so viel war der Baum nämlich schon gewachsen. Offenbar erzählte er ihr Andersens Geschichte vom Tannenbaum, und ich war gespannt, wie er mit den Verwicklungen dieses Märchens fertig werden würde, aber er geriet kein einziges Mal ins Stocken.

Er erzählte Edda vom Wind und vom Tau und von der Sonne und dem Regen, die dafür sorgten, daß der Baum immer weiterwuchs, und wie dann zur Weihnachtszeit, aber das war schon wieder ein Jahr später oder noch später, da waren die Holzfäller gekommen und hatten den Baum abgeschlagen, weil er der schönste von allen geworden war, und Daniel erzählte Edda, daß die Axt dem Baum sehr weh getan hatte, aber daß es ihm danach wieder gutging, weil die Diener und die Fräulein ihn in dem schönen großen Saal aufgestellt und geschmückt hatten, mit einem goldenen Stern auf der Spitze und Lichtern und Äpfeln und kleinen Netzen voll Walnüssen und Zuckerwerk.

Mir ging die Frage durch den Kopf, ob ich noch einen Apfel holen und auf das Tablett legen sollte, aber was dann mit den Walnüssen wäre und ob er die nicht um so mehr vermissen würde, und ich kam auch auf eine Antwort, die Antwort lautete, daß er weder die Äpfel noch die Walnüsse auf dem Tablett brauchte, denn er sah sie ebenso wie den Tannenbaum vor Augen, er sah sie in seiner Phantasie und roch sie und konnte sie sogar zwischen seinen Fingerspitzen fühlen, und womöglich ging es seiner Zuhörerin nicht anders.

Unterdessen war er bei den Kindern angelangt, die um den Christbaum herumtanzten, und wie sie dann den kleinen dicken Mann herbeizogen und riefen: »Eine Geschichte, eine Geschichte!«, und der kleine dicke Mann setzte sich unter den Baum und erzählte den Kindern die Geschichte von Klumpe-Dumpe, der die Treppe hinunterfiel und trotzdem die Prinzessin bekam. Aber noch in dieser Weihnachtsseligkeit kündigte sich an, was zu befürchten war, nämlich das bittere Ende.

Ich hörte ihn erzählen, wie die Kinder den Baum geplündert und wie schon bald darauf die Diener ihn auf den Boden geschleppt und ihn in einen dunklen Winkel geworfen hatten, und daß er froh sein mußte, daß ihn dort die kleinen Mäuse besuchten, denen er seine Lebensgeschichte erzählen konnte, aber dann kamen auch die zwei Ratten, die waren ganz unverschämt, die fanden seine Geschichte überhaupt nicht gut, sie fragten, ob er keine bessere kenne, keine Speisekammergeschichte oder vielleicht eine nur von Speck, und als der Baum nein sagte, erwiderten sie: »Na, dann bedanken wir uns!« und ließen ihn wieder allein.

Ja, und dann waren eines Tages wieder die Diener gekommen, sie hatten den Boden leer geräumt und hatten den armen Baum auf den Hof geworfen, doch das machte ihm nichts aus, denn da war gerade Sommer, und die anderen Bäume hatten grüne Blätter und die Rosen rote, die Sonne schien, und er hatte gedacht, jetzt fängt sein Leben von neuem an. Bloß stimmte das gar nicht, denn jetzt war der Knecht gekommen, und der hatte den Tannenbaum in lauter kleine Stücke gehackt, und die hatte er unter den Braukessel geschoben und angezündet, und der Baum seufzte, während er Stück um Stück verbrannte, und jeder Seufzer klang, als hätte jemand geschossen, deshalb riefen die Kinder, die auf dem Hof spielten, jedesmal »Piff! Paff!«, aber nun war es mit dem Baum auch schon bald vorbei.

Den letzten Satz des Märchens erzählte er wortgetreu so, wie er bei Andersen geschrieben steht: »Vorbei, vorbei – und so geht es mit allen Geschichten!«

Ich hörte den tiefen Seufzer, den Edda ausstieß, und dann sagte sie: »Das hast du aber ganz wunderbar gemacht, was bist du nur für ein kleiner Pfiffikus!« Gleich darauf hörte ich einen lauten Schmatz, wahrscheinlich hatte sie sich ihn wieder gegriffen und ihm eine Belohnung verabreicht. Ich hob mein Tablett auf und balancierte es zu den beiden ins Gästezimmer. Daniel hatte bei seinem Vortrag offenbar Durst bekommen, er war dabei, in langen Zügen Eddas Glas mit Apfelsaft leer zu trinken, Edda sah ihm mit glücklichem Lächeln zu, dann wandte sie sich zu mir.

»Stell dir vor, er hat mir ein Märchen erzählt. Ein ganzes Märchen, alles aus dem Kopf!«

»Ja, das kann er, das macht er wirklich sehr gut.« Ich

stellte mein Tablett auf Eddas Bett-Tischlein. Daniel äugte auf den Kakao und auf das Gebäck, dann fragte er: »Für wen ist das?«

Ich sagte: »Das ist für Tante Edda und für dich.«

Edda sagte: »Aber du kannst meinen Kakao auch trinken, Danielchen. Entschuldige, Raimund, aber ich bin gar nicht so versessen darauf.« Sie reichte Daniel die Gebäckschale, er griff zu, stopfte sich das erste Plätzchen in den Mund, und dann gab sie ihm einen der beiden Becher, er goß den Kakao hinterher, ich sagte: »Langsam, langsam! Es nimmt dir ja keiner was weg!«

Er nahm den Becher von den Lippen, behielt ihn jedoch in der Hand.

Sie sagte: »Aber das hat er sich auch verdient, das war doch sehr anstrengend. Und so schön!« Sie lächelte ihn an. »Ein so schönes Märchen.« Sie wandte den Blick zu mir. »Nur leider auch ein bißchen traurig.«

Ich sagte: »Ja. Aber so geht das nun mal mit allen Geschichten. Vorbei, vorbei.«

Daniel fühlte sich offenbar aufgefordert, das Zitat zu belegen. Er sagte: »›Vorbei! vorbei!‹ sagte der arme Baum.«

»Nun hör dir das an!« Sie schüttelte den Kopf. »Der kann das alles auswendig!« Sie faßte ihn am Arm, rüttelte ihn ein wenig. »Kannst du etwa noch mehr davon aufsagen?«

Er nickte und fuhr ohne Zögern fort: »Danach hat der Baum gesagt: ›Hätte ich mich doch gefreut, als ich es noch konnte! Vorbei! Vorbei!‹«

Er stopfte das nächste Plätzchen in den Mund, trank seinen Becher leer, und bevor Birgit kam, um ihn abzuholen, hatte er noch ein paar Plätzchen mehr gegessen, er hatte Edda ausführlich nach ihren Beschwerden befragt, darüber nachgedacht und auch Eddas Kakao getrunken. Nachdem das vollbracht war, sagte er, er habe Durst und ob er noch Apfelsaft haben könne. Ich sagte, das lasse er jetzt mal besser, sonst bekomme er Bauchweh, und Edda goß ihm von dem stillen Wasser in ihr Glas, er leerte auch das. Alle waren zufrieden, als er mit Birgit nach Hause fuhr.

48

Am nächsten Morgen stieg Edda zum Frühstück hinunter, allerdings erst, nachdem Lene das Haus verlassen hatte. Clara hatte ihr noch einmal nahegelegt aufzustehen, auch zum Frühstück, und dabei das Treppensteigen zu üben, unter anderem der Durchblutung wegen, und Edda hatte geantwortet, ja, sie werde das auf jeden Fall versuchen, aber vorher würde sie sich doch gern noch einmal herumdrehen und noch ein Mützchen Schlaf nehmen, wenn das keine besonderen Umstände mache. Ich sagte, das mache überhaupt keine Umstände, ich würde halt ein Gedeck mehr auf den Tisch stellen und nachher eins mehr herunternehmen.

Es kamen dann aber doch ein paar Umstände hinzu, mit denen ich nicht unbedingt gerechnet hatte. Ich half Edda, und wir brauchten ziemlich lange, um die Treppe hinunterzusteigen, und noch ein wenig länger, um wieder hinaufzukommen, Edda tat für jede Stufe zwei Schritte, nach jeder vierten oder fünften Stufe legte sie eine Pause ein, und sobald wir uns wieder in Bewegung setzten, lastete sie mit dem Arm, den sie um meine Schulter gelegt hatte, so schwer auf mir, daß ich manchmal fürchtete, das Gleichgewicht zu verlieren.

Sie sagte, ich hätte Glück, daß ich nicht mir ihr verheiratet sei, sonst bekäme ich echt was zu tun. Ich sagte, sie solle keinen Unsinn reden, genausogut könne es nämlich mir passieren, daß ich mal jemanden brauchte, und nicht nur mir, das könne bekanntlich jedem passieren, und zwar jederzeit, aber das gehe ja auch wieder vorüber. Sie sagte, sicher, da hätte ich wohl recht, und sie hoffe wirklich, daß sie sich morgen schon wieder besser bewegen könne, das sei ja vor allem Übungssache. Ich sagte, ja, das sei es ganz gewiß.

Während sie frühstückte, holte ich mein Notizbuch an den Tisch und schrieb mir auf, was ich einkaufen mußte, das Brot ging zu Ende, der Kaffee und dies und das. Ich fragte sie, ob sie irgendeinen Wunsch habe, und sie sagte, nein, sie habe doch wirklich alles, was sie brauche. So gut sei es ihr schon ewig lange nicht mehr gegangen. Ich mochte sie nicht an Heinz-Peter erinnern und daran, daß ihre schöne Zeit mit ihm doch erst vor drei Wochen beendet worden war, jedenfalls nach dem, was ich von ihr selbst darüber erfahren hatte.

Ich sagte, ich würde gern auf einem Weg auch das Paket abholen, das ich verpaßt hatte, aber das könne zusammen mit dem Einkaufen eine Weile dauern. Und ob ich sie eventuell anderthalb oder vielleicht sogar zwei Stunden allein lassen könne.

Sie sagte, aber sicher. Sie werde ein bißchen lesen und ein

bißchen schlafen. »Und vielleicht auch ein bißchen träumen.« Sie lachte. »Das darf ich doch, oder, Herr Doktor? Ich hab gehört, das soll auch für den Kreislauf gut sein.«

Ich sagte, ich hätte nichts dagegen.

Es war fast halb elf, als ich sie hinaufgebracht hatte. Um halb eins kam ich mit meinen Einkäufen und dem Paket zurück, einem nicht sehr großen Pappumschlag, den der Idiot von Postbote sicher auch in den Briefkasten hätte stecken können. Ich hätte das Paket am liebsten gleich vor dem Schalter, an dem es mir ausgehändigt wurde, geöffnet, um schon mal einen Blick auf das Werk des Multatuli zu werfen, das seinem Verfasser soviel Ärger und Kummer eingebracht hat.

Als ich die Haustür hinter mir geschlossen hatte, rief ich: »Edda? Ich bin wieder da. Ich räum nur gerade die Sachen weg.«

Ich lauschte, aber ich hörte keine Antwort. Wahrscheinlich schlief sie. Ich trug meine Einkäufe in die Küche, räumte sie in Kühlschrank und Spind. Als ich damit fertig war, trat ich in die Diele, lauschte wieder. Von oben war nichts zu hören. Ich überlegte, daß es nicht viel Sinn machte, wenn ich sie im Schlaf störte. Ich ging mit dem Paket ins Wohnzimmer, setzte mich in meinen Sessel und wollte die Bücher auspacken, als mein Blick aufs Telefon fiel.

Der Hörer war wieder in der falschen Richtung aufgelegt worden. Das Kabel hing an der rechten Seite herunter.

Ich legte das Paket auf den Sofatisch, ließ mich zurücksinken, starrte auf das Telefon.

Es gab wenig Zweifel daran: Sie hatte mich, als ich ihr

heute morgen auf der Treppe geholfen hatte, absichtlich getäuscht. Wenn sie tatsächlich so schlecht zu Fuß gewesen wäre, wie ich es hatte glauben müssen, dann hätte sie sich nie und nimmer allein auf die Treppe gewagt. Es sei denn, das Telefongespräch, das sie hatte führen wollen, war so unaufschiebbar, daß sie dafür einen schweren Sturz in Kauf genommen hätte. Aber es gab ja nichts, was sie hätte regeln müssen. Das hatte sie selbst mir doch gesagt. »So wichtige Geschäfte hab ich leider nicht. Kann alles warten.«

Und dieses verdammte Weib hatte mir vorgeworfen, daß ich ihr nicht die Wahrheit sagte!

Ich stand auf, ging ohne weiteren Verzug hinauf ins Obergeschoß. Ich wußte nicht, was ich ihr sagen, was ich ihr um die Ohren schlagen wollte, aber ich war sehr wütend, und das sollte sie wissen. Ich fühlte mich auf niederträchtige Art hintergangen, nein, zum Narren gehalten, und sie erwartete doch wohl nicht, daß ich einen solchen Affront dezent übergehen und so tun würde, als sei ich dumm genug, ihn unbemerkt einzustecken.

Die Tür zu ihrem Zimmer stand offen. Ich trat ein, blieb wie angewurzelt stehen. Das Bett war leer. Die Kissen waren aufgeschüttelt, das Leintuch glattgezogen, das Bett sah aus wie unbenutzt. Ich zögerte einen Augenblick, aber dann entblödete ich mich nicht, die Tür ein wenig heranzuziehen, mich vorzubeugen und hinter der Tür nachzuschauen, als hielte ich es für möglich, daß Edda mit mir Versteck spielen wollte, und sie stünde hinter der Tür und stieße mir beide Hände mit Krallenfingern entgegen und machte »Huch!« und finge laut zu lachen an.

Sie stand nicht hinter der Tür. War sie etwa schon abge-

436

reist? Der Teufel mochte wissen, wohin, aber was wußte
man schon bei dieser Frau.

Erst dann entdeckte ich den Koffer, er stand wie zuvor
neben dem Schrank. Ich klappte den Deckel zurück. Die
Wäsche lag darin, auch der dünne Pulli und einiges andere,
das ich beim Auspacken gesehen hatte, ich konnte keine
Veränderung feststellen.

Während ich noch in den Koffer starrte, überfiel mich
jäh ein Frösteln. Ich schloß den Koffer, wandte mich
zurück, ging langsam hinaus und zum Badezimmer. Die
letzten Schritte lief ich, ich packte die Klinke und wollte
daran rütteln, aber die Tür gab nach, sie war nicht ver-
schlossen.

Edda war nicht im Badezimmer. Sie lag auch nicht leb-
los hinter dem Duschvorhang. Ich ging hinaus auf den
Flur, rief: »Edda?! Edda, wo bist du denn, verdammt noch
mal!« Dann begann ich das ganze Haus zu durchsuchen,
nach dem Erdgeschoß auch den Garten. Als ich im Keller
war, hörte ich die Hausklingel anschlagen. Ich lief hinauf,
öffnete die Haustür.

Vor mir stand Edda, auf einen dunkelhaarigen Mann in
Jeans und einer schwarzen Lederjacke gestützt, er hielt sie
um die Hüfte gefaßt, sie hatte den Arm über seine Schulter gelegt. In der anderen Hand trug sie eine bunte Plastiktüte.

Sie lächelte mich ein wenig zaghaft an. Dann sagte sie:
»Tut mir schrecklich leid, Raimund! Ich wollte vor dir zu
Hause sein. Aber es hat nicht geklappt.«

Der Mann sagte: »Arme Frau hat Pech gehabt. Fuß kaputt.«

Ich sah das Taxi, das vor der Gartenpforte stand. Ich sagte: »Ja, okay, danke schön. Dann lassen Sie mich mal.« Ich nahm Edda die Plastiktüte ab, faßte sie auf der anderen Seite unter den Arm und brachte sie zu dem Stuhl in der Diele. Sie hinkte offenkundig, stützte sich jedesmal, wenn sie mit dem linken Fuß auftreten mußte, bleischwer auf mich.

Als ich mich umwandte, um die Haustür zu schließen, stand der Mann noch immer davor. Ich sagte: »O ja, Entschuldigung, wieviel bekommen Sie?«

Er sagte: »Bekomme gar nix. Frau hat schon bezahlt.« Er sah besorgt auf Edda, dann sah er mich an. »Wenn du willst, ich helfe. Mussen Treppe rauf?«

»Ja, aber das geht schon. Danke sehr!« Er rührte sich nicht, sah wieder auf Edda. Ich zog mein Portemonnaie, holte einen Schein heraus und reichte ihn ihm.

Er schüttelte den Kopf. »Brauchen nicht bezahlen. Frau hat schon bezahlt.« Er nickte Edda zu, setzte ein breites Lächeln auf und sagte: »Wunsche gute Besserung! Kennen bald wieder laufen, paß mal auf!«

Edda erwiderte das Lächeln, sie sagte: »Danke! Vielen Dank!«

Ich schloß die Tür, sah mir den Fuß an. Rings um das Gelenk gab es eine leichte Schwellung, aber der Fuß ließ sich bewegen, es war offenbar nichts gebrochen.

Ich sagte: »Steh auf. Ich bringe dich ins Bett.«

Als wir auf der Treppe waren, bedauerte ich es, den Taxifahrer fortgeschickt zu haben. Zu zweit hätten wir mit Edda zwar nicht auf die Treppe gepaßt, es sei denn, wir hätten sie an Armen und Beinen hinaufgeschleppt, aber der Mann war jünger und stärker als ich, er hätte sich wahrscheinlich leichter getan, sie Stufe um Stufe nach oben zu schieben. Als sie auf dem Bett lag, tastete ich hinter mich nach dem Lehnstuhl, zog ihn heran und ließ mich hineinsinken.

Ich sagte: »Laß mich einen Augenblick hier sitzen. Dann versorge ich deinen Fuß.«

»Das geht auch schon wieder.« Sie blickte auf den Fuß, den ich hochgelegt hatte, bewegte ihn ein wenig. »Es tut nur weh, wenn ich auftrete.«

Ich fragte: »Wie ist das passiert?«

Sie sah mich an. »Ich hab ihn mir umgeschlagen. An der Gehsteigkante.«

Ich sah sie schweigend an.

Sie sagte: »Ich bin in die Stadt gefahren. Hab mir ein Taxi gerufen, als du weg warst.« Sie tastete unter das Kopfkissen, zog ein Taschentuch hervor, wischte sich den Schweiß vom Gesicht und vom Hals. »Ich weiß, ich hätte das nicht tun sollen. Aber ich wollte doch unbedingt was für den Kleinen besorgen. Eine Überraschung. Und du hättest bestimmt gesagt, das geht nicht, das ist noch zu früh, und ich muß erst mal im Haus herumgehen können.«

Sie sah mich ein wenig beklommen an. Ich fragte: »Und wo bist du gewesen?«

»Ich hab dem Taxifahrer gesagt, er soll mich zum besten Spielwarengeschäft bringen. Aber die hatten nichts, was mir gefallen hat. Ich wollte ja ein schönes Spiel haben für ihn. Ein Gesellschaftsspiel. Vielleicht war auch der Verkäufer zu blöd, ein Schnösel, der hat mir lauter solche Spiele gezeigt, wo gekämpft wird und geschossen oder im

Weltraum herumgefuhrwerkt. Und so Roboterzeug. Deshalb hab ich mir das nächste Taxi rufen lassen und bin in ein anderes Geschäft gefahren. Und da hab ich dann auch was gefunden.«

Sie lächelte. »Beinahe hätte ich eins genommen, das heißt *Schweinsgalopp,* da rennen Schweine um die Wette, und zur Belohnung gibt's Möhren oder so was. Aber dann hab ich gedacht, das ist zu einfach für ihn, und deshalb hab ich ein anderes genommen, *Canyon,* da sind die Spieler Indianer, die mit ihren Kanus durch einen alten Canyon fahren, um die Wette, klar. Aber ich hab mir gedacht, dabei kann er vielleicht auch noch was lernen, der kleine Pfiffikus.«

Sie sah mich an, wartete auf eine Antwort. Ich stand auf. Sie sagte: »Wenn du nachher mal runtergehst, kannst du es ja mitbringen und dir ansehen. Es ist in der Plastiktüte, ich hab sie mit meiner Tasche neben den Stuhl gestellt.«

Ich sah mir ihren Fuß genauer an. Sie sagte: »Autsch!«, als ich das Gelenk abtastete, aber die Schwellung war nicht stärker geworden. Ich fragte sie, wann das passiert sei.

»Wie meinst du das? Vorhin, als ich unterwegs war.«

»Das weiß ich. Aber wann genau?«

»Ich hab nicht auf die Uhr gesehen. Aber das war, als ich vor dem zweiten Geschäft ausgestiegen bin, ich bin falsch auf die Gehsteigkante getreten, und da war es passiert.« Sie seufzte. »Vielleicht war ich zu hastig. Ich wollte doch vor dir zu Hause sein.«

»Aber danach hast du dir noch die Spiele zeigen und erklären lassen und das mit den Indianern ausgesucht?«

»Ja, klar. Ich wollte doch nicht umsonst gefahren sein.«

440

Ich sagte: »Okay, es sieht so aus, als hättest du Glück gehabt. Du hast dir den Fuß verstaucht, aber kaputt ist
nichts.«

Sie atmete auf. »Na, Gott sei Dank! Vielleicht genügt es,
wenn ich ein bißchen Eis drauflege? Ich hab so was schon
mal gehabt, und da hat der Arzt mir gesagt, ich soll den
Fuß ein paarmal am Tag kühlen.«

Ich sagte: »Das würde ich im Augenblick nicht für emp-
fehlenswert halten.«

»Warum nicht?«

»Weil deine Durchblutung nicht die allerbeste ist. Ich
werde dir, wenn du einverstanden bist, eine Bandage an-
legen.«

Ich hatte vielleicht zu abweisend geantwortet. Sie sagte
ein wenig betroffen: »Natürlich bin ich einverstanden!
Entschuldigung!«

Nachdem ich ihr den Fuß bandagiert hatte, holte ich das
Spiel, das sie mir unbedingt zeigen wollte. Sie erklärte es
mir, und ich sagte, ich könne mir vorstellen, daß es Daniel
sehr gefallen werde. Sie fragte beglückt, aber ein wenig
zaghaft: »Ja, glaubst du?«

Ich sagte: »Darauf wette ich. Wenn sich eine Gelegenheit
findet, bringe ich es ihm vorbei, dann wirst du's sehen.«

Während wir das Spiel wieder einpackten, sagte sie: »Ich
hab's nicht nur wegen Daniel genommen.«

»Sondern?«

»Ich hab's auch wegen mir genommen.«

Ich sah sie verwundert an.

Sie lächelte. »Ich hab mit Howard mal so eine Fahrt gemacht. Rafting. Nicht mit dem Kanu, aber mit dem Floß.

Und durch einen Canyon. Auf dem Arkansas River, acht Leute an Bord und dazu der Floßführer. Du kannst dir nicht vorstellen, was für ein tolles Gefühl das ist, in dem wilden Wasser, manchmal siehst du nichts mehr vor lauter weißem Schaum, das fliegt wie Schnee durch die Luft, und du denkst dauernd, jetzt schlagen wir um und brechen uns sämtliche Knochen an den Felsen, und dann ersaufen wir auch noch. Aber auf einmal wird's wieder ganz ruhig, und wenn du emporschaust, dann siehst du ganz hoch oben zwischen den Wänden einen Streifen blitzeblauen Himmel.«

Ich sagte: »Ja. Ich hab das immer mal machen wollen. Aber die Zeit hat nie gereicht. Muß ein tolles Erlebnis sein. Und eine schöne Erinnerung.«

Sie nickte. »Ja.« Unversehens verzog sie den Mund. »Das heißt, ich hab es mir selbst verdorben.«

»Wieso?«

»Na ja, ich war's eigentlich nicht schuld, aber am Ende dann doch. Also, auf dieser Fahrt war so ein blondes Weib dabei, a real broad, you know, die hat mit allen Männern rumgemacht, auch mit dem Floßführer, mit dem besonders, na klar, das war der mit den dicksten Muskeln, sah aber auch wirklich gut aus, der Junge, blaue Augen und phantastische Zähne, auf den war sie besonders scharf, aber sie hat auch mit den anderen rumgemacht, auch mit Howard, mit ihm vielleicht bloß, weil sie mir eins auswischen wollte, ich weiß es nicht.«

Sie begann zu lächeln. »Jedenfalls hab ich am zweiten oder dritten Tag gedacht, Howard ist mit ihr hinter den Büschen gewesen, ich war so was von sauer, aber wahrscheinlich war er nur pinkeln, und sie hat sich ein paar Blackberrys gepflückt, egal was, ich hab Howard zusammengeschissen, der wußte gar nicht, wie ihm geschah«, sie lachte, »der arme Howard, der hätte sich doch nie getraut, so einem Weib zwischen die Füße zu gehen, na ja.« Sie seufzte. »Jedenfalls hab ich ihm und auch mir selbst den Spaß an dieser wunderbaren Fahrt versaut. Aber gründlich.«

Ich nickte. Nach einer Weile sagte sie: »Wie hat noch mal der Tannenbaum gesagt, du weißt schon, der mit dem Klumpe-Dumpe, hernach, als der Knecht ihn verbrannte?«

Ich sagte: »Der Tannenbaum, ja. Der hat gesagt: ›Hätte ich mich doch gefreut, als ich es noch konnte! Vorbei! Vorbei!‹«

Sie lachte. »Den Satz muß man sich merken, was denkst du?«

»Ja, weiß Gott. Den sollte man nie vergessen.«

49

Fast hätten wir es auf dem Umweg über den Arkansas River gemeinsam schon wieder verdrängt gehabt, daß sie so oder so schon wieder versucht hatte, mich hinters Licht zu führen. Aber während ich ihr zu Mittag den Wurstsalat zurechtmachte, den sie sich aus meinem Angebot ausgesucht hatte, wurde mir klar, daß auch das Geschenk für Daniel ein abgefeimter Trick sein konnte. Natürlich hatte sie ihn in ihr Herz geschlossen, und es war ihr durchaus zuzutrauen, daß sie nur seinetwegen die Strapaze des Weges in die Stadt auf sich genommen hätte. Bloß schloß das nicht aus, daß sie bei dieser Gelegenheit noch etwas ganz anderes erledigt hatte.

Sie war zu Herrn Kruse gefahren. Sie hatte ihn in seiner Wohnung angerufen, sobald ich das Haus verlassen hatte.

Herr Kruse sagte, ja, es passe sehr gut jetzt, und sie rief das Taxi und fuhr zu ihm, und innerhalb einer runden Stunde erzählte sie ihm alles, was sie loswerden wollte, und es war genau das, was er gebrauchen konnte, und er gab ihr den Scheck, den ein Bote des Verlages ihm schon vorgestern, als er sie noch gleich nach ihrer Ankunft erwartete, vorbeigebracht hatte, fünfzehnhundert für das Interview und dazu siebenhundert als Pauschale für ihre Unkosten, sie hatte zwar keine Hotelrechnung vorzuweisen gehabt, aber das Blatt war nicht kleinlich.

Vielleicht war ihr die Zeit dann doch ein wenig knapp geworden, ich hatte gesagt, ich würde eineinhalb bis zwei Stunden unterwegs sein, und sie bekam Zweifel, ob sie rechtzeitig zu Hause sein könne, aber die Überraschung für Daniel fiel ihr ein, ein Alibi, das niemand in Zweifel ziehen würde, und sie fuhr von Herrn Kruses Wohnung zu dem Spielwarengeschäft, das der Taxifahrer ihr vorschlug, und unterwegs fragte sie den Fahrer, ob es noch ein anderes, gutes Spielwarengeschäft in der Innenstadt gebe, und sie merkte sich den Namen, aber sie ging nur in eines davon, das nächstgelegene, und bei der Ankunft paßte sie nicht auf, sie war ja auch in Eile, und sie knickte um, als sie an der Gehsteigkante ausstieg, aber sie schleppte sich noch in den Laden und fand dort auch das Spiel, das ihr gefiel und das sie an Howard und ihr gemeinsames Abenteuer auf dem Arkansas River erinnerte.

Vielleicht hätte Daniel das Spiel gar nicht bekommen, wenn Herr Kruse mit seinem Interview eine Viertelstunde oder nur zehn Minuten früher fertig geworden wäre. Vielleicht hätte Edda schon wieder im Bett gelegen, als ich nach Hause kam, und hätte mich angelächelt und mich gefragt: »Na, mein Lieber? Du hast dich aber beeilt, nicht wahr? Ich hab auch schon auf dich gewartet.« Und daß sie aufgestanden war, hätte ich wieder nur deshalb erfahren, weil der Telefonhörer falsch herum auf der Gabel lag. Und ich hätte mir wieder einen Trick ausdenken können, um sie auf dieses Thema zu bringen und sie auszuhorchen, aber der Trick hätte auch diesmal nicht verfangen. Sie wäre auch diesmal nicht in Verlegenheit geraten. Sie hätte mir auch dieses Mal eiskalt geantwortet, sie habe ja leider niemanden, den sie anrufen könne, und sie habe auch keine dringenden Geschäfte zu erledigen, nichts zu regeln. »Das kann alles warten«, nicht wahr?

Nach dem Mittagessen stellte ich sie vors Bett, aber sie sagte, der Fuß tue ihr zu weh, sobald sie ihn belaste, also gingen wir nicht auf dem Flur spazieren. Ich sagte ihr, ich hätte dringenden Schriftkram zu erledigen, und sie antwortete, ich solle auf sie keine Rücksicht nehmen, sie werde die Zeitung lesen und vielleicht ein bißchen in dem Buch, das Birgit ihr mitgebracht habe, ich könne sie ruhig allein lassen. Ich unterdrückte die Antwort, daß ich ebendas mittlerweile stark bezweifelte.

Ich ging in mein Arbeitszimmer, aber nachdem ich dort ein paar Minuten lang hinter dem Schreibtisch gesessen und die Wände angestarrt hatte, packte mich die Wut, es hatte gerade noch gefehlt, daß ich mir Vorwände ausdachte, um in meinem eigenen Haus eine Verschnaufpause einlegen zu können. Ich ging ins Wohnzimmer und legte mich aufs Sofa, um ein Schläfchen zu halten. Aber sobald ich die Augen geschlossen hatte, riß ich sie wieder auf.

Mir war bewußt geworden, daß und warum Herr Kruse sein Interview mit Edda keinen Tag später hätte führen dürfen. Wenn seine Reportage aus der Vergangenheit der Bürgermeisterin, die Skandalgeschichte über kleine Jugendsünden, die so klein nicht waren, noch die angestrebte Wirkung haben sollte, dann mußte sie morgen früh im Blatt stehen. Denn morgen abend würde der Parteivorstand zusammentreten und entscheiden, wen er dem Parteitag als Kandidaten für die Neuwahl des Oberbürgermeisters vorschlagen würde. Und da der Parteivorstand ebenso wie die Öffentlichkeit unter allen Umständen früh genug erfahren mußte, daß man Lene guten Gewissens für dieses Amt nicht empfehlen konnte, hatte Herr Kruse sein Interview buchstäblich in letzter Minute eingefahren.

Die Eile, mit der Edda ihn schließlich bedient hatte, war verständlich, und auch das Risiko, das sie dabei eingegangen war. Herr Kruse hatte ihr gesagt, das Interview werde entweder heute vormittag stattfinden oder es sei gestorben.

Eine Weile überlegte ich, ob ich damit nicht einen Fehlschluß gezogen hatte. Es war doch durchaus vorstellbar, daß diese Skandalgeschichte, diese oder eine andere, auch noch früh genug käme, wenn sie kurz vor dem Parteitag, dem ja die endgültige Entscheidung oblag, erscheinen würde. Vielleicht, nein: wahrscheinlich käme sie sogar noch kurz vor dem Wahltag früh genug, dem Tag, an dem der Souverän, das unerläßliche Volk, nicht wahr, seine allerendgültigste Entscheidung treffen würde. Der Souverän war zwar unberechenbar, aber auf Skandalgeschichten reagierte er erfahrungsgemäß mit der Empörung des Gerechten, der sich noch nie etwas hat zuschulden kommen lassen, jedenfalls nicht solche Sachen wie diese Politiker, die mit unserem Geld, mit unseren Steuergroschen und so weiter und so fort.

Irgend etwas störte mich an diesem Gedankengang, aber bevor ich herausgefunden hatte, was das war, schlief ich ein. Ich wurde wach, weil ich glaubte, jemanden rufen zu hören. Ich sah auf die Uhr, es war schon vier vorbei. Ich hatte mehr als zwei Stunden geschlafen. Während ich mich auf den Rand des Sofas setzte und meine Schuhe anzog, hörte ich wieder jemanden rufen. Es war Edda. Sie rief fragend und nicht sehr laut: »Raimund?« Ich ging hinaus in die Diele.

Sie stand auf der obersten Stufe der Treppe, stützte sich auf das Geländer. Als sie mich sah, sagte sie: »Gott sei Dank!«

Ich fragte: »Was ist denn?« und ging die Treppe hinauf zu ihr.

Sie faßte sich an die Brust, atmete auf. »Ich hab gedacht, es ist dir was passiert.« Sie lachte. »Entschuldige, aber ich mußte sowieso aufs Klo, und dann kam mir das auf einmal sehr lange vor, daß ich dich nicht mehr gehört habe, also hab ich gerufen. Und dann kam keine Antwort.«

Ich sagte: »Tut mir leid. Konntest du das denn überhaupt mit dem Fuß?« Ich faßte sie unter dem Arm.

»Na ja, es hat ziemlich weh getan.«

Ich führte sie zurück zu ihrem Bett, sie hatte den Arm

um meine Schulter geschlungen und ließ mich ihr volles Gewicht spüren. Ich sagte: »Es tut mir leid, ich bin ein Idiot, aber ich hab nicht dran gedacht, irgendwo auf dem Boden habe ich noch einen Krückstock, den werd ich dir holen.«

Ich fand den Stock, und sie ging damit, während ich sie auf der freien Seite stützte, auch noch einmal auf den Flur hinaus. Aber dann sagte sie, es wäre ihr doch lieber, wenn sie sich ausstrecken könne. Ich brachte sie ins Bett, und danach goß ich Kaffee auf, essen wollte sie nichts dazu, aber wir spielten vor dem Abendessen noch ein paar Runden Poker.

Clara kam um Viertel nach sieben, sie sagte, in der Praxis sei der Teufel los gewesen. Ich sagte ihr, bevor sie hinaufging, daß Edda sich leider ein wenig übernommen habe, weil sie unbedingt ein Geschenk für Daniel habe besorgen wollen, und Clara schüttelte stumm den Kopf. Sie sah sich den verstauchten Fuß an und bandagierte ihn neu, zeigte Edda ein paar Übungen, die sie regelmäßig im Bett machen solle, solange es ihr allzu schwerfalle herumzugehen.

Ich brachte sie zur Tür, sie blieb vor der Tür stehen, holte Luft, als ob sie etwas sagen wolle, dann sah sie zur Seite, schüttelte den Kopf.

Ich fragte: »Ist was?«

Sie sah mich an. »Ich schalte das Handy nicht ab, ruf mich an, wenn du mich brauchst. Auch wenn du bloß was bereden willst. Egal wann.«

Ich sagte: »Tue ich. Danke.«

Sie gab mir einen Kuß auf die Wange und ging.

Lene kam gegen acht, sie hatte schon gegessen, eine Kleinigkeit nur, aber sie sagte, sie habe keinen Hunger mehr. Auch ihr erzählte ich die Geschichte von dem Geschenk für Daniel und dem verstauchten Fuß. Sie setzte sich eine gute halbe Stunde zu Edda. Als sie herunterkam, sagte sie, Edda sei eingeschlafen. Sie fragte, ob diese Müdigkeit etwas mit ihrem Gesundheitszustand zu tun habe, und ich sagte, ja, wahrscheinlich. Ich sagte nicht, daß Edda möglicherweise deshalb in Schlaf gefallen war, weil sie ein schlechtes Gewissen und dadurch Probleme hatte, mit Lene zu reden. Ich war mir ja auch nicht sicher, ob meine Vermutung stimmte.

Am Mittag hatte René sich bei Lene gemeldet und ihr viel Glück gewünscht. Er wußte durch einen Anruf von Birgit Bescheid, auch über den Artikel von Herrn Kruse. Von der Wahlfront gab es nichts Neues, jedenfalls nichts Besonderes. Ein Mitglied des Parteivorstandes, der Beisitzer und einstige Beigeordnete für das Straßen- und Brückenwesen, Dipl.-Ing. Remigius Gellert, hatte Lene gesagt, er finde ihr 12-Punkte-Sofort-Programm sehr ansprechend. Er hatte ihr auch berichtet, daß einige Kollegen aus dem Vorstand derselben Meinung seien.

Ich sagte: »Na bitte, das ist doch was.«

Lene sagte: »Remigius ist dreiundsiebzig. Er wirft ab und zu schon mal was durcheinander, und bei der nächsten Wahl fliegt er sowieso raus.«

»Vielen Dank. Da kann ich ja von Glück sagen, daß ich nicht eurem Parteivorstand angehöre.«

Sie lachte und gab mir einen Kuß. »Du bist doch erst einundsiebzig.«

Bevor wir zu Bett gingen, warf ich einen Blick in Eddas Zimmer. Sie schien fest zu schlafen. Ich las noch ein wenig, aber der Gedanke an den kommenden Tag und das, was alles passieren konnte und würde, ließ mich nicht los. Unverhofft fand ich dabei auch den Denkfehler heraus, der mich an meiner Überlegung zur Entscheidung des Souveräns gestört hatte: Es war schon möglich, daß Herrn Kruses Verleumdungsartikel sogar dann noch seine Wirkung täte, wenn er erst kurz vor dem Wahltag erschiene; denn er würde Lene mit hoher Wahrscheinlichkeit so sehr diskreditieren, daß sie bei den Wählern durchfiele. Aber *das* wollte die Seilschaft von Günni Nelles ja nun auch nicht, zumindest nicht um jeden Preis – es würde schließlich eine Niederlage der Partei bedeuten, die damit von einer ganzen Reihe lohnender Ämter ausgeschlossen bliebe. Günni und in seinem Auftrag Herr Kruse wollten ja nur, daß Lene schon im voraus abserviert würde, damit Günni und nicht sie den Sieg erringen könnte, den Sieg für die Partei und nicht zuletzt für Herrn Dr. Nelles.

Ja, ich hatte falsch gedacht, zumindest in diesem Punkt. Um so zwingender war allerdings der Schluß, daß der Chefreporter Edda unter Druck gesetzt hatte mit dem Ultimatum, daß er das Interview entweder heute brauche oder gar nicht mehr. Und als ich soweit gekommen war, setzte sich prompt das Karussell meiner Vermutungen über das, was Edda alles ausplaudern mochte, nein, was sie wahrscheinlich heute morgen schon ausgeplaudert hatte, wieder in Gang. Ulis Tod, ja, und Lenes Herzlosigkeit, ihr

Ehrgeiz und der dicke Geldsack, von dem sie sich hatte aushalten lassen. Wahrscheinlich war nichts davon zu beweisen, aber auch nichts zu widerlegen.

Plötzlich glaubte ich, ich könnte dieses Karussell zum Halten bringen, könnte es abreißen, auf den Schrott abladen – ich glaubte, ich könnte mir beweisen, daß alle meine Vermutungen nichts als überhitzte Phantasien seien. Ich war auf die Frage gekommen, ob Edda sich tatsächlich als Kronzeugin gegen ihre Schwester ausbeuten und zitieren lassen würde, und das nicht zu irgendeiner Zeit, in der sie sich hätte vernachlässigt fühlen können, sondern jetzt, in diesen Tagen, in denen sie in unser Haus aufgenommen und versorgt und gepflegt worden war und in denen nicht nur ich, sondern auch ihre Schwester sich ihrer angenommen hatte. Wie sollte denn um Himmels willen Edda heute morgen ihre Schwester ans Messer geliefert haben und gleich anschließend bei ihr und mir wieder untergekrochen sein?

Ich konnte das nicht glauben. Edda mochte in gewissen Situationen sehr nervenstark, sehr kaltblütig sein. Aber ich konnte nicht glauben, daß sie zu uns zurückgekehrt wäre in der Gewißheit, daß am nächsten Morgen in der Zeitung ihr Bild zu sehen und all das zu lesen sein würde, was sie dieser Zeitung an bitterbösen Nachreden über ihre Schwester versilbert hatte. Nein. Edda wäre vom Ort des Interviews nach Hause gefahren oder sonstwohin, zu Howard, auf den Mond, aber gewiß nicht zu uns. Vielleicht hätte sie Daniel noch sein Geschenk gekauft, ja, aber sie hätte es ihm durch den Botendienst des Spielwarenladens nach Hause geschickt. Sie hätte sich bei uns nicht mehr blicken lassen.

451

Sie wäre nie und nimmer mit dem Taxi vor unserer Tür vorgefahren, um sich von mir die Treppe hinaufschieben und in ihr Pflegebett legen zu lassen, für noch einmal eine, die unumstößlich letzte Nacht, bevor wir die Zeitung zu sehen bekämen und unseren Gast, diese verkommene Verwandte, die uns nicht nur ausgebeutet, sondern auch noch verraten und verhöhnt hatte, vor die Tür setzten. Nein, es war nicht vorstellbar. So kaltblütig konnte kein Mensch sein, der auch nur halbwegs mit Gefühl und Verstand ausgestattet war.

Die Erleichterung, die ich mir mit dieser so bestechend klingenden Argumentation verschaffte, hielt nicht lange vor.

Wer sagte denn, daß Edda mit ihrem Namen und ihrem Konterfei für Herrn Kruses Verleumdungen einstehen würde, einstehen mußte?

Unsere Fürsorge konnte sie nicht eingeplant haben, richtig; aber nachdem wir ihr zu ihrer Überraschung aus der Not geholfen und sie aufgenommen und gepflegt und sie nicht ins Krankenhaus abgeschoben hatten, war sie auf den Gedanken gekommen, Herrn Kruse das Interview nur unter der Bedingung zu geben, daß er ihren Namen nicht nennen werde, jedenfalls nicht als den seiner Informantin (was übrigens auch die Gefahr ausräumte, daß wir uns rächen und unsere monatliche Überweisung an sie einstellen würden). Sie sei uns, so hatte sie Herrn Kruse gestern morgen, als ich im Supermarkt und auf dem Postamt war, am Telefon erklärt, sie sei ihrer Schwester und ihrem Schwager in gewisser Weise zu Dank verpflichtet, wir hätten ihr gerade jetzt in dieser sehr schwierigen Lage, von der

er ja wisse, beigestanden, und sie wolle sich nicht nach-
sagen lassen, sie sei undankbar.

Herr Kruse hatte gesagt, wie sie sich das denn vorstelle,
die Informationen, die er von ihr haben wolle, seien doch
ohne Angabe der Quelle witzlos, aber dieses Argument
hatte sie bedacht gehabt, sie erwiderte, sie werde ihm zu
jeder Information, die sie ihm gebe, Leute nennen, die das,
was sie ihm sage, bestätigen könnten, und das seien lauter
angesehene Leute. Die könne er doch anrufen und sagen,
er habe dieses und jenes läuten hören, aber es sei ihm nicht
möglich, genau festzustellen, woher es komme, und deshalb wolle er sich bei einem zuverlässigen Zeugen vergewissern, bevor er es veröffentliche.

Sie benannte ihm eine Klassenkameradin Lenes, heute
Rechtsanwältin, die damals bei dem Ausflug auf die Burg
dabeigewesen war und von der Edda zum erstenmal gehört
hatte, daß Lenes Verhalten gegenüber Uli herzlos gewesen
sei, wenn nicht sogar verantwortungslos. Sie benannte
Herrn Kruse auch einen Vereinskameraden Lenes, heute
Steuerberater, der über Lenes Wechsel zu dem Verein des
reichen Großkotz empört gewesen war und Edda erzählt
hatte, ihre Schwester lasse sich leider aushalten. Sie nannte
ihm diese und noch ein, zwei andere Gewährsleute, aber
ohne ihm auch schon die Informationen preiszugeben, die
er dergestalt sich bestätigen lassen könne.

Herr Kruse war von dem gesellschaftlichen Rang der
Gewährsleute beeindruckt, und nach einer telefonischen
Beratung mit Herrn Pape, der in den vergangenen Tagen
immer ungeduldiger das Interview angemahnt hatte, erklärte er sich wohl oder übel bereit, Eddas Konditionen zu

akzeptieren, nicht ohne ihr eindringlich gesagt zu haben, sie könne sich auf einiges gefaßt machen, wenn nicht jede Kleinigkeit, die sie ihm erzähle, hundertprozentig stimme, nein, hundertzehnprozentig, verlassen Sie sich drauf, meine Liebe.

Ja. Eddas Name und ihr Bild würden morgen früh nicht in der Zeitung stehen. Aber es würde gleichwohl eine Menge zu lesen geben, eine lockere, süffige Reportage, die sich aus mehreren kleinen, spannenden Geschichten zusammensetzte, Episoden aus dem Leben der Bürgermeisterin Auweiler, die Oberbürgermeisterin werden wollte, wahre Geschichten, die leider allesamt kein gutes Licht auf den Charakter der Kandidatin warfen, die aber leider allesamt hieb- und stichfest waren, ordentlich recherchiert und von neutralen Beobachtern bestätigt.

Nur noch kurz beschäftigte mich der Gedanke, daß Edda, die Informantin im Hintergrund, sich zumindest vor mir nicht verstecken konnte; denn sie selbst hatte mir ja berichtet, daß Herr Kruse den Kontakt zu ihr aufgenommen und ihr ein Geschäft angeboten und daß sie dieses Geschäft hatte machen wollen. Ja, ja, schon gut! Wenn ich Edda das vorhalten würde, dann würde sie mich kaltlächelnd fragen, bei welcher Gelegenheit sie denn Herrn Kruse ein Interview hätte geben und woher sie die Zeit dazu hätte nehmen sollen. Und ich wäre außerstande, ihr zu beweisen, daß sie zielbewußt sowohl für die Zeit wie die Gelegenheit gesorgt hatte. Ich konnte einige Gründe für meinen Verdacht anführen, aber beweisen konnte ich ihn nicht.

Genug davon. Ich versuchte mir klarzumachen, daß

diese ganze Grübelei sinnlos war. Ich konnte ohnehin nichts mehr ändern, ich konnte nichts mehr aufhalten. Was an meinen Überlegungen dran war, würde ich morgen früh beim Blick in Herrn Kruses Blatt erfahren, nicht später, aber auch keine Minute früher. Es sei denn, ich stünde jetzt noch einmal auf und liefe in die Stadt und durch die Kneipen, bis ich einen der Straßenverkäufer fände, die um diese späte Stunde schon mit der Ausgabe von morgen unterwegs waren. Ja, das fehlte gerade noch. Ich löschte das Licht.

Was ich befürchtet hatte, geschah sehr schnell. Aus dem Dunkel näherte sich der nächste, quälende Gedanke, und er war noch ein wenig quälender als die zuvor.

Ich konnte nichts mehr ändern, und ich konnte nichts mehr aufhalten. Richtig. Und das war deshalb so und nicht anders, weil ich alle Chancen, die ich gehabt hatte, etwas zu ändern und das Unheil aufzuhalten, ungenutzt hatte vorübergehen lassen.

51

Während ich am anderen Morgen in der Küche stand und das Frühstück vorbereitete, hörte ich in dem kleinen Radio, das Clara und Birgit mir einmal mit einer Blumenkarte und der Widmung *Dem braven Hausmann von seinen bösen Töchtern* geschenkt haben, die Nachrichten des lokalen Rundfunksenders, aber zwischen den Plingelings und Plongelongs und Fanfarenstößen, mit denen sie ihre Neuigkeiten aufzuputzen versuchen, sagten sie nichts von einem aufsehenerregenden Zeitungsbericht über die Bürgermeisterin Auweiler. Vielleicht war der Redakteur vom Dienst am Vorabend unter die Räder geraten, zu spät aus den Federn gekrochen und noch nicht dazu gekommen, Herrn Kruses Blatt zu lesen.

Ich überlegte, ob ich, noch bevor Lene herunterkommen würde, zum Kiosk laufen und mir das Blatt kaufen sollte. Aber das ließ ich. Wenn Lene heruntergekommen wäre, bevor ich wieder zu Hause war, hätte sie mich gefragt, warum ich es denn so eilig gehabt hätte mit dem Revolverblatt. Und wenn Herrn Kruses Werk darin zu lesen stand, dann hätte sie gewußt, daß ich mehr darüber wußte als sie und daß ich es ihr verheimlicht hatte, aus welchen Gründen auch immer. Ich war mir auch nicht sicher, wer ihr als Überbringer der Schreckensnachricht lieber gewesen wäre, ich oder Philipp Seiffert, der Schleimscheißer. Philipp würde zumindest schon einen Vorschlag parat haben, auf welche Weise man diesem Manöver von Günnis Seilschaft begegnen und es durchkreuzen könne. Wahrscheinlich hatte er sogar schon mit einem Rundruf Lenes Mannschaft mobilisiert und eine gemeinsame Beratung vorbereitet. Vergleichbares konnte ich meiner Frau nun mal nicht bieten.

Clara kam wie gewohnt kurz nach sieben. Als sie wieder ging, war Lene noch im Bad, Clara klopfte an die Tür und rief: »Schönen Tag, Mama!« Vielleicht hatte sie vergessen, daß Lene mit Sicherheit einen eher strapaziösen Tag haben würde, vielleicht hatte sie auch gar nicht registriert, was sich heute abend entscheiden würde, sie ist nun mal nicht so schnell aus der Ruhe zu bringen.

Als ich ihr die Haustür öffnete, um sie hinauszulassen, fragte sie: »War seit gestern irgendwas Besonderes mit Edda?«

Ich schüttelte den Kopf. »Nein. Mir ist jedenfalls nichts aufgefallen. Seit ihrem Ausflug nicht mehr, meine ich. Aber danach hast du sie ja noch gesehen.«

Sie nickte, schien einen Augenblick lang nachzudenken. Dann sagte sie: »Du weißt ja, nicht wahr? Mein Handy, jederzeit!«

Ich nickte. Sie gab mir einen Kuß und ging. Ich wollte ihr folgen und ihr wenigstens die schwere Tasche zum Auto tragen, aber sie hätte mich und nicht zuletzt sich selbst gefragt, was denn in mich gefahren sei.

Eine gute Stunde später brachte ich Lene zur Haustür. Wir hatten uns beim Frühstück in die Zeitungen vertieft, nicht viel miteinander gesprochen, kein Wort über das Ereignis des heutigen Abends verloren. Bevor ich die Tür öffnete, faßte ich sie an beiden Armen und spuckte ihr über die linke Schulter: »Toi, toi, toi!«

Sie lachte: »Ich bin doch nicht René. Ich glaube, das hilft nur bei Künstlern.«

Ich sagte: »Das hilft in allen Lebenslagen. Außerdem drücke ich dir ganz fest beide Daumen.«

»Das ist lieb.« Sie gab mir einen Kuß. »Ich hoffe, es dauert nicht allzulange. Es kann natürlich spät werden, aber das weißt du ja.«

»Das weiß ich. Und jetzt denk mal nicht an mich und auch nicht an Edda. Um die kümmere ich mich schon.«

Mir wurde die fatale Ironie dieser Behauptung bewußt, ich räusperte mich. »Denk du nur an dich und an das, was du

willst. Und hau alle um die Backen, die glauben, sie könnten dir ein Bein stellen.«

»Das werd ich tun, jawoll!« Sie lachte, gab mir noch
einen Kuß und ging zu ihrem Wagen. Als sie eingestiegen
war und der Fahrer die Tür geschlossen hatte, hob ich den
gestreckten Daumen, sie nickte und lächelte mir zu. Der
Fahrer hob mit einem breiten Grinsen ebenfalls den Daumen. Als sie um die Ecke gebogen waren, schloß ich die
Tür.

Ich lauschte, aber von Edda war noch nichts zu hören.
Ich zog mir eine Jacke über und lief zum Kiosk. Auf der
ersten Seite von Herrn Kruses Blatt fand ich keinen einschlägigen Hinweis. Um ein Haar hätte ich das Blatt schon
aufgeschlagen, während ich noch vor dem Kiosk stand.
Der Türke hinter der Theke hätte hernach herumerzählt,
ich hätte schon im voraus gewußt, was da über meine Frau
zu lesen war. Ich rief mich zur Ordnung, faltete das Blatt
zusammen, steckte es in die Tasche der Jacke und ging eilig
nach Hause. Unterwegs kam ich in der Grünanlage an zwei
freien Bänken vorbei, doch ich widerstand der Versuchung.

Als ich die Haustür hinter mir geschlossen hatte, ging
ich zum Fuß der Treppe und lauschte. Von Edda war noch
immer nichts zu hören. Ich blätterte die Zeitung im Stehen
durch. Aber ich fand keinen Artikel über Lene, auch kein
Foto von ihr.

Es war nicht vorstellbar, daß sie so eine Geschichte ohne
attraktives Bildmaterial anbieten würden. Es gab ja genug
davon. Lene als Handballspielerin beim Sprungwurf, Lene
bei einer Amtshandlung oder auch tête-à-tête und lachend

mit Dr. Günther Nelles, ihrem Mitbewerber um die Kandidatur der Partei für das Amt des Oberbürgermeisters. Und vielleicht sogar Lene auf einem Amateurfoto, das sie auf einem Ausflug mit anderen Mitgliedern ihrer Abiturklasse zeigte, darunter dem jungen Mann, der an ebenjenem Tag auf tragische Weise zu Tode gekommen war; ein Foto, das Lene hatte wegwerfen wollen, das Edda aber aufbewahrt und Herrn Kruse überlassen hatte, ohne Risiko übrigens, denn er konnte es ja ebensogut bei irgendeinem Mitglied von Lenes Abiturklasse, der Rechtsanwältin zum Beispiel, aufgetrieben haben.

Es war nicht möglich, daß ich den Artikel übersehen hatte, weil er nicht illustriert gewesen wäre, denn er *mußte* illustriert sein. Aber ich ging mit der Zeitung ins Wohnzimmer, breitete sie auf dem Sofatisch aus und buchstabierte sie von der ersten bis zur letzten Seite durch. Ich fand eine knappe Meldung des Inhalts, daß heute abend der Parteivorstand der Schwarzen entscheiden werde, wen er dem Parteitag, der in vier Wochen stattfinden solle, als Kandidat der Partei für die Neuwahl des Oberbürgermeisters vorschlage, und daß diese Entscheidung zu treffen sei zwischen Lene Auweiler, der in der Verwaltung unerfahrenen, aber beliebten Bürgermeisterin, und dem ehemaligen Fraktionsvorsitzenden Dr. Günther Nelles, einem sturmerprobten Fahrensmann der Kommunalpolitik. Das war alles.

Herrn Kruses Reportage über Lene war nicht erschienen. Selbst wenn ich sie übersehen hätte, weil sie an irgendeiner ungünstigen Stelle im Blatt plaziert gewesen und mir deshalb nicht aufgefallen wäre, dann hätte ich hier zumindest einen Verweis darauf gefunden. Die Meldung enthielt keinen solchen Verweis.

Erst nach einer geraumen Zeit, in der ich, ohne mich zu rühren, in meinem Sessel hockte und die Zeitung anstarrte, wurde mir bewußt, daß Edda an diesem Morgen sehr lange liegenblieb. Absurderweise kam mir der Gedanke, daß sie wieder ausgeflogen sein könne, obwohl ich mir nun wirklich nicht vorzustellen vermochte, wie und wohin und warum. Ich stand auf und ging nach oben, schob die Tür des Gästezimmers, die einen Spaltbreit offenstand, langsam zurück.

Sie lag im Bett, sah mich an und lächelte. Sie sagte: »Guten Morgen!«

»Guten Morgen. Bist du schon lange wach?«

»Ziemlich lange, ja. Seit Lene bei mir gewesen ist. Hab nachgedacht.«

»Heute morgen?« Ich war ein wenig verwundert. »War Lene heute morgen noch mal bei dir?«

»Ja. Bevor sie zu dir runtergegangen ist. War ja auch wichtig, daß sie noch mal gekommen ist.« Sie lächelte. »Ich hab ihr viel Glück gewünscht für heute abend.«

Ich nickte. »Ah ja.«

»Außerdem hat sie das Spiel für Daniel mitgenommen. Sie will es ihm bringen.«

»Wieso denn das? *Ich* wollte das doch erledigen.«

Sie nickte. »Hab ich ihr auch gesagt. Aber sie hat gesagt, sie hat heute nachmittag einen Termin in der Nähe von Birgits Wohnung und da bringt sie es ihm auf einem Weg vorbei.« Sie lächelte. »Außerdem hat sie gesagt, es wäre ihr auch lieber, wenn du mich nicht so lange allein lassen müßtest. Ich hab gesagt, das sei Unsinn und es gehe mir doch schon wieder sehr gut, aber Lene…« Sie zuckte die Schultern. »Na ja, sie hat das Spiel in ihren Aktenkoffer gepackt, und das war's dann.«

Ich kam mir ziemlich dumm vor. Ich konnte mich nicht erinnern, daß Lene je zuvor mit Edda über meinen Kopf hinweg ein vergleichbares Arrangement getroffen hätte, vielmehr war ich, wenn es derartiges zu regeln gab, nach meiner Erinnerung stets als Vermittler benötigt worden und aufgetreten, weil die beiden grundsätzlich unterschiedlicher Meinung waren. Ich kam mir überflüssig vor, nein, eher ausgebootet, und ich erinnerte mich, daß ich ähnlich empfunden hatte, als Clara nach ihrem Krankenbesuch am ersten Morgen sich mit Lene zurückgezogen und mit ihr sich ausgetauscht hatte, bevor sie wieder zu mir herunterkam. Ich fühlte mich verunsichert, weil ich nicht wußte, wie ich diese Situation zu deuten hatte.

Sie sagte: »Du warst ja noch früher als Lene auf den Beinen, schon wieder. Du warst sogar schon unterwegs, nicht wahr?«

»Ja.« Ich ging zum Fenster, warf einen Blick in den Garten. »Warum hast du dich denn nicht gemeldet?«

Sie schüttelte den Kopf. »Ich wollte nicht schon wieder nach dir rufen. Du hast weiß Gott schon genug Plackerei mit mir gehabt.«

»So ein Unsinn.«

»Kein Unsinn.« Sie seufzte. »Na ja, ich hoffe, daß ich euch die längste Zeit zur Last gefallen bin.«

»Was möchtest du zum Frühstück?«

Sie zuckte die Schultern. »Egal, irgendwas. Mach dir

keine Mühe. Und vielleicht kann ich auch runterkommen.«

Ich sagte: »Wir können's ja mal versuchen.«

Sie setzte sich auf die Bettkante, tastete mit den Füßen über den Boden, stellte sich auf, zuckte zusammen und verzog das Gesicht.

»Tut das immer noch so weh?«

Sie nickte. »Ja, ziemlich.«

Ich servierte ihr das Frühstück auf dem Bett-Tischlein. Ich hatte sie gefragt, ob sie ein Spiegelei möge, und sie hatte geantwortet, oh, das würde ihr wahrscheinlich sehr gut schmecken. Bevor ich das Ei in die Pfanne schlug, brachte ich ihr den Kaffee und alles andere hinauf. Herrn Kruses Blatt legte ich auf dem Tablett dazu.

Als ich das Zimmer verließ, um wieder hinunter in die Küche zu gehen, hörte ich, daß sie die Zeitung aufschlug. Ich blieb am Kopf der Treppe stehen, lauschte. Sie schlug eine Seite nach der anderen um, in kurzen Abständen. Es klang, als suche sie etwas Bestimmtes. Nach einer Weile verstummte das Geräusch, offenbar war sie fertig mit der Durchsicht der Zeitung. Ich hörte, daß sie Kaffee in die Tasse goß.

Ich schlich mich die Treppe hinunter. Als ich mit dem Spiegelei zurückkam, war sie dabei, die Zeitung zu lesen, sie hielt in der Linken das handlich zusammengefaltete Blatt, in der Rechten die Kaffeetasse.

Ich fragte: »Interessante Sachen?«

»Ach wo, das Übliche. Was halt in so einem Blättchen steht. Meine Güte, das sieht ja aus wie gemalt, dieses Ei! Wo hast du das bloß gelernt!«

Ich fragte mich, ob sie beim Anblick des Blättchens, egal was darin stand oder nicht darin stand, etwa nicht an Herrn Kruse dachte und ob sie sich etwa nicht gedrängt fühlte, mir zu sagen, wie weit sie mit ihm gekommen war, und wäre es auch eine Lüge, was sie mir darüber sagte; sie konnte doch nicht vergessen haben, daß sie selbst mir von Herrn Kruses Anruf und seinem Angebot berichtet hatte und davon, daß sie dieses Angebot hatte annehmen wollen. Und es mußte ihr auch klar sein, daß ich sehr daran interessiert war zu erfahren, ob sie mittlerweile das Geschäft mit diesem Journalisten gemacht oder ob sie es vielleicht doch noch abgelehnt hatte. Sie war doch ein sensibler Mensch, wie konnte sie darüber schweigen? Warum schwieg sie es tot?

Ich hätte sie fragen können. Sie hätte sich nicht wundern dürfen, wenn ich sie aus heiterem Himmel gefragt hätte: »Was ist denn eigentlich mit dir und dem Herrn Kruse? Hast du deine fünfzehnhundert schon kassiert?« Warum tat ich das nicht? Warum schwieg *ich* es tot?

Zumindest hatte ich einen Verdacht, warum. Es fiel mir nicht leicht, es mir einzugestehen, aber der Grund war ganz einfach, er war geradezu lächerlich einfach. Wahrscheinlich war ich zu stolz. Ich war zu hoffärtig, Edda nach Herrn Kruse zu fragen. Ich wollte mir diese Blöße nicht geben. Es hätte so aussehen können, als sei ich, nein, nein, als seien ihre Schwester und ich, als seien wir beide auf erniedrigende Weise abhängig von ihr. Jede Frage nach Herrn Kruse und dem Stand ihrer Beziehung zu ihm hätte den Anschein erwecken müssen, als suchte ich nach einem Weg, Eddas Gnade zu erwirken. Bitte, liebe Edda, laß dich nicht mit diesem Schmierfinken ein, er will deiner Schwester nur Böses, und das kannst du doch nicht wollen, nicht wahr, liebe Edda, so etwas wollen wir doch beide nicht.

Ich ließ sie oft allein an diesem Tag. Ich war sehr unsicher, wie ich mit ihr umgehen sollte, umgehen mußte.

Ich brachte ihr noch die anderen Zeitungen, und dann auch ein paar Bücher, sie warf einen Blick darüber, griff sofort nach dem *Erbe von Björndal,* das meine Mutter mir hinterlassen hat, und sagte: »Das ist ja wunderbar, habt ihr etwa auch *Und ewig singen die Wälder?*« Ich sagte, nein, nicht mehr, leider, das müsse irgendwann verschüttgegangen sein, und sie sagte: »Schade, aber über das hier freue ich mich genauso, ich hab's so lange nicht mehr gelesen.« Die beiden Romane von Trygve Gulbranssen hatten mit ein paar anderen Büchern bei Onkel Kurts Frau auf einem Regal in der Küche gestanden, und die dreizehnjährige Edda hatte sie lesen dürfen, und merkwürdigerweise hatte die abgelegene bäuerliche Welt, in die sie sich dabei versetzt fühlte, sie angeheimelt, die Lektüre war so gemütlich gewesen, während die abgelegene Welt des Bauernhofs, auf dem sie selbst lebte, sie so oft deprimierte.

Ich packte die Bücher zusammen, die ich ihr zuvor gegeben hatte, sie hatte gesagt, sie sei damit durch, und fragte sie, wie sie denn das *Mädchen aus Kolberg* gefunden habe. Sie sagte: »Na ja. Scheißkrieg, nicht wahr?«

Sie starrte auf die Bücher, dann sah sie mich an. »Manches hat mir gefallen, weil es mich an Sachen erinnert hat, die ich selbst erlebt habe, schöne Sachen. Aber dann geht's ja auch schon los mit dem Krieg. In diesem Buch, meine ich.«

Ich zögerte, aber dann stellte ich ihr doch noch die Frage, die mich beschäftigt hat, als ich die Eindrücke, die sie in ihrer Kindheit geprägt haben, herauszufinden versuchte. Ich fragte: »Wie seid *ihr* eigentlich rausgekommen, deine Eltern und dein Bruder und du? Seid ihr mit dem Schiff in Swinemünde gelandet? Oder wo seid ihr angekommen?«

Sie schwieg eine Weile, zog das Leintuch glatt. Dann sagte sie: »Swinemünde, ja.« Sie strich sich über die Stirn. »Aber frag mich nicht danach. Das war die Hölle.« Sie zupfte an dem Leintuch. »Wir waren kaum da, da gab's einen Luftangriff. Die Amis waren das, ich hab's später Howard erzählt, und der hat Rotz und Wasser geheult. Hatte ein gutes Herz, der alte Howie.« Sie schüttelte den Kopf. »Wieso hatte, er hat's ja immer noch, hoffe ich. Ich hoffe, er ist noch immer froh und munter.«

Sie sah mich an. »Aber damals, damals wußtest du wirklich nicht, ob einer, den du um acht Uhr gesehen hast, um neun noch lebte.« Sie schwieg.

Ich sagte: »Entschuldige bitte. Ich wollte nicht solche Erinnerungen in dir wecken.«

Sie sagte: »Die brauchst du nicht zu wecken. Die bin ich nie richtig losgeworden.« Sie nickte. »Fünfundzwanzigtausend Tote, hab ich später mal gelesen. Die Stadt und der Hafen liefen ja über von Flüchtlingen.« Sie schwieg eine Weile, dann sagte sie: »Ich hör die Leute heute noch schreien. Und wimmern, hinterher. Und diese gräßlichen... dieses Gerumse von den Sprengbomben. Und den Scheißluftminen. Das waren... na ja, Schläge wie mit einem riesigen Hammer, jedesmal denkst du, jetzt ist die ganze Welt auseinandergeplatzt. Und gleich ist der Boden weg, und du fällst... na ja, ins Bodenlose, wirklich. Immer tiefer. Immer schneller.«

Ich sagte: »Hör auf. Komm, hör auf damit. Denk nicht mehr dran.«

Sie nickte. Dann griff sie nach dem *Erbe von Björndal,* betrachtete den Einband. Ich ließ sie mit den Büchern allein.

52

Am späten Nachmittag spielten wir ein paar Runden Poker. Sie schien mir weniger konzentriert als üblich, ich gewann sogar zweimal hintereinander.

Irgendwann wartete ich vergeblich darauf, daß sie das Spiel eröffnen und bieten würde. Ich blickte von meinen Karten auf und sah, daß sie in ihr Blatt starrte, aber mit ihren Gedanken offenbar unterwegs war, an einem ganz anderen Ort, wahrscheinlich auch in einer ganz anderen Zeit.

Sie spürte meinen Blick, hob die Augen, lächelte. Sie sagte: »Entschuldige.«

»Nichts zu entschuldigen. Wir können ja mal eine Pause machen.«

»Nein. Bitte nicht.« Sie holte tief Atem. »Bleib noch ein bißchen bei mir.«

»Sicher. Wenn du willst. Ich kann ja auch hier bleiben, ohne daß wir Karten spielen.«

Sie zögerte, dann fragte sie unvermittelt und ein wenig hastig, als hätte sie Angst, die Gelegenheit zu verpassen: »Kennst du das Buch Hiob?«

»Das aus der Bibel?«

Sie nickte. »Der Herr hat's gegeben, der Herr hat's genommen; der Name des Herrn sei gelobt.«

Ich sagte: »Ja, das kenne ich. Nicht nur diesen Spruch. Aber ich kenne es nicht sehr gut. Das meiste hab ich wohl vergessen.«

Sie sagte: »Es geht darin um die Gerechtigkeit.«

Ich nickte, schwieg einen Augenblick lang. Dann fragte ich: »Und woher kennst *du* das?«

»Ich bin doch evangelisch erzogen worden. Und Helmut und Lene auch. Ziemlich streng sogar, denke ich. Die Bibel hat mein Vater in meinen Rucksack gepackt, als wir aus Kolberg raus mußten. Und unterwegs hat er darin gelesen, bei den Ruhepausen. Und dann im Lager. Er hat uns auch oft daraus vorgelesen, und wir mußten ruhig sitzen bleiben und mucksmäuschenstill. Na ja«, sie lächelte, »und schließlich hab ich ja bei der evangelischen Kirche gearbeitet. Hab bei denen doch meine Bürolehre gemacht.« Nach einer kleinen Pause sagte sie: »Und auch noch einiges andere gelernt.«

Ich sah sie fragend an.

Sie sagte: »Der Pfarrer war schon ein bißchen älter. Aber noch sehr munter. Und seine Frau war krank, ziemlich gebrechlich.« Sie schüttelte den Kopf. »Na ja, ich hab halt schon einiges angestellt in meinem Leben.«

Ich sagte: »Aber das hat jetzt nichts mit dem Buch Hiob zu tun.«

Sie sagte: »O doch! Das hat was damit zu tun!« Sie überlegte einen Augenblick lang, dann sagte sie: »Sieh mal… ich hab tatsächlich einige schlimme Sachen gemacht in meinem Leben. Aber ich hab ja auch ordentlich was auf die Schnauze bekommen dafür. Bloß dieser Hiob... der hat ja *nichts* gemacht, nichts Böses, überhaupt nichts, der hat nicht mal seine Kinder geprügelt und seine Frau schon gar nicht. Jedenfalls, wenn man das glaubt, was in der Bibel steht. Und trotzdem hat der Herr, der liebe Gott, nicht wahr, der hat den Satan auf ihn losgelassen. Und das wegen einer Wette, das mußt du dir mal vorstellen!«

»Wegen einer Wette? Wo soll *das* denn stehen?«

»Na, im Buch Hiob, darüber reden wir doch! Natürlich steht da nicht wortwörtlich, sie hätten miteinander gewettet, der Herr und der Satan, aber es *ist* eine Wette, da gibt's überhaupt kein Vertun!«

Sie legte ihre Karten ab, richtete sich auf, stützte sich auf das Kissen, hob den Zeigefinger und akzentuierte, was sie mir zu sagen hatte. »Der Satan erzählt dem Herrn, daß er die Welt durchzogen und alles gesehen hat, die ganze Schlechtigkeit, von der die Welt voll ist, und der Herr fragt ihn, ob er denn nicht seinen Knecht Hiob gesehen hat, der täte nämlich immer nur Gutes und sei so gottesfürchtig wie kein anderer. Und der Satan sagt, na, das sei ja auch kein Wunder, der habe ja auch alles, was das Herz begehrt, Frau, Kinder, ein schönes Haus, eine Masse Viehzeug und jede Menge Geld. Kein Wunder, daß der gottesfürchtig sei. Aber wenn man dem das alles wegnähme, dann sähe die Sache unter Garantie anders aus. Und weißt du, was der Herr dem Satan antwortet?«

Sie sah mich an, nickte bedeutungsschwer. Ich sagte: »Nein, ich weiß es nicht mehr. Nun sag's mir schon.«

Sie sagte: »»Er sei in deiner Hand!‹ Verstehst du? Der

Herr sagt dem Satan: Versuch's doch mal, ich überlasse ihn dir. Schau doch mal, ob du's schaffst, mach mit ihm, was du willst, aber ich wette, den kriegst du nicht klein, der bleibt so brav und gottesfürchtig, wie er ist. Verstehst du?«

Ich schüttelte den Kopf. »Na gut, wenn du meinst, das sei eine Wette, ja, einverstanden, so kann man es vielleicht nennen. Aber was hat das denn mit dir zu tun und mit deinem evangelischen Pastor?«

»Moment, Moment, ich war ja noch nicht fertig!« Sie hob den Zeigefinger. »Der Satan nimmt dem Hiob alles, was er hat. Das heißt, er schickt fremde Leute, die seine Knechte totschlagen und sein Vieh mitnehmen, und einen Sturm, der das Haus einreißt, und alle seine Kinder kommen darin um, und der Hiob sagt immer noch: ›Der Herr hat's gegeben‹ und so weiter und so weiter, das kennst du ja. Aber die beiden wetten noch einmal, der Herr und der Satan, der Satan will nämlich nicht aufgeben, und der Herr sagt schon wieder: ›Er sei in deiner Hand‹, und dann schickt der Satan dem Hiob auch noch die Seuche, Geschwüre von oben bis unten und wieder rauf, von den Fußsohlen bis zum Scheitel.«

Sie nickte nachdrücklich. »So, und schließlich reicht es dem Hiob dann doch, er wird aufsässig und böse, er sagt nicht mehr, der Name des Herrn sei gelobt, sondern er fragt, warum er denn so abgestraft wird, so gepiesackt bis aufs Blut, er hat doch überhaupt nichts Unrechtes getan. Und er sagt, es nützt dem Menschen überhaupt nichts, wenn er Gottes Wohlgefallen sucht. Er sagt sogar, Gott ist ungerecht. So! Und jetzt frage ich dich, ob der Mann denn nicht recht hat damit?«

Ich sagte: »Augenblick mal. Aber die Geschichte geht doch gut aus, soweit ich mich erinnere?«

Sie stieß die Luft durch die Nase. »Klar geht sie gut aus! Aber sie geht nur deshalb gut aus, weil der Hiob am Ende dann doch wieder klein beigibt! Der Herr persönlich spricht mit ihm und macht ihn richtig nieder, und am Ende sagt der Hiob, ja, ja, der Herr ist der Größte, und er bekennt sich schuldig und will Buße tun. Und da, aber erst *da* bekommt er alles zurück, was sie ihm genommen haben, er bekommt sogar alles doppelt zurück, tausend Eselinnen«, sie lachte, »das fand ich immer besonders schön, tausend Eselinnen statt der fünfhundert, die er vorher hatte, und neue Kinder, nur die Frau«, sie lachte wieder, »von der Frau steht beim Happy-End nichts in der Schrift, die hat er wohl behalten müssen, eine neue bekam er nicht, und schon gar nicht zwei.«

Ich sagte: »Na schön. Aber ich weiß noch immer nicht so richtig…«

»Meine Güte, du bist aber manchmal ziemlich schwer von Begriff!« Sie schüttelte den Kopf. »Also, paß mal auf: Ich hab mich von dem Pastor vögeln lassen, Entschuldigung, aber so war's ja nun mal, ich hab das gemacht, obwohl ich wußte und er auch, was wir damit seiner Frau antaten. Und ich hab Howard betrogen und Leute beklaut und in Topeka den Tankwart überfallen, die arme Sau, der hatte auch noch ein steifes Bein, von einem Motorradunfall, aber ich bin ja auch dafür bestraft worden, sieh mich bloß an, es ist ja auch nichts aus mir geworden, und vielleicht denkst sogar *du*, ich hätt's doch nicht besser verdient. Aber was ist mit Hiob?«

Sie beugte sich vor, fixierte mich mit großen Augen. »Womit hat der denn verdient, daß es ihm so dreckig gegangen ist? Und womit hat er es verdient, daß er dann von einem auf den anderen Tag wieder alles bekommen hat, was ein Mensch sich nur wünschen kann, na gut, keine neue Frau, aber sonst doch alles, lies es mal nach in der Bibel, der Herr hat ihn doch regelrecht zugeschissen mit Wohltaten, Entschuldigung, aber warum hat er das getan? Weil der Hiob am Ende dann doch wieder gekuscht und seinen Diener vor ihm gemacht hat! Und da frage ich dich, und ich frage mich, was das denn mit Gerechtigkeit zu tun hat?«

Ich hob die Hand und wollte ihr antworten, aber sie ließ mich nicht zu Wort kommen, sie sagte: »Ich weiß, ich weiß, das ist ja nur ein Gleichnis! Aber die Leute, mein Lieber, die Leute, die sich dieses Gleichnis ausgedacht haben, die hatten Verstand! Die wußten, wie es zugeht in der Welt! Weißt du, wie es zugeht in der Welt? Na klar weißt du das! Du weißt genausogut wie ich, daß es ungerecht zugeht in der Welt. Der Hiob, der hat weder sein Pech noch sein Glück verdient. Reiner Zufall. Irgendeiner da oben hat gezockt, nicht wahr? Und dann hat der Herr ihm alles genommen, und dann hat er es ihm doppelt zurückgegeben. Verdient hat er weder das eine noch das andere, der Hiob. Mag ja sein, daß *ich* mein Pech *verdient* habe. Aber andere haben genausoviel auf dem Kerbholz wie ich oder sogar noch mehr, und die haben nichts als Glück. So geht es nun mal zu in der Welt. Genau so!«

Sie ließ sich zurücksinken, nickte stumm.

Es war ja nicht das erstemal, daß sie mir auf solch eruptive Art offenbarte, was in ihr vorging. Mir fiel mein letzter Besuch bei ihr ein, und wie die bittere Enttäuschung durch Heinz-Peter und dann auch noch der uralte Groll auf Lene sich Luft gemacht hatten, und ich überlegte, was dieses Mal der Anlaß gewesen sein konnte. Ich überlegte, ob sie vielleicht davon ausgegangen war, nein, sich darauf verlassen hatte, daß Herrn Kruses Artikel heute in seinem Blatt erscheinen würde, und ob sie nun nicht wußte, was sie davon halten sollte, daß das nicht geschehen war. Fragte sie sich vielleicht, ob diese Leute sie zwar bezahlt, aber am Ende doch dem mißtraut hatten, was sie dem Chefreporter über Lene erzählt hatte, nein, ob sie vielmehr ihr, Edda, mißtraut hatten und ob sie damit wieder einmal den kürzeren gezogen hatte gegen die kleine Schwester?

Es war eine zynische, eine gehässige Überlegung, und ich brach sie ab, als ich mir dessen bewußt wurde. Nach einer langen Zeit sagte ich: »Na gut. Vielleicht hast du recht. Aber hast du denn *immer* nur Pech gehabt in deinem Leben, Unglück? Gibt es denn nichts, an das du dich gerne erinnerst, ich meine, ein Glück oder... einen glücklichen Augenblick? Vielleicht sogar eine glückliche Zeit?«

Sie sah mich an, schwieg eine Weile, ohne den Blick von mir zu wenden. Dann sagte sie: »O doch. Und darauf bin ich auch stolz.« Sie nickte. »Das kann mir nämlich keiner mehr abnehmen.«

Ich sagte: »Es geht doch nicht darum, daß dir jemand was abnimmt. Es geht darum, daß du etwas hast, woran du dich erfreuen kannst.«

Sie wandte den Blick von mir ab, sah durchs Fenster auf die Wipfel der Bäume und den blauen Himmel. Nach einer

Weile sagte sie: »Ich war mal zwei Wochen lang mit Howard am Lake George. War eine ziemlich weite Reise, bis rauf nach New York State, aber Gil Hutchins hatte uns keine Ruhe gelassen, das war Howards Kumpel in Ramstein. War auch unser Trauzeuge gewesen, und der hatte da oben einen erstklassigen Job in einer Marina, reparierte die Bootsmotoren und kutschierte die Touristen über den See, bis sie es allein konnten, und seine Schwester hatte ein paar Meilen weiter ein kleines Motel gleich am Ufer.«

Sie nickte. »Das war vier oder fünf Jahre, nachdem wir nach Abilene gegangen sind, Howards Mutter war gerade gestorben, Darmkrebs, und sein Vater war froh, daß er was zu tun hatte, er hat solange die Tankstelle übernommen. Na ja, wir sind da raufgeflogen, und Gil hat uns am Flughafen abgeholt, und wir sind mit ihm zum Lake George gefahren, zu dem Motel von seiner Schwester. Es war ein Tag im Oktober, glaube ich, aber sonnig und noch warm, Indian summer, you know, und wir sind um einen grünen Berg herumgefahren, und auf einmal liegt der See vor uns, das Wasser war ganz still und schimmerte, und rundum die grünen und roten Berge, ganz nah um den See herum, du kannst es dir einfach nicht vorstellen. Es war wunderbar. Wunderschön.«

Ich sagte: »Doch, ich glaube, ich kann es mir vorstellen.«

Sie sah mich an. »Warst du schon mal da?«

»Nein, das nicht. Aber ich kenne ein Bild vom Lake George.« Ich mußte lächeln über meine eigene Versponnenheit. »Ich kenne es sehr gut, weil ich es mir ziemlich oft angesehen habe. Es hat mich fasziniert, ein Gemälde, von einem amerikanischen Maler, auf den Namen komme ich jetzt nicht, aber er fällt mir wieder ein, Mitte neunzehntes Jahrhundert. Ich werd's dir zeigen, es ist auf dem Umschlag eines Buchs abgebildet, einer englischen Ausgabe des *Wildtöters*, die ich mir mal gekauft habe, *The Deerslayer*, das ist ein Band vom *Lederstrumpf*, ich weiß nicht –«

Sie fiel mir ins Wort. »Kenne ich. Hab ich gelesen, auch bei Onkel Kurt, sie hatten auch ein paar *Lederstrumpf*-Bücher auf dem Regal in der Küche. Spannende Geschichten, von Trappern und Indianern.«

»Ja. Die kannst du auch auf meinem Bild sehen, Trapper und Indianer. Zwei sitzen in einem Kanu, mit Federn auf dem Kopf, zwei andere stehen am Ufer des Sees, einer mit einer Lanze, so sieht es aus, er reckt sie hoch. Und rundum die Berge, und das Wasser schimmert, genau wie du es gesagt hast. Das Wasser ist ganz still, und das Kanu mit den beiden Indianern scheint darauf zu ruhen. Und auf die kleine Landzunge, auf der die beiden anderen stehen, fällt ein Streifen vom Sonnenlicht, das Gras leuchtet auf wie Gold, vielleicht sind es auch schon die ersten gelben Blätter, die von den Bäumen gefallen sind. Ich weiß nicht, vielleicht sind die Indianer auf dem Bild ja auf dem Kriegspfad, aber dieser See inmitten der Berge, dieses Stück Natur strahlt nur Frieden aus. Ruhe und Frieden. Und, na ja, ein stilles Glück, könnte man sagen.«

Sie nickte. »Ja. So hab ich's auch in der Erinnerung.« Sie lachte. »Obwohl, ganz so still war's damals natürlich nicht. Gab eine Menge Touristen da, Leute aus New York City, aus Albany, sogar aus Boston. Und der Betrieb hat mir natürlich auch gefallen, da war ja jeden Abend irgendwas los. Aber in unserem Motel, da gab's Ruhe. Wenn wir abends auf unserer Porch gesessen haben, da hörtest du nichts mehr. Nur die Vögel und ab und zu eine Welle, die ein bißchen plätscherte.«

Sie lehnte den Kopf zurück aufs Kissen, sah auf zur Decke. »War natürlich auch eine gute Zeit. Mit der Tankstelle, das lief wirklich spitzenmäßig, wir haben geglaubt, ein paar Jährchen noch, und dann haben wir's geschafft. Und wenn wir wollen, dann kaufen wir uns ein kleines Haus hier am Lake George, mit einem Bootssteg, und dann setzen wir uns auf die Porch, oder wir fahren mit dem Boot hinaus, in irgendeinen Winkel des Sees, wo du glaubst, die Welt ist zu Ende, aber wo die Welt so schön ist wie sonst nirgendwo.« Sie lachte. »Halleluja.« Sie schüttelte den Kopf. »Ist dann leider anders gekommen.«

Ich sagte: »Ich hol dir mal das Buch mit dem Bild.«

Als ich aufstand, sagte sie: »Raimund?«

»Ja?«

»Denkst du nicht, daß ich fast schon wieder gesund bin?«

Ich sagte: »Na ja, du hast sicher Fortschritte gemacht.«

»Siehst du.« Sie nickte. Dann sagte sie: »Und denkst du nicht, daß ich ausnahmsweise mal wieder ein Glas Wein trinken dürfte?«

Ich sagte: »Ich werd mal in einem meiner Bücher nachschlagen. Vielleicht finde ich ja was in dieser Richtung.«

Sie lachte. Als ich zur Tür hinausging, sagte sie noch einmal: »Raimund?«

Ich wandte mich zurück. Sie sagte: »Ich kann dir *noch* eine glückliche Zeit nennen, die ich erlebt habe.«

»Das freut mich aber. Und wann war *das*?«

Sie sagte: »Das *war* nicht. Das ist noch immer. Ich meine die Zeit, seit du und Lene mich hier aufgenommen habt und euch um mich kümmert. Und eure Tochter auch, Clara meine ich, aber auch Birgit, und natürlich der Kleine. Ich bin sehr glücklich darüber, das sollst du wissen.«

Ich sagte: »Danke, Edda.« Ich wollte noch etwas hinzufügen, aber ich war mir nicht sicher, ob meine Stimme nicht arg ins Schwanken geriete. Ich schluckte, hob die Hand und ging.

Auf der Treppe befürchtete ich, daß ich den *Deerslayer* nicht finden würde, ich konnte mich nicht erinnern, daß und wann ich mich von dem Bild auf dem Einband getrennt und das Buch ins Regal gestellt hatte, aber ich fand es da, wo es hingehörte. Ich ging in den Keller und suchte eine Flasche Wein aus, ich nahm einen sehr guten Bordeaux, er würde uns auch zum Abendessen schmecken. Ich entkorkte die Flasche in der Küche, holte zwei Gläser, stellte alles auf ein Tablett und trug es mit dem Buch hinauf.

Als ich ins Gästezimmer kam, schien Edda eingeschlafen zu sein. Ihre Augen waren geschlossen, sie ruhte halb sitzend auf den Kissen, die ich ihr in den Rücken gestopft hatte, ihr Kopf war auf die linke Schulter gesunken.

Plötzlich wurde mir sehr kalt, ich spürte meinen Herzschlag.

Ich stellte das Tablett ab, faßte an ihre Schulter, sagte: »Edda?« Sie rührte sich nicht. Ich faßte an ihre Halsschlagader. Ich konnte keinen Puls spüren. Ich hob ihre Augenlider an. Dann schloß ich sie wieder.

Für eine oder zwei Minuten ließ ich mich in dem Lehnstuhl nieder. Danach ging ich hinunter und rief Clara über ihr Handy an. Sie meldete sich sofort.

Ich sagte: »Ich bin's, Clara. Edda ist tot. Es sieht so aus, als hätte sie eine Embolie gehabt.«

Clara sagte: »Ich komme.«

53

Clara hat alles in die Hand genommen, ruhig und ohne viel Aufhebens zu machen. Sie hat mir alles abgenommen. Sie hat auch versucht, mir das abzunehmen, was niemand mir abnehmen kann.

Ich hatte das Bett-Tischlein abgeräumt und den Lehn-stuhl ans Fenster zurückgeschoben, damit sie Platz hatte. Während sie Edda untersuchte, ließ ich mich in dem Lehn-stuhl nieder. Sie brauchte nicht sehr lange. Sie richtete sich auf, bekreuzigte sich und senkte den Kopf. Nach einer Weile bekreuzigte sie sich wieder. Dann wandte sie sich zu mir.

Sie sagte: »Ja.«

Nach einer Weile fragte sie: »Soll ich den Bestatter ru-fen? Oder willst du sie heute nacht hierbehalten?«

Ich sagte: »Wir können nicht den Bestatter rufen. Stell dir vor, er ist noch nicht fertig und Mama kommt nach Hause. Und der Leichenwagen steht vor der Tür.«

»Ja, natürlich. Daran hab ich nicht gedacht.«

»Ich könnte mir auch vorstellen, daß Mama... daß sie sie hier noch einmal sehen möchte. Und vielleicht auch diese Nacht noch mit ihr unter einem Dach verbringen möchte. Ich weiß es natürlich nicht.«

Sie nickte. Dann wandte sie sich zu Edda, setzte sich neben sie auf das Bett, legte die Hand auf Eddas Hand.

Eine Weile blieb sie regungslos sitzen. Dann tat sie einen tiefen Atemzug. »Ich muß dir auch noch etwas sagen.«

Sie sah mich an. »Vielleicht machst du dir jetzt Vorwürfe. Nein, ich bin sogar sicher, daß du dir Vorwürfe machst. Aber das solltest du nicht tun. Du mußt es nicht, und du solltest es auch nicht.« Sie wandte den Blick zum Fenster. »Wenn jemand, dann müßte ich mir Vorwürfe machen. Ich hätte ja darauf bestehen können, daß sie ins Krankenhaus kommt. Aber es gab nun mal gute Gründe, sie hierzubehalten. Und vor allem war es das, was *sie* wollte.«

Sie sah mich an: »Im Krankenhaus wäre sie in ein tiefes schwarzes Loch geraten. Mit schwer kalkulierbaren Folgen. Und hier hat sie sich gut aufgehoben gefühlt. ›Wie in Abrahams Schoß‹.«

Ich sagte: »Das mag schon sein.«

Sie sagte: »Nein, das mag nicht nur so sein. Das *ist* so. Na gut, das *war* so.« Sie schaute Edda an, tätschelte ihre Hand ein wenig. »Das hat sie selbst mir gesagt.« Dann sah sie wieder mich an. »Außerdem weißt du ebensogut wie ich, daß sie auch im Krankenhaus an dieser Embolie hätte sterben können.«

Ich schwieg. Nach einer Weile fragte sie: »Wir können Mama nicht Bescheid sagen, nicht wahr?«

»Nein, das sollten wir nicht. Vielleicht ist sie schon in dieser Sitzung.«

Sie fragte: »Soll ich hierbleiben, bis sie nach Hause kommt?«

»Nein, um Himmels willen. Das kann lange dauern.«

»Soll ich später noch mal wiederkommen?«

Ich schüttelte den Kopf. »Das ist sehr lieb, Clara. Aber ich schaff das schon.«

Sie schrieb den Totenschein aus. Dann nahm sie Edda die Bandagen ab, half mir, sie ein wenig aufzurichten, die Kissen aufzuschütteln und Edda auf den Rücken zu legen. Die Hände falteten wir ihr nicht, wir betteten sie auf beiden Seiten auf das Leintuch. Als wir fertig waren, beugte Clara sich über Edda und küßte sie auf die Stirn.

Ich brachte sie zur Haustür, und diesmal nahm ich ihr die Tasche ab und trug sie ihr zum Auto. Sie umarmte mich, klopfte mir auf den Rücken.

Als ich ins Haus zurückgekehrt war, blieb ich in der Diele stehen, blickte um mich. Mir fiel ein, daß ich in den vergangenen Tagen ein paarmal hier unten verharrt und gelauscht hatte. Aber es gab nichts mehr zu lauschen. Edda jedenfalls bot keinen Anlaß mehr dazu.

Ich suchte eine Kerze heraus und einen Kerzenständer, ging damit nach oben. Auf der obersten Stufe der Treppe blieb ich stehen. Einen Augenblick lang fragte ich mich, ob ich Eddas Bett wieder leer finden, ob sie sich wieder heimlich davongemacht haben würde. Ich hätte es mir sehr gewünscht.

Ich trat langsam an die offene Tür. Edda lag auf ihrem Bett, als schliefe sie. Ein Lichtstreifen der tiefstehenden Sonne fiel auf ihre Stirn, die dunklen Haare glänzten. Ich hatte das Fenster geöffnet, ein leichter Wind bewegte die Gardine.

Ich stellte die Kerze auf den Nachttisch, zündete sie an. Dann zog ich den Lehnstuhl an das Bett heran und setzte mich zu Edda. Die Dämmerung kam und dann die Dunkelheit, aber ich schaltete das Licht nicht ein.

Ich weiß nicht mehr, was alles mir durch den Kopf ging, aber ich glaube, daß ich die meiste Zeit mit dem Buch Hiob und am Lake George verbrachte. Eine Zeitlang verschlug es mich auch an das Ufer der Persante. Und danach kam ich an Swinemünde nicht vorbei und dem Gerumse der Luftminen, und nicht an dem Lager für Neubürger der Deutschen Demokratischen Republik und den schlammigen Wegen zwischen den Baracken. Ich sah die flimmernde Luft, den Sommerglast über Onkel Kurts Weizenfeld, ich roch die Unteroffiziersmesse auf der Air Base mit dem Essensdunst, Luncheon Meat, und mit dem schweren, süßen Aroma der Virginia-Zigaretten, und am Ende glaubte ich auch noch das Desinfektionsmittel zu riechen, mit dem die Putzkolonne im County-Gefängnis von Topeka den Boden aufgewischt hatte. Aber die meiste Zeit verbrachte ich mit dem Buch Hiob und am Lake George.

Irgendwann bekam ich Durst, ich stand auf und goß mir im Schein der Kerze ein Glas von dem Bordeaux ein, den ich für Edda und mich geöffnet hatte. Ich trank im Stehen einen Schluck, dann ging ich hinunter und schaltete das Licht in der Diele ein und das vor der Tür, Lene hätte einen Schrecken bekommen, wenn sie das Haus dunkel vorgefunden hätte. Danach ging ich wieder nach oben. Ich setzte mich mit meinem Glas zu Edda.

Als ich von unten ein Geräusch hörte, stand ich auf, ich schaltete auf dem Flur im Obergeschoß das Licht ein und ging die Treppe hinunter. Lene stand in der Diele. Sie hatte ihren Mantel abgelegt, hielt an der Hand ihren Aktenkoffer. Als sie meinem Blick begegnete, stellte sie den Aktenkoffer ab.

Ihre Augen weiteten sich. Sie fragte: »Ist etwas passiert?«

Ich brachte sie hinauf, aber sie wollte allein zu Edda gehen.

Ich setzte mich auf die oberste Stufe des Treppenabsatzes. Ich erinnerte mich, daß ich erst vor zwei Tagen dort gesessen und zugehört hatte, wie Daniel der Tante Edda das Märchen vom Tannenbaum erzählt hatte. Zweieinhalb Tage erst.

Ich saß lange dort. Als ich aus Eddas Zimmer einen unterdrückten Laut hörte, merkte ich auf. Ich hörte den Laut noch einmal, es klang wie ein Schluchzen. Ich ging hinein zu den beiden. Lene saß an Eddas Seite auf dem Bett. Das Kerzenlicht ließ ihre Tränen glitzern, sie liefen ihr über die Wangen.

54

Es wurde fast ein Uhr in der Nacht, bevor wir auf die Sitzung des Parteivorstands und deren Ergebnis zu sprechen kamen. Ich hatte noch eine Weile neben Lene auf Eddas Bett gesessen, ich hatte ihre Tränen getrocknet, hatte sie fest im Arm gehalten und hin und wieder ein wenig gerüttelt, als wollte ich sie ermuntern. Schließlich war sie aufgestanden. Sie war eine lange Zeit neben dem Bett stehengeblieben, dann hatte sie Edda auf Stirn und Wangen geküßt. Wir waren hinunter und ins Wohnzimmer gegangen. Die Kerze hatten wir brennen lassen.

Ich fragte Lene, ob sie etwas trinken wolle, sie sagte, ja, ein Glas Wein wäre ihr sehr recht. Ich ging hinauf und holte die Flasche Bordeaux, trug sie und die beiden Gläser mit einem Seitenblick auf Edda aus dem Zimmer. Als ich ins Wohnzimmer kam, fragte Lene mich, woher ich die Flasche geholt hätte. Ich erzählte ihr, wie Edda versucht hatte, mich einzuwickeln, um endlich mal wieder an ein Glas Wein zu kommen. Lene lachte. Aber dann sagte sie: »Ich glaube, wir sollten diesen Wein nicht trinken.«

Ich nickte.

Sie sagte: »Es ist natürlich dumm, aber...«

Ich sagte: »Du denkst, sie ist hier irgendwo und kann uns zuschauen, und wir sitzen hier und trinken den Wein, der für sie bestimmt war. Wir machen uns darüber her, kaum daß sie tot ist.«

Sie zuckte die Schultern, lächelte. »Ja, ich weiß, das ist albern.«

»Das ist überhaupt nicht albern. Jedenfalls kann es nicht schaden, wenn wir auf diesen Wein verzichten. Vielleicht freut sie sich tatsächlich darüber.«

Ich holte eine andere Flasche Wein. Nach dem ersten Schluck fragte Lene mich, wie dieser Tag mit Edda gewesen sei und worüber sie gesprochen habe. Ich erzählte ihr vom Buch Hiob, und als ich sah, daß ihre Augen wieder naß wurden, sprang ich zum nächsten Thema und erzählte ihr vom Lake George und von John Frederick Kensett, dem Maler, der ihn festgehalten hat, als dort noch die Indianer in ihren Kanus zu sehen waren, sein Name war mir plötzlich wieder eingefallen, und ich wünschte mir sehr, daß Edda uns zuhören konnte, damit auch sie erfuhr, von wem das Bild stammte, aber dann fiel mir ein, daß ich Edda das Bild ja gar nicht mehr hatte zeigen können, sie war doch schon tot gewesen, als ich das Buch mit dem Wein hinaufbrachte. Ich mußte tatsächlich schon wieder fürchten, daß meine Stimme ins Schwanken geriete, aber ich kam darüber hinweg.

Schließlich erzählte ich Lene, daß Edda auch noch von einer anderen glücklichen Zeit gesprochen hatte, die sie erlebt habe, oder vielmehr nicht erlebt *habe*, sondern gerade eben erlebe. Die Zeit in unserem Haus nämlich und, nun ja, in unserer Fürsorge.

Lene sah mich mit großen Augen an. Sie fragte: »Das hat sie gesagt?«

»Ja, das hat sie gesagt. Und sie hat gesagt, sie sei sehr glücklich darüber.« Ich zögerte, dann sagte ich: »Das war sogar das Letzte, was sie gesagt hat. Jedenfalls das Letzte, was ich von ihr gehört habe.«

Ich überlegte angestrengt, wie ich dieses Gespräch in weniger aufgewühlte Gewässer steuern konnte, bevor wir beide zu schluchzen begönnen, und schließlich kam ich darauf, daß ich seit Lenes Ankunft eine Frage völlig vergessen hatte, die letzten Endes zu meinen Pflichten als Hausmann gehört. Ich fragte sie, ob sie überhaupt etwas zu essen bekommen habe.

Sie sagte: »Ja, danke. Kürten hat sogar eine Suppe auffahren lassen. Nach den ersten beiden Stunden.« Sie lächelte. »Die hatten einige auch nötig, zur Stärkung.«

Ich sah sie fragend an. Sie sagte: »Sie werden mich dem Parteitag vorschlagen. Das ist jedenfalls mit Mehrheit beschlossen worden. Mit einer soliden Mehrheit.«

Ich sagte: »Was?! Aber das ist ja…!« Ich setzte mich neben sie aufs Sofa, nahm sie in den Arm, gab ihr einen Kuß. »Ich gratuliere dir! Herzlichen Glückwunsch. Das ist ja toll! Entschuldige, ich hab dich nicht einmal danach gefragt.«

Sie lächelte. »Ich hab ja selbst nicht mehr daran gedacht. Tatsächlich.«

Wir saßen noch einmal fast eine Stunde beisammen. Lene erzählte mir, wie es zu diesem Ergebnis gekommen war, aber sie sagte gleich zu Beginn, warum es so gekommen sei, wisse sie nicht, es habe auch keiner ihrer Leute einen überzeugenden Aufschluß dafür gefunden.

Günni also, der Mitbewerber Dr. Günther Nelles, hatte gleich zu Beginn der Sitzung ums Wort gebeten und erklärt, er bedauere, seine Bewerbung zurückziehen zu müssen. Aus persönlichen Gründen, die er im einzelnen nicht darlegen könne, sei er leider nicht imstande, die Kandidatur der Partei für das Amt des Oberbürgermeisters zu übernehmen. Es tue ihm insbesondere leid, daß er den Meinungsbildungsprozeß der Partei durch diesen so plötzlichen Sinneswandel auf gewiß ungewöhnliche Weise erschwert habe. Aber die Gründe für seinen Schritt hätten sich erst unlängst ergeben, sie seien seinerzeit nicht voraussehbar gewesen. Es bleibe ihm nur, die Kolleginnen und Kollegen um Verständnis und um Nachsicht zu bitten. Dem Kandidaten der Partei, wen immer sie nun auswählen werde, wünsche er alles Gute und nicht zuletzt, daß die Interessen der Partei bei ihm so gut aufgehoben seien, wie sie es verdienten.

Günnis Seilschaft, soweit sie dem Vorstand angehört,

darunter Frau Trompetter und Herr Faulenborn, hatte während dieses Vortrags betreten auf den Tisch geblickt. Die Seilschaft sei, meinte Lene, natürlich vorab unterrichtet gewesen, aber offenbar nicht früh genug, um noch hinreichend diskutieren zu können, ob und auf welche Weise der Kandidat sich eventuell umstimmen lasse. Günni habe offenbar auch seine eigenen Leute überfahren, im Rückwärtsgang, wie Philipp Seiffert das hernach genannt habe. Philipp war hinzugestoßen, als Lenes Erfolg in einer Kneipe begossen werden sollte, welcher Feier sie sich nach den ersten zwei Runden mit dem Hinweis auf einen Patienten zu Hause entzogen hatte.

Im Anschluß an Günnis Erklärung, die der Landesvorsitzende in seiner Eigenschaft als Gast der Sitzung zunächst mit hochgezogenen Augenbrauen, im folgenden jedoch ohne irgendeine andere Reaktion zur Kenntnis genommen hatte, war es, so berichtete Lene weiter, zu einem angestrengten Getuschel zwischen den Führungskräften des rechten Flügels gekommen. Danach hatten die Rechten eine kurze Unterbrechung der Sitzung beantragt, weil sie die neue Situation beraten müßten, und diesem Antrag hatten sich die Linken angeschlossen.

Nach der Unterbrechung hatten dann sowohl die Rechten wie die Linken einen eigenen Kandidaten vorgeschlagen, selbstverständlich nur, um dem Parteitag die Alternative anzubieten, die im Interesse eines einwandfreien demokratischen Nominierungsverfahrens wünschenswert sei. Die Rechten hatten Herrn Welsch, den mittelständischen Unternehmer, die Linken Herrn Esser, den christlichen Gewerkschafter präsentiert, die beide schon bei vorangegangenen Wahlen keinen Blumentopf hatten gewinnen können, aber natürlich war ihnen auch nichts Besseres übriggeblieben, sie konnten sich ja nicht im Handumdrehen einen frischen Kandidaten backen.

Dieses Theater jedenfalls, die Wiederbelebung von Mumien zum Zwecke einer Familienkeilerei hatte einige Mitglieder des Vorstands offenbar verärgert, sie hatten, obwohl ihr Votum bis dahin eher als unentschieden eingeschätzt worden war, ihre Stimme vermutlich für Lene abgegeben und ihr so zur Mehrheit verholfen. Lene meinte, ihr Erfolg, wenn man es denn so nennen wolle, sei durch einige Faktoren zustande gekommen, die sie gar nicht hätte beeinflussen können.

Sie sagte: »Ich hab ganz einfach Schwein gehabt. Und natürlich verdanke ich dieses Ergebnis in erster Linie Nelles. Aber *was* ihn zu diesem Rückzug veranlaßt hat, ist mir völlig schleierhaft, noch immer. Ich hätte von ihm alles erwartet, nur das nicht.«

Ich zuckte die Schultern. Ich hatte durchaus meine Vermutungen über die Gründe, die Herrn Nelles umgestimmt haben mochten. Aber es waren nun mal ausgefallene, es waren doch abenteuerliche Vermutungen, und ich hütete mich, sie Lene mitzuteilen.

Sie sagte: »Ich hab schon mal überlegt, ob er vielleicht krank ist. Ich meine, vielleicht ist bei ihm eine Krankheit entdeckt worden, weiß der Himmel, manche Leute erfahren ja von heute auf morgen, daß sie Krebs haben oder was auch immer und daß sie nicht mehr lange zu leben haben. Philipp meint, das könne er sich bei diesem Kraftprotz nicht vorstellen, was natürlich Unsinn ist, denn bei wem kann man sich so was schon vorstellen, bevor es passiert. Aber Philipp sagt außerdem, es sei nach seinem Wissen bisher noch keinem aufgefallen, daß Nelles irgendwo zurückgesteckt hätte, und das sagt auch Bäumler, er ist im selben Tennisklub wie Nelles, und er sagt, Nelles tobt da immer noch herum, wie man es von ihm kennt, läuft hinter jedem Ball her und versucht jeden Gegner niederzumachen.«

Sie sah mich an. »Bloß muß das doch immer noch nichts heißen, nicht wahr? Es wäre doch möglich, daß er die Diagnose erst gestern erfahren hat, oder heute erst, aus heiterem Himmel und ohne daß er vorher Beschwerden gehabt hätte? Und vielleicht hat er gerade deshalb diese Entscheidung getroffen? Er ist völlig aus dem Gleis geraten, als er die Diagnose hörte, er hat durchgedreht, das wäre doch möglich? Was meinst du?«

Ich sagte: »Schwer zu sagen. Möglich wäre es, natürlich.«

Sie seufzte. »Na ja. Heute abend werde ich nicht mehr dahinterkommen. Muß ich auch nicht. Es gibt weiß Gott Wichtigeres. Und Traurigeres.« Sie griff nach ihrem Glas, hielt unversehens ein. »Nicht für Nelles, natürlich. Es täte mir leid, wenn er tatsächlich krank wäre.«

Sie trank ihr Glas leer, stellte es ab, legte die Hände in den Schoß, schwieg eine Weile. Dann sah sie mich an. »Wäre es dir recht, wenn ich heute nacht bei dir schliefe?«

»Natürlich wäre mir das recht.«

Ich fragte sie nicht, ob sie Angst habe, wegen Edda, und ob sie deshalb nicht allein in ihrem Zimmer schlafen wolle. Aber es sah nicht so aus, als ob sie Angst habe. Sobald wir die Treppe hinaufgestiegen waren, ging sie wieder zu Edda. Sie trat an ihr Bett, verharrte eine Weile, ihre Lippen bewegten sich stumm. Als sie sich abgewandt hatte, sagte ich: »Ich werde eine neue Kerze aufstellen.«

Sie fragte ein wenig unsicher: »Ist das nicht gefährlich?«

»Ich denke nicht. Edda wird sie jedenfalls nicht umstoßen.«

Sie sagte: »Ja. Leider.«

Wir ließen die Tür zu Eddas Zimmer offenstehen und auch unsere Schlafzimmertür. Lene lag schon im Bett, als ich aus dem Badezimmer kam. Ich legte mich neben sie. Sie beugte sich über mich, gab mir einen Kuß, bettete ihren Kopf an meine Schulter. Nach einer Weile gab sie mir noch einen Kuß, sagte: »Danke!« und legte sich auf den Rücken. Sie schaltete ihre Nachttischlampe aus.

Ich sagte: »Ich wünsch dir eine gute Nacht.«

Sie sagte: »Ich dir auch. Schlaf gut, mein Lieber.«

Ich schaltete meine Nachttischlampe aus. Im Dunkeln spürte ich ihre Hand, sie tastete nach meiner Hand, fand sie und legte ihre Hand darüber. Nach ein paar Minuten hörte ich an ihren Atemzügen, daß sie eingeschlafen war.

Auch ich wollte schlafen. Ich wollte nicht mehr nachdenken, es war ja doch nur Unsinn, was dabei herauskam. Es nützte jedenfalls nicht viel, es nützte offenbar gar nichts, über das nachzudenken, was passieren konnte und passieren würde.

Ich überlegte dann doch eine Weile, was es zu bedeuten hatte, bedeuten könnte, daß Lene nach langer, langer Zeit wieder neben mir lag. Sie hatte keine Angst vor ihrer toten Schwester, nein. Sie hatte nicht gefürchtet, daß die bleiche

Edda aufstehen, sich in ihr Leintuch hüllen und mit der Kerze in ihr Zimmer treten würde. Sie war nicht zu mir gekommen, um einen Beschützer zu haben, auf die Gefahr hin, daß der Ritter schnarchte. Nein, das war es nicht.

Aber was war es dann?

Eine Sekunde lang, es war wie ein Schlag gewesen, der mich durchfuhr, nur den Bruchteil einer Sekunde lang war eine Hoffnung in mir aufgeflammt, als sie mich so unerwartet fragte, ob es mir recht sei, wenn sie heute nacht bei mir schlafe. Ich empfand wie einen Schlag, der mich bis in die Fingerspitzen durchfuhr, die Hoffnung, sie könne ein Verlangen nach mir haben, ein körperliches Verlangen. Aber eine Sekunde später war diese Hoffnung bereits erloschen, verraucht. Ich schämte mich dafür, ja doch. Hatte ich tatsächlich geglaubt, ich könne, während Edda auf der anderen Seite des Flurs stumm und starr unter ihrem Leintuch lag, das verrichten, worauf ich gehofft hatte? Und hatte ich etwa geglaubt, Lene wolle ebendas und sei imstande, es zu tun?

Ich scheute davor zurück, mich mit dieser Frage auch nur eine Sekunde länger zu beschäftigen. Nicht jetzt, nicht hier. Vielleicht war es übertrieben, daß ich mich schämte. Aber ich schämte ich.

55

Am folgenden Morgen, dem Samstagmorgen, schliefen wir länger als üblich, wir wurden jäh geweckt von Herrn Ludewig, der kurz nach acht anrief und wissen wollte, wann Lene Zeit für ein ausführliches Interview habe. Ich reichte das Telefon zu Lene hinüber, und sie fragte Herrn Ludewig, ob er gegen Mittag noch einmal anrufen könne, sie wisse noch nicht, wie ihr Programm in den nächsten Tagen im einzelnen aussehe. Ich hatte kaum den Hörer wieder angenommen und aufgelegt, als das Telefon schon wieder klingelte, diesmal war es ein Parteifreund, der mir mit emphatischer und zweimal überkippender Stimme mitteilte, er wolle Lene zu ihrem grandiosen Erfolg gratulieren, ich fragte ihn, wie er heiße, er hieß Doktor Kallenberg, ich sagte, Lene sei leider im Augenblick nicht zu sprechen, aber ich würde es ihr ausrichten.

Danach ließ Lene sich das Telefon geben, sie rief Philipp Seiffert an, den sie, wie ich vermute, aus dem Tiefschlaf riß oder auch aus einem Restrausch, das Gespräch gestaltete sich offenbar ein wenig schwierig, aber nachdem sie ihm gesagt hatte, ihre Schwester sei vergangenen Abend gestorben, kam der junge Mann wohl zu sich. Sie bat ihn, diejenigen, die vermutlich schon auf der Matte stünden, weil sie unbedingt mir ihr sprechen wollten, anzurufen und um ein wenig Geduld zu bitten, er könne ja sagen, sie sei im Augenblick ein wenig überarbeitet, und er wisse selbst sicher am besten, wer für einen solchen Anruf in Frage komme, die Zeitungen und so weiter. Vielleicht könne er ein wenig später auch ihre Sekretärin aufwecken und sie bitten, ihm einen Teil der Anrufe abzunehmen.

Philipp nahm den Auftrag offenbar willig entgegen. Am Ende dieses Gesprächs gewann ich beim Zuhören sogar den Eindruck, als sei er schon wieder so weit bei Sinnen, daß er einen ausführlichen Beileidswunsch formulieren konnte, Lene hörte ihm eine Weile zu, bevor sie »Danke, Philipp, danke« sagte und auflegte.

Ich fragte sie, ob es ihr recht sei, wenn ich innerhalb der nächsten Stunde den Bestatter anriefe.

Sie sah mich an, nickte, dann sagte sie: »Natürlich, es muß ja sein.« Nach einer kleinen Pause fragte sie: »Meinst du denn, er kommt heute noch?«

Ich sagte, das nähme ich an.

Bevor ich ins Bad ging, trat ich an Eddas Tür. Die Kerze war niedergebrannt, die Flamme erloschen. Eddas Gesicht sah wächsern aus. Ich stieg die Treppe hinab, um eine neue Kerze zu holen. Während ich noch unterwegs war, klingelte wieder das Telefon, aber Lene schien nicht abzuheben. Das Telefon verstummte nach einer Weile. Als ich zu Edda zurückkam, saß Lene neben ihr am Bett.

Sie sagte: »Sie sieht so friedlich aus. Findest du nicht?«

Ich sagte: »Doch, ja. Sie sieht friedlich aus.«

Ich stellte die Kerze auf und zündete sie an. Dann ging ich ins Bad, und nachdem ich mich angezogen hatte, ging ich hinunter, um vom Telefon im Wohnzimmer den Bestatter anzurufen. In dieser Zeit hatte das Telefon noch zweimal geklingelt, aber Lene hatte nicht abgehoben, sie war bei Edda sitzen geblieben. Ich hoffte, daß der junge Herr Seiffert seinen Auftrag nicht versäumt hatte, weil er wieder eingeschlafen war.

Der Bestatter war unterwegs, aber seine Tochter gab mir die Nummer seines Handys, und er meldete sich sofort. Er sagte, er sei gerade bei einem anderen Sterbefall, aber er denke, daß er zwischen halb zwölf und zwölf bei uns sein könne, ob das genüge?

Ich sagte, ja, das genüge.

Als wir mit dem Frühstück noch nicht ganz fertig waren, klingelte es an der Tür. Lene sagte: »Schick sie weg, bitte. Egal, wer es ist.«

Ich öffnete. Vor mir stand Rudi, Birgits Mann, neben ihm Daniel, der in der Rechten einen kleinen Blumenstrauß trug und unter dem linken Arm den knallbunten Karton mit dem Spiel, das Edda für ihn gekauft hat.

Rudi, der offenbar gut gelaunt war, sagte: »Guten Morgen!«

Daniel sagte: »Morgen, Opa.«

Ich war völlig entgeistert. Ich sagte: »Guten Morgen.«

Rudi schien immerhin zu merken, daß irgend etwas nicht stimmte. Er fragte: »Hat Birgit noch nicht angerufen?«

Ich sagte: »Nein, bisher nicht. Wollte sie das?«

Rudi sagte: »Ja, natürlich. Wir wollten euch so früh ja nicht überfallen.«

»Das ist nett.« Ich ließ die beiden ein. »Aber was wollte Birgit uns denn sagen?«

»Na ja, daß wir zum Einkaufen in die Stadt fahren wollten. Daniel sollte mitfahren, aber er hat keine Ruhe gegeben. Er wollte sich unbedingt bei Tante Edda für das Spiel bedanken.«

Daniel sagte: »Und ihr zeigen, wie es geht. Ich kann es schon. Gegen Elly und Eve hab ich schon gewonnen.«

Rudi fühlte sich verpflichtet, eine Erklärung beizusteuern, er sagte: »Er hat die beiden angerufen, nachdem Lene gestern das Spiel vorbeigebracht hatte. Und sie sind sofort zu uns gekommen. Sie haben bis zum Abend gespielt, es hat ihnen anscheinend großen Spaß gemacht.«

Ich sagte: »Das ist ja schön. Na, dann kommt mal weiter.«

Daniel wollte sofort die Treppe hinaufsteigen, ich hielt ihn fest und sagte: »Augenblick mal, willst du nicht erst mal deiner Oma guten Morgen sagen, die freut sich doch auch, wenn sie dich sieht.«

Er folgte mir ins Wohnzimmer, Rudi kam hinterher. Lene war dabei, auf ihrem Handy zu telefonieren, es war offenbar Birgit, die mittlerweile angerufen hatte. Lene sagte: »Sie sind gerade angekommen. Nun laß mal, das werden wir irgendwie regeln. Ich meld mich nachher noch mal. Bis dahin.«

Sie legte das Handy ab, ging vor Daniel in die Hocke, gab ihm einen Kuß und sagte: »Das sind aber schöne Blumen, hör mal!«

Er sagte: »Die sind aber für Tante Edda.«

»Na klar, ich will sie ihr ja auch nicht abnehmen.« Sie sah mich an. »Redest *du* mit ihm?«

»Ja. Natürlich.«

Sie stand auf, strich ihm übers Haar. »Ich muß mal gerade mit deinem Papa was besprechen. Bleib du solange beim Opa, ja?«

»Ich will aber zu Tante Edda. Ich will mich für das Spiel bedanken.«

»Ja, ja, es dauert ja auch nicht lange.« Sie tat einen Schritt hin zu Rudi, der mit zunehmender Verwirrung den Vorgang verfolgte, dann wandte sie sich noch einmal zurück, streckte die Hand aus. »Die Blümchen kannst du mir schon mal geben, ich stell sie in eine Vase, dann verwelken sie nicht so rasch, weißt du.«

Er wollte die Blumen festhalten, ließ sie erst los, als Lene

»Bitte!« sagte. Lene faßte Rudi am Arm und schob ihn hinaus. Sie ging mit ihm in die Küche, ich hörte, wie sie die Tür hinter sich schloß.

Ich sagte: »Daniel...« Dann sagte ich: »Ich muß mich gerade mal ein bißchen setzen, mir tun die Füße weh.« Ich nahm ihn an der Hand, er folgte mir mit dem Spiel unter dem Arm, ich ging zu meinem Sessel, ließ mich nieder, ächzte, um den Schmerz in meinen Füßen glaubhaft zu machen.

Er blieb vor mir stehen, sah auf meine Füße, dann sah er mich an. »Aber dann will ich zu Tante Edda gehen.«

»Ja, ich weiß. Aber vorher möchte ich dir was sagen.«

»Was denn?«

Ich strich mir über den Nacken. »Daniel... du weißt doch, daß Tante Edda sehr krank war.«

Er öffnete den Mund ein wenig. Dann sagte er: »Sie hat aber nur zweiundachtzig Puls gehabt. Und das war nicht schlecht.«

»Richtig, das war gar nicht so schlecht. Du hast ja sogar zweimal gemessen.«

Ich strich mir wieder über den Nacken. Bevor ich mir schlüssig wurde, wie ich fortfahren konnte, fragte er: »Was wolltest du mir denn sagen?«

Ich sagte: »Weißt du noch, wie du *mir* zuletzt den Puls gemessen hast?«

Er nickte.

Ich sagte: »Und da hast du mich gefragt, wieviel Puls einer hat, der stirbt.«

Er sagte: »Ja, und du hast gesagt, das weiß keiner, wann einer sterben muß. Das wissen auch die Ärzte nicht.«

»Richtig. Und ich hab gesagt, am Puls kann man nicht erkennen, ob einer stirbt. Leute, die sterben, haben manchmal einen hohen Puls, und manchmal haben sie einen niedrigen. Also...«, ich atmete einmal tief durch, »Tante Edda hat einen Puls von zweiundachtzig gehabt. Da hast du recht. Aber das war, verstehst du...«

Unvermittelt fragte er: »Ist Tante Edda gestorben?«

Ich wußte einen Augenblick lang nicht, wie ich antworten sollte. Dann sagte ich: »Ja.«

Seine Lippen öffneten sich, er suchte in meinen Augen, in meinem Gesicht nach einer Erklärung für diese Antwort. Dann senkte er den Blick. Er hob das Spiel ein wenig an, betrachtete die Ecke des Kartons, die unter seinem Unterarm hervorschaute, als sehe er sie zum erstenmal.

Ich sagte: »Sie ist gestern abend gestorben. Sie war sehr krank, weißt du. Am Puls konnte man das nicht erkennen.«

Er warf einen Blick durch die Glastür der Terrasse, dann sah er mich an. »Warum hast du mich nicht angerufen?«

»Oh, das kam sehr plötzlich, weißt du, ich mußte Tante Clara anrufen, die ist dann auch sofort gekommen, aber sie konnte auch nichts mehr machen, Tante Edda war schon tot, leider, und dann ist noch die Oma gekommen, die wußte ja auch von nichts, es ist ziemlich drunter und drüber gegangen, das kannst du dir ja vorstellen.«

Er nickte. Dann fragte er: »Liegt Tante Edda in ihrem Bett?«

Ich nickte.

Er sagte: »Ich will jetzt zu ihr gehen.«

Ich sagte: »Warte noch einen Augenblick. Bis dein Vater kommt. Dann gehen wir zusammen rauf.«

Er schwieg, lehnte sich gegen meine Knie, sah hinaus in den Garten, hob wieder das Spiel an, warf einen Blick darauf. Ich strich ihm über den Kopf. Ich fühlte mich erleichtert, als ich hörte, daß Lene und Rudi die Küche verließen, sie kamen zu uns. Lene trug eine kleine Vase mit Daniels Blumen. Rudi blieb an der Tür stehen, legte die Hand an den Türrahmen. Sein Gesicht war auffällig blaß.

Ich stand auf. »Daniel möchte zu Tante Edda. Dann laßt uns mal gehen.«

Rudi sagte: »O nein! Nein, nein!« Er tat ein paar unsichere Schritte herein, griff nach der Lehne eines Stuhls, ließ sich auf den Stuhl sinken. »Tut mir leid, aber das... das kann ich nicht! Tut mir schrecklich leid.«

Lene sagte: »Rudi hat... er ist ein wenig empfindlich bei solchen... in solchen Fällen. Er ist schon mal kollabiert dabei, hat er mir gesagt.«

Rudi flüsterte: »Tut mir schrecklich leid.« Er war leichenblaß.

Daniel, der seinen Vater stumm betrachtet hatte, sah mich an. »Ich will aber zu Tante Edda.«

Ich sagte: »Ja. Komm, wir gehen.«

Rudi hob die Hand, er sagte: »Vielleicht sollten wir...«, aber dann brach er ab, ließ die Hand mit einer wegwerfenden Geste wieder sinken, schüttelte den Kopf. Wahrscheinlich hatte er vorschlagen wollen, Birgit anzurufen und sie zu fragen, ob sie den Leichenbesuch für pädagogisch vertretbar halte, aber die Diskussion, die er darüber hätte führen müssen, hatte ihn wohl abgeschreckt.

Lene gab mir die Blumenvase. Ich stieg mit Daniel an der Hand die Treppe empor. Er trat mit seinem Spiel unter dem Arm ein wenig zögernd in Eddas Zimmer ein, aber er ging Schritt für Schritt weiter, bis er dicht vor ihrem Bett stand. Ich stellte die Blumen neben die Kerze, zog mir den Lehnstuhl heran und setzte mich.

Nach einer Weile wandte er sich zu mir. Er flüsterte: »Sie ist ganz blaß.«

Ich sagte: »Ja. Das ist so, weil ihr Blut stillsteht. Aber du brauchst nicht zu flüstern.«

Er flüsterte: »Warum steht ihr Blut denn still?«

»Weil ihr Herz nicht mehr schlägt.« Ich ahnte, was er als nächstes fragen würde. Ich sagte: »Sie hat auch keinen Pulsschlag mehr. Aber bei Toten macht man das sowieso nicht. Toten fühlt man nicht den Puls.«

Ich erwartete, daß er »Warum?« sagen würde, aber er schwieg still, betrachtete Eddas Gesicht. Nach einer Weile fragte er: »Hast du ihre Seele gesehen?«

»Ihre Seele?«

»Ja, als sie gestorben ist?«

Ich fragte: »Du meinst, als ihre Seele aus ihr rausgekommen ist und aufgestiegen ist, in den Himmel?«

»Ja.«

Ich sagte: »Nein. Ich hab ihre Seele nicht aufsteigen sehen. Tante Edda ist gestorben, als ich gerade mal draußen war.« Ich zögerte, dann sagte ich: »Aber sie hat mich ein Stück von ihrer Seele sehen lassen, vorher, als sie noch lebte.«

Er wandte sich zu mir. »Wie hat sie das gemacht?«

»Sie hat mir gesagt, was ihr durch den Kopf gegangen ist. Und was sie in ihrem Herzen gespürt hat. Sie hat mir ihren Kummer erzählt. Und das, woran sie Freude hatte. Das

alles zusammen, das ist ein Stück von der Seele, verstehst
du?«

Er betrachtete wieder Edda. Nach einer Weile sagte er:
»Glaubst du, daß ihre Seele jetzt im Himmel ist?«

»Ja. Ja, ich denke schon.«

»Kann sie uns sehen?«

»Ich weiß es nicht, Daniel. Vielleicht kann sie uns sehen.
Vielleicht kann sie uns auch hören. Vielleicht hört sie uns
zu und freut sich, daß wir von ihr sprechen. Aber ich weiß
es nicht.« Er nickte. Dann holte er das Spiel unter seinem
Arm hervor, stellte es neben Eddas Arm senkrecht auf das
Bett, als wolle er es ihr zeigen, beugte sich ein wenig nach
vorn und studierte Eddas wächsernes Gesicht.

Als ich sagte, jetzt werde es Zeit, wir müßten Edda allein
lassen, folgte er mir ohne Widerspruch. In der Tür drehte
er sich noch einmal um. Er winkte Edda.

56

Am Freitag, eine Woche nach Eddas Tod und einen Tag
nach ihrem Begräbnis, habe ich einen langen Spaziergang
gemacht, ich bin über die Eisenbahnbrücke hinüber aufs
andere Ufer marschiert und stromab und über die nächste
Straßenbrücke zurück, dann bin ich in ruhigerem Tempo
stromauf bis kurz vor das Bootshaus des Ruderklubs gegangen, dem ich einmal angehörte, und dort habe ich mich
auf einer Bank unter den Bäumen der Uferpromenade niedergelassen. Ich streckte die Beine von mir und blickte hinaus auf den Strom.

Ungefähr auf dieser Höhe haben wir vor vielen Jahren, vor fast einem halben Jahrhundert, einen Steg gebaut, eine schräggeneigte Plattform, von der man einen Achter ohne Risiko für Boot und Besatzung einsetzen konnte; die künstlichen Landzungen aus Steinbrocken, die in regelmäßigen Abständen vom Ufer in den Strom hinausragen, eine Art Wellenbrecher, die wir bis dahin zu diesem Zweck benutzt hatten, waren dafür nicht die ideale Lösung, es hatte allzuoft verstauchte oder blutige Fußknöchel und splittrige Löcher in den Booten gegeben. Ein Bauunternehmen hatte auf einer der Molen die Eisenträger verankert, die in einer leichten Schräge ins Wasser führten und auf dem Grund festsaßen, aber die Holzplanken, die quer über die Träger montiert wurden, brachten wir eigenhändig an, unter dem Kommando eines Mannes vom Fach, der dem Vorstand des Klubs angehörte.

Ich bin mir nicht sicher, ob solch eine Aktion heutzutage noch reibungslos funktionieren würde. Damals war es selbstverständlich, daß jeder, der nicht halbtot war oder dringend an einem anderen Ort erscheinen mußte, am Samstagmorgen im Bootshaus antrat und den freien Tag damit verbrachte, ein gutes Werk für den Verein zu tun, unentgeltlich natürlich, außer der Erbsensuppe am Mittag und einer Runde Bier am Abend, wer noch eins mehr trinken wollte, mußte es selbst bezahlen.

Es war eine eklige Arbeit, man stand, um die Planken auf den Trägern festzuschrauben, die halbe Zeit bis zum Bauchnabel im Wasser und manchmal auch bis über den Nabel, das Wasser war auf die Dauer ziemlich kalt, und es war trübe, nein, es war dreckig, es roch nach Motorenöl und fauligem Grünzeug. Aber es war ein herrlicher Tag, am Abend schmerzten die Finger höllisch und der Rücken, und es war eine Wonne, sich unter der Dusche aufzuwärmen und zu entspannen und hernach sich ins Bett zu strecken und an die Plattform zu denken, die fertig und wohlgelungen war.

Ich blickte hinüber zu den Tennisplätzen neben dem Bootshaus, die es damals noch nicht gegeben hat, sie wurden erst angelegt, als die Leute die Lust verloren, sich auf dem Rollsitz abzustrampeln und danach auch noch das Boot zu putzen, und während ich noch überlegte, ob es an den weißgekleideten Tennisspielern und ihren Allüren gelegen hatte, daß ich meine Mitgliedschaft in dem Verein hatte einschlafen lassen, entdeckte ich unter den Bäumen der Promenade den Landgerichtsdirektor Dr. Zervas, er näherte sich, einem Dackel folgend, der ihm voraustrabte, sich jedoch immer wieder nach ihm umblickte. In demselben Augenblick sah Herr Zervas auch mich, und mir schien, als wäre er mir am liebsten aus dem Weg gegangen, aber das war ja nichts Ungewöhnliches, und er folgte seiner Regung auch dieses Mal natürlich nicht. Er nickte mir zu und lächelte, kam lächelnd und nickend heran.

Ich stand auf und gab ihm die Hand. Er fragte, wie lange wir uns wohl nicht mehr gesehen hätten, und ich sagte, ziemlich lange, und wie es ihm gehe, er antwortete, danke, sehr gut, er sei ja nun auch im Ruhestand, und wie es mir gehe, ich sagte, sehr gut, danke. Er lächelte und nickte anhaltend.

Ich sagte: »Übrigens vielen Dank für Ihren Anruf. Leider war ich ja nicht zu Hause, aber Ihre Nachricht ist natürlich angekommen.«

Er sagte: »Ach ja, ach ja.«

Ich sagte: »Ich bin dann ein paar Tage später auch ins Café Kreuder gegangen. Zwischen vier und fünf.«

»Ach ja.«

»Aber leider waren *Sie* an dem Tag nicht da.«

»Oh, wirklich?« Er schien betroffen. »Das tut mir leid. Tut mir wirklich leid.«

»Und danach bin ich leider nicht mehr dazu gekommen.«

»Ja, ja.« Er rückte seine Brille zurecht, lächelte. »Aber die Angelegenheit hat sich ja auch erledigt. Sie hat sich erledigt.«

Der Dackel irritierte mich. Er war zurückgekommen, beschnüffelte meine Hosenbeine, dann setzte er sich, blickte auf zu Herrn Zervas und gab einen ungeduldigen Laut von sich, halb ein Knurren, halb ein Weinen. Herr Zervas drohte ihm mit dem Zeigefinger: »Wirst du wohl manierlich sein!« Der Dackel kläffte.

Herr Zervas lächelte mich an. »Er erinnert mich daran, daß wir zum Mittagessen erwartet werden. Es war schön, Sie wiederzusehen. Bis zum nächstenmal!«

Sie gingen weiter, der Dackel voraus. Ich ließ mich auf meiner Bank nieder, blickte ihnen nach.

Was hatte diese absonderliche Vorstellung zu bedeuten?

Von einer bestimmten Angelegenheit war nicht die Rede gewesen, als er mich anrief und mir seine Botschaft auf dem Anrufbeantworter hinterließ. Er hatte vielmehr, wenn ich mich richtig erinnerte, nur vage von diesem oder jenem gesprochen, über das man sich im Café Kreuder vielleicht einmal austauschen könne, bei einer Tasse Schokolade oder Kaffee. Ruhestandsprobleme womöglich. Was fangen *Sie* denn jetzt mit der vielen Freizeit an? Oder was auch immer.

Wenn es aber nun doch eine ganz bestimmte Angelegenheit gewesen war, über die er mit mir hatte sprechen wollen, die sich aber mittlerweile »ja auch erledigt« hatte, was konnte er dann gemeint haben? War meine Vermutung von damals tatsächlich richtig gewesen?

Erledigt hatte sich mit Gewißheit die Bewerbung des Immobilienmaklers und Stadtrats Dr. Nelles um das Amt des Oberbürgermeisters. Hatte sie sich vielleicht deshalb erledigt, weil Herr Zervas tätig geworden war, auch ohne daß ich ihn darum gebeten hatte? Hatte Herr Zervas mit den alten Gerichtsakten gewinkt oder winken lassen, in denen zu lesen stand, daß Herr Nelles ein höchst anrüchiges Grundstücksgeschäft getätigt oder eine Kundin sexuell belästigt oder seine Sekretärin körperlich mißhandelt hatte? Und war dieser Wink Herrn Nelles derart in die Knochen gefahren, daß er einen fluchtartigen Rückzug angetreten hatte?

Vermutungen, nichts als Vermutungen. Wüste Spekulationen, ja. Und ich hatte mir doch vorgenommen, mich solcher Abenteuer zu enthalten, nicht wieder mich einkreisen zu lassen von diesem irrsinnigen Reigen aus Überlegungen, Hoffnungen, Befürchtungen, Schreckensbildern.

Ich versuchte, mir die Erfahrungen eines Ausflugs mit dem Ruderboot in Erinnerung zu rufen und mich damit zu beschäftigen.

Die Plackerei stromauf, auf dem vorderen Sitz eines Doppelzweiers; die Orientierungsblicke über die Schulter, mal rechts, mal links, die Kommandos in Ufernähe, »Backbord über!«, »Steuerbord über!«, nach einer halben Stunde war der Mund trocken, schmerzten die Muskeln. Der Schweiß, der das Trikot des Schlagmanns dunkel färbte, zuerst nur ein Fleck zwischen den Schulterblättern, dann ein breiter Streifen, der sich den Rücken hinunterzog. Das dumpfe Blubbern eines Motorschiffs, das stromab auf kurzer Distanz vorüberrauschte, die keilförmig ablaufenden Wellen seines Kielwassers, die schräg auf das Boot trafen, es hochhoben und tanzen ließen, die Gischt, die über den Dollbord spritzte und die Hand und den Arm benetzte.

Natürlich hatte ich so gut wie keinen Anhaltspunkt dafür, daß Günni Nelles sich schwerwiegender Delikte schuldig gemacht und daß Herr Zervas davon Kenntnis gehabt und Günni damit unter Druck gesetzt hatte. Es war freilich möglich, daß Herr Zervas die Reportage über unseren schwulen Sohn gelesen und sich darüber empört hatte, und auch, daß ihm nicht entgangen war, wem diese Reportage diente und wer sie womöglich sogar in Auftrag gegeben hatte, nämlich Günni. Aber vielleicht hatte er mich angerufen und sich mit mir treffen wollen, nur um diese Empörung zum Ausdruck zu bringen und mich und meine Frau seiner Solidarität zu versichern.

Daß die Angelegenheit sich »ja auch erledigt« habe, mußte nicht bedeuten, daß er selbst dafür gesorgt hatte. Es gab ja auch andere, die das übernommen haben konnten.

Nina zum Beispiel. Nina und ihre Freundin vom Strich.

Ja, ja, ich war schon wieder dabei, mich auf das Karussell zu schwingen und die Fahrt anzutreten, die mich nicht zum Ziel führen konnte, weil es das Ziel nicht gab, und die mich deshalb immer wieder an den Ausgangspunkt zurückbringen würde. Aber ich wußte auch nicht, wie ich mich dieser Fahrt entziehen sollte. Nun gut, ich würde sie soweit wie möglich abkürzen und dann ein für allemal beenden.

Nina also. Nina hatte mir doch gesagt, sie könne notfalls auch ohne mich den Saukerl daran hindern, meiner Frau, dieser klasse Frau, einen Knüppel zwischen die Beine zu werfen, um selbst Oberbürgermeister zu werden. Nina hatte ja auch gewußt wie, sie hatte einen Plan gehabt. Und nun hatte sie diesen Plan verwirklicht.

In der vergangenen Woche hat Günni einen Brief von Nina bekommen. In dem Brief stand, daß er sich sicher an den Abend erinnert, an dem er eine Frau vom Strich zusammengeschlagen hat und anschließend mit der Frau zu Herrn Dr. Auweiler gefahren ist, damit der sie behandelte, und daß er, Herr Nelles, der Frau Geld gegeben hat, dreihundert Mark, damit sie ihn nicht verriet. Die Frau erinnert sich jedenfalls noch sehr gut daran, und auch ihre Freundin, die war nämlich auf dem Strich dabei und hat ihr Auge gesehen und ihre kaputte Hand, und die wird auch bezeugen, daß Herr Nelles am nächsten Morgen die Frau zu Hause besucht hat, um ihr den Rest von dem Geld zu bringen, die Freundin hat sich nämlich seine Autonummer aufgeschrieben. Und deshalb finden sie, daß ein Mann wie Herr Nelles, der wehrlose Frauen zusammenschlägt, nicht Oberbürgermeister werden darf.

Und deshalb werden sie die Angelegenheit *der Presse übergeben*, wenn Herr Nelles nicht *umgehendst* bekanntgibt, daß er nicht mehr Oberbürgermeister werden will. Er kann ja irgendeinen anderen Grund nennen, warum er das nicht mehr will, da wird ihm schon was einfallen, auf eine Lüge mehr oder weniger wird es ihm doch nicht ankommen. Mit fr. Gruß, Nina Kahleborn geb. Raschke. Ilona Butt (Freundin).

Natürlich hätte Herr Nelles Nina und Freundin wegen dieses eindeutigen Nötigungsversuchs vor den Kadi bringen können. Aber er hätte sie nicht vor den Kadi bringen können, ohne daß die ganze miese Geschichte publik geworden wäre. Und vielleicht hatte er deshalb, wenn schon nicht wegen einer Initiative durch Herrn Zervas, auf so erstaunliche Weise klein beigegeben.

Gut. War's das?

Nein. Das war es noch immer nicht. Ich stand auf, trat nach einer zerbeulten Bierbüchse, die neben der Bank lag, sie flog in hohem Bogen davon. Ich schaute um mich, aber ich konnte niemanden entdecken, der Zeuge dieses Wutausbruchs geworden wäre. Ich ging zu der Büchse, hob sie auf und warf sie in einen Abfallkorb. Dann setzte ich mich wieder auf die Bank.

Ein Gedanke hatte mich überfallen, der mich schon einmal am Rande beschäftigt, den ich aber weitgehend verdrängt hatte und der mich jetzt nicht nur überraschte, sondern mir auch sehr lästig fiel.

War es möglich, daß Evelyn Nelles ihrem Sohn ins Gewissen geredet hatte?

Sie hatte mir gesagt, daß sie für meine Frau einen großen Respekt empfinde und sogar Sympathien, und ich hatte das auf Anhieb als faulen Schmus abgetan, mit dem sie ihren Versuch, Lene und mir zu drohen, maskieren wollte.

Aber vielleicht hatte sie es ehrlich gemeint und so gehandelt, wie solche Empfindungen es geboten? Und war es nicht möglich, daß Günni sich noch immer scheute, Ermahnungen seiner Mutter zu mißachten? Daß er fürchtete, großen Ärger mit ihr zu bekommen, wenn noch einmal eine Skandalgeschichte erschiene, durch die Lene in den Dreck gezogen würde? Hatte er deshalb die Herren Kruse und Pape wissen lassen, daß weitere Publikationen dieser Art nicht in seinem Interesse lägen?

Und hatten die Herren vielleicht deshalb das Interview mit Edda nicht veröffentlicht?

Vielleicht hatte Günni tatsächlich unter dem Druck seiner Mutter den Feldzug gegen Lene abgeblasen. Und vielleicht war ihm zugleich klargeworden, daß er Lene ohne den Einsatz ebensolcher unfairer Mittel nicht schlagen konnte. Also hatte er das Unternehmen Oberbürgermeister von heute auf morgen gestrichen. Er hätte es nicht ertragen, bei der Nominierung des Kandidaten zu unterliegen, und das auch noch gegen eine Frau.

Ich wußte, warum diese Überlegung mir lästig war, sehr lästig. Ich mußte, wenn ich sie ernst nehmen wollte, meine Meinung über bestimmte Menschen ändern, eine Meinung, die ich wie die meisten, wenn nicht alle meiner Meinungen für wohlbegründet und unangreifbar gehalten hatte. Ich mußte dem Saukerl Nelles zumindest die Fähigkeit zur Einsicht zubilligen; die Fähigkeit, zurückzustecken, sich zu bändigen, nicht um jeden Preis über andere Menschen hinwegzutrampeln, nicht stets und überall die Nummer eins darstellen zu wollen.

Ich hätte auch mein Urteil über Evelyn Nelles korrigieren müssen. Sie hatte, wenn ich meine Überlegung ernst nahm, keineswegs nur ihren herrschaftlichen Klotz von Haus im Kopf, ihr Meißener Porzellan, den Louis-Philippe-Sekretär, ihre Teppiche und Gemälde, nicht nur die Runzeln ihrer Haut und die wohltuende Wirkung der Colon-Hydro-Therapie. Sie war auch imstande, etwas für andere Menschen zu empfinden, sich Gedanken über deren Wohlergehen zu machen. Und sie hielt es für nötig, den ungestümen, rücksichtslosen Charakter ihres Sohnes zu gegebener Zeit an die Leine zu nehmen.

Plötzlich glaubte ich zu erkennen, daß ich mit dergleichen Gedankengängen auf einem gefährlichen Weg war. Ich mußte höllisch aufpassen, wenn ich nicht in ein sentimentales Versöhnlertum abdriften wollte, seid umschlungen, Millionen, nicht wahr, und in jedem Menschen steckt doch ein guter Kern, und jeder Mensch, auch der, der uns schaden möchte, auch der, der uns zuwider ist, verdient unsere Anteilnahme; da kam Lenes Vermutung ins Spiel, nicht wahr, vielleicht hatte Günni am Nachmittag vor der Sitzung des Parteivorstands erfahren, daß er mit einem inoperablen Lungenkarzinom herumlief und maximal noch ein halbes Jahr zu leben hatte.

Ja, und nur weiter, noch ein Stück weiter auf diesem Weg: Vielleicht war nicht einmal bei ihm selbst, wohl aber bei seiner Frau dieses inoperable Karzinom gefunden worden, bei der hintergründigen Sigrid mit den dunklen Augen unter den dichten Brauen und der versteckten Hitze im Leib. Und Günni hatte beschlossen, ihr in diesem letzten halben Jahr ihres Lebens beizustehen, Tag und Nacht für sie dazusein und auf alle seine eigenen Pläne und Projekte zu verzichten. Ja, so ein Mensch war Günni. Ich hatte ihm großes Unrecht getan.

Verdammt und zugenäht. Das Leben war simpler gewesen vor einem halben Jahrhundert. Eindeutiger. Weniger kompliziert. Erfreulicher.

Nach einer Stunde auf dem Wasser, nach einer Stunde harter Arbeit an den Skulls die Umkehr. Die Sonne stand schon tief, sie legte einen breiten, gleißenden, sich ständig bewegenden Lichtstreifen auf den Strom. Den Streifen durchqueren, in einem weiten Bogen hinausziehen in die Mitte des Fahrwassers, den Bug herumdrehen, bis er in Richtung Heimat zeigte, und dann die Skulls in Ruhestellung, flach über dem Wasser, hin und wieder berührten die Blätter die glitzernden Wellen, ein paar Tropfen spritzten auf. Den Rollsitz halb ausfahren, den Rücken recken und entspannen, die Schultern lockern. Das Boot treiben lassen, und mit ihm das Leben, es war doch alles in bester Ordnung, die Sonne, die ihren Abschied nahm, der Himmel mit seinen rosafarbenen Wölkchen, der erste frische Abendhauch, der über das Wasser strich. Hin und wieder ein Blick über die Schulter, aber es gab um diese Zeit nicht mehr viel Schiffsverkehr, nur hin und wieder war eine Korrektur des Kurses nötig. Abendfrieden.

Aber wenn ich schon bereit war, an meine Urteile über andere Menschen Fragezeichen anzuhängen, den widerwärtigsten Zeitgenossen Nachsicht zu gewähren und an das Gute in ihnen zu glauben, obwohl ich dazu meine sämtlichen Erfahrungen mißachten mußte, warum dann bei Fremden und nicht vor allen anderen bei Edda, bei der Schwester meiner Frau, bei einem Mitglied unserer Familie?

Aus welchem Grund Edda zu uns gekommen war, wußte ich nicht, ich hätte mir ja auch lieber die Zunge abgebissen, als sie danach zu fragen, und ebenso war es wohl Lene ergangen, auch sie hatte Edda diese Frage nicht gestellt, jedenfalls hatte sie mir nichts davon gesagt. Vielleicht war Edda tatsächlich angereist, um Herrn Kruse das Interview zu geben, für das er sie bezahlen wollte. Aber als sie unterwegs in Not geriet und wir sie wider Erwarten aufnahmen und versorgten, hatte sie sich besonnen, sie hatte sich anders entschieden.

Edda hatte Herrn Kruse gesagt, von ihr werde er sein Interview nicht bekommen. Vielleicht hatte sie sogar gesagt, sie lasse sich nicht mißbrauchen, um ihrer Schwester zu schaden. Und so hatte Günni Nelles einsehen müssen, daß der entscheidende Coup, den er am Tag der Vorstandssitzung gegen Lene hatte landen wollen, ausfallen würde. Und er hatte aufgegeben, weil er gegen eine Frau nicht verlieren wollte.

Es sprach einiges dafür, daß das Interview gar nicht stattgefunden hatte. In Eddas Handtasche war jedenfalls kein Scheck von Herrn Kruses Zeitung gewesen. Lene hätte es mir gesagt.

Auch das schien eine plausible Folgerung zu sein.

Freilich: Mit letzter Sicherheit würde ich nie und nimmer erfahren, was tatsächlich geschehen war.

Lene hat sich noch nicht gemeldet. Das will nichts heißen. Denn sie wird, sobald die Entscheidung gefallen ist, so oder so vollauf beschäftigt sein. Zuerst der übliche Trubel nach der Bekanntgabe eines Wahlergebnisses. Alsdann hinter der Bühne ein kurzes Gespräch mit der Mannschaft, erste Analyse des Ergebnisses. Der Dank an alle, auch wenn die Mühe vergebens gewesen sein sollte. Rückkehr in den Saal. Interviews. Vielleicht eine Live-Schaltung eines der örtlichen Sender.

Um fünf werde ich die Lokalnachrichten im Rundfunk einschalten. Die Fernsehprogramme sind um diese Zeit noch voll mit Sport und Filmen.

Heute morgen um zehn hat der Parteitag begonnen. Lene ist um neun abgeholt worden, die Mannschaft hatte sich vor dem offiziellen Beginn noch einmal zusammenfinden wollen. Ich fragte Lene, was es denn noch zu bereden gebe.

Sie hatte die Schulter gezuckt und gelacht. »Nichts. Aber sie möchten es nun mal.«

Ich weiß nicht, wer alles aus der Mannschaft noch Karriere machen möchte oder wer auf diesen oder jenen Vorteil spekuliert. Aber für einen Menschen wie Philipp Seiffert kann natürlich viel davon abhängen, ob Lene Oberbürgermeisterin wird oder denn doch ein anderer, und sei es ein Parteifreund. Lene würde Philipp vermutlich einige Türen öffnen, sie würde ihm die Dienste, die er ihr geleistet hat, vergelten. Würde hingegen ein anderer als Kandidat der Partei nominiert und gewönne er auch noch die

Wahl, dann bliebe Philipp wahrscheinlich von den Pfründen ausgeschlossen. Der Sieger wird ja nicht unbedingt jemanden an der Beute beteiligen, der versucht hat, ihn um den Sieg zu bringen.

Vetternwirtschaft. Was denn sonst, da es doch um Politik geht.

Dummes Zeug. Schon wieder war ich drauf und dran, mich aufs hohe Roß zu schwingen. Was habe *ich* denn mein Leben lang getan, wenn jemand mir einen Dienst geleistet hatte? Ich habe mich erkenntlich gezeigt, nicht wahr? So lautet doch die unanstößige Formulierung. Jemand, der mir Böses wollte, würde es anders nennen. Er würde im günstigsten Falle sagen: »Eine Hand wäscht die andere.« Lassen wir das.

Ich hatte mir schon gestern überlegt, wie ich die Wartezeit verbringen und möglichst sinnvoll verwenden könnte, und so hatte ich meine Töchter angerufen und sie gefragt, ob sie womöglich heute, am Samstag, es übers Herz brächten, auf ein paar Stunden rund um die Mittagszeit auf ihre Kinder zu verzichten und sie mir zur Obhut anzuvertrauen. Birgit zögerte ein wenig, ich nehme an, es lag ihr noch im Magen, daß ich Daniel an Eddas Totenbett geführt hatte, aber dann erklärte sie sich einverstanden; es war ja auch nicht zu befürchten, daß ich abermals eine Leiche im Hause hatte. Clara war auf der Stelle bereit, und ich nehme an, daß auch Rudi und Mucki nichts einzuwenden gehabt hätten, wenn sie denn gefragt worden wären.

Gegen elf holte ich Daniel ab, danach Max und Jule, wir fuhren zum Friedhof. Ich hatte diesen Programmpunkt vorsichtshalber angekündigt wie auch den folgenden, ich wollte nach dem Friedhof mit den dreien zum Bootshaus fahren und, wenn die Sonne noch warm genug war, auf der Terrasse mit ihnen zu Mittag essen, ich hatte gesagt, an einem Samstag gebe es dort wahrscheinlich eine Menge zu sehen. Was den Friedhof betraf, verließ Birgit sich vermutlich darauf, daß die Vorschriften für das Leichen- und Bestattungswesen den wünschenswerten hygienischen Vorkehrungen Rechnung trugen und daß von Leichen unter der Erde keine Gefahr mehr ausging. Das Bootshaus war ihr natürlich sogar willkommen, es gab dort schließlich eine Menge frischer Luft; sie sagte nur, zum Essen solle ich diesmal vielleicht doch keine gebratene Blut- und Leberwurst bestellen, ich sagte, der Koch sei aus den östlichen Bundesländern zugezogen, der kenne dieses Gericht gar nicht.

Die Fahrt zum Friedhof verlief einigermaßen harmonisch, von einigen, allerdings nicht gravierenden Rügen abgesehen, die Jule ihrem Bruder erteilte. Die beiden waren mit Daniel zwar bei der Beerdigung zusammengewesen und hatten dort erfahren, daß er Edda zweimal besucht und beim zweitenmal sie gesehen hatte, als sie bereits tot war, sie wollten natürlich das Thema vertiefen und Genaueres erfahren, aber Daniel gab sich ein wenig zugeknöpft, was Max schließlich zu der Behauptung veranlaßte, seine Mutter habe schon mehr als tausend Tote behandelt und er wisse genau Bescheid, wie die aussähen und was mit denen los sei.

Kurz vor dem Friedhofstor überholten wir Büttgens Johann, er strebte in seinem dunklen Mäntelchen und dem dunklen Hut mit der großen Krempe dem Friedhof entgegen, blickte über die Schulter, als er das Auto herankommen hörte, erkannte mich und winkte mir zu. Ich fand einen Parkplatz neben dem Tor, ließ die drei aussteigen und wartete auf Johann, ich mochte ihn nicht glauben machen, daß ich mich ihm entziehen wolle. Er kam eilig und lächelnd heran.

Daniel fragte: »Ist das ein Zwerg?«

Max sagte: »Der ist doch zu groß für einen Zwerg, du Blinder!«

Ich sagte: »Schluß jetzt! Ich will davon kein Wort mehr hören!«

Johann streckte, noch während er sich näherte, die Hand aus: »Tach, Herr Dokter, Tach, Herr Dokter! Sind das Ihre Enkelchen? Dat sin aber vielleicht nette Kinder!«

Ich gab ihm die Hand. »Na ja, manchmal vielleicht.«

»Ach, dat sagen Se jetz nur eso!« Er nickte. »Tach, Kinder.«

Max und Daniel schauten stumm. Jule sagte: »Guten Tag«, sie versetzte Max einen Knuff, aber er trotzte der Aufforderung und schwieg.

Johann begleitete uns zu unserem Familiengrab, in dem Edda auf den Überresten meiner Eltern und meiner ersten Frau und meines Bruders und eines unverheirateten Onkels beigesetzt worden ist, und da jeder von den dreien Johann im Auge behalten und zumindest hin und wieder einen Blick auf ihn werfen wollte, gingen wir zu fünft nebeneinander über den Weg. Unterwegs erzählte Johann mir, er habe die Todesanzeige gelesen; das sei wohl meine Schwägerin gewesen.

Ich sagte: »Ja, das war die Schwester meiner Frau.«

Max rief von rechtsaußen: »Das war unsere Tante!«

Daniel bemerkte nicht sehr laut, aber deutlich: »Nein, unsere Großtante.«

Max rief: »Das ist doch scheißegal!«

Johann sagte: »Oh, oh, oh! So Wörter sagt man aber nicht auf dem Friedhof! Was sollen denn die Toten denken?«

Max mußte schon wieder einen Knuff von Jule einstecken, aber diesmal knuffte er zurück. Und damit nicht genug, sagte er ziemlich laut: »Tote können überhaupt nicht mehr hören.«

Ich beugte mich vor, sah ihn eindringlich an. »Schluß damit, Max! Wir sind hier auf dem Friedhof!«

Als wir das Grab erreichten, trat Johann, der beim Totengedenken die Familie offenbar unter sich lassen wollte, zur Seite hinter das benachbarte Grab, er zog seinen Hut, senkte den Kopf und bewegte die Lippen. Die drei falteten die Hände vor der Brust und bewegten ebenfalls die Lippen, aber Max und auch Jule warfen immer wieder einmal einen Blick zu Johann hinüber, um nichts von dem zu verpassen, was er tat. Ich versuchte an Edda zu denken und auch an Erika und die anderen und gelobte ihnen, schon bald allein wiederzukommen.

Als ich vom Grab zurücktrat, kam Johann wieder zu uns. »So, Herr Dokter, jetz muß ich jehen. Muß der Mutter en Lichtchen bringen.« Er griff in die Manteltasche, ließ das Grablicht in der roten Plastikhülle sehen. »Machen Se't jut!«

»Mach's gut, Johann. Übrigens… Was ist denn mit deinem Zimmer bei Heitmann? Hat sich da was getan?«

»Ja.« Er nickte, lächelte schmerzlich. »Bin jekündigt.

Am nächsten Ersten zieh ich aus. Ich jeh in es Heim. Bei de Schwestern. Hat der Pastor für jesorgt.« Er schüttelte den Kopf. »Es aber nit eso schön da. Lauter alte Leut, un kranke. Un en paar, die nit richtig sin.« Er tippte sich mit dem Zeigefinger gegen die Stirn.

»Das tut mir leid, Johann.«

»Braucht Ihnen nit leid zu tun. Können Sie ja nix für.« Er lächelte. »Machen Se es jut, Herr Doktor.« Er wandte sich den dreien zu, die ihn stumm betrachteten. »Tschö, Kinder! Seid schön brav!«

Er winkte ihnen und ging eilig davon.

Ich hätte mich um ihn kümmern sollen, ja. Aber es war mir lästig gewesen. Ich hatte mir eingeredet, er werde sich schon bei mir melden, wenn er mit Heitmanns Tochter ernste Probleme bekommen sollte. Er hatte mir gestanden, daß es ihm zu genant sei, zu Clara in die Praxis zu gehen und sich vor ihr auszuziehen. Wahrscheinlich war es ihm auch zu genant gewesen, mich um Hilfe zu bitten.

Max sagte: »Das stimmt aber, was ich gesagt habe. Tote können überhaupt nicht mehr hören. Die können ja sowieso *gar* nichts mehr.«

Jule fuhr ihn an: »Das weißt *du* doch nicht!«

»Weiß ich wohl.«

Daniel sagte: »Ich hab aber gerade mit Tante Edda gesprochen.«

Die beiden starrten ihn an. Er sagte: »Als ich gebetet habe, hab ich ihr was gesagt.«

Ich mochte mich nicht in eine Diskussion dieses Themas verwickeln lassen. Ich sagte: »Kommt, es wird Zeit. Jetzt fahren wir zum Ruderklub. Gleich gibt's Mittagessen.«

Als wir unterwegs waren, sagte Jule: »Jetzt muß die Oma aber schon längst gewählt sein.«

Ich schüttelte den Kopf. »Nein, nein. Da irrst du dich wahrscheinlich. So schnell geht das nicht.«

»Wie lange brauchen die denn dafür?«

Ich sagte: »Die haben ja auch noch was anderes zu erledigen. Bis heute nachmittag dauert das bestimmt.«

Max sagte: »Aber dann ist die Oma endlich Oberbürgermeisterin.«

»Nein!« Ich seufzte. »Das hab ich euch doch auch schon mal erklärt!«

Jule sagte: »Der paßt ja nie auf!«

Ich sagte: »Also. Vielleicht wird ja heute sowieso jemand anders gewählt. Aber wenn *sie* gewählt wird, dann ist sie auch nur von ihrer eigenen Partei gewählt. Und dann kommt erst die richtige Wahl, bei der alle Leute wählen gehen können, auch die Leute, die mit der Oma ihrer Partei gar nichts zu tun haben. Und da können auch andere Leute gewählt werden, Leute von anderen Parteien. Und erst wer dann die allermeisten Stimmen bekommt, der wird Oberbürgermeister.«

Max sagte: »Das find ich Mist.«

»Warum?«

»Das dauert ja ewig.«

»Ja, da hast du recht. Das dauert ziemlich lange.«

Die Terrasse des Ruderklubs war gut besetzt, auf allen Tennisplätzen wurde gespielt, und es gab sogar ein paar Ruderer zu sehen, von denen einige einen Riemenvierer klarmachten. Ich stieg mit den dreien von der Terrasse hinab und ließ sie durch das offenstehende Tor einen Blick

in das Bootslager werfen. Eine junge Frau im Trainings-
anzug, die uns aus dem Bootslager gesehen hatte, kam heraus und begrüßte mich, ich kannte sie, es war die Tochter
eines meiner Kumpane aus den Rudererzeiten. Sie fragte,
ob ich neue Mitglieder anmelden wolle, und ich sagte, ganz
soweit seien wir noch nicht, aber vielleicht bekäme ja einer
meiner Enkel eines Tages mal Lust aufs Rudern. Sie sagte,
wenn ich wolle, werde sie die drei ein bißchen herum-
führen und ihnen erklären, was es zu sehen gebe. Ich sagte,
das sei keine schlechte Idee, und die drei verschwanden mit
ihr im Bootslager.

Ich stieg hinauf auf die Terrasse, setzte mich an einen
freien Tisch, winkte da und dort jemandem, den ich von
früher kannte, ließ mir ein Bier bringen und blätterte in der
Speisekarte. Die Sonne schien von einem wolkenlosen
Himmel. Es war wärmer, als ich es für möglich gehalten
hatte. Indian Summer, you know.

Vielleicht konnte ich mit Lene noch einmal hinüber-
reisen und diesmal einen Urlaub am Lake George verbringen.

Vielleicht gab es das Motel noch, das Howards Schwester
gehörte. Wenn man wach wurde, konnte man durch das
Fenster des Schlafzimmers zur Rechten den Fuß des Ber-
ges sehen, der gleich gegenüber aus dem See herauswuchs,
es war ein grüner Berg, wie der im Vordergrund von Ken-
setts Bild, und wie auf diesem Bild stand dahinter und hinter der nächsten Bucht des schimmernden Sees ein roter
Berg, vielleicht war der rote Berg bedeckt von Sugar Map-
les, den nordamerikanischen Ahornbäumen, deren Blätter
im Herbst wie rotgelbe Flammen aussehen. Oder es war

nur das Sonnenlicht, das im Morgendunst den Berg mit einem hauchdünnen roten Schleier überzog.

Wir konnten, wenn wir wollten, nach dem Frühstück, das in einer niedrigen Stube mit Balkendecke und rotweiß karierten Vorhängen aufgetragen wurde, zur Marina von Gil Hutchins hinüberwandern und uns ein Motorboot leihen, kein schnelles Boot, nein, ein breites, behäbiges Fahrzeug mit einer sanft tuckernden Maschine, und dann konnten wir über den See schippern, hinaus auf das weite Wasser, das in der Sonne glitzerte, und wieder zurück und an dem kurvigen Ufer entlang, wo Licht und Schatten sich abwechselten und der Geruch des Waldes die Luft sättigte. Wir konnten immer weiter fahren, bis in die abgelegensten Buchten des Sees hinein, dorthin, wo du glaubst, die Welt ist zu Ende, aber wo die Welt so schön ist wie sonst nirgendwo.

Nein. Konnten wir nicht.

Wenn Lene gewählt würde, sähe unser Leben vermutlich anders aus. Ich vermochte mir jedenfalls nicht vorzustellen, ich konnte es nicht glauben, daß sie und ich, daß wir beide allein uns dann noch nach Lust und Laune am Lake George würden herumtreiben können. Es war ihr ja schon in den vergangenen Jahren schwergefallen, zwei oder gar drei Wochen hintereinander zu finden, in denen sie mit mir verreisen konnte und in denen sie strenggenommen nicht irgendwo anders hätte sein müssen, um sich um dieses oder jenes zu kümmern. Es war ihr zumindest sehr schwergefallen, für die Dauer eines Urlaubs abzuschalten, ihren Job zu vergessen und für niemanden außer mir ansprechbar zu sein.

518

Einen Augenblick lang überlegte ich, ob ich selbst, als ich mich noch um meine Patienten kümmern mußte, hatte abschalten und mich im Urlaub ohne Einschränkungen Lene hatte widmen können, aber ich fand, daß der Vergleich nicht taugte. Der Job, um den sie sich jetzt bewarb, war keine Arztpraxis, und er war auch keine Tankstelle, die man einem Rentner, der sich langweilte, anvertrauen konnte. Natürlich würde sie einen Anspruch auf Urlaub haben, und auch nicht zu wenig. Aber zumindest würde sie gehalten sein, für ihr Büro jederzeit telefonisch erreichbar zu bleiben und für den Kreisvorsitzenden und den Fraktionsvorsitzenden und weiß der Himmel welche Wichtigtuer sonst noch. Und womöglich würde schon nach der ersten Woche Philipp Seiffert mit seinem Aktenkoffer und dem Laptop angejettet kommen, um zwei unaufschiebbare Vorgänge mit ihr durchzusprechen, das war am Telefon nicht zu machen, es war auch ihre Unterschrift erforderlich.

Wäre es mir lieber, Lene würde nicht gewählt? Wäre es mir am liebsten, sie würde schon heute, schon an diesem schönen Samstag, durchfallen, damit das ganze Theater nicht auch noch bis zum Tag der Kommunalwahl weiterginge, und der Himmel mochte wissen, wie lange noch darüber hinaus, sondern daß ebendieses Theater heute schon, in ebendieser Stunde, zu Ende wäre, für immer und ewig?

Was für ein Theater? Und was für ein Ende?

Mir war nicht wohl in meiner Haut. Ich begann zu fürchten, daß ich gut beraten wäre, nicht nur meine Vorstellungen über bestimmte Menschen, widerwärtige Menschen, ja doch, zu überprüfen und sie eventuell zu revidieren, sondern auch meine Vorstellungen vom Leben. Vom Leben und von der Art, in der es verlief. Und nicht zuletzt meine Vorstellungen von meinen Möglichkeiten, das Leben zu gestalten, für mich und andere zu gestalten. Es zu regeln und vorherzubestimmen. Waren meine Vorstellungen vielleicht völlig falsch gewesen?

Ich war dabei, diese Furcht zu verdrängen, ich griff nach der Speisekarte, als die junge Frau mit den dreien auf der Terrasse erschien. Max lief voraus, er rief: »Opa, die haben hier Boote, die sind nur so breit!« Er hob im Laufen die Hände, hielt sie auf die Breite eines Skiffs auseinander und geriet ins Stolpern, weil er nicht auf seine Füße achtete.

Ich rief: »Paß auf, schau vor dich!«

Er kam heran, mit roten Backen und außer Atem, hielt noch einmal die Hände messend vor die Augen. »So breit nur, Opa! Nicht gelogen! Glaubst *du*, daß die nicht umkippen? Die Christa hat gesagt, die kippen nicht um.«

»Nein, wer damit fahren kann, der kippt nicht um.«

Er sah mich zweifelnd an.

Ich sagte: »Das sind Einer. Darin kann nur ein Mann fahren, aber der hat rechts und links ein Ruder, und damit hält er die Balance.«

»Das hat die Christa auch gesagt.«

»Siehst du.« Ich bedankte mich bei Christa, sie sagte, es hätte ihr Spaß gemacht.

Daniel schwang sich auf einen Stuhl, er fragte, ob er eine Cola haben könne, nach derselben Labsal verlangten die beiden anderen auch, und Jule fragte, ob sie mal die Speisekarte sehen dürfe. Sie begann, die Karte vorzulesen. Ich sah, daß Daniels hellblauer Anorak auf dem Ärmel einen schwarzen, schmierigen Fleck abbekommen hatte, vielleicht hatte er an einer Dolle gedreht und das Fett von der Lagerung abgestreift. Ich war dabei zu überlegen, welche Erklärung dafür ich Birgit geben könnte und ob sie überhaupt eine Erklärung akzeptieren würde, als mein Handy, das ich auf den Tisch gelegt hatte, zu klingeln begann.

Max grapschte nach dem Handy, aber Jule, die über den Rand der Karte geblickt hatte, war schneller, sie gab ihm eins auf die Finger, nahm das Handy und reichte es mir. Sie sagte: »Das ist dem Opa sein Handy, das geht dich gar nichts an!«

Es war Clara. Sie wollte wissen, wie es uns gehe und ob wir schon was von Mama gehört hätten. Ich war ein wenig verwundert, denn normalerweise hat Clara es mit derlei Informationen nicht eilig, sie kann sehr lange abwarten, ohne sich zu beunruhigen. Ich sagte, es gehe uns gut und von Lene hätten wir noch nichts gehört. Jule fragte, ob sie auch mal mit ihrer Mutter sprechen könne. Unterdessen liefen Max und Daniel zur Brüstung der Terrasse und schauten den Tennisspielern zu, Max zeigte Daniel, wie man den Ball schlägt, er schleuderte den Arm so gewaltig nach vorn, daß er beinahe umgefallen wäre.

Jule sagte ins Telefon: »Nein, gezankt hat er nicht. Auf dem Friedhof hat er bloß mal *scheißegal* gesagt. Und ein Mann, den wir getroffen haben, hat gesagt, so was wollten die Toten nicht hören.« Nach einigen Sätzen mehr gab sie mir das Handy zurück, »sie will noch mal mit dir reden«.

Clara fragte mich, ob Max mich blamiert habe. Ich antwortete, ach wo, das sei kein Problem gewesen. Sie sagte, hoffentlich werde mir die Zeit nicht zu lang, bis Lene mir Bescheid gebe. Ich sagte, na ja, vielleicht würde ich mir an ihrem Sohn ein Beispiel nehmen. Sie fragte, wie ich das meinte.

Ich sagte: »Vielleicht denke ich ganz einfach: Scheißegal. Was hältst du davon?«

Jule sah mich verdutzt an. Clara lachte.

*Bitte beachten Sie auch
die folgenden Seiten*

Hans Werner Kettenbach
im Diogenes Verlag

Minnie
oder Ein Fall von Geringfügigkeit
Roman

Es sollte eine Urlaubsreise werden. Die Geschäfte in Nashville waren abgeschlossen, nun wollte Wolfgang Lauterbach ausspannen, eine Woche lang durch den Süden der USA bummeln. Aber in dem Motel am Highway gerät er in eine rätselhafte Geschichte. Leute, die er nie zuvor gesehen hat, trachten ihm nach dem Leben, sie verfolgen ihn durch Tennessee und Georgia.

»Ein Thriller, den man nach der Lektüre nicht so leicht vergessen wird und der sich getrost mit den besten Romanen der Schweden Sjöwall/Wahlhöö, des Engländers Jack Beeching oder des rebellischen Südafrikaners Wessel Eberson vergleichen läßt.« *Plärrer, Nürnberg*

»Ein Glücksfall – Hans Werner Kettenbach auf der Höhe seiner Kunst.« *Die Zeit, Hamburg*

Hinter dem Horizont
Eine New Yorker Liebesgeschichte

In Manhattan begegnen sich die Amerikanerin Nancy Ferencz und der Deutsche Frank Wagner. Nancy fühlt sich angezogen und zugleich irritiert von diesem Europäer, der sich für New York begeistert und den Atlantik überquert hat wie einst Millionen von Einwanderern: in der Hoffnung, den Horizont der alten Welt hinter sich zu lassen und endlich das Zentrum des Lebens zu finden.

»Natürlich gibt es heute wie früher Journalisten, die sich aufs Erzählen verstehn: H.W. Kettenbach beispielsweise mit seinem Liebesroman *Hinter dem Horizont*.« *Süddeutsche Zeitung, München*

Sterbetage
Roman

»Es gilt eine Geschichte von hoher erzählerischer Qualität vorzustellen: Kettenbach entfaltet in behutsamer Weise das Ereignis einer ›unmöglichen Liebe‹ zwischen einer jungen Frau und einem alternden Mann. Alles in dieser Geschichte ist unauffällig, passiert ohne große Worte. Kettenbach erzählt in einer eigenartigen Mischung von Sprödigkeit und Zartheit, von Humor und Melancholie, aber immer auf erregende Art glaubwürdig. In diesem Buch, das sich so wenig ambitiös gebärdet, steckt viel: Es ist ein Buch über die Trauer des Alterns, ein Buch über das Sterben, aber in erster Linie doch wohl ein Buch über das Lieben in einer Zeit, die das große Gefühl verbietet, auch wenn sie von Toleranz und Freiheit spricht. Und daß Liebe Fesseln sprengt, lehrt diese Begebenheit einer ›unmöglichen Beziehung‹.« *Neue Zürcher Zeitung*

Schmatz
oder Die Sackgasse
Roman

Uli Wehmeier, Texter in einer Werbeagentur, gerät – scheinbar unaufhaltsam – in eine bedrohliche Lage, seine Existenz ist in Frage gestellt. Zu der Krise in seiner Ehe kommen Probleme bei der Arbeit: durch die Schikanen des neuen Creative Directors Nowakowski fühlt er sich immer stärker eingeengt und abgewürgt. Wehmeier, dessen Phantasie sich in der Werbung sowohl für Hundefutter wie für den Spitzenkandidaten einer politischen Partei bewährt, reagiert auf seine Art, er spielt mit dem Gedanken an einen Mord.

»Schon lange hat niemand mehr so erbarmungslos und so unterhaltsam zugleich den Zustand unserer Welt beschrieben. *Schmatz* – ein literarisches Ereignis.«
Die Zeit, Hamburg

Der Pascha

Roman

»Obwohl der Autor auch dieses Buch mit einer tatsächlich fast unerträglichen Spannung ausgestattet hat, ist es weit mehr geworden als ein geschickt gebauter Psycho-Thriller. Mir scheint der Vergleich mit Strindberg nicht aus der Luft gegriffen. Wie Martin Marquardt, unter Zuhilfenahme aller Beweise, kalte Logik über menschliche Regungen obsiegen läßt, das ist nicht nur ungemein faszinierend und trotz aller abstoßenden Überspitzung glaubhaft – es ist ja auch, weit über den Gegenstand des Romans hinaus, erhellend für unsere immer mehr dem technischen Zweckdenken verfallende Epoche.« *Stuttgarter Zeitung*

»...sehr exakt, richtig bis ins letzte Detail.«
Neue Zürcher Zeitung

Der Feigenblattpflücker

Roman

Faber ist freier Feuilletonjournalist. Nebenbei arbeitet er als Lektor für einen kleinen Verlag. Eines Tages gerät ihm ein Manuskript in die Hände, das nach einem Schlüsselroman aussieht: Da packt einer aus, ein Insider der politischen Szene, und berichtet Skandalöses über allerhöchste Regierungskreise. Faber beginnt zu recherchieren, erst unauffällig, dann immer dreister, je sicherer er sich seiner Sache fühlt.

»Ein beweglicher ›Weiterschreiber‹ nicht nur der Nachkriegsgeschichte, sondern der Geschichte der Bundesrepublik ist Hans Werner Kettenbach. Seine sieben bis acht Romane aus dem bundesrepublikanischen Tiergarten sind viel unterhaltsamer und spitzer als alle Weiterschreibungen Bölls.«
Kommune, Frankfurt

»*Der Feigenblattpflücker* ist eine Abrechnung mit der Parteipolitik und dem Politjournalismus: eine treffsichere Arbeitsplatzbeschreibung des Journalisten und Schriftstellers Kettenbach.«
Spiegel Spezial, Hamburg

Davids Rache

Roman

Die Studienreise durch das schöne Georgien hat er längst abgehakt. Auch die Gastfreundschaft von David Ninoschwili und dessen attraktiver Lebensgefährtin Matassi. Er, das ist der engagierte Oberstudienrat Christian Kestner, glücklich verheiratet mit einer erfolgreichen Anwältin, weniger glücklicher Vater eines Sohnes, der neuerdings Kontakte zu rechtsradikalen Kreisen pflegt.
Sieben Jahre später holt Kestner die Vergangenheit wieder ein: In Georgien herrscht mittlerweile Bürgerkrieg, Ninoschwili kündigt seine Ankunft im Westen an. Wo wird er wohnen? Nach den Regeln georgischer Gastfreundschaft bei dem, den er damals bewirtet hat: bei Kestner. Die Familie reagiert mit offener Ablehnung. Nur für zwei, drei Wochen, versichert Kestner – und hat sich gründlich getäuscht.

»*Davids Rache* ist eine große Parabel auf deutsche Ängste und Vorurteile in den 90er Jahren.«
Karin Weber-Duve/Die Woche, Hamburg

Die Schatzgräber

Roman

Sommer 1928, 32 Grad im Schatten. Zwei respektable Bürger einer Kleinstadt am Rhein begehen einen Bankraub. Sie vergraben Goldbarren im heutigen Wert von knapp anderthalb Millionen Mark unter einem Pflaumenbaum und warten auf die Zeit, da sie ihren Schatz gefahrlos heben können. Doch diese Zeit will nicht kommen …

Leo Theisen, weitgereister Journalist im Ruhestand, ist ein hinreißender Geschichtenerzähler und überrascht seine Nichte Maria mit immer neuen farbigen Anekdoten. Aber in jene Geschichte vom ›Familienschatz‹ – Leo ist zugleich Sohn und Neffe der angeblichen Bankräuber – ist er geradezu vernarrt, zum Ärger von Maria, die sie für ein bloßes Phantasieprodukt hält. Es reizt Maria, dem selbstsicheren Leo zu beweisen, daß seine Geschichte nicht stimmen kann.

»Kettenbachs Roman über den Unterschied von Wahrnehmung und Wirklichkeit ist pure Erzähllust voll sanfter Eindringlichkeit, ein Schatz, den im Buchladen zu heben sich lohnt.« *Die Woche, Hamburg*

Grand mit vieren

Roman

Paris, Mitte der siebziger Jahre. Während der internationalen Anti-Terrorismus-Konferenz wird der Journalist Claus Delvos in seinem Hotel durch eine Bombe getötet. Warum mußte er sterben? Als Opfer einer Verwechslung? Was sind die Hintergründe der Tat? Je länger sein Kollege Peter Grewe der Sache nachgeht, desto tiefer gerät er in den Sumpf von Bonner Politmachenschaften. Und desto mehr verstrickt er sich in den Fängen des eigentlich schwachen Geschlechts …

»Hans Werner Kettenbach gehört zu den wenigen renommierten deutschen Kriminalautoren.« *Westdeutscher Rundfunk, Köln*